高等学校文科教材

第三版

文学概论

主　编　李永燊

编写者　（按姓氏笔画为序）

李永燊　李燃青　张艺声　张正治　徐景熙

华东师范大学出版社

·上海·

图书在版编目(CIP)数据

文学概论/李永燊主编. —3 版. —上海:华东师范大学出版社,2011.1
ISBN 978 - 7 - 5617 - 8390 - 0

Ⅰ.①文… Ⅱ.①李… Ⅲ.①文学理论-高等学校-教材 Ⅳ.①I0

中国版本图书馆 CIP 数据核字(2011)第 009695 号

文学概论(第三版)

主 编 李永燊
项目编辑 范耀华
审读编辑 车 心
责任校对 汤 定
装帧设计 卢晓红

出版发行 华东师范大学出版社
社 址 上海市中山北路 3663 号 邮编 200062
网 址 www.ecnupress.com.cn
电 话 021 - 60821666 行政传真 021 - 62572105
客服电话 021 - 62865537 门市(邮购)电话 021 - 62869887
地 址 上海市中山北路 3663 号华东师范大学校内先锋路口
网 店 http://hdsdcbs.tmall.com

印 刷 者 上海市崇明县裕安印刷厂
开 本 787 毫米×1092 毫米 1/16
印 张 22
字 数 484 千字
版 次 2011 年 6 月第一版
印 次 2024 年 2 月第九次
印 数 14801—15900
书 号 ISBN 978 - 7 - 5617 - 8390 - 0/I·745
定 价 39.80 元

出 版 人 王 焰

(如发现本版图书有印订质量问题,请寄回本社客服中心调换或电话 021 - 62865537 联系)

目　录

第三编　文学创作 / 141

第四编　文学发展 / 215

前　言

　　由华东师范大学出版社出版的师范院校统编教材《文学概论》(修订本)伴随我们走过了十年的路程,总的看,使用效果和社会反响是好的。但面对新的形势,有必要根据《国家中长期教育改革和发展规划纲要》的精神,再次进行修订。

　　中等教育提出新课改的理想与灵魂是:为了每一个学生的发展。我们认为高等教育的教改更应该如此。大学教学过程不是把理论知识从外部注入学生大脑,而是在教师引领下,让学生内在心智体系发生变化,由传习向独立认识过渡。理论与知识,情感与态度,价值观与创新精神以及个性、能力的发展,都要从自主自学、体验思考、合作探究入手。这就是为什么大学生就读经验会成为评价高等教育质量的一个方面的缘由。

　　数年的教学实践,座谈调研,我们清醒地看到:从高中进入大学的新生,有些还是适应于注入式教学,热衷于由教师全面安排自己的学习和生活;习惯于"老师讲,学生听,上课记笔记,考试对笔记,复印一堆题"的教学模式。面对"不再有老师给你掰开了揉碎了讲,不再有老师布置看书,不再有人反复给你讲学习的必要性和重要性",一句话,面对大学新的学习生活,相对宽松的学习环境,大学生们往往很不适应。

　　通过师生对话,大家达成共识:要改变师生的学习理念,理所应当,首先要改变教者的理念。首先要把传统的为教者设计的教育转变为为学生设计的教育,实现教学重心由教向学的转变,实现价值由制造适合教学的学生向创造适合学生的教学的转变。同时要改变传统的教材模式,不应满足于传播知识,而应该着重考虑如何从大一开始培养学生的问题意识,使之能善于思考并能提出问题和解决问题,能把文学的基本理论、基本知识转化为能力,内化为素质。

　　由此,我们在修订教材时突出了训练学生运用文学原理分析文学现象、解读作品的能力。具体做法是把教材分为导读、研讨、观赏三个部分。

导读部分,保留原教材理论框架,在任课教师指导下学习文学的基本原理。

研讨部分,围绕章节内容,选摘与中学语文课内外教材相关的作品,相关评论与争议,由学生自主思考学习,感受与体验,汇通中学所学的语文知识,结合自己的生活经验,选择一个话题,写出读书心得,然后组织研讨,逐步实现学习性研究。

观赏部分,选择由文学作品改编的影视片,提供视觉形象,比较改编得失,激活学生思维,综合地展开不同观点的交流,开放并活跃课堂。

《文学概论》是师范院校中文系的主干基础课,是未来教师解读文学作品的入门课。在大一学好并掌握好基本文学原理对今后学习中文专业各门课程至关重要。

显然,教学是师生的互动,是双向的沟通。教师角色转换的方向应该是:从"传道"者转向学习知识的引路者;从"解惑"者转向发现问题的启发者;从"授业"者转向"创业"问题的参与者。

本书的编写,自初版、修订、修订再版,已历时很久。这次根据华东师范大学出版社建议,吸收了不少高校文论教师的建议和新的教改成果,又作了一次认真的修订。敬祈同行专家和广大师生批评指正,使之日臻完善。

引　论

　　《文学概论》是文学理论课程。学习前应当对这门课的性质、内容、任务和学习方法先有一个大体的了解。

一、什么是文学理论

　　文学是以语言塑造形象，反映社会生活，给人审美感受，影响人和精神世界的艺术，包括诗歌、散文、小说、剧本等。文学理论以文学为研究对象，它是研究文学特性、价值、构成、创作发展和赏评规律的一门社会科学。

　　文学理论是对文学实践经验的概括。它随着文学的产生发展而产生发展。

　　以我国来说，春秋时期，文学主要是诗歌，那时文学理论不系统，主要表现为对诗歌的看法。孔子说，诗可以兴，可以观，可以群，可以怨，是指《诗经》有感发意志，考察风俗，加强切磋，讥刺朝政的作用，触到了诗歌的特性、价值和功能。孔子这个理论观点，就是从《诗经》中概括出来的。魏晋南北朝，诗、辞、赋、散文先后发展，于是有了曹丕的《典论·论文》、陆机的《文赋》、刘勰的《文心雕龙》和钟嵘的《诗品》等文学理论专著。刘勰的《文心雕龙》尤为突出，在文学与生活、文学与作家、文学价值、文学构成、文学风格和文学技巧诸多方面，都有卓越的见解。从唐宋到元明清，诗、词、散文、戏曲、小说，大大地发展了，大量的诗话、词话、小说戏曲评点，以及散见于文人们各种文集中的文学理论文章相继涌现，对文学特性、价值和各种规律，更有进一步的阐发，有中国民族的特点。

　　在欧洲，古希腊文学开始以史诗和戏剧为主，随后有亚里士多德的《诗学》，其中讲了诗歌、悲剧特性、功能、典型性和分类等问题，是一部有系统的文学理论著作。从文艺复兴到19世纪，欧洲各国诗歌、戏剧、小说、散文等创作发展很快，文学理论著作很多，关于文学特性、价值和创作发展等规律又有许多新的研究和探索。

二、为什么要学习文学理论

　　本教材除"引论"外，共分五编。

第一编："文学特性"。阐述文学作为社会意识形态之一，不同于科学。文学特性主要是文学的形象性、情感性和审美性。阐述文学是语言艺术，与其他艺术的异同点。讲清文学价值和功能。

第二编："文学作品"。阐述文学构成，文学作品内容和形式关系、文学作品内容和形式要素。阐述文学作品的体裁以及作品的主要形态。

第三编："文学创作"。阐述文学创作过程和创作思维。创作方法历史发展和社会主义时期创作方法。讲清文学风格流派的形成及其意义。

第四编："文学发展"。阐述文学与经济基础、文学与上层建筑中政治、道德、哲学、宗教关系。讲清文学的继承与发展、创造有中国特色的社会主义文学问题。

第五编："文学赏评"。阐述文学欣赏性质、特点和规律以及读者对文学欣赏能力的培养。阐述文学批评性质、任务和标准。讲清正确开展文学批评以及批评家应具备的修养。

每编又由三个部分组成，分别是导读、研讨和观赏。

文学理论这门课，不但要给中文及相关专业学生以马克思主义文学理论的系统教育，使学生树立正确的文学观，而且还要提高其分析评价文学现象的能力，为今后从事教学打下基础。

文学现象是非常复杂的现象，既表现在作家创作的作品中，也表现在文学思潮和文学活动中。毫无疑问，学习文学理论，对中文及相关专业学生学习中国古代文学、现代文学、当代文学和外国文学，肯定是有帮助的，可以更好地理解这些课程所讲作品的思想艺术价值。同时还要看到，改革开放以来，中外文化交流频繁，西方近现代文论也陆续被介绍进来，马克思文学理论提供我们批判的武器，增强我们分析评价这些文学现象的能力。

文学创作是种复杂的充满创造性的精神劳动，正如马克思主义文学理论所揭示的，具有自己的特性和规律。无论是题材的选择、主题的提炼，还是形象的塑造、形式的创新，都需要进行不倦的探讨和创造。显而易见，学了马克思主义文学理论，对文学创作也有实际的指导意义。

三、如何学习文学理论

根据文学理论的性质、内容和任务的要求，要学好这门课，一定要注意做到：

第一，要把记忆和理解结合起来。

文学理论像其他社会科学一样，有许多概念和术语。概念是反映事物本质特征和一般属性的思维形式；术语则是学科中的专门用语。文学理论的概念和术语，除了自身的内涵外，还涉及有关的基本知识和基本原理。例如，形象、典型、主题、情节等，都是概念，都是反映了文学特性和创作规律的某些方面的思维形式。又如，文学的源泉、欣赏、共鸣、创作力、感染力等，都是术语，都是文学理论的专门用语。而这些概念和术语，都要用很多有关知识来解释、论证，进而揭示出规律性的原理。

所以，文学理论的概念和术语，一定要记牢，不能一知半解，一定要理解，把握它们的内涵、相关的基本知识和基本原理。否则，这门课是学不好的。

第二，要把理论和实际结合起来。

学习文学理论,是为了提高文学理论水平,指导文学实践。文学理论水平的高低的重要标志,不光是记牢概念和术语,也不光是能理解,关键还在于提高分析评价文学现象的能力。理论联系实际,就是用所学的马克思主义文学理论去分析文学现象,判断是非,提出自己的看法。这才是提高分析评价文学现象的能力的有效途径。例如,《废都》这部长篇小说出版后,在文学界有过激烈的争论:有人说,这部作品的思想内容和艺术表现都好;也有人说,这部作品充斥露骨色情的描写,总倾向是坏的。究竟哪种意见对呢?按照马克思主义文学理论进行分析评价,是能够得出正确结论的。经过这样联系,分析评价能力也就提高了。

第三,要把阅读和思考结合起来。

阅读,首先阅读中外古今文学名著,甚至是那些不好的或有争议的作品也要接触。因为文学理论需要论证,要论证就离不开有代表性的作品。其次,有重点地读些马克思主义的哲学、美学、伦理学、社会学和心理学等著作,文学理论与这些学科有着密切的关系。再次,文学理论与这些学科也有互相渗透研究的成果,如《文艺心理学》、《文艺社会学》、《诗歌美学》、《小说美学》也应该读一些。既要阅读,还要思考,要抓住文学理论与这些学科相关联的问题思考,要有敢于追求真理的勇气,至于文学理论中的问题包括文学创作的新问题和原来尚未很好解决的老问题,以及要重新认识的问题,也都应该思考,提出自己的意见。这样,知识视野扩大了,思考更深刻了,学习文学理论就会学得更深入,理解更透彻,应用更自如。

▶相关链接◀

一、韩少功:《文学何为》

经常遇到有人提问:文学有什么用?我理解这些提问者,包括一些犹犹豫豫考入文科的学子。他们的潜台词大概是:文学能赚钱吗?能助我买下房子、车子以及名牌手表吗?能让我成为股市大户、炒楼金主以及豪华会所里的VIP吗?

我得遗憾地告诉他们:不能。

基本上不能——这意思是说除了极少数畅销书,文学自古就是微利甚至无利的事业。而那些畅销书的大部分,作为文字的快餐乃至泡沫,又与文学没有多大关系。街头书摊上红红绿绿的色情、凶杀、黑幕……一次次能把读者的钱掏出来,但不会有人太把它们当回事吧?

不过,岂止文学利薄,不赚钱的事情其实还很多。下棋和钓鱼赚钱吗?听音乐和逛山水赚钱吗?情投意合的朋友谈心赚钱吗?泪流满面的亲人思念赚钱吗?少年幻想与老人怀旧赚钱吗?走进教堂时的神秘感和敬畏感赚钱吗?做完义工后的充实感和成就感赚钱吗?大喊大叫奋不顾身地热爱偶像赚钱吗?……这些事非但不赚钱,可能还费钱,费大钱。但如果没有这一切,生活是否会少了点什么?会不会有些单调和空洞?

人与动物的差别,在于人是有文化的和有精神的,在于人总是追求一种有情有义的生活。换句话说,人没有特别的了不起,其嗅觉比不上狗,视觉比不上鸟,听觉比不上蝙蝠,搏杀能力比不上虎豹,但要命的是人这种直立动物往往比其他动物更贪婪。一条狗肯定想不明白,为何有些人买下一套房子还想圈占十套,有了十双鞋还去囤积一千双,发情频率也远超过生殖的必需。想想看,这样一种最无能又最贪婪的动物,如果失去了文明,失去了文明所承载的情与义,会成为什么样子?是不是连一条狗都有理由耻与为伍?

人以情义为立身之本,使人类社会几千年以来一直有文学的血脉在流淌。在没有版税、稿酬、奖金、电视采访、委员头衔乃至出版业的漫长岁月,不过是仅仅依靠口耳相传和手书传抄,文学也一直能生生不息蔚为大观,向人们传达着有关价值观的经验和想象,指示一条澄明敞亮的文明之道。这样的文学不赚钱,起码赚不出什么李嘉诚和比尔·盖茨,却让赚到钱或没赚到钱的人都活得更有意义也更有意思,因此它不是一种谋生之术,而是一种心灵之学;不是一种职业,而是一种修养。把文学与利益联系起来,不过是一种可疑的现代制度安排,更是某些现代教育商、传媒商、学术商等乐于制造的掘金神话。文科学子们大可不必轻信。

在另一方面,只要人类还存续,只要人类还需要精神的星空和地平线,文学就肯定广有作为和大有作为——因为每个人都不会满足于动物性的吃喝拉撒,哪怕是恶棍和混蛋也常有心中柔软的一角,忍不住会在金钱之外寻找点什么。在这个时候,在这个呼吸从容、目光清澈、神情舒展、容貌亲切的瞬间,在心灵与心灵相互靠近之际,永恒的文学就悄悄到场了。人类的文学宝库中所蕴藏的感动与美妙,就会成为出现在眼前的新生之门。

(摘自 2009 年 12 月 3 日《人民日报》)

二、滕守尧:《艺术使人完美》

艺术究竟如何通过自己的完美而使人不断达到完美?也许可以从以下几个角度去认识:

(一)在"有"与"无"之间

一个人如果想达到完美,最起码要使自己的眼睛和耳朵完美。而要做到这一点,首先必须对人的眼睛和耳朵有一种全新的认识。眼睛和耳朵其实是有一种有待实现的能力、有待发掘的潜力、有待完成的任务、有待点燃的智慧。我们可以把它们比喻为地下深层的石油和淡水,你不去发掘和开发,它们就永远隐藏着。它们永远处于"有"与"无"之间。虽然每个人都有眼睛和耳朵,但面对同样的景色和音乐,有人能看到和听到其中的意味,有人什么也看不到,什么也听不到。正如马克思所说,对于非音乐的耳朵来说,音乐再美,也无法听到。

艺术和艺术教育的作用,就是要把每个人的眼睛和耳朵的潜在能力唤醒、点燃、开发、发展,从一种景色中看到更多的东西和意味。

(二)恢复、拓展、发掘早已失去的感受力

实际上,人们的眼睛和耳朵不是什么也看不到或什么也听不到,只不过人们在功利性很强的日常生活中为功利心所蒙蔽,因而只能看到和听到与自己功利活动有关的事物或是对自己有用的部分。

如何恢复我们变得迟钝的感觉和知觉?艺术和艺术教育起着举足轻重的作用。西方作家王尔德指出,很多时候,是艺术教会了人们如何观察到自然事物的美。西方作家普鲁斯特说,在看到夏尔丹的绘画之前,他自己从没意识到,在自己身边、在父母的屋子里、在脏乱的桌面上、在没有铺平的桌布一角、甚至在空牡蛎壳和刀子上,也有动人的美存在。狄德罗评论夏尔丹的绘画时指出,夏尔丹简直是一个魔术家,竟然使一些最平凡的东西也变得如此之美!

（三）获得丰富的情感体验

人类精神领域的开拓者——艺术家开拓了许许多多的艺术珍品。它们使普通人认识到,那些比自己更聪明和在精神领域更富于开拓精神的人听到、看到和想到了什么,是怎样看和怎样听的。它们通过艺术,使人更坚强,更从容地面对命运的挑战,更冷静地正视不幸和承受不幸。艺术使我们的内心与艺术人物的内心经验达到同一,从而使我们感到不可侵犯。

（四）健全人格

席勒说过,最终而言,有道德的人不是国家工具造就的,只有打开艺术之泉,通过艺术之泉的浇灌,才能培育出有道德的人,因为艺术是一眼永远不受污染的清泉,政治再腐败和肮脏,艺术仍然清澈和纯洁。

通过创造和欣赏美好的事物和艺术品,人的情感就会结晶成美好的形式,这一美好的形式进一步对人的行为起到规范作用,使之成为一种有道德的行为。正因如此,一个发展完美的人本身就是一件艺术品,因为二者都有完美的形式。

（五）成为智慧的人

智慧除了包括智力和智能外,还包含一种健全的生活态度、健康的信仰、丰富的情感体验、深刻的思想和观念。智慧同时涉及内外两个世界,在领悟对象时,一刻也不能脱离自我的感受。在这一方面,艺术对提高人的智慧是举足轻重的,因为艺术不仅涉及人的智力和智能,还涉及人在生活和斗争中积累的情感体验、思想观念等。艺术容易使一切要素恰当融合,在与外在世界的不断对话中,突现出一种新质。而这种新质如果用特定艺术媒介体现出来,被接受者把握到,就会产生一种豁然开朗和茅塞顿开的神秘感觉,这时候,美的东西与真的东西合并为一体。

（六）与世界的和谐

马尔库塞曾经指出,艺术虽然不能直接改变世界,却可以通过改造那些能够改变世界的男人和女人的内在驱动力而间接地改造世界。马斯洛则认为,人自身越完美,他知觉到的世界就越完美,而人知觉到的世界越完美,世界就会变得越完美,因为二者是一种相互促进的能动关系。具有完美知觉和更高级趣味的人,会通过设计和生产创造出一种适合这种趣味的更美好的环境。因此,人类的每一进步和文明,都伴随着环境的改观。

其实,在许多文化中,城市本身的设计和造型,就是一件艺术品。布鲁尼在《佛罗伦萨颂》中描写这座城市说:正如竖琴的那些相互合作的琴弦一经弹拨,许多不同的乐音就形成一种和弦一样,这个文明的城市,同样是所有组成部分相互协调,共同组成一个和谐的整体。在这个共和体中,没有一处比例不协调,没有一处不恰到好处,没有一处模糊不清。每一部分,不仅其自身的作用得到清晰界定,而且与其他部分有着密切的关系,牵一发而动全身。

很明显,心灵的美与环境的美是相辅相成的。

（林张越摘自滕守尧著《艺术与创生》前言）

三、童庆炳:《文科的意义——就文学艺术来说》

文学艺术通过培养具有艺术素养的人,推动科学技术的发展,进一步推动社会的发展。人们常有一种错觉,认为搞理工的人与文学艺术无关。文学艺术对于他们最多不过是消遣品,可有可无。事情是这样的吗?我这里举一个例子,20世纪50年代,美国、苏联正在进行空间技术的竞赛。它们都想率先把人造卫星送上太空。美国人更是雄心勃勃,觉得他们的科技教育是世界第一的,因此他们认为率先把卫星送上太空理应是美国。但是事情发展却出乎人们的预料。1957年11月苏联率先把人造地球卫星送上了太空,这一下震惊了整个美国,美国人觉得他们在空间技术领域落后于苏联,是奇耻大辱,是无法接受的。于是开始寻找原因。经过十年的调查研究,美国人得出的结论是:美国的科技教育的确是世界第一的,但艺术教育则落后于苏联,正是美苏两国科技人员不同的艺术素养导致了美国空间技术的落后。艺术教育帮助苏联科技人员提高了艺术素养,使他们能够在尖端科技的发展中取得领先的地位。1967年美国哈佛大学教育研究生院设立"零点项目"研究,之所以用"零"命名,表示对艺术教育认识的空白。这个项目的设立,可谓知耻而后勇。

为什么科技方面的竞赛转到了艺术教育的竞赛?为什么艺术教育的发展能够促进科技的发展呢?这就是艺术教育对人的整体素养的培养是至关重要的,文学艺术对于高科技人才的情感熏染,使他们在最高水平的竞赛中能够脱颖而出。诺贝尔物理奖得主李政道对此发出这样的感叹:"我想,现在大家可以相信科学和艺术是不能分割的。它们的关系是与智慧和情感的二元性密切关联的。伟大艺术的美学鉴赏和伟大科学观念的理解都需要智慧。但是,随后的感受升华和情感又是分不开的。没有情感的因素我们的智慧能够开创新的道路吗?没有智慧,情感能够达到完美的成果吗?它们很可能是确实不可分的,如果是这样,艺术和科学事实上是一个硬币的两面。它们源于人类活动最高尚的部分,都追求着深刻性、普遍性、永恒和富有意义。"文学艺术作为"情感的因素",就这样发挥着对于科技对于社会发展的作用。由此我们不难得到启发,在大学里,文科与理工科是孪生姐妹,彼此依靠着,互相渗透着,共同发展着。

......

文科的意义在于它关注的问题深入到人的内心世界,深入到社会发展的内在机制,在于它要建设全面发展的人,在于它要规范社会的均衡的发展。因此,在大学建设具有深厚功力和蓬勃活力的文科,是一项刻不容缓的伟大事业。

(摘自《学习时报》,2004.6.14)

四、胡山林:《感受、体验与分析、阐释》

文学与非文学的区别,决定了文学欣赏的基本途径和方法:感受、体验与分析、阐释。

文学作品当然是有思想的,但这种思想不是赤裸、抽象的思想,而是蕴涵在情感中的思想;文学作品当然是要叙事状物的,但这里的"事"和"物"除了字面义之外往往还有暗含义,这就是文学作品字里行间弥漫着的可意会不可言传、可神通不可语达的生命信息、心灵信息和情感信息。如此看来,文学作品至少是双重结构,一是情感、心灵层面,二是事实、思想层面。与前一层面对应的接受途径是感受、体验，与后一层面对应的接受途径是分析、阐释。

感受、体验是指以自己的全部身心投入作品，拥抱作品，心灵与心灵相对话，感情与感情相交流。在这里，欣赏者心理中没有概念的干扰，没有逻辑的介入，一切都是感性的、直觉的。在这一过程中，欣赏者面对作品那活泼流动的生命信息，心有所动，情有所感，意有所悟，全身心处于愉快陶醉之中。这是精神的盛宴，心灵的狂欢，最大的艺术享受。文学欣赏同其他艺术欣赏一样，从根本上说就是现实的活的感性交流活动，这是文学欣赏区别于科学理性活动的根本标志。感受、体验是文学欣赏最主要最基本的途径和方式。文学作品中那些活的灵动的生命信息，如音韵节奏中的意味，字词的暗含义、语气、语调、情调、格调、风格、神韵等，必须亲身感受体验才能把握。否则终是雾里看花隔一层，即使说一千道一万，终是一个说不清。

然而，理性分析也毕竟是不可少的。文学之所以是艺术，就在于它对于要表达的东西往往不直说，而是运用象征、隐喻等手法深深地寓于形象背后，如果仅凭感受往往很难把握它。这就需要借助于理性分析，进行一些必要的分析和阐释。而且，愈是优秀的作品愈需要分析，愈有分析探索的价值——歌德说过，优秀的作品无论你怎样去探测它都是探不到底的。莎士比亚的《哈姆雷特》、歌德的《浮士德》、曹雪芹的《红楼梦》被人分析阐释了几百年，人们对这些作品的理解，是随着不断的分析阐释而深化的。在这里，分析阐释没有干扰对作品的把握，而是有力地促进帮助了它。再者，即使是必须通过感受体验才能把握的艺术因素，也不应排斥和拒绝"过程"之外的分析。分析可以使感受体验更明确、更稳定、更深刻。

这里，向读者介绍一个小资料，即美国的文学课堂是怎样教学的。一篇署名沈睿的文章《学习阅读》介绍了作者在美国读书的情况。作者说，一位讲授"当代美国诗歌"的教授走进教室，手里拿着某诗人的全集，放在桌上，翻开，说"让我们开始读诗吧"。"读"是朗读的意思。朗读进行了一个半小时，然后教授问"读后有什么体会？今天讨论这首诗的抒情成分。抒情与朗读分不开，与音韵、音乐感分不开"。于是两个小时，大家你一言我一语的讨论每一个头韵、尾韵。老师为什么那么强调朗读呢？因为文学作品既然是语言的艺术，就得从语言出发。语言中包含语气、语速，于是就得朗读。"念"诗与"读"诗会有不同的感受。对文学作品的欣赏与理解首先是个人的，而不是念别人的现成的结论。一句话，把握文学，先学会阅读。在美国，没有任何类似国内的教科书，全是教授开书单，让学生读原著去，获得自己的感受，带着观点来讨论。作者说，两个学期下来，我深深体会到这种教学方法的优点：它教你思考、逼你思考而不是叫你接受别人的现成结论。

笔者认为，美国这种教授文学的方法值得借鉴。第一，它符合文学作品的本质特征。文学中那些微妙的精神内涵，如果不通过读者的亲身感受与体验，是无论如何也无法把握、无法变为读者自己的精神营养的。与美国教学方法相比，我们缺少了在阅读中感受体验这一重要环节。第二，感受体验只是理解把握文学作品的基础和前提，感受体验之后是做技术（艺术技巧）层面的理性分析。文学作为艺术的一种形式，不但重视"说什么"，而且重视"怎么说"。有了理性的技术分析，感受体验就得到了深化，文学的深层意蕴就得到了开掘。

第三，与此相关，它符合文学及各类学习的一般规律，先是学生自己学习体会，独立思考，形成自己的观点，然后集体讨论或老师讲解，这样"逼迫"学生养成独立思考的好习惯。

总之，感受体验与分析阐释对于文学欣赏来说，都是必要的，不可缺少的。二者各有独特的功能，不应该相互排斥、相互取代，而应该相互协同、相互补充。只有感受而无分析，感受有可能是浮浅的、虚飘的；只有分析而无感受，分析肯定是空泛的、无根的。只有使二者相辅相成，才能把握文学作品的精髓。

（摘自胡山林主编《文学欣赏》）

五、钱学森：《大学一定要有创新精神》

我是在 20 世纪 30 年代去美国的，开始在麻省理工学院学习。麻省理工学院在当时也算是鼎鼎大名了，但我一年就把硕士学位拿下了，成绩还拔尖。后来我转到加州理工学院，一下子就感觉到它很不一样，创新的学风弥漫在整个校园，可以说，整个学校的一个精神就是创新。在这里，你必须想别人没有想到的东西，说别人没有说过的话，而且要比别人高出一大截才行。学校的学术气氛非常浓厚，学术讨论会十分活跃，互相启发，互相促进。我们现在倒好，一些技术和学术讨论会还互相保密，互相封锁，这不是发展科学的学风。我记得在一次学术讨论会上，我的老师冯·卡门讲了一个非常好的学术思想，美国人叫"good idea"，在科学工作中有没有创新，首先就取决于你有没有一个"good idea"。所以马上就有人说："卡门教授，你把这么好的思想都讲出来了，就不怕别人超过你？"卡门说："我不怕，等他赶上我这个想法，我又跑到前面老远去了。"所以我到加州理工学院，一下子脑子就开了窍。

我本来是航空系的研究生，我的老师鼓励我学习各种有用的知识。我到物理系去听课，听的是物理学的前沿。生物系有摩根这个大权威，讲遗传学。化学系的课我也去听，化学系主任 L·鲍林讲结构化学，也是化学的前沿。L·鲍林对我这个航空系的研究生去听他的课、参加化学系的学术讨论会，一点也不排斥。他晚年主张服用大剂量维生素的思想遭到生物医学界的普遍反对，但他仍坚持自己的观点，甚至和整个医学界辩论不止。加州理工学院就有许多这样的大师、怪人，决不随大流，敢于想别人不敢想的，做别人不敢做的。没有这种精神，怎么会有创新！

在加州理工学院，不同的学派、不同的学术观点都可以充分发表，学生们也可以充分发表自己的不同学术见解，可以向权威们挑战。过去我曾讲过我在加州理工学院当研究生时和一些权威辩论的情况，其实这在加州理工学院是很平常的事。今天我们有哪一所大学能做到这样？大家见面都是客客气气，学术讨论活跃不起来。这怎么能够培养创新人才？更不用说大师级人才了。

有趣的是，加州理工学院还鼓励那些理工科学生提高艺术素养。我们火箭小组的头头马林纳就是一边研究火箭，一边学习绘画，他后来还成为西方一位抽象派画家。我的老师冯·卡门听说我懂得绘画、音乐、摄影这些方面的学问，还被美国艺术和科学学会吸收为会员，他很高兴，说你有这些才华很重要，这方面你比我强。我从小不仅对科学感兴趣，也对艺术有兴趣，读过许多艺术理论方面的书，像普列汉诺夫的《艺术论》。从中我学会了艺术上大跨度的宏观形象思维。我认为，这些东西对启迪一个人在科学上的创新是很重要的。

科学上的创新光靠严密的逻辑思维不行,创新的思想往往开始于形象思维,从大跨度的联想中得到启迪,然后再用严密的逻辑加以验证。

像加州理工学院这样的学校,光是为中国就培养出许多著名科学家,包括钱伟长、谈家桢、郭永怀等等。今天我们办学,一定要有加州理工学院的那种科技创新精神,培养会动脑筋、具有非凡创造能力的人才。我回国这么多年,感到中国还没有一所这样的学校,都是些一般的,别人说过的才说,没说过的就不敢说,这样是培养不出顶尖帅才的。我们国家应该解决这个问题。你是不是真正的创新,就看是不是敢于研究别人没有研究过的科学前沿问题。所谓优秀学生就是要有创新。没有创新,死记硬背,考试成绩再好也不是优秀学生。

……

（摘自《人民日报》2009.1.5,涂元季、顾吉环、李明整理）

六、理查德·莱文[①]:《中国本科教育缺什么》

这些年来,我们与来自中国的多位大学校长讨论最多的一个问题,就是借鉴美国综合性大学的通识教育模式,对中国的本科教育进行改革。

通识教育的模式对中国有什么意义? 举一个例子,在二战后的四十年间,日本的经济发展速度远远快于美国,但是在1990年以后却有十五年停滞不前。人们通常认为是金融政策的问题。但是深层次的原因在创新人才。

要培养创新人才,中国的教育体系要鼓励学生能够进行创造性的、独立的思维。目前,中国大学的本科教育缺乏两个非常重要的因素。第一,就是缺乏跨学科的广度;第二,就是缺乏对于评判性思维的培养。

绝大多数亚洲的学校和欧洲大学一样,本科教育是一个专识教育,学生在十八岁的时候就选择了自己的终身职业,之后就不再学别的东西了。中国学生把注意力放在对于知识要点的掌握上,不去开发独立和评判性思维的能力。这样的模式对于培养流水线上的工程师或者中层的管理干部可能有用,但是如果要培养具有领导力和创新能力的人,那就不足了。

比广博的视野更重要的是,学生应该有能力去接受知识,运用知识重新评估已有的结论并得出新的结论。在美国教育史上曾起过重要作用的、1928年的《耶鲁大学报告》中提出一个观点:"头脑的纪律和头脑的家具之间的区别。"学生获得某一个专业的知识,就像头脑里装进了一件家具,但是这个家具在一个迅速变革的世界当中,从长远来讲并没有太多的价值。学生最后在事业上取得成功,需要的是头脑的纪律或者说思考的框架,而不是一件"家具",让他们不断适应变化的环境,找到解决问题的方案。培养这样的习惯,需要学习者不再是被动的接受者,学生需要有独立思考的能力,能够主动进行立论、辩论或者对于自己的论点进行修正。因此,教师应该采取新的教学模式,鼓励学生进行主动的思维,让学生能够挑战彼此,挑战教师。

（摘自《光明日报》2010.5.3）

---

① 耶鲁大学校长。

第一编

文学特性

导读

第一章　文学的形象性

▶本章提要◀　文学作为一种社会意识形态,它的特性主要是它的形象性。文学与科学的区别在于,文学创造形象反映生活,科学用概念和理论系统反映生活。文学的对象是人和社会生活。科学的对象只是研究自然和社会的某一方面。文学形象是美的。文学形象具有具体与概括、描写与造型、认识与情感相统一的三个特征。文学形象多样性,决定于社会生活多样性。文学形象基本上可以归纳为写实形象、抒情形象和怪诞形象三种表现形态。

第一节　文学形象的内涵

一　文学以形象反映生活

(一) 文学与科学的区别

　　文学与科学各有特点。科学的特点,是"将丰富的感觉材料加以去粗取精、去伪存真,由此及彼、由表及里的改造制作工夫,造成概念和理论系统",[①]反映事物的本质和内部规律性。科学即使引用许多数据、图表和事实,也是作为表述概念和理论系统的例证,没有独立的意义。所以,对于科学,我们要从理智上去把握。相反,文学没有舍弃丰富的感觉材料,而是在这些材料的基础上进行加工,创造出形象,反映生活的本质和内部规律性。文学具有科学所没有的感染力,我们能够直观地去把握。鲁迅曾说:"文学和学说不同,学说所

---

① 毛泽东:《实践论》。

以启人思，文学所以增人感。"①就因为文学与科学的反映方式不同，作用于读者也不同。

例如，垂柳，在我国南方是一种常见的树，植物学论著这样写：属于杨柳科，落叶乔木。小枝细长下垂，叶披针形或线状披针形，有锯齿。早春先叶开花。植于河畔，可防止土崩。为绿化树，木材供矿柱、家具等用。很明显，这是植物学家观察了千千万万株垂柳，抛弃了每株垂柳的具体形态，抽取其本质，造成这一概念，并通过理论加以说明。我们虽然知道垂柳是什么，但总觉得抽象。可是，读唐朝诗人贺知章的《咏柳》，就不一样了。

> 碧玉妆成一树高，万条垂下绿丝绦。
>
> 不知细叶谁裁出，二月春风似剪刀。

高高的垂柳像用碧玉砌起来的，它挂下了千万根丝带似的枝条。片片整齐的细叶是什么人裁的，原来是二月春风如裁剪师的剪刀，把它们剪出来的。这首诗，描绘了一幅垂柳图，透示出春意盎然的生机，表达了诗人喜悦的心情，给我们审美的具体感受。

又如，毛泽东在《青年运动的方向》这篇著名政论中指出："辛亥革命把一个皇帝赶跑，这不是胜利了吗？说它失败，是说辛亥革命只把一个皇帝赶跑，中国仍旧在帝国主义和封建主义的压迫之下，反帝反封建的任务并没有完成。"毛泽东讲辛亥革命的胜利和失败，是用概念组成的理论判断来表述的。辛亥革命怎样"失败"，中国仍旧在帝国主义和封建主义的"压迫"之下，反帝反封建的革命任务没有"完成"，都没有一一去写，我们只能在理智上接受了这个正确的结论。在鲁迅写的《阿Q正传》中，我们看到关于辛亥革命的生动描写，几乎可以得到这方面的同样认识：赵秀才将辫子盘在顶上，去拜访钱假洋鬼子"咸与维新"，相约去"革命"。去了静修庵，砸碎了"皇帝万岁万万岁"的龙牌，打了老尼姑，偷走了"宣德炉"。这时，知县还是"原官"，带兵的也还是"先前的老把总"。但是，小说的主人公，贫穷而又愚昧的阿Q，想"造反"，假洋鬼子又不准，最后他被当作"抢劫犯"抓去，得了个"大团圆"的结局，枪毙了。至于舆论：

> 在未庄是无异议，都说阿Q坏，被枪毙便是他的坏的证据；不坏又何至于被
>
> 枪毙呢？而城里的舆论却不佳，他们多半不满足，以为枪毙并无杀头的好看；而且
>
> 那是怎样的一个可笑的死囚呵，游了那么久的街，竟没有唱一句戏：他们白跟了一
>
> 趟了。

从上述文字看来，鲁迅没有直接说辛亥革命的胜利和失败，他只是写出原先坚决反对革命的赵秀才和钱假洋鬼子一类人，现在摇身一变，混入革命队伍了，他们表面上砸掉了龙牌，实质上在保护自己的利益，他们还在欺压阿Q这样穷苦农民。知县、把总都没动，表明封建统治势力还存在，中国人民还在受压迫，这岂不是说本来是反对帝国主义和封建主义的辛亥革命失败了吗！尤其是，阿Q这样的农民理应成为革命的主要力量，却送了命。那些未庄和城里的人都是一般的劳苦人，他们也理应成为革命的力量，但对这个革命毫无所知，浑浑噩噩，不但对阿Q的死漠不关心，无动于衷，而且认为阿Q坏，才被枪毙，甚至认为枪毙不如杀头好看。多么麻木不仁呵！这个生活画面，给了我们的心灵强烈的震撼！

总而言之，科学用概念和理论系统的方式反映生活，文学是用形象的方式反映生活，反

---

① 许寿裳：《亡友鲁迅印象记》。

映方式不同,作用也不同。这就是文学与科学的区别。文学用形象方式反映,正是文学的形象性的主要表现。

(二)文学形象释义

形象,分开说,形是见,如《广雅·释诂三》释:"形,见也。"象是形状,如《周易·系辞上传》释:"圣人有以见天下之赜,而拟诸其形容,象其物宜,是故谓之象。"意思是,圣人发现天下深奥的道理,把它比拟成具体的形状外貌,用来象征特定事物适宜的意义,称之象。所以,形与象合起来说,就是事物的形状外貌,具有可观、可闻、可触、可感的性质。在自然界中的山光水色、草木花卉和飞禽走兽,在社会人际关系中的各种各样人的音容笑貌、行为举止、矛盾冲突和生活环境,这一切通过我们感官都可以看得到、听得到或者摸得着的,都是形象。例如,《三国志·魏志》的《管宁传》:"宁少而丧母,不识形象。"这就是说,管宁少时便死了母亲,他已经记不起母亲生前的外貌形态了。

上面所说的,是现实形象。然而,文学形象与现实形象是不同的。把现实形象这概念用在文学理论中,在我国是很早的;不过,大多讲"形",也含有"象"之意。陆机在《文赋》提出"穷形而尽相",强调诗人要真实地反映生活,就要在笔下穷尽事物的外貌形状。刘勰在《文心雕龙·物色》篇中讲到晋、宋以来的诗歌创作时,进一步指出:

> 自近代以来,文贵形似。窥情风景之上,钻研草木之中,吟咏所发,志惟深远,体物为妙,功在密附。故巧言切状,如印之印泥,不加雕削,而曲写毫芥。故能瞻言而见貌,即字而知时也。

刘勰讲的"文贵形似"的"形",也就是形象。这段话是说,当时诗人写景物注意形象与现实相似,他们能在景物中观察其神态,在草木中钻研其形状,自己情怀深远,加上体验深切,写出景物形象就显得真实。所以,巧妙的语言切合景物形貌,好比在印泥上盖印,用不着雕饰,却能把最细微的东西表现出来。人们可以从语言中看到景物的形貌,从文字中知道季节变化。这段话也表明,当时诗歌成就很高,因为诗人"志惟深远,体物为妙",他们作品的形象与现实形象又不同,寄托了他们的远大情怀和人生理想。陶渊明的田园诗就是一例。至于金圣叹评点《水浒传》说:"叙一百八人,人有其性情,人有其气质,人有其形状,人有其声口。"说的是在梁山泊聚义的一百零八好汉的形象,个个不同。而杜甫的《寄董卿嘉荣》诗:"云台画形象,皆为扫妖氛。"说的是绘画形象。用形象反映生活,其他艺术和文学是共同的。

在西方国家关于文学艺术形象的提法也很多。例如,莎士比亚在他的悲剧《哈姆雷特》中借主人公之口说:"要给自然界一面镜子,给德行看一看自己的形象和印记。"黑格尔也在《美学》中指出:"艺术的使命在于用感性的艺术形象的形式去显现真实。"显然,他们都强调文学艺术的反映方式必须是形象。

文学形象能给我们如临其境、如历其事、如见其人、如闻其声的感受。但是,应该注意到,文学形象不仅是文学作品所写的人物形象和其他事物形象,而且主要是文学作品中以人物形象为中心的各种形象有机联系的形象整体。以莎士比亚的《雅典的泰门》为例,马克思曾指出,这部剧作通过贵族泰门由富到贫的生活变化,把各种人物和事物形象组织为整体,绝妙地描绘了金钱统治的罪恶本质:

金子! 黄黄的,光光的,宝贵的金子! ……只这一点儿,就可以使黑的变成白的,丑的变成美的,错的变成对的,卑贱变成尊贵,老年变成少年,懦夫变成勇士。……这东西会把你们的祭司和仆人从你的身旁拉走;把健汉头颅底下的枕垫抽去;这黄色的奴隶可以使异教结盟,同宗分裂,它可以使受诅咒的人得福,使害着灰白色的癫病的人为众人所敬爱;它可以使窃贼得到高爵显位,和元老们分庭抗礼,它可以使鸡皮黄脸的寡妇重做新娘,即使她的尊容会使身染恶疮的人也见了呕吐,有了这东西也会恢复三春的娇艳。[①]

　　我们讲文学以形象反映生活,这形象指的主要是形象整体。

二　文学形象是作家的创造

(一) 文学形象与特殊对象

　　文学与科学在反映方式上有根本的区别,关键在于它们的对象不同。科学对象有很多是关于人和社会生活的,但它们只注意人和社会生活的某一方面或某一部分,只是探索与人有关的某一奥秘。它们更多的是以自然界为对象的。文学的对象是大千世界,它立足于写人,写活生生的、有血有肉的人。这样的人,不是生物学上的抽象的人,而是马克思所说的处在“一切社会关系的总和”[②]的人。这是马克思主义文学理论的一个基本观点。

　　人和社会生活是不可分割的。没有人就没有人的社会生活,有了人才有人的社会生活。文学正是作为“一切社会关系的总和”的人的描写,去反映社会生活,包括人所处的时代、社会和错综复杂的社会关系,如生产关系、民族关系、阶级关系、家庭关系、朋友关系和爱情关系等等,去揭示人的灵魂世界,包括人的意愿和理想、人的兴趣和爱好、人的痛苦和欢乐等等。果戈理认为作家是“人类灵魂的观察者”。[③] 托尔斯泰以为“艺术主要目的是为了表现、说出关于人的灵魂的真理”。[④] 鲁迅要通过阿 Q“写出一个现代的我们国人的魂灵来”。[⑤] 茅盾的经验是:“人——是我写小说的第一个目标。”[⑥]当代作家蒋子龙说,他要千方百计地找到自己的文学位置,不论写工业还是写农业,都要写出活人的灵魂,写出我们今天改革中所经历的痛苦和欢乐。高尔基曾经把文学称为“人学”,这是很好地概括了文学对象的特殊性。

　　在文学作品中对自然界事物的描写,也都是为了表现作为社会的人的行为和心情。例如,杜甫的《绝句》:“两个黄鹂鸣翠柳,一行白鹭上青天,窗含西岭千秋雪,门泊东吴万里船。”这是写景诗。诗中再现了诗人所住成都草堂周围的景色,突出了草堂环境的清新开阔,展示出色彩鲜明的画面,有一种景物组合的动态美,表露了诗人在安史之乱平定后的悠

---

① 《莎士比亚戏剧集》第 10 卷,第 325—326 页。
② 《关于费尔巴哈的提纲》。
③ 前苏联《现实主义问题讨论集》,第 60 页。
④ 同上。
⑤ 《鲁迅论文学》,第 133 页。
⑥ 《中国现代作家谈创作经验》,第 80 页。

然自得的心情。又如高尔基的《海燕》,是写飞禽的,以暴风雨中海燕的形象,来象征俄国革命者要推翻沙皇制度的意志、决心和力量。

直接写人和社会生活的作品,如《水浒传》,它通过诸多人物的生活遭遇矛盾冲突和理想愿望的描写,再现了北宋末年各阶级的状况和尖锐的阶级斗争,讴歌了农民起义,塑造了农民起义中的许多英雄,反映了中国中世纪时期的社会生活。虽然,由于梁山泊总首领宋江,一心想招安,报效朝廷,导致了这场农民起义斗争走向失败,连宋江本人也被残害,但这一描写使我们认识到封建社会的腐朽和罪恶。又如,巴金的《家》,写了高觉慧等人在五四思潮影响下的觉醒,敢于与封建大家庭决裂,反对封建礼教和家族制度;也写了高觉新等人在封建大家庭里受迫害的命运和内心痛苦不安的灵魂。我们在觉慧等人身上看到了生活前进的激流,在觉新等人身上看到封建礼教和宗族制度的吃人的本质。

别林斯基是19世纪俄国进步的文艺理论家。关于文学对象问题,他有一句话是人们经常引用的:

> 哲学家用三段论法,诗人则用形象和图画说话,然而它们说的都是同一件事。政治经济学家被统计材料武装着,诉诸读者或听众底理智,证明社会中某一阶级底状况,由于某一种原因,也已大为改善,或大为恶化。诗人被生动而鲜明的现实给武装着,诉诸读者底想象,在真实的图画里面,显示社会中某一阶级底状况,由于某一种原因,也已大为改善,或大为恶化。一个是证明,另一个是显示,可是他们都是说服,所不同的只是一个用逻辑结论,另一个用图画而已。①

别林斯基要人们注意文学与科学的差别,这是对的,但以为文学对象与科学对象是"同一件事",则忽视了它们的不同,他把对象看作内容,认为文学与科学内容完全相同,仅仅反映形式不同,这并不确切。内容和形式相联系,内容不同,形式才不同。

马克思、恩格斯对文学是写人和社会生活则有精辟的评述。马克思认为,19世纪英国小说家狄更斯、沙克莱、白朗特等人能够向世界揭示"政治和社会真理",就在于他们写了人和社会生活,"对资产阶级的各个阶层,从'最高尚的'食利者和认为从事任何工作都是庸俗不堪的资本家到小商贩和律师事务所的小职员,都进行了剖析","把他们描绘成一些骄傲自负、口是心非、横行霸道和粗鲁无知的人"。② 恩格斯也指出:"近十年来,在小说的性质方面产生了一个彻底的革命,先前在这类著作中充当主人公的是国王和王子,现在却是穷人和受轻视的阶级了。而构成小说内容的,则是这些人的生活和命运,欢乐和痛苦。"认为这一派的作家乔治·桑、欧仁·苏和狄更斯是"时代的旗帜"。③ 马克思、恩格斯肯定这些作家作品,正是因为他们对文学对象的特殊性决定了文学的形象反映生活这一方式有着深刻的研究。

(二) 文学形象的美

文学形象是作家的创造,它之所以能感染人,是因为它在反映生活时,能够给人以美的

① 《别林斯基选集》第2卷,时代出版社1952年版,第29页。
② 《马克思恩格斯全集》第10卷,第686页。
③ 《马克思恩格斯全集》第1卷,第594页。

感受。那么,文学形象的美在哪里呢? 它是马克思主义文学理论研究的一个重要问题。

我们知道,人和社会生活作为文学的对象,是存在着美的,存在着体现了人在生产和斗争实践中发展起来的智慧、意志、力量,符合了社会进步要求的美好事物。莎士比亚就赞扬过人:"多么高贵的理想! 多么伟大的力量! 多么优美的仪表! 多么高雅的举动! 在行为上多么像一个天使! 在智慧上多么像一个天神! 宇宙的精神! 万物的灵长!"[①]在社会生活中,反对封建压迫、要求婚姻自由、争取人民解放、为祖国捐躯、为人民利益而牺牲等等行为,以具体又可感的形态呈现在我们面前,都是美的。

在自然界,美的东西很多,日月星辰、石林云海、飞瀑流泉、春回大地、鸟语花香等等难道不美吗? 此外,还有"人化"的自然,荒山种树、填海造田、变沙漠为绿洲等等,体现了人的改造自然界的力量,难道不美吗?

但是,文学对象存在的美仅仅是原型,而且往往是分散的,它们并不等于就是文学形象的美,这就有赖于作家的创造。同时,我们也应看到,作家与对象的关系也不是一般的关系,而是一种科学家所没有的审美关系,他的视角也是放在人和社会生活中能够激动他的美好的事物上面,并且站在他的思想认识的立场上,根据文学要求和情感爱好,对摄取来的这些美好事物进行加工提炼、集中概括、思想评价和情感渲染,从而创造出来自生活却又比实际美好事物更美的形象来。例如,杭州西湖是美的,但北宋诗人苏东坡的《饮湖上初晴后雨》诗:"水光潋滟晴方好,山色空濛雨亦奇。欲把西湖比西子,淡妆浓抹总相宜。"经过诗人的加工、评价和情感渲染,更集中地把西湖的美表现出来。又如,南宋诗人陆游的《秋夜将晓,出门迎凉有感》:"三万里河东入海,五千仞岳上摩天。遗民泪尽胡尘里,南望王师又一年。"三万里长的黄河东流入海,五千仞高的华山顶上了天。沦陷区的百姓急盼宋军进攻北伐,收复失地,然而年复一年地过去了,他们在金人的奴役下,眼泪都哭干了。写祖国河山的壮丽,写沦陷区人民的苦难,表达了人民的悲痛和对南宋投降派的愤慨。这首诗的形象,就有一种崇高美。

又如,元代作家关汉卿的《窦娥冤》,列入世界大悲剧名作亦无愧色。它写窦娥从小卖进蔡婆婆家,婚后丈夫病死,守寡,但流氓张驴儿父子闯入她家,迫她们婆媳嫁给他们为妻。窦娥坚决反抗不从。张驴儿想毒死蔡婆,霸占窦娥,不料反将其父毒死。张驴儿以药死"公公"罪名把她告到官府去,太守贪赃枉法,将窦娥屈打成招,判处死刑。她继续抗争,怀着满腔悲愤,唱出《滚绣球》一曲:

> 有日月朝暮悬,有鬼神掌着生死权。天地也,只合把清浊分辨,可怎生糊突了盗跖颜渊:为善的受贫穷更命短,造恶的享富贵大寿延。天地也,做得个怕硬欺软,却原来也这般顺水推舟。地也,你不分好歹何为地? 天也,你错勘贤愚枉做天! 哎,只落得两泪涟涟。

临刑前,窦娥在三伏天发了三个"誓愿":"刀过处头落,一腔热血休半点儿沾在地上,都飞在白练上者";"身死之后,天降三尺瑞雪,遮掩了窦娥尸首";"从今以后,着这楚州亢旱三年"! 果然,这三个誓愿都一一实现了。通过这些描写,剧本表达了"这都是官吏们无心正

---

① 《哈姆雷特》。

法,使百姓有口难言"的思想,作家不仅同情窦娥的悲惨命运,而且深刻揭露封建官吏的极端腐败,对迫害窦娥致死的各种邪恶势力进行了强烈的鞭挞。这部作品的形象,就有一种悲剧美。

还有些文学作品写的是人和社会生活中丑恶的事物,目的是把丑恶的事物撕破开来,暴露其本来的真面目,加以讽刺、嘲笑和抨击,也间接地肯定了美好事物。例如,《儒林外史》写范进一朝中举,忽然发疯,岳父胡屠户势利,原先瞧不起范进,这时在发疯的范进身后,只见"衣裳后襟滚皱了许多,一路低着头替他扯了几十回",出尽丑态。蒲松龄在《聊斋志异》的《司文郎》写瞎眼和尚能凭嗅觉嗅出文章好坏,嘲笑考官的有眼无珠,揭露封建时代科场的腐朽。鲁迅的《高老夫子》写高尔础的愚蠢无知、卑鄙好色和虚伪可耻,揭露这一类人生活的荒谬。这些作品的形象,是在对反面事物进行否定时表现出的理想美。

综上看来,文学形象的美是以人和社会生活的美为基础,经过作家的创造,比实际生活的美更美,更能强烈地引起人们对美好事物的向往和追求。

第二节　文学形象的特征

一　具体与概括的统一

具体是独一无二的个别存在,是这一个而不是那一个。文学形象愈具体,就愈个别,也就愈生动可感。概括,是指在具体中进行概括,能表现出人及社会生活的某些本质。在成功的文学形象中,具体与概括是统一在一起的。李白的《秋浦歌》:"白发三千丈,缘愁似个长。不知明镜里,何处得秋霜。"诗人通过夸张,抒发怀才不遇的感慨,写得具体生动可感,而又概括了封建社会有抱负的文人不得志的苦闷。杜甫在《自京赴奉先县咏怀五百字》诗中写道:"朱门酒肉臭,路有冻死骨。"封建贵族地主过着淫逸奢侈的可耻生活,而穷人百姓饥寒交迫,冻死街头。形象地写出封建社会的阶级矛盾,表达了诗人对统治者的憎恨和对人民的同情。这也是具体与概括的统一。曹禺在《雷雨》中通过封建资本家周朴园一家的多重矛盾冲突,揭露这类家庭的罪恶。他说:"一部《雷雨》全都是巧合。明明是巧合,是作者编的,又要让人看时觉不出是巧合,相信生活本来就是这样,应该这样。这就要写出生活逻辑的依据以及人物性格、人与人之间关系的必然性来。"①的确这样,像周朴园、繁漪、周萍、四凤、鲁妈、鲁贵等人的性格,富有个性,具体突出,但都表现出"必然性来"。这"必然性",就是概括在这些形象的具体性中的本质的东西。

著名画家齐白石说,画应在"似与不似间","似"是形象与实际生活的事物相似,具体可感,"不似"是形象而不是实际生活的摹本,有艺术概括。讲的也是这个道理。在文学作品中,有些形象使人感到虚幻,但同样也是具体与概括的统一。例如,明吴承恩在《西游记》中

---

① 《曹禺谈雷雨》,《人民戏剧》1979 年第 3 期。

写的神魔妖魅形象,虽然在实际生活中是没有的,是根据作家的想象在人和社会生活方面添加了一些东西,说到底,还是植根在现实土壤中。鲁迅说:这部小说"讽刺揶揄则取当时世态,加以铺张描写","又作者禀性,'复善谐剧',故虽述变幻恍惚之事,亦每杂解颐之言,使神魔皆有人情,精魅亦通世故,而玩世不恭之意寓焉。"清蒲松龄在《聊斋志异》中写花妖狐魅,"多具人情,和易可亲,忘为异类,而又偶见鹘突,知复非人。"①这表明,《西游记》和《聊斋志异》这两部作品的神魔妖魅和花妖狐魅的形象,有独特的具体性,同时也把"世态"和"人情"都概括进去了,因此它们才有审美的价值。

小说、剧本的形象是具体与概括的统一,在诗词中也是这样。先看孟郊的《游子吟》:

慈母手中线,游子身上衣。临行密密缝,意恐迟迟归,谁言寸草心,报得三春晖?

慈母手中的千针万线,缝进了即将远行的儿子的衣裳;临行前针针线线密密地缝,为的是怕儿子迟迟归来能穿得更久。谁说儿子的心像寸草中抽出的嫩芽,能报答得慈母似春天般温暖的阳光?这首诗,表现母亲对儿子无微不至的关怀和爱护,像阳光哺育小草一样。形象具体,而又概括了母爱这个千古传诵的主题。再看李清照的《声声慢》:

寻寻觅觅,冷冷清清,凄凄惨惨戚戚。乍暖还寒时候,最难将息。三杯两盏淡酒,怎敌他晚来风急!雁过也,正伤心,却是旧时相识。

满地黄花堆积,憔悴损,如今有谁堪摘?守着窗儿,独自怎生得黑!梧桐更兼细雨,到黄昏点点滴滴。这次第,怎一个愁字了得!

诗人百无聊赖,到处寻觅自己精神上可以寄托的安慰,但秋天景物那么萧索凄清,更使她惨然悲伤。气候一会儿回暖,一会儿冷,自己很难调养休息。喝上一点儿淡淡的酒,怎能抵挡傍晚一阵阵的寒风!飞过天空的雁群,原来是给我带来书信的旧相识,没人可寄,真叫人伤心。菊花枯了谢了,有什么可采?孤单单的一个人,怎能捱到天黑。窗外风吹着梧桐树,加上下着小雨的声音。这种种情况,一个愁字怎能包括得尽啊!这首词,写出一个晚年无依无靠的寡妇的无限痛楚抑郁的愁情,形象具体鲜明,而这种愁情,绝不是个人的,而是概括了南宋末年社会动乱年代无数妇女遭受苦难的愁情。

对于文学形象是具体与概括相统一的这个特征,马克思主义文学理论是十分重视的。恩格斯批评敏·考茨基的小说《新人和旧人》男女主人公爱莎和阿尔诺德被写得理想化和抽象化,"个性就更多地消融到原则里去了。"就是说,这两个人物形象缺乏具体性,只有理想化的"原则",没有做到具体与概括的统一,所以写失败了。列宁在《托尔斯泰是俄国革命的镜子》一文中,明确指出:"如果我们看到的是一位伟大的艺术家,那么他一定会在自己的作品中至少反映出革命的某些本质的方面。"这是说,伟大的文学艺术家一定能够使自己的作品像镜子一样,用具体鲜明的形象,把"革命的某些本质方面"反映出来。列宁强调的也正是文学形象必须是具体与概括的统一。

---

① 鲁迅:《中国小说史略》。

二　描写与造型的统一

文学是借助于语言描写来造型的。高尔基说:"语言把我们的一切印象、感情和思想固定下来,它是文学的基本材料。文学就是用语言来表达的造型艺术。"①这是文学形象另一个特征:描写与造型的统一。这个特征主要表现在,文学用语言手段不受时空限制,可以抒写一切事物,既能把时代复杂的面貌表现出来,又能把对象任何细微的东西表现出来,使形象活起来。例如,《水浒传》第十五回"吴学究说三阮撞筹",其中有一节文字写智多星吴用与阮家兄弟关于官军害怕梁山好汉的对话:

> 阮小五道:"如今那官司一处处动弹便害百姓,但一声下乡村来,倒先把百姓家养的猪、羊、鸡、鹅,尽都吃了,又要盘缠打发他。如今也好教这伙人奈何! 那捕盗交司的人,那里敢下乡村来。若是那上司官员差他公缉捕人来,都吓得尿屎齐流,怎敢正眼看他!"阮小二道:"我虽然不打得大鱼,也省了若干科差。"吴用道:"怎地时,那厮们倒快活?"阮小五道:"他们不怕天,不怕地,不怕官司,论秤分金银,异样穿绸锦;成瓮吃酒,大块吃肉,如何不快活? 我们兄弟三个空有一身本事,怎地学得他们!"吴用听了,暗暗地欢喜道:"正好用计了。"阮小二说道:"人生一世,草生一秋。我们只爱打鱼营生,学得他们过一日也好!"

在这一节文字里,我们看到作家从阮小二的话里写出封建官府的爪牙横行乡里、鱼肉人民的情状,而那些大小官吏作恶更是可想而知了,阮小二说的:"我虽然不打得大鱼,也省了若干科差。"金圣叹评点这句话,"十五字,抵一篇《捕蛇者说》"。《捕蛇者说》是唐柳宗元的散文佳作,是写捕蛇者随时有被蛇咬死之险,衬托在封建制度的残酷统治和剥削下赋税之沉重,捕蛇者宁可捕蛇抵税,表现出作家对人民的深刻同情和对赋税之毒有甚毒蛇的愤慨。由此可见,阮小二他们所处的是怎样一个横征暴敛、人民痛苦不堪的社会时代环境。"学得他们过一日也好",写出了在封建统治下的劳动人民,无法生存下去,以致什么朝廷王法都不放在眼里,官逼民反,想投奔梁山泊过上好日子的强烈愿望。小说正是通过这些对话,揭示这些人物的痛苦生活和内心活动,细微而深刻,广泛地描写一个酝酿着重大事变的腐朽社会中人民与封建统治之间的不可调和的矛盾。

为了把形象写活,许多大作家都是精心刻划,毫不含糊,甚至人物的外表描写,都要反复修改,使之个性更鲜明,更有具体个别性。托尔斯泰在小说《复活》中写女主人公玛丝洛娃在法庭上第一次出现的形象,就修改了二十次之多。

头几次写:"她是瘦削而丑陋的黑发女人,她之所以丑陋是因为那个扁塌的鼻子。""高高的个子,带着凝神和病态的样子。""一个矮个子的黑发女人,与其说她是胖的,还不如说她是瘦的。她们脸本来就不漂亮,而且在脸上又带着堕落的痕迹。"显然,这是剖析玛丝洛娃外貌丑陋和堕落痕迹,很难使人同情。托尔斯泰不满意,又改为:"美丽的前额,卷曲的头发,匀正的鼻子,在两条平直的眉毛下边,有一双美丽的眼睛。"这样写,玛丝洛娃是漂亮了,

---

① 高尔基:《论文学》(续集),人民文学出版社1979版,第387页。

但看不出她的堕落,这又违反生活的真实。托尔斯泰改来改去,在定稿里,玛丝洛娃的形象就生动鲜明,更有具体个别性了:

> 一个小小的胸脯丰满的女人,贴身穿一套白色的布衣布裙,外面套一件灰色的囚大衣,活泼地走出来,站在看守的身旁。她脚上穿着布袜和囚鞋。她头上扎着头巾,明明故意让一两绺头发从头巾里溜出来,披在额头。这女人的面色显出长久受着监禁的人的那种苍白,叫人联想到地窖里储藏着的蓄薯所发的芽。她那短而宽的手,和大衣的宽松领口里露出来的丰满的脖子,也是那种颜色。两只眼睛又黑又亮,虽然浮肿,却仍旧发光(其中有一只眼睛稍稍有点斜睨),跟她那惨白的脸儿恰好成了有力的对照。

两只眼睛"又黑又亮","仍旧发光",让人想起玛丝洛娃天真可爱的少女时代,也显示她作为俄国社会下层妇女纯洁美好的内心世界。故意留在外面的"一两绺头发"、"浮肿的眼睛"和"惨白的脸儿",则显示出她被侮辱被损害的精神创伤和堕落后的内心痛苦。通过这样的强烈对比,托尔斯泰把一个惨遭俄国沙皇专制制度和封建贵族迫害和蹂躏的妇女写得个性突出活灵活现。

一首小诗,借语言力量,也能写出丰富的生活内容,使之形象地呈现在我们的面前。唐王之涣的《登鹳鹊楼》:"白日依山尽,黄河入海流。欲穷千里目,更上一层楼。"太阳靠着山的那边慢慢地落下去了,奔腾不止的黄河汇入大海,要想看到更远更远的地方,还得再上一层楼。在诗中,写出了祖国河山的壮丽,表露了诗人的宽广胸怀,体现了多少年代来人们奋发向上的人生真理啊。

高尔基曾赞赏契诃夫的描写与造型的力量,他写信对契诃夫说:"我要告诉您,除了我喜爱您之外,还因为我知道——您是这样的一个人,用一词儿就能够创造出一个形象,用一句话就足够写出一篇故事,一篇妙不可言的故事,这篇故事打进生活的深入和要害的地方,就像钻头打进地壳里一样。"①因为文学形象有这个特点,伟大的作家能够充分发挥自己的才能创造出形象,给读者以审美的感受和丰富的联想,让读者看到时代的面貌。正像马克思、恩格斯评价巴尔扎克那样,"用诗情画意的镜子反映了整整一个时代",②写了封建贵族残余在浑身铜臭的暴发户逼攻下逐渐灭亡或被腐化,写了贵妇人怎样让位于专为金钱和衣着而不忠于丈夫的资产阶级妇女,在这幅中心图画的四周,"汇集了法国社会的全部历史。"③

三 认识与情感的统一

科学从理智上说服人,没有这方面知识的人,"阅不终篇,辄欲睡去";文学用形象反映生活,从情感上打动人,读之"不生厌倦"。④ 文学形象这种感染力,是作家的认识与情感渗

---

① 高尔基:《文学书简》(上卷),第 26—27 页。
② 梅林:《马克思传》,第 70 页。
③《马克思恩格斯全集》第 4 卷,第 462 页。
④ 鲁迅:《译文序跋集·科学小说〈月界旅行〉辨言》。

透作品中的结果。北宋宋祁写了一首著名的词《玉楼春》,其中有一名句"红杏枝头春意闹",却引起后人的争议。清李渔在《窥词管见》中批评道:

> 红杏之枝头,忽然加一"闹"字,殊难著解,"争斗有声之谓闹",桃李争春则有
> 之,红杏闹春,予实未见也。"闹"字可用,则"吵"字、"斗"字、"打"字皆可用矣。

然而,王国维却不这样看,他在《人间词话》中说:

> "红杏枝头春意闹",着一"闹"字,而境界全出。

所谓境界,也称意境,就是做到外在境象和诗人情志的交融。而诗人的情志,也就是诗人的认识与感情。王国维肯定这一句,认为写得好,是在于诗人把自己对这显示春光美的红杏的认识与感情渗透进去了。叶圣陶说得好:"古代词人看见杏花开得堆满枝头,蜂儿在花间来来往往,他想,这景象闹烘烘的,蜂儿固然闹烘烘的,杏花挤挤挨挨地开出来也是闹烘烘,这里头蕴蓄着多少春意啊! 于是一句有名的词句形成了,'红杏枝头春意闹。'"①

李渔的看法是错误的,而王国维的看法则是对的。

作家的认识,不是一般的认识,而是审美的认识;作家的情感,是审美的情感。作家的认识与情感是融合在一起的。情感是在审美地认识对象的基础上产生的,是对对象的美丑的态度和体验。刘勰说:"人禀七情,应物斯感,感物咏志,莫非自然。"②人具有喜、怒、哀、惧、爱、恶、欲七情,接触到客观事物有了认识后,就要吟咏自己的情志,这是必然的。他认为,情感在创作中是很重要的,"繁采寡情,味之必厌",虽有繁丽的文采,但缺乏感情,读起来干巴巴的,必定令人讨厌。刘勰甚至提出要"为情而造文"。③ 唐白居易也指出:"感人心者,莫先乎情,莫始乎言,莫切乎声,莫深乎义。诗者:根情,留言,华声,实义。"④诗歌,情感是它的根本,语言是它的枝叶,声音是它的花朵,思想是它的果实。总之,真正的文学形象,不仅仅是具体与概括的统一和描写与造型的统一,而且是体现了作家的认识与情感的统一,于是才有感染力。曹雪芹在《红楼梦》中把"半世亲见亲闻的几个女子"的生活遭遇,以"不敢稍加穿凿,至失其真"的审美态度,经过"披阅十载,增删五次"艰苦劳动而创作出来的。作家以贾宝玉和林黛玉的爱情悲剧为线索,描写了大观园内外青年妇女的不同命运,广阔而真实地反映了封建社会的种种矛盾和崩溃征兆。曹雪芹非常同情这些女子。所谓"满纸荒唐言,一把辛酸泪! 都云作者痴,谁解其中味?""字字看来都是血,十年辛苦不寻常。"就是用与认识融合在一起的情感去对待她们,所以后人读了《红楼梦》写道:"传神文笔足千秋,不是情人不泪流。可恨同时不相识,几回掩卷哭曹侯。"鲁迅在《故乡》、《阿Q正传》和《祝福》等小说中,也都是以"哀悲所以悲其不幸,疾视所以怒其不争"的感情态度对待闰土、阿Q、祥林嫂这些被封建势力压迫和损害的人物,既同情他们的苦难,又批判他们的麻木,表现了他希望有一种新生活的审美理想。

巴金谈到《家》的创作说:"我仿佛在跟一些人一同受苦,一同在魔爪下面挣扎,我陪着那些可爱的年轻生命欢笑,也陪着他们哀哭,我一个字一个字地写下去,我好像在挖开我的

---

① 《叶圣陶论创作》。
② 《文心雕龙·明诗》。
③ 《文心雕龙·情采》。
④ 《与元九书》。

记忆的坟墓,我又看见了过去常使我们心灵激动的一切。""我要为过去那无数的无名的牺牲者喊冤! 我要从恶魔的爪牙下救出那些失掉了青春的青年。"他写钱梅芬受着礼教的束缚,不能和他所爱的高觉新结婚,却屈从别人的意志,嫁给另一个陌生的男子。她守寡后再次遇到觉新时,满腹心事,痛苦感情不敢宣泄诉说,最后吐血抑郁而死。瑞珏和梅芬一样温顺善良,侥幸嫁给觉新,但也成了封建大家庭互相倾轧、阴谋陷害和愚昧迷信的牺牲品,临产时被迫迁出公馆,在外分娩,终因难产身亡。聪明美丽的丫头鸣凤,私下爱着觉慧,可是高老太爷把她当作礼品送给封建老头冯乐山做姨太太,逼得她跳河自尽。巴金说:"我写梅,写瑞珏,写鸣凤,我心里充满了同情和悲愤。"《家》的形象感染力,正是由于渗透了作家的认识与情感,猛烈抨击了封建礼教和封建家庭制度,极大地同情那些被封建礼教和封建家庭制度所戕害的青年男女。

还有不少作品,尽管写的是"无情物",但由于作家认识了对象的美妙特质,并用热烈的感情对待它们,所创造出来的形象,同样有激动人心的感染力量。杜牧的《山行》:"远上寒山石径斜,白云深处有人家。停车坐爱枫林晚,霜叶红于二月花。"诗写秋景。过去许多诗人写秋景,都是显示秋之萧瑟、悲凉、凄清,而杜牧这首诗却不同凡响,描绘了秋天的景色,着重写枫叶的美艳,"霜叶红于二月花"简直胜过春光。毛泽东的《卜算子·咏梅》:"风雨送春归,飞雪迎春到。已是悬崖百丈冰,犹有花枝俏。俏也不争春,只把春来报。待到山花烂漫时,她在丛中笑。"严冬时节,大雪纷飞,冰凌垂挂于危崖,梅花坚挺地独自开放,俏色夺目。但梅花甘愿做报春的使者,等待百花盛开的到来,它在那里欢笑。词中写梅花崇高的品格,实际上用它来比喻无产阶级革命家,讴歌他们在当时国际反共反华的声浪中无私无畏的革命意志、乐观主义精神和必定战胜敌人的信念。毛泽东的伟大的情怀,使他写出了这篇感人至深的作品。

文学形象的三个特征是相互联系在一起的,这有助于我们进一步理解文学与科学的区别。

第三节　文学形象的多样性

一　怎样理解文学形象的多样性

文学用形象反映生活,而形象是作家的创造,因此,我们要正确地理解文学形象的多样性。

按照马克思主义的观点,文学是经过作家头脑依据生活进行加工创造的产物,它不是生活的简单复制,而是作家能动创造的结果。毛泽东曾指出,生活是文学作品的唯一源泉,但"在文艺作品中反映出来的生活却可以而且应该比普通的实际生活更高、更强化、更有集中性、更典型、更理想,因此就更带普遍性。"①这就是说,文学源于生活,又高于生活。文学

---

① 毛泽东:《在延安文艺座谈会上的讲话》。

作品的形象,是作家按照生活本身的形式反映生活,但又高于生活本身。这一点,我们在上面已经阐述过。现在的问题是,社会生活既然是文学的唯一源泉,那么生活本身又是复杂多样的,这就决定了文学形象也必然是多样的;所以,我们不能用一种固定的眼光去看文学形象。

文学形象的多样性,取决于人和社会生活的多样性。从文学对象来看,凡是在大千世界里与人和社会生活的事事物物,都可以作为文学创造形象的材料;当然并不等于说随便什么东西都写进作品来造型。正如鲁迅所说的:"世界实在还有写不进小说里的人。倘写进去,而又逼真,这小说便被毁灭。""譬如画家,他画蛇、画鳄鱼、画果子壳、画纸笔、画垃圾堆,但没有谁画毛毛虫、画癞头疮、画鼻涕、画大便,就是一样道理。"[①]因为文学形象是美的,即使表现丑恶的东西,也是通过对它的否定和批判,表现一种审美理想而存在。人与社会生活的多样性,还表现在社会在发展,生活在变化,不同时代不同社会的人和社会也都有多样性。刘勰说,"物貌难尽",文学创作也还不能穷尽对象,很难做到创造出来的形象同实际事物那样丰富多样。

构成生活的多样性,也还表现在事物的多方面性和多层次性上。苏轼的《题西林壁》:"横看成岭侧成峰,远近高低各不同,不识庐山真面目,只缘身在此山中。"说的是认识庐山的美,可以从各方面去看,当然最好能全面去看它。这对于我们理解社会生活的多样性也有启发。

作家作为文学创作的主体,他们"各师成心,其异如面",[②]他们所创造出来的文学形象也是多样的,如果写同一对象,也是大不相同的。我们翻开文学史,古今中外的作家创造出的文学形象,真是难计其数,美不胜收。

例如,写现实生活的作品,其形象就无法统计,光巴尔扎克的《人间喜剧》,就有九十多部小说之多,它们反映法国贵族社会崩溃的历史,性格各异的贵族、暴发户、贵妇人、银行家等,可以开出一大串的名单来。在托尔斯泰的《安娜·卡列尼娜》和《复活》等小说中的人物从上流贵族社会到下层人民,形象之多,也是为读者所赞叹的。鲁迅的《呐喊》和《彷徨》两个短篇小说集展现了辛亥革命前后半殖民半封建社会的面貌,其中每一篇小说各有各的形象,就人物形象说,妇女、农民、知识分子、工人等人物也都各各不同。至于贺敬之、丁毅的《白毛女》,赵树理的《小二黑结婚》、《李有才板话》,丁玲的《太阳照在桑干河上》,周立波的《暴风骤雨》,梁斌的《红旗谱》,杨沫的《青春之歌》,曲波的《林海雪原》,魏巍的《东方》以及王蒙、李国文、高晓声等人的作品,反映了1942年以来我国抗日战争、解放战争、土改运动、抗美援朝和社会主义建设的历史发展面貌,文学形象更加丰富多样了。

取材于神话、传说之类的文学作品,它们的形象虽然不同于上一类的作品,但也是多样的。马克思曾说,希腊神话不仅是希腊艺术的宝库,而且是它的土壤,都是古希腊在想象中和通过想象的征服自然力、支配自然力的表现。所以,它的人物形象,诸如宙斯、雅典娜、丘

① 《鲁迅全集》第6卷,第483页。
② 刘勰:《文心雕龙·体性》。

比特等也是多样的。毛泽东在《矛盾论》中也说:"神话中的许多变化,例如《山海经》中所说的'夸父追日',《淮南子》中所说的'羿射九日',《西游记》中所说的孙悟空的七十二变和《聊斋志异》中的许多鬼狐变人的故事等等,这种神话中所说的矛盾的互相变化,乃是无数复杂的现实矛盾的互相变化对于人们所引起的幼稚的、想象的、主观幻想的变化,并不是具体矛盾所表现出来的具体变化。"当然,这些形象是怪异的,但在文学形象多样性上,他们占有独特的位置。以我国神话《羿射九日》来说,它讲的是上古时代,天空出现十个太阳,大地被烤焦,禾苗枯干,百姓活不下去了。羿挺身而出,用他超群的箭法,一口气箭射九个太阳,留下一个太阳,为人民解除了苦难。这个神话写了羿这个英雄形象,并加以热烈赞颂。这一类的形象,是文学形象的多样性的一方面表现。

取材于历史的文学作品,是史实和虚构的结合。这类作品的形象不同于历史事件和历史人物,它们有历史真实却又不照搬历史,如《三国演义》,作品中的曹操是奸雄,可是在史书中记载,他却是一个有雄才大略的政治家和军事家,差别很大。史书还记载,赤壁之战时,周瑜是三十四岁,诸葛亮是二十七岁,鲁肃是三十七岁。周瑜气量很大,诸葛亮却是青年后生。可是作家罗贯中为了烘托诸葛亮的老成持重,足智多谋,把周瑜写成英姿翩翩的青年,胸怀极窄,诸葛亮"三气周瑜",把周瑜活活气死了。姚雪垠的《李自成》写出了明末李自成领导的农民起义的壮烈画面,在史书中是看不到的;潼关南原大战、商洛山反明军"扫荡"、武关突围、率兵入豫、破洛阳杀福王,等等,更是扣人心弦。李自成等人的形象也都写得栩栩如生。这类作品的形象,同样是多样性的一个表现。

写自然景物的作品,借景抒情,借物喻人,这类形象,在形象的艺术世界里,也发出夺目的光彩。不妨读一读陈毅的《青松》:"大雪压青松,青松挺且直。要知松高洁,待到雪化时。"这跟毛泽东的《卜算子·咏梅》一样,陈毅虽写松实写人,表现了老一辈无产阶级革命家不畏险恶,坚持革命到底的崇高品德。

文学形象的多样性,是一个与文学对象密切相关的话题。我们只能从大的方面去看这个问题。

在今天,人民的审美需求是多方面的,他们希望在社会主义文学中,看到战斗在各条战线上为现代化建设作出卓越贡献的更多的文学形象,看到不断涌现出来的一代社会主义新人的形象,作为自己仿效的榜样。邓小平说:

> 我国历史悠久,地域辽阔,人口众多,不同民族,不同职业,不同年龄,不同经历和不同教育程度的人们,有多样的生活习俗、文化传统和艺术爱好。雄伟和细腻,严肃和诙谐,抒情和哲理,只要能够使人们得到教育和启发,得到娱乐和美好享受,都应当在我们的文艺园地里占有自己的位置。英雄人物的业绩和普通人们的劳动、斗争和悲欢离合,现代人的生活和古代人的生活,都应当在文艺中得到反映。①

这段话的内容丰富,也为我们社会主义文学创造更多的文学形象,指明正确的途径。

---

① 邓小平:《在中国文学艺术工作者第四次代表大会上的祝辞》。

二　文学形象的主要表现形态

根据文学形象的创造方法,我们可以把文学形象基本上归纳为三种表现形态:

第一,写实形象。所谓写实形象,就是说,按照生活本身的形式,从现实出发,做到"形似"和"神似"。写实形象就文学形象整体看,以人物为中心,还有环境、器物等等,都要写得逼真生动,以"形"得"神"。甚至一个细节,一个动作,一个对话,也都要这样。鲁迅在《祝福》中写祥林嫂被赶出鲁四老爷家,流落街头,成为乞丐,脸上瘦削不堪,黄中带黑,而且消尽了先前悲哀的神色,仿佛是"木刻似的",只有"那眼珠间或一轮,还可以表示她是一个活物"。这"轮"字,准确而生动地描写出祥林嫂在封建礼教迫害下从精神到肉体的惨状。曹禺在《雷雨》第一幕写繁漪与周萍初见的场面:繁漪正与儿子周冲讲到周萍,这时周萍来了,周萍已经爱上丫环四凤,不想再与繁漪保持那种人不人鬼不鬼的暧昧关系,打算远走高飞,到他父亲周朴园的矿上去,避开繁漪纠缠。繁漪气愤在心,叫了一声:"萍!"这里真是有千言万语,她觉得周萍没有理她,移情别恋,这一声"萍",是埋怨,是怀恋,是痛苦,是不安,是害怕。不知就里的周冲要周萍坐下:"你不知母亲病了么?"繁漪接过这话说:"你哥哥怎么会把我的病放在心上?"繁漪的心病,周萍最清楚,说周萍不把自己的病放在心上,话里就充满了对周萍负情的怨意,也是为了反激周萍坐下,叫他开口说话。接着,谈到周萍要到矿上去,她说:"这屋子曾经闹过鬼,你忘了。"含义是:你忘了在这屋子里我们的相爱? 你忘了当时说的那些山盟海誓的话? 我要你认真地想那件事。你想走,抛开我,我能让你走吗。这些对话蕴含着的繁漪的感情是多么复杂,是多么急剧地变化着,完全符合繁漪在周公馆里受周朴园的禁锢和压抑,而不顾一切地追求个人的"自由幸福"的火一般的性格。总之,写实形象可以包括古今中外这一类作品,创造写实形象的方法,就是以"形"传"神",光求"形似"而不能传"神",所创造的形象也不是写实的。

第二,抒情形象。所谓抒情形象,虽然注意"形",但重在抒写情志,重境界,塑造抒情形象。这包括了诗歌词曲和部分散文。李白的《早发白帝城》:"朝辞白帝彩云间,千里江陵一日还。两岸猿声啼不住,轻舟已过万重山。"安史之乱,李白曾参加李璘(永王)的抗敌军队,后来李璘争皇位失败,李白受到株连,被流放夜郎,刚到白帝城又被赦回。这首诗是遇赦回来时写的。诗中写三峡山势之美和江上行船之急速,抒发他轻松愉快的心情,这种心情有一定的概括性的。元稹的《行宫》:"寥落古行宫,宫花寂寞红。白头宫女在,闲坐谈玄宗。"这座过去唐玄宗的行宫已经冷落不堪,红花在悄悄地开放,没有人欣赏它了,寂寞得很。当年年轻漂亮的宫女长期被幽禁在这个地方,韶华永逝,现在满头白发了。她们空虚无聊,在闲坐时回忆和谈论的都是唐玄宗寻欢作乐的事情。从这首诗来看,行宫、宫花、宫女、玄宗,这是一些具体对象和人物,诗人通过这些描写,显现出旧行宫极其荒凉的情景,抒发对宫女们一生不幸的同情。

元马致远的《天净沙·秋思》:"枯藤老树昏鸦,小桥流水人家,古道西风瘦马。夕阳西下,断肠人在天涯。"跋涉旅途,见到晚秋这些萧瑟的景象,更感到飘零异乡,思家之苦,通过这个画面,把封建社会里这种生活现象写出来,在抒情形象上既独特又有普遍性。

宋秦观有一首著名的《鹊桥仙》：

纤云弄巧,飞星传恨,银汉迢迢暗渡。金风玉露一相逢,便胜却人间无数。

柔情似水,佳期如梦,忍顾鹊桥归路! 两情若是久长时,又岂在朝朝暮暮。

这首词写牛郎织女的故事。朵朵云彩变幻许多花样,织女怀念牛郎,夜时渡过天河。在清爽凉快的天气里相会一次,胜过人间无数次的欢聚。甜蜜的时光像做梦似地过去了,怎忍心看那要回头走的鹊桥,只要两情永远相爱,哪里在乎天天在一起。这首词不落俗套,自出机杼,以写牛郎织女离合悲欢的情意为主,最后两句"两情若是久长时,又岂在朝朝暮暮",构成新境界,使人体会到男女之间天长地久的坚贞爱情。

鲁迅的散文《藤野先生》,写日本老师藤野先生正直无私的品格和对中国新医学的希望,表达对藤野先生的深切怀念和由此所抒发起的战斗激情。杨朔的《荔枝蜜》,写浓翠可爱的南国山水和香甜满口的荔枝蜜,引起作者对新生活的深情蜜意,特别是与蜜蜂"对人无所求,给人的却是极好的东西",写梦见自己变成一只小蜜蜂,把个人情志和时代精神汇合起来,展示社会主义的美好。

抒情形象,种类也很多,但从创造方法上看,着重表达的既是个人又是通向时代的心灵世界。

第三,怪诞形象。就是不求"形似",用变形方法,创造形象。西方一个美学家说:"在形相的奇异中,我们还依稀感到它的统一和性格,那么我们便说它是怪诞。""正如出色的机智是新的真理,出色的怪诞也是新的美。"[①]这话说得有道理。

这一类作品在形象的描绘上,出现了超出常规和不可言喻的人物和事物。怪诞充满幻想,尽管背离了生活的正常性,奇异突出,但没有背离生活内在的可能性,在它里面也有某些多样的统一。妖魔鬼怪,狐妖精魅等类人物,都是用变形的创造方法来写的。屈原在《离骚》里,描绘一个人神相处、奇禽怪兽神魔鬼魅的奇异世界。写上天入地,香草美人,充满神话传统的怪诞故事,但是表达了他"哀民生之多艰"、"路漫漫其修远兮,吾将上下而求索"、追求人生真理的爱国热情。这又有合乎生活内在逻辑的地方。《西游记》写孙悟空大闹天宫,保唐僧上西天取经,一路上降魔伏妖的故事,荒诞不经,但正如我们在上面说过,妖魔皆有"人情",精魅亦通"世故",这也是符合生活的逻辑的。

郭沫若在他的《女神》诗集里,以有关凤凰的传说为材料,借凤凰"集香木自焚,复从死灰中更生"这一故事,象征黑暗的旧中国的毁灭和光明的新中国的诞生。除夕将近,梧桐已枯,冰天下寒风凛冽,一对凤凰飞来飞去地为自己安排火葬。自焚前,它们回旋起舞,鸣声呼应。它们诅咒腥秽的旧宇宙,把它比作"屠场"和"旧牢","坟墓"和"地狱"。它们在大火中牺牲,也烧毁了旧世界和一切黑暗,它们也终于获得新生。这种通过凤凰的形象,表达了诗人与旧世界决裂的宏伟气概,正是五四运动中人民大众反帝反封建精神的写照。

荒诞形象不仅在文学作品中存在,而且在其他艺术中也存在,如郑板桥的书法"乱石铺街体",一反正宗,字怪而有法,怪而有理;八大山人朱耷画的鸟,表情奇特,冷眼看人,表现

---

① 乔治·桑塔耶纳:《美感》。

一种高傲、孤独、冷漠的神态,山水环境大都是"残山剩水,地老天荒"的境界。造型扭曲变形,但又保持对象的基本特征。

古今中外优秀的文学艺术作品,往往通过怪诞形象,揭示事物的某些本质,它的变形,来自创造,在超过常态的不协调中,有着内在的逻辑统一。唯其如此,这类形象别有一种撼人心灵的力量。

▶思考题◀

1. 文学为什么用形象方式反映生活?
2. 文学形象的美表现在哪里?
3. 从哪些方面把握文学形象的特征?
4. 怎样理解文学形象的多样性?
5. 文学形象有哪些主要表现形态?

第二章　文学的情感性

▶本章提要◀　文学的情感性是文学特性之一,情感是人对客观事物是否符合主观需要而产生的态度和体验。文学情感是一种社会高级情感,是一种审美情感。文学情感必须合乎真、善、美统一的原则。文学情感表现为情绪、情感和情操三个层次,它渗透着作家的审美观和情感体验。文学情感有信号机制、自控机制和创造机制,表现方式是对现实中人的情感的提炼和升华。文学情感是创作的动力,但受理性的制约,理导以情,情理要统一。

第一节　文学情感的内涵

一　文学离不开情感

情感是人的心理现象之一,是人对客观事物是否符合主观需要而产生的态度和体验。情感的产生,一方面取决于客观事物的刺激,因为人受了这种刺激,就会对客观事物产生这样或那样的认识,于是在这认识的基础上情感便产生了,另一方面又取决于人的主观需要,因为没有这种需要,人便无动于衷,情感也不会产生,所以客观事物能否引起人的情感,是以人的需要为中介的。总之,情感的产生最终根源在于外在现实,这是外因,人的主观需要是内因,是人的主观需要对客观事物的反应。

人是情感的主体,是情感的载体。在阶级社会里,人是社会的人,每个人都在一定的阶级地位中生活,情感也打上了阶级的烙印。正如毛泽东所说,"世上决没有无缘无故的爱,也没有无缘无故的恨",①我们爱的是人民群众,恨的是敌人。鲁迅之所以伟大,就因为他为了人民解放事业,"横眉冷对千夫指,俯首甘为孺子牛",他憎恨一切侵略者、压迫者和罪恶势力,他热爱人民群众,心甘情愿地做他们的牛,为他们服务。

列宁曾经指出:"没有'人的感情',就从来没有也不可能有人对真理的追求。"②这里所讲的"人的感情",也就是属于进步的、革命阶级的人的感情,只有这种感情,才能为寻求社会发展和人民幸福的真理而进行不倦的追求。

人的情感是复杂的,除了爱和恨外,还有喜、怒、哀、惧、恶、欲等等。但是,不管怎样,情感具有肯定与否定,积极与消极,紧张与轻松,激动与平静,强化与弱化等两极,它们之间相互依存、相互冲突和相互转化。如没有爱,就没有恨;没有欢乐,就没有悲伤;没有紧张,就没有轻松;没有破除颓丧、冷漠的情感,就没有振奋、热情的情感。又如,乐极生悲、破涕为笑,就是情感矛盾的转化。至于情感的两极,有时也会交织一起,如悲喜交加,既爱且恨等。同时,还要看到,情感不仅有两极,而且有高低之分。自私自利、贪婪无厌、追求肉欲、颓废消沉、好逸恶劳、虚伪作假之类情感,是假、恶、丑的情感,都是低级卑下的情感,而那些对社会对人民有利的道德情感、审美情感和理智情感,则是真、善、美的情感,都是社会高级的情感。这真、善、美三种情感,是和假、恶、丑三种情感完全对立的。

所谓道德情感,指的是从道德原则出发,来认识客观现实的各种现象所体验到的情感。如爱国主义和国际主义的情感,社会公德和道德品质的情感,劳动的情感,集体的情感,友谊互助的情感,义务的情感等等。

所谓理智情感,指的是在对客观事物的认识过程中所体验到的情感。如热爱科学真理和反对愚昧落后的情感,热爱中国共产党和社会主义的情感,热爱人民的正面情感,反对反动分子破坏社会主义建设的负面情感,等等。

所谓审美情感,指的是人在感受自然美、生活美和艺术美的过程中需要得到审美体验所满足的情感。如欣赏山川之美所产生的情感,见到社会进步美所产生的情感,欣赏文学艺术美所产生的情感,等等。

文学离不开情感,但我们所讲的情感,是高级情感,最主要的是审美情感,这就是我们在文学形象的特征中讲到的对对象美丑的态度和体验。文学当然也体现道德情感和理智情感,但都要突出审美情感,而且它们往往统在一起的。如果说,理智情感求真,道德情感求善,审美情感求美,那么,三者虽有区别,但也可以一致,因为美的情感,总是真的,也总是符合善的,同时理智情感和道德情感,不是抽象地而是具体地体现在作品形象中能给人们以愉悦感受,它们本身也是美的。所以在优秀的文学作品中,真、善、美是统一的。例如,岳飞的《满江红》,陆游的爱国主义诗歌,历史小说,哲理作品和科幻作品,它们所表现出来的道德情感和理智情感,实际上也是审美情感。鲁迅曾经指出:

> 文学的修养,决不能使人变成木石,所以文人还是人,既还是人,他心里就仍

---

① 《在延安文艺座谈会上的讲话》。
② 《列宁全集》第20卷,第255页。

然有是非,有爱憎;但又因为是文人,他们是非就愈分明,爱憎也愈热烈,从圣贤一直敬到骗子屠夫,从美人香草一直爱到麻疯病菌的文人,在这世界上是找不到的,遇见所是和所爱的,他就拥抱,遇见所非和所憎,他就反拨。①

这就是说,文学情感是要求真、善、美统一的。是非之感,算是理智情感;爱圣贤和美人香草,憎骗子屠夫和麻疯病菌,则是审美情感,也符合道德情感。在鲁迅看来,作家在创作中的情感要强烈,但这情感要合乎真、善、美的原则。

正因为情感在文学作品中具有重要的地位,所以刘勰强调"情者文之经"。② 鲁迅强调"创作需要情感"。③ 别林斯基认为"没有感情,就没有诗人"。④ 杜勃罗留波夫认为"诗是以我们内在的感情,是以我们的内心对一切美丽、善良并且理智的事物的向往作为基础的"。⑤ 托尔斯泰甚至在他的《艺术论》中把艺术看作是情感的感染。总之,情感虽然不是作家所独有,但对于文学创作来说,它的作用特别重要。为什么会有概念化作品的产生?为什么我们要坚决反对这类作品呢?关键的一个原因,就是这类作品干巴巴的,缺乏情感,根本不算是真正的文学作品。

在我们的时代里,革命作家要把优秀的作品献给人民,就必须重视情感的体验。鲁迅就非常重视这一点,他写阿Q坐牢时,曾经想喝醉酒到马路上去打警察,让自己也去坐牢,体验一下阿Q坐牢的情感,这样写阿Q坐牢的心境才会真实。丁玲也有这方面的创作经验,她告诉青年作家:你如果不体验群众的思想感情,而只凭搜集来的"材料"装进你的作品,那你的作品是没有血肉的。

综上所述,我们可以知道,文学的情感性作为文学特征之一,它是和文学的形象性相联系的。没有文学的情感必然也就没有文学的形象性。因为形象离开情感,就成为没有生命的东西。

二 文学情感的三个层次

文学情感大体可以分为情绪、情感和情操三个层次。

(一) 情绪

情绪和情感一样,是人对客观事物与自身需要之间关系的心理反应,所以有些心理学家认为情绪即情感,不必加以区分。不过,情绪也有特点,这就是情绪随需要情境而出现,潜在的平静的成分较普泛,情感也由需要情境引发,但更多地表现出稳定性,并以外显方式存在于言谈行踪中,或通过某种微妙方式流露出来。在文学中,表达情绪这一层次的作品也不少。陶渊明的"采菊东篱下,悠然见南山",宁静的山村景色和悠闲自得的情绪相叠;谢灵运的"池塘生春草,园柳变鸣禽",春日园林景色和令人欢乐的情绪融为一体;白居易的

---

① 鲁迅:《且介亭杂文二集·再论"文人相轻"》。
② 刘勰:《文心雕龙·情采》。
③《艺术论》。
④《别林斯基论文学》,新文艺出版社 1958 年出版,第 52 页。
⑤ 杜勃罗留波夫:《论艺术家和他的世界观》。

"水心如镜面,千里无纤毫",是一种恬淡平静的情绪。禅宗门徒神秀的诗偈"身是菩提树,心如明镜台,时时勤拂试,莫使有尘埃"原是虚静清净的情绪,但大法师弘忍还嫌他六根未除。行脚僧慧能有见于此,即作两首诗偈:

> 菩提本无树,明镜亦无台,佛性常清静,何处有尘埃?

> 心是菩提树,身为明镜台,明镜本清静,何处染尘埃?

这可以说是虚静清净到极限的情绪。王蒙的《杂色》不强调故事情节,主要表现曹千里去供销社为别人购买礼品的"平凡的、平淡的、平庸的"情绪及其各种意识心理活动。表达情绪的作品从内容到形式,其艺术特色是冲淡平和,如涓涓细流,融化于作品的字里行间。

(二) 情感

情感常在关系密切的对象之间,表现有意识的注意、联想以及回想等心理活动。凡是作品中人物形象的此类情感活动便多方面表现了文学作品的情感这一层次。柯云路的《新星》、《夜与昼》将李向南置于改革大潮的漩涡中,其情感或爱或憎,或喜或怒,展示了各种不同的方面:顺向流动(喜的欲望→哀的干预→喜的实现)、逆向流动(喜的欲望→悲的结果)等等多元形态。《红与黑》中于连的内向情感与外向情感的连锁反应。于连开始跻身于上流社会,出于野心欲与占有欲,对市长夫人的"爱欲实现",是情感的顺向流动。而后东窗事发,被迫离她而进入神学院,则是感情的逆向流动。但是,当彼拉神父把于连推荐给木尔侯爵做私人秘书,不仅野心欲唾手可得,而且情欲也因侯爵女儿玛特尔小姐的青睐而得到满足。这是情感的逆向流动转为顺向流动。在这对情侣幽会过程中,由于两人秉性乘戾反常,喜怒无常而导致情感的曲折流变。结局是于连的被处以死刑,玛特尔小姐亲手埋葬了情人的头颅,德·瑞那夫人为于连的处死而殉情。这又是三人情感汇合于"爱"的热点的顺向流动。

(三) 情操

一般说,情操是人的一种特殊的情感层次。它更明显、更主要的是表现了人的道德、责任、信仰以及宗教等社会感情和社会意识。情操是在情绪基础上升华为情感而又递增为情操。情操具有两重色调:既可以是有意识情感的转化,如范仲淹的"先天下之忧而忧,后天下之乐而乐"就是一位封建社会进步人士以天下为己任的高尚情操的写照。也可以是情绪的转化,如李清照忧戚悲惨的愁情转化为对战乱频仍、国家破亡的爱国情感,就是逆增的情操。情操的主要特征是"自我"的超越或牺牲。它与群体共相的"大我"是不同的,但情操可以作为超越或牺牲"小我"而趋向服从"大我",将情绪、情感升华为群体情绪和群体情感。文学作品中英雄人物情绪、感情的发生、发展和归宿的流动过程,就表现了情操的不同特色。西方古典主义作品中的情操表现往往是单一性的,容易流于某种伦理或政治说教,缺乏艺术感染力。因此,一部作品如果能够以多层次的感情流程作为表现对象,其多层次的立体交叉感就会更鲜明、更丰满。这就必须强化文学感情的组合整体性原则,即将情绪、情感与情操三者组成为统一体,依据特定情况而突出其中的某一层次。果戈理的《塔拉斯·布尔巴》重在表现老塔拉斯·布尔巴那种大义灭亲的爱国主义情操,但也不乏表现他在杀死叛变了的儿子以前的爱子心肠的种种情绪、情感层面。所以,不仅具有爱国主义的深度,而且还具有人性人情的特色,使之富有艺术感染力。

总之,情感的三个层次说明了情感的复杂性,它之于作品,犹如血液之于人体,都是内在的、热腾腾的、不停地流动着,把生机带遍全身。《红楼梦》中的贾政打宝玉,一方面把宝玉打昏过去;一方面又"自悔不该下毒手到如此地步"。《牛虻》中的神父蒙泰尼里,亲笔签字处死叛逆的私生子。但是,当牛虻被杀害以后,他又昏倒了、发狂了。作家写出了贾政、蒙泰尼里的复杂情感,也就把人物写活了。这是由于人物形象有了情感,等于人体有了流动的血液,才获得了生命。

文学作品的情感是作家创作情感的外化。一部文学作品如果不是凝结着作家对生活的独特发现和深层描绘,不是渗透着作家的审美观照和情感体验,就不可能引起人们的情感撞击,就不可能称之为成功的文学作品。

第二节　文学情感的表现

一　文学情感的三大机制

作家如果没有情感,决然创作不出激动人心的艺术珍品。但是光是情感也创作不了艺术。艺术作品的创造,不仅以情感为动力,而且还要以理智情感来调节。这种调节功能是由情感本身的信号机制、自控机制与创造机制决定的。

(一) 情感的信号机制

前苏联心理学家彼得罗夫斯基认为:"情感是关于世界上所发生的对人具有意义事物的信号系统。"[①]这类信号系统对作家来说,就是客观事物刺激于作家的感官,由于情感的触发,把其中的某些刺激物象予以分解组合,生成与原物不同的意象。它是涂上情感色彩的记忆映象,积淀于大脑神经中枢。当然,在艺术意象生成以前,某些客观刺激物就向作家发射各种不同形态的信号,随时可以影响并改变作家的创作心理定势。如果要保持创作活动合目的地进行,就必须对创作心理随时进行调节,排除有害信号,吸收有益信号。这就要凭借情感体验,使客观事物在作家心灵中成为意象,能动而形象地表现出来。雨果在弱冠之年,看到吉卜赛少女在广场上被吊打的情景,立即在大脑皮层作出条件反射的情感信号。这一信号就是他几十年以后创作《巴黎圣母院》的内驱力。由此可见,作家在感知自然物与社会物组合的客体对象时,必有情感调和着主客观的对应关系。这样,不必说人际关系,就是人与物的关系,也由情感的触发而可以融为一体。无情的物,情感的信号机制也可使之情态化:青山,成为相看两不厌的知己;绿水,成了跳跃欢唱的少女;松柏,成了傲骨铮铮的硬汉;花卉,成了或溅泪、或孤独、或轻薄、或凝重的人格化身或情愫象征。

(二) 情感的自控机制

情感自控机制,主要表现为对作家心灵的自我实现与对客观事物的调节选择。在很大

---

① 彼得罗夫斯基:《普通心理学》,人民教育出版社 1981 年版,第 395 页。

程度上,情感的自控机制决定着作家的创作模式,成为作家所采取的方法、手段或技巧的契机。这种创作契机主要是由情感的自控机制激活出来的。鲁迅所说的,感情炽烈时,不宜写诗,是让感情体验处于冷色调,浓缩于"焦点",对客观事物作出严格的调节选择。贾岛的反复推敲,福楼拜的创作,一天只能写数百字到几千字,并且把情感隐没于客观叙述之中,给人以冷静到冰点之感觉。这是一种情感自控机制形态。而郭沫若则不同,他热情奔放,大发其诗兴。这看来似乎是一种失控现象,其实是让感情体验处于热色调,扩散于"平面"上,对客观事物作出的调节选择。这是另一种情感自控机制形态。所以,任何作家都离不开情感的自控机制,在调节主客观的内在关系时,都有各自的特色、方式。这就是古人所说的"随心所欲不逾矩"。

(三) 情感的创造机制

情感的创造机制主要表现在:客观事物的信号机制通过作家心灵的自控机制,在创造机制的激发下,对原来的客观事物进行加工,从而创造出一个艺术世界。在这个不同于生活原型的艺术世界中,活跃着性格各别的形象,显现着环境迥殊的景象。这是情感创造机制发挥了作用。例如,福楼拜于1870年1月给乔治·桑的信写道:"我们如今浸在怎样的风俗里面!"[①]可以说,这就是福楼拜潜心于社会世情之后的情感创造机制的自白。正是基于这一契机使作家将《包法利夫人》中的各类人物的命运与生活其中的农村、小镇、庄园的环境相殊的各类景象,水乳交融地描绘出来。福楼拜描写爱玛在农村修道院时,着意将修道院那闭塞灰黯的环境与女主人那忧郁消沉的情调相互感应;福楼拜描写爱玛搬至永镇时,又将小集镇那庸俗卑琐的生活与爱玛那感情积郁的心境相互映衬;福楼拜描写庄园主罗道耳勾引爱玛时,又设置了两人策马游荡庄园密林深处的幽会情景。诸如此类的不同环境的不同景象,都是由情而造的。可见,文学的景象或意境,不是没有感情色彩的一块白板,那是充溢着各种情态的"镜头"组合。

情感的信号机制、自控机制与创造机制,在作家的创作中,有重要的意义。

二 文学的情感表现方式

文学情感与现实中人的情感,在表现方式上是不同的。现实中人的情感来自人的欲念的显在发泄,所谓乐则大笑,悲则大叫。但是,文学情感却要加以节制,正如黑格尔所说的:笑虽然是暴烈的表现,艺术当然不应丧失,但是表现这爆烈情绪,仍然应该表现出它的镇定性。同样,啼哭在理想的艺术作品里,也不应是毫无节制的哀号。黑格尔还进一步以音乐中的声调为例,说明"把痛苦和欢乐尽量叫喊出来并不是音乐"。[②] 美国美学家苏珊·朗格也同样认为,婴儿的啼笑,政客的嚎叫,是最强烈的情感外露,但它不是艺术。可见,文学情感决不能照搬现实中人的感情。

文学情感应将现实中的人的情感升华,即必须经过作家的心灵纯化。我们不妨称之为

---

① 李健吾:《福楼拜评传》,湖南人民出版社1978年版,第331页。
② 黑格尔:《美学》第1卷,商务印书馆1981年版,第204、205页。

对现实中的情感的艺术再造：扬弃其轻浮性，保留其凝重性；扬弃其矫揉造作，保留其纯朴性；扬弃其感官刺激，保留其合理性。如黑格尔所高度赞美荷马史诗中那种不可磨灭的出自神仙似的笑声，这种上升为文学情感的笑声不同于生活原发性的笑声，而是"从神仙的和悦静穆的心境中发出来的，只表现明朗的心情，没有什么片面的放肆"。①

人的情感有种种需求，如物质需求、情欲需求、成就需求、爱美需求与赞扬需求等。文学情感表现上述需求时都要加以提炼，并与要着重表现的审美需求联系起来。换言之，文学情感表现人的所有需求，必须给人以一种高于肉欲快感的审美感。

人的情感的表现方式，除了表情外，也借助于语言手段。另外，人的感情富有个体性。张三的感情就是张三的感情，不可能是李四的感情，而与之交往的对象也只能接受张三的感情，而不能接受未曾交往的李四的感情。文学情感的表现方式，其语言文字，也是经过情感提炼的文学语言。无论作家抑或创作对象，均弥漫着情感色彩。与人的情感的个别性特点不同，文学情感除了人物情感外，主要是作家对情感的具体概括，如《红楼梦》中宝玉、黛玉、宝钗三人情感的具体概括，不仅含有"这一个"的个体性质，而且还带有较广泛的共体性质。这就是说，文学情感包孕了社会共相的情感，能为广大接受者所共鸣。

总之，文学感情来自情感而又超越现实中人的情感。作家之所以能够将人的情感转化为文学情感，一个重要因素，在于作家的创作心理积淀着理性意识与审美理想。

第三节　文学的情理关系

一　情感是文学创作的动力

（一）文学情感的功能

文学创作需要情感。没有情感，就没有文学的生命力。生理挂图、动植物标本以及宣传画（如计划生育）等，尽管其生理形态精确，有解剖与宣传效应，但是，不能打动人的心灵，而齐白石的虾，情趣盎然，徐悲鸿的奔马，气势昂扬。这类作品之所以能够撞击心灵，感应人的性情，主要是情感的功能。

对于文学情感的功能，在中国古今文论里有很多论述，如：《毛诗序》说诗歌是"情动于中而形于言"，陆机《文赋》说"诗缘情而绮靡"，上面提到的刘勰《文心雕龙》倡导"为情而造文"，白居易《与元九书》把情感看作诗歌的根本。没有情感之根本，就没有创作的花果。在西方，巴尔扎克说他创作《人间喜剧》都是"以热情为元素"。托尔斯泰说作家创作最首要之点，是"在自己的心里唤起曾经一度体验过的感情，并且在唤起这种感情之后，用动作、线条、色彩，以及言词所表达的形象传达出这种感情，使别人也能体验到同样的感情，——这

---

① 黑格尔：《美学》第1卷，商务印书馆1981年版，第296、358、57页。

就是艺术活动。"①黑格尔认为"艺术的目的就是被规定为：唤醒各种本来睡着的情绪、愿望和情欲，使他们再活跃起来；把心填满……在赏心悦目的观照和情绪中尽情欢乐"。② 苏珊·朗格认为艺术是情感与形式的融汇：一方面"一件艺术品，经常是情感的自发表现，即艺术家内心状况的征状"；另一方面"'活的形式'是所有成功艺术的必然产物，它表现了生命——情感、生长、运动、情绪和所赋予生命存在特征的东西。"③综上所述，中外古今的文学家美学家都有一个起码的共识：文学情感的功能在于它是文学的生命力所在。

（二）文学情感的实践性

在创作中，情感之所以如此重要，它是怎样发挥功能呢？

1. 情感与对象融为一体

作家进行创作时，他的情感体验，随着时间的流逝与空间的扩展，逐步进入"高峰体验"的境界，情感与对象情感融化在一起，"你中有我，我中有你"，任谁也不能将这个情结排开。屠格涅夫创作《父与子》，就把自己化身为巴扎洛夫，为他写日记，想他之所想，言他之所言，行他之所行。福楼拜创作《包法利夫人》时，写到包法利夫人爱玛服毒自杀时，"自己一嘴砒霜味，像中了毒一样，把晚饭全吐出来了。"④巴尔扎克的朋友前来探望作家，从屋里传出巴尔扎克大吵大闹的声音，推进门，巴尔扎克说，我的主人公正在吵得不可开交，你一来，吵不下去了。同样，汤显祖写《牡丹亭》，天天与剧中人物柳梦梅、杜丽娘、春香打交道，难解难分。有一天，他忽然失踪了，家里人四处寻找，忽听后院柴屋里传出阵阵哭声。原来汤显祖躲在这里写《忆女》一场，丫环春香想起杜丽娘生前对她的厚爱，又哭又唱："赏春香……还是你……旧罗裙……"。汤显祖与小春香同心悲恸。这一些创作实践说明作家情感与对象情感互为融化，无形的情感纽带把两者凝聚成"合二而一"的角色了。

2. 情感移入对象

作家的情感达到饱和点，所谓"登山则情满于山，观海则意溢于海"，可以把无生命的作为有生命的，予以描绘。田园诗人的山水诗，把山水之美写得有灵有性，让接受者赞叹不已；还可以把非人视为人，予以塑造。高尔基的《海燕》就是将情感移给海燕，表现革命者的勇敢战斗。毛泽东的《咏梅》也是将情感移给梅花，表现无产阶级革命家的崇高品格和无畏的斗争气魄。其他，诸如寓言童话和神魔小说中的非人对象，由于作家予以拟人化描写，赋予情感，也被写活了，具有审美魅力。

3. 情感火山爆发

作家情感激起，往往将郁结于心胸的激情喷薄而出。这个"喷薄点"就是他所定的"诗眼"或"文眼"，以此作为宣泄情感的"火山口"，让奔突于地层的情感岩浆般喷涌而出。这种情感在浪漫主义诗人身上尤为鲜明。屈原以"离骚"为情感爆发的火山口，让忧患意识，爱国思想喷涌而出。郭沫若赤着脚在石子路上奔跑，倒在地上睡觉，感触地球母亲的皮肤，受她拥抱亲昵，看似发狂，却是感受着情感的逼迫，创作了《地球，我的母亲》。浪漫主义作家

---

① 托尔斯泰：《论艺术》，人民文学出版社 1980 年版，第 46 页。
② 黑格尔：《美学》第 1 卷，商务印书馆 1981 年版，第 57 页。
③ 苏珊·朗格：《情感与形式》，中国社会科学出版社 1986 年版，第 35、97 页。
④ 福楼拜：《给泰纳》，《译文》1957 年第 4 期，第 13 页。

都有类似的创作心态。

4. 情感多重显现

海明威提出冰山理论,是说创作如同一座冰山,30％露出海面,70％沉入海底。爆发是情感的强烈,冷静是情感的深沉。作家直面人生,以"感情折光"来寻找宣泄点。萧伯纳的幽默诙谐、马克·吐温的妙趣横生、鲁迅的冷嘲热讽等等,就是文学情感多重显现,在冷静的后面奔涌着情感潜流。

二　理性是文学创作的导向

(一) 创作理性的重要性

黑格尔说:"艺术用来感动心灵的东西可好可坏,既可以强化心灵,把人引到最高尚的方向,也可以弱化心灵,把人引到最淫荡最自私的情欲。"[①]由此看来,文学创作除了情感外,还要理性的制约,而理性起着导向作用。理性的导向作用是决然不能忽视、不能否认的,因为作家面对着社会的各色生活、人们的精神状态,首先要把握现象与本质、偶然与必然、个别与一般等范畴的辩证关系。然后才能"按照美的规律塑造物体"。[②] 而在其形象创造的全过程中,不是单个的孤立的,而是"在社会历史领域内进行活动的,全是有意识的,经过思虑或凭激情行动的。追求某种目的的人,任何事情的发生都不是没有自觉的意图、没有预期目的的"。[③] 作家的创作心理是作家对周围人物事件的能动自觉的反映,体现了他的审美的理性意蕴。创作理性不能完全等同于政治、哲学与伦理,但是在审美认识、审美情感中,渗透着以上诸因子,则是无疑的。创作理性包容着审美认识、智力活动与创造目的的整合机制。作家凭借这整合机制,建构其艺术大厦。当然,理性不是抽象的,是具体的,有正误之分、高低之别。列宁说过,真理多走一步就成为谬误。这需要作家正确把握。正确理性具有正面导向作用,谬误理性则有负面导向作用。

(二) 创作理性的实践性

文学史上,有社会责任感的作家,创作实践总是以正确理性观念作为自己的导向的。它表现为完善形象、拓展背景与深化意蕴等三方面。

1. 完善形象

歌德说:诗歌创作,"艺术想象为理性观念塑造或发明了形象,鼓舞整个人类。"[④]他的浮士德形象就是在理性光辉照耀下,塑造成为"鼓舞整个人类"的追求真理的典型。托尔斯泰在创作《安娜·卡列尼娜》时,准备将女主角塑造成为道德败坏的女人,而后来经过理性观念的浸润,并以此为创作导向,将她塑造成为追求个性自由反对农奴制官僚的解放型女

---

① 黑格尔:《美学》第 1 卷,商务印书馆 1981 年版,第 57 页。

② 马克思:《1844 年经济学——哲学手稿》,《马克思恩格斯全集》第 42 卷,人民出版社 1972 年版,第 97 页。

③ 恩格斯:《路德维希·费尔巴哈和德国古典哲学的终结》,《马克思恩格斯选集》(四),人民出版社 1972 年版,第 243 页。

④ 歌德:《致玛丽亚·包洛英娜公爵夫人书》,《外国理论家作家论形象思维》,中国社会科学出版社 1979 年版,第 34 页。

性形象。这就大大完善了人物形象的典型意义。

2. 拓展背景

作家的创作如果能够最大限度地发挥理性的导向作用,就能将作品的社会环境与时代背景向横广纵深拓展。香港作家梁凤仪的《拥抱朝阳》,本是表现香港企业家的盛衰际遇的,而且只有两家的纠葛,但是梁凤仪却把情节的空间从香港拓展到上海,以世界东方的这两大都市为商场角逐主战场,把时间又置之于 1997 年 7 月 1 日香港回归祖国这一历史大背景中,所以大大超越了一般恩恩怨怨的爱情描写,情人之爱交织着祖国之爱,给人有回肠荡气之感慨。

3. 深化意蕴

作家的创作如果仅是卖弄噱头,就以制造情节的紧张、语言的笑料为满足;如果以理性为导向,就会不断深化意蕴。托尔斯泰创作《复活》,原本以科尼的故事为素材,仅仅表现聂赫留朵夫与玛丝洛娃的性爱纠葛以及他良心的忏悔与道德的复活。可是,他经过理性的反思,以调整结构的方式,首先向法律的不公正宣战,其次揭露农奴制的残酷,最后表现复活的母题是玛丝洛娃在流放中终于寻觅到一条与革命者结合的新生之路。这就是创作实践中理性导向作用的鲜明表现与生动说明。

显然,作家情感与创作理性不是一分为二的对立物,而是合二而一的混合体。当然,某些作品的侧重面可以有其不同的特性,例如抒情的与哲理的,抒情散文与议论散文,言情小说与哲理小说(法国启蒙主义者所写的哲理小说)等等。但是,不能由此作为非理性反理性或非情感反情感的依据。文学史上的纯情论与唯理论都是片面的,只有情理合一的创作观才是全面的看法。

三 文学创作的情理融汇论

(一) 情理融汇的理论

康德在《判断力批判》一书中,将理性判断凌驾于感性想象之上,指出:"有了想象,艺术只能算是有'才';有了判断,艺术才能说得上是'美'……美术需要想象和理解、才情和鉴别力。"[①]康德还阐明:诗歌创作是诗人超越经验的限制,运用想象力使诗作具有圆满完善的形象。而在整个过程中"感情和理性所提示的典范是在相竞赛的,看谁能达到最伟大的境界。"[②]康德关于理性凌驾感性的说法以及两者竞赛说,似欠妥切。黑格尔的论述,比康德全面些。

黑格尔在《美学》中认为:"艺术作品所处的地位是介乎直接的感性事物与观念性的思想之间的。"[③]黑格尔有意识地在"介乎""之间"下面打了着重号,似乎是对康德的凌驾说与竞赛说的异议,强调"之间"的特点既不是纯粹的思想,也不是单纯的情感,而是一种彼此融

---

① 康德:《判断力批判》,《外国理论家作家论形象思维》,中国社会科学出版社 1979 年版,第 33、34 页。
② 同上。
③ 黑格尔:《美学》第 1 卷,商务印书馆 1981 年版,第 48 页。

汇的混合体。如何混合呢？黑格尔没有展开。倒是普列汉诺夫说得正确："艺术既表现人们的情感,也表现人们的思想。但是并非抽象地表现,而是用生动的形象来表现。"这种情理融汇论,在中国古代文论中阐述得更加言简意赅："情者文之经,理者辞之纬,经正而后纬线,理定而后辞畅,此玄文之本源也。"①以上情理融汇论的阐述,是符合文学创作实际的。

　　作家的情感与意识都是源于客观社会生活的,作家对客观生活的情感体验也罢,理性观照也罢,往往在大脑神经中枢发生"刺激反应"模式。客观的刺激与作家的反应,形成了双向往返过程。这个过程是"发生认识"时既分流又整合的复杂过程。所谓分流是指触目注视于某一人某一事与某一物的形状性态。当"刺激反应"在大脑神经中枢多次反馈以后,传导出兴奋性情感弥漫于大脑右半球,而后又扩散于大脑左半球。主抽象思维的大脑左半球进行理性思考。可见,情感的弥漫扩散给理性以相应的范围,理性的凝聚给情感的流散以相应的方向,稳固情感,定性定位,将情感由朦胧嬗变为清晰,由表层导向深层。这就是发生认识论关于情感激活与理性规范的"刺激反应"模式。

　　马克思主义文学理论认为情与理是辩证统一的。人的认识过程是由感性而至理性的。作家作为个体的人,对生活的认识总受到一定条件的限制。如何突破这个限制呢？只有在活蹦乱跳的"这一个"人、事与物前面,激发出创作情感,突破相应的限制,由个别向一般逼近,由感性向理性逼近。反过来,又强化个别感性形象。情感不仅牵引认识通向理性王国,而且可以纠正原先理性认识的偏差,弥补原先理性认识的不足,真正把握人、事、物的本质特征,进行文学创造。例如,巴尔扎克的理性——政治信念是坚定的保皇党,但是,创作激情反而突破他原先的理性观,在其文学创作中,毫不掩饰地赞赏圣玛丽修道院的共和党英雄们。由此可见,创作的创作激情往往可以冲破其谬误的历史偏见,而融汇于正确或比较正确的理性。这种情理融汇的现象,巴尔扎克是一个范例。今天,富有社会责任感的革命作家更是如此。我们可以从他们的强调学习马克思主义、毛泽东思想和邓小平的伟大理论以指导创作文学实践中,得到有力的验证。

（二）情理融汇的创作实践

　　鲁迅依据现实主义的创作原则,在给许广平的信中说："情感正烈的时候,不宜作诗,否则锋芒太露,便将'诗美'杀掉。"②鲁迅以自己的诗作实践了这一原则。他在日本留学时,在幻灯片中目睹日本军国主义的战争叫嚣的场面,感情十分愤懑。尔后,对日本侵略中国的战争表示愤慨,不断反思祖国的衰弱,当局的腐败,又苦于自己救国无门,于是创作了一首诗："灵台无计逃神矢,风雨如磐暗故园。寄意寒星荃不察,我以我血荐轩辕。"铄古震今,激励后人。可见,创作情感固然十分重要,但是应该经过理性的处理,让情感得到提炼,成为群体性情操。理性给予情感的不断反思,就使创作越个体性而又富有历史浓度与社会意蕴,闪烁着艺术的理性之光。法国诗人艾吕雅 1942 年给爱妻努施写了一首诗,每节末句"我写着你的名字",结尾写道："我生来是为了认识你,为了叫你的名字。"但是,他想到祖国被希特勒侵略,人民生活在希特勒铁蹄下渴望自由,于是将诗题《给努施》改为《自由》,提

---

① 刘勰:《文心雕龙·情采》。

② 鲁迅:《两地书》,《鲁迅全集》第 11 卷,人民文学出版社 1981 年版,第 97 页。

高了诗作的境界。

我们再从另一视角反证理性导向与否的不同效应。

18世纪后期，英国流行感伤主义文学，理查逊的《克莱丽莎》描写一位少女的惨剧，充满感伤和哀怨，心理刻画细腻感人。斯泰恩的小说《感伤的旅行》以及"墓园诗派"的诗作，多写少女夭折，夕阳西下，黄昏落叶，墓地凄凉的容易打动心灵的人、事、物，以期引起人们对月伤怀，看花落泪。可是，失恋殉情而缺乏理性意蕴，就很难在文学史上立足。但是，歌德的《少年维特的烦恼》却在感伤主义的情场中，融进了卢梭的启蒙思想——回归自然、向往自由以及天赋人权，与其说是为情场失恋殉身而感伤，毋宁说是对黑暗社会愤懑的悲痛。这主要原因是歌德将情感与理性有机结合，融进小说的情节、人物的心灵，大大超越了感伤主义窠臼，而成为德国启蒙运动的重要作品。比这部小说更有说服力的是，歌德创作长达六十年的《浮士德》诗体小说就是通过浮士德博士与魔鬼梅非斯特的多重关系，表现了人是怎样摆脱中世纪的朦昧状态，经历种种痛苦，不断探求真理，最后走向胜利。这部恢弘巨著被文学史家誉之为：从文艺复兴以来三百年历史的总结。

世界大作家的创作实践告诉我们：情感与理性的互动关系——情感的冲动为理性所制约，而理性的生成为情感作向导，将在优秀作品的社会效应中得到进一步的验证。

（三）情理融汇的社会效应

情理融汇的社会效应表现在发挥作品的审美魅力与满足读者的审美享受两大方面。

首先，发挥作品的审美魅力。文学体裁是由二分法三分法四分法而至庞大的谱系。但是，追本溯源，乃是抒情与叙事两大系列。抒情文学情感的审美魅力，主要是诗人的创作能够确定诗情的凝聚热点，以此切入诗作的横断面，再理出一缕牵引心灵搏动的情思。试看台湾诗人余光中的《乡愁》：

> 小时候／乡愁是一枚小小的邮票／我在这头／母亲在那头。长大后／乡愁是一张狭狭的船票／我在这头／新娘在那头。后来啊／乡愁是一方矮矮的坟墓／我在外头／母亲在里头。而现在／乡愁是一湾浅浅的海峡／我在这头／大陆在那头。

这首诗以"乡愁"为凝聚热点，切入时、空、心等三大阈限——时间，从"小时候"进入"长大后"再到"后来啊"而又至"现在"；空间，从大陆内的母子生离到海峡的夫妻分手再到异地间的母子死别；心间，从母子夫妻之情缘扩展到游子与祖国的眷爱。字里行间，汹涌着情感的波涛，蕴蓄着理性的因子，使人们亢奋而又沉思。这个审美魅力是由于诗作所抒发的生活是概括的，情理的特征是特殊的。诗人在创作时，选择了一个非常独特的假性契合点，营造了一个新的结构，结果使情与理双方都升华到新的境界。我们吟诵此诗，可以作出审美把握：对于客观生活特征来说，是在假定性中的强化；对于意象创造来说，是一种创新——从个体之情到群体之爱，只有意象更新了，情理特征才真正被强化到具有审美魅力的高度。

其次，满足读者的审美享受。作家的创作目的是把自己的作品奉献给时代社会的接受者，期望他们对之审美鉴赏评论。为此，作家广泛而深入地把握现实、描绘人生时，就要开拓自己的情怀，提高自己的意识。只肯具备充塞天地的胸襟情怀，囊括人世的浩然正气，其作品才能在接受者的心坎中引发强烈的共鸣。一切真正优秀的作品所表现的，都是从社会历史激流和人民的生活斗争中汲取来的火热的激情与睿智的理性。反映当前市场经济生活的作品诸如《情满珠江》、《苍天在上》、《英雄无悔》与《极限人生》，都是作家将情感理性融化进社会大变革中的作品，满足了读者的审美享受。

我们知道，作家对人生的审美情感、对生活的理性评价，必然渗透于形象之中，成为形象的血液精髓。即使是有哲理意味的一些格言也是建构于艺术形象的细胞。读者面对艺术形象的魅力，之所以能够产生审美感，是由于作家将理性意蕴与情感猛烈撞击，迸发出激动人心的闪光点，大大满足读者的审美享受。

▶思考题◀

1. 什么是情感？文学情感和道德情感、理智情感的区别和联系。
2. 以具体作品为例，说明文学情感的三个层次。
3. 文学情感在创作中是怎样表现的？作家怎样发挥其情感机制？
4. 文学情感的表现方式。
5. 为什么说文学情感是创作的动力？
6. 为什么说理性是创作的导向？
7. 从创作上说明情理的关系。

第三章　文学的审美性

▶本章提要◀　文学的审美性是最重要最本质的文学特性。文学的审美不同于一般的审美。文学形象的美包括内在美和外在美。文学的审美形态还体现为真实美、情趣美、独创美。文学的审美性是文学客体的审美属性与作家主体审美条件的有机融合，它与文学的形象性、文学的情感性不可分割地联系在一起，审美性统驭着形象性、情感性。文学的娱乐、认识、教育诸功能综合在审美功能之中。文学的审美性为文学实现美育开辟了广阔的前景。

第一节　文学审美性的内涵

一　审美性是对文学特性的深层把握

（一）何谓文学的审美性

先从美讲起。我们讲到文学形象的魅力时，已经涉及美的课题，现在应该进一步给美下个定义：当对象以它的具体可感的生动形态呈现出来，体现了人在社会实践活动中积淀起来的品格、智慧、力量，人的自由、自觉的特性，符合社会进步的要求，引起了人的精神愉悦,这就是美。对于这种客观存在的美,人们时时去感受它,品味它,评价它,这就是审美。同时,人类并不满足于欣赏现实中已有的美,还不断地按照美的规律创造美。比如,人们登临庐山,观看香炉峰一带景色,都会发出由衷的赞美之声,这就是人们的审美活动。可是,这种审美活动却与作家创作的审美活动大不相同。你看,一千多年前,李白写的《望庐山瀑布》:

> 日照香炉生紫烟,遥看瀑布挂前川。
> 飞流直下三千尺,疑是银河落九天。

阳光照在香炉峰上紫烟缭绕,远远地看过去那瀑布像挂在河流之上。急流从万丈峭壁上直冲而下,好似天上的银河倾泻到人间。这首诗,是在现实美的基础上进行审美创造的成果,是艺术美,至今仍有不朽的生命力。

高尔基指出:"照天性来说,人都是艺术家,他无论在什么地方,总是希望把'美'带到生活中去。"①就艺术家来说,他们在审美的同时,致力于创造艺术美,以提高人们感受美和鉴赏美的能力。文学作品的美,属艺术美,是现实美的集中表现,比起现实美更强烈,更理想,更典型,更带普遍性,因而更具浓烈的审美性。

由此看来,文学的审美性,指的就是作家按照美的规律观照和反映客观生活,所创造的适应人的审美性、满足人们的审美需求,提高人们感受美、鉴赏美、创造美的能力的一种本质属性。

文学作品的美,体现在形象中。文学形象的美,包括内在美和外在美。

形象的内在美,能引发读者喜悦、热爱、欢乐、崇高等情愫,唤起读者美好的想象和向往。例如,林黛玉出身于封建贵族家庭,她鄙视封建礼教的庸俗、虚伪,决不同流合污。尽管不幸要压倒她,仍然不甘屈服,力图改变自己的命运。在爱情问题上,她对周围恶势力采取不妥协的态度,最后一面咯血,一面焚稿,以死抗争。林黛玉这个文学形象一定程度上具备了封建礼教叛逆者的内在美。短篇小说《内当家》中的女主人公李秋兰,是社会主义新时期劳动妇女的形象。她勤劳能干,自立自强,在国家实行开放政策后,不卑不亢地在家中接待了与她有过历史恩怨的海外归来的外籍华人,既未失礼,又维护了民族自尊心,表现了我国新时期妇女的内在美。

表现自然风光的文学形象也具有内在美。作家在描写自然风光时,往往把自然物的某些特有属性,同人的社会生活联系起来,强化其美点,并赋予新的意义。比如,月有阴晴圆缺,象征着人的悲欢离合;松树耐寒,四季常青,象征着人的意志、节操;鸳鸯的形影不离,象征着男女爱情的忠贞不渝……经过作家巧妙的艺术处理,这些描写对象,既有原自然物的美,又浸润着比喻、拟人、象征等引申意义的社会美。毛泽东的词《沁园春·雪》在这方面堪称佳作,充溢着一种宏阔雄放的美,令人赞赏不已。

形象的内在美是主要的,外在美也不可忽视。凡佳作名篇,一般都以内容和形式的浑然一体受到读者的喜爱,但也不能排除相对独立的形式在审美活动中的价值、作用。有时,人们接触作品,特别是接触某些篇幅短小、结构精巧而并不带有强烈思想倾向或明显消极

① 高尔基:《文学论文选》,人民文学出版社 1958 年版,第 71 页。

影响的作品,也可以相对地忽略其内容,而着重品赏其外在的形式。比如这样一首小诗:

　　　　一琴几上闲,窗上数竹碧。帘寂空无人,春风自吹入。

它本身没有多少思想容量,主要是描绘了一片宁静、娴雅的景象,流露出一种真切、纯朴的感情,犹如一幅淡淡的水墨画呈现在人们的眼前。读者在欣赏它时,往往是专注于画面的色彩、声音、线条,以至韵律,为其外在形式的美所吸引。内在美和外在美,有时是统一的,有时则存在矛盾。《巴黎圣母院》中的敲钟人卡西莫多,五官扭曲,却有一颗正直、善良、勇敢的心。作家以睿智的眼光发现并赞扬其丑的外形下掩藏着的美的素质,对其外形的丑不是采取讥笑的态度。这样,外表丑反衬了内心美。

(二)文学的审美形态

除崇高、优美、悲剧、喜剧等美的范畴外,文学的美还表现于如下几种形态:

1. 真实美

真实是文学的生命。真是美的基础,是文学作品有无价值、能否产生魅力的首要条件。真的不一定都是美的,但美离开了真,便异化为伪美。失真的、伪美的作品,首先会引起读者心理上失望乃至被愚弄的感觉。泰戈尔在散文诗里曾叙述了他阅读一篇伪美作品时的心态:"我觉得黄昏寂寞,我读着一本书,一直读得我的心也变得枯燥了,在我看来,美似乎是文学贩子制作而成的东西了。我疲倦地合上书本,灭掉烛光。"①巴尔扎克写道:"当我们在看书时,每碰到一切不正确的细节,真实感就向我们叫着:'这是不能相信的!'如果这种感觉叫得次数太多,并且向大家叫,那么这本书现在与将来都不会有任何价值了。"②而如果作品提供的形象本身是真实可信的,作家倾注其间的审美态度又是真挚动人的,读者就不知不觉投以信任票,与之默契,进行交流,沉浸于强烈的审美活动之中。

请看《红楼梦》第三十四回,曹雪芹以那样浓烈深沉的爱憎之情,那样细致传神的笔墨,描画了贾府各式人等围绕宝玉挨打事件的种种表现:

王夫人目睹宝玉被打的惨状,哭得十分伤心,痛不欲生。但她完全是为维护自身利益而哭诉,请求贾政手下留情的:"我如今已五十岁的人,只有这个孽障……今日越发要弄死他,岂不是有意绝我呢?既然要勒死他,索性先勒死我。"还说,假如贾珠还活着,宝玉这样的不肖种"便死一百个,我也不管了"。贾母听说心肝宝贝遭毒打,"颤巍巍"地亲自赶来阻止,贾政刚解释了几句,她就不客气地顶回去:"你的儿子,自然你要打就打,想来你也厌烦我们娘儿们,不如我们早离了你,大家干净。""你分明使我无立足之地,你反说起你来!只是我们回去了……看有谁来不许你打!"听话听声,贾母切望子孙成龙,不允许在贾府出现叛逆者的思想体系,本来是同她儿子贾政并无二致的。此时此境,她大动肝火的主要原因在于,贾政竟然严令"有人传信到里头去,立刻打死!"特意瞒着她这个贾府的最高统治者而独行其事。后来,"宝钗手里托着一丸药走进来",她一方面细心关照袭人如何给宝玉敷药,同时对宝玉怀着"恨铁不成钢"的复杂感情:"早听人一句话,也不至有今日!""何不在外头大事上做工夫,老爷喜欢了,也不能吃这样亏。"黛玉呢?"两个眼睛肿得桃儿一样,满面泪

---

① 泰戈尔:《情人的礼物》之五六,转引自《文艺评论》1986年第5期,第6页。
② 转引自普塞科夫:《巴尔扎克》。

光"。"心中提起万句言词,要说时却不能说半句。半天方抽抽噎噎的道:'你可都改了罢!'"这句话,其实是愤激的反语,宝玉不愧是她的知音,一听便懂,因而"长叹一声道:'你放心。别说这样话。我便为这些人死了,也是情愿的。'"

曹雪芹在这节文字中,紧紧抓住了由种种盘根错节的人际关系牵引的不同人物各具内涵和个性的情意冲突,以此为贯穿线,画出了颗颗活的灵魂的情意搏斗图,并以自己的审美理想,烛照了每个人物平素掩蔽着的心理秘密,使作品展现的社会众生相达到了高度的真实,表达了无穷的人生意蕴、哲理诗情。读者透过这幅幅动人的艺术画面,不由得被激起丰富的情感波澜,如临其境,如见其人,如闻其声。从中特别窥测到了宝钗和黛玉两位才貌双全的姑娘,在思想、气质、品格方面的差异——黛玉在宝玉床前尽管只轻轻吐了六个字,其力度和感情色彩远远超过了宝钗的药物和柔肠细语——而且,尽管这些描写的人与事,人们早就十分熟悉了,但以后每次重读,都会有"譬如日月,终古常见,光景常新"的新鲜感,始终能像具有魔力似的拨响人们心底的琴弦,激起心灵的巨大回响。

每个时代都在发展着旧时代积淀下来的美,有着属于自己的新的美。作为审美对象的文学作品,其真实美也时时经受着时代浪涛的洗礼。有的作品能经受住历史的检验,焕发出永久性的魅力;有的作品可能事过境迁,黯然失色;有的作品本身是美的,但对于新时代的读者来说,可能不一定像旧时代的读者那么心心相印,一往情深。因此,他们必然要呼吁新时代的作家多提供些更契合当代潮流的具有新的资质的真实的文学精品。

同时,我们还应该对文学作品的真实美作比较宽泛的理解。比如,有时作家可以"无中生有"、"以假射真"地虚拟生活中没有发生、也不可能存在的现象,却能求得最逼真的艺术效果。马克·吐温的短篇小说《竞选州长》,牢牢地植根于美国资本主义社会现实的土壤之中,其故事本身却又偏偏纯属子虚乌有。作家以一连串虚构的情节和细节,甚至是漫画式的笔墨而创造出鲜明动人的形象,入木三分而又维妙维肖地揭露了被资产阶级吹嘘得天花乱坠的"民主"和"自由"的本质。如果《竞选州长》中那些恶棍们给"我"捏造的离奇荒唐的罪名,改用写实的手法来表达,那么,"实"则实矣,作品中犀利辛辣、妙趣横生的讽刺力量也就丧失殆尽了。有时,作家甚至可以违反常情常理,作十分"出格"的描写。肖洛霍夫的长篇小说《静静的顿河》中写主人公葛利高里在人生道路上历经曲折又失去亲人后,看到天上挂着的是一个"黑色的太阳"。这无疑是违反基本自然常识的,但那是一个悲痛欲绝的主人公眼中的太阳,它显示了人的情绪、心理与自然物之间密切对应关系。因而这一十分"出格"的描写恰恰表现了彼时彼地主人公体验到的最惊人的真实!

2. 情趣美

文学的审美性与趣味性是密不可分的。我国齐、梁时代钟嵘倡导诗歌"滋味"说,宋代严羽提出诗歌"趣味"说,明代李贽认为"天下文章当以趣为第一",[①]近代的梁启超说"文学的本质和作用最主要的就是趣味"。[②] 这些表述不一定完全准确,但他们都把情趣美归结为事关文学魅力的重要因素,值得我们借鉴。可以肯定,凡对读者具有吸引力、诱惑力的作

---

① 《容与堂水浒传回本》。
② 《明清两大家诗抄题词》。

品,总是或隐或显、程度不等地包含着令人赏心悦目的情趣美。

文学的情趣美要求作家本人有情趣,写出的作品有情趣。这表现在作品的内容和形式的各个方面,比如,有的作品主要表现为题材的奇特;有的作品主要表现为主题的新颖;有的作品表现为情节的引人入胜;有的作品表现为人物个性的滑稽幽默;有的作品表现为手法的诙谐、机智,等等。

追求情趣美是人的爱美天性的一种表露,文学创作理应满足人们的这一正常的审美需求。在这方面,文学史上不乏其例。一些民歌、情歌,还有小说如《一千零一夜》、《堂·吉诃德》、《西游记》、《聊斋志异》等固然充溢着情趣美,围绕《夏伯阳》中的主人公、《水浒传》中鲁智深、《三国演义》中的张飞展开的一系列故事,又何尝没有情趣美? 有些作品本身是悲剧型的,但作家依然注意开掘适度的情趣美。比如戏曲《秦香莲》中有关判案的情节铺叙和包公的性格刻画,就富有抓人的情趣美。契诃夫的短篇小说《万卡》反映了旧俄时代童仆的典型命运:九岁男孩万卡流着泪偷偷给爷爷写信,诉说非人境遇,恳求爷爷早些把自己领回去。末了,他在信封上写下"乡下爷爷收"五个大字并郑重其事地投进邮筒后,就心满意足地睡着了。阅读这篇小说,读者心中充满着苦涩味,但看到万卡开信封那种一本正经、稚朴荒唐的举动,又不免忍俊不禁。而在刚刚领略其情趣美的同时,无形中又必然加强了对这个颤瑟着的小生命未来命运的关切,对那罪恶的童仆制度的仇恨。

我国新时期通俗文学的崛起值得重视。"主流文学"和"探索性文学"同样需要情趣美,但优秀通俗文学无疑更能适应一般层次的广大读者的审美需求。应该引起注意的是,趣味有格调雅俗高下之分。我们要提倡健康、高尚的情趣,抵制不健康的、低下的情趣。后者与美无缘,只会败坏文学的审美性。

3. 独创美

中外古今,凡具有经久不衰艺术生命的文学作品,都是富有独创美的,千人一面、千部一腔的作品令人厌倦,无美可言。

艺术独创,包括作家对生活的独特认识和艺术上的独特体现。两者是总体把握、总体体现的。但首先应该强调的是,作家对生活应有准确、缜密、深邃的发现,善于穿过生活的表层,向深处开掘,捕捉社会人生的底蕴,美的价值。这是一个艰苦的并非人人都能胜任的工程。尽管任何创作者都置身于社会生活之中,都在从事着艺术地掌握世界的工作,但收获却往往大不一样。也许,有的只摄下一些生活海洋浮面的闪光;有的涉足浅滩,拣到了几枚精致的贝壳;有的则不愧为生活激流的弄潮儿,掌握了上下、左右、前后、俯仰不同的透视点和观察面,选择理想的开掘方位,最适合自己的开掘式和开掘度,由此领略了生活海洋中不同条件下不同层次的风云变幻,积淀、形成了他超越于题材本身的对于人生的独特见解。古代写雨的诗篇非常多,但杜甫的《春夜喜雨》:"好雨知时节,当春乃发生。随风潜入夜,润物细无声……",别树一帜,深受代代读者的喜爱。它不沿袭一般拟人的旧套,而是将人化的春雨的独特性展现在读者面前,给人新颖别致的审美感受;文学史上写父子情深的作品何止千百,但朱自清的散文《背影》异军突起! 它写的是家庭遭遇变故的情况下父亲送别远行的儿子时的一番情景。作者把描叙和抒情的聚光点集中于儿子泪光中的父亲的背影,通过不断述说儿子内心的悔恨,把刻骨铭心的思念巧妙地倾吐出来。鲁迅的《呐喊》、《彷徨》,

既反映出作者对国民精神、民族命运的忧患意识，又表现出了作者对农民生活的关注，对开始觉醒的知识分子的期待。曾有人指责鲁迅的作品太冷，其实，这是冷峻，凝重，它植根于爱，是以热作衬底的。鲁迅对假、恶、丑的东西深恶痛绝，恨得透骨；同时，他对生活中美好的、高尚的、理想的东西又比谁都敏感，都喜悦，都执着地追求。唯其如此，鲁迅身躯内蕴藏着的创作生命力是旺盛的，独特的。他的《呐喊》、《彷徨》对社会人生有着不同凡响的感受力、思辨力、透视力，在五四新旧文学对垒中，在小说创作中具有首开风气、闯开历史航道的深远意义。

此种不同凡响的感受力、思辨力、透视力，即作家独特的审美感受和独特的情感体验。这里，可贵的是"独特"两字。独特，就是与众不同，就是不做罗丹所藐视的"永远戴别人的眼镜"的"拙劣的艺术家"；①具有屠格涅夫所说的"生动的、特殊的自己个人所有的音调，这些音调在其他每个人的喉咙里是发不出来的"。②

独创美也体现在艺术传达方面。艺术传达有赖于一定表现手段。对表现手段的运用，也因人而异，烙印着作家个人独有的印记。冯骥才从事过二十来年专业绘画，因此他比较习惯于可视的形象思维方式，善于把构思中的东西转化为一个个独特又具体的画面。比如，他的短篇小说《高女人和他的矮丈夫》写一对高矮相差十七厘米的知识分子夫妇，不避世欲的窃笑，融融相爱。每逢日晒雨淋的日子出门，高女人怀抱孩子，矮丈夫总是把伞高高举起，替她挡雨。十年浩劫中，高女人离世。人们发现，多少年后，矮丈夫出门打伞还是习惯地高高举起，伞下有一大段空间，世界上任何东西也弥补不上……这些情深意笃、底蕴无穷的描写简直是一首绝妙的散文诗、哲理诗。作家后来回忆道：当时，"我甚至把这画面想象得比写出来的更为细致和真切。那矮丈夫肌肉抽缩、青筋鼓涨的手，那油漆磨得剥落不正的雨伞把儿，那无人料理、一身皱折、扣儿郎当的衣服，那细雨打湿而全然不知的裤腿，以及在绵密的雨雾中矮男人饱经沧桑、有点凄凉的背影……全都看得一清二楚。"③正是这一幅幅画面点燃了作家的激情火花，帮助他把有关的人和事放在更广阔的历史、社会、人生的大背景下熔炼和表现，尽情尽意地完成了这篇艺术佳作。

刘心武的《班主任》，赢得了相当高的声誉，但严格的评论界和读者也诚恳、直率地向他指出了人物性格单一、图解痕迹较重、游离形象的主观议论过多等缺点。刘心武认真听取来自各方面的批评，冷静地思考和消化，既在文学观念上，也在思维方式、知识结构、艺术技巧方面解剖自己，丰富自我，磨炼才情。继《如意》、《立体交叉桥》等佳作问世，又从酝酿到笔耕，费时三四年，发表了三十五万言的《钟鼓楼》这样一部多层次、复调的、试图对当代社会文明作宏观记录和反思的长篇小说。恢宏的气魄，特殊的追求，决定了作家在艺术传达方面进行大刀阔斧而卓有成效的变革。据作家自述，主要体现在两个方面：就人物而言，"我是要在流动的网络结构中，去展现一个互相依存、勾联、冲撞、和谐的当代群像，也就是说：在人物塑造上，我不想夺'单项冠军'，而妄想得'团体冠军'；就结构而言，以往认为只有

① 《罗丹艺术论》，人民美术出版社 1978 年版，第 5 页。
② 转引自(苏)赫拉普钦科《作家的创作个性和文学的发展》，第 70 页。
③ 冯骥才：《创作的体验》，《文艺研究》1983 年第 2 期。

短篇小说,才该搞'横剖面',我却打破这一金科玉律,偏把这个长篇搞成一个巨大的'横剖面'……我有信心通过这'横剖面'上那密密麻麻的年轮,使读者获得一种横向与纵向交叉融汇的立体感受。为此,我没有采取……习见的结构方式,而采用了'花瓣式',或称为'剥桔式'"。作家深知,这种打破常规也突破了自己已经熟悉的表现路子的"特殊写法","自然是吃力而近乎铤而走险,但为了搞出一个像样的有个性的作品,我想用力与冒险乃是必经之路"。① 实践证明,《钟鼓楼》的确在相当程度上满足了不同层次不同类型的读者的审美需求,是一部富有独创美的佳作。

二　文学审美性的构成

(一) 文学客体的审美属性

文学创作是作家以审美为目的的对以人为中心的社会生活整体作形象的反映,是作家的审美认识与审美情感作用于现实的精神产品。人和社会生活一旦进入作家的创作领域,也就进入了作家的审美视野,它就不再是纯客观的对象,而是作为创作主体的作家把自己置身于同现实的审美关系中,关注的是人和社会生活的审美属性,以及怎样摄取它,贮存它,强化它。自然美和社会美,同属现实美。自然美也离不开人类,离开了人类,自然物无所谓美不美。自然美是自然物的审美属性和人的社会属性的统一。在这个统一中,人类的社会实践始终起着积极的主动作用。人类在实践中发展了审美的感受力,发现、改造、拓展了自然美。总之,对于作家来说,不管是自然美还是社会美,它们作为文学客体存在的审美对象,是作家以审美的眼光采撷到的现实生活。

但是,文学客体的审美属性,并不就是文学作品的艺术美。要使文学客体的审美属性转化为文学作品的美,则需要作家的审美条件与之契合,按照美的规律进行艺术加工,创造出艺术美。

在这里,我们还要看到事物的美丑属性是相对的。往往互相渗透,共生共存,不可绝对化。就自然形象而言,"桂林山水甲天下",也只是与其他景物相比较而言,并非每个局部、细部都天下无双;就人物形象而言,"金无足赤,人无完人"。"西施有所恶而不能减其美者,美多也",即使像西施那样家喻户晓的美女,容貌也有缺憾的一面。但从总体上看,美的属性明显地占主导地位,人们并不会因西施的容貌存在某些小疵而否认她是绝代佳人。同时,作为文学作品描写的对象,有些本身是具有审美意义的,有些在现实生活中是不美的,甚至是丑的,经过作家艺术加工才具有审美意义。也就是说,生活中的美和丑都是文学的表现对象,但是作为文学的属性来说,却只能是美的,而不能是丑的。关键在于,当生活丑进入文学作品后,必须来一个由丑向美的转化。作家要把丑恶事物加以集中、提炼,以先进的美学理想去烛照,去鞭挞,使其丑得到独特的艺术的感性显现,使其"当众出丑",成为具有审美价值、可供审美观照的文学形象。比如,《死魂灵》中的乞乞可夫其人,是丑的,一个十分虚伪刁钻的骗子,但果戈理所塑造的乞乞可夫却成为整部长篇小说独特的形象体系中

---

① 刘心武:《多层次地网络式地去表现人》,《光明日报》1986 年 1 月 9 日。

不可或缺的"这个"典型形象,具有强烈的思想和艺术光泽。能引导读者对假、恶、丑的极度蔑视,对真、善、美的执着追求。换言之,丑的事物在实际生活中和文学领域中,其价值不可同日而语。在实际生活中,他们是消极的,破坏性的,我们要努力消灭它,铲除其生存土壤;而一旦成为文学形象活跃在作品中,特别是作为一个典型形象矗立在文学画廊里,那就成了富有艺术魅力、审美价值的积极因素。

在现实生活中还有许多事物,既不是十分的美,也不是明显的"丑"。我们不妨把这种美丑程度都不太鲜明的生活形态叫做"平淡"。"平淡"的人生画幅经过作家独具匠心的审美处理,也可以达到惊心动魄、令人赞叹的不"平淡"。从这种看似"平淡"的生活形态中发掘、传达出来的审美信息越多,越强烈,作品的艺术价值也越高。果戈理、契诃夫、鲁迅就是具有这种本领的文学大师。正是在这种意义上,从文学史上看,"几乎无事的悲剧"(鲁迅评果戈理作品语)、凡人悲剧或者描写凡人小事的作品,尽管不如英雄悲剧、英雄史诗那么有声有色,但一经艺术加工,就具有表现英雄人物、先进人物的作品不可取代的别一种动人心魄的美。这也正如果戈理所指出的:在真正的艺术家看来,"大自然里没有低微的事物。艺术家创造者即使描写低微的事物,也像描写伟大的事物一样伟大"。①

再如,过去我们在研究文学的审美对象时,往往较多地注意优美、崇高、悲剧、喜剧几种美的范畴;相比之下,过去我们对各种审美范畴之间的相互依存、渗透则注意不够。其实,社会生活是无比复杂的,不同范畴形态的美,总是难分难解地结合在一起的,它们互相区别,互相补充,又相互交织和转化,从而构筑成一个绚丽多姿的真实的世界。作为社会生活能动反映的文学作品也应该如此。别林斯基评论塞万提斯的《堂·吉诃德》时,称赞它是欧洲文学作品中把严肃与滑稽、悲剧与喜剧、生活中的庸俗糟粕与伟大美丽的东西交融在一起的杰出例子。罗曼·罗兰阅读《阿Q正传》,笑过后嚎啕大哭,在嘲笑阿Q主义的同时,深深同情这个小人物的大不幸。相比之下,过去我们对怪诞美似也注意不够。怪诞从表面看来,似乎是畸形变态的,超越了常规。其实它也是一定现实关系的折射,体现着作家对社会人生的执着的别具角度的深层思考。它同样是与假恶丑相对立的,表示着一种存真、向善、求美的追索,能让读者在啼笑皆非的审美活动中进入到愈反复回味愈能琢磨出更多的东西来的艺术境界。前些年,我国作家随着对社会心理多维深层的研究,对过去不正常的年代造成的不正常心理伤痕的反思,发表了一些具有怪诞品格的讽刺作品。蒋子龙的《找帽子》写某地某人被错划右派,二十多年后,别的右派分子一一纠正,唯独他,原记录右派名单上找不到名字而政策得不到落实。过去这顶右派帽子是他的灾星,而今这顶帽子成了他的"吉祥鸟"。他苦求不得,不禁哀叹:"帽子,我的帽子……"这类情节,看似荒诞,却写出了生活中局部存在的严酷的真实。谌容的《减去十岁》以假定的、极度夸张的、时空交叉移位的手法,构筑了一系列荒诞的矛盾冲突,让各式人等蛰伏着的不见形的失落感、潜意识和幻想,借荒诞之机得以绝妙的大显形。令人啼笑皆非,别有一番滋味在心头。此类作品的生命力,就在于"怪"与"真"的辩证统一:怪是其外在特征,真是其内在的审美意蕴。

---

① 果戈理:《涅瓦大街》。

(二) 创作主体的审美条件

文学客体转化为文学作品,还需要作家具备相应的审美条件。

1. 比较完善的审美心理结构

所谓审美心理结构,即审美心理的各构成要素(包括审美理想、审美趣味、审美标准、审美情感、审美想象等)以及发挥其综合机制的特定方式。人类审美心理结构是漫长的社会历史积淀的产物,对具体的个人来说,则是长期审美教育和实践活动的结果。这种特殊的审美心理机制,构成了属于他自己的一个"蜘蛛网",网开四面八方,随时按他独有的喜好、方式去接受审美对象发来的各种信息,并表示自己的态度……

四肢发达、器官健全,诚然是令人欣慰的。但光有这些,仅仅意味着具备了正常的生理机制,即从事审美活动的生理基础,而不能说已经具备了审美心理结构。作为创作主体的作家,更必须具有较高的审美水准、审美能力,尽可能丰富的阅历,广博的知识,熟谙文学的规律和特征,善于领略、捕捉、表现五彩缤纷、勾魂摄魄的艺术的美。

2. 良好的审美心态

心态即人们相对稳定的情绪状态。良好的审美心态就是指人们在审美活动前和审美活动中要有一个比较舒畅、愉悦的情绪状态。有没有这种心境是大不一样的。荀况说得好:"心忧恐,则口衔刍豢而不知其味,耳听钟鼓而不知其声,目视黼黻而不知其状,轻暖平簟而体不知其安。"①马克思也说过类似的话:"囿于粗陋的实际需要的感觉只具有有限的意义。对于一个饥肠辘辘的人说来并不存在着食物的属人的形式,而只存在着它作为食物的抽象的存在……忧心忡忡的穷人甚至对最美丽的景色都无动于衷;贩卖矿物的商人只看到矿物的商业价值,而看不到矿物的美和特性……"②一个正为起码的生存条件劳碌奔波的人,一个被某种狭隘庸俗的功利目的扭曲的人,不会有余兴去欣赏美,激发不起审美感受力和创造力。

创造良好的审美心态,最根本的,当然首先要把人从受剥削受奴役的地位中解放出来,使他成为社会的主人,同时要进一步提供尽可能优越的物质条件和精神条件,创造一种协调舒畅的民主气氛,帮助作家摆脱各种逆境的压抑,因袭的和新的种种精神负担,以及狭隘、庸俗的欲念纠缠,做到心胸开阔,耳聪目明,具备良好的审美心态。

3. 适应读者审美需求的能力

文学审美活动包含着两个方向相反的过程:一是作品审美价值心灵化,一是读者审美能力的外化。这两个相反方向的过程在审美实践中得以沟通。当读者接触作品时,如果作品释放出的信息同读者审美心理结构中贮存的美的信息相互适应,相互契合,二者便会自然地结成审美关系,迸发出美感的火花,融汇成情感的激流,进而形神交会,物我合一,产生动人心魄的美感效应。

但是,作品和读者之间的关系不是凝固的,是在变化发展的,它们不可能时时处处适应默契,而有一个适应——不适应——适应的流动过程。由于作家和读者有着各自的审

---

① 《中国美术史资料选编》上册,第 25 页。
② 《马克思恩格斯全集》第 42 卷,人民出版社 1972 年版,第 126 页。

美心理结构,作家创作的作品与读者之间,有的会出现某种不一致,不那么适应,甚至矛盾和对立。比如,文学史上常常有这样的情况:那些最受读者欢迎的往往是当时的二三流作品,而代表时代先进水准的优秀作品,则反而不被相当数量的读者所理解,在一段时期内受到不公正的冷遇。造成这种现象的原因是多方面的。例如,可能受历史条件的限制,读者文化素养不足,审美趣味不高;可能某些作品不合某部分读者的口味;还可能是读者的审美习惯性在起作用,一下子不太习惯某些优秀作家的跨度较大的探索和创新,不能充分领悟那些上乘之作的思想、艺术的美点。面对这种情况不必大惊小怪。重要的是分析原因,做好工作。就作家而言,要注意体察各种文化层次的读者的审美习惯、接受能力和一定时期内的应变能力,并审视自己的创作实践,根据需要和可能,作必要的相应的调整。又不能迎合部分读者因袭的、封闭的、不健康的审美需求,而要继续不懈地探索和创新,用自己的劳动来帮助完善他们的审美心理结构;就读者而言,要经常检验自己的审美心理结构有没有衰变倾向,要警惕自己的审美惰性和审美感觉的钝化,从各种不同风格样式的审美对象中吸收新的滋养,不断更新自己的审美心理结构,以便更好地适应客体,既能欣赏习见的普及性的文学作品,也能欣赏提高性的探索性的作品,包括代表时代一流水平的名著佳作。经过这两方面的共同努力,作品和读者之间又能从不适应到逐步适应,达到新的更高层次的更积极的默契。如此循环往复,文学的审美属性得以充分的发挥。

第二节　文学审美性与形象性、情感性的关系

一　审美性与形象性的关系

人不可能凭空审美,人的审美活动是人对审美对象的直接的、自由的观照。这种审美观照的对象必须是个别的、感性的、活灵活现的。无论是自然美、社会美以及文学艺术作品的美,均无一例外。文学作品之所以必须以人们能够直接感受、观照的形象形态赖以存在,显示其生命力,文学形象就内容而言,一定是具体、流动、能给人以强烈感染的;就形式而言,也一定是符合美的规律、使人赏心悦目的,原因即在于此。

但是,文学塑造的形象,并非一般的形象,而是艺术形象,即审美的形象。一般的形象在哲学社会科学著作中也常常可以见到,有的是形象性的举例,有的是直接的形象性的描写;一般的形象在自然科学著作中也不时出现,如生物学描绘的动植物,解剖学描绘的人体。文学形象是基于人们特殊的审美需求而加以塑造的,是在作家摄取的富有审美价值的形象素材的基础上,又经过作家创造性的艺术劳动而诞生于世的。比如"白杨"本来是生物学研究的对象,它属一般形象,但茅盾的《白杨礼赞》,把白杨树比作"伟丈夫",同以人为中心的社会生活相联系,成为作家需要再现和表现的人与现实审美关系的一个象征,一个缩影,那就成了社会化、心灵化了的文学表现对象,即审美形象。同样,猴子和生物学研究的

猴子是一般形象,《西游记》中塑造的孙悟空是审美的形象。审美形象才是文学作品所独有的。

明白这一点,我们就可以得出结论:形象性是文学的质的规定性的一个不可或缺的方面和层次,但这一规定性是与文学的审美性相联系的。

二　审美性与情感性的关系

在文学领域里,无论是创作和鉴赏,人们总是带着强烈的情感色彩参与整个活动的。

但是这里所说的"情感",不是一般意义的情感。广义的情感,是指人的喜、怒、哀、乐等各种丰富、细致、复杂、流动的心理情绪的总汇和表现,是在人的现实生活中,在认识人生和改造人生的过程中萌生、发展、衍变、成熟起来的。这种情感因素并非文学作品所独有,在科学著作中同样存在;日常生活中那些单纯发泄情感的活动如哭、笑、咆哮如雷或奔走跳跃等等本身,也并不就是文学活动。文学是一种审美活动,文学活动中的情感因素是审美的情感。作为审美对象——文学形象,它是饱和着作家审美情感、审美评价的以人为中心的综合社会人生图画,是作家审美情感的物态化;作为审美主体——读者,也必须凭借自己的审美情感去体验,去感知,去想象,去激情拥抱、熔铸审美对象,达到与审美对象的默契共鸣,从而领悟到审美活动的莫大喜悦。缺乏审美情感的文学形象是苍白的、枯萎的、没有活力的;缺乏审美情感的读者也难以参与审美活动,进入文学作品的佳境。古今中外文学大师们之所以一再从不同角度强调审美情感在文学中的地位,认为它是文学的生命和动力,原因正在于此。明白这一点,我们也就可以得出结论:情感性是文学的质的规定性的又一个不可或缺的方面和层次,但这一规定性也是与文学的审美性联系在一起的。

三　审美性统驭形象性、情感性

文学特性,指的是文学这一事物的质的规定性。正是由于这种质的规定性,才使文学和其他事物区别开来。由于文学是一种内涵极为丰富多义的事物,是一个庞大的精神创造工程,它的质的规定性应该是多侧面、多层次的。人们可以从不同侧面去认识它,也可以从不同层次去深化对其本质的认识。我们在上面分别考察的文学的形象性、情感性、审美性,就是这种多侧面多层次的表现。文学的上述几种质的规定性之间的关系有没有主次? 如果有,什么是更主要的、更本质的属性?

车尔尼雪夫斯基指出:"人的活动总有一个目的,这目的就构成了活动的本质。"[①]他认为一切人类活动和产物的本质都是按照这一具有普遍意义的原则去估价和确定的,它同样适用于对文学艺术的本质分析。车尔尼雪夫斯基在这里提出的人类活动的目的决定活动的本质思想,对我们把握文学特性有着深刻的启迪。

那么,文学的根本目的又是什么呢? 马克思说:"艺术对象创造出懂得艺术和能够欣赏

---

① 车尔尼雪夫斯基:《艺术与现实的审美关系》。

美的大众。"①文学艺术的根本目的,在于满足人们的审美需求,使人们在审美享受之中提高审美、创美的能力。正是在这一意义上,审美性就成为文学的本质特征,它是文学的质的规定性的第一位的基本的方面和层次。审美性与形象性、审美性与情感性之间分别存在着主与次的关系。

综上所述,文学的审美性、形象性、情感性三者的关系是:文学的审美性决定、制约着文学的形象性、情感性。形象性、情感性同样是文学的重要特性,但它们是由审美性所统驭。审美性是文学的首要的本质的特性,是对文学特性的深层把握。

第三节　文学综合审美功能及美育

一　文学的综合审美功能

(一) 文学综合审美功能的构成

文学作品一经问世,便会在社会上产生反响,服务于广大读者,这便是文学的社会功能。文学的社会功能是通过文学特性,特别是其审美的本质特性得以发挥的,是文学的审美价值的外化和表现。因此,从总体上说,文学的社会功能就是文学的特殊的审美功能。这种特殊的审美功能是多质的,综合的,大体上可以分为三个方面:

1. 文学的审美娱乐功能

优秀的文学作品是一定社会生活的艺术的美的反映,能帮助读者培养健康的审美观念和情感,提高对生活中美、丑的感受鉴别能力,使读者得到美的享受,精神上的陶冶、愉悦、休息。

现实生活中的美,往往具有易逝性、固定性的缺点,它对人们发挥其作用时不能不受到时间、空间的局限。庐山瀑布,杭州西湖,诚然是美丽动人的,但并不是每个人都能亲临庐山、杭州一饱眼福的;而李白的《望庐山瀑布》、苏轼的《饮湖上初晴后雨》是用文学样式精心表现的美,这就不受时空的限制,尽可流传千古,为中外亿万读者所享用。

现实生活中的美往往比较分散、零碎,不够鲜明,不够强烈,用文学手段创造出来的美,不但具有类似生活现象的可视、可听、可嗅、可触的具体可感的特征,而且更集中,更浓烈,具有更高的审美价值。因为文学作品提供的美是作家在深入、熔铸现实生活的基础上再创造出来的艺术美,是再现与表现的统一。比如鲁迅笔下少年闰土的形象:"深蓝的天空中挂着一轮金黄的圆月,下边是海边的沙地,都种着一望无际的碧绿的西瓜,其间有一个十一二岁的少年,项带银圈,手捏一柄钢叉,向一匹猹尽力的刺去⋯⋯"作家通过生花妙笔呈现在我们眼前的不只是逼真的少年闰土的形象,这生气勃勃的小英雄形象还饱含着作家对闰土的真挚的爱,以及对那美好童年的深沉的怀念。你看,那"深蓝的天空"中挂着的是"一轮金

---

① 马克思:《〈政治经济学批判〉导言》,《马克思恩格斯选集》第2卷,第95页。

黄的圆月"；"海边的沙地"上种着"一望无际的碧绿的西瓜"。在此背景上跃动着明晃晃的项圈和钢叉。可谓浓墨重彩，情深意切。这种美在单纯的再现中是难以见到的。人们之所以不满足于现实生活中的美，心甘情愿地花钱花时间去品味、享受文学作品中的美，爱不释手，百看不厌，其原因即在于此。

文学的娱乐作用，也是文学作品不同于哲学社会科学著作的特殊功能。我国先秦时代就以"乐"作为艺术的总称，其中当然包含文学。并指出"乐者乐也"。①鲁迅对于旧时代的小说作了这样精辟的概括："主在娱心，而杂以惩劝。"②可见，文学应该使人快乐。人们往往并不是为接受思想教育，而是为了愉快和休息才去阅读、欣赏文学作品的。古今中外的名篇佳作，之所以能流传久远，受到代代读者的喜爱，一个重要的原因，就在于它们不同程度地具有精神愉悦因素，使读者在获取美的享受中，得到休息和娱乐。

娱乐作为一种文学功能，其本体属性是激励人奋发向上的。不同的作品对娱乐性的追求有不同的表现。有的侧重些，有的淡化些。比较而言，一般被称为通俗文学的作品，更注意读者的覆盖面，讲究可读性，多一些娱乐性。在通俗文学与庸俗文学之间划等号是错误的，但娱乐性确实又存在健康与低俗之分。有些作品一味迎合低级庸俗的情趣，美其名曰注重娱乐性，那是错误的。

文学的娱乐功能是审美的娱乐功能。文学有自娱和娱他的传统，但并非有娱乐功能的都是文学。下棋，打扑克，跳迪斯科，玩电子游戏，是娱乐，但非文学。文学的娱乐功能是要在审美活动中得以实现的，是一种高级形态的审美娱乐。

与文学的审美娱乐功能相类似的，或者说，在同一层面上的，还有消遣、愉悦、补偿等功能，构成审美娱乐功能系列。

2. 文学的审美认识功能

优秀的文学作品是一定社会生活的真实反映，能帮助读者认识人类社会的历史和现状，了解古往今来各个时代、各个国家、各个区域的经济政治、自然风光、世态人情，丰富人们的阅历，启迪人们的智慧，提高观察和认识社会人生的能力。所以被高尔基誉为"时代的生活和情绪的历史"。③

文学是从整体上艺术地把握世界。它不以提供知识为目的。但只要是真实地把握，就能为读者提供丰富的认识材料。文学表现社会人生的真实性越强，触及的问题越广泛深入，就越能真切地探及并把握事物的本质，作品的认识功能也越强。

法国批判现实主义大师巴尔扎克（1799—1850）所生活的历史时代，是1789年法国资产阶级大革命后日益强大的资产阶级同卷土重来的封建复辟势力激烈搏斗、反复较量，复辟势力彻底失败、资本主义最终胜利的时代。他的文学巨著《人间喜剧》由九十多种长篇小说和中短篇小说构成，就是以这数十年的风云变幻为背景，以两大阶级的尖锐斗争和历史命运为主线展开描写的。人们比较熟悉的《欧也妮·葛朗台》、《高老头》、《幻灭》等就是其

---

① 公孙尼子：《乐论·乐化篇》。
② 鲁迅：《中国小说史略》。
③ 高尔基：《论文学》，《文学论文选》，人民文学出版社1958年版，第91页。

中相当出色的几部。马克思非常重视巴尔扎克《人间喜剧》所具有的巨大社会价值,称赞他是"社会学博士"。1883 年恩格斯病卧在床,仍专注地阅读巴尔扎克的作品。他给劳拉·法拉格写信时说:"我从这个卓越的老头子那里得到了极大的满足。""多么了不起的勇气!在他的富有诗意的裁判中有多么了不起的革命辩证法!"①

粉碎"四人帮"后,我国涌现了一批彻底否定"文化大革命"的好作品。走在前头的新诗歌抒发了亿万人民狂喜、悲愤、渴望和痛定思痛的激情;之后,一批话剧和一系列带有浓重悲壮色彩的中短篇小说扣动了亿万人民的心弦,在新时期文学中起了披荆斩棘、敢为天下先的作用。贯注于这些作品的是一种历史批判精神。它们不是罪恶和黑暗的简单揭示,也不是个人哀痛和不幸的简单宣泄,是对那个过去了的时代的埋葬和清算;同时,它们又表达了对未来变革的向往,一种颇有历史深度的艺术展望。从这个意义上说,它们又是新时期的迎新曲。谌容的《人到中年》,向全社会提出了"中年知识分子问题",引起了社会舆论的重视。党和政府采取了一些有力措施,保护和调动了千千万万个陆文婷的积极性。这也正是优秀的文学作品所体现出来的巨大的认识功能。

文学的认识功能是一种审美的认识功能。这种认识有别于通过概念、判断、推理能够直接地把握事物特征的理性认识,也不是客观事物的直接印象,是自始至终不脱离形象和情感的审美的认识。曾得到马克思称赞的莎士比亚剧本《雅典的泰门》中的那段关于货币的生动独白,没有运用任何政治经济学的术语,不具有理论体系的意义。人们的认识是在对作品提供的形象的感受、品味中,自然而然地深化的。巴尔扎克对当时现实社会的抨击,不是理论的批判,而是"富有诗意的裁判"。同样,《人到中年》这部小说中的生活哲理,也是人们通过作家精心塑造的陆文婷这一典型形象,在获得审美享受中不知不觉领悟到的。

与文学的审美认识功能密切关联的,或者说,在同一层面上的,还有启迪功能,预测、暗示功能等,从而形成文学的审美认识功能系列。

3. 文学的审美教育功能

优秀的文学作品是一定社会生活的正确、深刻的反映和评价。在读者的人生观、思想品格、道德情操的形成和发展中起积极的作用,能提高人的素养,净化人的灵魂,是读者的"生活教科书",良师益友。

有一种观点,对文学的教育功能往往作实用主义的理解。把文学作品混同于思想教育教材,似乎文学的教育功能可以是一种独立的存在,或者是外加的,甚至期望通过阅读某部文学作品收到立竿见影的效果;与此相对立,又有一种观点,否认文学同社会生活的联系,否认文学的社会效应。有的作家声称自己只是在摆弄文字,写了什么,为什么写,自己也说不清楚。这当然也是可能的。但是因此他的作品也必然不可能在社会上引起什么反响,至多为他自己或他那个小圈子内一些人所赏玩。同样是经不起实践的检验的。

文学史上一大批表现进步理想和民主意识、鞭挞剥削制度罪恶的作品,如《诗经》中的

---

① 《马克思恩格斯全集》第 36 卷,人民出版社 1972 年版,第 77 页。

文学概论

不少佳作,屈原的《离骚》,杜甫的"三吏"、"三别",以及杂剧《窦娥冤》、《西厢记》,小说《西游记》、《红楼梦》等等,不但在旧时代,就是对今天的读者依然具有教育意义。俄国革命民主主义战士车尔尼雪夫斯基,被沙皇政府关禁多年。在一间狭小、潮湿、寒冷、臭气熏天的石屋里,他骗过狱警和书报检查官,日以继夜地奋笔三个月,完成了长篇小说《怎么办》。在这部作品中,既对俄国的黑暗现状作了不留情的抨击,又以极大的胆识和远见,探索着描绘了一幅未来理想社会的蓝图,表达了一种新型的妇女观、恋爱婚姻观,塑造了作家心目中的新人形象。普列汉诺夫认为,自从印刷机输入俄国以来,很少有像《怎么办》这样的小说,能对俄国青年产生如此深刻的激励。列宁在青年时代对这部作品非常喜爱,曾在一个夏天连续读了五遍,感到每读一次都可以从中发现一些新的令人激动的思想。高尔基的《母亲》主要通过巴威尔和母亲尼洛夫娜成长为自觉的革命者的历程,再现了1905年革命前夕正在日益觉醒的俄国工人阶级的英勇斗争,展示了资本主义没有前途、社会主义必然胜利的灿烂前景。被列宁称赞为"一本非常及时的书"。

当代的优秀作品,由于有更先进的世界观的指导,更贴近读者的思想、心理、情绪,教育功能往往更加明显。《红岩》、《青春之歌》、《高山下的花环》中的主人公,成为广大读者学习的榜样。《乔厂长上任记》和《新星》发表后,"希望涌现千万个乔厂长、李向南"成为大家热门的话题。不少工人农民甚至投书出版社和作家,热情呼唤"乔厂长"和县委书记"李向南"到他们地区和单位来工作。

文学教育功能是一种审美的教育功能。它是通过富有个性的形象来感染人的。它对读者动之以情,融情于理,以情感唤醒理智。让读者在自觉自愿的审美活动中受到启迪,获得教益。读者和作家的关系,好比一对漫步在生活征途上的知心旅伴。读者不知不觉沉浸于作家所创造的艺术氛围之中,观察着个中的人世沧桑,体验着作家倾注其间的强烈爱憎。由欣赏而动情,由动情而移情。在感染熏陶中明辨是非,领略人生的真谛。

与文学的审美教育功能相类似的,或者说在同一层面上的,还有思想、评价、净化的功能,从而形成文学的审美教育功能系列。

(二) 文学诸功能统一在审美功能中

文学的认识功能、教育功能、娱乐功能,均综合在审美功能中。三者有所区别,在不同的作品中,可以各有侧重,又不可分割。互为依存,彼此渗透。

文学是真的,它就必然具有认识价值。文学以独有的资质、方式为人们提供着对于人与社会、人与人、人与自然、人与自我的认识价值。文学的审美价值不应该是与文学的社会价值不相关的孤立的自我封闭系统。审美价值只有在文学产生了广泛深远的社会意义的同时才能得到最理想的实现。因此,文学的认识功能不是妨碍文学的审美功能,而是审美功能的必不可少的存在基础。

文学的真实性必然同文学的倾向性相结合,具有思想因素、感情因素、道德因素。优秀的作家总在追求着更合理的人生,好比人生征途上的执火者,他们的作品,是心灵的明灯,进击的利器。因此文学的教育功能也不会妨碍文学的审美价值,而是引燃审美价值所必不可少的炬火。

古罗马文学评论家贺拉斯说得好:"诗人的愿望应该是给人益处和乐趣,所写的东西应该给以快乐,同时对生活有帮助……寓教于乐,既劝谕读者,又使他喜爱,才能符合众望。"①文学作为人类审美地掌握世界、人对现实关系的最高表现形式,是人类审美意识最集中最典型最理想的物化形态。文学的功能是文学这种人类审美意识理想形态的价值和潜力的外化。从审美反映结构出发,作家创作首先从审美感受、感知开始;同样,读者接受作品,也必须进行审美感受、感知的还原。在这双向运动过程中,最早发挥的功能是审美。一篇文学作品,特别是篇幅和格局短小的非叙事文学作品,不一定具备种种功能,或者说,它具备的几种功能往往是不平衡的,有的功能相当微弱,但它不可能不具有审美功能。同时,文学的认识功能、教育功能、娱乐功能,不可能采取独立的方式存在,都只能寓于审美功能之中,都必须统一于审美领域,以审美情感为中介,在审美活动中得以实现。离开了审美活动,文学就不成为文学,文学的其他功能自然无以发挥。因此,审美功能是文学最重要最基本的功能。如果我们把文学的综合的社会功能比作一张网,那么,审美就是这张社会功能网的一个中枢和核心环节,认识、教育、娱乐诸功能,都是从审美这一中枢、这一核心环节出发得以体现、扩散和渗透的。概言之,文学的审美性决定了文学的审美功能是统驭全局的。

二　文学在审美教育中的地位

(一) 美育的目的和特点

审美活动在人类生活中占有如此重要的地位,因此,人们在长期的实践中专门形成了一种自成体系的教育——审美教育。

审美教育并非近代才提出,而是古已有之的。早在原始社会的狩猎阶段,即人类开始与周围世界发生萌芽状态的审美关系时,人类就不仅有了审美活动,而且已经开始运用各种形态的美,通过审美教育活动来提高自己、丰富自己、发展自己。自然,那时的审美教育是极其粗陋低级的,它随着社会实践的深化、复杂化,随着美的领域的丰富、扩大,随着有识之士和理论家们的呼吁、总结,才越来越发展为一门包孕着丰富内涵的科学。概括地说,审美教育简称美育,它是通过一定的设施、途径,培养人们健康的审美理想和情趣,提高人们审美感受力、审美鉴赏力、审美创造力的教育。是实施全面素质教育的一个组成部分,是人类实现自我发展需要的一个重要方面。

1. 美育的目的

审美教育的根本目的是培养人,引导人熔铸和丰富尽可能完美的个性,设计和完成尽可能完美的人生。具体说:

美育培养合乎时代要求的进步的审美价值观念,用新的审美价值观念去影响人的审美意识,指导人们按照美的规律去欣赏美、创造美,满足人们的爱美天性,审美、创美要求。

美育能提高人们的精神境界,陶冶人的心灵,点燃人的理想之光;美育可以诱发人们强烈的求知欲望,锻炼人们的思辨力、想象力、理解力,帮助人们、特别是青少年发展智力;美

---

① 《诗艺》,《西方美学家论美和美感》,商务印书馆 1980 年版,第 46 页。

育可以使人精神饱满,心情舒畅,有利于人们、特别是青少年的心理、生理健康。一句话,审美教育好比净化剂、催化剂,它以自己特有的个性、魅力渗透于德育、智育、体育及社会人生的各个领域,它发挥着德育、智育、体育本身无法替代的作用,是培养全面发展的新人的重要途径。

2. 美育的特点

形象性——它不像科学知识教育那样注重抽象、概括,也不像伦理道德教育那样注重理性的说教。它引导人在美的天地中漫步徜徉。形象在美的领域里占着突出地位,美育离不开形象。

情感性——美育是一种感情教育,其功效不是立竿见影的。它以情动人、以情悦人。像"润物细无声"的春雨那样渗透在人的情感领域的各个方面。自然,这里所说的情,是指真挚的、高尚的、美的感情。

自由性——美育采取的是一种自由的方式。它是出于审美者的自觉自愿,是靠美的事物的诱惑力来吸引人,无须强加和动员。

深远性——美的事物不仅悦目动听,而且动心、动神、动志,潜移默化。经过长期的美的熏陶和浸染的人,就会形成一种比较完善的审美心理结构和比较高尚的精神境界。此种心理结构和精神境界一旦形成,就具有较大的稳定性,对人的精神生活给予深刻的久远的影响。

(二) 文学对美育具有特殊意义

美是一个广袤多彩的领域,存在于大自然中,社会生活中,文学艺术作品中。因此,美包括自然美、社会美、艺术美。美育可以通过多种途径、运用多种形态的美来进行。但比较而言,文学艺术作品对审美教育具有特别重要的意义。因为文学艺术是人与现实审美关系的结晶,是包括自然界在内的整个人类生活的再现和表现。文学艺术的美比一切其他的美更高、更集中、更典型、更理想,别具深度和新意地揭开了生活中美丑的秘密,让人们从中真正领略什么是美,什么是丑? 为何美,为何丑? 它能艺术地揭示出生活中各种世态物象,把社会人生奥秘、人的最细微的心曲谱写出来,以最真挚的感情拨动读者的心弦,激起他们深深的共鸣。

文学对美育具有的这种特殊意义,与我们前面论述的文学的审美性是文学的根本特性、文学的审美功能是文学最重要的功能,是有着十分密切的内在联系的。文学艺术的教育虽然不是审美教育的全部,但确实是十分重要的部分。它不光应受到家庭的重视,各级各类学校的重视,也理该受到全社会的高度重视。家庭审美教育、学校审美教育、社会审美教育,都应该充分理解和把握文学的审美特性、文学的审美功能,充分运用古今中外大量存在的绚丽多姿的文学作品的美,遵循美的规律和方法,进行有意识的、有个性的、卓有成效的审美教育,极大地开拓美育活动的新天地,发挥文学在美育和整个社会主义精神文明建设中的独具的作用。

▶思考题◀

1. 什么是文学的审美性? 文学的审美性是由哪几个方面构成的?

2. 举例分析文学客体的审美属性和文学主体的审美条件。

3. 怎样把握文学的审美性与形象性、情感性之间的关系？为什么说文学的审美性是文学的首要的本质的特性？

4. 举例说明文学的综合审美功能。为什么说审美性是对文学功能的深层把握？

5. 美育的目的是什么？美育有哪些特点？为什么说文学对美育具有特殊意义？

第四章　文学是语言艺术

▶**本章提要**◀　文学具有一切艺术的共同特征。文学以语言文字作为塑造形象的媒介和手段，这就决定了文学同其他艺术相比具有文学形象的意象性、丰富性和深刻性的特点。既有其所短，又有其所长。本章接着研究文学语言的特点，即具体可感、凝练含蓄、富于感情色彩、音乐美和模糊朦胧美；进而探讨文学语言构成和锤炼问题。

第一节　文学作为语言艺术与其他艺术之比较

按塑造艺术形象的媒介与方式的不同，将艺术分为造型艺术（如绘画、雕塑）、表演艺术（如音乐、舞蹈）、语言艺术（文学）、综合艺术（如戏剧、影视）四大类。文学是语言艺术。语言文字是塑造文学形象的媒介和手段，是文学形象的符号和载体。这就决定了文学除具有一切艺术的共同特征外，同绘画、雕塑、音乐、舞蹈、戏剧、影视等其他艺术相比，还具有自己独有的特性。作家的创作与其他艺术家相比，既有其方便，也有其困难。作家运用语言文字来塑造形象，"说它较容易，因为对语言进行诗的处理固然也需要一种有修养的敏捷才能，但是毕竟不需克服那么多的技巧方面的困难。说它也较困难，因为诗愈能把内容意蕴体现于具体外在事物，也就愈需要从艺术的真正内核（即深刻的想象和真正的艺术构思方式）之中去找到对感性方面缺陷的弥补。"[①]

以下分三个方面分析文学以语言文字塑造形象与其他艺术的不同点：

一　形象的意象性

（一）意象性的局限

其他艺术样式，由其塑造形象的媒介和材料的性质所决定，艺术形象都能直接作用于欣赏者的感官，使人们通过视觉、听觉和触觉，直接感受到形象。比如，绘画形象可见；雕塑

---

① 黑格尔：《美学》第3卷下册，第52页。

形象既可见，又可触摸；音乐形象可听；舞蹈形象、戏剧形象、影视形象可见兼可听。而文学形象是由一系列词语按照一定的语法修辞关系组成的。词的实质性内涵是概念，是客观事物的内部联系和本质属性在人们头脑中的概括而抽象的反映。这样，作为观念符号的语言塑造成的文学形象缺乏色彩、线条所具有的直观性，也没有音乐符号的直感性。它不可能把现实世界货真价实地表现得直接可视、可听、可以触摸。它更多地诉诸并依靠读者的想象和联想，使之在作家意向引导下，感受作品中形象的魅力。因而文学形象是观念中的形象，具有意象性，是间接的。文学形象的这一特点，有其局限性：第一，意象性的文学形象不如其他艺术的形象具有感性力量的直接性、强烈性。读者阅读文学作品，必须具有一定文字水平和文化素养，具有一定阅历，凭借自己的生活体验和阅读经验，方能在想象中建构起作家提供的文学形象。尽管人们常以有血有肉、栩栩如生等来形容文学形象，常说优秀的文学形象能使读者如临其境、如见其人、如闻其声，但毕竟不是直接见到、听到，而是在想象中见到、听到。高尔基称赞列夫·托尔斯泰的语言艺术：“他描写出来的形象，使人真想用手指去碰碰它”，[①]毕竟只是一种形容。是指托尔斯泰的描写达到了“浮雕般”的入木三分的惟妙境界，读者通过想象间接地感受和体会之后，才在脑海中清晰地浮现出来，甚至情不自禁地真想用手指去碰碰而已。而这对一个文盲来说，根本无缘享受，因而是没有意义的；对一个文化层次不高的人来说，也较难进入境界，领略其美点。就此而言，文学的群众性，受到了限制；第二，意象性的文学形象一般不如绘画、戏剧、影视等其他艺术的形象那样具有感性力量的鲜明性、确定性，不同的读者感受到的文学形象往往会有较大的差异，甚或引起歧义。

（二）意象性的长处

换一个角度看，意象性虽然给形象带来了模糊性与不确定性，但也有优势，便于从更多侧面提供形象的丰富的审美意蕴，给读者留有想象和再创造的广阔天地。德国 18 世纪启蒙主义文学家莱辛曾经把文学与绘画作过比较。他认为：绘画便于摹绘让人一眼能够看到的人体的美，而诗人只能将美的各要素相继地指说出来，不能够获得像它并列时那种效果。他以古希腊荷马写海伦的美为例指出，优秀的文学家，努力使读者“从效果上去感觉到它”。“把美所引起的热爱和欢欣描绘出来，那你就已经把美本身描绘出来了”。[②] 我国汉乐府诗《陌上桑》写罗敷的美也是历来为大家所称道的：写罗敷之美本须写容貌，但诗人偏无一言及其容貌，专写看罗敷者的心理活动，来突出罗敷之美。《红楼梦》第三回，林黛玉初来贾府，作家先后从“众人”、“凤姐”、“宝玉”三个视角、三个观察点，并从人物关系和情节发展中来描写黛玉的美。

先通过“众人”所见写黛玉：“众人见黛玉年纪虽小，其举止言谈不俗，身体面貌虽弱不胜衣，却有一段风流态度，便知她有不足之症”。

次借凤姐的视点写黛玉：“这熙凤携着黛玉的手，上下细细打量一回，便仍送至贾母身边坐下，因笑道：‘天下真有这样标致人儿！我今日才算看见了！况且这通身的气派竟不像

① 高尔基：《论文学》，第 305 页。
② 莱辛：《拉奥孔》，《西方文论选》上卷，第 423 页。

老祖宗的外孙女儿,竟是嫡亲的孙女儿似的……'"

再借宝玉的眼睛来写黛玉:"宝玉早已看见了一个袅袅婷婷的女儿……归了坐细看时,真是与众各别。只见:两弯似蹙非蹙笼烟眉,一双似喜非喜含情目。态生两靥之愁,娇袭一身之病。泪光点点,娇喘微微。闲静似娇花照水,行动如弱柳扶风。心较比干多一窍,病如西子胜三分。"

初来乍到的黛玉,这时候深得老祖宗的宠爱,因而也必然受到贾府上下的关注,气氛是融洽的,大家的观察都是友好的。但不同的人有不同的审美眼光,表现出审美的差异性。三幅不同角度、层次的肖像都是美的,但又各有不同的色彩:"众人"眼中的黛玉比较客观,只见她年纪小,有教养,貌美,患病。凤姐和宝玉观察比较细致,眼中的黛玉主观色彩强。脂砚斋对有关王熙凤看黛玉、夸黛玉这段描写极为赞赏,认为"真有这样标致的人物,出自凤口,黛玉丰姿可知。"还表现了凤姐和黛玉之间初步的感情交流,点示凤姐之所以敢在人人"敛声屏气"中"放诞无礼"是因为靠着贾母的宠爱,写出了凤辣子善于察言观色,奉承贾母,极有心机,但审美格调不高。宝玉看黛玉,则别具深意。在宝玉看来,"衣裙妆饰"是"不屑之物",所以视而不见。他在初步的民主思想的熏陶下,在观察、比较生活中和作品中结识的众多女性形象之后,在心坎里已不知不觉埋下了一个美丽高洁的理想的少女形象,即精神上的"意中人"。这个幻影般的"意中人"既朦胧,又逼真,梦回萦绕。如今黛玉突然出现在他面前,真好比"从天而降"。他用心灵的眼睛、诗人的气质观察黛玉的容貌举止,发现黛玉恰恰契合他的凝结已久的理想形象,因而心动神驰,禁不住在灵魂深处热切地呼应:"这个妹妹我曾见过的"! 大有一见如故、相见恨晚的激动和感慨,表现了宝玉的不同于凤姐也高出于众人的审美意识。

这样的描写,是十分高明的。因为作家深知驾驭语言艺术的甘苦,懂得文学与绘画等艺术各有特点,避文学之所短,扬文学之所长,着意"就美的效果来描绘美",充分激发起读者的好奇心、想象力,让欣赏者依循作品中不同人物的感受,根据自己的审美理想和审美经验,尽情地勾勒和描绘,直至在脑海屏幕上"摄录"下最满意的"镜头"。像这样通过读者的"再创造"活动而形成的人物形象的美,确是余味无穷。作品在对林黛玉描写的同时,还兼带着初步点示了其他人物和这一人物之间的关系,更起到了"一石几鸟"的艺术效果。这是绘画等其他艺术所难以企及的。

二 形象的丰富性

其他艺术,在反映生活的广阔性、丰富性方面要受到较大的限制。比如,绘画和雕塑提供的是相对静止的平面和立体的瞬间形象。尽管作者选择的是神情和动作最富于生发性的瞬间,纵然是巨幅画卷,数十本一套的系列连环画,用以表现流逝的时间,发展的事物和变化的生活,难度仍然很大;音乐和舞蹈长于抒情,拙于叙事和刻画人物;戏剧、电影、电视剧在这方面优于造型艺术和表演艺术,但作为综合艺术,最终是要在舞台上、银屏上塑造艺术形象的,不能不受到时间、空间的约束。

文学所使用的语言文字是最自由灵活、最具可塑性、使用最方便的一种材料。高尔基曾以"不是蜜,但是它可以粘住一切"的民间谚语,说明语言具有穿透一切事物的巨大表现力。因此,文学不受时间、空间的限制,不受视觉、听觉的限制,能从宏观、微观,动态、静态,实的、虚的,确定的、模糊的,以及色彩、声音、味道、形体、神态动作等各个方面和各种角度去全方位地、多声调地把握世界。

(一) 勾勒广阔多变的社会生活

鸟兽鱼虫,神仙鬼怪,上下几千年,纵横数万里,风起云涌的历史画卷,错综复杂的社会关系,文学都能通过语言文字表现得活灵活现。特别是长篇叙事作品,容量更大。《三国演义》写了从东汉末年的黄巾起义直至西晋统一全国近两百年的动乱历史;《水浒》反映了北宋末年梁山好汉反抗斗争最终失败的全过程;《战争与和平》描写了19世纪初俄法战争的巨大历史画卷;《西游记》展现了一个神话世界,人、神、妖、天堂、龙宫、地府,变幻莫测,蔚为奇观。

(二) 多侧面多层次地刻画各种人物的个性

文字塑造人物,可以勾勒人物生动逼真的外貌,尤其长于动态地、多方面地刻划人物的个性。可以写一个人的一生,也可以写一生中的几个片断;可以表现大事件,也可以捕捉小浪花;可以写人的现在,也可以回叙过去,推测未来;可以叙事,也可以抒情、议论。一部《红楼梦》共写了四百多个人物,有灵性有深度的文学形象当以数十计,可以陈列满一个长长的人物画廊。其中称得上独特的、不朽的典型人物也有好几个。这在其他艺术样式是很难做到的。

(三) 深入到人的复杂微妙的精神领域

有人说过,世间最广阔的是天空,比天空更广阔的是内心活动。人的精神领域是世界上最丰富复杂最微妙莫测的。其他艺术当然也能表现人物的内心活动,但要受到许多牵制。文学有更大的自由度,能通过语言文字,具体而精微地契入到人物的灵魂深处,表现人类情感的多样性(喜怒哀乐基本情感外,还有众多情感分支)、复合性(多层次、多色调的情感交融)和多变性(不稳定的变幻状态)。

在人的精神领域中,有些是可以意会,可以言传的,有些细微的情思、瞬间的感受、隐蔽的欲念,则可意会而难把握,更难言传。作家要把难以把握、难以言传的东西通过语言媒介转化为审美形象,当然是很不容易的。陆机在《文赋》中早就道出了这种难处:"恒患意不称物,文不逮意,盖非知之难,能之难也。"但比较起来,文学仍有比其他艺术特有的优势。因为语言毕竟是"一切事实和思想的外衣",语言与人的感觉、知觉、认知力都有广泛的联系。大千世界的一切事物,人类头脑中的万般思绪,纤细的情感波动,终究都可以通过作家的艰苦劳动,克服困难,得到精确的表现。"异地思念"是一种什么境界? 张九龄《望月怀远》中说:"海上生明月,天涯共此时";"离别之痛"该怎样描摹? 柳永《雨霖铃》中写道:"执手相看泪眼,竟无语凝噎";铭心刻骨的爱该怎样表达? 李商隐的名句是:"春蚕到死丝方尽,蜡炬成灰泪始干",……而这些写法仅仅是无数艺术传达方式中的一种,作家尽可依据自己的个性、特长,选择最恰切的语言文字,以最喜爱的审美方式来加以表达。正是在这个意义上,前苏联作家阿·托尔斯泰称赞语言具有"一种魔力"。他说:"语言是一种非常神奇的电波,而艺术家——作家和诗人就从那台放在自己肩上的发射机上,把自己的感情、美妙的幻想和各种思想发射出去,并利用这种电波把它们传递给接收机——读者。"①

三 形象的深刻性

任何艺术都浸润着作者的思想感情,都有一定的思想容量,蕴含着或强或弱的思想性。但在各种艺术门类中,比较而言,思想性最厚重最深刻的当首推文学。

因为文学使用的语言文字是思维的直接现实,它的词语手段使它比其他艺术更能准确、深刻地揭示事物的实质,所唤起的情感又掺和着更多的理智的因素。作家不但可以把自己的思想情感因素隐蔽地渗透于形象塑造之中,还可以通过叙述人的身份从旁议论、评价。特别是篇幅较大的文学作品,展示的社会生活面广,塑造的人物多,性格更复杂,主题更多义,揭示社会生活本质规律更加多侧面、多层次,更有典型意义,比其他艺术更能表达出历史的哲学的力度和深度。

自然,强调文学作品再现和表现社会人生的深刻性,决不是意味着文学可以像哲学社会科学那样,用概念、判断、推理的理论形态去进行概括和说教。文学形象是思想性较强的,但其艺术表现力、感染力更强。文学的本质特性仍然是审美的。文学特点是在同其他艺术比较而得出的。尽管文学形象具有与其他艺术不同的上述显著特点,其他艺术也各各具有独特的风姿,但这些特点并不是绝对的,更不是排斥的。换言之,各门艺术之间既有相互区别的独立性,也具有彼此联系、渗透的一致性。区别其相异点,是为了最大限度地发挥各种艺术样式之长;指明其一致性,是为了让各门艺术在相互依存相互渗透的基础上,彼此借鉴,取长补短,共同提高,并且在融汇、聚合之中萌生出新的艺术之花。

第二节 文学语言的特征

文学语言的概念,有两种解释。广义的文学语言,是指一切规范化的全民语言,包括文学作品在内的各种文章书籍中运用的书面语言,以及经过加工规范化了的口头语言;狭义的文学语言,专指作家用以塑造形象、在文学作品中使用的语言文字。

这里要研究的是后一种意义的语言,它区别于一般用语。日常使用的语言,注重实用性。人们的注意力集中于它表达的内容,而对其语言运用方式,则不多重视;文学语言是文学作品的重要形式因素,是审美形象的符号和载体,是经过艺术加工的富有感染力的语言。它不光要传递语义学信息,而且要传递美学信息。其语言形式本身也是美的,"因为自身或者因为给予朗读者的快乐而受到欣赏"。②

文学作品的语言除了符合广义的文学语言的准确、鲜明、生动的一般要求之外,还具有以下几个特点:

---

① 高尔基:《论文学》,第 167—168 页。
② 米盖尔·杜夫海纳:《美学与哲学》,中国社会科学出版社,第 163 页。

一   具体可感

文学作品要塑造活生生、鲜灵灵的文学形象,这就要求文学语言必须能绘声绘影、栩栩如生地描绘各种各样的人、物、景,给人以实感、动感。《小二黑结婚》中有关三仙姑的肖像描写:"官粉涂不平脸上的皱纹,看起来好像驴粪蛋上下了霜。"使我们如见其人;《茅屋为秋风所破歌》中"布衾多年冷如铁,骄儿恶卧踏里裂"的诗句,使我们好像触摸到粗硬冰冷的破棉被;《望庐山瀑布》中"飞流直下三千尺,疑是银河落九天"的描写,灵动传神地表现了庐山瀑布的壮观景色。

张天翼短篇小说《华威先生》,描写那个整天奔波于各种会议发表意见以显示自己"存在价值"的华威先生的行动姿态:"他永远挟着他的公文皮包。并且永远带着他那根老粗老粗的黑油油的手杖。左手无名指上带着他的结婚戒指。拿着雪茄的时候就叫这根无名指微微地弯着,而小拇指翘得高高的,形成一朵兰花的图样。"描写他同人打招呼的丑态:"他眼睛并不对着谁,只看着天花板。他是在对整个集体打招呼。""把帽子一戴,把皮包一挟,瞧着天花板点点头,挺着肚子走了出来……"那副尊容,跃然纸上,可笑,可鄙!

谌容《人到中年》对重病中的陆文婷的外貌是通过其丈夫傅家杰的眼睛勾勒出来的:

原来漆黑的美发已夹杂着银丝,原来润泽的肌肉已经松弛,原来缎子般光滑

的前额已经刻上了皱纹。那嘴角,那小巧的嘴角已经弯落下来……

犹如影片中展现的特写镜头:形象、逼真、传神,而且自然地融进了人物之间的情感交流。

文学语言既能反映有形体的客观对象,也能表现无形体的客观对象。比如声音,本来只能凭听觉来感受,但白居易《琵琶行》中的诗句:"大弦嘈嘈如急雨,小弦切切如私语,嘈嘈切切错杂弹,大珠小珠落玉盘。"通过比喻、拟人、通感等修辞手段,巧妙地将听觉形象化为视觉形象,可以看到,甚至可以触摸。

文学语言还能表现不具形的人的思绪、心态。"白发三千丈,缘愁似箇长"(李白《秋浦歌》);"问君能有几多愁,恰似一江春水向东流"(李煜《虞美人》);"试问闲愁都几许,一川烟草,满城风絮,梅子黄时雨"(贺铸《青玉案》),把抽象的视之无影、触之无形的"愁"这样一种心理状态描绘得具体可感、多姿多态。

二   凝练含蓄

优秀的文学语言,有一种简练、蕴蓄的美,"言近而旨远,辞浅而义深,虽发语已殚,而含意未尽。使夫读者,望表而知里,扪毛而辨骨,睹一事于句中,反三隅于字外",[①]如食橄榄,如饮清泉,回味无穷。

"可怜身上衣正单,心忧炭贱愿天寒"。仅十四字,道出了卖炭老翁何等心酸复杂的心

---

① 刘知己:《史通·叙事篇》,《中国历代文论选》上册,第 367 页。

理! 孔乙己被丁举人家打断腿这件事,小说仅通过一个喝酒人的口作侧面交代,辛辣地点了一句:"他家的东西,偷得的么?"后来人们早已把孔乙己忘却,直到年关,掌柜发现粉板上的记帐,才哼了一声:"孔乙己还欠十九个钱呢!"言简意赅地揭露了封建科举制度的腐朽,抨击了旧社会的世态炎凉,人与人之间的冷酷无情。

莎士比亚名剧《哈姆莱特》第三幕第四场,"戏中戏"演过之后,王后召见哈姆莱特时,有这样两句对话——

后:哈姆莱特,你把你父亲大大得罪了。

哈:母亲,你把我父亲大大得罪了。

王后所说的"你父亲",指的显然是王后现在的丈夫,那个杀兄娶嫂的克罗迪斯;哈姆莱特以同样的句式巧妙地予以回击时所说的"我父亲",才是哈姆莱特的生父、已被克罗迪斯暗害并取代其王位的王后原先的丈夫。读者接触到如此富有潜台词和动作性的语言,是决不会吝惜自己的形象思维的,必然会展开想象的翅膀,去大大地拓展语言背后蕴藏着的丰富的信息量,去烛照人物平素掩蔽着的心理秘密、情意冲突。

三 富于感情色彩

优秀的作家总是把充分利用语言的情感性、创造文学语言的情感美作为自己的追求目标。"绿",本来是大自然常见的一种色彩,但朱自清在散文《绿》中,把梅雨潭的"绿"比作小姑娘鲜花般的脸庞,这小姑娘使人禁不住想"拍"她,"抚摩"她,"吻"她。这就在自然界的"绿"的色泽上涂上了作者浓烈的感情之色了。本来,"千里共婵娟",月亮对世间各地的人来说是并无二致的。但是杜甫的诗句"月是故乡明",融进了诗人炽烈的主观情愫,使读者不由得联想到旅居在外的游子思乡之情,联想到游子归来与家人团聚的欢愉之情。

再看鲁迅的短篇小说《故乡》和《社戏》中的两节文字:

时候既然是深冬,渐近故乡时,天气阴晦了,冷风吹进船舱中,呜呜的响,从蓬隙向外一望,苍黄的天底下,远近横着几个萧索的荒村,没有一些活气。我的心禁不住悲凉起来了。

架起两支橹,一支两人,一里一换,有说笑的,有嚷的,夹着潺潺的船头激水的声音,在左右都是碧绿的田地的河流中,飞一般径向赵庄前进了。

两次都写乘船情景,感情色彩大不相同。前一节沉闷、压抑,如诉如泣,透露出一股悲凉透骨的情绪;后一节语调轻快,情绪昂奋,描绘一群少年欢愉活泼的心境。

阮章竞的诗《缅怀周总理》,表现了刚刚听到总理逝世刹那间的典型感受:

道上,人们哀哭不成声,

但愿是恶梦!

室内,人们哀哭不成声,

但愿是虚惊!

> 我稍一凝神，
>
> 就听到总理的声音；
>
> 我稍一凝视，
>
> 就看到总理的笑容。
>
> 我们总是不敢想，
>
> 总是泪水透衣襟！

明明是耳闻目睹的事实，却不愿相信，不敢相信，只求是恶梦，是虚惊；但是，不敢想，不愿想，却又否认不了无情的现实，不禁心如刀绞，热泪如注。通过这些情真意切的诗句作中介，读者的泪同诗人的泪融注在一起，读者的脉搏同诗人的脉搏跳动在一起。读者简直分不清是在吟诵诗人创作的诗篇，还是在倾听诗人的心声，抑或是在倾吐自己的心声。这样富有情感美的文学语言，能不产生强烈的审美效果吗？

四　音乐美

文学语言的音乐美是指语言的音响、韵律、节奏、语调的和谐，与作品所表达的感情结构合拍，读起来上口，听起来悦耳，给读者以美的感受。

诗歌在这方面尤为突出。上面引述过的一些古典诗句以及当代诗人阮章竞的《缅怀周总理》足以说明这一点。散文、小说、戏剧文学等其他文学体裁在语言的韵律、节奏等方面，不如诗歌那么要求严格，但有功力的作家同样重视对音乐美的追求。郭沫若历史剧《屈原》第五幕第二场屈原的大段独白"雷电颂"，魏巍散文《谁是最可爱的人》最后一部分抒情，都以浓烈的音乐美脍炙人口。

文学语言富于音乐性，主要不是为了装饰，而是表情达意的需要。朱自清在《新诗杂话》中说："韵是一种复沓，可以帮助情感的强调和意义的集中。至于带音乐性，方便记忆还在次要的作用。"老舍在《语言·人物·戏剧》中也谈到："语言是人物思想、感情的反映，要把人物说话时的神色都表现出来，需要给语言以音乐和色彩，才能使其美丽、活泼、生动。"

《伤逝》的开头："如果我能够，我要写下我的悔恨和悲哀，为子君，为自己。"基本上都在低音区。先是一短句，似乎承受着感情的重压，刚吐出五个字，就哽咽住。接着是较长的一句，似乎男主人公涓生的一声叹息。后面两个排比句，每句仅三个音节，表达了涓生的悔恨和悲哀之绵长，之深切。

《红楼梦》中贾赦欲强娶鸳鸯为妾，鸳鸯不从。贾赦诬陷她想宝玉，鸳鸯当着贾母和众人面说："我这一辈子，别说是宝玉，就是'宝金'、'宝银'、'宝天王'、'宝皇帝'，横竖不嫁人就完了！……"两字、三字一顿，节奏短促，情绪愤激，语意坚定有力，掷地似有金石声。

朱自清的《春》有一段描写：

> 桃树、杏树、梨树，你不让我，我不让你，都开满了花赶趟儿。红的像火，粉的像霞，白的像雪。花里带着甜味儿；闭了眼，树上仿佛已经满是桃儿、杏儿、梨儿。

花下成千成百的蜜蜂嗡嗡地闹着，大小的蝴蝶飞来飞去。野花遍地是：杂样儿，有

名字的，没有名字的，散在草丛里像眼睛，像星星，还眨呀眨的。

短句长句交替，散句排句相间，语音流畅和谐，语调抑扬顿挫，读来朗朗上口，听来悦耳舒坦，展现在读者面前的是一派姹紫嫣红、鸟语花香的大好春光。富有音乐性的文学语言的确大大地增强了作品的艺术感染力。

五　模糊朦胧美

世界上一切事物都处在变化、运动之中。精确性与近似性，清晰性与模糊性，相互交织，矛盾统一，存在着某种亦此亦彼的融合现象。模糊性是事物概念的内涵和外延不确定性的表现。由此，产生了模糊语言。在日常生活、政治、经济以至外交活动中，模糊语言运用得相当广泛。为了一定目的，故意把话说得闪烁一些，其表情达意的价值，往往是精确语言所难以替代的。

文学是社会生活的审美反映。客观事物自身存在的模糊性，作家主体意识的情感体验，读者欣赏活动中的"再创造"特点，决定了文学作品中塑造的形象带有不同程度的模糊情状。有时，高明的作家着意给语言蒙上一层模糊色调，用以描绘景物的互变性，事物的兼有性，意象的多义性，精神的复杂性，透示出一种朦胧美。《红楼梦》第九十八回，写林黛玉临终前得知宝玉和宝钗正在举行婚礼，一反常态地"直声叫道"："宝玉！宝玉！你好……"这"你好"两字，模糊多义，你可以理解为"宝玉！宝玉！你好狠心！"你也可以读解为"宝玉！宝玉！你好叫我思念！"……两个世纪以来，女主人公的这一声不寻常的呐喊，使多少读者失去平静，热泪盈眶！"天街小雨润如酥，草色遥看近却无"，"江流天地外，山色有无中"，写景色的朦胧；"问君能有几多愁，恰似一江春水向东流"，"剪不断，理还乱，是离愁，别有一番滋味在心头"，写人物内心愁绪的复杂。陶渊明的名诗："采菊东篱下，悠然见南山，山气日夕佳，飞鸟相与还。此中有真意，欲辨已忘言。"何谓"欲辨已忘言"的"真意"？仅仅点到为止，不直接说出来，让读者自己去思索、品味诗人在"采菊东篱下，悠然见南山"的情景中，产生的那种只可意会、难以言传的模糊性心态。如果讲得太直白太清楚了，那种忽明忽暗、活泼空灵的流动的朦胧美也就消失殆尽了。

"模糊"决不是晦涩难懂。作家运用模糊语言必须区别合理模糊与悖理模糊。违背思维和语言规律的悖理模糊，不能增添而只会破坏作品的美感。适量的模糊语言与精确语言巧妙结合，才会虚实相成，疏密有致，产生一种独特的诱人的美。

最后，我们需要指出，上述文学语言诸特点，在不同体裁的文学作品中会有所侧重，不同作家在运用文学语言时也会有各自的个性特色，不可作机械的理解；同时，构成一部（篇）具有审美价值的优秀文学作品的语言，宏观地说，是一个有机统一的语言信息系统，必然具有整体美的品格。非文学作品的语言也可能具有上述某些审美特性，但是，他们并不是真正的文学语言。是否形成了一个和谐统一的艺术语言系统，有没有具备语言整体美的素质，是区别文学语言与非文学语言的一个重要标志。

第三节　文学语言的构成和锤炼

一　文学语言的构成

叙事作品中的文学语言,由人物语言和叙述人语言两大类构成。

(一)人物语言

人物语言指叙事文学作品中人物的对话和独白。

人物语言也是作家创造的。人物语言,必须符合作家塑造的"这一个"人物的身世、教养、职业、年龄、品格、爱好等一切个性特点。因此,古人早就指出:"欲代此一人立言,先宜代此一人立心。"①要求作家深入人物的内心,设身处地设计不同场合和氛围中不同人物的个性化的语言。《红楼梦》里贾宝玉讲:"女儿是水做的骨肉,男人是泥做的骨肉,我见了女儿便觉清爽,见了男子便觉浊臭逼人。"这种悖理而合情的话只有贾宝玉才说得出来;《西游记》写到在万寿山五庄观,唐僧问他的三个徒弟,谁偷食了人参果。猪八戒抢先表态:"我老实,不晓得,不曾见。"此种欲盖弥彰的自我开脱,只能出自八戒之口。《史记》中写刘邦和项羽见到秦始皇出巡时,刘邦说:"大丈夫当如是也。"项羽则说:"彼可取而代之。"前者深沉、含蓄,赞叹之中恰如其分地流露了自己有所作为的心态;后者直率、刚直,锋芒毕露地表达了自己取而代之的雄心。

《水浒》第二十四回,潘金莲企图勾引武松,被武松严词拒绝后紫涨了面皮,当着武松、武大郎兄弟俩,指桑骂槐道:"你这个腌臜混沌!有什么言语,在外人处说来,欺负老娘!我是一个不戴头巾男子汉,叮叮当当响的婆娘!拳头上立得人,胳膊上走得马,人面上行的人,不是那等搋不出的鳖老婆。自从嫁了武大,真个蝼蚁也不敢入屋里来,有甚么篱笆不牢,犬儿钻得入来!你胡言乱语,一句句都要下落;丢下砖头瓦儿,一个个也要着地。"活脱脱地勾画了一个泼妇骂街的形象。无独有偶,《水浒》第二十一回,早就与宋江同床异梦并与张三私通的阎婆惜拿到宋江遗忘在床头的招文袋,发现里面有梁山好汉晁盖写给宋江的信,自言自语道:"好呀!我只道'吊桶落在井里',原来也有'井落在吊桶里'"。我正要和张三两个做夫妻。单单就多你这厮,今日也撞在我手里!……且不要慌,老娘慢慢地消遣你"。"井"与"吊桶"的比喻俗气又新鲜,"消遣"这个词儿,入木三分地点示了她贪婪、狠毒的个性。而且阎婆惜的这番语言,与潘金莲的语言一无雷同之感。

独白与对话有所区别。独白是人物内心活动的表白,不像对话需双方在一定语境中进行。这在戏剧作品中比较多见。小说中也常有。鲁迅《伤逝》主人公有大量寓意深沉,抒情味、悲剧色彩很浓的独白。阿Q躺在土谷祠看着闪烁不定的烛光,神往"造反"而极度兴奋的心理活动,也是精彩的独白。

---

① 李渔:《闲情偶寄》,《中国古典戏曲论著集成》(七),第54页。

（二）叙述人语言

叙述人语言是作家在作品中直接描绘环境、叙述事件、刻画人物、抒发感情、发表议论的语言。它主要存在于叙事类的小说、叙事诗、叙事散文中。抒情类的作品，一般没有人物和情节，既无人物语言，又无叙述人语言。属于叙事类的戏剧文学作品，主要是人物语言，叙述人语言很少，一般只用于必要的舞台提示、人物动作和语气的说明。当然也有例外，如《雷雨》中有关繁漪的介绍，《日出》中有关顾八奶奶的介绍，作者有意花了较多笔墨，相当精彩。有些剧作家爱使用一点旁白，或者设计一个叙述人出现在剧中。其语言，也是叙述人语言。

叙述人语言有第一人称、第三人称以及第二人称三种叙述方式。主要是前两种。

1. 第一人称

第一人称叙述方式以"我"的口吻叙述，这个"我"既是小说中的一个人物，又是事件的参预者。鲁迅的《故乡》、《伤逝》，当代作家张洁的《爱，是不能忘记的》，王安忆的《雨，沙沙沙》使用的就是这种叙述方式。此种叙述人语言带有"我"的思维特点、感知能力、传递艺术信息的色调，具有较浓的主观抒情性和亲切感；其不足是由于视角集中于"我"，凡是"我"没有参与、没有看到、没有想到的，就不能表现，给更广阔地展示生活场景和更立体地刻画人物带来一定限制。近几年来，有些作家尝试在同一作品中出现几个不同身份、不同个性色彩的"我"，巧妙地纠结组合，交错叙述。这样，视角多了，视野开阔了，文字也更多波澜，颇有新鲜感，能弥补上述之不足。自然，此种叙述法，如分寸失度，不加节制，也可能枝蔓过多，给读者以跳跃、凌乱的感觉。

2. 第三人称

作家更多采用的是第三人称叙述方式。这里的叙述人不在作品中直接露面，而是置身于事件以外，在被描绘的人物、环境、情节、细节与读者之间起沟通、中介作用。在叙述、抒情、议论中透露出对有关人物和事件的评价，给作品定下基调。《小二黑结婚》开头："刘家峧有两个神仙，邻近各村无人不晓；一个是前庄上的二诸葛，一个是后庄上的三仙姑。二诸葛原来叫刘德修，当年做过生意，抬脚动手就论一论阴阳八卦，看一看黄道黑道。三仙姑是后庄于福的老婆。每月初一、十五都要顶着红布摇摇摆摆装扮天神。"句法、用词、语调、节奏以至给人物起的名字、绰号，都是赵树理式的，具有鲜明的个人色彩和浓郁的民族风味。张天翼在《华威先生》中，写华威到处开会："他永远挟着他的公文皮包。并且永远带着他那根老粗老粗的黑油油的手杖……""他每天都这么忙着。要到刘主任那里去联络。要到各学校去演讲。要到各团体去开会。而且每天——不是别人请他吃饭，就是他请人吃饭"。充满着辛辣的讽刺味、幽默感，既切合作品中的人物形象华威的个性，又体现出作家张天翼的风格色彩。比较而言，叙事文学，特别是长篇叙事文学，由于容量大，人物多，用第三人称叙述方式更便于俯瞰全景，把头绪纷繁的各个局部灵活地组接起来；但需要引起注意的是，在这种叙述方式中，有些作家往往不自觉地让叙述人成了全知全能者，让读者成了被动接受者，减弱了读者的参与意识、再创造能力，排除了叙述语境的"多声部"、"多声调"，因而其叙述人语言令人感到沉闷、乏味。

3. 第二人称

第二人称叙述方式,指的是作家采用第二人称代词(你或你们)口吻,通过与被叙述者面对面谈话的方式来叙述。诗歌,由于篇幅较短,允许叙述的精炼,意象的跳跃,运用第二人称相对方便些。小说和叙事散文中一般有两种情形:一是通篇用第二人称叙述;一是局部用第二人称叙述。以后者居多。如魏巍的《谁是最可爱的人》,李株的《这样的战士》。运用第二人称叙述方式,使作为叙述主体的作家和作品中的人物既保持一定距离,又能直接对话,便于将人物隐蔽的思绪、欲念提示出来。也便于让读者更贴近作品中的人物,具有身临其境的亲切感,从而产生独到的美学效果。但是这种叙述方式,除了表现"你"和"你们"的人生历程和有关事件之外,用以勾画广阔多变的生活天地是有相当难度的。因此,与采用前两种叙述方式的作品相比,这类作品比较少见。

为了更有效地全方位地表现人的流动多变的生活和心灵世界,叙述方式、叙述人语言应该丰富多样,不拘一格。比如,有时可以将第三人称和第一人称乃至第二人称叙述视角交叉互补,总体是第三人称的,局部是第一人称或第二人称的;有时可以将叙述人语言巧妙地融汇到人物语言之中,灵活地转换叙述角度。

二　文学语言的锤炼

高尔基说:"正如木材镟工或者金属镟工那样,文学家应该熟悉自己的材料——语言,文字,要不然他就会无力'描写'自己的经验,自己的感情,思想,就创造不出情景、性格等等。"[①]"永不疲倦地磨炼你的武器,研究无尽丰富,柔和,优美的人民语言!"[②]郭沫若也说:"文艺是言语的艺术,因此言语是必要的工具。你总要能够采择言语,驾驭言语,造铸言语,自由自在地把言语处理得来就像雕刻家手里的软泥、画家手里的颜料一样,才能够成功。"[③]丰富、锤炼文学语言,是作家从事文学创作的不可或缺的一项基本功。

(一) 丰富文学语言的途径

毛泽东指出,语言不是随便可以学好的,非下苦功不可。关键是了解和熟悉自己的表现对象。他还提出了学习语言的三条途径:"第一,要向人民群众学习语言";"第二,要从外国语言中吸收我们所需要的成分";"第三,我们还要学习古人语言中有生命的东西"。[④]

古今中外的文学家们为了突破语言的桎梏,发挥语言的功能,让有限的语言负载无限的审美信息,都付出了艰辛的劳动。据说,莎士比亚一生搜集和积累的词汇多达一万二千多个;杰克·伦敦经常把搜集到的词句抄在纸片上,放在衣兜里,或者贴在墙壁上、晒衣绳上,便于随时揣摩;契诃夫和客人谈话,听到有趣的谚语,总是要求对方再说一遍,

---

① 高尔基:《给青年作者》,中国青年出版社 1955 年版,第 95 页。
② 高尔基:《给车列姆诺夫》,同上书,第 87 页。
③ 《郭沫若论创作》,上海文艺出版社 1983 年版,第 174 页。
④ 毛泽东:《反对党八股》,《毛泽东选集》第 3 卷,人民出版社 1966 年版,第 794—795 页。

拿出小本子把它记下来；我国诗人李季在陕北，为了学习群众语言，常常悄悄地跟在脚夫后面听唱，蹲在树丛背后或躲在老乡家的窗下，默记小伙子和妇女们唱的民歌，终于在刻苦学习民歌和群众语言的基础上，创作出了长篇叙事诗《王贵与李香香》……他们的具体做法不一，有一点则是相同的：充分认识文学语言的重要性，决心摆脱高尔基所形容的"语言的痛苦"。勇于向困难进军，以逐渐取得驾驭语言艺术的最大自由，变"强烈的痛苦"为无穷的乐趣。

（二）锤炼文学语言的原则

文学语言里更深层的东西是思维方式、思维模式，而在思维模式的深层，是文学观念。深入研究文学语言的特质、构造及其背后的思维模式、文学观念，并推动其改革，使文学语言更切合当代社会人生的血脉，更符合当代读者的审美观念、审美心理结构，是丰富、锤炼文学语言最重要的环节。

文学语言要开放。要努力吸收外国语中语汇、语法、思维模式、文学观念中的滋养，同时也要注意语言的民族化、群众化，使之融化为本民族语言的有机成分，为中国当代老百姓喜闻乐见。

文学语言贵在独创。宋人姜夔云："人所易言，我寡言之；人所难言，我易言之，自不俗。"法国作家左拉尖锐地讽刺过某些缺乏独创才能的小说家"虽然没有剽窃，但却没有创造的脑袋，只有一个庞杂的百货店，里面充塞着大家熟悉的句子，……这个百货店的货色取之不尽，用之不竭，可以大把大把地用来涂抹纸张"。[①] 文学语言的独创性的幅度是相当大的，甚至允许打破语言常规，允许变体交叉。语言总是在规范与创新的渗透、竞争中得以变化发展。良性的具有创新意义的突破原有规范，目的是使语言更富有语言美学的张力，是对现代语言表达效果的丰富和拓展。但同时也需注意语言相对的规范，相对的稳定，一味求新、求奇、求变，堆砌、卖弄，甚至破坏文法，新名词狂轰滥炸，那无法起到交流作用，而且从根本上破坏了文学语言美的素质。文学语言必须是美的。不仅是传达美的，它本身也必须是美的、艺术的。

▶ **思考题** ◀

1. 文学作为语言艺术，它与其他艺术相比有何异同？
2. 举例分析文学语言的特点。
3. 谈谈对叙事文学作品中人物语言和叙述人语言的要求。
4. 文学语言锤炼的原则是什么？
5. 你对文学语言的改革有何看法？

---

① 左拉：《论小说》，《古典文艺理论译丛》第 8 册，人民文学出版社，第 126 页。

研讨

一 巴尔扎克:《高老头》

(一) 作品提要

1819 年冬,一个叫伏盖太太的老妇人,在巴黎一个偏僻地区开了一个客店,取名叫伏盖公寓。这里住着各种各样的人:有穷大学生拉斯蒂涅;歇业的面粉商人高里奥;身份不明的伏脱冷;被大银行家赶出家门的泰伊番小姐;骨瘦如柴的老处女米旭诺等。每逢开饭的时候,客店的饭厅就特别热闹,因为大家济济一堂,可以在此取笑高老头。

六十九岁的高老头六年前结束了他的买卖后,住到了伏盖公寓。当时,他衣着讲究,年收入有八千到一万法郎,住了一套上等房间,算得上这所公寓里最体面的房客。寡妇老板娘还向他搔首弄姿,想改嫁于他当一名本地区的阔太太。可是好景不长,第二年年末,高老头就要求换次等房间,并且整个冬天屋子里没有生火取暖。这一来,引起了房客们的纷纷议论。可是谁也弄不明白这位富翁降低生活标准的原因,只见有两个贵妇人常来找他,以为他有艳遇。高老头却告诉大家,那是他的女儿:雷斯多伯爵夫人和银行家纽沁根太太。但谁都不相信。在住满第三年后,高老头又要求换到最低等的房间,值钱的行李也不见了,人也越来越瘦,看上去活像一个可怜虫。他在人们眼中的地位也越来越下降,原叫他为高里奥先生,现在直呼高老头。伏盖太太也认为:要是高老头真那么有钱的女儿,他决不会住我的四楼最低等的房间。

可是,高老头这个谜终于被拉斯蒂涅揭开了。拉斯蒂涅是从外地来巴黎读大学的青年,出身破落贵族家庭,他有热情和才气,想做一个清廉正直的法官。但在花花绿绿的巴黎,他看到上流社会的公子哥儿们用钱如流水,享尽花天酒地的生活,原来的理想就动摇了。他认为靠自己的勤奋学习求上进的路太艰苦,也太遥远,还不一定行得通,而现实社会依靠几个有钱的女人作晋身的阶梯则容易得多,也可靠得多。于是他想立刻去征服几个可以做他的后台的妇女,然后挤进上流社会作威作福。由于姑母的引荐,他结识了远房表姐,巴黎社交界地位显赫的鲍赛昂子爵夫人。果然,拉斯蒂涅以鲍赛昂夫人表弟的名义在上流社会很快取得了妇女的重视。当他在表姐家的舞会上第一次认识了雷斯多伯爵夫人时,这位贵妇人便立即邀请他到家里去玩。

第二天在进午餐时,拉斯蒂涅很得意地向伏盖公寓的房客们讲了在舞会上认识了伯爵夫人的事。高老头兴奋地问:"昨晚雷斯多太太很漂亮吗?"他的这一表现更加引起了公寓老板娘的怀疑,她认定高老头定是给那些婆娘弄穷的。拉斯蒂涅无论如何不相信漂亮的伯爵夫人是高老头的情妇,表示非把事情弄清楚不可,决定明天就去雷斯多太太家。结果,他在那里碰了一鼻子灰。原来先是他的寒酸相引起了仆人的轻蔑;接着他行动莽撞,冲进了一间浴室,大出洋相;后又不慎提到高老头三个字,触犯了伯爵夫妇,被当着不受欢迎的客人赶了出来。这一意外使拉斯蒂涅十分懊恼,只好赶紧去向表姐求教。鲍赛昂夫人告诉他：雷斯多太太便是高里奥家的小姐。高老头是法国大革命时期起家的面粉商人。他中年丧妻，把自己所有的爱都倾注在两个女儿身上。为了让她们跨进上流社会，让她们从小受到良好的教育，到出嫁时，给了她们每人八十万法郎的陪嫁，让大女儿嫁给雷斯多伯爵，做了贵妇人；小女儿嫁给银行家纽沁根，当了金融资产阶级阔太太。他以为女儿嫁了体面人家，自己便可以受到尊重、奉承。哪知不到两年，封建王朝复辟了。两个女婿因为他早年在大革命中跟公安委员会有过来往，现在做面粉生意有伤他们的尊严，便都对他冷漠，闭门不纳。高老头为了获得他们的好感，忍痛出卖了店铺，又将这些钱一分为二给了两个女儿，自己便搬进了伏盖公寓。鲍赛昂夫人教导拉斯蒂涅在巴黎这个卑鄙的社会环境里就是要没有心肝，毫不留情地去打击人家，把别人当作自己的工具，尤其是要找一个贵妇人做情妇，拿到权势的锁钥，就能达到欲望的最高峰。拉斯蒂涅急于向上爬，按照表姐的指点，决心去向高老头的二女儿纽沁根太太进攻。

伏脱冷是个目光敏锐的人，对拉斯蒂涅的心思摸得十分透彻。他对拉斯蒂涅说："在这个互相吞噬的社会里，清白老实一无用处，如果不像炮弹一样轰进去，就得像瘟疫一般钻进去。"他指点拉斯蒂涅去追求泰伊番小姐，只要拉斯蒂涅答应他提出的条件，他可以叫同党把泰伊番小姐的哥哥杀死，让她当上继承人。这样，银行家的遗产就会落到拉斯蒂涅手中。拉斯蒂涅虽然被伏脱冷的赤裸裸的言辞所打动，但又没敢答应下来。拉斯蒂涅通过鲍赛昂夫人结识了纽沁根太太。经过一段时间的接触，他发现纽沁根太太并不是自己要追求的对象。这个银行家的妻子经济上被丈夫控制得很严，她为享乐的急需，甚至要求拉斯蒂涅拿自己仅有的一百法郎去赌场替她赢六千法郎回来。见纽沁根太太无油水可取，拉斯蒂涅便转向泰伊番小姐调情了。拉斯蒂涅心里很明白：如果这一计划成功，自己就会有八十万法郎的财产。

然而伏脱冷的伪装已被人识破，警察当局的暗探买通了米旭诺小姐，要她验明伏脱冷的身份，报酬是三千法郎，这时伏脱冷已经开始按计划行事：让同党寻衅跟泰伊番小姐的哥哥决斗。但第二天中午，米旭诺在伏脱冷的饮料中下了药，伏脱冷被醉倒不省人事。米旭诺把闲人支开，脱下伏脱冷的内衣，在肩上打了一巴掌，鲜红的皮肤上立刻现出"苦役犯"的字样。

这时，传来泰伊番小姐的哥哥在决斗中死亡的消息。伏脱冷服了呕吐剂，刚刚苏醒，来逮捕他的警察已经包围了伏盖公寓。特务长走上前来，一下打落了他的假发，伏脱冷全身的血立刻涌上了脸，眼睛像野猫一样发亮，他使出一股蛮劲，大吼一声，把所有的房客吓得大叫起来。暗探们一齐掏出手枪。伏脱冷一见亮晶晶的火门，知道处境危险，突然变了面孔，镇静下来，主动把两只手伸去上手铐，使得警察本来打算当场击毙他的计划破了产。他当众承认自己名叫雅克·柯冷，诨名鬼上当，被判过二十年苦役，他认为在场的人不比他更高尚。当他发觉是米旭诺小姐告了他的密时，他那双勾魂摄魄的眼睛顿时像一道阳光射在米旭诺脸上，吓得她腿都软了。临走时他还不忘对拉斯蒂涅说，他有办法收账的，然后喊着"一、二、一"走了出去。房客们十分惊愕，只有拉斯蒂涅心中明白泰伊番小姐哥哥被凶杀和伏脱冷要向他"收账"的原因。不过，拉斯蒂涅在伏脱冷履行杀人计划前就不想牵涉进去，并准备通知泰伊番父子，只是被伏脱冷预先料到，用药酒把他醉倒了才未实现。与此同时，高老头又为拉斯蒂涅与自己的二女儿牵线搭桥,购买了一幢小楼,供他们幽会,也促成他决定不再追求泰伊番小姐。

一天中午,伏盖公寓门口突然来了一辆车,只见纽沁根太太急忙下车到了高老头的屋里。她向父亲诉说丈夫如何把她的财产拿去做生意,剥夺了她的所有权的事。父女俩正说着,雷斯多夫人也来了。她哭着告诉父亲和妹妹:她的丈夫利用她卖掉了昂贵的项链去为情人还债,现在她的财产已差不多全部被夺走。高老头听后受到很大打击,他为自己现在已无力帮助女儿急得把脑袋往墙上撞。两个女儿则为了金钱互相指责,高老头终于急得晕了过去,患了初期脑溢血症。

鲍赛昂夫人为了告别上流社会,决定隐居到乡下。临行前她准备举行一个盛大舞会,原因是她的情夫为了娶一个有钱的小姐,无情地抛弃了她。高老头的两个女儿为出席这次舞会费尽了心机。大女儿要做一套金线织锦缎的漂亮衣衫,又来找父亲要一千法郎。高老头被逼得付出了最后一文钱,致使中风症猛烈发作。在父亲病危时,两个女儿不来看他,却去参加鲍赛昂夫人的舞会去了。拉斯蒂涅想去把纽沁根太太叫回来,也来到子爵夫人家。

鲍赛昂夫人举行的这次舞会场面壮观,赴会者云集,人人都想赶来看看这位往日上流社会的"领袖"今日情场失意被迫退出社交界的情景。宫廷中最显要的人物、各国大使、公使、部长、名流都到了。街上停放了五百多辆车,灯烛照得屋内处处通明透亮。子爵夫人装束素雅,在众人面前脸上没有表情,仿佛还保持着贵妇人的面目,而在她心目中,这座灿烂的宫殿已经变成一片沙漠,一回到内室,便禁不住泪水长流,周身发抖。她把情书统统烧毁,作最后的诀别准备。舞会结束后不久,拉斯蒂涅目送鲍赛昂夫人坐上轿车,同她作了最后一次告别。

在伏盖公寓,可怜的高老头快断气了。他还盼望着两个女儿能来见他一面。拉斯蒂涅差人去请老人的两个女儿,结果一个也没来。老人每只眼中冒出一颗眼泪,滚在鲜红的眼皮边上,长叹一声说:"唉,爱了一辈子的女儿,到头来反给女儿遗弃!"

只有拉斯蒂涅张罗着高老头的丧事。他目睹这一幕幕悲剧,随着高老头的埋葬也埋葬了自己最后一滴同情的眼泪,他决心顺从污浊的环境,不择手段地向上爬。

(选自《世界一流文学名著精缩》,四川辞书出版社)

(二) 作品研究

1. 揭示以金钱为轴心的社会风貌

《高老头》是巴尔扎克最优秀的代表作之一,被称为《人间喜剧》的序幕,因为《人间喜剧》中许多人物都在这部作品中第一次登场。在内容上,《高老头》成功地体现了《人间喜剧》的主要创作意图——揭露金钱的罪恶及其人与人之间的金钱化关系。在艺术上,《高老头》标志着巴尔扎克现实主义风格的成熟,在环境描写、典型塑造和结构安排等方面充分体现了《人间喜剧》的艺术特色。

小说主要描写高老头与他两个女儿的故事,以及拉斯蒂涅的故事,两条线索基本平行又有间或的交叉。作品通过高老头的悲剧,拉斯蒂涅的堕落以及鲍赛昂夫人和伏脱冷的遭遇,全面反映了波旁王朝复辟时期以金钱为轴心的社会风貌——封建贵族的衰落,资产阶级的崛起,宗法制家庭关系的解体,青年的挣扎与堕落。这些人物的经历都从不同角度展示了金钱万能、金钱万恶、金钱使人堕落的主题。

(摘自雷体沛著《西方文学初步》)

2. 绝不是简单地写金钱关系

高老头一生用心挣钱,放高利贷,从表面上看是个非常不可爱的人。他活着的目的,只是为了满足一个简单愿望:就是让自己的两个女儿感到幸福。一方面他非常有钱,一方面过的日子就像乞丐和看门人。两个女儿永远在欺诈他,为了不让女儿丢脸,他隐姓埋名,不让别人知道自己是那两位已是上流社会贵妇的父亲。为女儿的幸福,他愿意做一切牺牲。

我觉得这个就是小说家的用心,绝不是简单地在写金钱关系。高老头不仅仅是一个近乎变态的吝啬鬼,最重要的是他有颗金子般的心,他对女儿的爱像阳光一样照射下来,只知道施舍,全不考虑回报。在巴尔扎克的笔下,爱是无理智、无条件的。爱是一道射向无边无际世界的光束,它孤零零地奔向远方,没有反射,没有回报,没有任何结果。爱永远是一种可笑幼稚的奉献。

(摘自叶兆言《文学:善在人心,痛在刻骨》,《品读》2010 年第 1 期)

3. 如何看待"高老头"的父爱

巴尔扎克的作品《高老头》中高老头的"父爱"悲剧是人们谈论得最多的,也是争论较大的。如何看待高老头的父爱,不同时代不同人有着不同的看法。在当今的时代背景下,如何用当代人的观点分析、解读高老头的父爱本质,认识其具有的深刻的现实意义。高老头的父爱是普遍的父爱,也是极端的父爱,还是引以为戒的父爱。

(摘自《辽宁行政学院学报》2006 年第 12 期)

(三) 相关链接

1.《高老头》的译者傅雷及其家书

(见义务教育课程标准实验教科书[下同,略]《语文》九年级上册)

2. 莎士比亚:《李尔王》、《雅典的泰门》

(1)《李尔王》(1605)

英国伟大戏剧家莎士比亚的四大悲剧之一。剧情大意是古代不列颠国王李尔有三个女儿,老国王年老体弱,决定把国家让给年轻有为的人来治理。大女儿高纳里尔和二女儿里根都甜言蜜语地骗得了国王的一份领地。三女儿考狄莉娅不会说阿谀动听的话,被剥夺了继承国土的权利,结果远嫁给法国国王做王后。

高纳里尔和里根得到了国土以后,便反目开始虐待李尔王,最后把他赶出国土。李尔王在一个暴风雨之夜,走出宫廷,奔向原野。考狄莉娅知道了此事,派人救出了李尔,并治好了父亲的病,与丈夫兴兵讨伐不仁不义的高纳里尔和里根。但不幸考狄莉娅在战斗中失利被俘,最后被缢死在监狱。李尔也因女儿的失败悲痛而死。高纳里尔和里根之间也互相妒嫉,争风吃醋,勾心斗角,最后高纳里尔毒死了里根,她自己也自杀了。

作品反映了中世纪宫廷生活中错综复杂的家庭关系,揭露了王室成员的贪婪和自私。同时也反映了资本主义原始积累时期,广大劳动人民的灾难。国王在穷困的生活中,才想到了民间的疾苦。戏剧人物刻画生动,情节曲折动人,突破三一律的约束,在艺术上也是很完美的。

(2)《雅典的泰门》(1607)

英国大戏剧家莎士比亚的戏剧。题材取自普鲁塔克的《希腊罗马名人传》。

古希腊的首都雅典有一位贵族泰门,他有一笔巨大的家产,为人慷慨,花钱无节制,因此,不仅穷人受到他的好处,就是达官贵人们也喜欢当他的随从和食客,以便搜刮他的钱财。甚至有些出自高贵的少爷被债主关进监狱以后,只要求到泰门,他也会出钱把人赎出来。因此,泰门的家里整天挤满了扯谎的诗人、画家、商人,都把泰门崇拜得五体投地。泰门的家产都耗费在这些恶棍、骗子身上了。

不久他的家产荡尽了,那些"朋友"食客们也不见了,恭维泰门的声音也没有了。当泰门去向那些达官贵人求援时,却没有人理睬,虽然他们的肚子装满了泰门的酒肉,泰门送给他们的贵重礼物,装满了他们的库房。可是他们都不愿替泰门出力。甚至他们认为泰门过去的慷慨是愚蠢,他的大方是挥霍。他的家成了人人躲避、厌恶的地方。他们无情地逼着泰门要债券,要利息,要抵押品。

这时泰门又宣布举行一次宴会,他把过去的常客,社会名流都请来了。这些人误以为泰门是装穷,以试试他们对他的爱戴和忠诚。因此一个个非常后悔,没有看穿泰门的把戏,都反复向泰门表白自己的惭愧,虚情假意地表示自己的抱负和决心。这时,泰门把遮在盘子上的白布揭开了,盘子里盛的不是山珍海味,是一些蒸汽和热水。泰门把盘子里的热水,泼在他们脸上、身上,痛骂他们:"你们这些滑溜溜、笑咪咪的寄生虫,戴着殷勤面具的坏东西,装作和蔼的狼,装作温顺的熊,贪财的小丑,酒肉朋友,趋炎附势的苍蝇!"

他离开雅典,到海滨洞中居住,过着野兽一样的生活。有一天他在森林里挖树根时,发现了一堆黄金,可是泰门已讨厌这虚伪的世界,把金子发给过路的穷人,还送给强盗。在他看来虚伪的朋友比强盗更坏,因为强盗在抢劫别人的时候并不假仁假义。最后泰门死在海滨,留下一个表示厌世思想的墓志铭。

剧本反映了金钱的力量随着资本主义社会的发展而发展,支配着人与人之间的相互关系。马克思认为《雅典的泰门》"绝妙的描绘了货币的本质"。

(选自徐波等编写《中外文学名著简介》)

▶阅读提示◀

李尔王、泰门、高老头分别是以上作品中的三个主人公。这三个人物虽然形象各异,性格不同,但他们的悲剧命运以及产生悲剧的原因和社会文化背景却十分相似。建议课外阅读,比较探析。

3. 安德鲁·斯坦顿:《海底总动员》

《海底总动员》的主角是一对可爱的小丑鱼(Clownfish)父子。父亲玛林和儿子尼莫一直在澳洲外海大堡礁中过着安定而"幸福"的平静生活。鱼爸爸玛林一直谨小慎微,行事缩手缩脚,虽然已经身为人父,却丝毫不会影响他成为远近闻名的胆小鬼。也正因为这一点,儿子尼莫常常与玛林发生争执,甚至有那么一点瞧不起自己的父亲。直到有一天,一直向往到海洋中冒险的尼莫,游出了他们所居住的珊瑚礁。正当尼莫想要舒展一下小尾巴的时候,一艘渔船毫不留情地将欢天喜地的尼莫捕走,并将他辗转卖到澳洲悉尼湾内的一家牙医诊所。

在大堡礁的海底,心爱的儿子突然生死未卜的消息,对于鱼爸爸玛林来说却无异于晴天霹雳。尽管胆小、尽管怕事,现在为了救回心爱的孩子,玛林也只有豁出去了。他决心跟上澳洲洋流,踏上寻找自己儿子的漫漫征程。虽说是已下定决心,但这并不代表玛林可以在一夜之间抛弃自己怯懦的性格。途中与大白鲨布鲁斯的几次惊险追逐,很快便令他萌生退意,险些使父子重聚的希望化为泡影。但幸运的是,玛林遇到了来自撒马力亚的蓝唐王鱼多瑞。多瑞是一条热心助人、胸怀宽广的大鱼。虽然严重的健忘症常常搞得玛林哭笑不得,但是有多瑞在身边做伴,却也渐渐令玛林明白了如何用勇气与爱战胜自己内心的恐惧,也懂得了一生中有一些事情的确是值得自己去冒险、去努力的道理。

就这样,两条鱼在辽阔的太平洋上的冒险使他们交到了形形色色的朋友,也遭遇了各式各样的危机。而鱼爸爸玛林也终于克服万难,与儿子团聚并安全地回到了自己的家乡。过去那个甚至连自己的儿子都瞧不起的胆小鬼玛林,经过这次考验后成为了儿子眼中真正的英雄!一场亲情团聚的大戏,就此在充满泪水的眼睛中落下了帷幕。

(导演 约翰·拉斯特)

二 舒婷:《呵,母亲》

(一)作品介绍

你苍白的指尖理着我的双鬓,
我禁不住像儿时一样
　　　紧紧拉住你的衣襟。
呵,母亲,
为了留住你渐渐隐去的身影,
虽然晨曦已把梦剪成烟缕,
我还是久久不敢睁开眼睛。

我依旧珍藏着那鲜红的围巾,
生怕浣洗会使它
　　　失去你特有的温馨。
呵,母亲,
岁月的流水不也同样无情?
生怕记忆也一样褪色呵,
我怎敢轻易打开它的画屏?

为了一根刺我曾向你哭喊,
如今戴着荆冠,我不敢,
　　　一声也不敢呻吟。

呵,母亲,

我常悲哀地仰望你的照片,

纵然呼唤能够穿透黄土,

我怎敢惊动你的安眠?

我还不敢这样陈列爱的礼品,

虽然我写了许多支歌

　　　给花、给海、给黎明。

呵,母亲,

我的甜柔深谧的怀念,

不是激流,不是瀑布,

是花木掩映中唱不出歌声的古井。

(选自《舒婷的诗》)

▶**阅读提示**◀

这首诗歌无论是题材还是立意都谈不上新颖。从题材上说,是写"母亲";从立意上说,是写单纯的亲情。在 20 世纪 80 年代以来的众多诗歌选本当中,我们也极少看到这首诗的踪迹,那么它是否是一首好诗? 为什么?

古今中外写"母亲"的诗歌比比皆是,这首诗的写作特点在哪里? 在舒婷早期的作品里,我们对一个大胆表白感情,大胆抒发理想的女性形象印象深刻。与 1977 年发表的《致橡树》相比,这首诗是否让我们看到了舒婷情感节制的表达? 从诗歌艺术的角度来看,有节制的情感表达是否能够造成更强烈的艺术效果?

(二) 作品研究

这次作品研究,让我们一起参加首都师大文学院别开生面的读诗会。下面摘录不同层面的分析。(节选)

导引"古井"里的甘泉
——舒婷的《呵,母亲》

资料准备、记录整理　白倩

地点　首都师范大学文学院会议室

时间　2004 年 3 月 19 日下午

白倩　我们今天谈谈舒婷的诗《呵,母亲》。

我在搜集这首诗的有关资料时感到非常惊讶的一点是,20 世纪 80 年代以来大量诗歌选本极少选登这一首诗。而这首诗,至少在我看来,的确是舒婷最好的诗之一。这首诗论题材,是写"母亲";论立意,是写亲情,都是毫无新颖可言的。但是我认为,就是这样的题材和立意才能见出一个诗人的功夫。许多诗人都希望能够表达一种别人没有表达过的情感,很少有人意识到情感本身是不存在新颖与否的,真正值得我们关注的,应该是如何对传统问题呈现出现代的个人演绎。不同的时代完全可能给诗人以不同的内心感受,但对于情感本身来说，它永远是一个古老的话题。在舒婷的这首诗里，我认为她至少在这一点上给了我们成功的经验。

这一经验来自于它感情的强度与写作的克制之间所构成的"张力"。舒婷的才华表现在她能将这种"张力"通过四节的转换层层加强，从而获得最终强烈的艺术效果。……

何玲　我想从这首诗的背景谈谈。这首诗写于1975年中国比较压抑、贫穷的时候，整首诗都采用了隐喻的手法。舒婷因为处于黑暗、压抑的环境中，因此她通过对母亲的怀念来表达害怕、压抑的情绪。……

霍俊明　我接着何玲师妹的话谈谈。她刚才说这首诗写于1975年，因此表达了那个时代的忧伤感，我更希望从个人的角度谈谈，我觉得它还是纯粹意义上的一首献给母亲的诗。这首诗打动我的有两点，首先是它的真实性，诗是反映我们通过经验所知道的矛盾，否则这首诗就不可能显得真实。这首诗恰恰反映了诗人内心紧张矛盾的心情。全诗四节结构基本上是一样的，都是在彼此纠葛的语境中表现个人内心的复杂性。它的整体语境是建立在互相辩难和否定的基础上的，它既不是简单的肯定也不是简单的否定。舒婷这首诗正是在对立冲撞的意象中求得一种和谐。从而看起来单纯但实际更丰富，它的真实性不是来自社会意义，而是个体面对母亲那种发自内心的既想挽留又不得不失去的忧郁情感。……

刘金冬　我觉得这首诗是一首时间场景上的诗歌，它基本是通过历史场景的显现来表现个人生活的经历。她写母亲是从日常生活入手的，往往我们说母亲时都会说祖国母亲，舒婷在1975年写这样的诗是把个人性凸显出来，她写的是日常的母亲，这个母亲是理着她双鬓的母亲，给她带鲜红的围巾的母亲。……

伍明春　我觉得这首诗写得非常好，主要因为它体现了一种细节的魅力。比如前面三节写到诗人与母亲之间一些很细微的动作。一般人写母爱可能会比较滥情，舒婷却用细节去表现记忆与感觉。……

张桃洲　各位讲得都不错，主讲人谈得比较透彻。我想补充一点就是这首诗在韵律上的特点。我们经常讲"朦胧诗人"的反叛性，其实有很多"朦胧诗"是很重视韵律的，这首诗基本上就比较规则地在押韵，这种韵律对于它情感的抒发起到了很大的作用。……

荣光启　关于这首诗我只讲一点，就是第三节的"荆冠"，"荆冠"是耶稣头上戴的东西，这个词来源于圣经。舒婷至少有四首诗里都出现过耶稣被钉十字架的情景，所以我认为舒婷的确跟许多"朦胧诗人"一样有一种英雄主义情结。

赖彧煌　我想拿这首诗跟《致橡树》做一个比较。《致橡树》表达爱情，基本使用了简单的宣言式表达，而这首诗由于题材的不同，表达方式也比较复杂。在《呵，母亲》里，几次出现转折，表意也更为曲折，这样比较适合表现矛盾的情感。《致橡树》采取比较平面的比喻，而这首诗的细节化处理显得更加丰富。是否可以这样说，《致橡树》收获了舒婷的个性，而《呵，母亲》收获了她的诗艺。

陈芝国　舒婷这首诗是有诗歌地位的，因为在"朦胧诗"之前多是一种政治性写作，比如像闻捷这些诗人，应该说是一种政治抒情诗，有一种英雄主义在里面。另外，这首诗的很多意象还是比较朦胧的,比如"古井"这个意象,她作为一个女诗人没有用女性化的意象,而是使用"古井",这一点值得一提。刚才大家基本上有两种意见,分别认为第三节和第四节写得好,我觉得这是有道理的,这首诗前三节是一个部分,最后一节是一个部分,因为第三、四节有一个情感上的转折。另外,张桃洲讲的韵律我很赞同,我想补充一点,就是诗行的整齐,这也是使这首诗有节制地控制情感的要素,使它不像郭沫若的那几首诗读起来很没有滋味。

王光明 我们怎样把握开头的一节?这一节为这首诗的展开提供了一个很好的立足点。它提供了一个诗歌意境的基点,这就是诗中说话者对梦的挽留:诗中的说话者仿佛从梦中刚刚醒来,意识苏醒了,感觉和意绪却还在梦中徘徊。因为是将醒未醒之际,因为意识已醒,感情却希望在梦中停留,想在梦中多停留些时间,所以"虽然晨曦已把梦剪成烟缕/我还是久久不敢睁开眼睛",从而进入了往事的追忆和今昔的"对话"。这样,个人成长和今昔生活中的细节就拽出来了,成了构成这首诗的基本元素。这是一种典型的抒情诗的写作,立足于某个瞬间,从这个瞬间出发延伸扩展诗歌的时间与空间,从而达到集中与丰富的辩证。这首诗的第一节是以倒装的方式处理的,先写梦中之景,然后道出"抒情"所立足的具体情境,再以回忆与对比强化主题。这个别致的开头,大家没有谈到,我觉得非常值得注意。另外,刚才关于"荆冠"的分析,我觉得还是应该放在前后诗境当中去理解,在诗的说话者心目中,它可能是"地富反坏右子女"之类的"帽子",但在这里转化成了外部压迫个人的象喻,即强加于个人头上的"紧箍咒",而不是耶稣那个"荆冠"。我同意把这首诗放在时代背景下阅读,但它是以具体的个人经验来表现一个时代的压抑的,并转化成了"欲说"与"不能说"的结构,这或许就是白倩讲的"张力"。这首诗在诗歌史中的意义,是它体现了过去意识形态化或者国家化的写作向个人话语的过渡。对母亲的感情是人类的普遍感情,或许不小于祖国和民族,因为它是人类的。

(选自王光明等著《开放诗歌的阅读空间》)

三 朱自清:《背影》

(一) 作品介绍
(见《语文》八年级上册)
(二) 作品研究
1. 一帧展现父子情深的悲凉画幅

朱自清的《背影》是中国现代文学史上的散文名篇,是中学语文教材中传统篇目,因此,"在中学生的心目中,'朱自清'三个字已经和《背影》成为不可分的一体了"(吴晗《朱自清颂》)。文章以朴实而细腻的笔触回忆勾勒了父亲充满着温暖的背影,展现出了一位旧时代知识分子奋斗挣扎中的人生困境,展现出父子之间的真挚情感深厚情谊,在父爱的细腻描绘中溢出人生困境中的悲凉色彩,达到感人至深的艺术魅力。《背影》以抚今追昔的叙述构思,简约的白描,传神的工笔,细致真切的心理勾勒,使作品成为一帧展现父子情深的悲凉画幅。

(杨剑龙/文,摘自《中学语文名篇多元解读》)

2. 《背影》：被"死亡"照亮的世界

根据研究，《背影》是朱自清1922年思想转向之后，唯美时期的作品。唯美之于朱自清，最为重要的是体悟到生命的终极虚无而采取的"刹那主义"人生态度，并以由此获得的"临终之眼"关注自然与人生，执著地表现"临终之眼"中映现的自然与人生的"美"。《背影》作为经典，它深厚的情感意蕴、感人的艺术魅力，都与这"唯美"的人生态度相关联。

……

泰戈尔有一首《我不能让你走》的小诗，表达了相同的生命感受：诗人准备外出旅行，家里一片纷乱，妻子、仆人匆匆忙忙准备行装，只有小女孩沉静地坐在门槛上，当他准备启程时，她说："我不让你走。"在泰戈尔看来，孩子心中发出的淳朴话语，概括了人生的永恒悲怆。

在朱自清的《背影》中回响着的就是"我不让你走"这永恒的人生悲怆。是"大去"，使朱自清生命中那个冬天的清晨，那些作者曾经不以为然的琐事具有了意义。质而言之，死亡使生命有了意义。如果没有意识到死亡悄悄的脚步声，如果人能够永生，那么，朱自清在八年前的那个清晨所经历的一切，可能会毫无意义和价值可言，朱自清也不会在八年后而为之流下三次悔恨和感恩的泪水。

但是，凡庸的生活往往使我们的情感粗糙，使我们的生存暧昧不明，为了谋生，我们轻易地遗忘了爱和生存的意义。让我们重读《背影》，聆听朱自清的私语，打开心灵的眼睛，用"死亡"照亮晦暗不明的人生。这是《背影》给我们的启示，也是《背影》真正感动我们的秘密所在。

（王玉宝/文，摘自《中学语文名篇多元解读》）

3. 亲子之爱的永恒的特点：爱的隔膜

对于《背影》的分析，八十多年来，最好的成果，归结起来不外是，第一，父爱像母爱一样无微不至；第二，把大学生当孩子一样关爱。其实，这样的分析是不够到位的。因为《背影》全文的大部分都在强调，对父亲的细心的关爱，儿子是不领情的，反觉得他"迂"，给自己丢脸，于是内心拒绝，外表隐忍。这一点往往被忽略，原因是理想化的、抽象的亲子之爱这一观念的遮蔽。其实，这里最为生动的，第一，恰恰是爬上月台，那吃力的背影，比之当面多少语言和姿态都动人，而且，不雅的背影，却感动得儿子落下了眼泪；第二，这是更重要的，当父亲回过头来，儿子却马上把眼泪偷偷地擦干了。抗拒父亲的爱是毫无愧色地流露出来的，而为他的爱感动落泪却是秘密的。《背影》之所以成为不朽的经典，就在于它写出了亲子之爱的永恒的特点，那就是爱的隔膜。现实的爱，是有隔膜的，父与子的矛盾，两代人的亲情的错位，是一代又一代不断重复着的人性，具有超越历史的性质。

在历史经典和当代青少年经验之间打通联系，是一个重大的难题。

我在深圳讲到这一点以后，一位中学教师告诉我，她班上一个女同学的一篇作文，可以作为我的论述的例证。

这个孩子的作文里写，下雨天她打完球回来，浑身湿透，往沙发上一坐，看电视。妈妈就开始数落：衣服鞋子这么湿，还看电视，还不赶快换上干净鞋子，湿湿的衣服焐在身上,不得病才怪。这女孩子想,你用这么多时间唠叨,还不如把鞋子衣服拿来给我换上。没想到,妈妈一面数落,一面就把衣服鞋子拿出来帮她换上了。但,妈妈的唠叨并没有停止:打球这么累了,还看什么电视! 还不赶紧去床上躺一会儿。她只好躺下了。妈妈又唠叨起来。为什么不把被子盖上? 感冒了,明天考试怎么办? 她听着直感到烦,心想,用这么多时间数落,还不如拿被子来给我盖上。就装着睡着了,不予理睬。没想到妈妈果然又小心翼翼地把被子替她盖上了。此时,她感到眼眶一热,流下了眼泪。妈妈似乎感到了什么,弯下身来,她连忙把头埋在枕头里,不让妈妈看到。

这位老师的话,使我深受震动。经典文本的历史性和当代青少年之间的隔膜,是一个重大难题,但,并不是不可沟通的,只有具有深邃的认知图式的教师才能得心应手,构建起历史经典文本和当代青少年精神这巨大跨度之间的桥梁。

(摘自孙绍振著《名作细读》)

(三) 相关链接

1.《背影》阅读史

《背影》的阅读状况,是与它入选教材的状况有着密切关系的,所以,依据它入选教材的情况,我们可以大致把其阅读史分为对应的三个阶段,我们分别把这三个阶段称为《背影》阅读史上的春晖时代、寒冬时代、夏日时代。这样称谓的原因如下:

春晖,春天的阳光。春晖是朱自清1925年3月到7月间任教的一所中学的名称。学校位于浙江上虞白马湖。该校的校刊也叫《春晖》,朱自清曾在上面发表《白马读书录》、《教育的信仰》等文章。朱自清在《春晖的一月》一文里写道:"美的一致,一致的美","真诚","闲适的生活",是春晖中学给自己的三件礼物。在湖光山色、钟灵毓秀的春晖中学,朱自清度过了一段美好的时光,与夏丏尊、丰子恺结下了终生友谊。1950年以前,《背影》一直受人宠爱,仿佛沐浴在春日的阳光里,这段时间可以称为《背影》阅读史上的"春晖时代"。

寒冬季节,严霜夜结,万物凋零。1951—1977年间,在政治标准第一、阶级斗争扩大化的形势下,《背影》受到不公正的批评。在1951年大讨论后的近三十年间,《背影》备受冷漠,仿佛遭到寒潮袭击后进入冰冻状态,因此,这段时间可以称为《背影》阅读史上的"寒冬时代"。

夏日是生机盎然、繁荣活跃的。朱自清在《我是扬州人》里写到扬州的夏日:人们在护城河上,乘船、吃茶、打牌、听唱片,自由自在,洋溢着热烈祥和的气氛。1978年起,《背影》的阅读重新升温,20世纪80年代回到中学语文全国通用教材后,更是炙手可热。在思想解放的形势下,人们畅所欲言谈《背影》。因此,1978年以来的这段时间可以称为《背影》阅读史上的"夏日时代"。

……

修辞论的三个阐释图

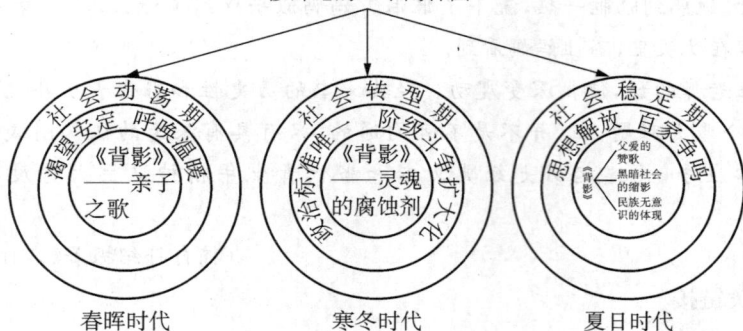

《背影》阅读史的修辞论阐释示意图

（摘自闫苹编著《中学语文名篇的时代解读》）

2.《背影》背后的美学问题

前一阵武汉一家晚报披露，《背影》在中学生民意测验中，得分相当低，被某套得到国家教育部批准立项的中学语文教科书排除在外。中学生不满的理由是"父亲违反交通规则"，"形象又很不潇洒"。这一消息引起了据说是百分之九十以上的家长的义愤。教科书的编者连忙出来"辟谣"，说该新闻失实，《背影》已经被列入下一册语文课本。

一场新闻风波暂告平息。

但是，我倒感觉这里是有马脚的。这"辟谣"很可能是在众多反对声中的一种补救措施。要不然，为什么不把此文放在已经出版的课本中，而要放到尚未出版的一册中去？更值得关注的是，虽然入选了，但对于"违反交通规则"和"不够潇洒"，并没有从理论上来回答中学生的质疑。

事实上，这里有一个很严肃的美学问题，主要是审美价值和实用价值之间的关系问题。

实用价值是一种理性，主要讲的是理性的善恶，遵守交通规则是善，不遵守交通规则是恶。而审美价值，则是以情感为核心的，情感丰富独特的叫做美，情感贫乏的叫做丑。但是，情感和理性，并不是绝对统一的，而是有矛盾的，情感太强烈往往超越实用理性，不实用，是不善的，但是从审美情感来说，不但不是丑的，反而是很美的。

通常我们笼统地讲真善美的统一，从宏观的最高层次来说，大体是没有错的。但是，从微观的文学创作的实践层次来讲，却不是这样简单的。一般情况下，合乎情的不一定合乎理。二者之间的关系，既不是完全统一的，也不是分裂的，而是"错位"的，既有统一的部分，又有错位的部分。二者属于不同的价值系统。审美价值往往是超越实用功利的。从实用价值来说，眼泪是一点价值也没有的，在人生变故中，哪怕你哭得死去活来，也于事无补。

但是,林黛玉的眼泪,仍然能感动人。

由于生存的压力,不实用的情感自发地遭到理性的压抑;在科学教育中,情感是被忽略的。从小学到中学,所谓智育,就是以理性,也就是以压抑情感为主的。但是,如果光有理性,人就是片面的,不是完整的人,而是半边人,甚至是机器人。而文学最大的价值,就是为人恢复那失去的另一半,让人变为完全的人。

在《背影》里父亲为儿子买橘子,从实用价值来说,完全是多余的。让儿子自己去,又快,又安全,又不会违反交通规则。父亲去买,比儿子费劲多了,就橘子的实用价值来说,并没有提高。但是,父亲执著地要自己去,越是不顾交通规则,不考虑自己的安全,就越是显示出对儿子的深厚情感。如果不是这样,父亲认真地考虑上下月台的安全问题,就太理性,没有感情可言,甚至煞风景了。朱先生这篇是抒情散文,并不是以实用价值动人,而是以情动人。情感的审美和实用价值,二者并不是成正比的,有时,恰恰是成反比的。越是没有实用价值,越是有情感的价值。反差越大,越是动人。杜十娘怒沉百宝箱,完全不讲实用理性,但她越是把情感看得比财富,甚至比生命更重要,才越动人,审美价值越高。

至于"不够潇洒"的问题,也一样。父亲越是感觉不到自己的费劲,自己的笨拙,越是忘却了自己不雅观的姿态,就越是流露出心里只有儿子没有自己的情感。这就是诗意,如果不是这样,父亲很轻松地、很潇洒地、很轻快地把橘子买来了,就光剩下了实用性,一点诗意也没有了。

学生不理解,与他们缺乏当时的物质生活状况的经验有关,同时也与他们在美学上缺乏修养有关。如果能成功地对《背影》进行教学,对青少年的审美启蒙是很有冲击性的。这正说明了《背影》应该入选语文课本。

在"不够潇洒"、"违反交通规则"面前打退堂鼓,这个小小的事件,暴露了我们的编者对于经典文本,只有一点蒙眬的感觉,而在理论上缺乏系统的理解,因而也就不可能有原则的坚定性。

当前的语文教改课堂上最为突出的现象是,由过去的满堂灌,变成了满堂问,问来问去,平面滑行,一千个读者,就有一千个哈姆雷特,什么都是对的。《背影》中的父亲"不够潇洒"也是对的。这种倾向发展到极端,就是"一切由学生说了算"。事实上是,一千个学生说了都算,结果只能是谁也不能算,这就完全放弃了教师的职责。

这提醒我们,对于西方文论要有全面的理解,不能满足于一知半解。其实,就是接受美学,也有一个"共同视域"范畴。在一定的历史语境当中,还要看你是不是达到学科前沿。还有一个相对而言哪一个比较深刻正确的问题。一千个哈姆雷特,还是哈姆雷特,不可能变成李尔王。鲁迅说过:一部《红楼梦》,"经学家看见《易》,道学家看见淫,才子看见缠绵,革命家看见排满,流言家看见宫闱秘事"。似乎也可以说,一千个读者有一千部《红楼梦》,但并不是每一个读者都是对的,就是对,也没达到同样的深度。教师还有一个把学生向当代学术水准的高度引导的任务。当学生把《背影》的精华当成糟粕的时候,教师的理论水平和具体分析能力就面临着严峻的挑战。

这不仅是对教师美学观念的考验,还是对教师思想方法的考验。对于《背影》不但要用共时的方法进行分析,还要用历史的方法进行分析。《背影》的语言,和朱自清前期的许多作品相比,有一个显著的不同,那就是在最关键的地方,不像《春》、《绿》、《匆匆》和《荷塘月色》那样采用华彩的语言、排比的句式,也不作大幅度的渲染,而是将直接抒情的语句压缩到了文章的结尾。在作者情感发生震撼的地方,反而采用比较朴素的语言,几乎全是叙述。这是很见功力的。

朱先生早期常用的抒情和渲染的办法,如《绿》,其实并不是文章成熟的表现,留下了比较稚嫩的痕迹。到了20世纪三四十年代,朱先生的文风一洗铅华,回归朴素,达到了更高的层次,这是叶圣陶、唐弢、董桥等人早已指出的。这说明《背影》中的"不潇洒",正是朱先生散文中最可珍贵的因子,正是在这个基础上,朱先生向艺术的成熟高度挺进。

造成当代中学生对《背影》这样的经典之作产生隔膜的另一个原因是,我们的编者往往把经典文本孤立地突出,脱离了时代和语境,切断了文学经典的历史连续性。把经典实际上当成了唯一的样板,造成一种模式,一种可怕潜在的陈规,这就在学生心目中造成一种幻觉:经典文本的模式是唯一的。

从理论上来说,历史上的经典文本越是被孤立地强调,就越容易造成对同类精神现象的遮蔽。这不仅可能发生在《背影》式的父爱主题上,而且可能发生在冰心式的母爱主题上。如果不把这种主题的历史语境和当代语境的关系作适当的编排,把情感多种多样的表现充分地展开,只能导致中学生的漠然。

从这个意义上来说,在中学语文课本中,选择像《背影》这样的历史性的经典文本,比选择当代其他经典,是要更加慎重的。

(选自孙绍振著《名作细读》)

四 杨朔:《荔枝蜜》

(一)作品介绍

本文为删改前后对照稿。

对照稿的符号是:〔 〕括弧内的文字与标点是原文中被删掉的,——横线上的是改文中增加的,↑或↓箭号后面的文字并入上一段或下一段,△三角形后面的文字另起一段。

荔 枝 蜜[1]

〔1〕原文选自《杨朔散文选》(人民文学出版社,1978年北京版),改文选自初中第二册《语文》(人民教育出版社,1980年版)。原作像诗一般优美,改文如锦上添花。学习本文的修改,对于理解文学是语言的艺术、提高锤炼语言的能力深有教益。

花鸟草虫,凡是上得画的,那原物往往也叫人喜爱。蜜蜂是画家的爱物,我却总不大喜欢。说起来可笑〔,〕[2]〔孩子〕<u>小时候</u>〔,〕[3]有一回上树掐海棠花,不想叫蜜蜂蜇了一下,痛得我差点儿跌下来。大人告诉我〔说:〕,[4]蜜蜂轻易不蜇人,准是误以为你要伤害它,才蜇〔。〕;[5]一蜇,它自己<u>就耗尽了</u>[6]生命,也活不久了。我听了,觉得那蜜蜂可怜,原谅它了。可是从此以后,每逢看见蜜蜂,感情上疙疙瘩瘩的,总不怎么舒服。

〔2〕这是前果后因的复句,因而把句号改为逗号。

〔3〕改用"小"修饰"时候",符合语言习惯,表意更明晰。"小时候"是全句修饰语,句子较短,又没有强调时间的必要,所以删去"时候"末尾的逗号。

〔4〕告诉,说给人,使人知道——已含"说"的意思,删去"说"避免语意重复。"说"后不是引言,只是转述语意,所以不用冒号而改用逗号表示停顿。

〔5〕这里是多重并列复句,故将句号改为分号。

〔6〕"一……就……"必须配合使用,所以加"就"字与"一"呼应,表示两事时间上前后紧接。

今年四月,我到广东从化温泉小住了几天。〔那里〕[7]四围是山,〔怀里〕环[8]抱着一潭春水〔,〕。[9]那又浓又翠的景色,简直是一幅青绿山水画。刚去的当晚〔,〕[10]是个阴天,偶尔倚着楼窗一望〔:〕,[11]奇怪啊,怎么楼前凭空涌起那么多黑黝黝的小山,一重一重的,起伏不断〔。〕?[12]记得楼前是一片〔比较平坦的〕[13]园林,不是山。这到底是什么幻景呢?赶到天明一看,忍不住笑了。原来是满野的荔枝树,一棵连一棵,每棵的叶子都密得不透缝,黑夜看去,可不就像小山似的〔。〕![14]

〔7〕加"那里"指代"从化温泉",表意明确,承接自然。

〔8〕"怀里"是拟人的写法——把山拟作人。怀,胸的意思,山之怀就是山之胸——岂不是指山腰之上?这个比拟产生歧义。改为"环抱",跟"四围是山"呼应,写出山、水的形态,表意准确。

〔9〕前后是两个意思,宜作两句,故当中改用句号。

〔10〕这是较短的主谓句,又没有强调主语的必要,故删去主谓之间的逗号。

〔11〕这是连贯复句,先写"望"的动作,接写"望"的感觉,动作与感觉之间并无提示下文或总括上文的作用,所以不用冒号。

〔12〕"怎么……"是疑问句,故句末宜用问号,以表达惊疑之意。

〔13〕"片"字已含"平坦"的意思,故删去"平坦的",以免重复。

〔14〕把句号改为感叹号,以表达惊叹之情。

荔枝也许是世上最鲜最美的水果。苏东坡写过这样的诗句:"日啖荔枝三百颗,不辞长作岭南人。"〔,〕[15]可见荔枝的妙处。偏偏我来〔的〕得[16]不是时候,荔枝刚开花。满树〔刚开着〕浅黄色的小花,并不出众。[17]新发的嫩叶,颜色淡红,比花倒还中看些。从开花到果子成熟,大约得三个月,看来我是等不及在〔从化温泉〕这儿[18]吃鲜荔枝了。

〔15〕照引原诗句,应保留其中的标点符号。

〔16〕动词和补语之间的结构助词,用"得"不用"的"。

〔17〕删去"刚开着",既避免与前面改文重复,又可突出主语"小花",表意明确了。

〔18〕前文已有"我到广东从化温泉",此处用"这儿"指代,避免重复,文字简练。

吃鲜荔枝蜜,倒是时候。有人也许没听说这稀罕物儿吧?从化的荔枝树多得像汪洋大海,开花时节,那蜜蜂满野嘤嘤嗡嗡,忙得〔那蜜蜂〕忘记早晚〔,〕。[19]〔有时趁着月色还采花酿蜜。〕荔枝蜜的特点是成色纯,养分〔大〕多。[20]住在温泉的人多半喜欢吃这种蜜,滋养〔精神〕身体。[21]热心肠的同志〔为我也弄到〕送给我[22]两瓶。一开瓶子塞儿,就是那么一股甜香;调上半杯一喝,甜香里带着股清气,很有点鲜荔枝的[23]味儿。喝着这样的好蜜,你会觉得生活都是甜的呢。

〔19〕"满野嘤嘤嗡嗡"的前一句主语是"荔枝树",这一句的主语换为"蜜蜂",应该点明。这句加了"那蜜蜂",故删去"忙得"后面的"那蜜蜂"。"……忘记早晚"句意完整,所以句末用句号。

〔20〕养分,物质中所含的能供给有机体营养的成分。所含成分只讲多、少,不讲大、小。

〔21〕滋养,供给养分;它的对象是有机体,如人的身体。"精神"指人的意识、思维活动和一般心理状态,不是有机体,不能和"滋养"搭配。

〔22〕弄,设法取得,感情色彩欠佳,还显得尝到荔枝蜜之难,这与当地情况不合。改文避免了这些微瑕,显得亲切、自然。

〔23〕加"的"更突出了定语(可同"红的花"和"红花"比较来领会)。

我不觉动了情,想去看看〔自己〕[24]一向不大喜欢的蜜蜂。

〔24〕"自己"和"我"语意重复,删之,简练。

荔枝林深处,隐隐露出一角白屋,那是温泉公社的养蜂场,却起了个有趣的名儿,叫"〔蜜〕养蜂大厦"[25]。〔正当十分春色,花开得正闹。〕[26]一走近〔进〕[27]"大厦",只见成群结队的蜜蜂出出进进,飞去飞来,那沸沸扬扬的情景〔,〕[28]会使你想〔:〕,[29]说不定蜜蜂也在赶着建设什么新生活呢。

〔25〕养蜂大厦,以养蜂员为主体,指的是整个养蜂场;蜜蜂大厦,则以蜜蜂为主体,一般指蜂箱。改文表意明晰。

〔26〕前文已讲过广东的四月,景色又浓又翠,删去这里的"正当十分春色"以免重复。前文有"偏偏我来得不是时候,荔枝刚开花,满树浅黄色的小花,并不出众"又跟这里的"花开得正闹"不一致。删去"正闹"一句,表意周密了。

〔27〕下文有"养蜂员老梁领我走进大厦",此处改为"走近",则前后层次清楚,符合事物发展的进程。

〔28〕此句是兼语式的,删去逗号,使语气更加贯通。

〔29〕"想"的宾语"说不定……生活呢",是复杂主谓词组,所以用逗号点开,稍作停顿;"想"与下文并无提示关系,所以不用冒号。

养蜂员老梁领我走进"大厦"。叫他老梁,其实是个青年〔人〕,[30]举动〔很精细〕挺稳重。[31]大概是老梁想叫我深入一下蜜蜂的生活,他[32]小〔小〕心〔心〕地[33]揭开一个木头蜂箱,箱里隔着一排板,〔每块〕[34]板上满是蜜蜂,蠕蠕地爬〔着〕动。[35]蜂王是黑褐色的,身量特别〔细〕长,[36]每只〔蜜〕工[37]蜂都愿意用采来的花精供养它。

〔30〕在这里"青年"与"青年人"同义,"人"字可有可无,删之,文字简练,音节和谐。

〔31〕精细,精密细致(跟"粗糙"相对),一般用于描写制作、工艺、思考问题

等,用来写"举动"不恰当。稳重,指言语、举动沉着而有分寸。改文不仅主谓配合妥帖,而且写出老梁的品性特点。

〔32〕前文有"我"、"老梁"两个人,这里加上主语"他",意思更明确。

〔33〕双音节形容词作状语,常常带结构助词"地";"小心"之后带"地",还表示对状语的强调含有描写动作情态的意味。"小心"习惯上不重叠。

〔34〕前文已有"一排"统称所有的"板",语意已明,所以删去"每块"。

〔35〕一般说"蠕动","蠕蠕而动",不说"蠕蠕而爬"。改文合乎语言习惯,写出蜜蜂的动作特点。

〔36〕原文与1978年版的《语文》都作"身量特别细长",1979、1980年版的都把"细"字删去。身量,指身体的高度(长度),可说长、短;"细"指横剖面小,与"身量"搭配不妥。

〔37〕蜜蜂,有工蜂、蜂王和雄蜂三种。用花精供养蜂王的是工蜂,改文用词准确。

老梁赞叹〔息〕〔38〕似的轻轻说:"你瞧这群小东西,多听话〔。〕!"〔39〕

〔38〕叹息,心里感到不痛快时发出的叹气的声音,这同文章的感情色彩不协调。赞叹,称赞,用言语表达对人或事物优点的喜爱,褒义词,与描写的对象一致了。

〔39〕"多……"是感叹句,句末宜用感叹号,以表达赞颂之情;而不用句号,以表达陈述的语气。

我就问道:"像这样一窝蜂,一年能割多少蜜?"

老梁说:"能割几十斤。蜜蜂这〔物件〕东西,〔40〕最爱劳动。广东天气好,花又多,蜜蜂一年四季都不闲着。酿得蜜多,自己吃的可有限。每回割蜜,〔给它们〕留下一点点〔糖〕,〔41〕够它们吃的就行了。它们从来不争,也不计较什么,还是继续劳动〔、〕,〔42〕继续酿蜜,整日整月不辞辛苦……"

〔40〕物件,泛指成件的东西,不能指人或动物。"东西"除指事物外,兼指人或动物,用在这里还含有喜爱之情。改文词义准确,色彩协调。

〔41〕"割蜜……留……糖",前后照应不周。养蜂的人割蜜时,或者割光蜜,放进一点糖,给蜜蜂做饲料;或者把大部分蜜割去,留下一点点,以维持蜜蜂的生活。此处,如果把"留下"改为"放进",则应在"割"后加上"光"这一类字;如果仍用"留"字,则应删去"糖"字。后一种改法,变动少些。"留"是单音节词;"留下"是双音节词,语气较舒畅。"给它们"跟下文"够它们"重复,所以把它删去。

〔42〕"继续劳动,继续酿蜜"是并列分句,而不是并列词组,其中宜用逗号而不用顿号。

我又问道:"这样好蜜,不怕什么东西来糟躅〔害〕么?"〔43〕

〔43〕糟害,是糟蹋、伤害之意,与"蜜"配搭不当;改为"糟蹋"就确切了。

老梁说:"怎么不怕?你得提防虫子爬进来,还得提防大黄蜂。大黄蜂这贼最恶,常常落在蜜蜂窝洞口〔。〕,〔44〕专干坏事。"

〔44〕前后是分句关系,宜用逗号。

我不觉笑道:"噢!自然界也有侵略者。该怎么对付大黄蜂呢?"

老梁说:"赶!赶不走就打死它。要让它〔待〕呆[45]在那儿,会咬死蜜蜂的。"

〔45〕待,读 dāi 时与"呆"同义,都是停留的意思(原文即用此义);但"待"多数情况下读 dài,是等待之意。为使词义明晰,干脆改用"呆"。

我想起一个问题,就问:"〔可是呢,〕[46]一只蜜蜂能活多久?"

〔46〕这里意思没有转折,应删去转折连词"可是"。

老梁〔回答〕[47]说:"蜂王可以活三年,〔一只〕[48]工蜂最[49]多〔能〕[50]活六个月。"

〔47〕"老梁说"是对前面的"就问"而言,已含"回答"之意,删去"回答",避免赘余。

〔48〕在问答的语境中,承前省略的特别常见。问话已有"一只",故省去答言的"一只"。

〔49〕"最多"1978 年版《语文》用"至多",1979、1980 年版的改为"最多"。"至"、"最"同义,但"至"是文言词,书面语色彩较浓,改为"最",比较接近口语了。

〔50〕能,能够,表示有条件,语气是肯定的;而这里的"最多"是"最多不过",含有否定语气,与"能"连用,不协调,故删。

〔我说:"原来寿命这样短。你不是总得往蜂房外边打扫死蜜蜂么?"〕

〔老梁摇一摇头说:"从来不用。蜜蜂是很懂事的,活到限数,自己就悄悄死在外边,再也不回来了。"〕

我〔的心〕不禁一颤:[51]多可爱的小生灵啊〔,〕! 对人无所求,给人的却是极好的东西。蜜蜂是酿蜜,又是在酿造生活;不是为自己,而是〔在〕[52]为人类酿造最甜的生活。蜜蜂是渺小的〔;〕,[53]蜜蜂却又多么高尚啊!

〔51〕删去"的心"两字,可能产生歧义:"颤",颤动、发抖的意思,多数情况下指有形体的东西,原作加"的心",特指思想上的震动。为避免歧解,似乎保留"的心"较好。

〔52〕原文"不是为……而是在为……",多一"在"字,拗口;删之,无损于表意,音节也协调了。

〔53〕前后两个简短的分句,它们之间宜用逗号而不用分号。

透过荔枝树林,我〔沉吟地〕[54]望着远远的田野,那儿正有农民立在水田里,辛〔辛勤〕[55]地分秧插秧。他们正用劳力建设自己的生活,实际也是在酿蜜——为自己,为别人,也为后世子孙酿造〔着〕[56]生活的蜜。

〔54〕沉吟,遇到复杂或疑难的事情,迟疑不决,低声自语,用在这里感情色彩不协调,删之,免生瑕疵。

〔55〕"辛勤"一词,习惯上不重叠。

〔56〕着,表示持续的时态助词,在这里可有可无,故删之。

这天〔黑〕夜里,[57]我做了个奇怪的梦,梦见自己变成一只小蜜蜂。

(1960 年)

〔57〕黑,黑暗,色彩欠佳,往往带有双关义、象征义,而所双关、象征的,又往

往带有贬义,如杨沫《坚强的战士》:"夜是这样黑暗、阴沉,似乎要起暴风雨。"(初语五册)用黑夜双关象征国民党的黑暗统治。徐迟《在湍流的涡漩中》:"夜,黑暗的夜,最黑暗的夜!"也是用双关的写法,象征"四人帮"横行时的现实。本文,把"黑夜"改为"夜里"这个中性词,避免了可能产生的歧义。这一段是文章收结之处,给人的印象是深刻的,尤其要注意形象美,要结得有诗意,有余味。

(选自郑颐寿著《文章修改艺术》)

(二) 作品研究

1. 形散神凝的和谐美

以"我"的梦境收尾,不仅强化了主题,而且增加了含蓄美。"我"对蜜蜂的感情已经完全改变了,由嫌到看,由看到赞,由赞到"梦见自己变成了一只小蜜蜂",感情已十分浓烈,却静静地、轻轻地、淡淡地收了尾,出人意料、不露声色地把诗意又升高了一层。余音不绝的结尾,给读者留下了无穷的回味。作者在提炼诗意、开拓意境方面有三个层次:其一,由喝蜜而动情想去看看蜜蜂;其二,我观察、了解了蜜蜂的生活后,心不禁一颤,赞叹之情油然而生;其三,"我"梦见自己变成了一只小蜜蜂。作者缘意造境,境随意高,使意境层层加深,这三个层次,又是作者抒情的聚焦点和升华感情、点化主题的阶梯。有了这三个层次,使文章具有一种"曲径通幽"、"峰回路转"的变化,产生了形散神凝的和谐美。

(摘自张学正主编《中国当代文学名著选读》)

2. 有限的"诗意"的光芒

杨朔的《荔枝蜜》,写在从化温泉看到的酿造荔枝蜜的蜜蜂。他写这些"可爱的小生灵",写它们的辛勤劳动并以此来歌颂我们祖国千万辛勤的农民为后世酿造甜蜜生活所付出的劳动。他写道,这些蜜蜂,多听话,每只蜜蜂都愿意用采来的花糖供养蜂王,"酿的蜜多,自己吃的可有限。每回割蜜,给它们留一点点糖,够它们吃的就行了。"一只工蜂只能活六个月,寿命这么短,而且很懂事,活到限数,自己就悄悄死在外边,再也不回来了。——这是一种忘我的可贵的精神,但这里也深藏着一种尚未有更高觉悟的愚昧,有并不值得歌颂的成分。当作家为他所要追求的"诗意"所限制,未能对复杂的生活矛盾作深刻的透视和思考时,这种"诗意"的光芒是相当有限的。

(摘自洪子诚著《当代中国文学的艺术问题》)

3. 蜜蜂作为寓意对象——散文生命力所在

作者把具有一定美学意义的蜜蜂作为寓意对象,并抓住蜜蜂的勤劳与劳动人民相类似的这一点,作为比喻象征的桥梁……借赞美蜜蜂来歌颂劳动人民忘我劳动、舍己为人的高贵品质。不仅如此,艺术变形的作用,势必扩展作品的思想和艺术容量。随着蜜蜂这一形象的外延扩大,它的内涵也随之加深,使读者由蜜蜂这一单一形象,会联想到生活中许多相类似的形象和相类似的事物。这篇散文的生命力也在这里。

(摘自王彬等主编《中国散文鉴赏文库》[当代卷])

(三) 相关链接

1. 思考与研究作品的方法之一——可比性

同中求异和异中求同。

找到同一性,异中求同,就是一个人抽象力的最起码的表现,有了抽象力就可以提高可比性了。可比性有两类:

一是同类之比。这最容易,比如《荔枝蜜》,就可以拿来与罗隐的"采得百花成蜜后,为谁辛苦为谁甜"作比。可是,可比性很少有现成的。

二是异类之比。不同类的只要提高一个层次就可以比较了。如《荔枝蜜》和《背影》,本来好像是没有可比性的,但是把抽象的层次提高,把具体性的成分排除掉,就可以与《背影》相比了,它们都是写无条件的奉献精神的。有了这一点相通,就可以进入比较深入的分析:一个是写对社会无条件的奉献,一个是写对儿子无条件的奉献。

不管多么不同,只要在一点上求得相通就可以比较了。世界上很少有现成可比的东西,也没有绝对不可比的东西。

(摘自孙绍振著《名著细读》)

2. 什么是好语言

什么是好语言呢?

理论家们可能有一套一套的学说,老师们可能有一条一条的规范;我,却只有一点儿偏见,又那么的含糊,似乎也只是有意会而苦不能言说呢。

之一:充分地表现情绪。

"窗外有两棵树,一棵是枣树,另一棵还是枣树。"鲁迅表现的是恓凉、寂寞的情绪。"我又掬你入口,便是吻着她了。我送你一个名字,我从此叫你'女儿绿',好么?"朱自清表现的是欣喜、激赞的情绪。陶潜的"采菊东篱下,悠然见南山",是一种遁世的闲适,李白的"举头望明月,低头思故乡",是一种怀亲的哀愁。这些字眼是多么平淡无奇哟。但是,发纤秾于简古,寄至味于淡泊;不写的地方,正是作者要写出的地方。

月有情而怜爱,竹蓄气而清爽。这一道理,该是我们从写第一篇作品到最后一篇作品,都不要忘记的。

之二:和谐地搭配虚词。

一首歌曲,是那么地优美,慢慢听,慢慢听,原来有了节拍的 $\frac{2}{4}$、$\frac{3}{4}$ 原来有了节奏的长与短,力度的强与弱,速度的快与慢,结构的整与散,色彩的浓与淡,织体的简与繁,唱法的放与收……噢,奥妙原来如此!

而文学呢,刻画的形象若要细致逼真,精妙入微,就应在其意境中贯穿充盈脉脉的隐隐的情思,奥妙也该是如此了。为着情绪,选择自己的旋律,旋律的形成,而达到表现情绪的目的,正是朱自清散文情长意美,正是孙犁小说神清韵远的缘由。以此推论下去,我们终于明白了老舍写文章为什么要对旁人反复吟咏,柳青的文章为什么有些句式颠三倒四。

每一个艺术大师,无不是在作品里极力强调自己的感觉,而这一切又是那么地追求着气韵、意境、含蓄和心灵内在的谐和呢。

之三:多用新鲜、准确的动词。

人们乐道王安石的"绿"字,李清照的"瘦"字,李煜的"愁"字,杜甫的"过"字……所谓锤句锻字,竟然都是在动词上了。生动,生动,活的才能动,动了方能活呢。杜甫的"牵衣顿足拦道哭",

七个字里四个动词,形象能不凸现吗? 试想,如果要描写两山之间有一道细水,"流"亦可,"漫"亦可,"窜"亦可,但若用个"夹"字,两山便有了"窄"的形象,水便有了"细"的注脚。

当然了,嚼别人嚼过的馍没有味道,随心所欲更是荒唐。你必须是你自己的,你说出的必须是别人都意会的又都未道出的。于是乎,你征服了读者,迫使着他们感而就染,将各自的经历体会的色彩涂给了你的文章。你,也便成功了。

本文应这般结束:

语言探索是迷人的,探索语言是受罪的;只要在生活里挖掘,向大师们借鉴,艺术绿树长青,语言永远不死。

1981 年 3 月 7 日于静虚村

(摘自贾平凹、冯有源著《平凹的艺术》)

观　赏

《高老头》、《李尔王》、《合同父子》、《世上最疼我的那个人去了》、《我的兄弟姐妹》、《海底总动员》、《巴尔扎克》、《朱自清》。

观赏影片,供教学中师生自主选择。

第二编

文学作品

导读

第五章　文学作品的构成

▶**本章提要**◀　文学作品内容和形式问题,是研究文学作品构成的中心问题。文学作品内容是作家所加工和评价过的社会生活;文学作品形式是文学作品的内部组织和外在形态。文学作品内容和形式是辩证统一的关系,内容决定形式,形式表现内容。文学作品形式有能动性。文学作品内容由题材、主题、情节、人物、环境等要素组成,文学作品形式由结构、语言、体裁等要素组成。体裁放在第六章来讲。

　　学习本章,可以帮助我们进一步理解和把握上一编"文学特性"的基本原理和基本知识,同时为学习下一编"文学创作"做准备。

第一节　文学作品内容和形式的关系

一　文学作品内容和形式

　　如同世界上的任何事物一样,文学作品是由内容和形式构成的。文学特性就是在具体的文学作品中体现出来的。

　　什么是文学作品的内容呢? 首先,它与文学的对象有联系又有区别,文学的对象是社会生活,而社会生活是那么丰富,绝非一部文学作品所能反映的,它最多只能反映社会生活的某一方面、某一片断或某一局部。其次,被写进文学作品中的那一方面,那一片断或那一局部的社会生活,是经过作家选择、加工和评价过的生活,跟原来的生活已经大不相同了。例如,《谁是最可爱的人》,作家魏巍在朝鲜战场上搜集了一百多个生动感人的中国人民志愿军的战斗故事,可是他只选择他感受最深的三个事件进行描写:志愿军战士在松堂站对敌人的壮烈斗争;志愿军战士冒着生命危险冲进火海抢救朝鲜儿童;志愿军战士在防空洞里拌雪水吃炒面的极端艰苦的条件下想的仍是为祖国人民的幸福而战斗。在这三个画面里写出了志愿军的崇高美,赞颂了志愿军的革命英雄主义、爱国主义和国际主义的精神,表达了志愿军是最可爱的人这一思想。

可见,文学作品的内容由两方面组成:一方面是作品中的社会生活,这是从客观的实际生活中选择摄取来的,另一方面这选择摄取来的社会生活,又是经过作家加工和评价过的,渗透了作家主观的审美认识与情感。所以,简单地说,文学作品的内容,是主客观的有机结合,由题材、主题、人物、情节、环境等要素组成的。

关于文学作品的内容,历来唯心主义文学理论总是否定它的客观生活因素,强调它是"理念"、"自我"或"生命意识"的表现。黑格尔在《美学》中说:"艺术的内容就是理念。"在黑格尔的心目中,理念派生万物,理念实质上是上帝的别称;艺术的内容,说到底,是上帝赋予的东西。又如日本厨川白村在《苦闷的象征》这本文艺理论著作中说:"文艺是纯然的生命的表现。"这是认为文艺的内容与客观的社会生活无关,纯粹是个人的生命意识表现。德国海德格尔说:"艺术家是作品的本原",也是认为作品是艺术家的自我表现。此外,旧唯物主义文学理论虽然认为文学作品的内容是生活的摹写和再现,但也有如俄国车尔尼雪夫斯基所说的那样,仅仅承认文学艺术是现实的"代替物",现实的抄本,看不到作家在文学创作中的加工和评价的作用,否定了文学作品的主观因素。近年来,有人仍宣扬文艺表现"自我",表现"生命意识",这是重复已往的错误观点,我们应当予以坚决摒弃。

文学作品内容是主客观因素的有机结合,但不等于说,文学作品内容在这主客观因素结合中不可以有所偏重或倾斜。比如,鲁迅的《狂人日记》、《一件小事》、《故乡》、《阿Q正传》、《祝福》等小说都是侧重于描写客观生活,不让自己露面,而在故事情节的自然流露和人物的刻划中,表现鲁迅对生活中美丑善恶的思想感情的评价。而郭沫若的诗集《女神》则由理想出发,追求特异,虽然写现实,但却是为了把现实提高到理想化的程度,所以侧重于主观理想的因素。今天,我们社会主义文学在内容上,同样也存在这两种主客观因素在结合中有所侧重或倾斜。

什么是文学作品的形式呢?首先,我们要把文学作品的形式和文学反映生活的形象方式区别开来。文学作品的形式不是形象。在具体的文学作品中,形象是作为文学作品内容和形式的统一体而出现的;我们通过形象认识的是文学作品的整体,而不单是文学作品的形式。其次,文学作品的形式,不能简单地看作是结构、语言、体裁;只有结构、语言、体裁被作家用到作品中为表现作品内容服务时,它们才成为文学作品形式的组成部分,否则也只是能够构成文学作品形式的一些"物质手段"而已。例如《谁是最可爱的人》,从结构上看,三个事件在人物、时间和活动地点上都没有什么联系,而以"我"在采访观察中所获得的中国人民志愿军是最可爱的人这一思想为线索,把它们串联起来,组成一个形象整体,完成了组织内容的任务。在语言上,作者把记叙、议论、抒情结合起来。表现志愿军一个连队的群像,有正面描述,又有侧面描写,对抢救朝鲜儿童的青年战士马玉祥的外貌、行动、心理也有生动的刻画。语言朴素生动,准确地表现了内容。在体裁上,作者运用记叙散文中的通讯这一体裁,及时地反映这些真人真事并加以评价,也有力地表现了内容,取得很好的思想艺术效果。

总之,文学作品的形式是指文学作品内容的内部组织和外在形态,是为表现文学作品内容服务的结构、语言、体裁的结合体。

对于文学作品的形式,也有过各种不同的看法,在西方,曾经相当流行的一种看法,认为文学作品的形式是指一部文学作品的审美结构,这种结构不仅表现在辞藻、句法、韵律上,而且表现在意象、主题、情调、情节上,这是从结构主义美学的观点论述形式。但是,结构主义美学着重探索文学内部组织,却排斥文学艺术内部组织与外部因素的关系,割断文学艺术与现实生活的联系,忽视了作品的思想内容,孤立地探究文学作品的组织模式,这就是形式主义了。

我们认为,结构、语言、体裁等文学作品形式要素,都是人类在长期文学实践过程中逐渐形成、发展和完善起来的,它们本身没有阶级性,只有进步作家在运用它们为内容服务,成为形式,创造真正的文学形象时,才有价值。

二　文学作品内容和形式的相互作用

(一) 文学作品的内容对形式的主导作用

在真正的文学作品中,内容和形式是统一在形象之中,但在这统一中,内容始终起主导作用。文学史表明,首先是内容的发展变化,然后才引起形式的相应变化。例如远古时代,社会生产力低下,人们对自然现象不能用科学进行解释,于是神话应运而生。后来,随着生产力的提高,人们能够征服自然界,神话开始消失。我国五四运动时期的新文学也是首先要表现当时的新生活和新思想,进而才抨击"桐城谬种,选学妖孽"这类文言体裁,才有白话文、自由诗等文学形式。社会生活的发展变化给文学内容注入新的血液,而新的文学内容又促进了新的文学形式的产生。

就创作来看,作家是先有了感受,先有了内容后,然后才用相应的形式,把它表现出来。鲁迅对生活有小感触就选择散文诗、杂文等短小精悍的体裁,内容较多,就选择小说形式进行创作。选择相应的体裁,而且还选择相应的结构和语言。内容丰富的用网式结构,内容简单的则用单线结构;内容高昂的用激情的语言,内容抑郁的则用深沉的语言。从总体言之,文学创作是因情而立体,因体而赋言的。郭沫若的《太阳礼赞》是赞歌高尚的革命理想,直抒澎湃的革命激情的,所以诗句自由奔放,调子豪迈激昂;闻一多的《死水》是抨击旧中国混浊污秽的生活境况,抒发深沉的愤懑之情的,所以诗句凝练整饬、调子低徊抑郁。

(二) 文学作品形式对内容的能动作用

文学内容与形式的发展速度并不是同步进行的。旧形式并不随同旧内容的消失而消失。文学的新内容出现以后,或则利用旧形式,或则产生新形式,正如鲁迅所说的,首先提出的是旧形式的采取,然后是旧形式的蜕变,也就是新形式的发端。旧形式对新内容具有旧瓶装新酒的作用,张恨水的通俗小说《啼笑姻缘》,利用章回体的形式,反映了现代军阀的横行霸道以及底层歌女的悲惨遭遇。毛泽东是希望"新体诗歌"能够反映时代精神和社会主义现实生活,做到大众化和民族化的,但他写的旧体诗词,表现了中国革命斗争和建设,抒发了无产阶级的豪情壮志和伟大理想，这更是利用旧形式的一个范例。形式的能动作用，还表现在同一内容不只有一种形式。同一内容可利用不同形式来表现。例如巴金的小说《家》，就被曹禺改编为剧本的《家》、鲁迅的《祝福》也被夏衍改编为电影剧本《祝福》。杨沫的《青春之歌》，曲波的《林海雪原》，同样也被改编为电影剧本。

我们应当看到，文学作品形式一经产生之后，则有助于内容的充分的表现，增加作品的感染力。所以大作家都是呕心沥血地寻找适当的形式。

（三）文学作品内容与形式的审美意义

刘勰说"夫情动而言形，理发而文见，盖沿隐以至显，因内而符外者也。"[1]就是讲文学作品内容与形式的矛盾统一。它大致包含两种情况：第一，内容是贫乏、落后，甚至反动的，形式是不美的、粗糙的和松散的；第二，内容是健康的、进步的和丰富的，形式也是完美的、精致的和严谨的。前一种文艺作品是我们排斥的真正对象。后一种文艺作品是我们可以学习的。

关于文学作品内容与形式辩证统一的审美意义，恩格斯在《致迪南·拉萨尔》中曾提出希望："德国戏剧具有较大的思想深度和意识到的历史内容，同莎士比亚剧作的情节的生动性和丰富性的完美融合。"恩格斯虽然指德国戏剧，但从现实主义美学原则出发，他提出了文学艺术不仅应当使自己具有真实而丰富的各种各样的社会生活内容和宏大精湛的思想深度，而且还应当具有高度完美融合的艺术形式的生动性和丰富性。毛泽东说："我们的要求则是政治和艺术的统一，内容和形式的统一，革命的政治内容和尽可能完美的艺术形式的统一。"[2]这是文学内容与形式矛盾统一体中所达到的最高美学境界。我们作家应当把它当作自己的奋斗目标。

我们作家应当把那些能够体现自己美学理想的事物、人物或景物，当作美好的、庄严的和崇高的东西加以歌颂和赞美，把那些与自己美学理想相对立的事物、人物或景物，当作丑陋的、落后的和卑鄙的东西加以批判和鞭挞。文学形象的美，内容起着决定作用。当前，我们社会主义文学要从各个不同方面，多层次多浪头地反映我国人民为实现四化而斗争的新生活和新的英雄人物。即使是再现历史人物或描绘山水景色，也都具有历史主义精神和爱国主义激情。唯其如此，我们的文学作品才能净化人们的心灵，才能在建设物质文明和精神文明中，发挥生活教科书的作用。

不同文学体裁和语言色彩，影响、制约着题材的选择和形象的塑造。如果要求用诗歌的形式去表现只适宜于论辩方式的内容，势必破坏诗歌的形式美，只是创作出一些分行的论说文。诗词如此，其他体裁亦莫不如此。文学形式，是因为它可以增强形象美的光彩。忽视文学的形式美，影响了艺术性，这是违背艺术规律的。讲究文学的形式美，发挥以语言为媒介的摹拟、再现、表现或象征等作用，让完善而独特的形式美表现内容美。单纯地追求形式不具有独立的审美意义，只有形式服从内容的审美需求，才不会陷入形式主义的泥坑。

---

① 刘勰：《文心雕龙·体性》。
② 毛泽东：《在延安文艺座谈会上的讲话》。

第二节　文学作品内容的要素

一　题材

（一）题材的形成

题材和素材是有联系又有区别的两个概念。素材是未经作家加工的生活材料,题材有广义和狭义之分。广义的题材是指可以作为创作材料的社会生活现象的某些方面,如通常所说的工业题材、农业题材等。狭义的题材是指经过作家选择、集中、提炼和虚构而进入文学作品中的一组完整的生活材料。我们所讲的文学作品的题材,是指后者。

素材来于社会生活,是作家在生活实践中积累起来的。"生活经验的素材要经过综合、改造、发展这样的一系列加工,然后成为作品的题材"。[①] 题材的形成与作家的思想、道德和审美密切相关。果戈理《外套》的题材,是作家把他所谙熟的储藏的俄国官场的生活的大量素材加以综合、改造和发展,使原来素材中一个小官吏丢失猎枪的故事改造为阿卡基耶维奇因丢失外套而被大人物威吓,以致郁闷而冻死的有意义的题材。司汤达《红与黑》的题材,以1827年法国格雷诺布尔城发生的贝尔特案件这一素材为基础。贝尔特是农家青年,被介绍到有钱的米苏太太家当家庭教师,与米苏太太恋爱,由于女仆告密,贝尔特被辞退了,进入了神学院。一年后又到贵族考尔登家当家庭教师,被考尔登小姐爱上了。后来,米苏太太告发他,被赶了出来。贝尔特出自嫉恨,向米苏太太开枪报复,结果法庭判了他死刑。《红与黑》保持这个事件的框架,但改造和发展了这个事件,使之成为出身微贱而敢于反抗贵族社会的于连的个人英雄主义奋斗失败的悲剧题材。可见题材的形成是作家对素材进行加工改造的产物。

（二）题材的性质

题材的性质是由社会形态和时代决定的,它富有社会性。以中国封建社会的文学题材为例,有歌颂农民起义的阶级斗争题材如《水浒传》,有反抗异族入侵、表彰民族英雄的斗争题材如《说岳全传》,有描写封建社会青年男女悲惨命运、揭露封建制度腐朽衰败的题材如《红楼梦》等等。

社会生活绵延不断,历史时代既有连续性又有阶段性。在一定的历史时代中,题材也具有相应的时代性。在国外,中世纪的题材烙印着封建神学色彩。文艺复兴时代的题材富有反抗神学的资产阶级人道主义精神。启蒙主义运动时代,欧洲资产阶级文学大都是写反封建斗争、呼唤所谓"自由、平等、博爱"的题材。任何时代的进步作家都不是脱离社会的。他们与时代同脉搏,他们选择题材,都是这样或那样的体现着社会的风貌而又滚动着时代的风雷。

在我们社会主义社会里,全国各族人民正在同心同德地进行现代化建设。我们作家的

----

① 茅盾:《关于艺术·技巧》,作家出版社1980年版。

选材,应当从现代化建设的需要出发,表现爱国主义、集体主义和社会主义的主旋律,去造就"有理想、讲道德、有文化、守纪律"的新人。有人说,"选材要离社会政治和斗争漩涡远一些,这样的作品才具有永久的价值"。这是跟我们时代的要求相背离的。当然,时代主旋律这类题材本身就是极其丰富的,除此之外,只要是有益于人民身心健康、积极向上的题材,同样也是可以写的。

(三) 题材的开掘

叙事性作品与抒情性作品的题材,有着不同的特点和要求。抒情类作品由于只是集中表现作者的内心感受,因此它的题材比较单纯,一般没有具体的人物和事件;叙事类、戏剧类的作品由于要再现生活的本来面目;因此它的题材比较复杂,有人物、环境、情节。但是,不管什么题材,都是社会整体的一个组成部分,都是与社会生活相连的。

题材容量可大可小。大者旁及社会动态或人类命运,例如《一次难忘的航行》的题材,周总理的崇高品质与他所扭转乾坤的气魄相扣;小者仅及秋毫之末或父子深情,如《背影》的题材惜别之情与慈父之心相融。

鲁迅指出:"选材要严,开掘要深。"[①]我们文学选材很重要,但是题材也不是决定一切。同一个题材,作家开掘怎样,也是不能忽视的。五四时期,写人力车夫的题材不少,像胡适等人仅仅表示同情,而鲁迅的《一件小事》则表现了人力车夫扶起摔倒的老妇人,忘掉自我关顾他人的伟大灵魂。都德的《最后一课》,表面上看来,写小学生对韩麦尔先生感情的转变,实际上是蕴含着深厚的爱国主义精神,"我觉得他从来没有这么高大"的感触正是这种爱国主义精神的深层次的表现。

托尔斯泰曾经以科尼讲述女犯人奥尼的故事,写了悔罪的尤希科夫与奥尼结婚,书名《科尼的故事》。然而,他并不满意,认为这只是生活的表层现象,不可信。后来,他改写了《复活》,第一次草稿,也有玛丝洛娃与聂赫留朵夫结婚并侨居英国的结尾,又觉得这也不真实,最后开掘下去,认为玛丝洛娃与聂赫留朵夫的决裂才是最后生活发展的逻辑,才是有社会意义的。

总之,作家选择哪些题材,撷取生活的哪一方面或哪一片断,都应该有自己的真知灼见,写出别人所没有发现的东西,开掘出深藏个别人和事背后的社会意义,体现出时代特色和时代精神。

二 主题

(一) 主题的形成

主题是指文学作品中整个形象体系所显示出来的基本思想。它是贯穿于作品始终,对作品内容和形式起着统帅作用。宋魏庆之在《诗人玉屑》中讲到诗时说:"作诗如先命意,意正则思生,然后择韵而用,如驱奴隶,此乃以韵承意,故首尾有序。"李渔《闲情偶寄》也说:"古人作文一篇,定有一篇之主脑。主脑非他,即作者立言之本意也。"这里所说的"意","主

---

① 鲁迅:《二心集·关于小说题材的通信》。

脑"，就是指主题。

主题是作家在生活体验和艺术实践中，在题材的选择和形象的酝酿过程中逐渐形成的。魏巍说过："'谁是最可爱的人'这个主题是我很久以来在脑子里翻腾着的一个主题。……是我内心感情的长期积累。"①曹禺也曾经谈及这种创作经验："我想用片断的方法写《日出》，用多少人生的零碎来阐明一个观念。这个观念即'人之道损不足而奉有余'。"②高尔基说过："主题是从作者的经验中产生、由生活暗示给他的一种思想，可是它聚集在他的印象里还未形成，当它要求用形象来体现时，它会在作者心中唤起一种欲望——赋予它一个形式。"③这说明主题来自生活，它从萌发到发展到确定，都是和具体形象相联系的，是作家对生活反复深入思考的产物。

主题形成一般有两种方式：第一，随着作家处理题材和塑造形象的过程，逐渐形成并确立主题。如果对题材的开掘越来越深刻，主题的表现就必然越来越鲜明，如歌剧《白毛女》由原来在民间流传的白毛仙姑出现，引起群众信奉的带有迷信色彩的素材，给以改造成为地主黄世仁逼死杨白劳、强抢喜儿，使喜儿过着非人生活以及喜儿被人民政权解救的题材，进而形成了"旧社会把人变成鬼，新社会把鬼变成人"的深刻主题。第二，作者在生活母胎中，产生了一种创作意图，先于某一具体题材，情节或形象而孕育了主题的雏形；之后，又在创作过程中形成为主题。茅盾创作《子夜》前，结交了革命者、企业家、自由主义者、银行家、公务员，于是思考了中国能不能走资本主义道路问题，后来写这部小说时开掘了题材，进一步明确了中国不可能走资本主义道路这一主题。它类乎"意先于笔"，如同郑板桥之画竹，"成竹在胸"而挥毫写意。这两种方式，都是生活积蓄于作家心中的结果。

（二）主题的性质

主题既然是作家提炼题材和开掘题材的成果，它就必然具有社会和时代的色彩。作家生活在一定的社会和时代中，总会受到他那个社会和时代的意识、情绪和风尚等方面的影响，他在作品中所描写的人和事，所提出并企图解决的问题，不能不带有那个社会和时代的印记。《祝福》、《白毛女》反映了旧中国不同时代中国农村妇女的性格和命运，表现了各自时代的主题。同是描写青年男女的恋爱故事，在不同作家笔下，会写出主题完全不同的作品来。例如，写莺莺与张生相爱的故事，元稹的《莺莺传》的主题"始乱而终弃之"，与王实甫的《西厢记》所表现的主题"有情人终成眷属"，截然不同。我们革命作家的作品所描写的青年男女的恋爱故事，自然又不相同，必然体现出新时代的特色和审美理想。

（三）主题的把握

主题是通过艺术形象显示出来的，不可能直接宣称而赤裸裸地告诉读者。因此，主题不能脱离题材，题材仰仗主题来统摄。任何文学作品都有主题，仅有单纯、明了，或复杂、隐蔽之分。同时，还必须注意反映生活面比较宽广、概括生活容量较大的叙事作品，主题还具有多面性。

---

① 魏巍：《我怎样写〈谁是最可爱的人〉》，人民文学出版社 1958 年版。
② 曹禺：《日出・跋》。
③ 高尔基：《和青年作家谈话》，《文学论文选》，人民文学出版社 1958 年版。

我们把握作品主题,大体可以从以下五个方面着手:第一,从标题、小序入手。标题与主题的关系如同眼睛与心灵的关系。我们透过标题这"窗扉",就能了解主题这灵魂,如《谁是最可爱的人》。第二,从情节线索入手。有的作品出现明线与暗线两条线索,我们应该同时把握,然后才能全面分析其主题思想,如《药》的线索。第三,从人物形象入手把握作品中主要人物形象的性格特征、生活命运和社会意义,对主题的分析有积极意义,如《孔乙己》。有的以写景状物为主,但也少不了人物活动。《荔枝蜜》的老梁,是荔枝园的主人,《秋色赋》的老汉是大平原的主人,他们仍然可以作为我们分析其主题的向导。第四,从把握文意入手。作家记人、叙事或咏物总是把自己的激情渗透于字里行间,并呈现出哲理警句或点睛之笔,一般称之为文眼或诗眼,与主题有着内在联系,如《海燕》、《松树的风格》和《清贫》中凝聚着作家思想结晶的名句,就是主题之所系。第五,从全篇全人着手。鲁迅说论文最好顾及全篇、全人的社会状态,这是金玉良言。特别是某些抒情小诗,虽然吟咏山水田园,风花雪月,但毕竟隐晦而曲折地寄托着诗人的感怀情思。我们把它安置于特定的历史背景和社会环境中,就不难把握其主题。例如陆游的《咏梅》,将其安置于南宋末年国家破亡、诗人惨遭迫害、壮志难酬及爱国忧民这一历史背景和社会环境中,就不会认为此词的主题消极颓废的了。

三　人物

叙事文学是通过人物彼此交往的关系和思想感情的变化,反映现实生活中各种错综复杂的矛盾斗争。叙事作品的题材、主题等内容要素,必须通过人物形象表现出来。同样,人物是文学内容的重要因素之一。

由于人物在文学作品中占有重要的地位,因此要把握人物的内在意义。一般地说,有如下四种方法:

塑造人物形象,是离不开肖像描写的。肖像包括人的容貌、服装、风度等。只有人物的外形富有特征,才能使人物的阶级、生理、气质、职业、年龄、习惯等表现得充分,使人物的性格表现得更鲜明。文学作品中的肖像描写不受限制,不一定一次完成。肖像描写不是目的,一定要为表现人物性格、灵魂服务。契诃夫在《装在套子里的人》里,一开始就大肆渲染别里科夫总是穿雨鞋、带雨伞、着棉衣的肖像特色。据此,我们就可以分析出这个人物制造一个"套子"、维护一切旧制度、反对一切新事物的性格。此外,把握人物的形态和面貌,也是为了提示人物的性格特色。泼留希金这个瘦削的老地主,"那小小的眼睛还没有呆滞,在浓眉底下转来转去,恰如两匹小鼠子,把它的尖嘴钻出暗洞来,立起耳朵,动着胡须"的形态、面貌,正是我们分析他愚昧无知、贪得无厌、既吝啬又挥霍的丑恶不堪的"这个"地主性格的依据。

肖像描写,一般分为静态和动态两种。

静态的,如巴尔扎克在《夏倍上校》中描写夏倍的肖像:

　　老人脱下帽子,站起来行礼;不料衬在帽子里面的那圈皮油腻很重,把假发黏住了,揭落了,露出一个赤裸裸的脑壳;一条可怕的伤痕从后脑起斜里穿过头顶,直到右眼为止，到处都是鼓得很高的伤疤。

动态的肖像描写，如鲁迅的《药》中对康大叔的描写：

>　　"老栓只是忙。要是他的儿子……"驼背五少爷话还未完，突然闯进了一个满脸横肉的人，披一件玄色布衫，散着纽扣，用很宽的玄色腰带，胡乱捆在腰间。刚进门，便对老栓嚷道：——

>　　"吃了么？好了么？老栓，就是运气了你！你运气，要不是我信息灵……"

这种动态的肖像描写，把康大叔这个刚杀过人的得意洋洋的刽子手外表的特点表现了出来。

心理描写，对于发掘人物内心世界是至关重要的，优秀的作品都注意描写人物的心理活动。《红楼梦》第三十二回，描写了林黛玉知道宝玉背后夸奖自己以后的心理活动：

>　　黛玉听了这话，不觉又喜又惊，又悲又叹。所喜者：果然自己眼力不错，素日认他是个知己，果然是个知己。所惊者：他在人前一片私心称扬于我，其亲热厚密，竟不避嫌疑。所叹者：你既为我的知己，自然我亦可为你的知己，既你我为知己，又何必有"金玉"之论呢？既有"金玉"之论，也该你我有之，又何必来一宝钗呢？所悲者：父母早逝，虽有铭心刻骨之言，无人为我主张；况近日每觉神思恍惚，病已渐成，医者更云："气弱血亏，恐致劳怯之症。"我虽为你的知己，但恐不能久待；你纵为我的知己，奈我薄命何！

这段心理描写，把黛玉内心深处种种隐微曲折的感情、处境和命运，表现得淋漓尽致。我们应该通过对人物内心状态、思想波动等精神世界的细致入微的分析，阐明"这个"人物与众不同的特点。

行动描写，是表示人物"怎样做"。作者概括介绍人物是可以的，不宜过多过长，还是由人物自己的行动告诉读者，比较形象化，也有利于人物形象的塑造。《水浒传》第二十六回描写武松的行动：

>　　两个一同出到巷口酒店里坐下，叫量酒人打两角酒来。何九叔起身道："小人不曾与都头接风，何故反扰？"武松道："且坐"。何九叔心里已猜八九分。量酒人一面筛酒，武松更不开口，且只顾吃酒。何九叔见他不做声，倒捏两把汗，却把些话来撩他。武松也不开口，并不把话来提起。酒已数杯，只见武松揭起衣裳，飕地掣出把尖刀来插在桌子上。量酒的惊得呆了，那里肯近前？看何九叔面色青黄，不敢吐气。武松将双袖，握着尖刀，指何九叔道："小子粗疏，还晓得'冤各有头，债各有主！'你休惊怕，只要实说，对我——说知哥哥死的缘故，便不干涉你！我若伤了你不是好汉！倘若有半句儿差，我这口刀立定叫你身上添三四百个透明的窟窿！闲言不道，你只直说我哥哥死的尸首是怎地模样！"武松道罢，一双手按住胳膝，两只眼睁得圆彪彪地，看着何九叔。

这一系列的动作描写，看出武松急于为大哥屈死而报仇的心情，看出武松刚强、果断的性格。

细节，是文学作品的"零件"。一个人物形象要有许许多多的细节组成。例如，《儒林外史》中严监生病危，已有三天不能说话，仍伸出两个指头，迟迟没有断气，大家都猜不透，正在着急时：

> 赵氏慌忙揩着眼泪，……分开众人，走上前道：
>
> "爷，只有我能知道你的心事。你是为那灯盏里点的是两茎灯草，不放心，恐费了油。我如今挑掉一茎就是了。"说罢，忙走去挑掉一茎。众人看严监生时，点一点头，把手垂下，登时就没了气。

这个细节描写，充分表现了严监生爱财如命的吝啬性格。

再如，祥林嫂的"眼睛"与"双手"的细部，是鲁迅用特写"镜头"所连续"拍摄"下来的。我们从祥林嫂眼睛变化的二十来处的"定格"镜头中，看到她如何从强壮到衰老到惨死的一生经历。与眼睛相关的是"手"的细节描写："讪讪的缩了手，又去取烛台"，"像是受了炮烙似的缩手，脸色同时也变得灰黑，再也不去取烛台"，"一手提着竹篮……一手柱着一支比她更长的竹竿"，都是分析祥林嫂时不应轻轻放过的。

人物形象的把握应该从总体出发，不能使人有肢解形象完整性的感觉。

四 情节

情节是叙事性作品中人物的活动过程和性格的发展历史。人物的思想、性格是通过具体事件表现出来的；而这些事件之间又必须有连贯性，不是毫不相干的杂凑，这些具有连贯性的事件，就形成作品的情节。高尔基说："文学的第三个要素是情节，即人物之间的联系、矛盾、同情、反感和一般的相互关系，——某种性格、典型的成长和构成的历史。"[1]自然，这是就叙事作品和戏剧作品而言，抒情作品不写人物，也没有贯穿事件，一般就不具情节性，但有美的意境。叙事作品中，还存在着作者的议论、抒情、交代、提示或说明等，称之谓非情节因素。非情节因素对文学创作是不可或缺的。

情节是事件发展和人物成长的艺术表现，包含着开端、发展、高潮和结局等组成部分。有的作品还有序幕和尾声。

序幕：一般是交代故事发生的时间、地点和背景，或介绍各种人物的彼此关系，为故事的开端打下基础。开端：矛盾冲突开始发生，是故事发展的起点，并为发展打下基础。发展：紧接开端以后发生的接二连三的种种矛盾冲突。发展是一个较长的阶段，事物矛盾充分揭示，人物性格充分显现，步步深入，曲径通幽，趋向高潮。高潮：矛盾冲突达到最尖锐、最紧张阶段，人物的心灵完全披露，作品的主题完全揭示。结局：同高潮紧密相连，犹如电光一闪之后的一声霹雳，结局是冲突双方孰胜孰负的最后结果。尾声：在矛盾解决后展示未来的前景，有余音绕梁之味。

除情节各部分之外，还有同情节有关的问题，这就是线索与场面。线索是指贯穿在整个情节发展中的脉络，它的作用在于把显示人物性格及其发展的各个事件连结成为一个整体。线索分单线、复线，而复线又有主、副线之别。场面也叫场景，是由人物在一定时间和场合中的活动所构成的生活画面，它是组成情节的基本单位，情节的发展过程实际上就是

---

① 高尔基：《和青年作家谈话》，《文学论文选》，人民文学出版社 1958 年版。

场面不断推移变换的过程。

情节中有压缩的，是指情节不完整性以及非情节或反情节等方面，重在以挖掘人物的心灵奥秘和意识流动，代替情节的正常序列。前苏联文学理论家Ⅴ·斯奇诺夫在《散文理论》中指出："我们当代最好的作品不是在创造故事情节，而是充满回忆，唤起人们的情绪。"他认为海明威、福克纳等人的作品，明显地表现出压缩情节的倾向。捷克学者雅罗拉夫·普实克认为鲁迅创作小说的"兴趣不在以戏剧化的情节吸引读者"，"他不借助于情节的台阶，却直接走向自己主题的中心"。茅盾也有较多的小说故事并未结束，人物最后下落没有交代。《子夜》只有吴荪甫交代了下落，其他人物均无交代。王蒙的文学创作也出现了"情节的压缩"趋向。我们不妨把情节的完整与情节的压缩看作并蒂莲花，让它们各呈异彩。

五　环境

环境与人物的关系密切。离开了环境，人物性格的形成就失去了依据；离开了人物，各种环境的创造也失去了凭借。在优秀的文学作品中，出色的环境创造是写生画与写意画的巧妙结合，具有迷人的魅力。

作家创造的各种环境，是他匠心独运的艺术表现。彩云飘浮、雾霭萦绕、雪花纷飞、碧波荡漾、电闪雷鸣和春雨秋风等自然景色的描绘以及摩天大楼、山村田舍、校园风光、工厂烟突、军营阵地和家具摆设等社会环境的创造，都用来衬托不同人物的性格特征、表现不同人物的生活变迁。《罪与罚》中描写拉思科里尼柯夫在杀人之后，眺望涅瓦河彼岸的壮丽景色，这是他内心激烈波动的写照；《奥勃洛摩夫》中主人公那间卧室、书斋兼会客室杂乱无章、肮脏不堪的描写，烘托了奥勃洛摩夫懒惰成性的性格。

我们不应孤立地而要综合地把握环境与其他方面的密切关系。作家描写环境总是与刻划人物性格互为表里的。我们分析环境就要紧扣人物的性格特征。在《祝福》中的鲁四老爷的书斋兼卧室里，墙壁上的半幅"事理通达心气和平"对联、案头上的《近思录集注》和《四书衬》映照出"一个讲理学的老监生"的性格特色。环境与心理的关系是客观世界作用于主观世界的结果。春风杨柳、鸟语花香给予人们以安适舒畅、幸福甜蜜之心情，秋风残叶、哀鸿落花给予人们以缭乱郁愤、不幸惆怅之心情。不同的心理活动与不同的环境描绘基本相协调。但是，艺术的特殊性却往往运用正反对比手法说明环境与心理的关系，即以欢乐的景色衬托悲凉的心情，使人物的心理益显悲凉凄惨。这种不协调就是更高一层的"辩证法"的协调。我们应该全面分析这两种相反相成的关系。黛玉葬花的悲凉心理与满园春色是相反关系，但与落花流水却是相成关系。黛玉焚稿的生死决绝的心理活动，与灯红酒绿的婚宴大厅环境是相反关系，与凄风苦雨的潇湘馆这一环境却是相成关系。

环境与人物命运的关系。环境与命运的关系表现为两方面：人物制服并改造环境；环境制服并改造人物。前者为能动关系，后者为被动关系。作家根据特定情况不仅写出这种复杂关系，而且还形象地写出形成这种关系的基本原因。我们要用人是社会关系的总和这个马克思主义的观点，正确分析作品环境与人物命运的关系。

最后，环境与情势的关系。作家描绘环境总是从具体的"一个"地点、"一个"场合出发，表现人物所处的社会和时代的发展情势的。我们把握作品人物,应该防止死扣"时代背景"介绍或抛弃"时代背景"介绍这两种倾向,把分析景物描绘、气氛烘托与一定的社会和时代的情势有机地结合起来。孙犁的小说《荷花淀》,开头的景物描绘,不仅展示了荷花淀的地方风貌,而且点明了故事发生的时间、地方,交代了水生嫂的身份,烘托了水生夫妇的感情。作家在小说中间又渲染了令人神驰的荷花淀那如画风光,就自然而然地透露出荷花淀人民的革命英雄主义和革命乐观主义精神。

第三节　文学作品形式的要素

一　结构

（一）结构的原则

组织安排作品的各种因素,使之形成一个完整的形象,叫结构。刘勰认为结构是"总文理,统首尾,定与夺,合涯际,弥纶一篇,使杂而不越者也。"①结构包括各种人物相互关系的处理方式、情节线索的安排方式以及场面的调度、细节的刻划等方式,其基本任务是使艺术形象彼此协调、匀称和完美,以便构成为一幅主题突出、形象鲜明、意境隽永的美的画图。

结构的具体手法是布局和剪裁。作家对作品进行结构时,就要考虑如何开头结尾、伏笔照应;何处用虚笔,何处用实笔;何处略写,何处详写;人物如何出场,情节如何进展;环境如何描绘,气氛如何烘托,正如同"一图之中,亦须在虚实涉笔,有稠密实落处,有取势虚引处,有意到笔不到处,乃妙"。② 结构就是把生活裁剪成片段而又缝成"衣裳"。结构的原则是:

要使结构的总体安排符合客观生活和主观感情。曹雪芹在结构《红楼梦》时,"只取其事体情理",而"不敢稍加穿凿"。人物的安插、情节的展开或场景的转换,要像现实生活本身和意识逻辑流动一样,自然朴实而又五彩缤纷。

要服从表现主题的需要。确定孰先孰后,何主何从,该添的添,该减的减,该藏的藏,该露的露,使之有疏有密,有高有低。《复活》的主题,原来是情场忏悔,取顺叙方式进行结构,后来改为揭露"专制制度的可怕"的社会法律主题,结构就变顺叙为中间突破,"从开庭审讯写起,……立刻就把法庭的全部荒谬表现出来"。③

要为塑造人物性格服务。让结构服从人物性格的个别性和丰富性,只要在人物性格的规定性内,结构可以有较大的自由。有成就的作家往往能以人物形象连结生活的各个方面,对刚进入结构的人物淡墨点染,然后依据其自身逻辑浓笔重墨,使其性格显得丰富

---

① 刘勰:《文心雕龙·附会》。
② 方薰:《山静居画论》。
③ 多宾:《论情节的典型化与提炼》,作家出版社1956年版。

饱满。

要符合故事情节的合理性和曲折性。为此,往往用穿插法的结构方式,情节曲折有致,波澜起伏,时断时续,如游龙腾空,东露一鳞西露一爪,让人难以捉摸,但又前呼后应,"草蛇灰线,伏脉千里"。于偶然中见出必然,出乎意料之外,又在情理之中。《基度山伯爵》以恩与仇贯穿全书,爱德蒙·邓蒂斯即基度山伯爵报了船主摩莱尔的恩之后,又牵动着巴黎法院检察官维尔福、银行家邓格拉斯和议员弗南伯爵这三根复仇之线,齐头并进,巧妙结构,扣人心弦。

结构的原则也非一成不变。随着社会时代的发展,结构也应该有所改变。如李存葆《高山下的花环》,由于作者采用了包孕式的结构,不恰当地运用了传统的巧合,结果把广阔的生活激流挤入了恩怨相报的狭窄观念,这是非常令人遗憾的。

不同的文学体裁,有不同的结构形式和方法。

诗歌往往依照诗人的感情起伏进行结构。其方式有:层层展开式:在进展过程中突然涌现诗人的情思,结尾时猛然煞住,给读者以强烈的刺激,逼使人们进行思考。如《茅屋为秋风所破歌》最后的"安得广厦千万间……吾庐独破受冻死亦足!"突然展开式:诗句一开始,立即进入诗的意境,如《赤壁怀古》开头的"大江东去,浪淘尽千古风流人物。"骤然煞住式:在诗的结尾戛然而止,提出全新的思想,留下无限空间,收振聋发聩之奇效。如《梦游天姥吟留别》最后高亢地唱出蔑视权贵的壮歌:"安能摧眉折腰事权贵,使我不得开心颜!"

散文形散神不散,结构比较灵活自如,一般以某一事物、景物、人物或情思为焦点进行相应的结构。例如,《白杨礼赞》、《松树的风格》、《海燕》以白杨的风姿,松树的风格和海燕的呼唤暴风雨为焦点进行结构。

小说要求以主要人物为中心,按照人物之间的相互关系和自身的性格发展逻辑,进行结构。《祝福》以祥林嫂为主线,交织其他人物的种种关系,结构出一篇悲愤欲绝的杰作。微型小说的结构较为简单。

戏剧的结构方式比较严格。"三一律"就是一种结构原则,近年来,有人把戏剧结构分成:"传统型",如《日出》;"群像型",如《茶馆》、《左邻右舍》;"冰糖葫芦型",如《陈毅市长》;"时空自由型",如《血,总是热的》;"心理结构型",如《屋外有热流》。

(二) 结构的形态

从叙述角度看,有顺叙,按照故事情节的发展次序进行结构,如《孔乙己》;倒叙,把结局倒置于开端以前的结构,如《茶花女》、《祝福》;插叙,暂时中断主线,插入其他人物、事件,使主要情节更为曲折动人;时序颠倒和时空交错,把梦幻、回忆、闪念、幻觉、预想和现实生活相互交织在一起,把上面三种叙述结构打乱,融于一炉,以表现人物的某种内心境界及其活动方式。

从线索角度看,有明线、暗线结构在一起,贯穿于故事的始终,如《日出》、《药》。此外,还有多线,在主线以外还有若干副线(包括明线与暗线),旁枝蔓叶而不杂乱无章,如《温莎的风流的娘儿们》与《三国演义》。

从方式角度看,有纵式结构——先后有序,脉络分明,如《水浒》;横式结构——故事情节和人物活动独立成篇,并贯串始终,但都环绕同一主题,如《儒林外史》;网式结构——用情节中的主线织成结构网眼,纵横交错,左右开合,像晴雯补织孔雀裘一样,先分出经纬,"界出地子",再操出网眼,"来回织补",然后织成五彩斑斓的艺术巨锦,例如《战争与和平》、《红楼梦》和《子夜》等宏篇巨著。此外,还有心理结构,以人物感情波动方式进行结构。

(三) 结构的把握

提纲挈领。抓住主线,辨明暗线,区分副线。特别是网式结构的宏篇巨著,更是必须提其纲、挈其领。《红楼梦》的线索如此繁杂,结构如此庞大,但如果能抓住宝黛爱情的主线,把握其他众多副线,对作品的结构自可了如指掌。

理清脉络。网式型的作品结构比较复杂。自应理清脉络,当代的某些新小说是把长时间和大空间的多容量压缩在有限制的篇幅中,其结构特色往往是:时空颠倒交叉,情节若断若续,感情变幻莫测,对于这类作品,我们应该理清梦幻、回忆、实境和遐想,以及它们是如何彼此交织融汇成篇的,对塑造人物形象和表现主题思想起到什么作用。这样理出乱麻之后,作品的艺术境界就豁然开朗。王蒙的《春之声》就是把岳之峰从解放前的中学时代到社会主义新时期,把国外的考察与国内的建设浓缩于列车车厢内,奏出了一曲新时期的春之声的美妙乐曲。

掌握场面。有的作家有意识地突出空间的活动内容,像话剧的分幕分场,由两度空间或三度空间构成完整的故事情节。《从百草园到三味书屋》就是由"百草园"与"三味书屋"两个并行场面构成的。其他的某些横式结构的作品,是由较多独立成章的小故事(其实也是大容量的场面)构成的。对这类作品的结构分析就要把握各场面的容量及相互关系。

总其要旨,作品结构的分析成功与否,视其运用方式而定。孤立的结构分析易肢解人物形象,离开主题思想。当代西方推行的文学结构主义批评方法,就仅仅着眼于作品本身的结构,不重视人物的思想感情和社会行为,这是一种形式主义的分析方法。情节结构的安排似乎是作品形式问题,其实是与作家的情感表达、主题的提炼信息相通的。有的作家以自己的理性情感控制素材的诸种构成因素,使情节结构的整体性与主题思想的倾向性,都发生变异,如果戈理的《外套》、托尔斯泰的《复活》等。有的作家以自己的强烈情感将情节结尾移置于情节开头,使人的心灵爆发七级地震,如鲁迅的《祝福》、小仲马的《茶花女》等。有的控制作品结尾的模式,使作品的美学意义有了质的超越:悲剧性变异为喜剧性,或者相反,如赵树理的《小二黑结婚》、托尔斯泰的《活尸》。为此,我们在把握作品的结构时,应该顾及人物形象的完整性、丰富性,归结到作品的主题思想和社会意义的深刻性,真正把作品的形式与内容统一起来。

二 语言

我们在第一编第四章"文学是语言艺术"专门探讨了文学作为语言艺术与其他艺术的不同点,在这里,我们着重从语言作为文学作品形式的要素来讲。

作家创造形象要依靠语言来表现。选择题材,提炼主题,塑造人物,进行组织结构,固然重要,但如果没有语言的表现,作品形象就站立不起来。所以,许多大作家都非常重视语言,因为语言失败,意味着作品的失败。他们都在语言方面付出了毕生辛勤劳动。杜甫是"为人性癖耽佳句,语不惊人死不休",贾岛"两句三年得,一吟双泪流",李贺是"长歌破衣襟,短歌断白发",以致其母说:"是儿要当呕出心乃已尔。"曹雪芹创作《红楼梦》达到了"字字看来皆是血,十年辛苦不寻常"的境界,这里就包含了作家在语言上所付出的巨大劳动。

文学语言是由文字组成的,而文字是一种符号。要这种符号去塑造形象,需要调动语言的表现手段,使之具体形象起来,使读者借助想象,感受形象的存在。一般地说,有如下几种表现手段:

第一,选择准确的语言直接把对象特征描绘出来。我国古代文论强调"炼字",力主达"意"。明黄子肃在《诗法》中说:"句既得矣,于句中之字,浑然天成者为佳。下字必须清,必须活,必须响,与一篇之意,一句之意相拥,各自卓立而复相成,是为一色",就是这个道理。在西方,法国著名作家福楼拜对他的学生莫泊桑也说过:"无论你所讲的是什么,真正能够表现它的句子只有一句,真正适用的动词和形容词也只有一个,就是那最准确的一句,最准确的一个动词和形容词。其他类似的却很多。而你必须把这唯一的句子,唯一的动词、唯一的形容词找出来。"例如,王安石写《泊船瓜洲》中一句"春风又绿江南岸",着一"绿"字,春意成形。据说作者当时写此诗时,曾用"到"、"过"、"入"、"满"等字,都不合意,最后才选定"绿"字,这就恰到好处,鲜明、生动。欧阳修写《醉翁亭记》,其中有句:"峰回路转,有亭翼然临于泉上者,醉翁亭也。"一个"翼"字,把亭之情、亭之景、亭之形象全都写出,如在目前。又如,李瑛写的悼念周总理的诗歌《一月的哀思》,其中有一句"我不能到医院去瞻仰你,只好攥一张冰冷的报纸,静静地伫立在长安街的暮色里"。有人问他,为什么说报纸是冰冷的?这里的"攥"字是否改为"捧"字更好些? 李瑛回答说:"说报纸是冰冷的,有三层含意:(一)当时的自然季节是一月,北京的气候正是冬天,报纸自然是冰冷的;(二)报上载有总理逝世的消息,这一噩耗,像千钧重压在人们的心头,自然是严酷的、冰冷的;(三)政治气候,也正是寒流紧袭的时刻,'四人帮'把持舆论工具,倒行逆施,极力压着报刊对总理逝世活动的报道,电台不广播,报纸不刊载,那种冷漠态度,实在是令人不能容忍的。这里选用了'攥'字,是用以表达作者(也是全国人民)悲愤心情的。我想,这个字同在夕阳里国旗低垂,万民伫立,一阵冷风撩起头发等情景一起,可能会较准确地完成一个既万分悲痛又无比愤慨的典型情绪和典型形象。"的确,不用"冰冷",不用"攥"字,就不可能有这样的艺术感染力量。

第二,应用比喻、夸张和象征来突出形象。例如,屈原《离骚》,的"美人"、"荃"(香草)借喻楚怀王,以"骐骥"、"兰"借喻贤臣良才,以恶草"绿蒺"、毒鸟"鸩"喻奸险小人。李季在《王贵与李香香》长诗中用明喻描写崔二爷:"一颗脑袋像个山药蛋,两颗鼠眼笑成一条线。"魏巍在《谁是最可爱的人》中写"我的思想感情的潮水在放纵奔流着,它使得我想把一切的东西都告诉给祖国的朋友们"。用隐喻写自己的思想感情激动的程序和状态。曲波的《林海雪原》,写解放军剿匪"小分队就像一支飞箭,射入没边的林海中","他们好像汪洋大海里一群勇猛善泳的小带鱼,冲着波涛般起伏的山流,飞速前进。"以"飞箭"喻小分队不可阻挡的奔袭,以"勇猛善泳的小带鱼"喻小分队行军的快速,以"波涛"喻起伏的山峦,形象地写小分队的前进速度、歼敌决心和勇敢精神。

在夸张的表达方式上,李白的《蜀道难》,用"蜀道之难难于上青天"这一夸张诗句,表达了蜀道之险阻和作者的惊叹之情;《将进酒》中,用"君不见黄河之水天上来"的夸张诗句,赞美黄河的源远流长和一泻万里的宏伟气势。毛泽东的《十六字令三首》:"山,快马加鞭未下鞍。惊回首,离天三尺三。""山,倒海翻江卷巨澜。奔腾急,万马战犹酣。""山,刺破青天锷未残。天欲堕,赖以柱其间。"这三首词,也都是用夸张的方式,描写红军在二万五千里长征途中所经过的群山形势的险峻,表达了"我"及红军战士们不顾千难万险,扬鞭猛进的无产阶级的革命情怀和大无畏的英雄气概。

象征的运用。鲁迅的《药》把"瑜儿的坟上平空添上一个花环",用的是"曲笔",就是象征。瑜儿因为从事民主主义革命活动被反动势力杀害了,血也被愚昧的群众沾着馒头去治痨病。作者没有直接写革命者是杀不尽的,只是写先驱者的坟上有人送了花环,那自有革命后来人的含义就表现出来了。所以,这花环正是革命精神不死的象征。茅盾的《白杨礼赞》,用白杨象征北方农民在中国共产党领导下与日本帝国主义者顽强斗争的革命精神。郭沫若在抗战时期重庆写的《屈原》剧本中有一篇雷电颂,以雷电象征革命力量,歌颂雷电,就是歌颂革命,这使革命群众斗志昂扬,使国民党反动势力胆颤心惊。

第三,只有加强修养,才能掌握好语言,充分表达作品内容。著名作家孙犁曾在一篇文章中讲到,"作为文学作品的第一要素的语言,美与不美,绝不是一个技巧问题,也不是积累词汇的问题。语言,在文学创作上,明显地与作家的性格品质有关,与作家的思想、情操有关。而作家对文学事业采取的态度,严肃与否,直接影响语言的质量。"这些话,对我们很有启发。我们知道,鲁迅、茅盾、巴金、老舍、曹禺等都是我国现代语言艺术的大师。他们在语言的掌握与运用上所获得的高度成就,都是跟他们的思想情操密切相关的。例如,鲁迅就主张"将活人的唇舌作为源泉,使文章更加接近语言,更加有生气"。认为写文章要说现代的、自己的话,"用活着的白话,将自己的思想,感情"表达出来。他曾劝告那时是青年作家的张天翼,不要把作品写得冗长,要"将无之亦毫无损害于全局的节、句、字删去一些,一定可以更有精采"。鲁迅对自己要求更为严格,他的小说、诗歌、散文、杂文等作品,在内容上都是考虑到战斗的需要,择取题材,提炼主题,塑造人物,安排好内部的组织结构,在语言方面都注意到如何表达内容,做到精益求精。比如,鲁迅写闰土童年"紫色圆脸","手撮一柄钢叉",是小英雄的形象,中年"灰黄的脸","松树皮"的手,是个"木偶人",而且见了当年的好朋友"我",喊"老爷",闰土其间痛苦的生活也只是概括地写,但从闰土的外貌的精确的语言描写中,却表现出闰土一生命运的变化和痛苦麻木的性格。

毫无疑问,我们要重视学习语言,掌握丰富的词汇,但更重要的是,必须意识到时代赋予我们表现社会主义现代化建设和各族人民作为时代主人公的历史使命,为使祖国语言文字的纯洁和健康而奋斗,不仅要熟谙语言内部的规律,而且要站在时代前进的潮流前面,敏锐地把握时代的主旋律,通过语言去塑造为人民所喜闻乐见的,并能激发他们去战斗和建设的文学形象来。

▶**思考题**◀

1. 什么是文学作品的内容和形式? 两者的关系怎样?
2. 题材与素材有何区别?

3. 什么是主题？怎样理解主题的多面性？

4. 怎样把握主题？

5. 什么是结构？联系具体作品说明结构的原则。

6. 语言在文学作品形式中的地位和作用。

第六章　文学作品的体裁

▶本章提要◀　体裁是文学作品的形式要素之一。不同体裁的文学作品在反映生活、塑造形象方面都有各自的特点和审美规律。理解和把握体裁的特点和审美规律，有助于提高阅读和分析文学作品的能力。体裁的形成和发展，有文学反映现实需要和文学发展要求的原因。体裁的分类。分类方法主要有"二分法"、"三分法"、"四分法"和"多分法"。诗歌、散文、小说、戏剧文学、影视文学的特点及其分类。

第一节　体裁的形成、发展与分类

一　体裁的形成和发展

体裁作为文学作品的形式要素之一，是文学作品存在的外部表现形态。对于文学创作来说，为了表现内容，单单靠结构和语言是不够的；没有体裁，内容依然无法表现出来。所以，优秀的作家总是从内容出发，除了注意结构和语言外，还要选择恰当的体裁来构造他的作品。鲁迅在《英译本〈短篇小说选集〉自序》中就这样讲到，他读一些外国小说，受了它们的影响，"而历来所见的农村之类的景况，也更分明地再现于我的眼前。偶然得到一个可写文章的机会，我便持所谓上流社会的堕落和下层社会的不幸，陆续用短篇小说的形式发表出来了。"这就是说，他通过所熟悉的旧中国农村的题材，描写"上流社会的堕落和下层社会的不幸"，是选择了小说体裁，才能很好地表现出来。

文学作品的体裁是怎样形成和发展的呢？根本原因在于：一方面是文学反映生活的需要，另一方面是文学发展的要求。现在，我们分别加以阐述。

文学源于生活。生活随着社会时代的发展，不断地发生变化，这就必然引起文学的变化，首先是文学作品内容的变化，接着是文学作品形式的变化。刘勰在《文心雕龙·定势》篇中说，"因情立体"，讲的就是文学根据内容而确立体裁。他又在《时序》篇中说，"时运交移，质文代变，古今情理，如可言乎！"认为时代运行，盛衰交替变化，文学作品有时重质朴，有时重文采，也随之变化，从古到今的文学作品变化的这个道理，似乎是可以论述的。"质文代变"指文学作品内容和形式的变化。刘勰虽然没有直接讲到体裁,但显然也包括在内的。所以,他在《辨骚》篇中指出:"自风雅寝声,莫或抽绪,奇文郁起,其《离骚》哉!"意思是,自《国风》、《小雅》、《大雅》的歌声停息之后,没有人上承《诗经》来创作了。后来产生了新奇妙文《离骚》。他肯定生活变化了,出自反映生活的需要,以《离骚》为代表的《楚辞》这一辞体便产生了。刘勰这个观点对我们是有启迪的。从现代来说,比如,散文体裁中的报告文学一类作品,这在以往时代是没有的。为了反映急速变化的现实生活,才产生了这样的体裁。

清诗人赵翼在《论诗》中写道:"满眼生机转化钧,天工人巧日争新。预支五百年新意,到了千年又觉陈。""李杜诗篇万口传,至今已觉不新鲜。江山代有才人出,各领风骚数百年。"这两首诗讲的不限于诗歌,认为文学的生命力在于创新。不仅内容创新,形式也要创新,体裁当然也不例外。从中国诗歌发展来看,在体裁的演变上,最早是四言诗,继之五言诗,再有是七言诗以及唐以后是五、七绝,五、七律等等。到了五四前后白话诗兴起,又有了自由诗、新格律诗。这可以说,是文学继承发展的要求,因为旧体裁已不适应于表现新的生活了,也要创新变更。中唐之后,传奇小说兴起,既对六朝志怪笔记小说有所继承,但又有创新,这是由于安史之乱后,文人们对社会人生已不像初盛唐时那样具有进取自信的浪漫乐观的精神,他们在失望之余,想在现实以外的世界中寻求寄托,而小说正好提供这样一个虚构的世界,可以让他们在其中幻想人生,解释人生,表达对社会人生的理想、愿望和追求。他们就发展了志怪笔记小说,产生了传奇小说,使中国古典小说体裁开始进入成熟阶段。于是,我们可以看到,在唐传奇中出现了较为宏大的篇制,较完整的结构,生动描绘的语言。这些在六朝志怪中是不可能有的。唐传奇与六朝志怪小说有着很大的区别。之所以会产生唐传奇,小说体裁的创新,文学发展的要求是十分重要的一个原因。

总之,文学作品体裁是生活和文学在长期的发展过程中逐渐形成并发展起来的。"文律运周,日新其业"[1]文学创作的规律运转不停,每天都有新成就的。"其为物也多姿,其为体也屡迁"。[2] 文学是反映客观事物的,万物万形,多姿多彩;文学不是只有一种体裁,而是有变化有发展的。事实正是这样,体裁是由简单到复杂,由单一到多样的。

二 体裁的分类和方法

关于文学作品体裁的分类,应当在总结历史上体裁分类经验,结合体裁发展的现实情况的基础上来进行。我们研究体裁的分类,目的在于揭示体裁的特点和审美规律,使之更好地为表达作品的内容服务。

体裁的分类方法,主要有"两分法"、"三分法"、"四分法"和"多分法"。

"两分法",是我国最早的分类法。它根据作品的语言是否押韵而把所有的文章分为韵

---

[1] 刘勰:《文心雕龙·通变》。
[2] 陆机:《文赋》。

文、散文两大类。这种分类方法，只是根据语言的体制不同而区分的。但难以说明各种体裁在反映生活和塑造艺术形象方面的特点，甚至把非文学作品也包括进去，不能科学地概括各种体裁作品的本质。因此，早已不采用了。

"三分法"，是根据文学作品塑造形象的不同方式，而把文学作品分为抒情、叙事和戏剧文学三大类。这种分类法在国外相当流行，从亚里士多德到别林斯基，都采用这种分类方法。

三分法主要是按照塑造形象的方式特点来分类的，比较有利于人们理解不同种类文学体裁的内在特点，有一定的科学性，至今仍在欧洲各国流行。我国目前也还有一些文艺理论著作运用它来进行分类。但"三分法"也是有缺陷的，它只是依据塑造形象的特点来划分文学作品的类别，无法顾及各类体裁文学作品在体裁、结构、语言等方面的特点，因而把一些特点相同的、本来应该同属一类的文学作品体裁分割开来了。

"四分法"是综合文学作品在形象塑造、语言运用、结构体裁和表现方法等方面的不同点，而把文学作品分为诗歌、小说、散文、戏剧文学四大类别的分类方法。这种方法是我国"五四"以来传统的文学作品的体裁分类方法。它既注意了塑造形象，反映社会生活的不同点，又注意到了作品体裁上的差别，定名比"三分法"具体。因此，也容易掌握。

除上述三种分类方法以外，还有"多分法"。因为随着科学技术的不断发展，在小说、戏剧文学的基础上，产生了电影、电视艺术，因而，相应地又产生了影视文学的体裁。在我国民间文学如评书、快书、相声、评弹等的基础上，又形成了曲艺文学。人们在文学体裁的分类中把它称为"多分法"。

如前所述，文学作品在形象塑造、结构安排、艺术表现方式等方面，各类文学作品既有不同的特点，也有相似相同的地方。因此，体裁的分类，都只能是相对的，而不是绝对的。我们对文学体裁分类的历史考察，不应只停留在绝对分类的切割线上，而应着眼于相对分类的多边线上。随着文学的发展，形成了各种体裁的分离，但又产生了各种体裁的聚合。正如科学领域出现了不少边缘科学一样，文学领域也存在着不少多边文学。文学分类的明确性与多边性是相辅相成的。每一种体裁，既有自身的特点，又有与其他体裁相一致的共同性。不同体裁，有时呈并列状态，有时呈交叉状态，有时呈相融状态。正如生物的杂交产生新的品种一样，体裁之间的交融，也产生新的体裁。诗与散文交融为散文诗；诗与小说交融为诗体小说；新闻报道与文学创作交融为报告文学；哲学与小说结合为哲理小说；科学与文学结晶为科普文学；歌剧(本身是诗、音乐和戏剧的结合)与舞剧化合为歌舞剧。随着近代科学技术的发展，产生了影视艺术，因而又相应地产生了影视文学体裁。其他如广播小说、电视剧、科学幻想小说等，都是近代乃至现代才出现与发展起来的新体裁。当代互联网和电子传媒系统更是迅速改变着文学。以网民在网络上发表的专供网民阅读的网络文学也正日益普及。

因此，多边文学的崛起，琳琅满目，有增无已，难以穷尽。下面，我们主要从诗歌、散文、小说、戏剧文学、影视文学中，把握其特点和审美规律。

第二节　诗　歌

诗歌，是一种用凝练而有节奏的语言，饱含着强烈的感情和丰富的想象，高度集中而概括地反映社会生活和表现诗人思想感情的一种文学体裁。

一　诗歌的特点

(一)言志缘情，浮想联翩

诗是心灵的激流，感情的火花。诗人心灵中迸发出来的感情是诗歌的一个主要因素。没有感情也就没有诗歌。闻一多说："诗是被热烈的情感蒸发了水气之凝结。"[①]诗人的感情强烈、真挚而丰富：或慷慨悲歌，或缠绵悱恻，或大喜欲狂，或大悲而恸，或悲愤欲绝，或喜笑怒骂，倾泻于诗歌的字里行间。但是，绝不能忽略"志"与"义"在诗歌感情因素中的必要性。诗歌之情，存乎一心，求乎一义。所以，诗人的志趣理想应是诗歌的思辨哲理与强烈的感情冲动两方面完全的吻合。从屈原的《离骚》到郭沫若的《女神》都是既言志而又缘情的。

感情、抱负或志趣，自觉或不自觉地成为诗人灵感爆发或诗歌意象升华得以飞翔的动力。诗人浮想联翩，"收视反听，耽思傍讯，精骛八极，心游万仞"。[②] 诗歌想象的无限广阔性，使艺术十分复杂而多义，广泛而深刻。

联想——"诗人感物，联类不穷"。[③] 联想就是见景产生的现有的形象(新的感受)同旧有的印象的结合，两者的联系，产生出崭新的艺术形象。一般心理学、美学著作都把联想与想象并列起来。联想，侧重记忆表象的再现与创造，想象主要着眼其创造性。在诗歌创作中，两者是密不可分的。诗歌的想象应该奔放开阔。恩格斯在谈到诗人卡尔·倍克的时候，很欣赏他的《夜》里面有"奔放的想象"。他还在另一篇文章中，称赞了"拜伦的豪放的想象"。[④] 古今中外，概莫能外。从屈原的《天问》到现代派诗歌都是异想天开，美不胜收。

(二)击节吟咏，曲尽其妙

感情的起伏波动必然产生节奏韵律。节奏是语言在时间、音律和情绪等方面排列顺序上的间隔规律。它有大小、长短、徐疾、高下、刚柔、断续、平仄和抑扬顿挫等等音律。节奏与感情互为表里。喜悦之情表现为明快轻松之节奏，昂扬之情表现为急促有力之节奏，悲凉之情表现为低沉缓慢之节奏。节奏为诗歌的神气之象，"没有节奏的便不是诗"。[⑤] 节奏不仅由感情决定，而且还由韵律支配。韵律是语言声调、音色等各种变化，停顿和配合的有规律的体现。它由平仄、双声、叠韵、连绵、象声、韵脚和句式等方面配合构成，形成诗歌语言和音乐美。"长音有宽裕、行缓、沉静、闲适、广大、敬虔等情趣；短音有急促、激剧、烦扰、

---

① 闻一多：《冬夜评论》，《闻一多全集》(三)，开明书店版，丁集第 143 页。

② 陆机：《文赋》。

③ 刘勰：《文心雕龙·物色》。

④ 引自《马克思恩格斯论艺术》第 4 卷，第 260、397 页。

⑤ 郭沫若：《论节奏》，《沫若文集》第 10 卷，第 225 页。

繁多、狭小、喜谑等情趣"。① 韵律的构成因素之一是押韵。押韵是隔句押以韵母相同或相近的词类作为煞尾。所谓"无韵不是诗",系指押韵必须与诗歌其他特色融合,不然就不成其为诗。《百家姓》押韵,却不是诗。

诗歌之注重韵律,是由于它能够加强诗的韵律。旋律能够使音节和谐动听,收到击节吟咏、曲尽其妙之效。

(三) 含而不露,形象鲜明

在所有文学作品体裁中,诗歌的语言最为耐人寻味。这是由诗歌的篇幅不长,句式简短的形式与咏物言志,表情达意的丰富内容之间的尖锐矛盾所决定的。所谓耐人寻味,就是含而不露,用凝炼性、形象性极强的语言抒发复杂情感,描绘生活画图,阐述人生哲理。不仅如此,还要"状难写之景,如在目前,含不尽之意,见于言外"。② 如"脚下的小草啊,你饶恕我吧! 你被我蹂躏只一时,我被人蹂躏是永远啊!"③寥寥四句写尽人不如草,苦不堪言之情状。

含而不露与晦涩费解绝缘,与形象鲜明结缘。诗歌形象的优劣、高低与诗人思绪的优劣、高低有关。"观则同于外,感则异于内"。④ 由于诗人的思想境界、感情节操和艺术素养的不同,对相同的物象也会产生不同的形象。例如韦应物的"窗里人将老,门前树已秋";白居易的"树初黄叶日,人欲白头时";司空曙的"雨中黄叶树,灯下白头人",季节、人物都相同,但无论是赋、比、兴手法的运用,还是表情达意的逼真,形象创造当推最后一句为上品。它以"黄叶"代"秋"、"白头"代"老"、"黄叶"对"白头",色彩鲜明;"黄叶树"引出"白头人",比兴兼之;"雨中"对"灯下",对仗工巧。形象如此直观逼肖,苦雨寒灯,老境衰飒,吟咏掩卷。黯然销魂,怆然涕下。所以"抒写胸襟,发挥景物,境皆自得,意自天成"。⑤

二　诗歌的分类

诗歌的样式很多,可以从多种不同的角度来分类。这里仅介绍抒情诗、叙事诗与格律诗。

(一) 抒情诗

直接抒发诗人思想感情的诗歌。它着重表现诗人对客观事物的具体感受、体验、观点,并透过诗人的内心世界的展示去反映社会生活的本质方面。它不详细叙述生活事件的过程,一般没有情节,不描写具体人物,而是诗人"情绪的直写"。⑥ "主要是情感的表现"。⑦

---

① 陈望道:《修辞学发凡》,《陈望道文集》第二卷,上海人民出版社 1980 年 5 月第 1 版,第 470 页。

② 欧阳修:《六一诗话》。

③ 潘漠华:《小诗六首·选二》,引自《新诗选》第一册,上海教育出版社 1979 年 6 月第 1 版,第 296 页。

④ 谢榛:《四溟诗话》。

⑤ 叶燮:《原诗》。

⑥ 鲁迅:《致窦隐夫》。

⑦ 别林斯基:《论文学》,新文艺出版社 1958 年版,第 195 页。

因此,抒情形象乃是诗人内心世界生活的图画,是生活对诗人的一种折射。在我国灿烂的文学宝库中,有许多优秀的抒情诗,如《诗经》中的《关雎》、陈子昂的《登幽州台歌》、李白的《蜀道难》、杜甫的《春望》、白居易的《秦中吟》以及郭沫若的《炉中煤》、田间的《假使我们不去打仗》,何其芳的《我为少男少女们歌唱》,等等。

抒情诗的抒情方式是多种多样的。可以是咏物抒情,融情于景;也可以是因事缘情,直抒胸臆。同时,它可以调动各式各样的表现手法来创造诗的意境,描绘动人心弦的诗歌形象。或比兴,或夸张,或象征,或排比,或反复,或重叠。总之,抒情的方式和表现手法都必须从内容出发,为更完美地表达诗人的思想感情服务。

(二) 叙事诗

它是一种用诗的形式来叙述故事和描写人物形象,以反映现实和抒发思想感情的诗歌。它有比较完整的情节,有场景、细节和矛盾冲突的描写。长篇叙事诗也描写主要人物的性格特征。它同抒情诗的主要区别在于:它具有以生活事件和人物形象构成比较完整的故事内容。当然,叙事诗也有抒情成分。一方面,要叙述故事;一方面又要抒发作者对人物、事件的强烈的思想感情。所以,叙事诗是叙事与抒情的结合。我国古代和现代都有无数优秀的叙事诗。如《诗经》中的《生民》、《公刘》,汉乐府的《孔雀东南飞》,白居易的《长恨歌》、《琵琶行》,田间的《赶车传》,阮章竞的《漳河水》,等等。

(三) 格律诗

它是指一种在形式上有严格要求,按一定规则严格地安排韵律、节奏、结构、字数以及章节格式的诗歌。

我国古典诗歌都是广义的格律诗,包括古体诗、唐代形成的近体诗以及唐以后发展起来的词、曲等。现代诗歌中也有一些格律诗,不过,不像古代格律诗要求那样严格。

新格律诗,又称现代格律诗,是五四以来新体诗中的一种样式。格式多种多样,不要求平仄、对仗。形式上要求大体整齐一致。例如郭沫若的《天上的街市》。

第三节　散　文

散文,是一种以表情达意为主,内容精悍,篇幅较短,笔调灵活,文情并茂的文体。由于它能及时而迅速地反映现实生活,因而,就被称为文学的"轻骑兵"。

一　散文的特点

(一) 题材广泛,联想丰富

散文的题材范围十分广泛,不受时间与空间的限制,有很大的自由。它可以涉古论今,谈天说地,或人生哲理,或风土人情,无所不包。大至宇宙,小至虫鱼,古今社会生活中一切有意义的人和事、景和物,生活中一人一事,祖国河山的一草一木,一个回忆,一串联想,一个镜头,无论重大的社会问题,还是生活小事,只要有一定意义,都是可以引入散文的题材。

杨朔说:"散文常常能从生活的激流里抓取一个人物、一种思想、一个有意义的生活片断,迅速反映出这个时代的侧影。"①例如,方纪的《挥手之间》,作者追叙了1945年8月毛泽东离开延安去重庆跟国民党谈判,延安军民在机场依依送别的热烈而深情的场面,表现了领袖与人民之间的血肉关系,真挚感情和高度团结。这是具有时代意义的重大题材。而朱自清的《背影》写的却是生活小事。作家追叙父亲送自己上火车时的情景,反映当时整个灰暗的世态。

散文联想丰富。例如,秦牧的《社稷坛抒情》和《土地》两篇散文,都是以对祖国"土地"的无限深情这一思想线索贯穿其中的。

丰富的联想,不仅可以补充作家生活实践与感受的不足,而且可以使作家所创造的形象更加丰满动人,以至具有更大的典型意义。

(二) 形散神聚,结构灵活

古人说,散文"形散而神不散"。"形散",是指散文在结构上不拘章法,以撒得开为能事。如同脱缰奔马,纵横驰骋。"神不散",是指每篇散文有其独特的神髓,搏动于字里行间,不管作家怎样信笔挥洒,信手拈来,却又步步扣紧主题,使作品神聚完整和谐,把看来似乎毫无联系的题材用一条线索贯穿起来,表现一个中心思想。正如清代刘熙载所说:"惟能线索在手,则错综变化,惟吾所施。"②鲁迅的散文《从百草园到三味书屋》以回忆幼时学习生活为中心线索,描绘了百草园的欢乐,三味书屋的压抑,儿童的天真,老师的迂腐等情形,深刻地揭露了封建教育制度的陈旧腐朽以及在封建制度下儿童身心所遭受的摧残。优秀的散文,总是撒得开,收得拢。把"形"与"神"完整地统一起来。

散文的结构最灵活,最自由。它可以时而写人,时而写景,时而抒情,时而状物。纵横开合,不拘一格。但是,散文的结构、章法,并非散乱无纪,杂乱无章,仍然有鲜明集中的主题思想。欧阳修的《醉翁亭记》,在行文结构上,落笔相当广,忽而山,忽而水,忽而游人,忽而宾客。可谓极尽描写景物之能手。但作者仍善于以完整严密的艺术结构组织丰富生动的景物。即以"醉翁"之意——"与民同乐"的主旨,贯穿全文。好的散文,结构章法严谨缜密,脉络清晰,首尾一贯。既要"放得开",又要"收得拢",一条主线贯穿而成。这正是散文"形散神聚"的特征。

(三) 手法多样,语言优美

散文是集一切文体表现手法之大成。手法多种多样,或叙述、或描写、或抒情、或议论、或象征、或遐想。即使是在一篇散文中,作者也可以时而叙述、时而描写、时而抒情、时而议论,或综合起来、或夹叙夹议、或抒情议论。描写、抒情等熔为一炉,以充分表达作者的思想感情和审美评价。总之,可以根据作品主题思想的需要,由作者自由选用,任其变化。

散文的表现手法虽然多种多样,但必须围绕作者总的创作意图,并运用典型化的方法,对材料要剪裁、取舍,体现时代精神;同时,允许虚构,或大体虚构、或局部或细节性的虚构。

---

① 杨朔:《海市·小序》,《杨朔散文选》,人民文学出版社1979年版,第196页。
② 刘熙载:《艺概·文概》,上海古籍出版社1978年版,第42页。

优秀散文的语言,简洁凝练,优美明丽。具有强烈的艺术感染力。如吴伯萧的散文、新的思想意境,新的比喻、语句,层出迭观,目不暇接。像《歌声》中写随着冼星海同志指挥棒的移动,那万人合唱的延安歌声具有如此巨大的力量:"歌声悠扬,淳朴,像谆谆的教诲,又像娓娓的谈话,一直唱到人们的心里。又从心里唱出来,弥漫整个广场。声浪碰到群山,群山发出回响;声浪越过延河,河水演出伴奏;几番回荡往复,一直辐散到遥远的地方。"作者通过这些质朴、洗练的语言把当年延安时期的战斗生活,栩栩如生地写了出来,何等简洁,何等优美!

散文,有情致,有诗意。是除诗歌之外,最富有诗意的文学体裁。它短小精悍,文采多姿,是艺术之奇葩。

二 散文的分类

一般说来,根据作品表现对象和表现手法不同,可分为叙事散文、抒情散文、议论散文和杂文三个主要类别。

(一) 叙事散文

是指散文中写人叙事为主要题材的作品。一般来说,它具有记叙文的诸要素。叙事较完整,线索较清晰,时间、地点、人物、事件交代清楚。这是一;其二,它虽以叙述为主,在穿插描写的同时,也直抒胸臆地抒情。作者的思想感情主要是通过具体的画面表现出来。如鲁迅的《从百草园到三味书屋》、朱自清的《背影》、冰心的《一只木屐》等,都具有这一特色;其三,这一类叙事散文,情节都比较简洁,往往是三刀两斧,寥寥几笔,不去表现尖锐复杂的矛盾冲突,如鲁迅的《藤野先生》、方苞的《左忠毅公逸事》等;其四,叙事散文一般说来,记叙自己的见闻,写真人真事。正因如此,作品具有真情实感,真切动人。

叙事散文还包括报告文学、传记文学。报告文学是文艺通迅,速写、特写的总称。它有新闻性、真实性与文学性三个基本特征,题材新颖,反映迅速,而且必须是真人真事,人们称它为"纪实文学"。表现手法多样。叙述、描写、抒情、议论,都可根据内容要求而灵活运用。美国约翰·里德的《震撼世界的十日》、捷克斯洛伐克伏契克的《绞刑架下的报告》、我国作家夏衍的《包身工》、魏巍的《谁是最可爱的人》、徐迟的《歌德巴赫的猜想》都是报告文学的佳作。

传记文学是用形象化的方法记叙人物生平、成长过程的叙事散文。它不同于史传。一般史传是纯粹的记叙史事,而传记文学则用文学手段描述人物成长过程和发展历史,即使是生平某一片断,也要有发展过程。它要求真实,人物对象本身应有典型意义。不允许虚构。这类作品要有社会意义与文学价值,如司马迁《史记》中的《项羽本纪》、柳宗元的《段太尉逸事状》、沙汀的《记贺龙》、陶承的《我的一家》等。

(二) 抒情散文

是指侧重于抒发作者对生活的感受与激情的散文。这类散文,是以"托物言志"、"借景抒情"为其总的特色。当然,并非完全排除叙事,间或也有叙事成分。但这种叙事,不是它的主体因素,只是一种手段,叙事的目的,在于引出抒情。

　　抒情散文往往以景物或事物为依托。在描述景物、事物的过程中，展开风驰的想象，抒发作者内心的体验、感受，表达作者的主观感情思想。如茅盾的《白杨礼赞》、冰心的《樱花赞》、秦牧的《面包和盐》、杨朔的《荔枝蜜》、毛岸青、邵华的《我们爱韶山的红杜鹃》等。这些作品，联想丰富，感情浓烈，都是脍炙人口的作品。

　　优秀的抒情散文，要创造出情景交融、诗情画意的意境，有了意境，才能使感情升华，形象更鲜明，主题更集中。如冰心的《樱花赞》则以樱花为象征，赞扬了日本人民新的精神风貌和中日两国人民深厚感情。那云海似的樱花象征着中日人民的友谊，深藏着两国人民的情意，创造了十分动人的意境。

　　当然，散文诗也可归于抒情散文这一类，它是散文与诗的结合，是以散文形式写成的诗。高尔基的《海燕》，是一篇著名的散文诗，作家以饱满的革命激情，运用象征、对比等手法，富有艺术感染力的语言，塑造了一个反对沙皇制度的战士形象。

（三）议论散文

　　是侧重于论述、说理又具有文学特性的一种文体，又称"文艺性论文"。鲁迅在《且介亭杂文·序言》中说："也不是现在的新的货色，是'古代有之'的。"如韩愈的《杂说》、方苞的《狱中杂记》、龚自珍的《病梅馆记》。

　　我国五四以来，鲁迅继承了我国议论散文的传统，在严酷的现实斗争实践中，创造了新的议论散文的文体——杂文，使之闪现出奇光异彩。

　　首先，杂文的政论性。它通过隽永而形象化的语言，及时反映和评论社会上的各种事变，揭示出其实质，具有强烈的战斗作用。五四以后，以鲁迅为旗帜的革命作家，将杂文作为战斗武器，为无产阶级革命斗争服务，以博大精深的思想和感人的艺术力量，成为无产阶级"感应的神经"、"攻守的手足"，为我国杂文文学的发展树立了丰碑。

　　其次，杂文的形象性与典型性。它不是板着面孔说教，其说理、论述都具有文艺性。它常常是抓住客观事物的主要特征，进行具体描述，揭示其典型意义。正如鲁迅所说："我的坏处，是在论时事不留面子，砭锢弊常取类型。"[1]"所写的常常是一鼻、一嘴、一毛，但合起来，几乎是成一形象的全体。"鲁迅在他的《论"费厄泼赖"应该缓行》里，就描绘了"叭儿狗"的形象。在《二丑艺术》中又描绘了戏剧中"二丑"的形象。"叭儿狗"和"二丑"成为统治阶级帮凶和帮闲的典型。

　　第三，短小精悍、幽默犀利。杂文常常是满贮着强烈的战斗性和政论性。鲁迅称杂文是"匕首"、"投枪"，"能和读者一同杀出一条生路的东西。"[2]用比喻、夸张、反语、对比、象征等修辞方法，来增强它的艺术感染力。鲁迅的许多杂文，都是运用杂文独特的表现手法的典范。杂文的幽默与讽刺既可以对敌人进行冷嘲热讽，也可以对人民内部缺点错误进行批评教育，达到治病救人的目的。

---

① 鲁迅：《伪自由书·前记》，《鲁迅全集》第 5 卷，人民文学出版社 1981 年北京第 1 版，第 4 页。
② 鲁迅：《南腔北调集·小品文的危机》，《鲁迅全集》第 4 卷，人民文学出版社 1981 年北京第 1 版，第 576—577 页。

第四节　小　说

小说,是一种以塑造人物为中心,用散文式的文学语言为媒介,并以叙述故事为主的文学作品体裁。

一　小说的特点

(一) 细致地、多方面地刻画人物

文学作品大都是以刻画人物形象为中心的,而小说却能最全面地体现文学的这一特性。它能够多方面地再现人物的绚丽多彩的生活整体。既可以描写人物当前的现实活动,也可以描写他以往的经历;既可以描写平凡生活的内容,也可以描写叱咤风云的激烈斗争;既可以描写人物的一个横断面,也可以描写人物的一生以至数代人的生活史;既可以描写人物的动作、语言、神情姿态和音容笑貌等外部特征,也可以描写人物的思想感情、道德情操以及种种由外部事物所引发的隐秘的内心活动。

同时,小说在塑造人物性格方面,比其他文学体裁更自由,小说描写人物和生活场景,比叙事诗细致入微,比戏剧更为灵活。小说还可以通过多种多样的表现手段,多方面地、多层次地刻画人物。它可以借助叙述人的语言,或借助作品中的人物行为或对话来直接揭示人物性格,还可以通过肖像描写、心理描写、概括描写、细节描写等手段来刻画人物性格,使人物形象鲜明、生动,富有典型意义。例如,巴尔扎克对老葛朗台的肖像描绘;托尔斯泰对聂赫留朵夫的心理剖析;吴敬梓对胡屠户的行动刻画;曹雪芹对林黛玉生活环境的渲染;罗贯中在《三国演义》的《煮酒论英雄》中写曹操和刘备的对话;高尔基对巴维尔成长的抒情议论,都无一不鲜明地刻画了人物的性格。

多方面地刻画人物是小说的主要特征。因此,小说人物形象塑造的优劣成败,对小说的审美价值有至关重要的关系。这是为历来小说家所呕心沥血、惨淡经营的。

(二) 有生动、完整的故事情节

小说的中心任务是塑造人物形象,而情节是人物性格成长发展的历史。因此,小说就必须充分展示人物性格,具有生动、复杂而又完整的故事情节。

正因如此,小说与其他文学作品体裁存在着明显的差异。抒情诗一般说来是没有情节的,叙事诗虽有情节,但大都比较简单,线索清晰,对人物行动也不可能像小说那样进行细致的描写,有的叙事性散文(如报告文学)虽也有情节,但往往是片断的,而且限于真人真事;戏剧文学虽有完整的情节,但由于受舞台与时间的限制,只能截取生活中某些富有戏剧性的矛盾冲突。而小说采用散文文体,在表现生活事件时,可以描述事件的全过程,同时,由于描写人物较多,围绕某个中心线索写出各种人物之间的关系、各种矛盾与斗争,因而,构思情节曲折而复杂。如长篇小说《红楼梦》围绕贾府由盛到衰这个情节主干,以贾宝玉、林黛玉和薛宝钗之间的爱情纠葛为主要情节,展示封建统治阶级内部的相互倾轧和弱肉强食,叛逆者的反抗,荣宁二府的兴衰,贾雨村的宦海浮沉,甄士隐的穷困潦倒,尤三姐的爱情

悲剧,等等。一个个故事此起彼伏,交织穿插,构成了一幅色彩斑斓,气象万千的封建社会的生活历史的画卷。改编的越剧《红楼梦》仅截取了宝黛爱情这一情节线索,而且也仅仅选用了几个关键性的场面与情节,在容量的丰富性与情节的复杂性上,远不如小说。即使短篇小说情节虽比较单纯,但却完整曲折,跌宕起伏,引人入胜。如鲁迅的《药》,契诃夫的《变色龙》,莫泊桑的《项链》等短篇小说便是这样。

(三) 具体地、灵活地描写人物活动环境

小说中的环境,实际就是指人物生活的历史背景、社会背景、自然环境以及人物活动和事件发生的具体场所。与其他体裁相比,小说描绘的环境在时、空调度方面享有最充分的自由,拥有最丰富的手段。它可以作纵的历史叙述,也可以截取横断面进行具体生活场景的描绘;既可以描写与人物与事件直接相关的环境,也可以描写与人物、事件只有间接关系的各种因素。当然,其他文学体裁(如长篇叙事诗,戏剧文学等)也需要作某些具体的环境描绘,但一般都很简洁、集中,或高度浓缩与概括,有的(如散文)还要有较多的抒情色彩。而小说,则完全可以根据人物性格刻画的需要,具体地描绘各种环境。小至一草一木,咫尺弹丸,大至万里河山,天南地北,都可以淋漓尽致地再现出来。

小说描写环境的手法很多。有的是以叙述人的语言来刻画人物,叙述情节,描写环境;有的是直接描写人物的对话和内心独白;既可以用第三人称客观描述,也可以用第一人称;既可以通过人物观察进行叙述,也可以结合人物心理活动进行渲染。这些语言表述的灵活性与手法的多样性,是其他文学体裁所难以做到的。

二　小说的分类

一般说来,按容量划分,可分为长篇小说、中篇小说、短篇小说、微型小说等,现作如下介绍。

(一) 长篇小说

长篇小说是文学作品中容量最大的一种体裁。它篇幅较长,内容丰富,情节复杂,人物众多。它能够描写一个相当长的历史时期的广阔而复杂的社会生活,揭示出一个时代社会生活的本质特征。《三国演义》、《水浒传》、《红楼梦》是我国古代长篇小说的代表作。在我国社会主义时期的著名长篇小说有:《保卫延安》、《林海雪原》、《红日》、《暴风骤雨》、《太阳照在桑干河上》等,都以重大的政治、军事斗争或社会变革为题材,艺术地描绘了广阔的生活画面。

长篇小说在人物的刻画上,着重表现人物生活道路和性格发展过程。通过各种复杂的社会关系的描写,刻画出众多的人物形象,塑造出典型环境中的典型人物。如古华的《芙蓉镇》塑造了十几个血肉丰满的人物形象。

长篇小说反映生活的画面广阔,故事情节错综复杂。在一部长篇小说里,其情节常常由几条线索交叉发展。在情节上多重线索、头绪繁杂,主题常常不止一个。一部作品,除有中心主题之外,还有一个或多个副主题,如《子夜》、《李自成》等。

(二) 中篇小说

是介于短篇小说与长篇小说之间的小说体裁。它所描写的生活事件比短篇小说复杂、

完整与广阔,它可以描写社会生活中的一组事件,在故事情节与人物形象塑造上,比短篇小说更具有利条件,而它比起长篇小说来,情节集中单纯,往往是围绕一个中心展开。所以说,中篇小说容量不大不小,形式不短不长,是对新旧交替,多事多思的时代生活作审美把握的最合适的一种艺术形式。从艺术结构来说,它既近似长篇小说那样可以较为宽广地概括生活,又有短篇小说比较迅速而敏捷地反映瞬息万变生活的特点;从审美角度来说,中篇小说不像长篇那样表现生活长河,它通常是截取生活的片断;它不像短篇那样"借一斑以窥全豹,以一目尽传精神",它截取的是生活、人生中的一个完整段落,是所谓具有独立审美价值的"第三体",小说家族的"第三种方式";从读者角度而言,它是一种雅俗共赏的体裁,能适应不同生活节奏、不同文化层次的读者。因而,很受读者欢迎。著名的中篇小说有谌容的《人到中年》、鲁彦周的《天云山传奇》、王蒙的《蝴蝶》、路遥的《人生》、李存葆的《高山下的花环》等。这些作品,为我国当代文坛增添了光彩。

（三）短篇小说

篇幅短小,情节简明紧凑。一般以一个主要事件作为作品的主干,着力刻画一两个中心人物,它往往选取生活中富有意义和价值的事物的片断加以描绘,使读者"借一斑而窥全豹"。尽管篇幅短小,情节场景高度集中,但通过一两个事件,塑造出鲜明、生动的人物形象,揭示社会生活中具有一定社会意义的问题,如鲁迅的《药》、《祝福》,茅盾的《春蚕》,契诃夫的《万卡》等,都是有代表性的杰出的短篇小说。

（四）微型小说

是适应当代急骤的时代脉搏发展起来的新型文学样式。篇幅短,容量小。它仅在很小的时空范围内把握生活,所摄取的仅是生活中的一个镜头,它是用速写方法塑造人物,抓住人物的一举手、一投足、一个眼神,勾勒出这个人物的性格特征。正因如此,所以必须构思巧妙,内涵深广,精练、含蓄,以少胜多,以小见大,结局往往出人意料,造成"言有尽而意无穷"的境界。如王蒙的《维护团结的人》读后回味无穷,给人启迪,得到美的享受。

第五节 戏 剧 文 学

戏剧文学,是一种供戏剧舞台演出用的文学作品体裁,简称剧本。戏剧艺术,是融合文学、表演、美术、音乐、舞蹈等各种艺术的综合体。所以,舞台性是戏剧文学创作必须遵循的规律。

一 戏剧文学的特点

（一）人物情节高度集中

一般说来,戏剧文学都是为舞台演出而创作的,它受到演出时间和舞台空间的严格限制,要在有限的时间、空间里,表现无限丰富的现实生活和尖锐复杂的社会矛盾,就必须使人物场面和事件高度集中。人物不宜过多,一些次要的情节尽量删去,且尽可能减少场面,让丰富的戏剧情节在尽可能少的场景中加以表现。其他文学作品体裁,如小说,虽然也要集中再现矛盾冲突,但不受时间、空间限制,在表现手法上也有较大自由。小说可以在矛盾发展过程中,插入一些描写,甚至可以发表议论。而戏剧文学则不然,它比小说在人物、时间、场景上更集中,更有概括力。清代戏剧理论家李渔对剧本结构提出了"立主脑"、"减头绪"的主张。① 戏剧文学的这种高度集中性,在根据小说改编的剧本中表现得更为鲜明。曹禺在谈到自己改编话剧《家》的创作经验时说过:"剧本在体裁上是和小说不同的。剧本有较多的限制,不可能把小说中所有的人物、事件、场面完全写到剧本中来……在改编《家》时,就以觉新、瑞珏、梅小姐三个人的关系作为剧本的主要线索。而小说中描写觉慧的部分,和他许多朋友的进步活动都适当地删去了。"②诚然,在戏剧文学的人物与情节结构中,高度集中的方式是多种多样的。曹禺的《雷雨》便是严格按照"三一律"写成的典范之作,产生了强烈的艺术效果。老舍的《茶馆》采用的是多人多事的艺术结构;夏衍的《上海屋檐下》集中在一个弄堂里写了十多个人物,同样体现了戏剧高度集中的原则。正如别林斯基所说:"戏剧中的一切都应当追求一个目的、一个意图。"③只有这个统一的目的与意图,才能在人物、场面、事件上达到高度集中。

(二) 戏剧冲突十分尖锐

戏剧冲突,是戏剧艺术的生命。戏剧正是通过它引来生活的激流,掀起观众的感情波澜,产生感人的艺术力量。所以,尖锐的戏剧冲突是它的主要特征。

因为,戏剧既然要受舞台演出的时间和空间的限制,就不允许从容、徐徐地展开情节,而必须抓住人物性格的主要特征,组织尖锐的矛盾冲突,迅速地展开情节。只有这样,才可能在有限的时空里,把人物性格、主题思想鲜明地表现出来,才能扣住观众的心弦,产生强烈鲜明的戏剧效果。所以,有人说:"没有冲突,就没有戏剧。"这话是对戏剧这一样式的深刻表述。郭沫若的《屈原》,就是将历史上的屈原三十多年的经历、遭遇进行高度的概括,选取最具有典型意义的戏剧冲突,即以屈原为代表的联齐抗秦的爱国路线同以楚王南后为代表的卖国路线之间的矛盾斗争,展开了一场迫害与反迫害的尖锐冲突,塑造了屈原这一坚贞不屈、正义凛然的爱国者形象,从而产生了扣人心弦的艺术魅力。

当然,也不能将尖锐的戏剧矛盾冲突绝对化,不是说每一出戏从头到尾都剑拔弩张,叫人喘不过气来。其实,有的戏剧没有尖锐紧张的场面,同样可以收到好的戏剧效果,京剧《游园惊梦》便是如此。同时,不同题材,不同风格的戏剧文学作品,戏剧冲突的紧张程度与表现形式也是不尽相同的。抒情性剧作,更多的是表现人物的内心冲突,以感情力量打动观众。所以,我们不能把戏剧冲突作简单化、绝对化、表面化理解。

(三) 语言具有多种功能

台词是剧本塑造人物形象的最基本的手段。因此,人物语言在剧本中有其特殊的

① 李渔:《闲情偶寄》,《中国古典戏曲论著集成》(七)。
② 《曹禺同志漫谈〈家〉的改编》,《剧本》1956年12月。
③ 别林斯基:《诗的分类》,《西方文论选》下卷,上海译文出版社1979年版,第382页。

要求。

一是个性化。剧本中人物的台词,应能充分表现人物的性格特征,符合人物的身份、年龄、地位、文化修养,能充分表现人物的心理状态和阶级属性,成为特定环境中特定人物的个性化的语言。李渔说:"说一人,肖一人,勿使雷同。"①老舍也说过:"要借着对话写出性格来。"②《威尼斯商人》中夏洛克与假扮律师的巴萨尼奥的未婚妻鲍西娅在法庭审理的对话,就是戏剧语言个性化的典范。

二是动作化。台词是表现人物内心活动的形式,也是戏剧动作的基本形式。因此,要求台词具有动作性是戏剧语言的又一基本特征。

黑格尔指出:"能把个人的性格、思想和目的最清楚地表现出来的是动作。人的最深刻方面只有通过动作才能见诸现实。而动作,由于起源于心灵,也只有在心灵性的表现即语言中才获得最大限度的清晰和明确。"③由此可见,思想、语言和动作是层层递进的。台词的动作性,无论是独白还是对话,都应该有明确的行动目的。既能揭示人物复杂的内心矛盾,又能引起对方的强烈反响。其结果必然使人物关系有所变化,有所发展,从而使剧情迅速向前推进。

好的戏剧台词,使演员做到口动、心动、身动,如曹禺的《雷雨》,不同人物围绕繁漪喝药的对话就是极富于动作化的语言。

与动作相关,剧本的台词,还必须口语化,通俗易懂,精炼含蓄,发人深思。所谓"语短情长"、"尽在不言中"、"无言胜于有言,少言胜于多言"都给人以回味无穷之感。

三是潜台词。所谓潜台词,简单说来,就是指人物的台词除了表面上的意义以外,还包含有深一层的意义。而这深一层的意义才是人物所要表达的真意和实质。俗话说:"锣鼓听声,听话听音","话里有话,一语双关"就是这个意思。潜台词有点类似黑格尔所说的隐射语。

潜台词之所以能够创造这样微妙的美学效应,主要在于它不是豁然直露,而是警策含蓄,它不淡然如水,而浓烈芬芳。它能让观众品出滋味,了解语中之音,言外之意和未尽之言,高明的剧作家是善于运用潜台词的能工巧匠。

当然,潜台词的含蓄,发人深思,不等于含混,如果在用语中矫揉造作,晦涩难懂,决不能成为精美的戏剧语言的。

二 戏剧文学的分类

(一)悲剧

以主人公的失败、罹害以致毁灭为结局。有三种类型:第一,正面人物(包括英雄)追求美好理想和从事正义事业,在特定历史条件下为反动邪恶者所阻挠、挫败而至毁灭。"将人

---

① 李渔:《闲情偶寄》(《闲情偶寄·词曲部·空白第四》),《中国古典戏曲论著集成》(七),中国戏剧出版社 1959 年版,第 54 页。
② 老舍:《我的经验》,《剧本》1959 年第 10 期。
③ 黑格尔:《美学》第 1 卷,商务印书馆 1982 年版,第 278 页。

生的有价值的东西毁灭给人看",便是指这一类型的悲剧。第二,一般人物,有严重错误,但不满于冷酷的现实,或以牢骚或以喜谑或以沉默作为抗争方式,为现实社会所不容终于悲愤而死。例如《日出》中的陈白露,《北京人》中的曾文清,其死亡是可悲的,也能激起人们的同情心。第三,反面人物逆历史潮流而动,幻想恢复那"失去的天堂",但最终产生了如恩格斯所说的"历史的必然要求和这个要求实际上不可能实现"①的悲剧,如《西金根》中的封建贵族骑士西金根的反抗失败,就是挽歌式的悲剧。悲剧能净化心灵,激发感情和鼓舞斗志。社会主义悲剧在于歌颂主人公的善良刚正、宁死不屈的性格特色,揭露并抨击产生悲剧之各种根源,志在消灭这种丑恶的病根。

(二) 喜剧

主要是描写主人公由于其性格特点或某些诙谐言行与现实环境造成冲突,富有极度滑稽性,使人们捧腹大笑。可分为三种:第一,讽刺喜剧。主人公的荒唐性格、恶劣品质、乖谬行为等,随同冲突的开展而彻底暴露出来,自己"将那无价值的撕破给人看"。鲁迅这话针对此类喜剧似更适宜。例如《伪君子》中的答丢夫、《钦差大臣》中的赫列斯达科夫。第二,幽默喜剧。主人公虽无本质性错误,只是由于某种性格弱点、行为失检或机缘巧合,随着冲突的开展而"恰如其分地表现人的滑稽言行,在戏台上轻松愉快地扮演每一个人的缺点。"(莫里哀语)例如《温莎的风流的娘儿们》中的娘儿们,由于喜剧性格利用各种巧妙的机缘给予调情者——封建骑士福斯泰夫以极大的播弄,引起人们幽默的笑声。第三,诙谐喜剧。主人公品格高尚而肖像不美,在恶势力面前,"于嘻笑诙谐处,包含绝大文章"。②寓庄严的情操行为于诙谐的外观状态中,逗引人们爆发出各种不同的笑。例如《七品芝麻官》中的那位七品官。诙谐喜剧与讽刺喜剧在某些方面有相似之处。此外,尚有滑稽喜剧、闹剧等等。喜剧的特殊效果是笑声不绝于耳,是通过笑起到"寓教于乐"的作用。

(三) 正剧

黑格尔认为,"正剧是前两种体裁的中间阶段","虽然在这种体裁里,悲剧和喜剧的区别力求调和,或者至少可以说,双方并不把自己作为互相完全对立的东西孤立起来,而是互相联系在一起,构成一个具体的整体"。可见悲剧或喜剧这两种因素交叉地有机地渗透于正剧的每一场景中,使之"充满了真正的关系和坚实的性格的严肃性"。不论创造何种形象,选取何种题材,正剧应该"把自己的全部描述能力都放在性格的内在方面,并使形势的全部进程仅仅成为这种性格描写手段"。③ 契诃夫的《樱桃园》、苏叔阳的《丹心谱》都从一定角度反映了本时代现实生活中的矛盾斗争,"把已经完成的事件当作好像目前正在发生的事件表演在读者或观众面前"。④

---

① 恩格斯:《给斐迪南·拉萨尔》,《马克思恩格斯选集》第4卷,第347页。
② 李渔:《闲情偶寄》。
③ 黑格尔:《悲剧、喜剧和正剧的原则》,选自《古典文艺理论译丛》第六册,人民文学出版社1963年版。
④ 别林斯基:《诗的分类》,《西方文论选》下卷,上海译文出版社1979年版,第384页。

第六节　影视文学

　　影视文学,指的是电影、电视文学剧本。它们既具有电影、电视的特性,又属于语言文学的范畴。所以,影视文学可以说是影视性与文学性相结合的产物。

一　影视文学的特点

(一)视觉性形象

　　视觉性,是影视艺术的基本特征。电影、电视之所以最大众化,就在于它是"能看见的艺术"。在各种艺术门类中(如音乐、绘画、雕塑、舞蹈、文学、电影、戏剧等),除文学与音乐外,大都是以看为主。与其他艺术门类相比,影视艺术的视觉性比其他可见艺术都具有独特的性能。因为它更为直接、具体、可感,也最容易为人们所接受。

　　因此,影视文学中的人物、事件、环境等都必须充分具有影视艺术的视觉性这一特长,使其转化为具体、鲜明、生动的视觉形象。那种抽象的不能形成画面的叙述和描写,是绝不能代替剧情的视觉表现手段的,一切抽象的概念诸如伟大、美丽、纯洁、丑恶、自私等都必须设计成为可见的形态、动作、物件,才能写进影视剧本。否则,就无法转化为屏幕形象,为观众所接受。总之,没有视觉形象的电影、电视是不存在的。这也是人们之所以把影视称作视觉性艺术的根本原因。

　　影视文学是以语言为媒介、视觉为触发、画面为背景,其形象是直观性、多方面性的。我们看电影《夏伯阳》,政委富尔曼诺夫把偷了群众一头猪的队长日哈列拘禁在破屋里,夏伯阳咆哮如雷。但却没有释放自己的战友,这些都是通过一系列可见性的活动显示出来的。这样,"党的威信"这一抽象概念就成为具体而生动的视觉形象了。

　　影视剧作家为了使视觉艺术形象富有深度和广度,总是用"特写镜头"去竭力刻画某些极其细微的动作,把隐藏在宁静外表背后的一触即发的感情震动,披露在我们眼前,感人肺腑。

(二)动态性描写

　　影视的动作性很强,在屏幕中,属于人物精神领域里的一切深藏着的东西,既看不见,又不能全用口说,而必须要借助于人物的行动表现出来。所以,影视剧本要以写动作为主。即通过人物行动来塑造屏幕形象,一般说来,动态性描写有三种情况:

1. 静态的变动

　　莱辛的《汉堡剧评》中颇为精辟地指出,把叙事文学的一般性描写转化为戏剧文学的动作性表演,关键在于改编者必须善于从叙事者的观点真正转变成各个剧中人物的观点。不去插叙人物的感情,而是使他们具体出现在观众面前,并在一段连续性的假想时间内不间断地发展,这一观点无疑更适宜于影视文学的动态性描写。影视文学应将语言艺术的静态描写转化为视觉艺术的动态描写。比如"他焦急地等着"、"他心里很难过"、"他高兴得发狂"等等。这是语言文学的静态描写,缺乏可视性,没有动作化。对于"他焦急地等待着"这一静态描写却是如此使其由静变动:他吸着香烟、桌上放着一只装满了烟蒂的、其中一支还在冒烟的烟缸和半杯剩酒。"不断抽烟和半杯剩酒"焦急之情焯然可见;"装满烟蒂"久等之状宛在目前。由于影视剧作家把静态的情景转化为动态;就为演出拉开帷幕,观众看了必然心领神会。

2. 动作的连贯

我国当代著名电影理论家张骏祥说:"对话,只有当它能补充了形体动作,使观众在从视觉形象上得到的之外更从听觉上得到更深一层的体会,起了画龙点睛的作用的时候,才能证明它的存在和价值。"[①]这虽然是从"对话"这一角度上说的,却充分说明了动作是人物与人物、心灵与心灵持续搏斗的产物。电影《天云山传奇》中罗群从火车上把一筐筐货物吃力地背进供销社的若干动作,是他忍辱负重的生活写照;冯晴岚冒着滂沱大雨,急步追赶上在农村劳动的罗群,递给他一顶斗笠的连贯动作,是她爱情烈焰不为政治风云所扑灭,宁愿与情人同甘共苦、相濡以沫的形象刻画。

3. 动作的烘托

对一个人的愤怒、喜悦、惶惑、苦闷或哀伤的情思言行,语言文学家用描写手法,舞台剧作家用对话的手法,影视剧作家除兼用上述的诸种手法外,还必须借助物件、景物,烘云托月地塑造极富于造型表现力的动态形象。猛摔玻璃杯,折断指挥刀,"愤怒"之情,溢于言表;人的奔跑、鸟之飞翔,"喜悦"之状,充于屏幕。影视文学必须以这类手法烘托人物的心理波澜或外向行动。

(三) 影视性语言

影视剧作家在改编剧本时,必须把富有诗意的文学语言,"翻译成电影语言,使它们和银幕上的动作发生直接的关系"。[②]

1. 无声语言

影视剧作的形象,场景和事件,毋需运用繁多的人物语言,而更多着墨于手势、动作和面部表情这一丰富多彩的无声语言。卓别林的优秀默片为典型佳作。有声片也刻意经营无声语言的奇妙效果。

2. 语言情境

影视文学的语言不像舞台文学那样完全由人物之间的"口角"展开,而是把人物置于特定的语言情境之中,给人以莫大的感染力。日本彩色故事片《生死恋》结尾的语言情境则是感人肺腑,催人泪下。

3. 语言个性

影视文学与戏剧文学一样,剧中人的对话应该个性化,富于表现力。无谓的回答,平淡的对口词,是语言个性化和动作化的大敌。

(四) 蒙太奇方式

蒙太奇为法语的音译,意为构成、装配,用之于屏幕剧作即为剪辑组合的独特方式。这种方式更多为导演所运用,但是"熟悉蒙太奇的某些规律,对于电影剧作家说来是必需的"。

---

① 张骏祥:《电影的特殊表现手段》,中国电影出版社。

② 约翰·霍德华·劳:《戏剧与电影的剧作理论与技巧》。

因此，剧作家如果能够"在开始构思时就利用蒙太奇来加强表现力，来丰富内容，那么影片的蒙太奇结构就成为有机的了"。[①] 现从编剧角度而言，有组合方式、序列方式、表现方式等。

二　影视文学的分类

（一）电影文学

1. 故事片剧本

故事片是电影的一种类别。故事片剧本，所反映的社会关系纷繁复杂、丰富多彩。剧作者往往对社会生活进行选择、提炼、加工。优秀的电影文学剧本，具有鲜明的时代感与民族特色，有个性鲜明的人物形象，引人入胜的故事情节，能深刻地反映生活的真实面貌，帮助读者与观众认识生活真理，给人思想启迪与美的享受。如《一江春水向东流》、《董存瑞》、《林家铺子》、《党同伐异》、《偷自行车的人》、《远山在呼唤》等，都是中外名片的成功之作。

2. 传记片剧本

它以真实人物生平事迹为依据，用传记形式写成的电影文学剧本。剧作者描写古今各个历史时期著名人物的生活经历，揭示他们在各个领域所作出的功绩与贡献。传记剧本，要求作者描绘的人物事迹，必须严格忠于史实，不随意夸大与虚构，但可进行加工与想象性描写。既可叙述人物生平经历，如《李时珍》，也可截取人物某一重要生活片断，如《聂耳》等。

3. 美术片剧本

美术片电影文学剧本（包括动画片、木偶片、剪纸片、折纸片等），除与故事片电影文学剧本的要求有共同点外，内容常常是以反映现实生活中人们的意愿和想象的素材，经过提炼、加工、产生变异，从而得到升华，或由一句成语、一张漫画生发而来，可以采用神话、童话、民间故事、科学幻想等各种样式，以夸张或怪诞形式加以表现，如动画片《铁扇公主》、木偶片《皇帝梦》、剪纸片《猪八戒吃西瓜》、折纸片《聪明的鸭子》都是独树一帜的美术片的代表作。

（二）电视文学

1. 单剧剧本（或称短剧）

这类剧本要求在一次播映中交代一个完整的故事情节，完成人物的性格刻画。在这一体裁里，最成功的是"生活侧面剧"。其特征是：人物少，情节线索单一。

2. 连续剧剧本

这是一种结构庞大，连环不断的集剧形式，人物、情节贯穿始终，但分开后，又可以独立成章，合起来又环环相扣，很像我国的章回小说。如《新星》、《四世同堂》、《红楼梦》、《三国演义》、《水浒》、《西游记》等。

3. 系列剧剧本

这也是一种结构庞大的集剧形式，也有人称为连续剧。之所以另立名目，因其质的规定性有二：虽然有主要人物贯穿始终，但各个故事之间，却都可以更新，之所以形成系列，乃

---

① 莫·罗姆：《文学与电影》。

是靠着某种目的在其中产生了联系的缘故。这样看来,连续剧与系列剧的区别,决定了有无人物性格与故事情节的内在联系了。

4. 系列连续剧剧本

这种体裁,是将几个连续剧,组成如大型集剧的形式。因此,某人物、情节、结构,也必然表现得更为复杂。比如用武松的故事、鲁智深的故事、李逵的故事,各组为连续剧,最后再合为水浒系列连续剧。

►思考题◄

1. 简述文学作品体裁的形成和分类的意义。

2. 举例说明诗歌的基本特点。

3. 抒情散文与叙事散文有何不同?

4. 以一部同名小说改编成话剧或电影这几种不同体裁的作品为例(如《阿 Q 正传》、《人生》、《高山下的花环》等)说明小说的基本特点。

5. 为什么说"没有冲突就没有戏剧"?

6. 举例说明戏剧文学的基本特点。

7. 影视文学的艺术特点是什么? 电影文学和戏剧文学有何异同? 举例说明。

研讨

一　莫泊桑:《项链》

(一) 作品提要

《项链》写教育部职员骆尔塞的妻子玛蒂尔德,为了参加教育部长举办的晚会,把丈夫准备买鸟枪的四百金法郎拿去买了裙衣,又向女友伏来士洁借了一挂钻石项链。在晚会上,她的姿色打扮显得十分出众,"男宾都望着她出神","部长也注意她"。她觉得这是"一种成功",十分满意。回家后,她脱衣时突然发现项链不见了,夫妇大为惊骇,在遍寻无着的情况下,只好赔偿。这挂项链价值三万六千金法郎。即便骆尔塞把父亲留下的一万八千金法郎遗产全部拿出来赔,还差一万八千金法郎,只得到处借债。最后凑足三万六千金法郎,买了一挂真的钻石项链还给物主。为了还债,夫妻节衣缩食、勤勤恳恳,整整花了十年工夫,才还清了债务。

一天,玛蒂尔德碰见女友伏来士洁,在言谈中知道先前借给她的项链是件赝品,而她却赔了真的钻石项链。

(选自《中外文学名著简介》)

(二) 作品研究

1. 学者眼中的《项链》

学者对《项链》主题及人物形象理解的演变大致经历了下面三个阶段。

（1）对小资产阶级妇女虚荣心的尖锐讽刺，批判了资本主义社会

《项链》可以说是以批判资本主义的范本的角色进入中学语文课本的，因此对这篇课文的解读一开始就带有浓厚的政治色彩。

1964年十年制学校高中语文课本（试用本）语文第三册教学参考书认为，作者通过叙述路瓦栽夫人的思想言行，对小资产阶级妇女的虚荣心作了尖锐的讽刺，对资产阶级腐朽思想的毒害作了深刻的揭露。通过学习这篇课文，要认识资产阶级思想的腐朽和毒害。

七八十年代的各种教科书和评论文章如出一辙，都认为：莫泊桑的《项链》用生活中的典型事例，塑造了一个虚荣心很重，结果为虚荣心所害的妇女的形象。

……

《项链》是一篇现实主义的作品，这是由作者莫泊桑创作的背景和原则决定的，这一点毋庸置疑。终其一生，莫泊桑顶多只能算是一个具有强烈民主、爱国思想的知识分子。在他的词典中并没有"阶级斗争"这样的观点，所以说他的作品揭示了资产阶级社会罪恶本质似乎过于牵强。纵观建国之后到改革开放以前这段历史，不难发现那个时期的思想意识形态有一种"主题先行"的普遍做法。文学作品被异化为政治鉴定的工具。作品分析总是离不开二元化的简单思维，外国文学作品就一定是批判资产阶级的阴暗面，古代文学作品就一定逃不脱它的时代局限性，现代文学作品就一定是揭露反动势力的罪恶，当代文学作品就一定是歌颂社会主义的美好新生活，意识形态斗争的浓浓硝烟到处弥漫。这是一种意识形态泛化的解读方式。这种解读方式把文学作品作为阶级分析的工具，作为政治教育的工具，而唯独忘了文学作品还有丰富的人文内涵。

（2）一个美丽女性的成长历程

"文化大革命"以后，人们的思想从教条、僵化中解放出来，很多人不满于单纯地对《项链》进行现实主义、实用主义的解读，他们另辟蹊径，开始从个人的经验或者基于人性的角度出发，对《项链》进行解读。

① 错位到复位的女性

方位津的《错位到复位的女性》（以下简称《错位》）最具代表性。该文一方面既指出"爱慕虚荣、想入非非、不安于现状"是玛蒂尔德性格的错位，同时又说明"这种不安分的心态不仅正常而且体现着人类向前迈进的追求"，认为她"作为小资产阶级市民的女儿，渴望过好日子，渴望充当被社交界承认并追慕的角色也并不为过，更不是什么错误"；另一方面依据相关情节，挖掘出她性格中的"本质"内涵——"善良、诚实、质朴"和"坚韧、忍耐、吃苦"，到最后"她抛弃了娇气和任性，远离了虚幻的遐想，而成了为明确生活目标而一步一步攀登的奋斗女性"，"玛蒂尔德是一个由外在形象美到内在精神美的女性，一个由错位到复位并最终找到自我的女性，莫泊桑给我们留下了一个变得很美好很可爱的女性形象"。

② 人性美的展示

故事向我们展示了玛蒂尔德诚实守信、勤劳俭朴、宽容大度的优良品质，张扬了人性之美，应该使同学们学习玛蒂尔德的勇敢、刚强、诚恳、自尊。

③ 和青春有关的忧伤

莫泊桑作品有一个恒定的主题,就是年轻女性主题,即一种同女性青春相关的忧伤。玛蒂尔德的虚荣心有其背后的年龄特质和独特的社会环境。玛蒂尔德幻想富裕、闲适、情人、雅趣,都是那些即将成熟却又没有成熟的女子的一种单纯的生命特质。而十年后玛蒂尔德对于那串项链的追悔和反思,实质上是对已消失的生命之光的最为真切的挽留,而挽留的悲剧却早已在冥冥之中被确定。年轻女性的青春注定要在时间锯齿的撕咬中失去美丽。而玛蒂尔德就是在过早领略了现实的残酷以及过早失去原来就该失去的美丽的同时,她的人生却在这突如其来的"领略"和"失去"中得到了前所未有的充实、积淀和升华。因为经历总是美的。

④ 对爱美女性的警示和勉励

玛蒂尔德形象包含着爱美、单纯和勇毅三个层面。小说的主题是通过玛蒂尔德借项链而失项链的悲剧,向爱美女性发出了严肃的警示:仅凭单纯的爱美,缺乏经验,只看外表不识本质,是要付出惨痛的代价的。莫泊桑以小说的艺术向爱美女性敲响了警钟。

从以上几个方面来看,虽然玛蒂尔德已经不再懵懂,已经是路瓦栽的妻子,但是她的成长并没有完全结束。由于没有接受过良好的教育,又早早地嫁为人妇,她对人的生存价值没有一个清醒的认识。可能是受当时人们价值取向的一种误导,她把"过高雅和奢华的生活"作为自己的生活目标,当现实与理想出现巨大反差的时候,她就以泪洗面,整天愁眉不展。当改变现状的机会来临的时候,她凭借一条外真内假的钻石项链获得了一晚的风光,留给她的却是十年的艰辛。十年的艰辛使她变成一个穷苦人家的粗壮耐劳的妇女。虽然美丽的容颜不复存在,但她由此变成了一个生活充实,而又受人尊敬的成熟女性。内心的美丽取代了外表的美丽,从而使美丽的生命期更加长久而淳厚。玛蒂尔德的故事就是一个美丽女性的成长历程。

(3) 人与命运的抗争

① 人的命运都是冥冥之中"造化"的安排,人根本无法自主,也无从选择。而"造化"的安排就无所谓"错"与"不错"。

② 揭示了人与命运、人与社会之间的矛盾与冲突,表现了处于中下层社会老百姓生活的痛苦与无奈,体现了莫泊桑的人道主义精神。小说也从正面揭示了一条生活的真理:人生是一条不平坦的路途,会遇到很多意想不到的突发的挫折与厄运,但人们只要敢于直面命运的挑战,敢于对自己与他人负责,就终将战胜困难,走出寒冬,这正是小说的积极意义和启迪价值。

③ 玛蒂尔德的虚荣行为正是因为她认识到命运的不公平,不肯安贫乐道,于是产生了对命运的拒斥、抗争意识。而莫泊桑对下层人民怀着既讽刺、不满,又悲悯、同情的胸襟和立场。从而使小说显示出一种可贵的包容性、丰富性和深刻性。

④ 把《项链》主题确定为讽刺了小资产阶级虚荣心和追求享乐的思想是意识形态泛化的结果,而小说的真正主题应该是一曲不向命运屈服的颂歌。前一部分刻画玛蒂尔德的虚荣心是为了更好地刻画丢项链之后的玛蒂尔德的坚强性格,是我们平常所说的"欲扬先抑"。

⑤ 丢项链前,玛蒂尔德的生活目标是追求跻身上流社会的虚荣,人的自尊主导她的性

格内涵;丢失项链后,玛蒂尔德的生活目标是挺起腰杆偿还债务以守护"穷苦人家"的做人信誉,人的尊严主导她的性格内涵。……莫泊桑借助主人公戏剧性的生活史所要表达的主旨:人生命运变幻无常,难以把握。

人与命运的关系可能是人类学会思考以后就一直在思索的问题。早期的人类正是因为无法解释变幻莫测的命运而创造了神,认为人是由上帝或是阿拉等神创造的,人的命运也是由神安排的。由于人类的祖先犯下了"原罪",他们的子孙后代生来就是赎罪的,所以人生在世就是受苦受累。命运既然是上天安排的就无所谓对与错,人类只能无条件地接受。随着人类文明的进步,人们改造世界的能力越来越强,面对生活的磨难,人们通过自己的努力使人类自身越来越适应生存环境,过上了比较好的生活。人与命运的矛盾与抗争是一个永恒的主题。

2. 当代中学生眼中的《项链》

为了更好地了解当代中学生如何理解《项链》主题及人物形象,我采用问卷调查的方式在北京大学附属中学高中二年级选取了一个文科班和一个理科班进行调查。我共发放八十份问卷,收回七十一份。理科高二(4)班发放四十份,收回三十九份;文科高二(16)班发放四十份,收回三十二份。

让我们一起来看看学生对主题与人物形象的理解情况。在问卷中涉及主题和人物形象的问题是第八、九、十、十一题。

附:统计表格

题号	问题			选项	选择人数	比例
8	你认为玛蒂尔德的命运是悲剧性的吗? 如果是,造成她悲剧命运的又是什么呢?	是		A. 资本主义社会制度	8	11.27%
				B. 资产阶级的虚荣心	14	19.72%
				C. 人类共有的人性的弱点——虚荣心	38	53.52%
				D. 青春年少不更事	2	2.82%
				E. 仅是一次偶然事件	3	4.23%
				F. 全是上帝的安排	4	5.63%
				G. 其他	2	2.82%
		否	19	9 人生的磨难使生活充实,更成熟,更坚强		
				4 命运是上帝或个性造成的,无所谓悲剧不悲剧		
				6 无理由		
9	对于课后练习二给出的三种关于玛蒂尔德形象的参考看法,你持什么意见?			A. 玛蒂尔德是一个被资产阶级虚荣心所腐蚀而导致青春丧失的悲剧形象	19	26.76%
				B. 认为玛蒂尔德对于发生在自己身上的戏剧性变化无能为力,是只能听任摆布的宿命论形象	11	15.49%
				C. 玛蒂尔德是一个由虚荣心导致错位到由诚实劳动导致复位的并最终找回自我的女性,是一个变得很好很可爱的女性形象	27	38%
				不同意见	14	19.7%

（续表）

题号	问题	选项	选择人数	比例
10	你认为作者通过这个作品主要想说明什么问题？	A. 对小资产阶级妇女虚荣心作了尖锐讽刺，对资产阶级腐朽思想的毒害作了深刻的揭露	38	53.52%
		B. 人的命运是由"造化"安排的	14	19.7%
		C. 讲述了人与命运的抗争	6	8.45%
		D. 美被亵渎，被毁灭	3	4.2%
		E. 和青春有关的忧伤	2	2.8%
		F. 对爱美女性的警示和勉励	6	8.45%
		G. 展现了人性的真、善、美	12	16.9%
		H. 其他	6	8.45%
11	你觉得这篇作品的价值在什么地方？	A. 让我们知道了资本主义社会的罪恶	16	22.5%
		B. 对年轻女士有警示和勉励的作用	13	18.3%
		C. 学习玛蒂尔德的诚实、守信	18	25.35%
		D. 要勇于与命运、现实作斗争	21	29.58%
		E. 其他	15	21.1%
14	学习完这篇作品之后，你阅读的初始体验有没有改变？如果变了，请简单谈谈？	A. 有，起码听到了别人的说法，改变多了 B. 变了，感受到了友情的可变性、不稳定性、不可靠性 C. 有，女主人公有许多我们可以学习的地方 D. 变了，女主人公由可怜变得可爱了 E. 变了，以前认为是悲剧，现在觉得生活的磨难对主人公是好事，改变了她的缺点，对她的人生是种帮助		
15	如果你是人教社语文组的主编，你还会在高中语文课本中收录这篇作品吗？说说你的看法及理由？	A. 答应该收录的有 32 份，约占 45%；经典名篇，有很深的教育意义，会给学生很多的启示，能给学生想象的空间 B. 回答没必要收录的有 16 份，约占 22.5%；英语课已经学过 C. 有 23 份没有作答，约占 32.4%		

（摘自闫苹编著《中学语文名篇的时代解读》）

（三）相关链接

1. 如何思考与研究作品——讨论《项链》

▶**阅读提示**◀

下列一则材料选自（美）布鲁克斯、沃沦编著的《小说鉴赏》中关于《项链》讨论一节。值得注意的是这种阅读方式将帮助我们逐渐培养起一种稳妥而良好的阅读姿态。作者通过对作品细致入微的分析，将若干容易被我们忽略而又恰是小说成功的十分重要的元素（人物、叙述、结构、场景、情节、细节……）向我们展现出来，从而真正从内容与形式统一的层面上把握作品的真谛。

这篇小说也是以突然转折而告终：女主人公在丢了那串借来的项链，因而艰苦挣扎了十年之后，才知道，那些珠宝首饰到头来却是一钱不值的赝品。乍一想，这一意想不到的事情可能就像一个花招，正如《带家具出租的房间》（欧·亨利著）的结尾是一个花招一样。可是,继而一想,就不见得是那样了。为了确定它究竟是不是花招,不妨先考察下面这些问题。

(1)莫泊桑利用钻石项链是假的这个事实,作为发展故事情节的出发点呢,还是他姑且利用一下,仅仅作为出现惊人的结尾时的一种花招?换句话说,在钻石项链是假的这个基本事实和罗瓦赛尔太太最终获悉这一消息的事实之间,有一种真正的重要区别吗?即使她一辈子都不知道钻石项链的实情,这篇小说里会不会有讽刺意味?

(2)有些人丢失了一串借来的钻石项链,就会立刻和盘托出,但罗瓦赛尔太太却始终不肯供认自己失落的首饰。她之所以不肯坦白出来,有充分的动机因素吗?她的自尊心是一种真正的令人赞赏的自尊心,或者只不过是一种虚假的自尊心?要不然就是两者兼而有之的一种讽刺的混合物?她在丢失了项链以后的种种行动,可能是由她的性格所决定的。从逻辑上来说,这两个因素在小说中有什么关系?

(3)这篇小说的基本意义,是取决于丢失项链(不管它是假的或真的)这个事实吗?换句话说,玛蒂尔德·罗瓦赛尔不是那样一种贪图虚荣、了此一生的女人?(在这方面,请重读小说的第一段。)莫泊桑没有利用项链丢失的事件作为一种手段,来加速和加强罗瓦赛尔太太性格中早已固有的变化的过程?如果这种说法可以成立的话,那么,钻石项链的虚假,不就成为这篇小说基本情节的一种象征吗?那就是说,钻石项链的"虚假",不就代表了罗瓦赛尔太太从前所认为的生活价值的"虚假"象征吗?

(4)我们有什么证据,足以说明作者意欲表示女主人会获得新生?如果这样的话,我们又该怎样解释她最后发现自己为这些"真正的"首饰付出了代价?

(5)我们可以说《埋葬》(约翰·科利尔著)的讽嘲是建立在普通的人生观上,事情都是以惊人的滑稽的方式发生的,《年轻的布朗大爷》(纳撒尼尔·霍桑著)的讽嘲是建立在普通的人性论上,即对人生表示怀疑。而《项链》的讽嘲是建立在一种更为独特的思想观点上。那你又该怎样来形容它呢?

(6)福莱斯蒂埃太太关于原来的项链是假的揭示,给我们读者指出了这篇小说的意义所在。那么,它给罗瓦赛尔太太又指出了些什么呢?

这篇小说给了我们一个良好的机会,去研究小说中如何处理时间概念的问题。小说对罗瓦赛尔太太是从青少年时期一直写到中年。她的少女时代在第一段里只是一句带过了,结婚后头几年在第二段至第五段中有所描述。接着,描写舞会那一段时间所占的篇幅相当长,直接写到的场景有五处,即罗瓦赛尔夫妇谈论衣着,谈论首饰,登门造访福莱斯蒂埃太太,舞会本身,以及找寻失物——项链。随后是含辛茹苦地度日,并把旧债偿清的时期,前后一共十年,占了一页左右篇幅。最后是结尾,即在公园里同福莱斯蒂埃太太邂逅。

我们可以看到,时间比较长的可用提要方式来写,时间比较短的可用多少富于戏剧性的方式加以直接描绘,但在两者之间务必保持一种平衡。写到比较长的那段时间,除了扫视一遍全景以外,作家还必须抓住一个重要的事实,或者抓住这个时期内最主要的感受。他还必须把这篇小说中最基本的东西——比方说,年轻的玛蒂尔德·罗瓦赛尔的性格,或者她在十年之中历尽艰辛的生活方式——首先集中提炼出来。但是在富于戏剧性——或有场景——的描写中,必须展示这一段时间里运动的进程,又是怎样一步一步地得到发展的。比方说,罗瓦赛尔太太怎样决定要在公园里向她的老朋友说话的,她是怎样走上去和她的朋友搭讪的,她一想到她买的那串项链竟然能蒙骗过福莱斯蒂埃太太,又是怎样感到一种出乎意外的喜悦,福莱斯蒂埃太太怎样揭露了真相,给我们指出了这一意义的重点所在:罗瓦赛尔太太的"喜悦",以及她那意味深长的自尊心——哪怕是瞬息即逝的。换句话说,这个场景给时间拍下了"特写镜头",而这段提要却摄下了"远距离拍摄的镜头"。

作家有时在一段提要中所写的,必须远远地不止是一段提要。要知道作家毕竟是在写小说,而小说需要写出人生的感受,不能仅仅只有干巴巴的事实。让我们细心留意一下,莫泊桑即使在几乎不事雕饰的提要中如何表现艰苦的十年生活的,他只是寥寥几笔,就使得我们仿佛亲身感受到罗瓦赛尔夫妇这种可怕的生活的特性。罗瓦赛尔太太"粉红的指甲在油污的盆盆盖盖和锅子底儿上磕磕碰碰磨坏了。每天清早她还要提水上楼,每一层都得停下来喘喘气"。莫泊桑告诉我们,"她成了穷人家健壮有力的女人,又硬直,又粗犷"。接着,他又写道:她"头发乱糟糟,裙子歪歪斜斜,两手通红,说话粗声大气,刷地板大冲大洗。"仅仅用了"大冲大洗"这四个字眼,我们看到这一切情景全都跃然纸上。

有些短篇小说,甚至有些长篇小说,几乎完全通过一些场景和直接描述就可以写下去的。例如,《埋葬》只给我们展示了短短一小段时间,和仅仅从过去岁月中概括出来的篇幅最小的破题。不过,许多短篇小说和几乎所有长篇小说,一定会前后徘徊在或多或少的直接描述和概括性叙述之间,而且这种概括性叙述中或多或少还包含描绘和分析的成分。读者最好能开始注意到,这两种基本描述方法(连同许许多多细致的差异和结合)之间有什么关系。我们一定还要反问自己,某一篇小说的感受,它所讲述的故事内容的逻辑性,以及它所给予我们的影响,同作家对这个时间问题的处理手法究竟有多大关系。当然,这里也没有一定惯例可说。我们一定要想方设法尽可能仔细而又坦率地来考察我们自己的反应,并且针对每个不同的实例,想象它要是采用了一种不同方法,将会产生什么样的效果。

(摘自布鲁克斯、沃伦编著《小说鉴赏》)

2. 通过真假项链暴露人物内心隐秘

现实主义的或者倾向于现实主义的作家常常把现实性的描写和假定性的构思结合得非常巧,也就是说,把假定性掩盖得非常自然。但是不管多么巧妙,仍然是可以分析出来的,有时只要拿一些相类似的作品来比照一下就行了。

例如,要看出莫泊桑在《项链》中如何运用假定性构思来检验他的女主人公是不那么容易的。一个女人为了在舞会上出一下风头,借了一条项链,出足了风头之后,项链遗失了。为此,她付出了十年青春的代价,结果发现项链是假的。一般读者,甚至研究者一下子很难看出作者的匠心在于:项链本是赝品,但被"假定"为真的,而且长达十年。作家就是利用这个假定让读者看到,这个表面看来十分虚荣的太太,在陷入困境以后,居然变成了一个非常勤俭的主妇。但是把这一篇和另一篇小说《珠宝》(莫泊桑著)联系起来就不难看出作者假定艺术的奥秘。小说写一位太太接受情人的珠宝,明明是真的,可她丈夫却一直以为是假的。直到她死后,才在无意中发现是真的。本来读者和女主人公的丈夫一样以为她是一个正统纯洁的妻子,而真珠宝的巨大价值,却使读者明白过来,这正是她和富人偷情的铁证。

把真的当作假的时间那么长,等到发现错了,人都死了。人虽然死了,可是在丈夫眼中却变成了另外一个人。

究竟是真是假，并不重要，重要的是真真假假有利于人的情感深层结构的检验。

（摘自孙绍振著《名作细读》）

二 闻一多：《死水》、《也许》

（一）作品介绍

死 水

这是一沟绝望的死水，
清风吹不起半点漪沦。
不如多扔些破铜烂铁，
爽性泼你的剩菜残羹。

也许铜的要绿成翡翠，
铁罐上锈出几瓣桃花；
再让油腻织一层罗绮，
霉菌给他蒸出些云霞。

让死水酵成一沟绿酒，
飘满了珍珠似的白沫；
小珠们笑声变成大珠，
又被偷酒的花蚊咬破。

那么一沟绝望的死水，
也就夸得上几分鲜明。
如果青蛙耐不住寂寞，
又算死水叫出了歌声。

这是一沟绝望的死水，
这里断不是美的所在，
不如让给丑恶来开垦，
看他造出个什么世界。

（选自《闻一多全集》第 1 卷）

也 许
（葬歌）

也许你真是哭得太累，
也许，也许你要睡一睡，
那么叫夜莺不要咳嗽，

蛙不要号，蝙蝠不要飞，

不许阳光拨你的眼帘，
不许清风刷上你的眉，
无论谁都不能惊醒你，
撑一伞松阴庇护你睡，

也许你听这蚯蚓翻泥，
听这小草的根须吸水，
也许你听这般的音乐，
比那咒骂的人声更美；

那么你先把眼皮闭紧，
我就让你睡，我让你睡，
我把黄土轻轻盖着你，
我叫纸钱儿缓缓的飞。

（选自《闻一多全集》第 1 卷）

（二）作品研究

情感与形式的磋商——读诗会（节选）

赖彧煌　今天我们要谈的《死水》、《也许》都选自闻一多的诗集《死水》。这里要注意两个重要的背景：一个是，这部集子是闻一多有意识地践行自己的"格律诗"理论的一次作品的集结，并且，它的出版引起了很大的反响；另一个更大的背景是，所谓的现代格律诗，出现在当时自由诗相当泛滥的诗坛。现代格律诗写作的一个总体诉求是，以理性来节制感情，以形式来匡正诗艺。那么，细致地考察这两首诗的"诗形"显然就是分析问题的一个相当重要的角度。

赖彧煌　我想从文本细读出发谈谈对两首诗的一点理解。《死水》处理的是典型的情境性题材，可以从几组矛盾对立的关系展开观察。"死气沉沉的水"呈现的是事物本身所具的状态，而"绝望"体现的是隐藏于文本背后的书写者的感情状态。"死的"就是"静的"，而"绝望"是"动的"，这里是第一组对立。第二处对立姑且称之为反向化地处理细节，"破铜烂铁"和"翡翠"、"桃花"，"油腻"、"霉菌"和"罗绮"、"云霞"，这是美与丑的对立，也可以说是用了以美写丑的方式；而"死水"与"鲜明"、"寂寞"与"歌声"则是声色上的对立。这些效果的获得主要在于修辞带来了一种张力。第三处对立表现在语调上的决绝和否弃的态度，第一节的"不如"、"爽性"，第二节的"再让"，第三节的"让"，第五节的"断不是"、"不如"均是如此，否定的态度一以贯之，凸显出了激烈的"绝望"和沉寂的"死水"之间的紧张。值得注意的是，这种态度是以细节呈现"死水"的衰败状态时亮明的，回应和强化的是感情状态和事物状态之间的冲突关系。第四处对立和分析诗中的"音尺"安排或者说形式的讲究有很大的关系，全诗每一行均由三个"二字尺"和一个"三字尺"组成，保证了字数的绝对齐整，这种谨严的、如铁板一块的外形对应的是"死气沉沉"的表征,由此看来,如果全诗意味着某种破败、腐朽的"象征"的话,那么,可以说这种"诗形"间接参与了此种象征意味。不过,从总体来看,《死水》一诗的成功并不全在所谓的"诗形"的完美,它的完成还得益于诗的想象方式等多种因素。

进一步说,《死水》中"音尺"的划分也是不尽合理的,有些甚至显得牵强,作者有时为了保全视觉上的均齐而牺牲了"音尺"的合理性。

《也许》是闻一多为早夭的爱女写下的葬歌。令人惊异的是,它是以摇篮曲的样式和调子写成的。这对死亡题材的处理是很有特点的。首先是对死采取"存疑"的态度,"也许"本身就是"存疑"的语气,把死的事实置换成"睡"的幻觉:哭——累——睡。全诗四节,第一节"夜鹰"、"蛙"、"蝙蝠"暗示的时间是夜晚,第二节"阳光"、"清风"提示的是白天,两节之间有一个小小的递进,因为"睡",在夜晚是再自然不过的事,而到了白天作者仍旧坚持"你"的"睡",这就说明了——庇护的其实是"睡"的表象之下的"死"。到了第三节,想象实现了一个完美的过渡,这一节的处理至关重要,它衔接的是地上和地下,人世与黄泉。在这里,"睡"已经和坟墓连在一起了,但在诗中却把"黄泉"中的"你"安排进一个想象中的美妙场景:"也许你听这蚯蚓翻泥/听这小草的根须吸水。"紧接着是一个对比,非人世与人世的对比:"比那咒骂的人声更美",让人觉得"睡"仿佛出于自愿,是适得其所。因此,到了第四节,诗中的说话者接受了"死"的事实,用常规的细节表达独特的祭奠之情:"我把黄土轻轻盖着你/我让纸钱儿缓缓的飞。"这种处理丧女之痛的方式让我们为之动容,它逐步接受死亡的事实这一过程其实就是疏导、接纳悲痛的过程。打个比方,像一名慈祥的父亲对着空空的摇篮哼唱着催眠曲,这种悲痛是慢慢地释放和累积起来的。

如果对比《死水》一诗,按照闻一多的"音尺"理论来划分,《也许》的格律是极不严格的,一些地方不但无法顾及"音尺"数目的相等,而且有的地方在"字尺"长度上也不好把握。

荣光启 《也许》这首诗写的题材是挚爱的女儿的死,但在情感的表现上却非常含蓄、沉静,形式上又如此完美、独到,可以说,这首诗为我们如何将"题材"转化为"艺术"提供了一个完美的典范。

闻一多说《死水》是他"在音节上最满意的试验",其价值的确在于它的"试验性"。形式上如此工整,内容上又富于象征性,实在是难得。作为一个情感上非常热烈的人,闻一多对现实的不满是涨满了心胸的,但这首诗中强烈的情感却没有丝毫的直白、粗糙,相反,"艺术品味"非常之高。这让我思考一个问题:什么是一个诗人必需的精神品格,什么是诗歌形式上的美?我们知道,闻一多对现实的忍耐与思忖是非常坚韧的,一度还是极端沉静的(在书斋中自称"十年不下楼"),体现在诗歌形式上,则是对自由泛滥的"形式"的抗争与寻求,然后创造出新的艺术的结晶。这样看来,美的艺术的生成来自于一个诗人对于无艺术品性的旧有"形式"惯性的反抗。可以想见,《死水》所具有的形式上的"美",诗人在写作的过程中一定与许多旧有的"形式"作了痛苦的奋争,最终有了这里令人比较满意的"形式"。这也正如闻一多自己说的,一首诗不是"写"出来的,而是"做"出来的。

伍明春 按照徐志摩在《〈诗刊〉弁言》一文中的说法,闻一多的这两首诗可以说是典型的"创格的新诗"。那么,这种"创格"体现在哪些方面呢?我认为,除了颇具视觉冲击力的严整外形(闻一多曾自嘲这是一种"麻将牌式的格式")外,它们的节奏、韵律等方面也多有创新之处。关于这两首诗的节奏单位——"音尺",刚才各位已经谈得很多了。在这里,我想说说它们各自的用韵特点及其与诗歌情境的关系。《死水》采取的是换韵的押韵方式:每节二、四行押韵,各节的韵式互不相同。在韵脚的声音效果的营造上,诗人有意地让平声韵和仄声韵交错出现(第一、二、四节平声,第三、五节仄声),从而获得一种变化感和层次感。就整体而言,这首诗铿锵有致的音韵,有力地支持了对一个寓言式主题的抒写。而《也许》则一韵到底,这种押韵方式保证了诗歌情境的内在一致性。此外,这首诗韵脚的韵母为[ei],发音显得轻柔而低沉,正契合一位遭受丧女之痛的父亲的情感特质。最近有些研究者对闻一多诗歌的用韵问题提出批评,认为"诗人对韵的使用虽然积极,可是对韵的作用理解得却非常消极"。这种批评不无道理,但似乎有苛求之嫌。我们应该把闻一多对新诗格律的探索,还原到当时的历史语境中去考察,才可能作出较为中肯的评价。事实上,后来林庚关于"九言诗"的思考、何其芳和卞之琳对现代汉诗"顿法"的研究等,显然都受到闻一多最初探索的启发。而在当下,不少"网络诗歌"作者全然不顾形式因素的重要作用,像技术高超的拉面师傅一样,将一行诗拉得冗长无比,毫无节奏感可言。在这种背景下,我们重新细读闻一多的这两首诗,不仅对当下的诗歌写作有借鉴意义,对诗歌阅读活动也有一定的引导作用。

白夜 我很喜欢《也许》这首诗,远胜过《死水》,我的理由有三点。第一点,从表达情感的方式上来看,《也许》在表情上更委婉,闻一多写女儿的"死",不是"死",而是"睡",用一种幻觉或错觉的方式表达他多么希望死去的女儿能够苏醒过来,就像她平时安静地睡过一夜之后醒过来那样。表达方式越含蓄,艺术效果反而越强烈。而《死水》用的是"这是一沟绝望的死水"、"断不是美的所在"这样直抒胸臆的表达方式。我本人比较反感表达绝望这样的强烈感情时,诗里出现大量"绝望"这样的词,如此直接的表达丧失了诗歌的艺术魅力。第二点,从节奏上来看,我更喜欢《也许》,它有错落有致的节奏,虽然没有整齐的韵律,但要知道诗无定法,每首诗的节奏应该和它要表达的情感保持一致。而《死水》,虽然说它的形式是"死水"的象征也有道理,但这样整齐平稳的节奏读起来有点做作,好像一个老式书童拗着脖子在念八股。一首诗是否需要通篇采用"二二三二"或者"二三二二"的节奏呢?我觉得也不一定。第三点,从意象上来看,有创造力的艺术需要陌生化的效果,像"破铜烂铁"、"剩菜残羹"这种习语已经被用滥了,还有"翡翠"、"桃花"、"罗绮"、"云霞",都是古典诗人用滥得不愿再用的意象,再如"小珠们笑声变成大珠"、"不如叫丑恶来开垦",这也叫诗啊? 有点像打油诗。所以我想到一个问题:名诗是不是一个诗人最好的诗? 我认为不一定……

刘金冬 这两首诗都写到死亡,有很多相似的地方。《死水》是"象征"诗,它的题目就显示出了一个死亡的状态;《也许》是为死去的女儿写的葬歌。第二,情感状态也有一致的地方,两首诗都表达强烈的感情。闻一多自己说在《死水》中有火,他对之特别恨,所以才用这种调子来写;《也许》写女儿的死显得特别悲哀,是一种热切的爱。第三,在情感的表达上比较节制、内敛,所谓艺术驾驭情感,情感不是那么外露的。第四,形式上也有很多相同的地方,每节均为四行,每行都是九个字。当然《死水》里边是更加严格的二字尺、三字尺,这方面《也许》不太严格。

但两首诗表现的感情不同,处理感情的方法就不大相同。在《死水》中,"这是一沟绝望的死水"是一个判断,以肯定判断表现感情上的否定。它的最后一节是回应第一节的,两节的第一句是完全一样的句式,表明是对第一节肯定句式的又一次肯定。在《也许》中,"也许你真是哭得太累"用的是猜想语气。这种猜想的语气是父亲的语气,是他不愿相信、不能相信、不忍相信。所以前两句"也许你真是哭得太累/也许,也许你要睡一睡",然后第三、第四句是祈使语气:"叫……""……不要……",到第四节"我把黄土轻轻盖着你,/我让纸钱儿缓缓的飞",几近自言自语,猜想似乎变成幻觉了。

王光明 刚刚大家都谈到了两首诗的形式与情感的关系,实际上可以提出这样的问题:诗能不能没有形式,或者说自由诗是否有绝对的自由?这个问题从相反的方面看是,有了形式是不是就等于诗?过去人们用二分法把"内容"与"形式"分开,一种情形是重视内容,说内容决定形式,那么,形式、技巧是次要的吗?另一种是重视形式,但如果只有技巧的话,一首诗能不能成为好的诗、伟大的诗?值得注意的是,当中国古典诗歌的格律成了一个套子,变成社交和应酬的工具,它走向了衰弱;而当早期的自由诗赤裸裸地喊着革命、抒发自我,许多人又不承认它们是诗。诗不是单方面的需求,而是各种因素的综合作用。

至于这两首诗,我想谈两个问题。第一个是诗的具体性,第二个是抒情和想象的辩证法。诗有多种多样的具体性,从闻一多这两首诗来看,至少呈现出追求具体性的两种不同方法。《死水》的写作背景,按照饶孟侃1978年《诗刊》中的一篇文章说,是见到西单二龙沟一个臭水沟时得到的灵感。然而,灵感虽然源于这个臭水沟,但它所表现的东西,它所象征、隐喻的东西实际上并不是这个臭水沟,诗人从臭水沟出发,通过艺术的转换把它变成了黑暗世界、黑暗社会的某种象征。这里,一个物质的、具体的臭水沟变成了当时社会状况的隐喻。这可以联系杰姆逊的一个观点,杰姆逊认为第三世界的文学往往是一种民族国家的寓言,他认为鲁迅的小说就有民族寓言的性质。照此看来,《死水》也可以作为这种观点的一个例证。但我们要注意到的是,把一个非常具体的实际情境上升为一个民族国家的寓言时,闻一多有许多非常独特的东西,不仅仅是把具体情境上升为寓言,而且有构成"寓言"过程的独特魅力。《死水》从情境上看,有一个实景上升为虚景的过程,是从具体走向抽象,所以它在诗歌情境的具体性、自洽性方面或许不如《也许》。《也许》是一个父亲对着夭亡的女儿说话,全诗始终围绕这个情境。好像女儿没有死一样,好像她真的是睡着了一样。我在一本书中写它"表现的是一种不信、不忍、不能接受的事实",把"死"转换成了"睡",似乎重现的是过去的场景:女儿在睡,父亲在旁边说话,安抚女儿去睡一样。当然,女儿毕竟是死了,所以营造睡的、催眠的情境时他始终没有忘记的是女儿已经死了。这首诗因为把"死"转换成"睡",说话者萦绕于心的全是女儿生前活泼可爱的模样。诗呈现的就是这个情境,说话的语气、所用意象都是父女所熟悉的。所以,这类诗显得特别亲切,特别"具体",特别感人,因为它表现的是一种永恒的亲情。

我认为两首诗各有各的美,各有各的长处,这涉及我要谈的第二个问题:想象和抒情的辩证法。大家都谈到闻一多有燃烧着的感情,他的内心其实是一团火,而不像他在诗中表现得那么从容。我认为这恰恰是闻一多的优点,他能够把非常炽热的内心火焰,一种可能不亚于郭沫若的火焰,转化为诗的具体意境、具体想象和想象的过程。比如,让"死水"舞蹈,让它恶贯满盈,用嘉年华式的想象表现悲情。尤其是《也许》,呼应感情与生活的逻辑,将"死"转换成"睡",非常贴切和到位。这里有一种抒情的辩证法。正如大家都注意到《死水》用美的意象否弃丑恶的事物。还须注意的是《死水》的整个表现过程。这个过程是什么呢?原来要表达悲剧性的情感:"这是一沟绝望的死水","绝望"就是悲剧性的情感,但它通向的是"不如多扔些破铜烂铁",到最后"不如让给丑恶来开垦,/看他造出个什么世界",就有了一种喜剧的或者荒谬的氛围。这种独特的疏导感情的方法,在当时的诗歌中很少见。闻一多把丑恶推向极端,让它产生转变的可能,悲剧性的情感产生反讽的情趣。表现对象的丑与艺术的美如此美妙的共处正是抒情辩证法的胜利。这是当时那些直接地处理感情的写作者做不到的,它有艺术的机智,体现的是闻一多非常独特的诗歌素质。也许,用"爱国主义诗人"并不能完全概括闻一多在现代汉语诗歌中的地位与意义。他有很激烈的情感与个性,但他知道如何用艺术、用形式与技巧疏导感情。面对写作他非常放松,带着游戏品格,充满智慧与幽默感,因此他的诗更美、更机智、更加到位地抵达了自己所要表现的东西。

(摘自王光明等著《开放诗歌的阅读空间》)

三　文学世界中的"青春流浪"主题初探

(一) 青春流浪主题探源

欧美文学中流浪主题十分发达。《荷马史诗》中的《奥德修记》最先为读者展现了别具艺术光彩的流浪汉形象。16世纪中叶西班牙流浪汉小说诞生以后,流浪汉形象更是络绎不绝地出现在许多欧洲作家笔下。作为欧洲近代小说的一种模式,流浪汉小说的基本特征是:取材于城市无业游民生活,在描写流浪汉们不幸命运的同时,也描写他们为生活所迫而产生的欺骗、偷窃行为和各种恶作剧,表现了弱势群体的反抗情绪;从结构上看,流浪汉小说以流浪汉的流浪行踪为线索,通过主人公的亲身经历和所见所闻安排生活场景。西班牙最著名的流浪汉小说是无名氏的《小癞子》。其后,欧美文学史上,像法国作家艾克多·马洛的《苦儿历险记》、英国作家狄更斯的《大卫·科波菲尔》、美国作家马克·吐温的《汤姆索亚历险记》和《哈克费恩历险记》、笛福的《鲁宾逊漂流记》、斯威夫特的《格列佛游记》、前苏联作家高尔基的《人间三部曲》等都对"青春流浪"进行了文学描写。

中国古代小说中没有严格意义上的流浪汉小说,这跟中国传统文化中"安土重迁"的思想有密切关系,是由中国古代的农业文明决定的。在中国人的词汇里,"流浪四方"是战乱之时或灾荒年景的写照,而"流落街头"则是失魂落魄的标志。进入20世纪以来,中国社会经历了多次大的动荡,社会动荡造就了大批流浪者,加上高尔基的《人间三部曲》和欧美流浪汉小说的传入,使中国产生了流浪主题的文学作品。在现代文学史上有艾芜的《南行记》、舒群的《没有祖国的孩子》、蒋光慈的《少年漂泊者》、郭沫若的《漂流三部曲》、萧乾的《梦之谷》、黄谷柳的《虾球传》等小说都写到了流浪主题。在当代文学史上,知青小说描写知识青年在异地异域成长的人生感受和城乡之间徘徊的精神历程,是中国20世纪文学史上具有特别意义的青春流浪小说。此外,像余华的小说《十八岁出门远行》、苏童的《米》以及王朔的"都市浪子"小说、70年代出生的小说家笔下的一些小说也都包含流浪主题。

（二）青春流浪原因探索

人类最早的流浪源于对食物的索求，如逐水草而居的游牧民族；有些民族的流浪是和宗教斗争联系在一起的，例如犹太民族的流浪历史；还有些民族似乎天生具有流浪的天性，例如"波西米亚"人。更多的时候流浪带有被迫的性质，特别是在中国，人们往往在万般无奈的情况下，才踏上流浪的路途。艾芜的《南行记》、黄谷柳的《虾球传》、张乐平的《三毛流浪记》等都是如此。20世纪60年代末开始的知识青年"上山下乡"运动是由国家政治运动造成的青年人口流动，在古今中外历史上都是独特的现象。尤其值得注意的是，随着经济的发展，现实生活中为生活所迫的流浪儿逐渐减少，那些因渴望流浪而离家出走的青少年却有所增加。这种现象可以用法国象征主义诗人阿瑟·兰波的一句名言"生活在别处"解释。1968年"五月风暴"激进运动中的巴黎学生曾把这句话作为他们的口号刷写在巴黎大学的墙壁上。捷克作家米兰·昆德拉把自己那部"青春的叙事诗"一般的小说由《抒情时代》更名为《生活在别处》。《生活在别处》的中文译者又对这句话作了如下的解释："对于一个充满憧憬的年轻人来说，周围是没有生活的，真正的生活总是在别处。这正是青春的特色。在青春时代，谁没有对荣誉的渴望？谁没有对家庭的反抗？谁没有对未知世界的向往？举目四望，我们周围的生活平庸狭窄，枯燥乏味，一成不变……青年人拒绝承认生活的本质就是平庸实在，总是向往着动荡的生活，火热的战斗。这就是青春、爱情和革命之所以激荡着一代代年轻心灵的原因。"这段话揭示了青少年心中的"流浪情结"，正如余华的《十八岁出门远行》所描写的，一个十八岁的少年初次远行经历了奇妙的事件和复杂的心理体验，渴望成熟、渴望冒险而又忐忑不安的少年远行者怀着希望上路，归来时仿佛经历过一次"成年礼"。

（刘广涛/文，摘自《湛江师范学院学报》2005.2.）

四　校园文学作品

（一）佚名：《一个穷困大学生的账单》
（二）张楠：《傻子张小民的大学生活》

（以上两篇均选自《2009年中国校园文学精选》）

（三）相关链接　《呼唤不同凡响的声音——校园文学观察》（节选）

中国校园文学在市场经济大潮冲击下，像一支不甘寂寞的铜号，在一大批校园"歌手"的吹奏下，于物欲横流、市声喧嚣中保护住了他们纯净的声音。校园作者们以充满活力和激情的姿态，书写着孩童般天真无邪的诗歌，向世人展示着他们求真、向善、爱美的心灵。从20世纪90年代初至今，校园文学园地涌现了一些具有代表性的诗人和作家，如90年代初、中期引人注目的邓皓、景旭峰、石龙、毛梦溪、曾蒙、张直、谭克修、席云舒、饶雪漫、宋东游、刘川、湘客、肖旭弛、肖铁等和近三五年涌现出来的郁秀、胡建文、谭五昌、胡续东、灵石、冬婴等。他们以青春的姿态，合奏着校园文学的交响乐。这些校园作家及其作品，的确构成了中国文学独特的风景。

1. 校园文学的特点

校园文学之所以称之为"校园文学",一是因为其写作者主要是大中校园里的学生,教师虽然也是参与者,但不是主体成分,二是因为其表现的内容是校园生活。正因为校园文学的创作主体和表现内容带有"校园"色彩,因此它有以下几个方面的特点:

(1)"青春期写作"是主流。校园文学作者大多年龄在二十岁上下,处于青春期。这一年龄结构特点,决定了他们的写作为一种"青春期写作"(肖开愚和欧阳江河语);他们的文学创作在很大意义上取决于一种青春激情,他们有强烈的求知欲,有跃跃欲试表现自我的勇气。但由于人生阅历粗浅、人生经验有限,对世界和生活难以有独到的把握和体会。

(2)有一定的学院派视野。校园文学的作者多是重点高校的学子,有的还是颇有才华的博士生、硕士生,他们虽然生活阅历浅,社会经验少,但享受着学府给他们带来的学术文化的熏陶,特别是中文系的学生,更是有着充足的文学知识的储备和较高的文学创作素养,再加上有名师指点扶持,于是,他们能立足校园,吸收古今中外文学经典的乳液,不拘泥于传统,有勇于探索、创新的精神。

(3)多以爱情与乡愁为主题。校园文学主要集中地表现"爱情"与"乡愁",尤以爱情诗和爱情散文为盛。而且校园诗文普遍具有纯情性,写得婉约、柔美、虔诚,这与校园诗人处在情爱灵动时期有关;而校园写作者爱写"乡愁",这与他们远离家乡、父母到外地求学的心境有关。

(4)网络写作成为校园文学的时尚。现在校园里的一大批写作者,喜欢在网上进行诗歌写作和散文写作,有时他们还在网上创作一些小说作品。

但由于网络写作具有随意性和娱乐性,所以,网上的校园写手的作品大多具有"文字游戏"的意味,很难凸显深度思考。

2. 校园文学面临的问题和存在的缺陷

当前,校园文学还面临着几个令人担忧的问题:

首先,校园纯文学的地位与处境堪忧。校园文学自90年代以来已完全告别了80年代的繁荣,在大学校园里,校园文学社团已无法扮演校园文化的主要建设者的角色。世俗的享受观、拜金主义、实用主义等玷污着校园学子纯洁的灵魂。如今,像80年代大学校园里的学子办诗报或文学刊物的热情早已消退。

此外,社会给校园写作者的文学阵地太少了。由于缺少表现自我的文学园地,校园作家诗人的追求缪斯的热情和积极性遭到严重挫伤。

其次,校园文学与社会作家作品相比,存在着一个明显缺陷:力作少,不景气。而且,校园文学作品在语言上常常趋于雷同,有"失语症"的病灶。所以,校园文学当前面临的一大课题是如何主动地面对生活,从"观念、书本、哲学"上转移到具体的生活中去,了解社会,观察社会,走出"象牙塔"。

商业化包装与炒作给校园文学写作带来负面效应。近两年媒体爆炒的"低龄化写作"(也被称为"少年作家")就是一例。

这种炒作校园写作的现象值得重视,对有写作专长的学生要进行正确的引导,绝不能将他们的文学写作与素质教育对立起来,使其丧失提升学生文化素质和文艺修养的积极作用。

3. 如何发展校园文学

那么，新世纪的校园文学要想有较大发展，笔者想主要依靠以下两个方面的努力：

首先，社会要对校园文学加以认同、支持和扶植，尽管校园文学具有自身难以避免的局限性，甚至在思想性和艺术性方面都有先天不足，但其活力与期望却是不可否认的，社会应该对他们加以更大的关注，要尽可能给校园写作者提供更多的创作指导，提供更多的发表机会。

其次，校园文学写作者不能封闭自我，要克服闭门造车、孤芳自赏的"自恋情结"，主动与外界沟通，促进校园文学爱好者之间的交流，以及校园文学爱好者与社会上的作家、诗人之间的交流。

值得一提的是，近年的校园文学作品，不少作者克服囿于校园的缺点，他们敢于将目光投向变化的外部世界，敢于将灵魂的触角伸向社会文化敏感的神经，因此题材明显拓宽。如有些校园文学创作者开始关注环境保护，在作品中思考人与自然如何和谐生存与发展的问题，有些校园文学作品还触及到腐败现象与世界和平问题，有些还将文笔伸向历史深处，探寻历史的经验与教训。

总之，校园一向是文学的沃土，相信中国校园文学会在时代前进的步伐里，发出不同凡响的声音。

（谭旭东/文，摘自《文艺理论——文摘卡》2002 年 4 期）

▶阅读提示◀

建议调研你所在院校的校园文学状态，并写出报告。

五 网络文学作品

（一）余华:《我的第一份工作》
（二）Will:《生死搭档》

（以上两篇选自《2007 中国年度最佳网络文学》）

（三）相关链接

1. 如何看待网络文学

互联网和电子传媒系统正迅速改变着人类的文化和生存状态，包括文学活动在内的人的一切生活都避不开数字化时代的冲击。网络文学的出现就是突出的标志。所谓网络文学就是指网人在网络上发表的专供网人阅读的文学，它的主体必须是网人，即网络的使用者；其主要传播渠道是网络，作者的创作动机必须是为网上受众写作。由于网络这一载体的特殊性，网络文学自诞生之日起便拥有与平面媒体截然不同的特点。正如著名网络作家李寻欢所概括的：网络文学一般篇幅短小，少有长篇，这与网络阅读习惯有关；体裁以杂文、散文为主，小说和诗歌较少，其他文体更少；内容主要是生活随感、爱情故事和各种时尚话题等；语言活泼随意，或风趣幽默，或诙谐辛辣，还夹杂着许多网络语言和特殊群体的典故等，这与目前占网民大多数的城市青年群体的生活状态有关。特别是由于网络媒介的交互性特征,网络文学实现了作者与读者之间全面的沟通交流,它不再是作者对读者单方面的"灌输",而是让他们平等地行使反馈、反驳、批评或创作的权力,这自然为读者提供了崭新的阅读空间和写作空间。而且网络写作基本上属于非功利性的写作,网人的创作活动更接近生活现实,情感也更真实可信,甚至许多在现实生活中无法实现的梦想都可以借助于网络写作来完成,因此,它在一定程度上满足了人们企图通过想象发泄内心情绪和扩展现实世界的欲望,这也是许多人迷恋网络的主要原因。可以预见,随着互联网的发展,网络文学会日益普及,也会逐渐在社会文化生活中占更多的地盘,对整个文学系统发挥越来越大的影响。就国内网络文学的发展状况来看,自 1991 年全球第一家中文电子周刊《华夏文摘》问世以来,各类综合性中文电子杂志及一些纯文学电子刊物如雨后春笋,迅速发展,势不可挡。网络文学造就和培养了一大批网络作家,他们在网上纵横驰骋,锐气逼人,带动华文网络创作大踏步地向前迈进。在强手如林的网络作家中,美籍华人作家钱建军(少君)堪称中文网络文学创作第一人,1991 年 4 月他发表了第一篇中文网络小说《奋斗与平等》,随后,又结集出版了诗集《未名湖》,小说集《愿上帝保佑》、《大陆人生》、《活在美国》《活在大陆》等,他开创的"自白体"小说文体也被竞相模仿。另外,像痞子蔡、安妮宝贝等也是颇有名气的网络作家。当然,网络文学的出现也引起了另一种争议。比如有学者指出,网络文学的出现,给传统的文学创作的运行机制带来了冲击。文学作品通过互联网直接与读者见面。读者所要做的,就是进入国际互联网,点击一下有关作家的个人主页,然后便可以开始阅读。如此一来,就取消了出版、发行与销售等环节,作家的稿费怎么算?作家这个职业还能够存在吗?等等。不过,不管人们是赞赏还是贬斥,网络文学创作像一个打开的魔瓶,它所释放出来的能量会长久存在下去。

(贾丽萍)

(选自朱寿桐主编《人文社会科学十万个为什么》〔文学艺术分册〕)

2. 2009 年网络文学:在与传统的融合中形成新的机制(节选)

2009 年是中国网络文学发展史上的一个重要年份,这一年,在官方、出版业、高校、文学网站和民间机构的合力下,网络写作与传统写作进入全面融合期,融合主要体现在政策上的大力扶持与创作上的频繁对话交流,以及产业上的创新拓展与进一步规范。两种写作之间出现最大公约数,即在对话的基础上相互有所认同,这无疑给网络文学的发展带来利好因素。

(1)网络文学整体向纵深发展

2009 年,网络创作人气旺盛,网络诗歌热潮不减,博客写作门类细化。网络文学在量的积累和形式的不断变化中,整体向纵深发展,形成文化多元的战略格局。这对文学在未来的发展是一个良好的铺垫。

① 网络创作引发"第三次诗歌浪潮"

20 世纪 90 年代,专业诗歌刊物处于停滞状态,综合刊物诗歌版面被替换,整个诗歌创作陷入低谷。网络出现之后,诗歌找到了新的天地。

中国当代诗歌的第一次浪潮,出现在 20 世纪 50 年代末至"文革"前夕。第二次浪潮出现于 1976～1989 年之间的"新时期"。第三次浪潮,便是新世纪以来的网络诗歌,其突出标志是汶川大地震之后喷发的全民诗歌热潮。因此,诗人林莽认为,网络传播对诗歌创作的积极影响不可低估,毫无疑问,"第三次诗歌兴起与网络有直接的联系"。诗人于坚认为,互联网的出现,进一步打破了权力对资讯传播的垄断。网络是非常好的东西,发表可以自由,直接面对读者,同时对诗人也是最大的考验。网络的活跃,也使得传统的诗坛日益被抛弃,当代诗歌最有活力的核心已经转移到网上。

但我们必须冷静地看到,在激活诗歌创作的同时,以平民姿态出现的网络诗歌也出现了倒退现象:少有天空与大地的苍茫,常见绿水与青山的缠绵;缺少崇高与伟岸的气魄,堆积吟风与弄月的做作。同时,一场以低贱化写作为表征的诗歌话语颠覆、匿名的"语言暴力",以及恶搞风潮,也以不可遏止的势头在网络上迅速蔓延开来,其中夹带着很多伤害诗歌创作的破坏性因素。新世纪的第一个十年即将过去,网络诗歌创作正在经受新的考验。

② 博客写作进入新阶段

从"论坛文学"到"博客文学"。起始于1995年"水木清华"的论坛文学,在十年后的2004年迎来了他的同族兄弟博客文学。如果说论坛文学是公共浴池的话,博客文学则是单间淋浴。仔细观察,可以发现两者之间存在的差异性:论坛文学放大了文学的参与性,即公众的组合性,而博客文学彰显了文学的私人性,即个人话语空间。博客文学的生活化特征、写实性品格、非教益性倾向、自我记录和抒发的意味较之论坛文学,对传统的文学观念(概括性、虚构性、典型性、教益性等)构成了更大的冲击。在生活经验复杂化的今天,它为文学理念多元化,文学表达形式多样化开辟了新的空间。

目前的博客按写作者的身份,可分为名人博客、草根博客和官员博客三类;按内容与影响力,可分为黑马博客、精英博客、优秀博客三类。博客文学中占主流的应当是草根博客,草根博客因其不具有功利性,最能体现博客草根文化的精神内涵。文学名博的数量也有了较大增长,与草根博客相映成趣,中国作家网、中国当代文学网等著名文学网站链接了众多文学名家的博客,并且特设了博文热议专栏。

博客写作的灵活性、观赏性和资料保存功能,使得这一形式深受广大写作者的喜爱。随着网络技术的发展,近两年,博客空间的跨艺术门类现象越来越显著,这也充分体现出博客区别于论坛和网站的个性色彩。文学作品(诗歌、散文、随笔、评论、小说、故事、杂文、传记)、学术作品(历史、政治、思想、文化、艺术、哲学、教育、生活、体育等研究文章)、艺术作品(绘画、摄影、雕塑等图片)、影像作品(歌曲、音乐、flash 动画等作品)等,这些广大艺术领域其中的一部分,在个人的信息平台上形成"交响",最大限度地展示出个体的审美趣味与时代留在个人身上的烙印。

然而,博客文学存在的问题也不少,它还远不如其他艺术门类博客丰富和开阔。大多数博客文学,或是以日记为形式的个人情感记录和抒发,或是粘贴已公开发表的文学作品,达到一定文学水准的原创作品非常少见,这当然和博客作者担心作品遭到侵权不无关系。

从"文学博客网站"到"博客图书"。在"网络写手"活跃于各大文学网站的同时,一种更为普及的写作形式——博客已被网民所熟知。专门的文学博客网站起步于2004年,主要为青年文学爱好者的集聚地,鲜有文学名人参与,其影响远不如门户网站的文学博客群,目前运行比较成功的文学博客网站有:

文学博客网（http://www.bufen.org/），专注于为作家、文学爱好者提供个人专栏服务，一贯坚持走精品文学路线，严格审核注册用户的资料，实行实名制注册专栏。

博客文学网（http://www.blogwx.cn/），一个以纯文学为主题、精选博文的网站。

文学博客（http://blog.readnovel.com/），小说阅读网下面的一个博客分站，信息量较大，比较庞杂。

中国文学博客（http://www.wenxueboke.cn/），前身为池塘边文学网，由一群爱好文学的团队共同创建和管理。

一抹微蓝文学博客（http://www.eomoo.com/），代表网络文学最新发展的博客模式，面向每一位文学爱好者。

目前，中国博客数量已超过一亿，网民拥有博客的比例高达40%以上。这样庞大的受众群体无疑为出版业注入了新的活力，同时"博主"与出版社的结合无疑让动辄百万的流量迈出了商业的一步。

我国出版法规明确规定，书籍内容必须通过相关程序审核方能出版，出版门槛较高，而且需要较长的周期。普通博客作者找到了他们自己的选择——去印书网站印书。网络印书使用激光印刷技术，可以按需印刷，想印几本就印几本，虽然不能公开出售，好在印刷方便，作者一般都印少量几本（不会超过三十本），送人交流阅读。由博客文字印成的书籍，表达了博客作者最本真的创造力，博客书正在撼动中国文化旧秩序，未来将对中国文学的发展产生一定影响。现在在网站上印书的人越来越多。

2009年最引人注目的当属微博客（Micro-Blogging）的流行。发端于2008年的微博客是一种允许用户及时更新简短文本（通常少于二百字）并可以公开发布的博客形式，它既可以选择面向大众，也可以由用户选择群组阅读。随着发展，这些信息可以以很多方式传送，包括短信、即时信息软件、电子邮件、MP3或网页等。和博客偏重于梳理个人一段时间内的所见、所闻、所感不一样，微博客能表达出每时每刻的思想和最新动态。微博客的魅力还在于它具有群聊功能和跨平台数据互动，挖掘潜力不单停留在文字、图片、视频范畴，隐含有SNS交互特性，而中国是移动设备交互最频繁的国家之一，微博客的出现将提升这类用户的使用体验和互动性，而3G的普及势必带来一股新的跨平台交互风暴。

应该说，多样化的博客写作未来的前景十分开阔，同时也存在很大变数，其中既有积极的因素也有消极的因素。

（2）年度最具影响力网络作品

玄幻类小说《盘龙》（我吃西红柿）　《盘龙》属于西方奇幻系列，在起点中文网连载中创造了点击神话，总点击量已经超过一亿。《盘龙》是一个励志故事，主要讲述龙血战士后代林雷·巴鲁克的成长历程。他从一个平凡的人，到成为玉兰位面最好的恩斯特魔法学院的学生，超越学校的天才少年迪克西，修炼成为圣域强者，最后突破成为神级强者。地狱是他通往巅峰的路，从下位神一直修炼到中位神，最后终于成为上位神，最后灵魂变异、炼化四枚主神格，成为突破宇宙限制、跳跃到鸿蒙空间的第一人。这中间发生了特别多的故事，有初恋的失败、有父母之仇、有德林爷爷的帮助、有雕刻的神奇、有好兄弟的友情、有恶魔城堡的任务、有紫荆山脉的阻困、有四神兽家族的重担、有位面战争的历险、有贝鲁特爷爷的嘱托……最后终于他全家团圆、兄弟团聚，并且修炼成为鸿蒙空间的掌控者。在 2009 年 7 月召开的中国国际数码互动娱乐展览会上，盛大文学与盛大游戏宣布，将把网络小说《盘龙》活化成客户端、web、手机三大类型游戏，转让价格达到破纪录的三百一十五万元。

玄幻类小说《斗罗大陆》(唐家三少) 故事讲述了唐门外门弟子唐三，因偷学内门绝学而为唐门所不容，于是只身跳崖明志，却来到了另外一个世界，一个属于武魂的世界——斗罗大陆。这里没有魔法，没有斗气，没有武术，却有神奇的武魂。这里的每一个人，在自己六岁的时候，都会在武魂殿中令武魂觉醒。武魂有动物，有植物，有器物，它们可以辅助人们的正常生活。而其中一些特别出色的武魂却可以用来修炼，这个职业，是斗罗大陆上最为强大也是最重要的职业——魂师。当唐门暗器来到斗罗大陆，当唐三的武魂觉醒，他是否能在这片武魂的世界重塑唐门辉煌？《斗罗大陆》作者唐家三少以虚拟手法表达了他所理解的人，及其在某个特定环境下的成长历程。

科幻励志小说《狩魔手记》(烟雨江南) 故事发生在核战之后的地球，讲述一个少年"苏"在魔兽丛生、人心崩坏的环境里自力更生，通过个人的奋斗来争夺生存空间的故事。《狩魔手记》具有积极向上的价值取向，是一部情节曲折震撼，富有超群想象力的励志类科幻小说。该小说刚一出炉就受到读者疯狂追捧，在首发站 17K 小说网上获得新书榜、鲜花榜第一名，每周有近百万读者在线阅读该作品，日发布书评和留言数超过二千条。在读者热烈追捧的同时，小说刚发布六万字就引来众多出版社的青睐和关注，纷纷开出优厚条件要求签约出版。烟雨江南在谈及《狩魔手记》时表示，"这是我迄今为止，最满意的一本书"，他还坦言，此作品将达到百万字以上。对作品他没有做更多解释，只是形象地说，"当欲望失去了枷锁，就没有了向前的路，只能转左，或者向右。左边是地狱，右边也是地狱"。

职场小说《争锋——世界顶级企业沉浮录》(凌语嫣) 全球经济形势变幻莫测，职场小说在 2009 年更加引人关注，读者希望从这些现身说法的图书中找到自己同类的生存法则。但同时阅读趋向理性，他们不再满足于对职场争斗的表面化描述，而需要更多关照心灵的"深度职场小说"。凌语嫣的《争锋》讲述了一个关于欲望以及如何实现的故事。女主角衣云，既无家世背景，又孤身在大都市奋斗，从单纯懵懂的女大学生，迅速成长为全球顶级公司的 TOP SALES。自投身职场的那一天起，她就身不由己地卷入到一场场明争暗斗中。读者能够从女主角一路飞速上扬的故事中看到化解职业危机、规划个人发展的智慧、经验和教训，获取处理商业道德问题的方案。《争锋》在提出白领们所关心的问题的同时，也提供了最现实、最有效的多种解决方法，可由读者按照自身情况进行挑选，显示了作者凌语嫣对职场智慧的深入见解和非凡功力。

黑道小说《东北往事：黑道风云 20 年》(孔二狗) 小说以毫无修饰、平铺直叙的方式，讲述了 1986 年至今二十余年来东北某市黑道组织触目惊心的发展历程。1984 年，赵红兵和他的战友们在老山前线保家卫国；1985 年，他们复员返乡，开始朝九晚五的平凡生活；1986 年，他们在家乡街头遭遇地痞挑衅，以暴制暴，一战成名，从此泥潭深陷；1992 年，他们已独霸一方；1998 年，他们已然成为全东北江湖盟主，呼风唤雨，无所不能；2006 年，他们死的死，残的残，有的洗心革面，有的牢底坐穿，有的亡命天涯，有的飞黄腾达……尽管不乏惨烈,但这却是一部让人温暖,甚至让人会心一笑的小说,其人物塑造十分饱满。作为一部网络小说,《东北往事:黑道风云 20 年》基本上保持了文学作品的严肃性,避免了庸俗化,同时又有很强的可读性。该书得到了余华、刘震云、阿来等严肃作家的高度评价。

幻想小说《卡徒》(方想) 小说建构了一个全新另类的幻想世界——一个由卡构成的后现代社会。在这里,人类用卡的技术解决了新能源问题,一切都离不开卡。卡片级别的高低和力量的大小象征着一个人的地位、财富和荣誉,所有人都以拥有一张高级卡片或力量强大的卡片为荣。男主角陈暮是一个孤儿,依靠制作大量的低级别卡片挣回微薄利润勉强度日,他渴望接受正规的教育,渴望学习,然而现实却没有给他这个机会。机缘巧合下,他得到了一张古怪的卡片,从此开启了他不一样的人生之路。当弱小的陈暮与一张神秘卡片偶然交集后,他的命运不仅因此发生了彻底的改变,联邦的历史也最终因他而改写。"木雷"横空出世,令学院派精英也无法破解的制卡结构,丛林通信技术,力量强大的数字卡片系列,等等,无一不令联邦最大牌的制卡师和卡修抓狂,也因此引发了各利益集团之间的明争暗斗。陈暮以超人的毅力和韧性,演绎了一个从弱小到强大、从孤独求生到兄弟合作再到团队运营的传奇故事。千奇百怪的卡片源源不断地从陈暮的手中流出的同时,其自身的战斗力也急剧上升,名誉、财富、美女、危险亦从四面八方向他的身边云集。

(摘自白烨主编《中国文情报告》2009—2010)

3. 玄幻小说争鸣两篇

(1) 陈奇佳:《虚拟时空的传奇:网络虚幻小说》

(见《新华文摘》2007 年第 4 期)

(2) 陶东风:《中国文学已经进入装神弄鬼时代?——由"玄幻小说"引发的一点联想》

(见《新华文摘》2007 年第 4 期)

观赏

《羊脂球》、《大卫·科波菲尔》、《格列佛游记》、《童年》、《三毛流浪记》、《闻一多》。
观赏影片,供教学中师生自主选择。

第三编

文学创作

导读

第七章　文学的创作过程

▶**本章提要**◀　文学创作必须有生活、思想、艺术的准备。文学的创作过程,包括素材积累、艺术构思、艺术传达三个阶段,三者既是递进的,又是互相渗透的。文学的真实性不是生活真实,而是艺术真实。文学能动地反映生活的过程即从生活真实上升到艺术真实的过程。文学的倾向性和文学的真实性是水乳交融的关系。能否塑造文学典型是衡量作品审美价值高低的主要标志。典型化是文学创作的基本规律。

第一节　文学创作的准备和过程

一　文学创作的准备

创作的准备,包括生活、思想、艺术三个方面。

(一)深厚的生活基础

扎实的生活基础是作家从事创作的首要准备。马克思主义唯物论的反映论告诉我们:"不是人们的意识决定人们的存在,相反,是人们的社会存在决定人们的意识。"①"作为观念形态的文艺作品,都是一定的社会生活在人类头脑中的反映的产物。"社会生活是"一切文学艺术的取之不尽用之不竭的唯一的源泉。"②

任何作家,不管他从事哪一种题材和样式的文学创作,都必须从丰富、多彩、流动的生

---

① 马克思:《〈政治经济学批判〉导言》,《马克思恩格斯选集》第 2 卷,人民出版社 1960 年版。
② 毛泽东:《在延安文艺座谈会上的讲话》,《毛泽东选集》第 3 卷。

活中汲取滋养,积累生活经验和尽可能广博的知识,方能进行创作。鲁迅一生创作了三十多篇优秀短篇小说以及中篇小说《阿 Q 正传》,没有发表过长篇小说。但据资料介绍,他还曾构思过有关中长篇。历史小说《杨贵妃》是鲁迅最早构思过的长篇。1921 年 6 月,鲁迅在《〈三浦右卫门的最后〉译后记》一文中曾提到杨太真的遭遇,与这右卫门约略相同。据许寿裳回忆:"他对于唐明皇和杨贵妃的性格,对于盛唐时代的背景、地理、人体、宫室、服饰、饮食、乐器以及其它用具……考证研究得很详细。"查 1923 年鲁迅日记,有购入《唐土名胜图会》六册、《长安志》五册的记载,与构思《杨贵妃》小说似有关。1932 年,鲁迅曾应地下党同志请求,考虑过写一本关于红军战斗题材的小说。这年夏秋之间,陈赓将军负伤后,来上海秘密医治。他向地下党的一些同志讲述了红军反"围剿"战斗中的故事。当时由朱镜我同志记下并油印了出来,由冯雪峰同志把这些材料交给鲁迅。几天后,鲁迅约请陈赓同志等到家里谈了整整一个下午。以后,鲁迅与冯雪峰曾几次谈起创作红军战斗题材的小说问题,说"写是可以写的","写一个中篇,可以"……这两部中长篇小说后来未能问世,原因自然是多方面的,但最重要的,恐怕还在于生活素材的积累不足,难以进入游刃有余的最佳创作状态。

关于文学与生活的关系,过去提出过"深入生活"的口号。这个口号本来是正确的,只是在极左思潮的影响下,曾受到简单化的解释,甚至成为粗暴地驱使作家图解现实生活、图解政治运动的一种借口。但是,生活之树常青,扎实的生活是作家进行创作的基础和首要准备,是永远不容置疑的。对此老舍先生曾打过一个比喻:"深入生活好比挖井,虽然直径不大,可是能穿透许多层土壤。在一个工作岗位上坚持工作的好处就是在一个地方钻探下去,正像打井,一直到发现了水源。这些源源而来的活水使我们终身享受不尽。"①

还有一点需要强调的,对作家来说,深入生活,要从创作规律出发,实现马克思所强调的"艺术地掌握世界"的要求。文学的描写对象是以人为中心的社会生活,它主要是通过人尤其是人的心灵、人对生活的感悟去把握世界。从这个意义上说,深入生活,也就是熟悉人、了解人,深入人的精神世界,深入人心。作家不仅仅用"身",还要用"心"、用"情"去拥抱生活、开掘生活,才能得到生活的馈赠,得到创作上的收获。

(二)科学的进步的世界观、审美观

具有科学的进步的世界观、审美观,就是指作家能站在时代的前沿,洞悉历史规律,具有更新的观念,深刻的思想,真挚的感情,符合大众利益的审美理想。这是保证作品思想和艺术水准的必要准备。

什么叫世界观?世界观亦称宇宙观,是人们对于整个世界即对于自然界、人类社会和人类思维的根本看法。人们关于哲学的、政治的、道德的、宗教的、艺术的种种观点,都是人们世界观的组成部分。

需要说明的是,一个作家的世界观往往不可能是清一色的,而是复杂的,存在着多种矛盾的。在这方面,旧时代作家身上表现得尤为明显。比如,文学史上一些有成就的作家往往既深刻揭露统治阶级的奢侈腐败,另一方面又反对用暴力推翻现存政权,因此在杜甫笔下就同时出现了"朱门酒肉臭,路有冻死骨"以及"葵藿倾太阳,物性固难夺"那样的诗句,

---

① 老舍:《青年作家应有的修养》。

《水浒传》中出现了只反贪官、不反皇帝的思想倾向。

恩格斯在评价巴尔扎克《人间喜剧》时指出："他看到了他心爱的贵族们灭亡的必然性，从而把他们描写成不配有更好命运的人。"他能"看到"并"描写"出这一点，正是他世界观中进步因素在起作用；另一方面，巴尔扎克的世界观中也包含着保守的乃至反动的保皇党思想，"他的全部同情都在注定要灭亡的那个阶级方面"，他的作品是"对上流社会必然崩溃的一曲无尽的挽歌"，从而又一定程度上局限了他的作品的思想内涵，损害了作品的艺术真实性。

列宁深刻地分析了列夫·托尔斯泰世界观及其创作的复杂性。一方面，托尔斯泰"对现代一切国家制度、教会制度、社会制度、经济制度作了激烈的批判"，是一位天才的艺术家，创造了世界文学中堪称第一流的巨著，以最清醒的现实主义撕去了旧制度的一切假面具，是伟大的；另一方面，他又是一个典型的托尔斯泰主义者，害怕暴力革命，鼓吹不抵抗主义，宣扬天国的爱，作为一个发明救世新术的先知，是渺小的。因此，列宁引用涅克拉索夫的诗句："俄罗斯母亲呵，你又贫穷又富饶，你又强大又软弱！"认为借以描绘托尔斯泰，十分恰当。

一个作家的世界观也不是凝固不变的，而是变化发展的。果戈理前期是个杰出的革命民主主义者，创作了《钦差大臣》、《死魂灵》等名著；后期迁居国外，受环境影响，其世界观趋向保守、乃至倒退，《死魂灵》第二部美化了沙皇和地主阶级的形象，创作走上歧路。前苏联作家阿·托尔斯泰早期出于贵族阶级立场和偏见，创作上颓废色彩较浓。十月革命后回国，世界观起了深刻变化。在进步思想指导下，他创作了"苦难的历程"三部曲。

马克思主义要求作家运用辩证唯物主义和历史唯物主义去观察世界，观察社会，从而正确地领悟人生，认识生活的现象和本质，把握社会的发展趋向和规律。毛泽东指出鲁迅后期的杂文"最深刻有力，并没有片面性，就是因为这时候他学会了辩证法"。[①]

作为社会主义时代的作家，更必须克服轻视理论学习、缺乏理论兴趣的倾向，在认真实习社会、学习马克思主义过程中，逐步树立科学的进步的世界观，跟着时代的脚步，不断更新观念，提高思想水准，陶冶思想情操和审美情趣，自觉运用辩证唯物主义和历史唯物主义去观察、体验、研究、分析一切人，一切阶级，一切生动的生活形式和活动形式，一切文学艺术的原始材料，去反映生活，表现生活。

（三）艺术修养和写作技巧

文学是对社会生活的审美反映。这就要求作家具备良好的审美心理机制，丰富的审美经验和娴熟的艺术技巧，这是作家运用艺术规律，从事审美创造，增强作品思想性、艺术性、可观赏性的又一必要准备。

作为精神产品的创造者，作家应该在社会实践和创作实践中，以巨大的热忱和主动性，不断自我调节，自我完善，形成良好的审美心理结构。要有尽可能广阔的视野、阅历和知识，既需要学习社会的历史和现状，文学、美学理论，也需要学习自然科学知识，并从古今中外一切优秀的艺术珍品和文化珍品中吸取养料，用高尔基的话来说，"应该学习一切"，甚至

---

① 毛泽东：《在中国共产党全国宣传工作会议上的讲话》。

"文学家应该懂得有关天文学家和钳工、生物学家和裁缝、工程师和牧人等等的事情,如果不能完全懂得,也应该尽可能多多懂得"。要有较高的艺术素养、较扎实的艺术功力,尽可能具备"把真理化为形象"的一切本领。[①]

在这方面,除了强调作家多读书、多借鉴他人经验,还要提倡在实践中学,学以致用,熟能生巧。熟与巧两者的关系,熟是巧的基础,巧是熟的升华。熟是自觉的不断探索的过程,巧是刻苦实践的成果。学以致用,熟而生巧,目标是为了创作出内容和形式尽可能完美统一的更富有艺术魅力的佳作。

上述思想、生活、技巧三者关系,对于创作都是至关重要的。其中,生活是基础,是创作的首要准备,好比是水;思想是灵魂,占主导地位,好比是舵;技巧是创作的手段,好比是引渡的船。三者有所区别,有主次轻重之别,但又相互联系,缺一不可。

二　文学创作的一般过程

创作过程是作家认识生活、评判生活、将生活素材转化为文学作品的具体过程。大体上可划分为三个阶段。

(一)积累素材阶段

这是指作家观察和体验生活、广泛摄取和贮存生活素材并将自己对生活的情感融合其间的过程,是创作过程的第一步。这里所说的素材积累,既包括直接素材,也包括间接素材。

观察和体验是积累素材的基本途径,又是一个反复的过程。着重于以下几种能力的培养:

1. 敏锐的感受力

作家的神经系统的网络就像雷达似地张开着,随时感受、捕捉生活流程中有价值的人事信息,并迅速在脑海里贮存、加工;而理论工作者虽然也在感受生活,但他们接触信息时,一般没有那么热心、好奇,感动不那么强烈,不一定能产生生动的印象。待聚集在意识里的个别现象多了,就依赖概念、判断、推理,转移到抽象的理性领域。

2. 深刻的观察力

作家在接触描写对象时,不但着眼于它的感性状貌,还着意于把握其内在本质,这就需要深入地观察。契诃夫说:"作家务必要把自己锻炼成一个目光敏锐、永不罢休的观察家!……你明白,要把自己锻炼到让观察简直成为习惯……仿佛变成第二天性了!"[②]宋代沈括《梦溪笔谈》记载欧阳修得一"牡丹与猫"的古画。吴育细看后,说这是一幅"正午牡丹"。因为只有中午,花朵盛开而花瓣干燥,花下之猫,眼睛像一根线那样狭长;而如果是早晨,花带露水,花瓣应该收缩而潮润,猫的黑眼球则是圆的。这一观察结论应该说是到位的。

---

① 分别见高尔基《就全苏工会中央理事会工人编辑委员会提出的问题同突击队员作家的谈话》、《论短视和远见》、《和青年作家谈话》、《论文学》,第 293 页、第 81 页、第 341 页。
② 《契诃夫论文学》。

作为"人类灵魂工程师"的作家,要特别善于观察人的精神世界,如罗丹所说的善于观察人的性格的"双重的真实",包括"外部真实"和"内在的真实",即人的"灵魂、感情和思想"①的真实。

3. 细微的体验能力

作家在感受、观察描写对象的同时,必然要同对象建立情感的联系,这就是内心的体验。乔治·桑曾这样描述她在体验自然的生命和律动时的感觉:"我有时逃开自我,俨然变成一棵植物,我觉得自己是草,是飞鸟,是树顶,是云,是流水……我时而走,时而飞,时而潜,时而吸露。我向着太阳开花,或栖在叶背安眠。天鹅飞举时我也飞举,蜥蜴跳跃时我也跳跃,荧火和星光闪耀时我也闪耀。总而言之,我所栖息的天地仿佛全是由我自己伸张出来的。"②屠格涅夫在创作小说《父与子》时,用将近两年的时间替作品的主人公巴扎洛夫写日记。他说:"我写《父与子》的时候,我一方面记着巴扎洛夫的日记。倘使我读到一本新书,倘使我遇到一个有趣味的人,……我就依据巴扎洛夫的观点把这些全记在那本日记里面。"③福楼拜说他进入创作时常常过着笔下人物的生活,在写包法利夫人服毒自杀的那些天,自己嘴里充满着砒霜味。

观察和体验需要时间、耐心,更需要眼力、诚心。没有思想感情的真诚和一定的深度,再生动的素材摆在你面前,你也不会感动,视而不见,听而不闻。《高山下的花环》的作者李存葆在"创作回顾"中谈到,他有十八年部队生活的积累;对越自卫反击战后,他又去前线呆了近四个月;后来又到一支广西前线参战的部队中去生活了近三个月,另外他还有个长期的生活根据地——沂蒙山区。正是在长期的与人民群众血肉相连的军营生活中,他搜集到大量的新鲜感人的素材,心灵一次又一次受到强烈的震颤。

(二) 艺术构思阶段

艺术构思是作家对作品整体的酝酿和孕育过程,是作家对作品的内容和形式两方面的总体设想和探求。是创作劳动最紧张最关键的阶段。

艺术构思过程是极为复杂,难以划一的。但从许多作家的创作经验中也可总结出一些规律性的东西,其大体任务包括:选择、确定题材,开掘、深化主题,孕育、塑造人物,提炼情节,安排结构,锤炼语言等。完成上述任务,往往有先后、有主从,但有时也很难分清,是交叉往复的。随着作家创作意图越来越明确,作品轮廓越来越清晰,文学形象也就越来越呼之欲出。

比如,曹禺的《雷雨》,描写"五四"以后一个带有封建性的资产阶级家庭的罪恶生活,这在巴金笔下,也许可以写成洋洋几大部的长篇小说。现在曹禺写的是话剧剧本,要在舞台上三个小时内演完,该从何处写起? 颇费犹豫。难怪他整整化了五年的构思工夫。最后,他决定不从三十年前周朴园勾引和遗弃侍萍写起,也不从三年前周萍与其后母蘩漪发生暧昧关系写起,而将前后三十年的恩恩怨怨、复杂纠葛集中在"一个初夏的上午"到"午夜两点

① 《罗丹艺术论》。
② 转引自朱光潜《文艺心理学》第 3 章,《朱光潜全集》第 1 卷,安徽教育出版社 1987 年版,第 239 页。
③ 《西方古典作家谈文艺创作》,春风文艺出版社 1980 年版,第 440 页。

钟光景"的一天之内,并主要是在周朴园家的客厅内展开,以"现在的戏剧"为重点,让"过去的戏剧"穿插期间,一次又一次地推波助澜,造成"山雨欲来风满楼"之势。第一幕先让鲁贵在四凤面前揭出"三年前"客厅"闹鬼"的往事,同时介绍了许多头绪纷繁的人物关系;第二幕又揭开三十年前的帷幕……这一构思巧妙地攻破了剧作家创作的难关,由此,其他有关难点一一迎刃而解,构思五年的《雷雨》只花了半年时间就比较顺利地创作成功。

艺术构思方式也是多种多样、因人而异的。茅盾在《创作的准备》中谈到,有人的构思过程,自始至终是"腹稿";有人则想了一段,记下了要点,然后再想再记。这是各人的习惯不同。如果是中篇或长篇,则"构思"的时间应当更多,而且最好先写下全篇的要点和大纲。"即是先写好了一个详细的几乎等于全部小说的'缩本'那样的大纲,或者是一篇记录着那小说的'人物性格'和'故事发展'的详细的'提要'。而实际的写作就是把这'缩本'似的'大纲'或'提要'加以大大的扩充和细描"。①

茅盾在自己的创作实践中,大体上就是这样做的。比如,他在《〈子夜〉是怎样写成的》一文中谈到:"本书的写作方式是这样的:先把人物想好,列一个人物表,把他们的性格发展以及联带关系等等都定出来,然后再拟出故事的大纲,把它分章分段,使它们联结呼应……我有时一两万字一章的小说,常写一两千字的大纲。"②而有些作家构思的操作方式有些不同,比如巴尔扎克,他并没有将构思中的"大纲"或"提要"写下来,而是把构思中的人物、故事、结构、细节等酝酿成熟,了然于心,然后动笔。实际上巴尔扎克还是有构思的"大纲"或"提要"的,只是并未事先写下来的"腹稿"而已。

(三) 艺术传达阶段

艺术传达即写作阶段,是作家运用文学语言和各种表现手段把艺术构思物化,即将之转化为定型的文学作品的过程,它是创作的最后一步。

写作阶段是前两个阶段的深化和提高过程,是对社会人生的再认识,推敲、检验、完善艺术构思是这一阶段的重要环节。

黑格尔认为,"艺术家的这种构造形象的能力不仅是一种认识性的想象力、幻想力和感觉力,而且是一种实践性的感觉力,即实际完成作品的能力"。③陆机《文赋》指出,作家在创作过程中"恒患意不称物,文不逮意,盖非知之难,能之难也"。陆机在这里相当辩证地分析了"物""意""文"三者的关系:作家的构思要力求准确地表现其描写对象,作家的文辞要力求完美地传达其艺术构思,这都是相当困难的。从某种意义上说,"能之难"更超过"知之难"。

作家在写作过程中,修改、补充、深化原来的创作构思,应尊重生活内在规律和人物性格的发展逻辑,作家不该强令人物说他不该说的话,做他不愿做的事。法捷耶夫在塑造《毁灭》中的美谛克这个人物时,原来计划是让美谛克自杀的,后来他没有这样写,而是让美谛

---

① 茅盾:《创作的准备》,《茅盾论创作》,上海文艺出版社 1980 年版。
② 茅盾:《〈子夜〉是怎样写成的》,同上书。
③ 黑格尔:《美学》,第 1 卷。

克在革命最艰苦的时候叛变了。这样一改，使得美谛克的卑鄙、懦怯的性格更为突出。果戈理在创作《死魂灵》第一部时，曾经逼真地塑造了乞乞科夫、罗士特莱夫等一系列虚伪、卑劣、粗暴、空虚、吝啬的俄国地主形象；但在第二部中，他让以乞乞科夫为代表的地主老爷们幡然悔悟，改恶从善，这就破坏了人物的性格逻辑，造成了前后分裂，陷入了不真实的泥坑。最后，果戈理自己不得不把这第二部手稿投入烈火。

中外文学史上，许多著名作家在写作阶段都呕心沥血，精益求精，不厌其改。曹雪芹创作《红楼梦》，自述"披阅十载，增删五次"。托尔斯泰在写作《复活》时，仅对小说开头玛丝洛娃上法庭时的肖像描写就先后改了二十次之多。

文学创作是一种无比复杂的精神劳动。艺术感受、艺术构思、艺术传达这三个阶段既有所区别，又相互联系，是递进的，又是交叉渗透的。清末画家郑板桥《题画竹》云："江馆清秋，晨起看竹，烟光，日影，露气，皆浮动于疏枝密叶之间，胸中勃勃，遂有画意。其实胸中之竹，并不是眼中之竹也。因此，磨砚展纸，落笔倏作变相，手中之竹，又不是胸中之竹也。"这里所说的"眼中之竹"，是创作主体观察到的自然形态的描写对象，是对象在创作者感官中留下的"表象"；"胸中之竹"，是创作主体构思中呈现的对象与创作者审美感情融合而成的"意象"；"手中之竹"是创作者笔下最后完成的"艺术形象"。郑板桥的这段话形象地道出了创作三阶段，以及在这几个阶段"表象"——"意象"——"艺术形象"的大致演变过程。

第二节　文学创作的真实性和倾向性

一　文学的真实性原则

（一）生活真实与艺术真实

文学离不开真，文学的生命在于真实。罗丹说："美只有一种，即宣示真实的美。"[1]巴尔扎克也说："获得全世界闻名的不朽的成功的秘密在于真实。"[2]

文学的真实是作家对社会生活的审美反映，由生活真实转化为艺术真实。这是文学真实的真谛。

生活真实是指社会生活中实际存在的人和事，它是文学的反映对象。简言之，生活的真实就是真实的生活。这里需注意两点：其一，我们所说的生活，包括现实的和历史的两个方面；其二，我们所说的生活，包括人类的物质生活和精神生活两个方面。人类的物质生活是复杂的，人类的精神生活更是无限丰富的。而且正是后者，才真正把人同动物完全区分开。因此，肯定人的物质生活是实际存在，决不能忽视人的精神生活也是一种实际存在，同样是文学创作的对象之一。

---

① 《罗丹艺术论》。
② 《外国文学参考资料》（19—20 世纪部分），高等教育出版社 1985 年版，第 557 页。

艺术真实是以生活真实为基础，经过作家提炼、概括、想象、虚构创造出来的艺术形象的真实。它显示出社会生活某些本质规律，体现着作家审美评价的倾向性，是主客观相互作用的结晶。艺术真实是优秀文学的基本属性。

(二) 艺术真实的品格

艺术真实离不开艺术提炼，艺术真实追求的是高尔基所强调的"复杂的真实"，是歌德要求作家、艺术家创造的"第二自然"。打一个比喻：生活真实是艺术生产的"原料"，艺术真实是艺术生产的"成品"。从原料到成品，需对原料进行取舍、改造，即离不开艺术加工。如何加工？高尔基说："作家创造艺术的真实，就像蜜蜂酿蜜一样：蜜蜂从一切花上都采来一点儿东西，可是它所采来的是最需要的东西。"①歌德指出："艺术家对于自然有双重关系：他既是自然的主宰，又是自然的奴隶。他是自然的奴隶，是因为必须用人世间的材料来进行工作，才能使人了解；同时，又是自然的主宰，因为他使这种人世间的材料服从他的较高意旨，并且为这较高意旨服务"，从而创造出"第二自然"。②

比如你想画风景，如果一味照搬"自然"，即使面对名山秀水，画面上必然会呈现缺乏整体感的混杂局面；如果你以审美的眼光，作必要的调度、布局，添的添、减的减，该藏则藏，该露即露，那就会构成一幅山水树木和楼台亭阁错落有致、疏密相间的风景画。文学是人学，要比一般的风景画复杂得多。文学的反映对象是以人为中心的社会生活，它要勾勒的是一幅丰富多彩而又浑然一体的综合的社会人生图画。其中最中心、最突出的是人，要写活生生的人，写特定时代、特定社会中的人的命运、人的个性、人的感情、人的灵魂，写人与人之间错综复杂的关系，当然，这一切都离不开艺术加工。高尔基认为，对生活现实的复制，那只是一般照相师的手艺。"例如，一个只带凄惨微笑的人的脸庞，为了照出这个脸庞带有嘲讽微笑或欢乐微笑的相片，他就得一次又一次地拍摄。所以这些相片或多或少都是真实，然而是一个人凄惨地、或者愤怒地、或者欢乐地生活着的那一分钟的'真实'"。③这对于灵魂工程师所从事的文艺创作来说，显然是远远不够的。为了强调说明两者的区别，高尔基特地用了一个跟"一分钟的'真实'"相对的名称来形容艺术真实——"复杂的真实"。④就是指作家要努力写出作品中人物独具的个性，围绕人物性格碰撞而展示的矛盾冲突的衍变，社会现象与社会本质之间的曲折微妙的联系。

恩格斯指出：有时候，"被断定为必然的东西，是由种种纯粹的偶然所构成的，而被认为是偶然的东西，则是一种有必然性隐藏在里面的形式"。⑤生活在纷纭动荡的大千世界，我们经常会遇到戏剧性的偶然事件。如果这种偶然产生于必然又能揭示出必然，那正是最能诱惑作家的、最可珍贵的素材。所谓"无巧不成书"，也就是作家独具慧眼地洞察了、捕捉了这种似巧合而实属必然的细节、场面和情节。作家应理清其事件的内在脉胳和人物的性格逻辑，并予以艺术的表现。列夫·托尔斯泰说，他在创作一部作品之前要"考虑数百万个

---

① 高尔基：《给初学写作者的信》，《论文学》，第 259 页。
② 《歌德谈话录》。
③ 高尔基：《文学书简》下卷，第 273 页。
④ 同上。
⑤ 恩格斯：《费尔巴哈与德国古典哲学的终结》。

可能的际遇",①然后从中挑选、提炼一个最佳方案。这"数百万个"中的"一个",当然是偶然的,但由于是经过了反复的筛选和加工,因此这又是必然的,不可替代的。

有时候,作家还不能忽略生活中的假象,而要敏锐地捕捉假象。列宁指出:"本质具有某种假象。""假象也是客观的,因为在假象中有客观世界的一个方面。"②例如《雷雨》结尾,四凤、周冲、周萍一一死去,面对猝不及防的梦幻般的灾难的猛袭,繁漪竟不是号淘大哭,而是发出了凄厉的笑声。此时此境,这"笑"就是假象,它比哭更能准确地、深刻地表现繁漪爆裂似的内心。

二　文学的倾向性

文学的真实性是指文学与生活的紧密联系,文学的倾向性指的是作家对生活的态度。真实性是倾向性的基础,是文学具有综合审美价值的基础和前提;倾向性又是真实性的主导,作家的进步倾向性有助于他去准确地把握现实,创作出具有高度真实性的作品。

因此,如果说文学存在着真实性原则,那末,文学的倾向性必然蕴含其间,是文学真实性原则的题中应有之义。应当把真实性与倾向性两者统一起来。

歌德曾针对有些人皮相地评论奥地利作曲家莫扎特,认为创作只需对生活素材作一般的加工制作的见解,愤激地反问:"怎么能说莫扎特构成他的乐曲唐·璜呢? 哼,构成! 仿佛这部乐曲像一块糕点饼干,用鸡蛋、面粉和糖掺合起来一搅就成了! 它是一种精神创作,其中部分和整体都是从同一个精神熔炉中熔铸出来的,是由一种生命气息吹嘘过的。"③这就雄辩地说明:对生活素材进行选择,有的丢,有的留,有所补充,有所发展,重新加以排列组合,这对从"原料"到"成品",即从生活真实到艺术真实的转化来说,还只是迈出了一大步。因为,"艺术的任务并不止于这种搜集和挑选,艺术家必须是创造者"。④ 如何创造? 那就是必须蕴含着作家的思想和感情,灌注进作家的心血和生命,以点燃起艺术创造的火焰。如果缺乏由作家的感情和生命所点燃起来的火焰,那就无法对生活素材进行陶铸熔炼的工作,而只能是满足于拼拼凑凑,缝缝补补,那样,只能算是一个勤奋的工匠的手艺而已。

创作是心灵的事业。"上帝按照自己的形象创造亚当,文艺家则按照自己的灵魂塑造人物"。有时候,面对同一表现对象,由于创作者主观世界的变化,艺术创作也会随之更替着、跃动着新的资质。巴金在《随想录·三次画像》这篇散文中,曾回忆了画家俞元阶在1955年10月、1977年5月、党的十一届三中全会后三次为巴金画像的情景。谈到第三次画像时说:"我祝贺他成功地画出了他自己的精神状态,表现了他的'愉快',他的'勤奋',他的'对我们这个时代的信心'。他画的不一定就是我,更多的是他自己;我不过是他的题材,在画上活动的是画家的雄心壮志,是画家对我们社会主义祖国的感情。"⑤巴金在这篇散文

① 列夫·托尔斯泰1870年11月17日致阿·阿费特的信,《文艺理论译丛》1957年第1期。
② 《列宁全集》第38卷,第97、137页。
③ 《歌德谈话录》,第247页。
④ 黑格尔:《美学》。
⑤ 巴金:《随想录》。

中,实际上概括了这样一条艺术哲理:艺术家创造的艺术真实,既是反映对象,又是创作者自己。是你中有我,我中有你。

需要强调的是,创作既离不开激情,但又不能满足于激情,因为激情并不就是真理。如果受理论水平、眼界、思路、道德修养等限制,创作者的"小我"有时与时代的"大我"不那么心心相印,创作者的激情也可能会同时代的大目标有所偏离,以至偏激。因此,作家的激情也需要在健康、崇高的审美理想指导下,积淀、过滤、净化、升华。作家的审美理想是艺术真实的灵魂,是艺术生命不可分割的组成部分。它通过作家对生活现象的选择、表现和评价而得以体现。作家在创造艺术真实的过程中,要努力使自己的激情同时代、同社会、同人民融汇在一道,以鲜明的是非观和目标感,倾注自己的全部心力,调动一切艺术手段,肯定和维护真、善、美的事物,否定和鞭挞假、恶、丑的事物。做到了这一点,那也就具备了马克思在论及英国诗人弥尔顿的《失乐园》时所说的"春蚕吐丝"的本领:吃的是桑叶——经过自己的鲜血和生命的加工——吐出精美的丝,创造出比生活真实更高、更美、更理想的艺术新天地——艺术真实。

第三节 文学典型和典型化

一 文学典型

(一) 文学典型与文学的典型性

在文学艺术画廊里,能长期留存下来、具有经久不衰的生命力、为人们广为传诵的艺术形象总是比较少的。大多数艺术形象,经过历史的检验,有的被否定了,有的被淡忘了。为了把极少数能够长留在文艺画廊里的具有独特光彩和生命力的艺术形象同大部分较一般化的艺术形象区别开来,我们把前者称之为典型形象,简称为典型。

文学典型,即文学作品塑造的典型形象。是指具有鲜明而丰富的个性特征,又能高度概括社会本质规律某些方面的,独特的具有较高审美价值和强烈社会效果的艺术形象。是黑格尔所说的"这个",是别林斯基所说的"熟悉的陌生人"。

典型形象属艺术形象的范畴,典型形象当然都是艺术形象,艺术形象则不一定是典型形象。

文学的典型性与文学的形象性也是两个既有联系又有区别的概念。文学的形象性是指文学形象所具有的具体生动性与艺术概括的特性;文学典型性是指文学形象以其独特的鲜明而丰富的个性特征高度概括社会本质规律某些方面的特性。形象的个性化和概括化相统一的程度越高,其典型性也就越高。因此,典型性是衡量艺术形象成就高下的主要标志。

在叙事文学中,典型包括典型人物(典型性格)、人物的典型情绪和典型心态、典型环境等,但以典型人物为中心,因此通常所谓典型,即指典型人物。中外文学史上的优秀叙事文学,都是与活现在作品中的典型人物密切联系在一起的。有些叙事作品,不一定突出塑造典型人物,而是着意于描写典型事件或典型场景。比如夏衍的报告文学《包身工》,虽然也写了不少人物,但主要反映的是"包身工"们在残酷的人生侮辱、繁重的体力劳动、恶劣的生活条件下的悲惨遭遇,通过这一典型事件的艺术再现,深刻揭示了帝国主义、封建势力和流氓特务互相勾结压榨中国人民的社会现实。杜甫叙事诗《兵车行》通过典型场景的勾勒,从一个侧面鞭挞了唐代统治阶级穷兵黩武给人民造成的深重灾难。

抒情文学,比如抒情诗、抒情散文等,典型形象的创造体现为典型意境的创造。

(二) 典型人物的特征

1. 要有鲜明而丰富的个性

这里所说的"个性",与我们日常所讲的个性,即心理学范畴的人的性格特点,并不完全相同。典型形象强调的个性,包括人物特有的外貌、语言、习惯、举止、能力、气质、风度、心理、好恶等。简言之,是指某个人特有的精神风貌和思想行为方式,比一般的个性更具独一无二的色彩。

典型的个性应该是鲜明的,能给人留下深刻印象。尽管作品的故事情节已被淡忘,但人物活脱脱的个性决不会在人们记忆中抹去。

其次,典型的个性应该是丰富的。这里有两层意思。一方面,人的个性是多侧面、多色调的,如黑格尔所说,"每个人都是一个整体,本身就是一个世界";[①]另一方面,这丰富复杂的个性因素不是平列的、平分秋色的,而是由占主导地位的个性因素制约着其他因素,要求人物对各种矛盾冲突作出多色彩的而又符合其个性逻辑的反应。阿 Q 不出场则已,一出场,其举手投足,音容笑貌,均不会混同于其他典型形象。《套中人》主人公的所作所为,包括饮食起居、坐车、恋爱,也只能是"别里科夫"式的。

2. 要通过个性深刻揭示社会本质规律的某些方面

典型人物个性的形成和发展,有生理等方面的原因,但更重要的是社会原因。人物的典型性很大程度上决定于对形成人物个性的社会原因的开掘深浅。鲁迅写《狂人日记》,如果仅按照实际生活中他表兄弟的病态,从医学角度描写一个"受迫害狂"的精神病患者,那人物的典型性是极有限的;而鲁迅根据自己对社会的独到观察与思考,在生活原型的基础上,提炼塑造出一个受封建礼教迫害的狂人形象,这就使人物形象别具深度,作品的意义也不同凡响。

这里需要明确三点:

首先,典型性不等于阶级性。因为一个阶级的本质特征是多方面的、复杂的。作家在一部作品中,只能集中笔墨,通过某个典型人物的塑造,揭示该阶级本质特征的某些方面。比如莫里哀在《吝啬鬼》中通过阿巴贡这个典型,只集中概括了资产阶级本质特征贪婪、吝啬的一面。《红楼梦》中的王熙凤和薛宝钗,归属于同一个阶级,但那是两个不容混淆的各具深厚的社会历史内涵的典型。有些典型突出反映了就某一个阶级来说,不占主导方面的本质特征。如贾宝玉和林黛玉,这是两个封建阶级内部具有一定叛逆者素质的典型形象。

---

① 黑格尔:《美学》第 1 卷,第 295 页。

当然,他们的思想、情绪本身,仍留下贵族阶级的烙印,但你无论如何也不能说贾、林这两个人物的典型性与其出身的阶级性是一致的。有些典型人物概括了更大范围的某一类人的思想特征。冈察洛夫的长篇小说《奥勃洛摩夫》的主人公,是农奴制培育出来的贵族阶级典型:懒惰,无能,害怕一切变革,终日耽于幻想。但列宁在提到他时说:"俄国经历了三次革命,但仍然有许多奥勃洛摩夫,因为奥勃洛摩夫不仅是地主,而且是农民;不仅是农民,而且是知识分子;不仅是知识分子,而且是工人和共产党员。"①

因此,典型性不能简单地理解为阶级性。如果对这一点没有辩证的把握,会得出"一个阶级只有一个典型"的错误结论。

其次,典型性不等于类型性。别林斯基曾经说过:"典型的本质在于:例如,即使在描写挑水人的时候,也不要只描写某一个挑水的人,而是要借一个人写出一切挑水的人。"②别林斯基本意是强调塑造典型要以个别概括一般,以个性体现共性,强调典型要有广泛、深刻的社会意义。但这段话的表述是有缺陷的,也是容易引起误解的。典型性从哪里来?要通过卓越的个性刻划揭示社会本质规律的某些方面,体现一定的人文内涵。而绝不是将某一类型、某一职业的人物特点综合后,再取其平均值。不可能借一个挑水人写出一切挑水人。那样做,就会陷入"一种身份、一种职业只有一个典型"的歧途,也是与别林斯基的初衷相悖的。

再次,典型性强弱,并不取决于人物在作品中思想水平的高低,职务高低,以及属主要人物还是次要人物,英雄人物、正面人物还是反面人物。贾府的焦大,曹雪芹只为之花了少许笔墨,却成为有一定典型性的人物。《人到中年》的秦波,那个在革命面纱下,借用丈夫职权谋私的"马列主义老太太",也是个独特的创造。为生活提供了一面"镜子",为文学画廊增添了一名颇有典型意义的形象。

3. 要有艺术独创性

别林斯基认为:"在真正的艺术作品里,所有的形象都是新鲜的、独创的……每一个形象都凭自己的特有生命活着。"塑造典型形象,更不能缺乏创意。在个性刻画上一定要有独创性。金圣叹评点《水浒》:"独有《水浒传》,只是看不厌,无非是他把一百八个人性格都写出来","真是一百八样。"③奥地利小说家斯蒂芬·茨威格对人的手的观察,有独到之处。他认为,在暴露内心隐蔽的东西、表现个性方面,也许手比脸更直接,更坦白,因为一般人想不到去控制、掩饰手。他在《一个女人一生中的二十四小时》中对赌徒们的手作了相当出色的描写:

综呢台面四周,许许多多的手都在闪闪发亮,都在跃跃欲伸,都在伺机思动,所有这些手各在一只袖口里窥探着,都像是一跃即出的猛兽……

贪婪者的手抓搔不已,挥霍者的手肌肉松弛,老谋深算的人两手安静,思前虑后的人关节跳弹,百般性格在抓钱的手势里显露无遗……

① 列宁:《论苏维埃共和国的国内外形势》,《列宁全集》第 33 卷,第 194 页。
② 别林斯基:《我们的、俄国人摹写自然的作品》,《别林斯基论文学》,第 129 页。
③ 金圣叹:《第五才子书施耐庵水浒传》卷一。

别林斯基高度评价塞万提斯《堂·吉诃德》对主人公的个性刻画,认为能把严肃和可笑、悲剧性和喜剧性、生活中的琐屑与庸俗和伟大的美丽的东西交融在一起描写,这在当时的欧洲文学作品中是仅见的,堂·吉诃德因而成了一个悲喜交集的不朽典型;同时在提示社会本质方面也一定要有独创性。《红楼梦》以广阔的视野反映了封建大家族的全面崩溃,揭示了封建叛逆者的孕育及横遭扼杀。鲁迅称赞它"打破了传统的写法"。《儒林外史》侧重暴露科举制度的罪恶,揭发无耻文人、政客的丑行劣迹。鲁迅称赞它"写儒者之奇形怪状,为独多而独详"。果戈理的讽刺喜剧《钦差大臣》中出场的全是反面人物,谢德林对其艺术独创作出这样的评价:"谁也不想在《钦差大臣》中寻找理想人物,但谁也不会否认在这个喜剧中存在着理想。"①

　　典型形象是具有较高的审美价值,具有强烈的社会效果的。经得起历史的检验,为当代及后代读者传诵不衰。

二　典型环境与典型人物之关系

　　1888 年,恩格斯在评论英国女作家玛·哈克奈斯时指出:"据我看来,现实主义的意思是,除细节的真实外,还要真实地再现典型环境中的典型人物。您的人物,就他们本身而言,是够典型的;但是环绕着这些人物并促使他们行动的环境,也许就不是那样典型了。"②这是恩格斯对典型理论的重要贡献。

(一) 典型人物在典型环境中活动

　　现实生活中的人,并非孤立地存在,总要和外部世界发生千丝万缕的联系。也就是说,人总是在一定的时代背景、生活环境中生活着、活动着。

　　所谓典型环境,是指文学作品中的典型人物生活、行动于其中的,形成其个性的具体、独特的环境和一定时代的社会历史背景的有机统一体。

　　典型环境必须是时代的历史的大环境和具体的独特的小环境的结合。时代的历史的大环境,是指典型环境的时代特征。要求作品准确地把握时代的脉搏,勾勒时代的风云。恩格斯在评价哈克奈斯的反映当时工人生活的小说《城市姑娘》时,主要就是从这一点提出批评的。具体的独特的小环境,是指典型环境的个别特征。就大环境而言,阿 Q、孔乙己、华老栓,都生活在辛亥革命时期,时代氛围、历史背景大体接近;但从小环境来看,阿 Q 生活与行动在一个特殊的"舞台"——未庄。孔乙己的主要活动场所在鲁镇与镇上的那个小酒店。华老栓则蜷曲在一个独特的灰暗、闭塞的小茶馆里。各有特色,不相混淆。

　　如果只注意大环境,那环境描写趋于一般化,甚至会导致"一个时代只能有一种典型环境"的错误结论。

　　如果只注意小环境,那环境描写游离了特定的时代发展趋势和氛围,同样是片面的,不够典型的。

---

① 谢德林:《果戈理与戏剧》。
② 恩格斯:《致玛·哈克奈斯》,《马克思恩格斯选集》第 4 卷。

再现典型环境,最重要的是要描绘出作品中人与人之间错综复杂的社会关系。环境包括自然环境和社会环境,主要是社会环境。社会环境的本质即社会关系。某部作品诸多人物之间盘根错节的纠结、对比、映衬的关系,形成作品中特定的社会关系,或者叫特定的形象结构。形象结构是典型环境不可或缺的构成因素。换一种说法,社会环境就好比一张与作品中人物性格血肉相连的纷纭复杂的社会关系网,任何人都离不开这张"网",不能不受这张"网"的制约。别人对于他来说,是环绕着他的那张社会关系网上的一个纽结,即某一环境因素;他对于别人来说,同样如此。

总之,典型环境影响典型人物性格的形成和发展,是环绕着作品中的人物并"促使他们行动的环境"。

(二)典型环境与典型人物相互作用

典型环境环绕着典型人物,"促使他们行动",对典型性格的形成和发展起制约和促进作用。

以《水浒》中林冲为例。林冲周围存在着两个主要方面的典型环境因素,相应地,林冲也有着两个主要侧面的典型性格因素。

一方面,他是东京八十万禁军枪棒教头,有比较优裕的物质待遇,有美丽温柔的妻子。这种环境因素形成了他性格中安分守己、怯于反抗的一面,对统治阶级迫害一再忍让。

另一方面,他"空有一身本事,不遇明主,屈沉小人之下"。他喜欢结交四方好汉。这种环境因素形成了他性格中耿直、豪侠的一面。他对现实不满,内心蕴藏着反抗的火花。

随着以高俅为代表的统治集团对他的迫害步步升级,林冲再无妥协、退让的余地,性格中的反抗因素不断增强,山神庙外,血刃仇人。以后又在连续反抗行动中,成为梁山泊最坚定的英雄之一。

典型人物影响甚至改变典型环境。典型人物与周围人物关系,在矛盾冲突中发生了变化时,会影响环境。这种变化又相应地促使人物性格发生变化,从而采取新的行动,反作用于典型环境,改变环境。

仍以林冲为例,林冲杀死陆谦等人,生存处境突变,成了危险的"罪犯"。上梁山后,火并心胸偏狭、妒贤忌能的王伦,推举新上山的晁盖为首领,从而使起义队伍得以更迅猛的发展,也为起义者提供了新的典型环境。

三　典型化

(一)典型化的过程

典型化,就是将生活素材经过艺术提炼创造出具有典型性的艺术形象以至典型形象的过程。典型化是文学创作的基本规律。

晋朝史学家陈寿在史书《三国志》中写刘备三请诸葛亮仅"先帝凡三往乃见"一句;而在长篇演义小说《三国演义》中,罗贯中在第三十七回、第三十八回中以近万字的篇幅,精心描绘了"刘玄德三顾草庐"、"定三分隆中决策"的详细经过。时间、地点、氛围、人物、情节、环境,有声有色,活灵活现,这一艺术提炼的过程,就叫做典型化。

典型化的过程是个性化和概括化的有机统一，是个性化和概括化同时进行，同时完成。

1. 个性化

个性化即捕捉和表现人物独特的鲜明而丰富的个性特征的过程。

在实际生活中，人物的个性也是千差万别的，但不一定鲜明，独特。作家在典型化的过程中，自始至终不能忽视个性，而且要千方百计地突出个性，丰富个性，使形象焕发出决不混同于其他人物的异彩。

怎样实现"个性化"？恩格斯说："我觉得人物的性格不仅表现在他做什么，而且表现在他怎样做。"①恩格斯在这里更强调了要重视人物"怎样做"的描写。因为人物特有的个性，包括人物特有的思维方式、言行方式，最能够在"怎样做"中得以充分的表现。"武松打虎"就是一个既表现"做什么"、更表现"怎样做"的成功例子。武松的个性在打虎前前后后，通过一系列精湛的艺术构思和艺术传达，包括细节描写、场景刻画、氛围烘托，悬念、照应、夸张、对比手法的运用等，得以出色的展示；而李逵打虎，只交代了他"做什么"——打虎，没有具体刻划他"怎样做"——怎样打虎，尽管李逵一下子打死大小老虎几只，但李逵的个性并未在打虎这一事件中给人留下什么印象。

2. 概括化

概括化即把大量生活现象中最能独特地深刻地揭示社会历史内涵的特征，提炼、概括在所创造的形象身上的过程。

需要强调的是，这里所说的概括是艺术概括。因此概括化决不是抽象化，概括化过程始终不能脱离个性化，要通过个性化实现概括化；概括化也不是分散化，概括的目标是创造一个鲜活的新的艺术整体，艺术生命。

（二）典型化的方法

典型化的方法即创造典型的方法是具体的，依不同作家的创作风格、不同作品的描写对象、不同的文学体裁而有所变化，并没有固定的模式。

就叙事文学而言，根据中外有成就的作家创造典型形象的经验，大体有以下三种。

一是，在概括大量生活素材的基础上塑造成典型。即鲁迅所说"杂取种种人，合成一个"。②

对这种方法，鲁迅曾作过比喻："人物的模特儿也一样，没有专用过一个人，往往嘴在浙江，脸在北京，衣服在山西，是一个拼凑起来的脚色。"③需要说明的是，鲁迅在这里所用的"拼凑"两字，并不是东取一鳞、西寻半爪的杂凑一锅，而是以自谦、通俗的语言，生动的比喻，强调艺术提炼的广泛性。这种方法，需要有更多的想象和虚构，往往包含更大的思想容量和社会意义，为更多创作者运用。作家杨沫在《谈谈〈青春之歌〉里人物和创作过程》中写道："卢嘉川这个人物，我想象的成分更大一些，我把我一些年来对共产党员的观察、体会，对他们的爱和敬全集中在他的身上表现出来……我回答南京去找卢嘉川坟墓的几个女同

---

① 恩格斯：《致斐迪南·拉萨尔》，同上书。
② 鲁迅：《"出关"的关》，《鲁迅全集》第 6 卷，第 519 页。
③ 鲁迅：《我怎么做起小说来》，《鲁迅全集》第 4 卷，第 394 页。

学的信中曾说过:'雨花台上虽然没有卢嘉川的墓,但是每一个坟墓里却全埋着卢嘉川一样的人'"。托尔斯泰说:"我需要做的恰恰是从一个人身上撷取他的主要特点,再加上我所观察过的其他人的特点。那么,这才是典型的东西。"①

二是,以生活中某一个人物原型为基础,汲取其他素材而塑造成典型。

屠格涅夫小说《木木》中加拉新的形象,是以自家看门人哑巴安德烈为原型创造的;曲波小说《林海雪原》中侦察排长杨子荣,也以作者同名战友的原型为依据。但是,以某一原型为基础,决不等于照搬、套用生活原型。因为生活中某一个人的个性,无论多么生动、丰富,某一个人的生活实践,无论多么具有普遍意义,毕竟还是自然形态的,要依据他塑造成典型,不仅需要"去粗取精,去伪存真,由此及彼,由表及里",而且往往还需要大量汲取其他素材,通过充分的想象、虚构,以弥补原型的不足。

三是,某些特殊文学体裁的创作,如传记文学、报告文学、历史剧等,以生活中实际存在的具有典型意义、审美价值的人物个性和事迹为基础,经过提炼、加工,创造形象。

上述诸种方法,不论是"杂取种种人",不论是以某一原型为基础,还是特殊文体的形象塑造,都必须遵循典型化的规律,都要从生活实际出发,在"化"字上下功夫。依据作家的艺术构思,源于生活,捣碎生活,又突破生活,高于生活,创造新的艺术形象。每个作家可以根据生活积累,选定的体裁,以及自己的特点,选择适当的方法,或综合运用多种方法,各尽其妙。

▶思考题◀

1. 创作的必要准备以及它们之间的关系。

2. 试以郑板桥《题画竹》所云"眼中之竹"、"胸中之竹"、"手中之竹"来阐述文艺家的创作过程。

3. 什么是生活真实? 什么是艺术真实? 举例分析艺术真实的品格。

4. 文学的真实性与文学的倾向性两者的关系如何?

5. 举例说明典型形象的个性要求。典型环境与典型人物的关系。

6. 什么是典型化? 举例说明叙事文学塑造典型的方法有哪些?

第八章　文学的创作思维

▶本章提要◀　文学的创作思维是多种思维的组合,主要有形象思维与抽象思维、灵感思维与模糊思维。形象思维是艺术思维,是创作思维中最重要的一种思维方式,它有别于表象思维与具象思维。形象思维的主要特征。形象思维并不排斥抽象思维。灵感思维与模糊思维在创作思维中的地位。各种思维互有渗透。文学的创作思维具有直觉、定向、想象、情感、理智诸功能,是作家创作成功的重要保证。

---

① 《西方古典作家谈文艺创作》,春风文艺出版社 1980 年版,第 531 页。

第一节　形象思维与抽象思维

一　形象思维

（一）形象思维是艺术思维

形象思维，是把感觉、知觉和表象加工改造成为形象的一种艺术思维方式。作家的形象思维活动就是运用富有感情特色的文学语言，把感性形象改造制作成为艺术形象。

形象思维有别于表象思维和具象思维。

表象思维只具表象外形之类的具象信号反应。法国社会学家列维·布留尔认为："他们的思维没有上升到抽象化和逻辑公式的程度，而是固守着一些观察或情势的图景。"这种思维，黑格尔称之为"表象思维"，仅是"一种偶然的意识，它完全沉浸在材料里，因而很难从物质里将它自身摆脱出来而同时还能独立存在"。[①]

具象思维多属触景生情的具象浮现，不属审美意蕴的形象创造。例如，看见一簇鲜花以后，只在脑海里浮现出个别鲜花的艳丽色彩，决不会创造出"感时花溅泪，恨别鸟惊心"、"不要人夸好颜色，只流清气满乾坤"等等自然人化的形象。具象思维不可能将各种表象、具象、意象融化为别具一格的艺术整体，从而创造出艺术典型。

形象思维是以形象创造为目的的思维活动，富有极其活跃的艺术基因。这种思维活动，从有意注意的艺术观察开始，到艺术想象，再到艺术表现，艺术创造心理活动等诸环节，都合乎规律地运行。其目的是用形象化的手段，协调感知过程中感性认识和理性把握、表层现象与深层本质的内在联系，在审美形象的统一体中，创造出高于生活美的艺术美。这种对感官的直观材料进行高超而完善的审美创作心理活动，就是形象思维。

（二）形象思维的特点

1. 以象显质

形象思维始终离不开具体性、可感性和个别性的生活素材和语言材料，以形象显示各种本质。原籍奥地利的德语诗人里尔克奉劝艺术家在平时就要养成观察许许多多具体而形象的人物或事件的习惯，甚至要留心鸟怎样飞翔，清晨的小花开放时的姿态；注意不期而遇的邂逅，亲人之间正在到来与逼近的离别；回想童年的岁月，异乡的路途，夜晚的欢情；看过海的黎明，闪动着繁星的天空底下的夜；记住产妇临盆前痛苦的叫唤，老人静静的死，窗外传入的突如其来的声音，等等。此论是符合形象思维活动的。形象思维的特点之一是要求作家"在自己心里重新唤起他在四周的现实的影响下所体验的感情和思想，并且给予它们以一定的形象的表现"。[②] 当然，文学形象的表现工具是语言，这是不同于社会科学或自然科学抽象思维所使用的语言。文学语言具有形象化的特点，能给人以具体联想和生动感

---

① 黑格尔：《精神现象学》（上），商务印书馆 1979 年版，第 40 页。
② 普列汉诺夫：《没有地址的信·艺术和社会生活》，人民文学出版社 1962 年版，第 4—5 页。

受。因为文学语言的词义既与概念相等,人们可以借助语词进行抽象思维,又与事物的具体形象相联,具有指物性、形象性的特点,人们可以借助语词进行形象思维。如"水"字,自然科学的"水"是 H_2O 两种物质元素的有机结合。自然科学家还把"水"分为软水、硬水、蒸馏水、淡水、碱水等等,均是抽象的概念;文学创作中的"水"却是形象的,什么"水珠"、"水泡"、"绿水"、"流水淙淙","到中流击水,浪遏飞舟",都是表示一个个形象。诗人还可以把"水"演化成多种形象:"黄河之水天上来,奔流到海不复回",写黄河之气魄;"孤帆远影碧空尽,唯见长江天际流!"写惜别之情。可见,形象思维的第一个特点是触目于个别、可感、具体的生活材料,再用相应的语词予以表达或描绘,使之成为一幅幅生动而具体的画面。

2. 神与物游

作家常常凭借想象,发掘生活素材的审美意义,调动创作欲望的积极活动,让创作心理与客观事物取得融合。形象思维不是停留于固定的一点,而是从第一个物象联系到第二个、第三个以至若干个物象,达到物我融合的程度。刘勰写道:"文之思也,其神矣。故寂然凝虑,思接千载;悄然动容,视通万里;吟咏之间吐纳珠玉之声;眉睫之前,卷舒风云之色;其思理之致乎。"[①]当然,抽象思维也讲求幻象和联想。如果没有想象,就不可能由飞鸟的启发而创造飞机。但是,科学家决不会如同艺术家那样把自己想象为飞鸟,而仅由鸟"飞"的原理而推及人借某物起"飞"的科学设计。高尔基说得好:"科学工作者在研究公羊的时候没有必要把自己想象为一只公羊。但是文学家虽然是慷慨的却必须把自己想象成是吝啬鬼,虽然是毫不贪婪的,却必须感觉到自己是一个贪婪的守财奴,虽然是意志薄弱的,却必须令人信服地描写出一个意志坚强的人。一个有才能的文学家,正是凭借这种十分发达的想象力,才能常常取得这样的效果:他所描写的人物在读者面前,要比创造他们的作者本人出色和鲜明得多,心理上也和谐而完整得多。"[②]

形象思维的想象,是作家主观心思与客观事物相结合的心理现象。想象的外部特征,表现为想象内容(对象)的广阔性、形象的鲜明生动性及感情色彩。这说明想象是一种不受主观局限的创造性的精神活动。整个形象思维是作家在整个创作活动中,以自己的情感为主宰,以语言为媒介,使"情—物—言"组成为和谐的整体。

3. 吟咏情性

形象思维始终伴随着强烈的感情活动,以创作为载体吟咏性情。作家只有为了表达情感而创作,才能文辞精练而内容感人。列夫·托尔斯泰曾经指出艺术创作中感情活动的一般历程和重要意义是:"在自己心里唤起曾经一度体验过的感情,并且唤起这种感情之后,用动作、线条、色彩以及言词表达的形象来传达这种感情,使别人也能体验到同样的感情,——这就是艺术活动。"[③]形象思维是创作思维活动的组成部分,其情感与一般情感有所不同。正如创作思维的多元化一样,情感的表达方式也是多元化的。由于作家创作个性的不同,作家情感表达的方式大致可以分为三种类型:第一,迷狂型。迷狂情感的

---

① 刘勰:《文心雕龙·神思》。
② 高尔基:《论文学的技巧》,《论文学》,人民文学出版社 1978 年版,第 317 页。
③ 列夫·托尔斯泰:《艺术论》,人民文学出版社 1958 年版,第 48 页。

突发,有时精神恍惚,有时哀痛欲绝,几不欲生,有时激动不已,手舞足蹈。里尔克晚年的大作《给奥尔菲斯的十四行诗》和《德依诺悲歌》,就是在废寝忘食的狂热状态中,一边不断吟咏,一边挥毫疾书,先后不到十天完成的。普希金仅用了十几天就一气呵成《波尔塔瓦》的创作,倘若宕延时日,就难以完稿,甚至可能将它毁弃掉。第二,反常型。反常情感是客体与主体扭曲,内部与外表变形的一种怪异形态。它往往以笑的方式表达哭的悲愤,所谓"哭不得则笑,笑之悲深于哭也"以及"欣喜之余,忽生悲痛,乃见真情",就是反常形态的真情流露。庄子死了妻子反而敲着木盆唱歌,这是哀痛欲绝的别种形态。此外,幽默中蕴含着抗议,也是反常情感的泛动。卡夫卡的《变形记》、美国黑色幽默派的某些成功之作,以轻松幽默的笔调描绘生活,逗人发笑,耐人寻味。笑,含着眼泪,笑过之后,反而令人顿感沉重、压抑和恐怖。第三,智性型。智性情感是以理智信念为主导。作家直面惨淡的人生,正视淋漓的鲜血,郁愤严峻,外冷内热,如岩浆奔涌于岩隙,地火燃烧于地下。鲁迅就是典型的代表。

　　作家的形象思维活动,是把许多表面的、偶然的、个别的材料选取来,加以艺术地非抽象地去粗取精、去伪存真,通过个别反映一般,即通过独特表象和生动细节,形象地反映或表现事物的某些本质方面或审美理想,给人们以艺术感染力。正如高尔基所说的:"艺术的作品不是叙述,而是用形象、图画来描写现实。"[①]可见,形象思维是作家创作思维的最重要的一种思维,但它不排斥抽象的思维活动。

二　抽象思维

　　所谓抽象的思维活动,就是抽去认识对象的个别感性形式而保留其普遍理性内容的一种思维活动方式。

　　抽象思维,是人们运用相应的概念、定义、数字或原理等抽象的语言形态,用判断或推理的逻辑方式阐述、论证客观事物的最一般、最基本的特征的思维方式。抽象思维的特征,在于把无限丰富的感性材料加以科学的分析和高度的综合,舍弃表面的、偶然的和个别的东西,抽取本质的、必然的和一般的东西,作出合乎逻辑的概括。列宁在引录了黑格尔关于"抽象着的思维却是扬弃了感性材料并把这种简单现象归结为只在概念中显现的本质的东西"以后,直接指出:"物质的抽象,自然规律的抽象,价值的抽象及其他等等,一句话,那一切科学的(正确的,郑重的,不是荒唐的)抽象,都更深刻、更正确、更完全地反映着自然。"[②]例如植物学家在说明花的本质特征时,对许许多多个别的"花"进行分析综合,舍弃其具体的形状、色彩或气味,抽象为一般"花"的特征:种子植物的生殖器官,通常由花托、花萼、花冠、雄蕊或雌蕊组成,有不同的形状、颜色和气味(有的无味)。这"花"在植物学中就是以抽象的概念性质出现的。再如历史学家研究明末李自成领导的农民起义,对各种有关史料进行综合的理论分析,从史论结合中,论述李自成起义及其失败的原因。这个"农民起义"的

① 高尔基:《文学论文选》,人民文学出版社 1958 年版,第 133 页。
② 列宁:《哲学笔记》,人民出版社 1957 年版,第 155 页。

概念,在历史科学中也是以抽象思维的形式出现的。

抽象思维,是合乎逻辑推理的。这是就其一般的正常情况而言的。但是,我们不能将抽象思维完全等同于逻辑思维。因为创作思维中的其他系列思维都有合逻辑性与不合逻辑性的两种类型。同样,抽象思维也有合理与悖理两种类型。所谓抽象思维的悖理方式,也有人称之为逆向性思维,逆向性思维是一种将人们通常的思考方式倒过来的思维方式。它富有辩证法性能,是从对客观世界的宏观的辩证认识出发,努力发掘与常识性相悖的现象,作为创新思维的始发与归宿。逆向思维并不简单地否定常规思维的成果,而是摆脱常规思维的困境。它以常规思维的成果作为创作思维坐标轴上的一个参照点,激发作家探索新的方向,从而使创作突破常规的束缚,创造出新的境界。富有逆向思维性能的作家,在自己的文学创作中,往往要自觉地违反传统观念和流行见解,将形象创造得愈加灵性生辉。

一切自然科学有关定律的发现,一切社会科学有关学说的阐发,都是感性材料和理性概念这一认识论中两大系统的抽象统一的结晶。文学艺术的形象思维与抽象思维并不是对立的。创作思维也需要抽象思维的积极参与。

第二节　灵感思维与模糊思维

一　灵感思维的生成与特征

我国著名科学家钱学森从 1980 年开始发表文章,探讨建立思维科学体系的问题,并提出灵感思维这一概念。灵感思维是存在的。灵感思维是人们对自在之物的一种顿悟性的思维活动。它是客体事物的某种特异闪光,是通过富有创造活力的人的视觉、听觉、肤觉(或触觉)、味觉和嗅觉等外部感觉器官的传导,在大脑皮层的投射区域产生兴奋中心而爆发出来的。开始,固有的潜意识与外界的刺激物象沟通为短暂的神经联系,触动扩散性兴奋即神经冲动,而成为显意识。灵感思维并非是柏拉图所说的神力的附着物,而是大脑高度激发状态的产物。它犹如自然灵气,恍惚而来,不期而至。在创作的孕育期或临产期,这个驱使作家劳作不息的精灵,总是欲念旺盛、精神亢奋,为作品注射黄体酮,让躁动于母腹的艺术胎儿呱呱落地。巴尔扎克曾经谈及自己在傍晚散步或清晨起床的一刹那间,一个字唤起了一整套意念。从这些意念的滋长、发育和酝酿中,诞生了显露匕首的悲剧、富于色彩的画幅、线条分明的塑像、风趣横生的喜剧。他特别指出灵感思维是"转眼即逝、短促如生死的一种幻想,是艺术家忘掉了分娩的剧痛在创作中所感到的无上喜悦"。[①] 这说明,作家艺术家在灵感来潮时的精神状态,是不同于他平时的精神状态的,这种"心神迷乱"状态,心理学称之为"转变性",它具有"突然性"和"非我性"的本质标记。舒伯特的《摇篮曲》,聂耳

---

① 巴尔扎克:《论艺术家》,《古典文学理论译丛》第十册,人民文学出版社 1965 年版。

的《大路歌》,莫不是在相关的刺激物感应下谱写出来的。由此可见,灵感思维只要摆脱神灵的羁绊,置之于思维科学的范畴中,对于文艺家的文艺创作不能不是弥足珍贵的。

在文学的创作思维中,灵感思维占有重要的地位,它具有不同于其他思维的显著特点。第一,突发性:歌德说他逢着灵感爆发时,事先毫无印象或预感,诗意突如其来,有一种压力感,激活作家非马上把它写出来不可。这种压力就像一种本能梦境的冲动。[①] 第二,强制性:仿佛有一种外力向艺术家袭来,强制作家的创作心理活动投入创作对象或相应境界。巴尔扎克把灵感爆发后所产生的强制功能比作"恰逢一团热火触及这脑门、这双手、这舌头"。[②] 第三,激情性:灵感到来时,主体往往处于激情状态而不能自持,有时甚至在生理方面也发生变化。郭沫若写作《女神》时浑身发冷,牙齿打颤,就是灵感激情状态的显在表现。

二　模糊思维的提出与表现

(一) 何谓模糊思维

近年来,国内外学术界将模糊思维作为人类第三种思维。因为,无论是大脑神经网络抑或是客观事物的联系,均在多种条件互补协同制约中,呈现出普泛的游离性、不定性。所以,我们不能用"非此即彼"的静态界定,而只能用"亦此亦彼"的动态衡量。这就自然地形成了游离度与随机性相集合的模糊认识,亦称模糊思维。它是模糊数学的扩展。

美国控制论专家查德发表了《模糊集合论》,促进了"模糊数学"这一新的数学分支学科的形成。应用模糊数学,能产生新的一代的控制系统,在处理模糊性事物的数学方法上得到重大的突破。模糊数学突破了形而上学对人们思想的束缚,使人们注意到,世界事物既有相互对立、"非此即彼"的明晰性形态,又有相互联系、"亦此亦彼"的并不绝对地清晰的模糊过渡性形态。查德的"模糊集合论"对"经典集合论"不能描写的模糊事物或现象提供了新描述方法,从而更真实地描述或反映了客观世界。当然,模糊数学并不是提倡模糊性,而是要求正确认识、处理主客观世界的模糊性。

模糊数学推动思维学科进入别开生面的领域。我们知道,人脑的思维活动和控制作用,都有模糊性和非定量化的特点。大脑那种高度的随遇而迁的伸缩性和灵活性,使它除了能够精确严密地思考以外,还可以根据某种特异对象和一定的近似需要,对客观世界及其错综复杂的现象,实行模糊控制,运用模糊信息,进行思考、推测,作出近似值的"非精确"的表达。这就产生了模糊思维,它大致包括模糊概念和模糊控制两方面。主体思维的模糊性导源于客体事物的模糊性。

模糊思维对事物的把握不通过定量分析来完成。对客体的描绘也不通过显象来实现。而是兼容着抽象与形象的双重特性,比其他思维富有更多的游移性、变异性与模糊性。所以,我们才称之为模糊思维。

(二) 模糊思维的客观存在

大千世界存在着群山连绵、云遮雾障、晨曦夕照等等隐隐绰绰的模糊性自然景观;人类

[①]《歌德谈话录》,人民文学出版社 1978 年版,第 207 页。

[②] 巴尔扎克:《论艺术家》,《古典文学理论译丛》第十册,人民文学出版社 1965 年版。

生活出现了室迩人遐、世态炎凉、人心叵测等等难以言明的模糊性社会现象。在现实世界中,确有很多事物的区别界限,不是绝对分明和固定不变的。这是符合辩证法的:事物之间"除了'非此即彼',又在适当的地方承认'亦此亦彼!'并且使对立互为中介"。这样,"一切差异都在中间阶段融合,一切对立都经过中间环节而互相过渡"了。① 可见,客观事物的不同联系方式,除了对立关系以外,还有自返性的相容关系(如同族关系)、对称性的相容关系(如兄弟关系)、传递性的等换关系(如由 A＝B 与 B＝C 而至 A＝C)、准渗透性的交叉关系(如青年与工人、学生的关系)以及包容性的种属关系(如植物与花朵的关系),等等。当两组或两组以上的事物难以作肯定或否定回答时,就可能是一种模糊关系。

客观事物的模糊性形成了作为思维物质外壳的语言的模糊性。在社会生活和人际关系中,普遍存在着模糊语言。人们出于某种情感原因和表达需要,有时故意使用模糊语言,以表达特殊的语义。因为人们都具有直觉心理和理解常识,尽管使用不精确的语词或不周密的表述方式,仍然能够理解对方的语义。例如《祝福》中鲁四老爷跟"我""寒暄之后说我'胖了'"。"胖"了多少公分,没有准确的界限即没有定量分析,究其语意不在于胖瘦的量的把握,而在于做作性的客套而已。

人们的生活中,存在着大量的模糊性,我们不可能事事、时时、处处都要精确,也不必都要求绝对精确。对于作家艺术家的创作来说,亦复如是。

(三) 模糊思维的创作表现

作家艺术家往往凭借模糊思维的自控性,以模糊集成的方式,对描绘对象——某一形象、意象或景象的随机性、变异性,给予相应的不明确的表现,让读者去意会"庐山真面目"。达·芬奇认为阴天或薄暮时的光线最适宜于画人像,富有一种柔和朦胧的美。这确是一种很有见地的美学观点。为了突破机械的模仿程式,作者有时摒弃清晰描写手法,在描写对象时,求其介于"似与不似"之间,从中获得神韵,传达情愫,使作品产生典雅的视觉效果和朦胧的艺术感受,给人以无尽的遐思和神妙的想象。例如《蒙娜丽莎》所描绘的微笑就具有一种朦胧美。

朦胧美作为一种审美经验,是美学上的一种表现手法,也是艺术作品所追求的一种美的意境。"日暮苍山远"就是朦胧美的意境。它有时间与空间的隔离。在整体结构中,有"藏"(未知领域),有"曲"(发展曲折),有变(未来变化),形成了作为美的客观基础的艺术完善性。德国美学家鲍姆嘉通认为:"完善既存在于纯粹的认识(理性)和模糊的表象(感性知觉)之中,也存在于愿望能力(意志)之中。由于有这三种能力,完善就表现为三个方面:真、善、美。因而对同一个本质就可以有不同的感受。② 所谓"一千个读者就有一千个哈姆雷特",就是此理的注脚。

模糊思维包含某种非智性的幻觉成分,是意识的非确定性的欲明欲暗的投影。作家的创作"想要朦胧而终于透漏色彩的,想显色彩而终于不免朦胧的,便都在同地同时出现

---

① 恩格斯:《自然辩证法》,《马克思恩格斯选集》第 3 卷,人民出版社 1972 年版,第 535 页。
② 转引自陆梅林等译:《马克思列宁主义美学原理》上册,三联书店 1961 年版,第 90 页。

了。"①作家的模糊思维有三种表现方式：一、模糊情绪。有的作家在创作的始初阶段，其情绪似爱非爱，似怨非怨，缠绵悱恻，难以把握。屠格涅夫对巴扎洛夫的感情，在开始时，就带有迷迷糊糊的性质，不知爱他或恨他。二、朦胧意识。有的作家的"原始艺术积聚"，不论是情感、形象或思维均显模糊，混沌一片。他之所以塑造艺术形象，纯然类乎春蚕吐丝一样，是创作天性的自发诱导。冈察洛夫创作《奥勃洛摩夫》是不自觉的，"很少懂得我的形象、肖像、性格意味着什么"。②曹禺创作《雷雨》亦有类似情况。三、梦幻反馈。作家大脑中枢的信息库中，往往沉积着往事印痕、心理"密码"等潜在的模糊意识。它在梦中化幻成为奇特形象，然后反馈或环流于作家的创作活动。这种艺术反思使作家终于创造出艺术世界。史蒂文生的名著《化身博士》，就是在做了一个邪恶势力压倒了善良君子的可怕梦幻之后的三天内写成的。

由此可见，凡是杰出作家的优秀作品都不同程度地富有模糊色彩。莎士比亚的剧作堪称典型之作。勃兰兑斯在《莎士比亚的生平和创作》第二卷中指出："明确性不是莎士比亚心目中的理想，……这里有不少谜和矛盾，而剧本的吸引力在很大程度上就取决于它的暧昧不明。"这种扑朔迷离的美，犹如雾里看花，只可意会，不可言传，美不胜收。同样的审美观照，存在于道顿的《莎士比亚思想和创作的批评研究》专著中。他把莎士比亚作品的具体朦胧色彩抽象为审美规范："不清晰是艺术作品所固有的现象，因为艺术作品注意的是生活，而不是某个课题；而在这一生活里，在这个穿越黑夜和白昼的朦胧边界的心灵历程中，有着……许多令人无法研究和研究不出结果的东西。"③

但是，我们应该明白：模糊思维纵然带有某种不确定性，总体看，它不可能是非理性或反理性的。王蒙曾谈到他的小说《海的梦》是最具有"模糊性"和"自动性"的了。可见，创作的模糊思维是不能排斥"自动性"的。这点，甚至连清人李重华在谈及诗的恍惚、朦胧或模糊时，也能颇有见地地指出："如果一味模糊，有何妙境？"只有那种"缘情而生，而不欲直致其情，其蕴含只在言中，其妙会更在言外"的艺术创作，才富有"意尽而其神渺然无际"的美的感染力。

三   创作思维的互相渗透

首先，上述四种思维方式在创作中互相渗透。"想象里蕴蓄着感觉，而判断里又蕴蓄着想象"④。正如感觉中包含着灵感的触发，想象中包含着朦胧的情思，理性完整的哲学与感性谐和的感情互为转化。马克思的《资本论》对资本与工人关系的拟人化陈述，以及较多篇章中那种热情洋溢的诗人气质所禀赋的散文诗艺术风格，渗透了多么感人的形象思维啊！而素以描写社会经济状况见长的巴尔扎克，在其《人间喜剧》特别是《纽沁根银行》中，以对资本的占有方式去寻找人物行动的依据，引用大量数字来说明社会的变异性，以抽象思维

① 鲁迅：《三闲集·"醉眼"中的朦胧》，《鲁迅全集》第4卷，第51页。
② 冈察洛夫：《迟做总比不做好》，《古典文艺理论译丛》第一册，人民文学出版社1961年版。
③ 以上两处引文均转引自(苏)维戈茨基的《艺术心理学》，上海文艺出版社1985年版，第218—219页。
④ 亚里士多德：《心灵论》，《古典文艺理论译丛》第十一册，人民文学出版社1966年版。

的方式显示了经济学的特点。创作主体的思维方式的渗透性来源于客体物质的统一性。

其次,人脑是一个结构最复杂的特殊物质体。它作为思维的加工厂,执行着不同的职能。人的情感、记忆和信念等正是一定的灵感思维、模糊思维、形象思维和抽象思维形式互为渗透的产物。歌德创作《少年维特的烦恼》,先是在灵感思维的激发下,孕育了创作欲念。但对形象、意念又不能没有模糊思维的朦胧感。后来,形象思维的想象与激情始终震动着他的血脉笔管。但是他的"意念"的取舍,创作"意图"的体现,"思维的汇集",莫不是受抽象思维的支配。我们从《少年维特的烦恼》中可以看出法国启蒙思想家卢梭的哲学思想对他创作思维的内在影响和渗透力量。

最后,思维的实在性、具体性是通过语言表现出来的。近代新兴的社会语言学认为语言是很复杂、很丰富的社会现象之一。心理语言学认为丰富复杂的语言都可以从人的丰富复杂的心理活动中找到对应关系。这种丰富复杂的信号源不仅发生了创作思维的多元化,而且形成了文学语言的多能性:抽象性、形象性、模糊性、清晰性、变体性以及彼此的交叉性。它们均为作家所筛取。文学语言的多元性能来自社会生活和创作思维的丰富复杂。文学语言的变异、交叉和渗透等情况,反证了创作思维中各种思维方式的渗透情况。

第三节　创作思维的多功能

文学作品的产生,作家的创作思维发挥着能动的催化作用。创作思维具有直觉、定向、想象、情感和理智等多元功能。

一　直觉功能

马克思指出:只有具体的物质形式才是"直观和表象的起点",而"决不是处于直观和表象之外"。① 因此,创作思维的直觉性能,表现在客观事物或现实人物的鲜明性、奇特性和生动性在作家脑海中涌现出直观形象,激发出作家凭借这股冲动力,捕捉住某种直观形象,与自身的心灵活动融化为一体,为创造艺术形象打开闸门。

创作思维的直觉功能是多方面的:有的是作家在亲历的生活中,目睹某一事件的情景或某一人物的遭际,触动其创作契机。例如,雨果看到吉卜赛少女挨打而创作《巴黎圣母院》,列夫·托尔斯泰看到卖艺歌手受辱而创作《琉森》。有的是作家从报刊或口传中,间接得悉某一奇人异事,大为震惊,顷刻产生创作思维的直觉感应。例如,笛福从一则新闻报道中创作了《鲁宾逊飘流记》。有的作家的思想意识与描写对象同处于时代思潮的大漩涡中,两者"心有灵犀一点通",顿生彩凤双飞翼,艺术直觉不禁脱颖而出。在最初阶段,尽管人物形象不甚鲜明,故事情节未必完整,但新思潮迸发的艺术直觉却像后浪推前浪地推动作家

---

① 马克思:《〈政治经济学批判〉导言》,《马克思恩格斯选集》第二卷,人民出版社 1972 年版,第 103 页。

进入创作状态。茅盾说他创作《幻灭》是"因为有几个女性的思想意识引起了我的注意"。依据以上三种情况看来,客观事物不管以何种形态出现,只要是鲜明独特的,足以震撼作家心灵的,其最初印象均可成为艺术直觉,对创作进程起到催化作用。显然,创作思维中的直觉印象,经过筛选,在文学作品中得到了语言上的表现之后,就不再是字面意义上的直感印象了。这些直感印象组成了形象,组成了形象体系。由此可见,摈弃艺术直觉是偏颇的。同样,把艺术直觉抬到至高无上的地位,也是片面的。因为,艺术直觉是作家创作思维中经常遇到的,它有待向纵深方向挺进。

二　定向功能

　　作家创作思维的定向性能"是一种透视力,它帮助他们在任何可能出现的情况中测知真相;或者说得更确切点,是一种难以明言的、将他们送到他们应该去或想去的地方的力量。"[①]作家凭借这股难以阻遏的艺术创造力,既可深化自我情思,又可深入描写对象。在自我深化和深入对象的过程中,纵然出现千山万壑,但在思维的定向性能驱使下,观察全部风尚,感受一切激情,想象各种形象,终能达到艺术创新的境界。

　　创作思维的定向性能,总是与作家的创作历程相辅相成的。它表现为三方面:

　　(一) 搜奇索异,跟踪追求

　　巴尔扎克把它称之为"摄取别人的身体与灵魂"。作家采用这种定向追踪的方式,就能进入人物的生活情景,对他们的服饰、言行、愿望、需要和心情,都能感同身受。这样,人物的灵魂就自然进入作家的灵魂,不然就是作家的灵魂进入了人物的灵魂。巴尔扎克深夜踯躅街头,尾随一对从剧院散场出来的夫妇,偷偷倾听他们的谈话如何从对剧情的观感转到想买票再看,转到经济困难,转到家务繁重,转到怨言鼎沸,作为创作素材的积累。

　　(二) 道听途说,欣然命笔

　　作家在创作思维的定向性能支配下,对有关轶事传闻,日有所思,夜有所梦,各种场景、情景都紧扣自己既定的创作意图。为此,他把一切与形象有关的素材,哪怕一个字、一句话、一个细节、一个形象,或者储藏于大脑中枢,或者记录于采访笔记。孔尚任以"家居访亲谈轶事,江淮漫游寻旧踪"的方式,创作了一部"借离合之情,写兴亡之感,实人实事,有凭有据"的《桃花扇》。可见,道听途说作用于作家的思维,又在定向性能的作用下,取其有关材料,舍其无关材料,日积月累,形象就脱胎而出了。

　　(三) 思维反馈,创造形象

　　思维反馈现象自有人类以来,就是客观存在的。对于作家来说,思维反馈尤为可贵。作家在深入生活、积累素材的全过程中,经过思维反馈,对题材、人物、情节以至语言反复思考,多次检验,进行改造制作,使之更深刻、更典型、更丰满和更生动。思维反馈与形象塑造成为正比,其目的是在许多直观印象中,发掘其最生动、最深刻的核心印象,在定向性能作用下,让它们转化为艺术形象,构成为一幅艺术画图。

---

① 巴尔扎克:《〈驴皮记〉初版序言》,《古典文艺理论译丛》第十册,人民文学出版社 1965 年版。

综上所述,创作思维的定向性能是:在作家持之以恒、锲而不舍的艺术探求下,某些表象、现象、形象,渐渐地由零散的趋向系统的,由朦胧的变为清晰的,由浅薄的而至丰满的。当然,定向性能还必须与其他性能结合,才能发挥其透射力。

三　想象功能

想象功能是一切创造性劳动所必不可少的因素。无论是抽象的科学研究,抑或是形象的艺术创作,均需发挥想象性能。科学想象侧重于智性分析,文艺想象侧重于情愫描绘。一般说,想象有:

(一) 联系性想象

联系性想象是指两个或两个以上的刺激同时或相继作用于作者,而在大脑中形成了暂时的神经联系。联想的心理依据是神经系统的条件反射现象。客观事物的各种特性作用于作家的感官,引起各种感觉,促进大脑中的各个区域互相联系,互相作用,终于创造了自己并未见识过的事物的新形象。所以,联想也是指表象之间的联系,而其中的一些表象一旦在意识中出现,便引出另一些表象。例如由枪而联想到谋杀、格斗、战争,产生种种不同性质的心态、动态或形态。联想是想象的一种形态,含有实指性的由此及彼,举一反三,触类旁通之意。

(二) 幻觉性想象

幻觉性想象是一种意识的飞速运动。它是由表象的分化或表象的变异而产生的。由于是分化与变异,幻想之物与表象之物就缺乏某种必然的联系。维·康津斯基说:"幻觉是一种与外界印象并无直接关系,但对于幻觉产生者却具有客观真实性的感觉映象。"[①]虽然,人在产生幻想时并没有感知任何表象,但是仍然残留着从前发生过的知觉的一丝痕迹,只不过是意识中所产生的病态的表象。所以精神病学家把幻觉叫做白日做梦。弗洛伊德就是根据这类表象的分化与变异的精神活动,写了一篇《创作家与白日梦》的论文。作家凭借其特有的幻想才华,能看见、听见或嗅及不存在的物象、意象。幻想是想象的另一种形态,含有虚拟性的梦往神驰、心游万仞、精骛八极之意。不论是斯威夫特的《格列佛游记》,抑或是李汝珍的《镜花缘》,有关域外世界的奇闻异事,都是异想天开的产物。

(三) 虚构性想象

虚构性想象既是对联系性想象的补充,又是对幻觉性想象的完善,是想象功能的高级形态。正如高尔基所说的,虚构"可以补充事实的链条中不足的和还没有发现的环节",使艺术形象更加鲜明、生动和丰满。[②] 虚构是想象激化的闪光。创作思维只有具备想象与虚构,才能翱翔于艺术王国。屈原的《离骚》、《天问》,郭沫若的《天狗》、《凤凰涅槃》等作品都是突出的例子。

想象功能的优越性在于它可以超越时空界限,超越直观摹仿。早在公元前 3 世纪,

---

① 转引自(苏)K·普拉东诺夫:《趣味心理学》,科学普及出版社 1984 年版,第 126 页。
② 高尔基:《谈谈我怎样学习写作》,《论文学》,人民文学出版社 1978 年版,第 159 页。

古希腊美学家阿波罗流斯就指出：“想象比起摹仿是一种更聪明伶巧的艺术家。摹仿只能塑造出见过的事物，想象却也能塑造出未见过的事物，它会联系到现实去构思成它的理想。摹仿往往畏首畏尾，想象却无所畏惧地朝已定下的目标勇往直前。”①这正如康德在《判断力批判》中所论述的：“想象力是一种创造性的认识功能；它有本领，能在真正的自然界所呈供的素材里创造出另一个相似的自然界。”但丁的《神曲》、歌德的《浮士德》和吴承恩的《西游记》，就是作家凭借创作思维的想象性能所创造出来的“另一个相似的自然界”吧！

四　情感功能

马克思说：“激情、热情是人强烈追求自己的本质力量。”②对于任何创造性劳动，情感性能都是十分重要的。纵然是科学家的抽象思维也仍然不能没有情感因素。对文学创作来说，情感更是须臾不可分离的。因为，思维活动的直觉、定向、想象以及理智等诸种性能总是由情感渗透、融化于其中的。尤其是作家的创作欲望，更是作为一种催化性因素，弥漫于创作沃土，滋润着艺术蓓蕾。所以，列夫·托尔斯泰一反古典主义的唯理论，再三强调艺术活动就是情感活动，力主以自己的情感通过动作、线条、色彩和语言等中介物，塑造艺术形象，让人们也产生同样的情感体验。

创作思维的情感功能具有四方面的效应。

（一）动力效应

炽烈的感情推动强烈的创作欲望的产生。故事情节、节奏韵律或意识流动都随着情感的不同波动而运动着。

（二）提炼效应

艺术创作的直觉、敏感和顿悟，都包含感情的因素。理性还未完全认识的物象，感情却可以不加思索地先行体验到，并进行形象个性化方面的提炼。它有时也能达到抽象思维的类似结果。

（三）结构效应

情感激发想象，组合表象，使零散的表象联结成为完整的形象。在艺术创作中有两根结构线，一根是以理智为主的主题思想线，一根是以情感为主的基本情调线。情感把这两根线结构为统一的艺术画面。

（四）移位效应

移情是作家情趣的表现方式之一，它使物象“生命”化、情趣化。“感时花溅泪，恨别鸟惊心”，是借花、鸟表现诗人“感时”和“恨别”的情感，把花鸟拟人化，并非表现花鸟，而是把人之感情移入于花鸟。总而言之，创作思维的情感功能主要表现于：触动灵感的爆发，诱导直觉的深化，激励想象的驰骋，使五彩缤纷的物象生命化、情趣化。

———————————

① 转引自《美学》专刊第一辑，上海文艺出版社 1977 年版。

② 马克思：《1844 年经济学——哲学手稿》，《马克思恩格斯全集》第 42 卷，人民出版社 1979 年版，第 169 页。

五　理智功能

作家在直觉、定向、想象和情感等功能的作用下，从一个表象滑向抑或深入另一个表象，就要对各种千姿万态、变幻莫测的表象，进行选择、鉴别和综合，剔除不符合本质的表象，保留符合本质的表象；舍弃不反映必然的偶然，强化体现必然的偶然。这样，作品的形象就更加具体、生动、鲜明和深刻了。这就是创作思维理智性能的表现。

（一）保证定向功能的正确性

思维的定向性能具有正确与谬误的两重性。作家的创作思维能否沿着正确方向发展，能否富有强大的穿透力，不能不与理智性能正确与否，有着密切的关系。任何作家的创作都是按照一定的见解深度和胸襟广度，观察、体验、分析和描绘人物的。器大者，声必宏；志高者，意必远。反之，器小者，声必弱；志低者，意必迩。只有禀赋精深博大的志趣情怀，才能使感性认识上升到理性认识。如果没有思辨的能力，艺术家就无法驾驭他所创造的艺术形象，只能让其流于自然主义。因为，完美的艺术形象必然"都是理性和直觉、思想和感情和谐地结合在一起而创造出来的"。①

（二）保证作品的社会效果

伟大作家的创作不是从抽象的概念、口号或原则出发，他们作品的倾向性从艺术形象中自然而然地流露出来。凡是富有社会责任感的作家总是考虑自己作品的社会效果的。罗曼·罗兰就宣称："我一直没有忘记过艺术对人类所负的责任和它的任务。"②只要作家自觉意识到这一光荣的使命，就必然能够积极调动创作思维的理智以使自己的作品滚动与时代同步，呼喊人民的心声。茅盾创作《子夜》，就是在理智性能的驱使下，将亲自看到的社会现实生活同当时学术界正在开展的关于中国社会性质的论战结合起来，决心以正确的理论为指针，通过生动具体的艺术形象，回答托派散播的中国要走资本主义道路的谬论。这种理智性能支配创作的情况，19世纪俄国革命民主主义文学批评家皮沙烈夫就明确指出："一个真正的诗人在执笔的时候，就精确地、清晰地知道，他的创作是针对什么样的总目标，它应当对读者的智力产生什么样的印象，它会用它鲜明的图画向读者证明什么样的神圣的真理，它会根除什么样的有害的错误。"③

（三）保证创作的顺利完成

理智性能能帮助作家找出事物之间的内在联系。恩格斯指出："没有理论思维，就会连两件自然的事实也联系不起来。"④可见抽象思维的理智性能和逻辑力量对文艺创作是不容忽视的。契诃夫与柯罗连科在文艺创作中曾经出现两段插曲中间忽然变成了一片空白的情况。这时，他们一致认为："必须在这两者之间，不是通过想象，而是通过逻辑，搭起一

---

① 高尔基：《论文学》，人民文学出版社1978年版，第327页。

② 《罗曼·罗兰文钞》，新文艺出版社1957年版，第164页。

③ 皮沙烈夫：《现实主义者》，《古典文艺理论译丛》第四册，人民文学出版社1962年版。

④ 恩格斯：《自然辩证法》，《马克思恩格斯选集》第3卷，人民出版社1972年版，第482页。

座桥来"，以便使它联成艺术整体。① 当然，这不是以一大段议论来代替情节的发展。所谓情节不够议论凑的情况，乃是蹩脚作家的"拿手好戏"，与我们所说的理智性能是风马牛不相及的。

创作思维的多功能，有时按先后顺序，层层递进；有时相互交错，彼此渗透。这与亚里士多德关于"想象里蕴藏着感觉，而判断中又蕴藏着想象"的论述一脉相承。高尔基也阐明："艺术家是善于给语言、声音和色调以形式和形象的人，艺术家应该努力使自己的想象力和逻辑、直觉、理性的力量平衡起来。"②作家只有发挥创作思维的多功能，才能更好地进行典型化，创造各种各样的形象，写出有审美价值的作品来。

▶**思考题**◀

1. 简述形象思维特点。
2. 什么叫抽象思维？
3. 举例说明灵感思维的生成及其特点。
4. 什么是模糊思维？它在创作上是如何表现的？
5. 各种类型的创作思维如何互相渗透？
6. 创作思维有什么功能？

第九章　文学的创作方法

▶**本章提要**◀　创作方法是文学创作的原则和方法。在文学发展史上，创作方法的两大潮流是现实主义和浪漫主义。现实主义的演变过程及其特征。浪漫主义的演变过程及其特征。消极浪漫主义。古典主义、自然主义的特征。现代主义的思想倾向及其艺术特征。不能照搬现代主义。社会主义现实主义特征、革命现实主义和革命浪漫主义相结合。应该提倡社会主义时期创作方法的多样化。

第一节　创作方法的两大潮流

一　创作方法

创作方法，是作家在一定世界观指导下，艺术地认识生活、反映生活，表达思想感情

---

① 柯罗连科：《安东·巴甫洛维奇·契诃夫》，《契诃夫论文学》，第 421 页。
② 高尔基：《和青年作家谈话》，《文学论文选》，人民文学出版社 1958 年版，第 307 页。

和塑造形象所遵循的原则和方法。创作方法不等于艺术手法。创作方法所涉及的是作家如何认识并处理文艺创作中主观与客观、现象与本质、现实与理想等关系的原则和方法问题。艺术手法所涉及的是作家进行创作时的种种具体方式;艺术手法可分为一般性与特征性两种。一般性艺术手法如叙述、描写、渲染以及适度的抒情、议论等,可以为任何一种创作方法所运用;特征性艺术手法只适宜于某一种相应的创作方法,诸如写实手法之于现实主义,浪漫手法之于浪漫主义,象征手法之于象征主义,意识流和荒诞手法之于现代主义。这些特征性艺术手法则是创作方法的构成因素。这是因为作家在创作时,他选择或运用何种特征性艺术手法,直接影响到作品呈现给读者的是何种形态的艺术世界。当然,特征性手法并非为某一创作方法所专有,也可以在一定程度上为不同的创作方法所借鉴,所运用。比如,鲁迅为伟大的现实主义作家,他的某些作品如《长明灯》等也采用了象征的手法。

历史上任何一种创作方法都是矛盾的统一体,包含着进步与保守,革命与没落的因素。不同因素都是在彼此斗争中互为消长的,其主导面决定创作方法的性质。在文学发展史上,曾经出现过多种多样的创作方法,诸如古典主义、浪漫主义、现实主义、自然主义、现代主义、社会主义现实主义、革命现实主义和革命浪漫主义相结合,等等。它们的性质是不相同的。过去评价创作方法的性质,只强调现实主义的进步,而忽视了其他创作方法在特定时期的不同作用,并且简单地把那些落后的、保守的创作方法,统统划入反现实主义范畴,这是不科学的。高尔基说:在诸多创作方法中,"主要的'潮流'或流派共有两个:这就是浪漫主义和现实主义"。① 现在,先讲现实主义,接着再讲浪漫主义。

二 现实主义

现实主义是按照生活的实际样子来反映现实,塑造形象的创作方法。

(一) 现实主义的演变过程

现实主义文学在欧洲的发展大致说来可以分为三个阶段。

第一阶段:古代的现实主义。这主要是指欧洲原始社会和奴隶社会中具有现实主义因素的文学作品。如荷马的史诗《伊利亚特》,欧里庇得斯的悲剧。这些作品虽然都笼罩着一层神话的色彩,但也表现出现实主义的倾向。而阿里斯托芬等人的喜剧,则明显地表现出现实主义的基本精神。这些作品都真实地反映了当时的社会生活,注意了故事情节的完整,人物形象的刻画,但情节线索比较单纯,人物性格还是类型化和固定化的。

第二阶段:文艺复兴时期的现实主义。这时期的文学以完整的故事情节,严密的组织结构,鲜明的典型形象,广泛而深刻地反映了当时的社会生活。著名的作家如卜迦丘、莎士比亚和塞万提斯等,他们以纯熟的现实主义创作方法,塑造了哈姆莱特、李尔王、奥赛罗和堂·吉诃德等不朽的典型形象,把现实主义文学推进到一个新的阶段。

第三阶段:批判现实主义。批判现实主义产生于 19 世纪中叶。这时期的文学继承了

① 高尔基:《谈谈我怎样学习写作》,《论文学》,人民文学出版社 1978 年版,第 162 页。

文艺复兴时期的现实主义传统,深刻地反映了19世纪资本主义成熟时期的社会矛盾,揭露了资本主义的弊病,塑造了资本主义社会中各种各样的典型人物。在创作实践和理论上使现实主义创作方法日臻成熟。这种现实主义作品因为以暴露和批判资本主义为其主要特色,所以一般称之为批判现实主义。西方各资本主义国家都涌现出了许多批判现实主义的伟大作家,如英国的狄更斯、萨克雷,法国的司汤达、巴尔扎克、福楼拜、莫泊桑,俄国的果戈理、冈察洛夫、列夫·托尔斯泰、契诃夫等。

在我国,现实主义文学也是源远流长的。我国第一部诗歌总集《诗经》中,就有许多优秀的现实主义诗篇。此后经过汉乐府、建安文学,一直到唐宋诗词,现实主义逐渐发展成熟起来。出现了司马迁、杜甫、白居易、陆游等一大批伟大的现实主义作家和优秀的现实主义作品。唐代以后,我国现实主义文学在小说、戏剧领域又有进一步发展。如唐代传奇、宋元话本、元代杂剧、明清小说和戏剧,都不乏现实主义之杰作。关汉卿、王实甫、罗贯中、施耐庵、孔尚任、吴敬梓、曹雪芹等都是这时期光耀千古的现实主义的伟大作家。尤其是《三国演义》、《水浒传》、《红楼梦》等明清小说创作,则标志着我国古代现实主义文学的高度成熟。"五四"以后,在无产阶级世界观的影响和指导下,出现了以鲁迅为代表的现实主义作家,他们的作品以彻底反帝、反封建,争取民族解放和人民革命胜利的内容开拓了我国文学的崭新面貌。在创作方法上也表现了革命现实主义的鲜明特色。

(二) 现实主义的特征

1. 真实描绘

现实主义的主要特征是忠实于现实的、历史的生活面貌。"对于人和人的生活环境作真实的、不加粉饰的描写",[①]连细节也是真实的。

现实主义反映现实,是反映现实生活中已经存在或按照生活规律可能存在的事物,而不是像浪漫主义那样代之以作家的主观愿望或美好理想,它严格要求作家致力于对现实生活的本质特征的准确把握。我们从巴尔扎克的作品中,看到当时法国的社会风貌;从列夫·托尔斯泰的作品中,看到俄国农奴制的某些本质方面;从鲁迅的作品中,看到旧中国的黑暗现状和国民的灵魂。

现实主义再现历史面貌,注重历史的具体性和客观性,而不是像古典主义那样代之以作家的理性;也不是像浪漫主义那样代之以作家的理想。它严格要求作家致力于对历史事件的全面研究和深刻分析,通过对历史事件和历史人物的真实而具体的形象描绘,深刻地把握历史发展的必然趋势。列夫·托尔斯泰谈及自己创作除了"塑造性格及其生活以外","就是要表现历史"发展的必然性和真实性。他的《战争与和平》是一部描绘贵族生活和评价历史人物相结合,展现人民战争场面和抒发历史哲学议论相结合,具有史诗般和编年史特色的艺术巨著。

现实主义的真实性必须包括细节真实。所谓细节真实,就是人物的一言一行,一颦一笑,必须合情合理,逼肖感人,使形象丰满,主题深刻。阿Q大团圆的画圈细节,丽莎看见恋人时"睫毛突然微微颤抖了一下"的细节,都为现实主义创作的真实性增光添彩。

---

① 高尔基:《谈谈我怎样学习写作》,《论文学》,人民文学出版社1978年版,第163页。

2. 典型概括

恩格斯认为:"现实主义的意思是除了细节的真实之外,还要真实地再现典型环境中的典型性格。"[1]在社会现实中,生活事件是纷繁的、人际关系是复杂的。现实主义决不能像自然主义一样进行简单的机械抄录。如果这样,反而掩盖生活的本质,歪曲人物的性格。因此,现实主义在"描写对象本来面目的生活本身"时,必须用"删除、抹掉一系列不需要的细节的方法,突出现实中的典型特征,对这个现实进行加工"。[2] 这里的所谓"加工",就是典型概括:从缤纷的事件和众多的人物中,选取最有本质意义,最有性格特征的事件或人物,塑造出栩栩如生的典型形象。现实主义重视人物与环境的本质关系和独特之点并使之得到具体鲜明的表现。每个主要人物都有自己的特点,都在符合于他们性格的不同环境中活动着,并随着环境的发展变化而发展变化。巴尔扎克所刻意追求的一种创作准则是:"不仅仅是人物,就是生活上的主要事件,也用典型表达出来。"巴尔扎克典型概括的人物多达数千人,但主要人物的生活道路和性格特色是历历分明的,高贝塞克的贪婪,葛朗台的吝啬,于洛的好色和高老头的父爱,是大大超过以往现实主义作品的。

3. 揭露批判

从 19 世纪后期以来,资本主义社会的种种弊端暴露无遗。一大批进步的思想家、作家在深入考察各种生活场景、全面分析各种人物关系之后,对现存制度进行了大胆的揭露和尖锐的批判。高尔基认为批判现实主义的"特征是它那锋利的唯理主义和批判精神"。批判现实主义作家是资产阶级的"浪子","他们在本阶级的粗暴的体力背后,清楚地看到了这个阶级的社会创造力的衰弱",从而"揭发了社会的恶习,描写了个人在家庭传统,宗教教条和法规压制下的'生活和冒险'"。[3] 从某种意义上说,他们目光的犀利和抨击的深度触及资本主义制度的各个领域,大胆揭露和深刻批判私有制社会的种种矛盾和罪恶,给予贵族和资本家的荒淫生活、虚伪道德、冷酷感情和卑鄙人格以无情鞭挞。它使人们"打破关于这些关系的流行的传统幻想,动摇资产阶级世界的乐观主义,不可避免地引起对于现存事物的永世长存的怀疑"。[4] 但是,应该清醒认识到:批判现实主义作家以其作品"批判现存制度的根本动机是出自对各种社会经济原因的意义的深刻而正确了解的,则为少见。这种批判往往出于对自己在资本主义的狭窄铁笼里的生活感到绝望的心情,或者出于为了自己生活的失意以及它的有失体面而复仇的心愿"。[5]

三 浪漫主义

浪漫主义是按照生活的理想的样子来反映现实、塑造形象的创作方法。

---

① 《恩格斯致玛·哈克奈斯》,《马克思恩格斯选集》第四卷,人民出版社 1972 年版,第 462 页。

② 卢那察尔斯基:《论社会主义现实主义》(1933 年),《苏联作家论社会主义现实主义》,人民出版社 1960 年版,第 53 页。

③ 高尔基:《和青年作家的谈话》(1934 年),《文学论文选》,人民文学出版社 1958 年版,第 300 页。

④ 恩格斯:《致敏·考茨基》,《马克思主义文艺论著选讲》,中国人民大学出版社 1982 年版,第 50 页。

⑤ 高尔基:《苏联的文学》,《论文学》,人民文学出版社 1978 年版,第 125 页。

（一）浪漫主义的演变过程

浪漫主义作为一种创作方法,同现实主义一样,也是古已有之的,并经历了一个萌芽、成长与成熟的历史发展过程。

在欧洲,古希腊神话以非现实的手法反映了原始氏族的理想和愿望,富有浪漫主义精神。古希腊的三大悲剧作家之一的索福克勒斯的作品以及荷马史诗中的《奥德赛》,就充满了浪漫主义的情调。从中古到文艺复兴时期,尽管中世纪的宗教神学的长期统治阻碍了浪漫主义的文学的发展,但不少作品中还是流动着浪漫主义的血液。18世纪末到19世纪初,资产阶级为了在政治上反封建、反神权的斗争需要,文艺上为了反对17、18世纪特定历史条件下所产生的古典主义,提出了浪漫主义的创作原则。于是浪漫主义这一创作方法便蓬勃发展起来,涌现了如德国的席勒与歌德、英国的拜伦与雪莱、法国的雨果、俄国的莱蒙托夫等一大批杰出的浪漫主义作家。在他们的作品中,塑造了许多成功的艺术形象,深刻地反映了这一特定的历史时期里资产阶级的革命精神,把浪漫主义推向了一个前所未有的高峰,达到了高度成熟的阶段。

在我国文学史上,浪漫主义虽不像欧洲那样形成过一种气势宏大的文学运动,但同样取得了巨大的成就。中国古代神话,就具有鲜明的浪漫主义色彩;屈原的《离骚》等诗作,标志着我国浪漫主义文学趋于成熟;到了唐宋时代,浪漫主义诗歌空前繁荣,出现了李白、李贺、辛弃疾等杰出的浪漫主义诗人;在明清时代又出现了如《西游记》、《牡丹亭》、《聊斋志异》等浪漫主义的小说和戏剧。这些作品刻画了一系列浪漫主义的典型人物,在概括时代生活的广度和深度上,在对人们理想的具体描绘上,在艺术技巧的运用上,丰富了我国浪漫主义文学的优良传统。浪漫主义在我国民间文学中,也占有极重要的地位,如戏曲《天仙配》、《白蛇传》、《天河配》,藏族的英雄史诗《格萨尔王传》,彝族的长诗《阿诗玛》等,都是我国浪漫主义文学宝库中的珍贵瑰宝。

（二）积极浪漫主义

在现实生活的基础上,按照作家进步的合乎发展趋向的愿望和理想,表现理想化的现实叫积极浪漫主义,或简称浪漫主义。其特征如下:

1. 表现理想

浪漫主义又称理想主义,其作品抒发了先进阶级的政治态度和社会理想,着重于理想境界的追求。它不要求酷似现实,不强求细节真实。其实正如现实主义也包含理想之光一样,浪漫主义也植根于现实之上。不过它的主要倾向是把理想作为自己的描写对象,表现得特别强烈和鲜明,"力图加强人的生活意志,在他心中唤起他对现实和现实的一切压迫的反抗"。[①] 雪莱的《解放了的普罗米修斯》中的普罗米修斯反抗宙斯、盗火给人类和吴承恩《西游记》中的孙悟空大闹天宫都是反抗专制暴君、追求美好生活的理想化身。而托马斯·莫尔的《乌托邦》,是对"羊吃人"的资本主义的批判,陶渊明的《桃花源诗并记》则是对"苛政猛于虎"的封建社会的否定。而在批判与否定中又创造了一个富于幻想境界的乐土。这是浪漫主义作家创作特色之一。

---

① 高尔基:《谈谈我怎样学习写作》,《论文学》,人民文学出版社1978年版,第163页。

2. 感情奔放

积极浪漫主义执着追求理想,必然使作家的主观感情抒发得特别强烈,澎湃的激情溢于言表,浓郁的抒情弥漫行间。这类"夸张的感情可能来自热烈的心和真正诗的天赋"。"所以感伤的天才(引者注:指浪漫主义作家)不是常常能够保持充分的冷静"的。[①] 他把自己愤怒的激情倾吐于字里行间,化于诗的境界,表现了深沉热切的感情色彩,反映了特定场合的社会生活。屈原在《离骚》中表现的那种忧国爱民的炽烈感情,就是典型的例子。我们"在读感伤诗(引者按:即浪漫主义作品)的时候,心灵就活动起来,它处于紧张状态中,它在互相敌对的感情中摇摆着"。[②]

3. 传奇色彩

积极浪漫主义的奔放的感情转化为奇特的想象,不仅触目于人类社会的奇妙情景,而且驰骋于天国地府的超凡境界,"为的是它醉心于奇人、奇事、奇境"。[③] 一个"奇"字完全把握了它的特征之一在于传奇色彩。所以,它的人物有非凡的能力、无比的刚勇,不受生活条件的限制和时间空间的约束,是"出生入死,在现实中酣斗的超人式的英雄"。[④] 他们在现实生活中不可能遇到的,但却是浪漫主义作品中的传奇式主角。例如孙悟空、浮士德、普罗米修斯等等,就是作家运用夸张的语言,离奇的情节和神话的色彩等等表现手法,塑造出的传奇式的理想人物。

4. 描绘自然

浪漫主义者悲愤于恶浊的现实,向往于纯朴的自然,所谓"返回自然"是使自己的心境与自然的景色浑然一体。雄伟的高山,辽阔的大海,滔滔的江河,人迹罕至的深山密林,纯朴恬静的田园风光及奇特的异国景色,都是浪漫主义作家反复赞美、吟咏和描绘的心爱对象。他们往往以自然的美和现实的丑进行鲜明的对比,抒发感情,寄托理想。拜伦的《恰尔德·哈洛尔德游记》就是以地中海南部的自然风光,西班牙境内那种五彩缤纷的瑰丽迷人的景色和希腊、罗马那雄伟的历史陈迹,跟英国国内社会现实的空虚无聊、伪善冷漠相对照,抒发诗人对自由的渴望、对理想的追求。陶渊明、李白等浪漫主义伟大诗人也都善于把自己的笔触伸向自然景物,热情讴歌自然景物雄伟壮丽或清秀幽静。

三 消极浪漫主义

消极浪漫主义是没落阶段生活态度和思想情绪的反映。他们总是怀恋过去,逃避现实,害怕将来。过去的"兴盛时代使他欢欣鼓舞,现在却使他悲观失望,未来则使他心惊胆颤"。[⑤] 因此,消极浪漫主义不是怀旧,就是遁世,"它或者粉饰现实,企图使人和现实妥协;

[①] 席勒:《论素朴的诗与感伤的诗》,《古典文艺理论译丛》第二册,第40页。
[②] 席勒:《论素朴的诗与感伤的诗》,《古典文艺理论译丛》第二册,第32页。
[③] 茅盾:《夜读偶记》,百花文艺出版社1958年版,第72页。
[④] 同上。
[⑤] 马克思、恩格斯:《新莱茵报·政治经济评论》第4期上发表的《书评》(1850年3月、4月),《马克思恩格斯全集》第七卷,第301页。

或者使人逃避现实，徒然堕入自己内心世界的深渊，堕入'不祥的人生之谜'，爱与死等思想中去"。① 例如俄国女诗人济·尼·吉比乌斯这样写道："我的道德残酷无情，/它引导我走向幽冥，/但是我爱自己，像爱上帝一样——/爱拯救了我的灵魂。"在另外一首诗中，她又如此写道："唉，我在极端悲痛中死去，/在悲痛中死去。我渴望我不知道的东西，/我不知道的东西……/我需要的东西世界上未曾有过，/世界上未曾有过。"

由此可见，消极浪漫主义渗透颓废情绪和没落理想，其题材不外衰老和死亡，哀愁和冥想，过去的梦境和现在的诅咒，其风格则是低沉恍惚，灰暗迷离。在塑造形象上，都是表现自我陶醉、悲观厌世，或宣扬宗教与皇权，或咏叹孤寂与幻灭。总之，它"带着它的空想和神秘的倾向，既不能激起想象，也不能磨炼思想的"。②

消极浪漫主义的代表作家有德国的史雷格尔，法国夏多布里昂，中国晋代的郭璞等。

第二节   古典主义、自然主义和现代主义

除现实主义和浪漫主义之外，在世界文学发展史上还有古典主义、自然主义、现代主义等创作方法。

一   古典主义

（一）产生背景

17世纪以来，欧洲各国特别是法国的商业资本、工业资本先后有了较大发展，旧的封建等级制趋于衰退。路易十四的中央集权消弭分裂，巩固统一，客观上有利资本主义的不断发展。在国王与教王的权力之争中，古典主义作家莫里哀的优秀代表作《伪君子》的反宗教倾向为国王所赞赏。古典主义以古希腊、古罗马的创作和理论为自己的创作规范，其哲学基础是唯理论，其突出成就是为悲喜剧。有的剧作表现了第三等级反对君主独裁，宗教迷信和封建专制等新兴阶级的意识，有的剧作宣扬了王公贵族尊崇绝对理性、道德规范和专制政体的陈腐思想。高乃依、拉辛、布瓦洛、拉芳丹和莫里哀为其主要代表。

（二）基本特征

1. 强调理性作用

古典主义者主张通过理性认识反映世界，诗人德蒙·布瓦洛提倡文艺创作应使自然、理性和真理三位一体，而理性乃是主宰者。因此，他要求作家"首先必须爱理性：愿你的一切文章永远只凭着理性获得价值和光芒"。③ 甚至连作品"情节的进行、发展要受理性的指

---

① 高尔基：《谈谈我怎样学习写作》，《论文学》，人民文学出版社1978年版，第163页。
② 高尔基：《苏联的文学》（1934年），《文学论文集》，人民文学出版社1958年版，第337页。
③ 布瓦洛：《诗的艺术》，《西方文论选》上卷，上海译文出版社1979年版，第290页。

挥",①而不是由人物性格的独特发展的必然性所决定。理性第一,形象则是理性的化身,可谓古典主义首要的根本的特征。高乃依的剧本《熙德》以悲剧英雄的坚强意志克制内心感情,使理性获得最后胜利,就是典型例证。

2. 遵守道德规范

古典主义认为文艺作品的正面形象应该禀赋高尚品格,成为人们遵守固定秩序和道德规范的"箴言"。在人们屈服于宗教、神话观念的时代过去之后,在社会意识里还普遍存在着抽象的公民道德和乌托邦理想,它们往往使其信奉者在作品中把艺术描写"规范化",即其人物不是按现实、历史条件和特征行动,而是按照作者主观愿望行事。作家主观愿望的抽象性愈大,愈充满激情,那么这种"规范化"程度就愈高。例如依据"廉洁"这一道德观念,创造一个廉洁清正的人物形象,峨冠博带、道貌岸然,其思想言行堪称大家学习的楷模。

3. 推行刻板模式

古典主义主张语言的绝对纯洁,词分雅俗,禁止使用所谓"俗"字,"不管你写什么,要避免鄙俗卑行。最不典雅的文体也有典雅的要求"。例如把"鱼"称为"有鳞的一群","狗"称为"忠诚可敬的助手","夕阳"称为"红着脸的太阳",等等。古典主义制定了三一律的戏剧创作程式:时间限于二十四小时内,地点限于同一场所,情节限于一个主要事件。它有利于剧作情节结构的简练集中,但亦容易成为束缚手脚的戒律。

但是,在莫里哀的作品里,古典主义的原则和现实主义原则独具一格地结合在一起。莫里哀并未沿用传统的古代题材,而都以现实的世俗生活作为剧作的材料,并不一味崇尚理性。描绘人物行为受特定环境和内心情感的支配和驱使,人物形象开始以类型化趋向个性化。

古典主义发展到 18 世纪末叶,终于为浪漫主义所击溃和取代。

二 自然主义

自然主义,不分高低地对各种生活形态给以反映,它唯一的目的是再现自然,使之达到最大的力量的强度,其真实性就跟实际一样。自然主义缺乏远大目光和积极理想,只限于纪录一些局部的表面的所谓"真实",只是肤浅地记录感觉所能感受到的表面现象,作品"按照自然写下来,正像历史是根据记录资料写成的一样"。②自然主义代表作家左拉认为作家描写"事实"就像"一位解剖学家,他只要说出他在人类的物体里面发现了什么就够了"。③他在《实验小说论》中说:"小说家最高的品格就是真实感",而"真实感,就是如何如实地感受自然,如实地表现自然。"他写《小酒店》,参考了许多关于酒精中毒的医学书籍。他写《娜娜》,收集了很多关于第二帝国时代末期有关玩弄女性的生活材料。

自然主义以自然科学观点创作文艺作品,认为社会的"外在环境和内在环境纯然是化

---

① 布瓦洛:《诗的艺术》,《西方文论选》上卷,上海译文出版社 1979 年版,第 302 页。
② 龚古尔:《一九六四年十月二十四日(日记)》,转引自让·弗莱维勒的《左拉》。
③ 左拉:《自然主义小说家》,转引自《左拉》,法国让·弗莱维勒著,王道乾译,平明出版社 1955 年版,第 70 页。

学的和物理的问题"。① 他们又从生物学、生理学和遗传学的观点来看待人,把人看作只有动物的本能,消极地被环境和遗传决定着,并且以此解释人的性欲,认为人是庸俗、低级、丑恶,充满着兽性和疯狂性的。左拉创作《戴来紫·拉甘》时,就不断研究戴来紫·拉甘和情夫洛兰"这两个野兽似的人身肉欲的秘密活动、本能的冲动,以及在一阵阵神经错乱之后突然到来的大脑系统的混乱"。②

自然主义作为一种创作方法和基本原则是荒谬的。但是,自然主义大师左拉的创作,由于他广泛接触生活,了解底层者的苦难,当他仅作肤浅记录时,则是有害之作,如《小酒店》;当他反映了生活真实接触一些本质时则是有益之作,如包括《萌芽》在内的家族史小说《卢贡·马卡尔家族》。这是丰富多彩的、复杂矛盾的现实生活纠正了他的自然主义创作原则和某些偏见,使他的创作实践突破了自己的创作理论而创作了具有一定程度的现实主义倾向的杰出作品。但是,如果把他与巴尔扎克相比,那么巴尔扎克"比过去、现在和将来的一切左拉都要伟大得多"。③

三　现代主义

现代主义,也称现代派。英国美术史家根布利区认为:由于科学技术的不断革新,才出现了与之相应的日新月异的"现代派"。然而,"现代派"的出现又可以说是对科学技术"巨魔"的逃避和反抗。在到处是"机械化"、"自动化"和过分"组织化"、"标准化"的世界,"艺术好像是唯一的'天堂',只有在那里,随心所欲和个人的奇癖才能得到容许和承认"。基于这样的见解,缤纷缭乱的现代主义,相继出现。现代主义是象征主义文学、表现主义文学、"意识流"文学、未来主义文学、存在主义文学、超现实主义文学、"荒诞派"戏剧、"新小说"派文学、"黑色幽默"文学等等的统称。它们名称各别,特性则大体相似。

现代主义文学崛起于19世纪末和20世纪初,这时以现实主义和浪漫主义为基本潮流的文学仍然存在和继续发展,并出现了许多具有新的特点和审美价值的作品。现实主义和浪漫主义的文学,仍在显示着自己的生命力;与此同时,无产阶级文学正在不断壮大、发展。

现代主义文学产生以来,人们对它们的评价不一,观点分歧极大。它对我国五四以来的文学也有影响,比如李金发,就直接受法国象征主义诗人魏尔伦的影响,他的诗作表现了颓废感伤的情调。当他在抗战时,写出《人道的毁灭》、《悼》等诗,虽用了象征手法,但已基本转向了现实主义。

现代主义文学是西方社会发展到垄断资本主义阶段,一部分中小资产阶级知识分子的思想情绪在文学上的反映。两次世界大战,把他们的过去信仰的一切全部摧毁了,而他们对无产阶级革命又不理解,对现代工业文明战争和战后的现实更感到强烈不满,认为他们的地位、个性和价值全已失去,存在着一种无可奈何的绝望情绪。所以,他们的创作是否定

---

① 左拉:《实验小说》引自《古典文艺理论译丛》第八册,人民文学出版社1964年2月版。
② 同上。
③ 恩格斯:《致玛·哈克奈斯》,《马克思主义文艺论著选讲》,中国人民大学出版社1982年版,第269页。

现实主义和浪漫主义的,是以反理性主义作为哲学思想基础的。

现代主义文学在思想内容上,一是反映资本主义文明的危机导致人的精神危机,即悲观绝望情绪。比如艾略特的长诗《荒原》所写的"破碎的偶象"、"枯死的树"、"焦石"、"白骨"等等,就是现代资本主义社会的形象象征。其中所写的人,不是死去的"幽灵",就是"活死人";二是反映资本主义制度下人的异化,即人失去了自我,人的本质遭到扭曲,自己变成了自身的异己者。比如卡夫卡的《变形记》,人变为非人,变成了甲虫。

现代主义文学在艺术表现上,有以下几个特征。

1. 主观内向

在艺术与生活、外界现实与内心世界的关系上,现代主义拒绝对外界现实的描写,强调表现人的内心生活、心理现实或情感真实,用所谓"心理现实"来和19世纪的批判现实主义相抗衡,即使着墨外界现实,也是为着表现作者(或人物)的主观感受即现代心理学所阐明的"内心"——一颗本能冲动为主导的复杂变化的心。为了充分表达主观内向的潜意识或有意识,还随意联想与意会,不受时空的限制,海阔天空,恣意纵横,任其发展,带有很大的跳跃性,显得突兀多变。例如詹姆士·乔伊斯的《尤利西斯》的许多章节就是如此。

2. 表现自身

对于现代主义文学来说,现实不是"外于我"的东西,而是"我本身",因而就不存在人对现实的关系,因为现实就是人的一种自我创造。它采用表现法而非描写法,即是用歪曲客观事物的方法来表现充满危机和尖锐的异化的畸形变态的世界和自己的孤独绝望的思想感情。

3. 奇特手法

在作品的内容与形式的关系上,现代主义倾向于对形式的崇拜甚至提出让内容去服从形式,为了形式而牺牲内容。这就形成了他们运用奇特的艺术表现手法。诸如在语言形式上,广泛运用意象比喻,不同文体、标点符号,甚至拼字排列等方式。在叙述方法上,依靠暗示、烘托、对比、象征等手法。在情节结构上,把以顺叙为主的倒叙、插叙手法予以扩大变形,大幅度采用顺叙与回闪、交错、叠印、跳跃和流动等互为交替等艺术手法,表现人物某一瞬间的感觉、印象和精神状态。在典型的现代主义作品中,外景、人物、故事往往是不具有独立意义,只是作为反映内心活动的道具。

总而言之,现代主义文学对资本主义作了一定程度的揭露,为我们了解20世纪西方资本主义提供了有用的资料,在艺术表现上也有可借鉴的地方。但是它的糟粕是明显存在的。所以,我们对它固然不能全盘否定,但也不能照搬。前些年,有人提倡我们搞现代化,也就要搞现代派文艺,这是错误的观点,甚至于一些人热心于写阴暗的、灰色的以至胡编乱造、歪曲革命的历史和现实的东西,大肆鼓吹西方的所谓"现代派"思潮,公开宣扬"表现自我",认为所谓社会主义条件下人的异化应当成为创作的主题,个别的作品还宣传色情。这一切,邓小平在《党的组织战线和思想战线上的迫切任务》一文中已经给以严厉而深刻的批判。

第三节　社会主义时期的创作方法

一　社会主义现实主义

（一）社会主义现实主义产生的背景

随着无产阶级解放事业和民族解放运动的蓬勃发展，20 世纪初叶，世界革命的中心从西欧转移到俄国。国际共产主义运动进入了新的历史阶段。十月革命使人类历史破天荒地建立了无产阶级专政的第一个社会主义国家。早在巴黎公社时代，就涌现出一批以《国际歌》及巴黎公社诗歌为主要标志的无产阶级文艺。尔后又产生了以高尔基的小说《母亲》为奠基之作的社会主义文学。为了适应革命斗争的需要，列宁在 1905 年发表了《党的组织和党的出版物》，以及其他有关文艺的论文、书信、讲话和指令等文献。在马列主义文艺思想的指引下，产生了一大批崭新思想内容和高超艺术形式的优秀作品，为无产阶级文艺创作积累了新鲜经验，为社会主义时代的创作方法的出现提供了相应的条件。

1934 年，苏联第一次作家代表大会所通过的《苏联作家协会章程》规定："社会主义现实主义，作为苏联文学与苏联文学批评的基本方法，要求艺术家从现实的革命发展中，真实地、历史具体地去描写现实。同时，艺术家描写的真实性和历史具体性必须与用社会主义精神从思想上改造和教育劳动人民的任务结合起来。"①这一经典性的规定，曾经发生过广泛影响。但是，苏联文艺界与学术界从 20 世纪 50 年代开始一直到苏联解体为止，对社会主义现实主义进行不断的广泛的探讨，促进了它在当代文艺实践中的新发展。苏奇科夫认为："现有的社会主义现实主义的定义是不准确的，它没有包括社会主义现实主义的根本特点和美学特征。我们有必要更广泛地确定新艺术方法的思想和美学特点，若不这样的话，就不能揭示新的艺术方法在世界艺术发展进程中的规律性。"②马尔科夫于 1978 年出版的专著《社会主义现实主义的理论问题》第七章的章目就是《社会主义现实主义——真实地描写生活的历史地开放的体系》。所谓开放性就是客观地认识不断的现实生活是没有界限的，题材的选择是没有限制的，因而表现生活的真实的艺术手段也是没有限制的。可以用生活本身的形式描写生活，也可以浪漫式地描写生活，还可以假设——幻想地描写生活。奥弗恰连科提出社会主义文学创作方法多样化的理论，认为它不是唯一的，还有一种独立的浪漫主义的艺术手法。在苏维埃初期，与高尔基的主要创作方法一起的，还有批判现实主义。有的还同意卢卡契早在 50 年代末期就提出的"社会主义批判现实主义"这一创作方法。

（二）社会主义现实主义的特征

我们依据马列主义经典作家的有关论述，结合从社会主义现实主义的奠基人高尔基开始到当代前苏联文艺家的创作实践，认为社会主义现实主义作为无产阶级作家的创作原

---

① 《苏联作家协会章程》，《苏联文学艺术问题》，人民文学出版社 1959 年版，第 25 页。
② 苏奇科夫：《主要问题》。

则,有其共同特征。

1. 描写现实的发展过程

社会主义现实主义应该忠于现实生活,真实地揭示生活的矛盾冲突,歌颂值得歌颂的光明,暴露必须暴露的黑暗,预示旧事物必然灭亡和新事物必然胜利的历史必然性,并且形象地展示解决矛盾斗争的途径和前景。杰出的批判现实主义或积极浪漫主义作家也曾经描绘全面活动着的社会生活,有时还着力反映某一国家民族的重大历史事件和广阔社会背景,但是他们几乎或根本没有在艺术上意识到自己所描绘的社会生活的历史特点及其发展之必然性。社会主义现实主义借助马列主义望远镜以及"社会主义远景也使文学具有以正确的意识来观察社会历史生活的可能性。随着立足点和鸟瞰能力的提高,其结果也促成了文学观察方法在本质上的新变化"。[①] 高尔基的《母亲》不仅描写了工人在资本家剥削压迫下的苦难生活,而且描写了工人群众不断觉悟的过程。工人运动从自发走向自觉的发展过程,从巴威尔及其战友身上显示了无产阶级战胜沙皇反动势力的历史必然性。

2. 表现未来的革命理想

社会主义现实主义既然要描绘社会生活的发展进程,就应该表现未来的革命理想。所以,它是以革命浪漫主义作为创作的有机组成部分。无产阶级作家应该成为实现共产主义远大理想的热情战士,其作品应当像探照灯一样,能够照亮前进的道路,鼓舞人们的革命激情。社会主义时代也有困难和挫折,失败和倒退,污秽和浓血,但我们不能丧失信心,应该鼓起勇气,涤荡污泥浊水,迎接胜利和光明。高尔基说得好:"我们的任务是支持低落下去的反抗精神,来反抗生活中的黑暗和敌对势力。"例如《母亲》正是发表于1905年第一次革命失败后的斯托雷平反动时期,"革命家在监狱里受到残酷的鞭笞,受尽拷打和残害。黑帮的恐怖猖獗到极点"[②],但《母亲》却充满了革命浪漫主义精神。母亲尼洛夫娜在车站散发传单被敌人抓住,仍然高呼"真理是血的海也湮没不了的"。这种对革命事业充满必胜的信念,洋溢着浓郁的革命浪漫主义思想。这正如法捷耶夫所说的:"社会主义现实主义能够更清楚地看到历史发展的先进因素以及同时代的先进的人们,能够看到人类的明天。"[③]

3. 倾向鲜明的艺术形象

恩格斯早在1885年就提出了创作"社会主义倾向的小说"的新命题。[④] 无疑,社会主义现实主义的倾向性不是概念的图解和政治的说教,而是应该赋予作品以内在的社会主义时代精神和共产主义道德风尚。它是通过艺术形象自然地流露出来的。它从包括知识分子在内的劳动人民为创造新社会而显示出极大的创造力去考察、刻划他们的性格特质和才华智慧。因而其艺术形象是栩栩如生的。

---

① 卢卡契:《社会主义中的批判现实主义》(1958年),《卢卡契文学论文集》,中国社会科学出版社1981年版。

② 《联共(布)党史简明教程》。

③ 法捷耶夫:《答巴西进步报记者问》。

④ 恩格斯:《致敏·考茨基》,《马克思主义文艺论著选讲》,中国人民大学出版社1982年版,第250页。

二　革命现实主义和革命浪漫主义相结合

这个创作方法,是毛泽东在 1958 年提出来的,其精神虽然和社会主义现实主义是基本一致的,但克服了社会主义现实主义在提法上掩盖了革命浪漫主义的毛病,突出了革命浪漫主义的地位,并且明确强调革命现实主义和革命浪漫主义相结合。它的贡献在于:

1. 赞扬了文学史上现实主义和浪漫主义相结合的传统

高尔基说:"在伟大的艺术家们身上,现实主义和浪漫主义好像永远是结合在一起的。"①比如,《硕鼠》、《孔雀东南飞》、《木兰诗》、《窦娥冤》等都是这类相结合的作品,既有现实主义因素,又有浪漫主义因素。在外国,像但丁、莎士比亚、巴尔扎克、普希金、托尔斯泰、契诃夫的某些作品,同样有现实主义和浪漫主义的结合。革命现实主义和革命浪漫主义相结合,正是毛泽东总结了文学发展史上现实主义和浪漫主义结合的经验,根据中国社会主义时期的要求而提出的。

2. 要求革命现实主义和革命浪漫主义必须结合

革命现实主义和革命浪漫主义如何结合呢? 周恩来指出:"以革命的现实主义为基础,以革命的浪漫主义为主导。"这就是说,两者要相互渗透,结合成为一个统一体,所谓"以革命的现实主义为基础",指的是必须从人民生活出发,在作品中真实地历史地具体地描写生活,表现新时代新人物,展现人民作为时代主人公的精神面貌和社会发展趋势。所谓"以革命的浪漫主义为主导",指的是必须以共产主义理想为导向,在真实地历史地具体地描写生活的同时,体现出革命理想,用共产主义精神教育人民,鼓舞人民为社会主义事业而奋斗。毛泽东的诗词,可以说就是革命现实主义和革命浪漫主义相结合的一个光辉范例。姚雪垠说他写《李自成》,也是遵循革命现实主义和革命浪漫主义相结合的创作方法来创作的。

三　社会主义时期创作方法的多样化

历史上,任何创作方法都是在不断探讨与竞争中得以发展的。只此一家、别无分店的创作方法将会影响文学的繁荣,因为历史愈往前进,生活愈益复杂,人们对客观世界的认识范围愈益广阔,愈益深化,反映客观世界和改造客观世界的能力和手段就愈来愈高明、愈来愈多样。所以在艺术上只提出单一的创作方法便显得不够了。道理显而易见,任何一种创作方法都无法包罗纷繁复杂的大千世界,无法充分发挥创作个性不同的作家的兴趣、爱好、思想、想象、表现手法和独创能力。因此,我们应该允许各种创作方法并存,互相展开竞赛,凡是能够充分表现社会主义新时期的风貌、形象的创作方法,都应该大力提倡。为了使我们的社会主义文学能够全面地反映新时期的历史潮流和社会风貌,我们认为除了提倡革命现实主义和革命浪漫主义相结合外,我们还应该提倡社会主义新时期的文学创作方法的多样化。

---

① 高尔基:《谈谈我怎样学习写作》(1928 年),《论文学》,人民文学出版社 1978 年版,第 163 页。

(一) 革命现实主义

现实主义创作原则反映了文艺创作的普遍规律,符合各种文艺创作的普遍要求。因为文艺的生命在于真实性与典型性。有一类创作,其总体是现实主义的,部分运用浪漫主义的某种表现手法,或以幻想方式反映现实的严酷性,以"理想"方式反衬现实的残酷性,或以某种狐仙精灵的出现说明人类生活的真实性,但是"这些虚幻形象并不是他著作中的主要成份,作为这些著作的伟大基础的是他生活的真实和精悍"。[①] 我们不能不认为这主要是用现实主义创作方法所创作的作品同时也有浪漫主义的一些成分。革命现实主义以革命的世界观为指导,比过去现实主义有质的不同,它显然是适用于我们的文学创作的。

(二) 革命浪漫主义

文艺创作对现实生活或历史事件不是被动的反映,而是能动的反映,包括作家在内的现实生活中的人和文艺作品中的形象必然富有自己的理想愿望,在无产阶级文艺创作中不能摈弃革命浪漫主义的创作方法。有一类属于大胆幻想式的浪漫主义,它乍看是有点"超现实"的,但又有着现实的因素或成分,它由现实到幻想再回到现实,至于现实因素的多寡则视作品的题材、情节、结构和手法而定,不能拘泥于一格。正如雨果所说的:"艺术除了其理想部分以外,还有尘世和实在的部分。"[②]我们提倡的革命浪漫主义,也就是革命的世界观指导下的浪漫主义,当然和过去的积极浪漫主义也有质的不同,我们应当鼓励作家写出革命浪漫主义的好作品。

(三) 创作方法的创新

社会主义新时期作家不仅要继承现实主义、浪漫主义、社会主义现实主义、革命现实主义和革命浪漫主义相结合的多种经验,而且可以借鉴古典主义以及包括象征主义在内的现代主义的某些好的表现手法,独创为全新的一种创作方法进行各种文学的创作。鲁迅曾认为安特莱夫"使象征即象征主义与写实主义相调合……消融了内面世界与外面世界表现之差,而出现灵肉一致的境地。他的著作是虽然有象征印象气息,而仍然不失其现实性的"。[③] 鲁迅本人也无意把某种已有的创作方法凝固化、绝对化或单一化,而是博取其他艺术方法之所长,使其放出异彩。例如,《狂人日记》利用"狂人"的变态心理直接把现实的封建关系转化为一种象征;《药》结尾处两个老妈妈对乌鸦飞上坟头的期待,被赋予了一定的象征意义;《伤逝》、《孤独者》等则是把主观抒情、自我表现、自我解剖转化为对现实的客观描写,把浪漫主义艺术表现引入现实主义创作之中;而《肥皂》、《高老夫子》等则使用了意识流的艺术手法。茅盾在《夜读偶记》中公允地指明:"我们也不应该否认,象征主义、印象主义,乃至未来主义在技巧上的新成就可以为现实主义作家或艺术家所吸收,而丰富了现实主义作品的技巧。这是有不少例子可以作证的。"接着茅盾列举了马雅可夫斯基吸收并灵活运用未来主义诗歌的音乐性这种特点,使自己的诗歌有独特的风格,以及象征主义手法还可以用于装饰性的图案或家具设计,作为佐证。其实茅盾自己在其革命现实主义的扛鼎

---

① 歌德:《说不尽莎士比亚》(1831 年),《古典文艺理论译丛》第三册,第 74 页。
② 雨果:《〈克伦威尔〉序言》(1827 年),《世界文学》1961 年第三期,第 101 页。
③ 鲁迅:《黯澹的烟霭里·译后附记》,《鲁迅全集》第十卷,人民文学出版社 1981 年版,第 185 页。

之作《子夜》的创作过程中,也吸收了新感觉派的某些创作方法,例如对某些场面某些人物——公债交易所、游弋黄浦江等等的描绘,作家就不拘一格地运用心理感应,直觉地感知事物的印象,把叙述语言与人物意识的流波连缀起来,组合式地反映意识的神经波动,圆形式地表现人物行动,从而造成飞动变幻的奇特场面。同样,曹禺创作《雷雨》是借鉴古典主义三一律的。王蒙也注意广开文路,兼容并包,在自己创作的《基因库》中,集存着各种不同艺术手法的"基因型"。现在,我们主张文学创作也要开放,社会主义新时期的创作方法就呈现出辐射型的多样化。

应该指明,作家有意识地吸收各种创作方法,进行创作方法的创新,是符合社会主义新时期党的"百家争鸣,百花齐放"总方针的,这对于繁荣社会主义新时期文学艺术创作,无疑是有十分重要的意义的。

▶思考题◀

1. 什么叫创作方法? 他与艺术手法的关系如何?
2. 试述现实主义的基本特征及其历史地位。
3. 积极浪漫主义有什么基本特征? 为什么说消极浪漫主义是积极浪漫主义的反动?
4. 古典主义有哪些基本特征? 自然主义与左拉的创作实践有无矛盾?
5. 你对现代主义持何态度? 举例说明之。
6. 为什么说革命现实主义和革命浪漫主义相结合是对社会主义现实主义的发展? 试述提倡社会主义时代的创作方法多样化的意义。

第十章　文学的风格流派

▶本章提要◀　文学风格是作家创作个性的表现。文学风格的形成有客观因素、主观因素和创作实践等三方面的原因。文学风格有时代、民族、社会、文体、个人和审美等特征。风格近似的作家自觉或不自觉的结合,称之为文学流派。文学流派的形成,有文学发展的要求、思想潮流的影响和社会变革的促进。文学流派有政治倾向性、文艺思潮性、审美共同性和国际流动性的特征。社会主义新时期文学风格流派必须多样化,这是文学繁荣的一个标志。

第一节　文学风格的内涵

一　文学的风格

在作家一系列作品里表现出来的诚于中而形于外的、与众不同的创作个性,叫作文学的风格。不是任何作家作品都有风格。独特的风格是作家创作个性的标志。因为,"风格总是意味着通过特有标志在外部表现中显示自身的内在特征"。① 倘若无此特征,就决无风格可言。

风格在刘勰的《文心雕龙·体性篇》中被归纳为八种。刘勰针对作家的创作个性不同,其风格也不同,"各师成心,其异如面",把效法儒家经典、绳墨儒家法规之作,列为"典雅"风格;把文辞古奥、源于道学之作,列为"远奥"风格;把文辞精炼、以少胜多之作,列为"精约"风格;把铺张文辞、文采繁富之作,列为"繁缛"风格;把文采富丽、气势雄大之作,列为"壮丽"风格;把善于脱俗、出奇制胜之作,列为"新奇"风格;把内容浅薄,文辞浮泛之作,列为"轻靡"风格。他用"体性"这一概念,究其实指的就是风格。尔后,司空图的《诗品》将诗歌风格共列出二十四类:雄浑、冲淡、纤秾、沈著、高古、典雅、洗炼、劲健、绮丽、自然、含蓄、豪放、精神、缜密、疏野、清奇、委曲、实境、悲慨、形容、超诣、飘逸、旷达、流动。他对每类风格均用十二句四言诗加以诠释,比如雄浑:"大用外腓,真体内充,反虚入浑,积健为雄。具备万物,横绝太空,荒荒油云,寥寥长风。超以象外,得其环中,持之匪强,来之无穷。"意思是说,诗的震撼力量向外扩张,是由于雄浑之气充满诗人心中。诗人如能返归至道,便可不断地积蓄着雄健的力量。雄浑之气可以笼罩万物,横贯九天之上,它像漠漠流动的云,像来自远处的风在空中激荡。诗人如能超然物外,掌握道的中枢,他便有无穷尽的雄浑之气,洋溢于自己的诗篇。很明显,司空图表明了他对诗人创作个性和诗风格之间关系的看法,认为诗人要有"雄浑"之气充之于内,才可能有"大用"伸张于外。没有雄浑的创作气魄,就写不出具有雄浑风格的诗。但他又认为雄浑的创作气魄来自虚无的道,这是唯心的神秘说法,并不可取。

马克思在《评普鲁士最近的书报检查令》一文中曾援引法国著名评论家布封的话说:"风格就是人。"这就是说,风格是作家整个人,包括了作家的创作个性。这一点别林斯基也说过:"一个诗人的一切作品,无论在内容和形式上怎样分歧,还是有着共同的面貌,标志着仅仅为这些作品所共有的特色,因为它们都发自一个个性,发自一个统一面不可分割的'我'。因此,要着手研究一个诗人,首先就要在他的许多种不同形式的作品中抓住了的个人性格的秘密,这就是只有他才有的那种精神特点。"这些话,可以成为"风格就是人"的注脚。

总之,创作个性与风格是紧密相关的。创作个性要在一个作家的为数众多的作品中反复地体现出来,具有其他作家所没有的独特的一贯性,这就有了风格。所以有风格的作家即使他的作品没有标上自己的名字,细心的读者,读到他的作品也懂得是谁写的。比如,鲁迅的杂文,在旧中国的黑暗年代里,由于强烈抨击封建主义、帝国主义和官僚买办阶级及其他邪恶势力,一一撕开他们的丑恶嘴脸,曾遭到国民党反动派的禁止,鲁迅常常变换许多笔名发表出来,但是明眼人一看,便知是鲁迅写的,这就是因为鲁迅的杂文有自己的战斗风格,别人是无法模仿的。

---

① 威克纳格:《文学风格论》,上海译文出版社 1982 年版,第 16 页。

二 风格的形成

作家风格的形成有多方面的因素,概括地说,有客观因素、主观因素和创作实践因素。

(一) 客观的因素

风格形成的客观因素系指作家所处的时代背景和社会环境对他的创作的影响。一定历史时期的生活方式、时代精神和社会风尚作为作家生活的客观环境,都会给作家的生活情趣、审美观点和创作个性以直接的影响,相应地形成了作家一定的风格特征。

客观环境是作家创作的本源,作家有着各种各样的生活材料:有的是军人生活,有的是工人生活,有的是农民生活,有的是日常生活,有的是仕途经济生活,有的是爱情婚姻生活等等。其中作家经历过的生活则像电磁一样吸引作家的注意力。当代作家理由在《美的憧憬》一文中说:"面对着广泛的社会发来的信息,每个作家都有心灵的敏感区,即吸收生活和感应生活的特殊的角度,并作用于自我感情的力端。"作家对他所熟悉的生活感受愈深,则自我感情的力端就愈突出。这就给风格的形成打下了坚实的基础。所以杜甫诗歌的沉郁风格跟他经历了安史之乱后的国家破碎、民生凋敝、妻离子散、贫困无依的极端痛苦生活密切相关。梁斌长期在河北农村一带从事革命活动,熟悉那里人民在中国共产党领导下的如火如荼的斗争生活和风土人情习俗,这样的客观环境对他的创作影响很大,这对形成在《红旗谱》等作品中体现出来的浑厚而豪放的风格,是起了重要的作用的。李存葆在《高山下的花环》等作品所体现出来的雄健风格,是受了他生活在部队和前线的客观环境的影响。

但是,客观环境仅仅是形成风格的因素之一。因为,客观环境的各种各样生活丰富多彩,不可能为所有人所感受所接受。即使感受了接受了,也不一定作出同一的审美心理对应。所以,如果没有作家的审美心理对应,就不能形成相应的风格。

(二) 主观的因素

主观的因素指的是作家个人素质、文化艺术修养、世界观和生活实践对他的创作的影响。这些主观因素综合的结果,使他建立起特有的审美心理机制,使他去感应生活和认识生活。能够烛照题材的新颖深意,选择描写生活的方式和创作方法,融进自身的心血,予以提炼,再现和表现,最终创造出别具一格的文学精品。

例如,朱自清与俞平伯都是写散文的名家,他们两人结伴同游过南京的秦淮河,但由于个人情况和建构起来的审美心理机制不同,所以他们同题散文《桨声灯影中的秦淮河》的风格各不相同。朱自清的这篇散文从描写秦淮河的夜景中,抒发对人生的关切,透露出一种抑郁怅惘的情调,使这篇作品表现出他散文缜密清淡的风格。俞平伯的这篇散文,描写秦淮河的夜景,却表现出一种超脱闲适的心境,一种作风一贯地从景物中去找到自己的精神的寄托和安慰,使其风格显得萧散疏野。

由此可见,风格形成的关键,就是作家审美心理机制的调动和发展,对表现对象的挖掘与表现。现实生活是无限丰富的,艺术处理也是无限多样,主客观因素的融合也不止一次二次。作家能否准确、和谐、完美地把两者统一于自己的风格中,实际上也就是作家能否运用、发挥审美心理机制的调节作用。如果不能发挥其调节作用，创作个性与表现对象脱节，作品风格必然失去光彩，如果只对应表现对象的某一方面，而置其他于不顾，作家的创作个性的展现必然遇到阻力，其作品的风格也必然是贫乏的。

凡是富有创作思维的作家，一旦建立了独特的审美心理机制，一旦形成了自己的创作个性，就能够敏感而迅速地按照艺术规律的要求，自如地驾驭各类文学体裁和不同的表现对象。这样，其作品的内在美和形式美就达到和谐协调，形成多样化的风格特色。

（三）创作实践因素

风格的形成，还在于作家在创作实践的全过程中，不断总结经验，能够使创作递增升级，而至日臻完善。

作家的创作开头阶段往往表现为师承他人或探索自我，模拟性多于创造性，创作心理对内容与形式的驾驭，呈波荡飘动的未定化状态，尚难展露其艺术个性化的创造才华。契诃夫的早期创作就是以通俗化喜剧小品的喜谑逗笑为主体的，尚无风格可言。到了第二阶段，作家总结了创作经验后能对生活素材作出独特的审美感应，将内容与素材建立为稳定有序的内在联系，并以一定的艺术形式表达独特的艺术内容，这时风格逐渐形成。例如，契诃夫中期的创作，一变通俗的逗笑为"含泪的笑"与"幽默的笑"，形成了契诃夫式的风格。第三阶段是作家在外力撞击下，创作由相对稳定的有序平衡态，进入活跃的状态，其特点是吸收创作的优化素质，扬弃创作的老化素质，调整创作的审美心理结构，使风格有进一步的发展，富有多种色调。契诃夫后期风格，不仅将草创期的幼稚逗笑推向成熟期的辛辣嘲笑，而且还进一步地推向老成期的以幽默、含泪的微笑为主体的多元化风格。比如他这时期的作品同是幽默风格，就包含着抒情性幽默、悲剧性幽默、喜剧性幽默与滑稽性幽默等。正如契诃夫研究专家叶尔米洛夫所说："从八十年代后半期起，契诃夫的短篇的格调有了剧烈的变化。在这位作者的忧伤的发展过程中开始了一个新的阶段，短篇小说中的幽默、讽刺的因素已不再起直截、明显的作用，不直接占据主要地位了，它开始渗入到作品的深处，与抒情性的、悲剧性的、正剧性的因素融合成一个强有力的艺术整体。在契诃夫的剧作方面：也可以在《海鸥》（1896年）里看到相应的转弯，它是契诃夫的经典剧作的开端。"[1]不仅契诃夫如此，凡是古今中外的任何一位卓有成就的作家，倘想让自己的创作仍然保持优势，那就必然在风格形成的动态发展中，扬人之长，补己之短，成为万象更新的多色调。杜甫的诗风就是如此。明人胡应麟评论"杜诗正而能变，变而能化，化而不失本调，不失本调而兼得众调，故绝不可及"。[2] 至此，杜诗风格就臻于炉火纯青。

---

① 叶尔米洛夫：《论契诃夫的戏剧创作》，作家出版社1957年版，第7页。
② 《诗薮》内编卷四。

第二节　文学风格的特征

一　时代特征

风格的时代特征为一定时代的社会风尚所制约。特定时代的生活方式、斗争风貌和时代思潮反映在文学作品中，就使该时代的作品与他时代的作品，具有不同的风格。同一时代的作家作品往往都烙印着本时代的时代精神，具有相近或相似的风格，这就是风格的时代色彩。例如汉魏之际，军阀混战，生灵涂炭，"观其时文，雅好慷慨"，犹如悲风萧瑟苍凉，劲松苍茫雄浑；而魏末晋初的社会风尚是崇尚老庄、高谈玄理、不务世事、放诞不羁，因而清淡玄言之风气盛行。钟嵘《诗品》评其诗风谓"理过其辞，淡乎寡味"，"平典似《道德论》"。这是由于一定时代的社会态势及其相应的哲学、宗教、道德、美学等各种思潮对作家的精神、心理、创作个性的影响，并渗透到他的作品中，使之富有鲜明的时代特征。

风格的时代特征不是凝固不变的。历史上，一个新时代或新朝代到来时，总是以富于朝气但尚未成熟的风格开始，中期乃进入鼎盛的成熟焕发期，名家辈出，风格多姿，后期多半是一些固定的默守成规者，渐渐失去了创造性。古希腊时代的文学，在公元前五世纪、前四世纪和后来的"希腊化"阶段的三种发展状况大抵如此；中国唐代诗歌初唐、盛唐、中后唐的发展状况也大抵如此，当然，这只是相对而言。

二　民族特征

世界上各民族文学都有一定的民族特色。这是由于每一个作家总是植根于本民族的生活土壤，受到本民族文艺传统的熏陶和欣赏习惯的感染。因此，他在创作过程中，总要自觉或不自觉地给自己的典型人物或艺术形象注入民族精神，给自己的典型环境或社会环境抹上民族风采，生动地表现了民族的心理素质和欣赏习惯。这就必然使作品风格富有民族特征。

风格的民族特征，首先表现在不同民族的语言特色方面。恩格斯就认为，每个民族都有自己的语言风格，比如，优美的意大利语，像和风一样清柔而舒畅，它的词汇犹如最美丽的花园里盛开的百花；西班牙语活像林间的清风；葡萄牙语宛如满是芳草鲜花的海边的浪涛声；法语像小河一样发出潺潺的流水声；荷兰语如同烟斗里冒出一缕浓烟，给人以舒适安逸的感觉。其次，表现在艺术形象中都深深烙刻着民族印痕，清晰地显示出在特定历史条件下受到民族社会生活制约的民族特点。例如，同是守财奴的典型人物，吴敬梓《儒林外史》中的严监生，果戈理《死魂灵》中的泼留希金和莫里哀《悭吝人》中的阿巴贡，在某种程度上，都能让读者清楚地辨认出分别隶属于中国、俄国和法国等不同的民族属性。最后，一般总遵循本民族的文化历史积淀与审美心理习惯，运用本民族所擅长的表现技巧或艺术手法。例如，中国古典小说的章回体结构方式，戏剧文学的念、唱、动作相结合特点以及诗歌的绝句韵律,就不同于西方民族文学的表现形态。

三　社会特征

　　风格的社会特征是指一定社会的物质生产、政治局面和社会状态等基本特征,在作品中的体现。安居乐业、生气盎然和民主开明的社会,使作品具有豪放飘逸的风格,或者雍容华贵的风格;动荡不安、万马齐喑和专制腐朽的社会,使作品具有沉郁悲愤的风格或者哀伤颓废的风格。比如,曹操的诗《短歌行》、《苦寒行》、《步出夏门行》等,所表现出来的风格,"甚多悲凉之句","如出燕老将,气韵沉雄",其悲歌慷慨,激人胸怀,有一种"志在千里,雄心不已"的气魄。他的这种风格就有社会特征,正像刘勰在《文心雕龙·时序》篇中所说:"良由世积乱离,风衰俗怨,并志深而笔长,故梗概而多气也。"

　　在一个民族中,存在着不同阶级、阶层或集团,由于作家的思想感情和艺术趣味自觉或不自觉地受到阶级关系的制约,其作品的思想内容与艺术形式的总体风貌虽有明显的差别,但社会特征也仍然这样或那样地表现出来。统治阶级往往提倡某种"官方色彩"的风格,汉赋的华丽铺陈,齐梁宫体诗的浓艳绮靡,是当时封建社会统治阶级所提倡的风格,就有那个时代的特征;被统治阶级大力推行"民间色彩"的风格,乐府民歌的清新刚健是被统治阶级的风格特色也是社会特征的另一表现。但是,我们也不能以作家的阶级身份作为判断这种风格差别的依据,因为有些作家虽然出身于统治阶级,但由于个人的遭遇受到被统治阶级的影响,他们的创作风格就不带有"官方色彩"。

　　风格的社会特征跟自然地理环境也有关系。

　　叙事文学的典型环境,抒情文学的情景、意境,与具体的地理环境和特定的气候习俗有较大关系。作家如果生活在秀丽的江南水乡,作品描绘着青翠的山林、碧绿的溪流、蔚蓝的天色,所谓"造化钟神秀",其风格多半是明媚秀丽、飘逸潇洒、疏朗俊秀的;如果生活于莽莽苍苍的黄土高原,作品描绘了"平沙莽莽黄入天","大漠穷秋塞草衰"等自然环境,其风格多半是苍凉悲壮、雄迈高亢、慷慨激昂的。可见,地理环境和周围风俗对文学的风格是有影响的。

　　当然,风格的环境特性不能表现为风格的总体特征。这里仍然存在着个性差异。比如,同样擅长描写我国大西北生活的当代作家张贤亮和张承志,在各自的作品中,由于对苦难命运的审美意识迥然相异,前者入乎其内,咀嚼艰涩的人生底蕴,后者出乎其外,显示达观的浪漫诗情。所以在大西北苍凉、浑朴的自然背景中,显现出不同情思的风格特色。可以说,他们风格的环境特色虽相同,个性特色却相异。风格的卓然不群在于同中见异,于相似的风景画或风俗画中,闪动着截然相异的个性品格。

四　文体特征

　　不同的文学体裁,以不同的方式或从不同的角度去再现一定的生活场景。因此,风格具有文体特征。陆机认为"诗缘情而绮靡,赋体物而浏亮,碑披文以相质,诔缠绵而凄怆"。①　我们举一反三,可以看出那些鸿篇巨著的长篇小说和风趣盎然的小品散文,激越高昂的战斗歌曲和优美轻快的抒情歌曲,催人泪下的悲剧和逗人发笑的喜剧,以及幽默的讽刺画和宏伟的历史画等等,在风格上也表现出不同的特色。当然,就长篇小说、小品散文、悲剧和喜剧等文体的各自特色而言,又不是某一种固定风格所能限定的,而是呈现着多元风格特征的。比如同是讽刺的长篇小说,其风格就因作家的创作个性和独特手法的不同而迥然相异。

五　个人特征

库柏认为,个人风格是指我们从作家身上剥去那些不属于他本人所有的东西以后,留下仅属他本人的内核。②　这"内核"就是指作家个人主体性所独具的特点。中外诸文学大师创作的主导风格,都各具其个性特色的。试看嵇康之峻烈、阮籍之旷达、陶潜之冲淡、李白之飘逸、杜甫之沉郁、但丁的深沉、莫里哀的幽默、雪莱的奔放、巴尔扎克的尖刻、海明威的简洁等等,无不属于他本人的"内核"而益显其主导风格之独特性。他们的杰作流韵万代,与其作品风格的个人特性分不开。

风格的多种特征是与个人特征结合一起的。卓有才华的作家均有自身的艺术体系,由于其艺术体系的复杂性而形成其风格的多样复杂,或写实风格、或理想风格、或象征风格、或抒情风格、或四者兼而有之。各家风格有主导面,也有非主导面,并非千篇一律,千部一腔的。陶潜既有"悠然见南山"的澹远风格,也有"猛志固常在"的刚健一面;苏轼既有"大江东去"的豪放风格,也有"花褪残红"的婉约风格;李清照既有"物是人非事事休,欲语泪先流"的凄凉风格,也有"欲将血泪寄河山,去洒东山一抔土"的雄伟风格。不仅个性不同的作家具有不同的风格特色,就是同一杰出作家由于经历的不同、生活的变迁、思想的发展、性格的矛盾或手法的多样等原因,其风格在不同时期、不同境遇中,也是在发展变化的。鲁迅前期的风格多为沉思、后期的风格多为刚劲。可见,所有优秀的作品都是饱和着作家的心机热血、思想感情和艺术才气的,其风格是桃红柳绿,婀娜多姿的:或洗炼鲜明,或平易流畅,或铿锵高扬,或清新隽永,或幽默风趣,或犀利泼辣,或大气磅礴,或蕴藉含蓄,五光十色,眩人耳目,正如马克思所说的"每一滴露水在太阳的照耀下都闪耀着无穷无尽的色彩"。③

六　审美特征

文学风格的时代特征、民族特征、社会特征渗透于作家个人特征,才能见出其独特性。这种独特性必须纳入审美规范中,才能显现其艺术美的力度。风格的审美特征可谓千姿百

---

① 陆机:《文赋》。
② 转引自威克纳格:《文学风格论》,第82页。
③ 马克思:《评普鲁士最近的书报检查令》,《马克思恩格斯全集》第1卷,人民出版社1956年版,第7页。

态,难以穷尽。常见的有如下几种:

风格的雄伟美,它类乎黑格尔美学范畴所说的一种"严峻风格,是美的较高度的抽象化,它只依靠重大的题旨,大刀阔斧地把它表现出来"。① 米开朗琪罗的雕塑,那男性的阳刚之美,气势如此不凡,不就具有雄伟之气度吗? 在中国词林中,苏东坡词犹如关西大汉,抱铜琵琶执铁绰板,唱大江东去,具有铄古震今的雄伟美的风格。总之,雄伟美多指其描写的对象是崇高巨大的。自然现象中的高山大海、暴风骤雨,社会现象中的刚正不阿,舍身取义,无论是物的人化或人的对象化,均能给人以崇高的深度、雄伟的力度。

风格的秀丽美,是与雄伟恰成对应的一种美学风格。它多指描写对象的玲珑剔透、含情脉脉。自然现象的小桥流水、莺歌燕舞,日常生活的工艺美术、精致摆设,人际关系的温文尔雅,妩媚相爱,均给人以秀丽的广度、柔美的温度,古希腊的《梅罗的维纳斯》与达·芬奇的《蒙娜丽莎》就是阴柔美的杰作。在这两位绝代佳人的肌肤、眼神中,无不散发着亲切、喜悦、多思以及对于完美的人性和自由的生命的积极向往的优美风韵。在中国词林中,与上举苏东坡那雄伟美相对照的是柳永词的秀丽美。文论家评柳词风格只合十七八岁的少女执红牙签,歌"杨柳外晓风残月"等。我们开卷阅读,其秀词丽句之风采,如柳丝吐青,晓风徐来,颇能使"我们还可以感受到一股秀美的气息,周流于全部作品中。这种秀美是一种转身面向观众和听众的姿态……才可以见出美的风格和高华"。②

风格的色彩美,将绘画的色彩学移植于语言艺术,赋予上述各种审美风格以色彩形象,这就是文学风格的色彩美。我们知道,由于作家心灵如万花筒一样,对客体物象的缤纷色彩进行审美观照,用色彩词性的语言符号进行相应的描绘,使之具有绰约多姿、斑驳陆离的风韵。闻一多的诗《色彩》,与其说是诗章的风采,毋宁说是人性的品格——色彩以人情为底版,人情以色彩为亮色,描绘主体的色彩美:"生命是张没有价值的白纸,自从绿给了我发展,红给了我感情,黄教我以忠义,蓝教我以高洁,粉红赐我以希望,灰白赠我以悲哀……"当然,不同语言大师由于审美观的差异,对同一色彩却赋予不同的性情、品格。例如同是"绿色",有的作希望的表象,有的作幸福的表象(一般是蓝色作幸福的表象),而有的竟作阴森的表象(如"绿色的鬼火")。语言大师重视色彩词的精心选用,结果"一个被体验世界,刹那翻译成一个自由的颜色织品"。③ 但是,作品风格的色彩美,一定要包含作家的情思。不同的情思即使选用相同的色彩词,也会产生不同的色彩风格的。例如李白《送友人》中的"青山横北郭,白水绕东城"与杜甫《新安吏》中的"白水暮华流,青山犹哭声"。其对象物"山"、"水"是相同的,其色彩词"青"、"白"也是相同的,但其两人的情愫各相迥异,就富有不同的色调风采。李诗于青、白两色中透出豁达乐观的气度,杜诗却于青、白两色中透出悲凉抑郁的气度。可见,色彩美对风格的审美特征具有何等丰富的意蕴啊! 这是由于客体色彩与主体情愫是处于双向回流境地,不同色彩生成不同情愫或者不同情愫选择不同色彩。这两者的融合就建构为风格的色彩美。

---

① 黑格尔:《美学》第三卷上册,商务印书馆 1981 年版,第 7 页。
② 同上书,第 8 页。
③ 瓦尔特·赫斯:《欧洲现代派画论选》,人民美术出版社 1980 年版,第 9 页。

风格的哲理美,亦庄亦谐、亦理亦情,于庄严诙谐情趣中蕴藏着深邃的理念。风格的哲理美完全不是政治的说教,而是思想的闪光,言简意赅,于简约的语言中,显示出形象的睿智或睿智的形象。法国十八世纪的启蒙文学是风格哲理美的上乘之作。例如孟德斯鸠的小说《波斯人信札》中说:"教皇是一个最强有力的魔法师,统治着人们的精神世界,硬要人们相信:'三等于一……'"还说:"《圣经》有多少行字,就有多少可以争辩的地方。"伏尔泰的哲理小说《老实人》最后写道:"工作可以使我们免除烦恼、纵欲、饥寒这三大灾害……要紧的还是种我们的园地。"狄德罗的哲理小说《拉摩的侄儿》写道:"我看见很多很多诚实的人,他们并不快乐;我又看见无数的人,他们快乐,却不诚实。"还说:"一个人只要有钱,无论干什么都不会失去荣誉。"诸如此类的话,一语中的,犀利睿智,其哲理风格具有极大的醒世警策效应。当代某些小说也富有风格的哲理美。但是,有些所谓哲理风格之作却是东施效颦,所谓哲理风格实际上只是向政治说教转化。

风格审美特征的涵盖面极为广泛,在时代、民族、社会、文体以及个人等诸特征中,均渗透着审美特征。

第三节　文学流派及其多样化

一　文学的流派

在一定历史时期内,某些政治倾向、艺术观点和创作风格近似的作家,常常自觉或不自觉地结合起来,以其理论或作品对社会发生相当的影响。这种由风格相近的作家所形成的文学派别,就是文学流派。比如,我国五四时期成立的"文学研究会"和"创造社"就是在阶级立场、思想艺术倾向、文学观点、创作方法大体相同、风格相近的一批作家自发地结合起来的两个文学流派。"文学研究会"提倡"为人生而艺术",大多取材于中下层社会人生,暴露黑暗,探索生活出路,用现实主义进行创作。"创造社"提倡"为理想而艺术",主张抨击社会反动势力,忠实地表现内心愿望和理想追求,用浪漫主义进行创作。又如,北宋末年的"江西诗派",以黄庭坚为"首领",他提出了一套化腐朽为神奇,"以故为新"的理论,提倡"无一字无来处",取"陈言"、"点铁成金"、"脱胎换骨",得到一些人的赞同和追随,但又是不自觉的结合,这个流派一直延续到元初,有二百多年的历史。

文学流派是文学发展的产物。相近似的风格为流派的形成发展带来了内聚力。正如风格的多样化一样,流派也不是单一的。从总的倾向而言,各种不同的流派大致可以归结为进步与落后两大类。进步的流派促进文学的繁荣,落后的流派阻碍文学的发展。不同流派之间的竞争,是文学得以繁荣发展的因素之一。所以说,流派是文学发展中最活跃的因素之一。

当一个流派集中地表现了一定时代的社会思潮和审美理想,并在创作方法上有所创新,艺术理论上有所建树,文艺创作上有较大影响时,这一流派就可能成为该时代的主流。一定时代的主要流派不仅对各种文学艺术的创作发生直接作用,而且对其他社会意识形态或社会生活也发生回返作用,这样的主要流派就会成为某种文学思潮,被概括为某种主义,例如古典主义、浪漫主义或现实主义等等。

二 文学流派的形成

一定时代的各种流派的形成,有文学发展的要求、思想潮流的影响、社会变革的促进。

(一)文学发展要求

文学流派的形成,是一个民族、一个时代的文学发展成熟的标志。流派形成的先决条件是,必须有杰出的作家群及其优秀的作品。各种不同风格的作家作品争艳斗巧,蔚为壮观,其中自然又有些文豪能以其独特的风格和突出的成就为人们所注目和敬仰,引起其他作家的群起仿效。"文质相炳焕,众星罗秋旻",就形成了相应的文学流派。比如从抗战初期到中华人民共和国成立的十余年间,中国革命文艺界形成了一个重要的七月流派,其作者群为胡风、艾青、田间、丘东平、曹白、阿垅、鲁黎、邹荻帆、孙钿、冀汸、天蓝、艾漠、绿原、路翎等等,"从实际战斗里成长的新的同道伙友",在《七月》杂志陆续发表包括诗歌、报告文学、小说、散文、剧本、译著、杂感、文艺评论等许多风格近似而又各有特色的作品,以求"提高抗战情绪"而作出贡献。七月流派就是如此形成的。其他流派的形成莫不如此。① 由此可见,文学流派是一个世界观具有大体一致的具体感受的作家群。这种对世界具体感受的大体一致性,形成了这些作家创作中的主题、激情、方法和风格的大体相似的历史性特征。

(二)思想潮流影响

一定时代活跃的文学流派往往形成于思想潮流活跃的时期。这时,理论家敢于百家争鸣,不断探索。各种思潮的大量涌现,促进作家思想解放,使之敢于发挥创作个性,进行艺术创新,他们都在自己的文学理论或文学作品领域互相斗争、互相竞赛和互相促进。在互相竞争的过程中,某些思想意识、艺术倾向近似的作家就自然而然地形成了相应的文学流派。例如欧洲的文艺复兴运动、启蒙运动、宪章运动和狂飙运动,以及中国新文学运动,都先后涌现出较多的文学流派。

(三)社会变革促进

在阶级社会中,一大批作家总是自觉或不自觉地站在各自的民族、阶级、阶层或集团方面,用其具有独特风格的作品,形象地宣扬其一定的政治倾向,直接或间接地为各种形式的社会变革服务。在这类变革中,政治态度和艺术手法基本相近的作家,或者发表相应的宣言,或者创作有共同倾向的作品,形成一定的文学流派。例如上面说过的"文学研究会",他们的宣言是:文学不是游戏、消遣,而是对于人生很切要的一种工作,正同劳农一样,作家的创作"应该反映社会的现象,表现并且讨论一些有关人生的一般问题",以促进社会的改革。茅盾的文学评论、文学创作以及其他作家的大量创作实践就是这宣言的生动体现。"创造社"亦是如此。

---

① 以上两处引文均见《七月》第一期《愿和读者一同成长——代致辞》。

三 文学流派的特征

(一) 政治倾向性

作者总是自觉或不自觉地作为一定阶级、阶层或派系的代言人。他们的创作活动具有政治倾向性。这种倾向性自然地渗透于创作风格中，并且形成了一种近乎集团性的流派。当然，它不是政党组织，而是政治倾向性在文学创作上的艺术契合。比如以路易十三时期胡黎塞留创立的法兰西学士院为中心的古典主义流派，就公开主张文学要为王权服务，要歌颂君主专制制度，并推行与之相适应的文学语言和创作方法。当然，一个艺术家在一定阶段或一定背景下，隶属于某一集团或某一流派。但他并非自始至终隶属于某一集团或某一流派。他并非都是强性按照某种原则进行创作的，也会改变这种原则进行别种方式的创作。不管是"遵循"抑或是"改变"，或多或少总流露出其变化着一定的政治倾向性。

(二) 文艺思潮性

文艺思潮是由一些作家群在某种创作纲领的基础上联合起来，并以它的原则作为自己创作的指导方针并在社会发生重大影响时产生的。因而，流派具有文艺思潮性的特征。

在一定历史时期，某一流派虽然得不到官方的支持，但它拥有庞大的作家群，其优秀的代表作家有大量的创作和高明的理论，广为流传，成为该时代文艺创作的楷模或旗帜，形成一定的文艺思潮。而这种文艺思潮又反作用于本流派作家群的创作。这类性质的流派富有思潮性，颇有号召力。法国资产阶级革命后，一个有理论、有纲领的浪漫主义流派风靡于欧洲，向古典主义宣战。浪漫主义旗手雨果的《〈克伦威尔〉序言》就被称为积极浪漫主义的纲领和宣言。它指出：新的时代产生了一个新的浪漫主义流派，"这个流派坚强、坦率、博学，它属于这个时代，它开始在旧流派老干枯枝下冒出生气蓬勃的新芽来。这个年青的流派，它的庄重与旧流派的浅薄相对，它的博学和旧流派的无知相对，它已经创办了一些引人注意的刊物"，使"批评和文学中一切高尚和勇敢的东西结合起来，把我们从两个枷锁里解放出来了，一个枷锁是老朽的古典主义，另一个是敢于在真实脚下萌芽的假浪漫主义"。它决心斩断它，"决不会把这条尾巴捧起来献给 19 世纪"。一个流派如果具有进步思潮的特性，必然能够取代另一个落后或反动的文学流派。

(三) 审美共同性

一定时代的一些作家群并不一定直接参与彼时的政治斗争，也不一定完全受该时代文艺思潮的直接支配。他们结合在一起，基本上是由于个性爱好、审美趣味、描写对象、表现手法和创作风格的相近。而在一系列因素中，主要是个性爱好和审美趣味的相似，决定其描写对象、表现手法和创作风格的相近，表现出类似特征。比较典型的例子，是五四运动时期开始形成至 1925 年底匿迹的以冯雪峰、潘漠华、汪静之和应修人为伍的湖畔诗派。他们不像创作社之有宣言，也不像新月派之有阵容，而是没有什么社章，也未曾发表什么宣言，完全是因思想、气质和艺术趣味相投而自发结合成为流派的。他们的作品，既有各自不同的艺术个性又有相近的艺术共性，大多以抒情小诗见长，融合中国古诗的意境和日本短歌的抒发真情、俳句的即景寄情、小呗的质朴自然，形成了彼此相近的风格。湖畔诗派虽然不以大手笔把时代风云收汇于胸中，但却表现了年青人的天真烂漫和友谊爱情。就此而言，这个流派颇类于古代的田园派、山水诗派，表现了不愿随波逐流的高雅情趣。我们应该在艺术园地中让它占有相应的一席之地。

（四）国际流动性

如果说风格富有民族特色，那么流派则可以从民族风格这一特色走向国际。例如浪漫主义、现实主义以至社会主义现实主义都是从欧洲的法、英、德及前苏联等国家传播于欧洲以至世界各国的。指出流派的国际流动性，并不否认它的民族性。恰恰相反，流派的国际流动性是建立于风格的民族性基础上的。同一流派在不同民族中自有不同的表现。这就是它在流动中的变异，于共性中见出个性。

把握文学流派的特征，对于我们总结历代文学的创作经验和发展当代文学，都具有极大的方法论意义。

四　文学风格流派的多样化

任何时代任何社会的文学繁荣的一个重要标志是风格流派的多样化。

（一）提倡风格流派多样化

马克思在《评普鲁士最近的书报检查令》中，抗议反动当局扼杀风格的多样性，他反对"要求世界上最丰富的东西——精神只能有一种存在形式"，"只准产生一种色彩，就是官方的色彩"，反对强令作家"不应当用自己的风格去写，而应当用另一种风格去写"，提出"我只有构成我的精神个体性的形式"。经典作家肯定了社会主义文学风格流派的多样化。

我们党的领导人对社会主义文学风格流派的多样化问题，历来有过多次陈述。毛泽东在《关于正确处理人民内部矛盾的问题》中指出："艺术上不同的形式和风格可以自由发展"。"利用行政力量，强制推行一种风格，一种学派，禁止另一种风格，另一种学派，我们认为会有害于艺术和科学的发展。"[1]在另一场合还说过："革命派要做，流派也要有。程派要有，梅派也要有，谭派、杨派、言派、余派……都要有。"周恩来也认为"流派要继续发展，随着革命的发展而发展"。[2]邓小平也强调作家写什么和怎么写，不要横加干涉。这一系列论述都体现了繁荣社会主义文艺事业的正确方针。

建国以来，左倾思潮的不断泛滥，冲击了风格流派的正常发展。尤为严重的是"四人帮"大搞封建法西斯的文化专制主义，对文学风格流派一律予以扼杀。我们不仅应该解放思想，尊重艺术规律，而且还要正确理解政治方向的一致性和风格流派多样化的辩证关系。社会主义方向的一致性是指热爱共产党、热爱社会主义祖国、热爱人民，是指对共产主义理想的坚定信念。但是，过去某些同志往往把"政治方向的一致性"片面地理解为适应某一地区、某一部门或某一领导提出的政治任务或政治意图。这样，势必把文学的风格流派驱入单调化的胡同里。因此，全面把握政治方向的一致性与风格流派的多样化的辩证关系，对

---

① 毛泽东：《关于正确处理人民内部矛盾的问题》，《毛泽东选集》第5卷，人民出版社1977年版，第388页。

② 两处引文均见李世济的《在毛主席的关怀下成长》一文，1977年10月24日《北京日报》。

于促进社会主义文学的繁荣发展,具有实践意义。如果只强调一致性而否认多样性,必然会导致创作上的千篇一律;如果只承认多样性而否认一致性,就容易导致创作上的资产阶级自由化。我们应该反对"左"右两种错误倾向。历史是前车之鉴,我们显然不会也不该指定一种风格或圈定一个流派。

可喜的是,在十一届三中全会的正确路线指引下,当代各种文学的风格流派有了新的发展。尽管有待提高,但创作题材的廓大和深化,给风格流派的多样化开辟了前进的道路。

(二) 风格流派多样化的当前表现

新时期中,以革命现实主义为主流的作品。在风格流派的多样化方面有了很大的发展。有一类作品字里行间充溢着作家对于邪恶现象的某种"愤怒"之情。例如,诗歌《将军,你不能这样做》,带有谴责性,笔调异常明快,充满着赤诚的忧忿,忧国忧民,以一种独特的忧思关怀党和人民的根本利益。而且较自觉地干预生活,干预社会。也有一类作品对现实采取一种比较含蓄的态度,对社会的干预是间接的、含蓄的。内心的愤懑之情,经过心灵的折射,已化为某种幽怨与伤感。它不是大声的呐喊,而是低声的呼唤;不是激烈的谴责,而是含泪的批评。例如王蒙的《风筝飘带》、张洁的《爱,是不能忘记的》等。还有一类作品对现实生活取调侃幽默态度。面对过去的悲剧,一些作家既不是愤怒地谴责,也不是哀伤地诉苦,他们揭露丑恶,表达自己的愤怒和哀伤,报以现实的是幽默诙谐,是含着鞭笞的笑,是中国式的智慧闪光和中国式的悲戚交融。如王蒙的《冬天的话题》、陆文夫的《美食家》、高晓声的《陈奂生上城》等等。再有一类作品风格显得异常静穆,总是冷静地叙述那些惊心动魄的历史。例如,巴金的《随想录》、杨绛的《干校六记》,除了冷静之外,还放入一些淡淡的几乎看不见的调侃似乎是不怒不怨,只是若无其事地带着幽默地描述对象。但它不是炽烈的丧失,而是把炽烈藏于深处。这是凝固的火山,外头是冷的,里头是热的。

新时期文学的风格类型不限于上述四种,而且是在不断蜕变更新的。

在文学流派的多样化方面,与新时期文学风格多样化状况处同步走向的是,新时期的文学流派,较之建国以来的任何时期的流派都大为壮观。这里仅就目前文学评论界所归纳的一些流派。简介如下:以王蒙、蒋子龙、张贤亮与张洁为代表的"社会问题派";以贾平凹为代表的"商州文化派";以李杭育为代表的"葛川江文化派"和以张承志为代表的"中原文化派",这类也可归之于"地域文化派";以宗璞、林斤澜、祖慰与吴若增为代表的"怪味小说派";以冯骥才为代表的"时景地理派"等等,这是文学发展的可喜现象。

▶思考题◀

1. 什么叫文学风格?
2. 文学风格是如何形成的?
3. 文学风格有哪些特征?
4. 什么叫文学流派?它是如何形成的?
5. 举例说明文学流派的特征。
6. 我们为什么要提倡文学风格流派的多样化?

研讨

一 屠格涅夫:《木木》

(一) 作品提要

盖拉新是个又聋又哑的农奴,只知整天干活,对主人十分敬畏,女主人对此甚为满意。她将他带到莫斯科,让他在住宅内专管挑水劈柴,打扫园子,白天看门,晚上守夜。盖拉新的活儿干得干净利落,井井有条。

宅内佣人中有个洗衣女工塔季雅娜,性情温顺,终日埋头干活。盖拉新常悄悄伴随着她,这引起了佣人们的嘲笑。一次在吃饭时,工头公然取笑塔季雅娜,盖拉新虽听不见,但他看出是在欺侮他的女友。他猛地将大手按在那人头上,愤怒地盯住他。对方吓得半死,半晌动弹不得。从此以后,谁也不敢再当面嘲弄塔季雅娜了。

家里佣人中有个鞋匠是酒鬼。女主人说给他娶个老婆就有人管束他了,于是让塔季雅娜嫁给他。鞋匠怕盖拉新报复,不敢答应。管家便想出一个办法,让塔季雅娜装成喝醉酒的样子;因为盖拉新最讨厌醉鬼,这样一来,他果然不再跟随塔季雅娜了。不久,鞋匠就同她结了婚。但鞋匠旧习难改,终于被女主人逐出门去。塔季雅娜只得随夫离去。盖拉新默默地送了她一程。塔季雅娜忍不住滚滚泪下。

盖拉新送别塔季雅娜,返回时拣到一条小狗,他带回家来,细心照料。盖拉新高兴时就叫它“木木”。一天女主人发现了这条可爱的小狗,正想逗它,不料木木冲着她龇牙咧嘴,吓了女主人一跳。她命管家把狗扔出去。不料夜间木木又回来了,盖拉新忙把它藏起来。谁知木木的叫声终于又惊扰了女主人,她怒斥管家做事不力。要管家逼盖拉新交出木木。当盖拉新明白是女主人要处死木木时,便表示由他自己来干。他穿上节日的衣服,带木木到店里饱食一顿,然后又带它上了小船,划离城市。盖拉新痛苦地把木木沉入河底。事毕,他急匆匆地回到自己的下房,背起背包,挂着一根棍子,愤怒地沿路回乡去了。

(《外国文学作品提要》第二册)

(二) 作品研究

1.《木木》情节的典型化

大家知道,屠格涅夫的母亲瓦尔瓦拉·彼得罗夫娜(一个专横的、性情暴躁的女地主)的庄园里发生了一件事故,构成了《木木》这篇小说的题材。

盖拉新这个人物就是按照彼得罗夫娜的农奴,看门的哑巴安德烈的原样,不差分毫地刻画出来的。瓦尔瓦拉·彼得罗夫娜的养女席托娃在她的回忆中写道:“他力大无比,手也很大,有时当他把我抱在手里的时候,我就觉得好像坐在什么马车里一样;有一次我就这样被他抱到他的小屋子里去,在那里第一次看到了木木,一只白毛褐斑的小花狗躺在安德烈的床上。”瓦尔瓦拉·彼得罗夫娜对她的这个看门巨人表示特殊的好感:“……他总是穿得漂漂亮亮,除了红色的斜纹布衬衫,别的就不穿。”这个女地主的“特殊好感”并不妨碍她在脾气发作的时候发下残酷无情的命令,强迫安德烈亲自把自己的爱犬溺死。

总之,一切经过的情形正如屠格涅夫所描写的一样,除了结局之外,其余完全相同。

实际上,哑巴安德烈在木木淹死之后并没有离开他的女东家。据目击这桩惨事的席托娃说:"安德烈对于女主人的忠心依然如故。不管安德烈心里有多么痛苦,他对女主人还是忠心耿耿,替她效劳,直到她去世之日。"瓦尔瓦拉·彼得罗夫娜给他穿漂亮的短皮袄和腰部打裥的假天鹅绒的外衣。安德烈奴性十足地重视她的好意,"而且,除她之外,决不承认别人是自己的主人。"

席托娃说,有一次,"一个瓦尔瓦拉·彼得罗夫娜所不喜欢的夫人"忽然想起送哑巴一块浅蓝色的假缎子,给他做衬衫,安德烈"轻蔑地向那块布看了一眼",把它扔在壁炉旁的一张凳子上。女管家为了讨女主人的欢心,便对她说,"哑巴还指了指自己的红衬衫,用手势表示她的女主人给他很多这样的衬衫。"受了恭维而高兴的女地主把安德烈喊到面前来,赏了他十块纸卢布。"安德烈由于满意和高兴,震耳欲聋地咩咩大叫,并且笑了起来……他一面走出去,一面用手指着女主人,并且拍拍自己的胸脯,意思是说,他非常喜欢女主人。他甚至原谅她害死了他的木木!"

屠格涅夫抛弃了这个奴隶式的妥协的画面。他看得很清楚,如果艺术不是偶然事物的体现,而是合乎规律的事物的体现,那么,这个中篇小说采用同样一团和气的结局,就是不真实的。屠格涅夫描写盖拉新离开女地主出走——沉默地但是有力地表示了自己的顽强不屈,这就反映出农民对贵族的放肆行为是越来越愤慨了。

从《木木》的例子上,我们可以极其明确地看到提炼的基本作用——典型化。屠格涅夫给这个中篇小说所虚构的结局,它暴露的现实,要比如实地描写哑巴在木木死后对女主人所抱的态度更加真实,更加深刻。只有采用我们所知道的那样的结局,《木木》才具有真实的典型性。

关于《木木》这篇小说,维护农奴制度基础的检查官写道:"……作者的目的是要指出,农民无辜地受地主的压迫,而且只能忍受他们的任意打骂,已经到了何种程度。……虽然这里表现的并不是在农民的肉体上,而是在精神上所受的压迫,但是这丝毫没有改变这篇小说的那个有失体统的目的,恰恰相反,甚至使这种不成体统更加显著了。"

如果这篇小说的结局写的是看门的哑巴对他的女主人百依百顺,原谅她把木木害死,那么,它会不会引起沙皇检查官的愤怒呢?当然不会。《木木》这篇小说,如果艺术家对题材不加以提炼(就所占篇幅来说并不很大),那么,它就不会成为世界和俄罗斯古典文学的杰作,像我们现在所认识的那样。

(摘自多宾《论情节的典型化与提炼》)

2. 为什么要改动情节的结局?

屠格涅夫为什么要把情节的结局作这样的改动呢?多宾以合不合乎事物的规律来说明屠格涅夫笔下的盖拉新之应该走还是留,是不能令人信服的。但是,如果屠格涅夫真的也把作品中的盖拉新写成像生活中的安德烈一样留下来了,而且同安德烈一样仍旧对女主人忠心耿耿,那么,不但这个作品将的确失去它的典型意义,而且也将的确使我们感到不真实。不过这并不是事实上的不真实,而是感情上的不真实。屠格涅夫在实际生活中深切地体察到了安德烈的巨大痛苦,对他母亲的残暴行为产生了强烈的不满。在他心头有一股汹涌的感情的激流,迫使他提起笔来,迫使他不能不写下安德烈的痛苦,不能不对他母亲的那种残暴行为进行揭露。在盖拉新这个形象身上所表现出来的,不只是属于安德烈的东西,屠格涅夫把自己在生活实践中所形成的思想感情,也凝注、渗透到盖拉新的形象里去了,才使人感到真实、可信,比安德烈更真实、更可信,才具有这样强烈的激动人心的力量。在艺术领域里,不管是创作还是鉴赏,人们总是带着自己的情绪色彩来观察对象的,总是要将观察对象跟自己的生活、兴趣,跟自己的整个个性联系起来。《木木》的深刻的典型性,正是从力求充分地揭示安德烈的内心痛苦,力求抒发他自己的强烈的愤懑之情中取得的。

(摘自钱谷融《〈木木〉与典型化问题》)

3. 比较《木木》与《珂珂特小姐》

试以屠格涅夫《木木》和莫泊桑的《珂珂特小姐》为例,作一比较。这两篇小说都写下层劳动者养了心爱的狗,却引起主人不满,被迫将狗淹死。莫泊桑在结尾处写车夫弗朗索瓦在河中发现狗的尸体,就疯了。而屠格涅夫只写农奴盖拉新不辞而别,离开莫斯科,回到家乡的小屋去了。两者的相同之处在于主人命令把狗淹死这一突发事变(或因子调动),也就是说,前提条件是一样的,但后续效果稍有不同。从表面上看,弗朗索瓦发疯远比盖拉新大踏步地出走效果要强烈,但在艺术上动人的程度却恰恰相反。

《珂珂特小姐》在莫泊桑的作品中远非杰作,而屠格涅夫的《木木》却是世界短篇小说中的经典。原因在于弗朗索瓦的发疯缺乏充分的必然性,整个心理氛围浓度不足。屠格涅夫则不同,为了让他那个忠于主人的农奴盖拉新用行动来反抗他从来不想反抗的主人,他设置了一系列条件,加强心理氛围的浓度。一、盖拉新是个又聋又哑的大力士;二、他无法用语言表达他对女仆塔季雅娜的爱情,而喜怒无常的女主人却把塔季雅娜嫁给一个酒鬼;三、受到了这样的精神打击,他才养了一条狗。这条狗成了他感情的唯一寄托,生命的唯一乐趣。可是这条狗在无意中打扰了女主人,女主人两次严厉命令杀死这条狗。盖拉新最终并没有拒绝执行女主人的命令。执行以后,他不能用语言表述他的痛苦和反抗,却用行动表明他不能忍受这样的心灵摧残,他未得到主人允许就离开莫斯科,回到乡下去了。

屠格涅夫为了使结局有充分的必然性,强化了一系列前提条件。这里不但有一个喜怒无常的女主人,还有一个温顺愉快的受到盖拉新钟爱和保护的塔季雅娜,与之对照的是一个酒鬼以及人们对酒鬼的厌恶和敬而远之。所有这一切本与狗无关,但由于塔季雅娜几乎毁在酒鬼手中,无声的盖拉新只好把他的爱转移到一只狗身上。这本属低微之至,却使整个情节、场景的氛围达到相当的浓度,盖拉新不能说话的生理缺陷也加深了他的孤独感和抑郁情绪。

当他把感情寄托的对象从一个善良的女人降低为一条忠顺的小狗时,情景的氛围浓度已达到饱和,一旦连这一点也不能享有时,他的情感结构发生"突转"就十分自然而可信了。

如果达不到这样饱和的浓度,最终人物行为的突转就缺乏充分的可信性。在莫泊桑的《珂珂特小姐》中,莫泊桑并没有充分有效地强调珂珂特小姐(狗名)在弗朗索瓦心目中至关紧要的地位,读者还没感到狗在他情感中不可替代的地位时,主人公已经疯了。读者只是被动地得知他疯了,却没有主动地体验到失去珂珂特小姐的弗朗索瓦精神上的苦楚。

正因为此,读者只是震惊于这样的结局,却不可能受到饱和氛围的真正感染。

分析文学作品时,要清醒地认识到,调动一个因子,想象出一个新颖的结局来是不困难的,困难在于把人物感觉的层次、条件、情境、氛围的饱和浓度充分地、有条不紊地、逐步递增地显示给读者,诱使读者分享人物的一切感觉、感情,并且达到同样强烈的程度。

这是作家才气所在,这种才气比之设计情节更重要。正因为这样,它很值得深入分析。

(摘自孙绍振《名著细读》)

二　沈正钧:《孔乙己》(越剧)

(一) 作品提要

故事发生在1905年浙江绍兴。全剧分为春、夏、秋、冬四场。春天,即将赶考的孔乙己在酒店突闻朝廷废除科举制度,顿时跌入精神死谷,虽遭心灵创伤,却又解救寡妇于危险;夏天,当孔乙己以"回"字的几种写法无聊度日时,夏瑜出现在他面前,一种"良知"使他们相知。当夏瑜面临危险时,孔乙己虽因偷书被丁举人打断了腿,却仍欲给夏瑜送信,让半疯子极为佩服;秋天,夏瑜遇难,临刑前赠予孔乙己一把香扇,孔乙己只能在祠堂暗落伤心泪;冬天,用夏瑜的血浸过的馒头没治好栓子的病,孔乙己看破冷暖,品悟出人生的无奈,于是,把香扇转赠给女戏子。从此,只有用酒来填充思想的空白,麻木不死的心灵。

(茅威涛戏剧工作室1998年制作并演出)

(二) 作品研究

越剧《孔乙己》于1998年末演出后轰动上海,并引起戏剧界的争论。

争论焦点:

1. 剧本是尊重原作思想的"改编"还是"戏说"

茅威涛认为改编本是"多个角色、多个故事的交叉",从文本上讲,是"对传统越剧一事一人故事结构的突破",从效果上看,其"文化含金量""所暗示的文学性与哲学意识是很大很深的"。(参见赵忱:《〈孔乙己〉在二十世纪的意义》,1999年1月29日《中国文化报》)

陈越认为所谓改编,"主要只是艺术样式的改变而已,主题思想、主要人物、主要情节等应该充分尊重原作并保持原作精神,特别是对于鲁迅这样的经典作家更应如此"。然而,"恰恰相反,鲁迅原著中所蕴含的巨大的思想深度和历史内容,现在却被不伦不类的人物和情节搅得荡然无存",如把《药》、《明天》,甚至《肥皂》等主题完全不相同的小说中的人物和情节都跑到《孔乙己》中来了",这种"令人惊愕地任意演绎,实在让人难以忍受"。情节线索是"三个女人一脉牵,一张瑶琴三组弦",令"读者在情感上是无法接受这样随意'戏说'的'文本'的"。(《改编鲁迅作品要十分郑重——评越剧〈孔乙己〉改编本》,1999年3月6日《文艺报》)

廖奔则认为改编本"在舞台制作上是成功的,在文学名著的改编问题上则留下了一个理论话题"。(《京剧〈骆驼祥子〉和越剧〈孔乙己〉从小说到戏曲的转型》,2000年1月15日《人民日报》)

2. 茅威涛的孔乙己是不是鲁迅的孔乙己

茅威涛认为自己主演的孔乙己与"鲁迅的孔乙己在精神本质上是一致的,同样是哀其不幸,怒其不争"。(参见赵忱:《〈孔乙己〉在二十世纪的意义》)

著名电影导演黄蜀芹觉得"茅威涛的孔乙己不像鲁迅笔下那么蓬头垢面,却很可爱,是可以被接受的舞台形象"。还认为改编者评价前一个时代的人物,"可以渗入主创人员对这个人物的理解"。(邵宁:《越剧〈孔乙己〉轰动上海茅威涛新形象引起争论》,《中国戏剧》1999 年第 1 期)

廖奔认为"茅威涛的孔乙己,太茅威涛化了"。这"较之鲁迅笔下的原型,似乎是过于清爽飘逸了"。廖奔还认为鲁迅作品中"哀莫大于心死"的那位孔乙己"无论如何也弄不成与夏瑜——这位假洋鬼子的同党——进行沟通的哪怕一丝欲望,他只有心理上的本能排拒和躲避"。于是,"孔乙己的人格基调由'哀其不幸,怒其不争'的心死,到心中尚存余温——在夏瑜面前还能感到自惭形秽,于是就有抗争"。这里,"作者的价值取向与鲁迅已经不同",剧作中的孔乙己已被写成"词采焕焕,蟾官有望的风流才子的时候,原作的初衷就已经被改变了",于是,"开始脱离鲁迅的原型了","茅威涛舞台形象的飘逸清爽注入人物,更加大了孔乙己与原创形象的距离"。(《从鲁迅作品意象到越剧〈孔乙己〉》,《上海戏剧》1999 年第 4 期)(平慧源)

(三) 相关链接

1. 孔乙己的原型——"亦然"

《深圳特区报》9 月 19 日发表《咸亨酒店今昔》,谈到孔乙己的原型,摘要如下:

早年当绍兴"咸亨酒店"开张时,确有一个像孔乙己那样的人,不知其真姓名,人称他"亦然"先生。他由于生活穷困不堪,为谋生计,只得靠卖烧饼油条糊口度日。可是他因受封建科举制度毒害太深,死也不肯脱下长衫,又怕差,不肯高声吆喝兜售叫卖,只是跟在别的小贩后面。别人大声叫唤:"烧饼油条要哦",他便在后低叫一声"亦然",意思是"我也是"。街上的孩子见他身穿长衫,手提货篮,叫着半懂不懂的话,就凑趣地跟在后面哄笑,并大声地叫着"亦然先生"。

亦然先生卖完烧饼油条后,常常提着油光光的竹篮子,缓缓地踱到咸亨酒店柜台前,扒出几文铜钱,要一碗老酒,一碟茴香豆。小孩们一见亦然先生在喝酒,就争先恐后地向他要茴香豆吃,亦然每人一颗分给他们。鲁迅就是根据这个人再加以艺术概括,写出"孔乙己"来的。

(1983 年 41 期《每周文摘》)

2. 鲁迅:《孔乙己》

(见《语文》九年级下册)

三 贾平凹:《一个有月亮的渡口》

(一) 作品介绍

一个有月亮的渡口

在商州的山里,我跋涉了好多天,因为所谓的"事业",还一直在向深处走。"鸡声茅店月，人迹板桥霜"，身心已经是十二分地疲倦，怨恨人世上的路竟这么漫长，几十里，几十里，走起来又如此的艰难呢！且喜的是月亮夜夜在跟随着我，我上山，它也上山，我下沟，它也下沟，它是我的伙伴，才使难熬的旅途不至于太孤单，太凄凉了。

一日，我走到丹江的一个岸口，已经是下午的四点，懒散在一片乱石之中，将鞋儿，袜儿全部脱去，仰身倒下去痴痴地看那天的一个狭长的空白。这时候，一仄头，蓦地就看见黑黑的一片云幕上，月亮又出现了；上弦的，清清白白，比往日略略细了些，又长了些。啊，可爱的月，艰辛的旅途也使你瘦得多了，今日是古历的十五，你怎么还没有满圆呢？

"啊，月亮升得这么早！"

"它永远都在那个地方呢！"

说话的是从我身边走过的一位山民。我疑惑地坐起来，细细看时，脸就发烧了。原来这月亮并不在天上，而实实在在是嵌在山上的。江面是想象不来的狭窄，在这三角形状的岸边，三面的山峰却是那样地高，最陡最陡的南岸崖壁似乎是插着的一扇顶天立地的门板，就在那三分之二的地方，崖壁凹进一个穴窟，出奇地竟是白色，俨然一柄破云而出的弯月了。

"这是什么地方？"我急急地问。

"月亮湾渡口。"

渡口，又这么神话般的名字，我禁不住又喜欢起来了。沿丹江下来，还没有遇见过正正经经的渡口；早听人讲，丹江一带这荒野的山地，渡口不仅仅是为人摆渡，而是一个最好的安乐处，船只在这里停泊，旅人在这里食宿，物产在这里云集。这石崖上的月亮，便一定是随我走了多日的月亮，或许这里是它的窝巢，它是早早就奔这里来了，回来在这里等着我了。

我住了下来。

渡口，山民们所夸道的繁华处，其实小得可怜。南岸和北岸的黑石崖上，用凿子凿出十级、二十级的台阶，便是入水口；每一个台阶，被水的浸蚀呈现出每一种颜色。山根下的树桠上架着泥土和草根，甚至还有碗口大的石头，显示着江水暴溢的高度。一只船，也仅仅是这一只船，没有舱房，也没有桅杆，一件湿淋淋的衣服用竹竿撑在那里晾晒，像是一面小小的旗子。两岸的石嘴上拉紧了一条粗粗的铁丝，控制着船的往来。一条公路在这里截断，南来的汽车停在南岸，北来的汽车停在北岸，旅客们须在这里吃饭休息，方掉换着坐车而去。北岸的山腰上就有了一片房子，房子的主人都是些山民，又都是些店员，家家开有旅社饭店。一家与一家的联系，就是那凿出的石阶路。屋基沿着一处石坎筑起，而再垒几个石柱儿一直到门框下，架上木板，这便是唯一的出路了。白日里，江面的水气浮动着，波色水影投映在每所房子的石墙上，幻化出瞬息万变的银光。一到夜里，江水的潮气浸了石墙，房子的灯光却一道一道从窗口铺展到江心，像是醉汉在那里朦朦胧胧蹒跚不已了。

我住下了两天，尽量将息着自己的疲倦，每每黄昏时分，就双手支着脑袋从窗口往江面看。南北掉换的班车早已开走了，他们将大把的钱币放在各家的柜台上，将粪便拉在茅房里，定时的热闹过去了，渡口上又处于一种死一般的寂静。各家的主人都蹲在门口，悠悠地吸烟，店门却是不关的，灶口的火也是不熄的，他们在等待着从四面八方来赶明日班车的客人，更是在等待着从丹江上游撑柴排而来的水手们，这些人才真是他们的财神爷。果然，峡谷里开始有了一种嗡嗡嘤嘤的声音，有人便锐声叫道："柴排下来了！"不一会儿，那山湾后的江面上就出现无数的黑点，渐渐大了，是一溜一串的柴排。这全是些下游的河南人，两天前逆江而上，在深山里砍了柴禾，扎成排顺江而下，要在这里住上一夜，第二天再撑回山外去的。撑排人就大声吆喝着，将柴排斜斜地靠了岸，用一条葛条在岸上的石头上系了，就披着夹袄跳下排，提着空酒葫芦上山来了。

我太是迷恋了这个渡口，每天看着班车开来了，又开走了，下午柴排停泊了，第二天醒来江面又一片空白；后来就十分欣赏起渡口的云雾了。这简直是奇迹一般，早晨里，那水雾特别大，先是从江边往上袅袅，接着就化开来，虚幻了江岸的石崖，再往上，那门板一样的南崖壁就看不见了，唯有那石月白亮亮地显出来，似乎已经在移动了。当太阳出来的时候，峡谷里立即变成各种形态不一的光的楞角，以山尖为界，有阳光的是白的楞角，没太阳的是黑的楞角。直到正午，一切又都化作乌有。而近傍晚，从江面上却要升腾起一种蓝色火焰一样的蒸气。这时候，停泊在渡口的大船一摆渡，平静的江里看得见船的吃水的部分，水波抖起来，出现缓缓地失去平衡的波动，那两岸系着的柴排就一起一伏，无声地晃动。我最注意的是此时江心中的那个石月的倒影，它竟静静地沉在水里，撑排人总是划着排追逐着它，上水和下水的地方，几乎同时有好多人在喊着："月亮在这儿！月亮在这儿！"

是的，月亮是在这儿，我在这里停歇下来了，它也在这里停歇下来了，日日夜夜，一推开窗子，它就在我的眼中了。看着月亮，我想起了千里之外的家，想起了家中的娇妻弱女，我后悔我为什么要跑这么远的路程？我又是多么感激起这个渡口了，竟使我懂得了疲倦，懂得了安谧。

但是，店主人已经是第三次催我走了。

"懒虫！"她说，"我还没见过你这样的人呢！我们这里是过路店，可不是疗养所啊，你是要来招女婿？"

我脸红红的。我也明白了她的意思：在这个村子里，山坡最上的那一家，有一个漂亮的女子，专卖酒和烟的，但却不开旅社留客。她爹是一个瞎子，每天却比有眼睛的还精灵，可以从那仄仄的石阶路上走到江边舀水，到屋后坡上抱柴，卖酒的时候，又偏要端坐在酒柜台后，用全是白的眼眼盯着一个地方。那女子招呼着打酒，声音脆脆的，客人常就端了酒碗在她家一口一口地喝，邀她喝，她也喝，邀她打扑克，她也打，大声说笑，当客人们偷眼儿看她的时候，她会大着胆子用亮亮的眼睛对视，便使客人们再不敢有什么心思了。她家每天卖出的酒最多，但并没有引出不光彩的事来。我曾和我的店主人说起她，她说这女子能掌握住人，尤其是男人，是当将军的材料，至少可以当个领导。

"瞧你这样子，能占了她的便宜吗？收了那份心吧！"店主人不时戏谑着我。我感到了厌烦，只好搬出她家，又住在另一家店去了。

夜里，又是一群撑排人上了山，歇在了隔壁那家的旅社里，他们是一群年纪不大也不小，相貌不美也不丑的男人。一进那旅社里，就大声吵闹着喝酒；乘着酒兴，话说得又特别多，谈这次进山的奇遇，谈水路上的风险，有的就骂起来，说他们的腰疼，腿疼，这山上、水上的活计就不是人干的。末了，是醉了，又哭又笑，满口的粗话，接着是吐字不清的喃喃，渐渐响起打雷一般的鼾声了。

　　我却没有睡着,想这些撑排人,在他们的经历中,一定是有着不可描述的艰辛:野兽的侵犯,山林的滚坡,江水的颠簸,还有那风吹雨淋,挨饥受饿。……他们是劳力者,生命是在和自然的搏斗中运动,而我,为了所谓的"事业",在无休无止的斗争中和恶梦般的生活旋涡里沉浮。……我们都是十分疲倦了的人,汇集在丹江的一个渡口上,凭着渡口的旅社,作着一种身心的偷闲;凭着渡口旅社的酒,消磨着这征途的时光,加速着如此漫长的人生。但愿他们今夜睡得安稳,做一个好梦,也但愿我再不被恶梦惊醒,睡得十分香甜吧。

　　但是,天未明的时候,一阵粗野的喊声从江边传来:"王来子,快起来吧!人家排都撑走了,你还睡不死吗?那床上有你老婆吗?"

　　隔壁的旅社窗子开了,有了回答声:"你催命吗?天还早哩,急着去丹江口漂尸吗?这儿多好的地方!"

　　"再好,是久呆的地方?!你要死在这儿,就不叫你走了!"

　　隔壁的王来子一边小声骂着把扣子扣歪了,又嘟囔着去那家女子酒店敲门。

　　江下又喊了:"你还丢心不下那小娘儿吗?你个没皮没脸的东西!"

　　"我去打些酒。"

　　"河里的鱼再大,也没有碗里的小鱼好啊,不要脸的来子!"

　　他们互相骂着下到江里了。水雾中,各人解开了柴排上的葛条系绳,跳了上去,一声叫喊,十个八个柴排连成一起向江下撑去。到了渡口下的转弯地方,河水翻着白浪,两岸礁石嶙嶙,柴排开始左冲右撞起来,他们手忙脚乱,叫喊着:"向左!向右!"竹篙便点,柴排一会儿浮起老高,一会儿落得很低,叫喊声就轰轰地在峡谷里回响。看着那有如此力量去奋争,有力量去上路的柴排和撑排人,我突然理解了他们:他们或许不是英雄,却实实在在地不是一群无聊的酒鬼,在这条江上,风风雨雨使他们有了强硬的身骨,也同时有了一股雄壮的气魄,他们是一群生活的真正强者。那柴排的一路远去和叫喊声的沉沉传来,充满了多么生动的节奏和高雅的乐趣啊!而顿时感到了自己内心的一种若有所失的空虚。

　　我呆呆地爬在窗口上,一抬头,又看见那石壁上的月亮了。月亮还在那里,一个清清白白的上弦。噢,当我出发到商州来的时候,月亮是半圆的,走了这么多的日子,在这里又呆了这么长的时间,它还是这个半圆,它难道是死去了吗?月有阴晴圆缺,由圆到缺由缺到圆,一天一天更新着世界的内容,难道它现在终止了时间的进速,永远给我的将不是一个满圆吗?!

　　吃过早饭,我走掉了。

　　不是沿着来路返回,而是开始了向着海一般深的山中又走我的路了。心里在说:在商州的丹江,一个有月亮的渡口,一个年轻人真正懂得了渡口:它是人在艰难困苦的旅途上的一次短暂的停歇,但短暂的停歇是为了更快地进行新的远征。

　　　　　　　　　　　　　　　　　　　　1983 年 5 月 8 日写于静虚村

(二)作品研究

《一个有月亮的渡口》与《山地回忆》比较

　　白描,原是绘画的一种技法,后借用到文章的写作上,讲粗线条的勾勒;讲抓住要害,几笔点染出人物的性格和命运。拿鲁迅的话说：白描是"有真意，去粉饰，少做作，勿卖弄"。

鲁迅一生的写作，无论是小说，还是杂文、散文，多用白描的手法。

以后有孙犁，他的小说，一般篇幅短小，语言清新、优美，喜侧面写。在手法上也多用白描。

鲁迅也好，孙犁也好，写时代的变革，不写上层社会的裂变，而写一般的小市民的故事；反封建，不写大家族里的矛盾，而写他们佣人的命运；写战争，没有正面叙写金戈铁马的生死搏斗，而写后方的生离死别……他们的笔触总是不投向大场面，而瞄准小场合，却也生动感人，深刻异常，使读者的心灵一次又一次地受到震撼！记得有一本书上说：以普法战争来说，左拉写了三十余万字来描绘这场大战（《崩溃》），都德不过用了万把字写了四个短篇（《最后一堂课》、《柏林之围》、《做间谍的小孩》、《打完这盘台球》）就把将领昏庸贻误战机，敌军堂堂开进巴黎，割地求和，民情激昂的情形刻画得历历如在目前。这就是艺术的诀窍，这就是侧面写和白描的妙处。

白描的手法，原来是散文、短篇小说，因其篇幅短小，不可能精雕细刻，只有粗线条地勾勒了。可是平凹把它借用过来，不仅在散文、短篇小说创作上加以运用，而且在中篇小说、长篇小说的创作中，也得心应手。我们看看他的《浮躁》《废都》，特别是《白夜》和《土门》中运用白描的手法到了出神入化的地步，这与他写作上的江河奔腾，信息纵横，大知识面、全方位地反映大社会的风格是一致的。内容决定技巧。有人把中篇拉成长篇，就得枝枝蔓蔓，精工细作；平凹写长篇，内容太多，又学了海明威的"站着写"，还想给读者留下想象补充的空间，必然选用白描的手法，在有限的篇幅内，传达更丰富的社会生活。

不妨，让我们把平凹的《一个有月亮的渡口》和孙犁的《山地回忆》放在一起看看，更有味儿的。孙犁和平凹都取材山里，写山里的人和事，赞美他们的直爽、刚强、粗犷和可爱，歌唱他们平凡而伟大的生活。在运用语言上，都力求简洁、清新。在描写技法上，都是白描的手法，三言两语，轻描淡写，就使人物的性格跃然纸上。所不同的是：孙犁取材 1944 年春季（作品中改为 1941 年冬天），经历了敌人三个月的残酷"扫荡"，他从高山上下来和华北联大高中班六七位同事和几十个同学从河北的阜平出发，结队到延安去，路上在一条小河洗脸和下游洗菜的女孩（原始材料是一个女人）吵架而引发的一系列故事。平凹叙写的则是 1983 年改革开放的中国大地的南北分界处——商州丹江的一个小渡口的点滴小事。一个是战争年代，一个是和平建设、改革开放时期；一个是一家的故事，一个是"小社会"的事情；一个是重点写，一个鸟瞰式。然而，人物的性格个个鲜活：孙犁笔下的小姑娘可爱、纯真、心眼好，老大娘的贤惠，老大爷的敦厚。贾平凹笔下的女店主的泼辣、强悍，嘴厉心善；女子酒家的小女子，野而不酸，作活生意而守住一方净土；山民们的剽悍、粗豪、旷达、侠义，有嘴无心，乐观开朗。整个的民风纯好，习俗古朴。这就是白描手法收到的艺术效果。当穆涛问平凹："评论界大多认为你与孙犁有着很投入的友谊，你们在性情上是相类似的吧？"平凹答："无论在写作上还是在人品上，我都极尊敬孙犁老人。他身上有着许多时下的文坛所罕见的品格。"（《写作与女性——与穆涛一席谈》）真可谓文如其人啊！

在写作中学习写作。平凹对创作技法的掌握，一是他的长期创作实践的总结和创造；二是在创作中他虚心学习前辈大师的结果。

（三）相关链接

1. 拥抱生活　贾平凹答问录（节选）

问：你怎么理解作家与生活？你是怎么在生活中观察的？你觉得一个作家的眼睛与一般人的眼睛有什么不同？

答：一个人的见识必然是狭窄的，要写出更丰富的作品，当然得有相应的生活。见多识广，就能认识、把握世界、人生。往往经历大苦难的人能写出大作品，这就是他体验了人生，这是最重要的生活。而一般性获得素材，那是次一步。而即使一般性获取素材，一定要注重细节。

问：你是如何产生去商州进行考察的想法的？商州给了你什么？

答：商州是生我养我的地方，那是一片相当偏僻、贫困的山地，但异常美丽，其山川走势，流水脉向，历史传说，民间故事，乃至天上飞的，地上跑的，构成了极丰富的、独特的神秘天地。在这个天地里，仰观可以无其不大，俯察可以无其不盛。一座高山，一条丹水，使我度过了整个童年和少年。直至背着行囊到西安求学，我整整在那里生活了二十年。如今，我的父母弟妹还在商州，我的祖坟在阴阳先生用罗盘细细察看之后，认为风水已满，重新移辟了新地，我每年都要回去祭祀的。我早年学习文学创作，几乎全是记录我儿时的生活，所以我正正经经的第一本短篇小说集就取名《山地笔记》。确切说，我一直在写我的商州，只是那时无意识罢了。到了1982年，陕西的文学评论家，主要是"笔耕"文学评论组的评论家，对我的作品进行一次大的、全面的评说，他们的用心良苦，态度积极，虽然有些观点令我一时消化不了，甚至接受不了，但评论家之所以是评论家，并不是为了投合作家而活着，他们有他们的理论体系，有他们的独立见解和评论自由，于是，在我经过一段时间的冷静和思索之后，我对这些评论家怀上了连我自己也都吃惊的感激之情！他们的批评，在重新正视之后，我深感震动，我明显地知道了自己思想浅薄和生活积累的严重不足。这期间，我是沉默了，几乎再没有写小说，到了1983年，社会上、文艺界清除精神污染，我的一些小说自然属清除之列。但我此时倒很冷静。不管外界如何议论纷纷，我的目标已相当清楚，我知道了我应该怎么办，在这时促使我尽快的行动的另一个因素是，当时文学界在对我近两年所写的散文作评价时说："贾平凹的散文是可以留下来的，小说则是二流、三流的。"这就是说，我的散文比小说好。这话倒使我甚为不服：我写散文，是我暂不写小说后写的，你说散文好，我偏不写散文了，你说小说不好，我偏再写写让你看！我甚至产生这样一个念头，以后再发表小说就不标贾平凹三字，另起笔名，专来抗争抗争。这种意气用事可爱倒可爱，却大大的幼稚可笑了。但当时真的是决心很大，决心写小说，写中篇小说。可是，怎样去写，去写什么？我认真总结了以往的经验教训，分析自己的优势和劣势，针对自己生活阅历的不足和认识生活的能力不强之短处，我只能到商州去丰富自己，用当时的话说："再去投胎！"为什么不到另处而去商州？商州我是比较熟悉的，我在那里获得的感受要比去别的地方一天可以抵住十天乃至一个月的。

到了商州，丰富自己的目的是明确的，但具体要写什么却很茫然，我开始一个县一个县游走，每到一县，先翻县志，了解历史、地理，然后熟人找熟人，层层找下去，随着这些在下面跑着的人到某某乡、村、人家，有意无意地了解和获得了许许多多的人和事。第一次进商州,对我的震撼颇大,原来自以为熟悉的东西却那么不熟悉,自以为了解的东西却那么不了解。当我每一晚在农家土屋的小油灯下记录我一天来的见闻时,我异常激动,懊悔自己下来的太迟了;当我衣服肮脏,满身虱子,头发因长离开商州时,就想到再一次进商州,应该再到什么地方去,可以说,是商州使我得以成熟,而这种成熟主要的是做人的成熟。城市生活和近几年里读到的现代哲学、文学书籍,使我多少有了点现代意识,而重新到商州,审视商州的历史、文化、传统的和现实的生活,商州给我的印象就相当强烈!它促使我有意识地来写商州了。这就是我写《商州初录》的最初心境。在写《商州初录》以前,文学作品中是很少有人提名叫响地来写这块地方的,而且即使写,也都是写作"商洛","商洛"是现在的真正地区名,"商州"则是商洛的古时叫法。而如今"商州"才慢慢被重新使用了,尤其文学界。

问:在你的商州系列作品中,可以感觉到在新的时代背景上人物的精神、心理上的极大变化,这是先入为主的观察呢? 还是生活中实实在在的发现?

答:可以说,无论商州怎样偏僻、贫困,地理如何复杂,风俗如何独特,但它毕竟和整个世界同被一颗赫赫洪洪的太阳照耀,同整个中国任何一个省、地区同受共产党的领导。它是陕南的一部分,严格地讲,它是陕南与关中平原的过渡地区。它所生养的人民绝大多数是汉民族,距曾有十三个封建王朝建都的西安古城四五百里,它的文化属于中原文化。这就是说,商州的文化结构,其民族心理结构从整体来看是和别的地方同在一个地平线上,对世界的感知,因袭的重负,历史的投影,时代的步履,与别的地方大致相同。因此,在新的改革年代,商州引起的骚动,其人的精神上、心理上的变化是不可能同别的地方反律的。但是,商州之所以是商州,正因为它偏僻、贫困,而又正好是距十三个封建王朝建都的古城西安四五百里远,这就形成了它区别于别的地方的特点。从历史上讲,当古西安成为全世界文化、经济名城时,商州还是荒蛮之地,它乱崖裂空,古木参天,著名的四皓东园公、夏黄公、绮里季、用里先生就隐居商山。秦以后,乃至清朝,商州有过四次大的移民到此。天下名关武关在此,它是东南进入关中的唯一要道,虽有过龙驹寨和显赫过一时的水旱大码头,但衰而盛,盛而衰,几度荒废。在近代史上,它民风古朴,却人性骠悍,脚夫成串,但武术流行,出美女,出土匪,各地有写得一手魏汉隶书的老古董,更有凶残暴戾的山大王,国民党在这里清剿得最惨酷,游击队在这里革命得最活跃,这相辅相成和相正相反的各种奇特现象,构成了这片山地复杂而神秘的色彩。建国三十多年来,大深山里有相当多的人未见过汽车,更未见过火车,甚至连县城也未去过。但县城里却充斥着当今社会最时髦的商品和习气,每每西安城里一流行什么奇装,县城就出现异服,其速度之快令人惊骇。常常是一种时兴从西安先到商州各县城,再由商州各县城慢慢回缩,方由远而近影响到关中平原及西安近郊各地。如果有幸参加一次商州各县城的集会,看到立体声双卡录音机和野藤编织的粪笼同摆在一起出售,看到戴着贴有商标的蛤蟆镜的小伙和一边走一边用抓手搔痒的老头一块拥挤在商场的出入口,你就会忍俊不止而大发感慨! 在我未去商州深入生活之前,我对现实农村的变化,粗略有所了解,但对商州这个特定环境下的农村却知之甚少。经过那日日夜夜,耳闻目睹许多人和事,商州山地农民的精神、心理上的变化便引起了我的兴趣。可以说,先入为主的观察是有的,但真正引起触动,产生强烈的创作欲的则是生活中实实在在的发现。我第一次到柞水，很想吃吃当地的土特产，但在县城街道上竟发现仅仅在车站附近有三四家饭店，且大都出售馍头、面条和凉粉，而别的任何杂食、小吃几乎没有。一了解，原来此地历来没有做生意的习惯，到山村去，地上长的，树上结的，要买是不卖的，要吃则尽饱吃。可第二次再到柞水，到了凤镇，那里却出现了一件轰动挺大的新闻：三个复退军人返回家乡后，不安心在几亩山地上撒籽、收获，然后无事做而去游逛、喝酒、赌博和寻玩女人，他们联合筹办了一座针织厂。听别人传说，与他们交谈，才知在办针织厂的过程中，他们充满了喜怒哀乐，这件事提供的关于土地观念、家庭观念、道德观念的信息量是相当大的。将这一切变化放入整个中国农村的大变化中加以比较、分析，深究出其独特处、微妙处，这就为我提供了写出《商州初录》之后的一系列中篇小说的创作素材。

问：在你的作品中，对于商州的山川地貌、地理风情的描绘很引人注目，构成一种独有的艺术上的美。请谈谈你的想法。这是如目前一些人所说的"寻根"的结果吗？

答：对于这种赞美，我首先要说：谢谢！人总是爱听好的嘛。但是我要指出这是一种过奖。对于商州的山川地貌、地理风情我是比较注意的，它是构成我的作品的一个很重要的因素。一个地区的文学，山水的作用是很大的，我曾经体味过陕北民歌与黄土高原的和谐统一，我曾经体味过陕南民歌与秦巴山峰的和谐统一。不同的地理环境制约着各自的风情民俗，风情民俗的不同则保持了各地文学的存异。我在商州每到一地，一是翻阅县志，二是观看戏曲演出，三是收集民间歌谣和传说故事，四是寻吃当地小吃，五是找机会参加一些红白喜事活动。这一切都渗透着当地的文化啊！在一部作品里，描绘这一切，并不是一种装饰，一种人为的附加，一种卖弄，它应是直接表现主题的，是渗透、流动于一切事件、一切人物之中的。正如中国戏曲一样，如果拆开来看，它有歌、有舞、有画、有诗、有武术、有杂技、有光、有音乐，但哪一样不是直接地服务于整个戏曲的需要的？能分出谁主要谁次要吗？若不是从这个观点出发，那一切只是皮相的、外在的，花拳绣腿无用而可笑。目前，文学界议论很热闹的有一种"寻根"说，虽然各家观点甚是不同，所指的范畴也差之颇远。依我小子之见，我是极赞同这种提法的，但却反感一窝蜂。之所以一些优秀的作家提出"寻根"，都是有针对性的，只要看看韩少功、阿城等人的文章，答案是很明白的。"寻根"并不是一种复旧和倒退，正是为了自立自强的需要。中国的文化悠久，它的哲学渗透于文化之中，文化培养了民族性格，性格又进一步发展、丰富了这种文化，这其中有相当好的东西，也有许多落后的东西，如何以现代的意识来审视这一切，开掘好的东西，赋予现代的精神，而发展我们民族的文学，这是"寻根"的目的。当然，对于山川地貌、地理风情的描绘，只要带着有意"寻根"的思想，而以此表现出中国式的意境、情调，表现出中国式的对于世界、人生的感知、观念等等一系列美学范畴的东西，这当必然是"寻根"的结果。但是，这只能是一个方面，而不是"寻根"的全部内容，绝对不是。至少，我是这样认为的。

（以上均摘自贾平凹、冯有源著《平凹的艺术》）

2. 孙犁：《芦花荡》

（见《语文》八年级上册）

四　陈祖芬:《想象力比知识更重要》(节选)

上篇　魔术师与无穷动

什么能使生活飞翔?

诗歌。

什么能使诗歌飞翔?

想象。

什么能使想象飞翔?

灵感。

我走进北京西四北四条小学的教室,好像一步走进了电视机里——只有电视剧里才会个个孩子全这么可爱。不不,什么电视剧也不会拥有这么满满一屋子的生动活泼,这么一屋子的劲爆的生命力。

老师让我们这几个不速之客随便出题,由小学生们出口成诗。

> 出题:T恤
>
> 诗:一个字母穿在身上,
>
> 一看,原来是T恤。
>
> 出题:1+1
>
> 诗:一个简单的数字,
>
> 在人们手里,变成人生的起点。
>
> 出题:作家
>
> 诗:用一支普通的笔,
>
> 在普通里看见辉煌。
>
> 诗:作家像小偷,
>
> 一不写作文,
>
> 不,一不写文章,
>
> 手就痒痒。

还有关于"作家是一个大海"、"作家是喷泉"、"作家是MO术师"等等。每出一个题,这些从二年级到四年级年龄不等的同学们抢着挤到黑板前,写诗。首先是在黑板前抢到一个位置,然后才边想边写。首先想到的是要写,然后才想怎么写。

唯一不想的,是能不能写,会不会写。

年少,没有什么不可能。这些孩子的心里,没有"不会"这个词。不会写"魔术师"就用拼音当替补队员,写成"MO术师"。

教室里还真有一位MO术师——那位老师。老师说想朗诵自己作品的同学举手,话音一落,教室立刻变成群猴雀跃的花果山。一个女孩,高举起手,在原地打个转,把蓝白两层的薄纱裙旋出一派蓝天白云,她就像蓝天白云上飞翔的快乐天使。她排到朗诵的队伍里,朗诵了自己的诗。回到座位,又站起来,又蓝天白云般地灿烂着排到队伍最后,还要朗诵自己排队时写的诗。

就听一个叫罗明宇的男孩子在念一首《蜘蛛》，挺长的诗，我只能记住几句：……蜘蛛，叫人想起在天上布网的渔夫……启发了人们发明了渔网、bu（捕）鸟网、排球网、乒乓球网。现在的互联网，是蜘蛛网迟到的影子……

我感觉我在这个教室里，正在演变为这些八九岁孩童的"粉丝"，至少是这首《蜘蛛》作者的"蛛丝"。这时就听那MO术师喊了声：挑战者上！原先没挤上去朗诵的十来个孩子，这下全拥上前去，展开了稚嫩的童音。

"回声，那是一把剑射在墙上，又弹了回来。"

我拿起坐在后排的一个女孩的本子，那上边密密麻麻地写满了短诗。"星空繁星点点，我要成为其中的一颗……"你叫什么？我问。王思琪。我刚和思琪小朋友说话，身边已围满了学生，一个个把自己的"诗集"向我塞来：这是我的诗！这是我的！看我的诗！这样的自信，这样的动，这样的创意无限，这样的无穷动！

这是北京一所普通小学的普通的孩子们。一位家长说，她的孩子原先每天要被逼着才写作文，在这个教室里上了三堂课以后，就天天想写诗，这一个月写了一百来首了。这个女孩名叫齐若林，九岁。一个马尾，一袭吊带粉裙，可爱得比电视剧还电视剧。我问她长大了想做什么？她说服装设计师和医生，是心理医生。

就听一个孩子问我：阿姨，你长大了想做什么？

我？我长——大——了想做什么？我不知怎么想起季羡林先生背后管我叫"长不大"。或许智者的眼睛就是儿童的眼睛？

齐若林身后一个很懂事的女孩，悄悄对齐若林说，不要叫阿姨，应该叫老师。齐若林一脸严肃：叫老师太老了。然后郑重地对我说：我叫你姐姐吧。

我笑。我想，大概我演变成他们的"粉丝"、"蛛丝"以后，我已经从时光隧道里倒流了几十年。或许，走进MO术师的这个场，人人都会变成兴致勃勃的八九岁。而兴趣，正是灵感是创意的前提。

说起来，什么叫大人？大人就是长大了的小孩。

又有一个叫郭雷的女孩送我一首她写的诗。她念："赠洋娃娃陈祖芬的诗"。这首诗，其实是用我作载体，赞美爱，赞美快乐的。而我，恰恰创办了"爱与快乐研究所"——在我的一本小说里。

郭雷不会读过我的小说，但是她已经读懂了人生最重要的课题——爱与快乐。她今天是迟来的。她推开教室门的刹那，身后嫩绿的树映衬着她，修长的腿和修长的马尾，简约的短裙上，错落着粉红和奶黄。我立即掏相机，要把这幅夏日的水彩定格下来，然而这幅画已经走进来了。后来才知道她是2005年中央电视台全国少年拉丁舞锦标赛第一名，还有很多全国大赛的歌唱和舞蹈第一名。又是"中华小记者"，采访过前韩国总理。今年更在"两会"上采访了王蒙、韩美林、姜文、姜昆、梅葆玖、王铁成。"所以我一见你就脸熟。"她说。当然，我和她的采访对象们都在政协文艺组。她采访王蒙的时候，王蒙说及韩寒、姜梦州和郭敬明这几位早早退学的学生，全中国几千万学生能走这条路的也就是这么几个，比飞机失事的几率还要小。

我说这西四北四条小学就是王蒙的母校。旁人说郭雷不是这所学校的，是实验二小的。今年在联合国的中国春节晚会，郭雷是唯一被邀请的小朋友。6月联合国又邀请她去，她没去。她去到这间教室来听课了。她是听说这里有这么一堂神奇的实验课，听几课就想写诗，就能写诗，就兴趣盎然地觉得写诗好玩，就抢着赛着出口成诗，就——托人"走后门"来了。

我手里拿着一盘郭雷的专集DVD。我已经从"蛛丝"又变成了"雷丝"，或是"蛛丝"兼"雷丝"。教室里满满的学生，郭雷挤坐在一张桌子的一角，弯着身子，委曲着她那美丽的长腿，趴着写诗。像这样一个出类拔萃的童星，为什么还非要挤进这间小小的教室，求教那位MO术师？

西四北四条小学的学生们还排在队伍里抢着朗诵，无穷动。

> 手电筒，走在我的手上
> 我，走在手电筒的影子里
>
> 一块橡皮
> 在错误上跳舞
>
> 一片片落叶
> 折叠着你的昨天
>
> 思考是在搭桥
> 让成功顺利通过
>
> 骄傲是光荣的复制品
> 可它却让光荣不复存在
>
> 灵感是一个魔镜
> 让乌鸦变成凤凰
>
> 围棋是一群黑人，一群白人
> 他们用自己的身躯，全线堵截
>
> 闪电是我的目光，雷是我的歌声
> 雨才是我的奉献，滋润了大地母亲的心田

下篇　国王与想象力（略）

（选自《光明日报》2006.8.27）

观 赏

《鲁镇传说》、《孔乙已》(越剧)、《鲁迅》、《贾平凹》。

观赏影片,供教学中师生自主选择。

第四编

文学发展

导读

第十一章 文学在社会结构中的地位

▶**本章提要**◀ 文学在整个社会结构中属于上层建筑的范畴。经济对文学具有最终的决定作用,文学对经济具有一定的反作用和相对独立性。艺术生产和物质生产存在着不平衡关系。文学作为特殊的意识形态,与同属于上层建筑的政治、道德、哲学和宗教,既有区别又有联系。社会主义文学必须坚持为人民服务、为社会主义服务的正确方向。

第一节 文学与经济基础

一 经济对文学的决定作用

文学的社会本质是什么?它在整个社会结构中处于什么地位?它的产生、形成和发展的根源是什么?这些问题是文艺思想史上长期探讨的重要理论问题。

马克思主义以前一些杰出的思想家已经注意到文艺同其他社会现象之间的复杂关系,在不同程度上探讨了文学同经济、政治、道德、哲学、宗教等的关系问题,并试图阐明文学发展的客观规律。例如,刘勰在《文心雕龙》中就对先秦以来的文学作了历史的考察,认为文学的盛衰荣枯受到时代及其社会政治生活的影响,指出:"歌谣文理,与世推移"、"文变染乎世情,兴废系乎时序"。[1] 法国19世纪著名美学思想家丹纳认为文艺发展的决定因素是种族、环境、时代三种力量。[2] 这些见解对于正确认识文学的社会本质和发展规律均有一定

---

① 刘勰:《文心雕龙·时序》。
② 丹纳:《英国文学史·序言》,《西方文论选》(下),上海译文出版社 1979 年版。

的价值。但是,由于他们没有科学世界观的指导,不可能对文学的社会本质和发展规律作出科学的解释。马克思、恩格斯所创立的辩证唯物主义和历史唯物主义,在人类历史上第一次全面而深刻地揭示了社会存在与社会意识、经济基础与上层建筑的关系,为科学地阐明文学的社会本质、社会地位和发展规律奠定了坚实的基础。

马克思指出:"人们在自己生活的社会生产中发生一定的、必然的、不以他们意志为转移的关系,即同他们的物质生产力的一定发展阶段相适合的生产关系,这些生产关系的总和构成社会的经济结构,即有法律的和政治的上层建筑树立其上并有一定的社会意识形式与之相适应的现实基础。物质生活的生产方式制约着整个社会生活、政治生活和精神生活的过程。不是人们的意识决定人们的存在,相反,是人们的社会存在决定人们的意识。"[1]整个社会犹如一座大厦,它的基础是人们在生产过程中的关系和人们的交换、分配、消费等各种关系的总和;而法律、政治等制度和设施以及法律、政治、道德、哲学、宗教、艺术等各种社会意识形态,则是这个基础的上层建筑。经济基础决定上层建筑,上层建筑反作用于经济基础,两者的关系是辩证统一的关系。

在整个社会结构中,文艺是社会意识形态之一,属于上层建筑的范畴。马克思在《路易·波拿巴的雾月十八日》一书中指出:"在不同的所有制形式上,在生存的社会条件上,耸立着各种不同的情感、幻想、思想方式和世界观构成的整个上层建筑。整个阶级在它的物质条件和相应的社会关系的基础上创造和构成这一切。"恩格斯在《反杜林论》中也指出:"每一时代的社会经济结构形成现实基础。每一个历史时期由法律设施和政治设施以及宗教的、哲学的和其他的观点所构成的全部上层建筑,归根到底都是应由这个基础来说明的。"这些论述表明,马克思、恩格斯都明确地把包括文艺在内的各种社会意识形态列入上层建筑的范围之内。可见,那种否认文艺的上层建筑性质的观点是不符合马克思主义的。

根据马克思主义关于经济基础和上层建筑的学说,我们考察文学的社会本质、社会地位和发展规律,首先应考察文学与经济的关系。文学与经济的关系,概而言之是:经济对文学具有决定作用,文学对经济产生反作用,文学具有相对独立性。

经济对文学的决定作用表现于如下两方面:

首先,文学的性质和内容是由经济基础决定的。列宁指出:"人的认识……反映发展着的物质;同样的,人的社会认识(就是哲学、宗教、政治等各种不同的观点和学说)也反映社会经济制度。"[2]作为社会意识形态之一的文学,同样也是经济制度(即经济基础)的一种反映。我们考察和研究各个民族、各个时代文学的性质和内容,不能仅从文学本身去寻找原因,而主要应从当时经济基础的状况中去探究其社会根源。纵观文学发展的历史,我们可以看到,不同历史阶段的文学的内容和性质是互不相同的,究其根本原因,就在于各个历史阶段的经济基础不同。以我国古代文学为例,在原始社会中,社会还没有分裂为不同的阶级,人与人之间的关系是平等合作的关系。因而,如《女娲补天》、《精卫填海》、《后羿射日》、《愚公移山》等作品,就表现了当时人类同大自然斗争的内容。随着生产力的发展和私有制

---

① 马克思:《〈政治经济学批判〉序言》,《马克思恩格斯选集》第 2 卷,人民出版社 1960 年版。
② 《列宁选集》第 2 卷,人民出版社 1960 年版,第 443 页。

的出现,人类社会由原始社会进入奴隶社会,随之也就产生了如《诗经》中的《七月》、《硕鼠》、《伐檀》等表现阶级对立的作品。

其次,文学的发展和变革也是由经济基础决定的。马克思指出:"随着经济基础的变更,全部庞大的上层建筑也或慢或快地发生变革。"①文学也是如此,随着经济基础的变更,也必然要发生相应的变革。例如,欧洲在奴隶社会为封建社会所代替时,古希腊、罗马文化便成为历史陈迹,而出现了中世纪封建教会文化。14 世纪以后,当资本主义的经济因素开始萌芽和形成时,在文艺方面也引起了巨大的变革,在欧洲的一些主要国家,爆发了反对中世纪文化的文艺复兴运动。到了近代,无产阶级革命兴起,随着社会主义经济因素的不断增长和在俄国社会主义制度的建立,文艺又发生了一次空前伟大的历史变革,出现了维尔特、鲍狄埃、高尔基等一批无产阶级作家。

二　文学对经济的反作用

恩格斯指出:"经济状况是基础,但是对历史斗争的进程发生影响并且在许多情况下主要是决定着这一斗争的形式的,还有上层建筑的种种因素。"②文学归根结底是由经济基础所决定的,但它对于经济基础并非被动的、消极的,而是发生一定的反作用。

文学对经济基础的反作用表现为两种性质不同的形态:正作用和负作用。所谓正作用,是指与一定的经济基础性质相适应的文学,它对于经济基础起着促进、巩固和推动其发展的积极作用。所谓负作用,是指与一定的经济基础性质不相适应的文学,它对于经济基础起着瓦解、破坏、阻碍其发展的作用。文学的这些作用究竟哪些是进步的作用,哪些是反动的作用,需要放在特定的历史条件下作具体的阶级分析。例如,在资产阶级处于上升时期,反映新的资本主义发展要求的资产阶级文学,如塞万提斯、薄迦丘、莎士比亚等人的作品,对于封建的经济基础起了瓦解和破坏的作用,在历史上是有进步意义的。而当资产阶级成为社会的统治阶级,无产阶级奋起为推翻资本主义制度而进行斗争时,那些以维护资本主义制度为根本目的,竭力掩饰甚至美化资本主义社会的黑暗现实的文学作品,便是反动的了。反之,像狄更斯、司汤达、巴尔扎克、托尔斯泰等人的作品,对资本主义社会的丑恶现状和腐朽本质进行深刻的揭露和愤怒的谴责,在客观上起了动摇资产阶级的乐观主义的社会作用,这样的文学属于进步文学之列。

三　文学的相对独立性

经济基础对文学固然具有最终的决定作用,但是,文学是一种特殊的意识形态,属于"更高地悬浮于空中的思想领域"③,具有相对的独立性。文学的发展并不是简单地受到经

① 马克思:《〈政治经济学批判〉序言》。
② 恩格斯:《致约·布洛赫》(1890.9.21—22),《马克思恩格斯选集》第 4 卷,人民文学出版社 1960 年版。
③ 恩格斯:《致康·施米特》(1890.10.27),《马克思恩格斯列宁斯大林论文艺》,人民文学出版社 1980 年版。

济发展的制约，而是有其自身独特的规律。

马克思指出："关于艺术，大家知道，它的一定的繁盛时期决不是同社会的一般发展成比例的，因而也不是同仿佛是社会组织的骨骼的物质基础的一般发展成比例的。例如，拿希腊人或莎士比亚同现代人相比。就某些艺术形式，例如史诗来说，甚至谁都承认：当艺术生产一旦作为艺术生产出现，它们就再不能以那种在世界史上划时代的、古典的形式创造出来，因此，在艺术本身的领域内，某些有重大意义的艺术形式只能在艺术发展的不发达阶段上才是可能的。如果说在艺术本身的领域内部的不同艺术种类的关系中有这种情形，那么，在整个艺术领域同社会一般发展的关系上有这种情形，就不足为奇了。"①马克思的这段话告诉我们，包括文学在内的全部艺术，在自己的发展过程中，并不总是同物质生产的发展水平相平衡的。

艺术生产与物质生产的不平衡现象表现于两个方面：

纵的方面，不同的历史时期的艺术的发展不成比例。例如，现代资本主义的鼎盛时期，物质生产空前发达，远远超过了希腊人的时代，也非莎士比亚时代所可比拟。但是，现代艺术却不能超越作为"一种规范和高不可及的范本"②的希腊艺术和史诗，也不能超越在戏剧史上具有巨大意义的莎士比亚剧作；因为不管是希腊艺术和史诗，还是莎士比亚剧作，都是它们那个社会的产物，是无法重复的。

横的方面，同一历史时代的不同国家之间的两种生产，也会出现不平衡现象。例如，18世纪的欧洲几个主要资本主义大国的物质生产发展水平不同，英国最高，法国次之，德国最低。然而艺术生产方面德国却居于领先地位，在文学上出现了以歌德、席勒等人为代表的，席卷整个欧洲的狂飙突进运动，如恩格斯所赞誉的："德国文学方面却是伟大的"，"这个时代的每一部杰作都渗透了反抗当时整个德国社会的叛逆精神。"③

为什么会出现艺术生产与物质生产的不平衡现象呢？这是由于艺术生产虽然受到物质生产的制约，但是还受到许多中介因素的制约，以及艺术本身的传统的影响。

然而，不能由此把艺术生产与物质生产的不平衡现象看作是一种"普遍规律"，否认两者之间相对平衡的一面。在人类文化史上，我们可以看到，艺术生产与物质生产相对平衡的现象是屡见不鲜的。例如，欧洲在14世纪之后，随着资本主义生产的发展，勃兴了文艺复兴运动，出现了一个"在思想能力上、热情上和性格上、在多才多艺上和学识广博上的巨人的时代"。④ 意大利的彼得拉克、卜迦丘、达·芬奇和米开朗琪罗，法国的拉伯雷，西班牙的塞万提斯，英国的莎士比亚等伟大艺术家，若群星灿烂，异彩闪烁。我国的盛唐时期，由于统治阶级采取比较开明的政策，疆土开拓，国威四震，生产发展，社会安定，出现了文学艺术大繁荣，诗歌、散文、书法、音乐等均盛极一时，杰作如林，成为我国文艺发展史上的一个高峰。可见，艺术生产的发展归根结底是受物质生产所制约的。正如恩格斯所指出："我们所研究的领域愈是远离经济领域，愈是接近于纯粹抽象的思维领域，我们在它的发展中看

① 马克思:《〈政治经济学批判〉导言》,《马克思恩格斯选集》第2卷,人民出版社1960年版。
② 同上。
③ 《马克思恩格斯全集》,第2卷,人民出版社1957年版,第635页。
④ 恩格斯:《〈自然辩证法〉导言》,《马克思恩格斯选集》第3卷,人民出版社1960年版。

到的偶然性就愈多,它的曲线就愈曲折。如果您划出曲线的中轴线,您就会发觉,研究的时间愈长,研究的范围愈广,这个轴线就愈接近经济发展的轴线,就愈是跟后者平行而进。"①

第二节   文学与上层建筑

一   文学与政治

(一) 文学与政治的相互影响

恩格斯指出:"政治、法律、哲学、宗教、文学、艺术等的发展是以经济发展为基础的。但是,它们又都互相影响并对经济基础发生影响。并不是只有经济状况才是原因,才是积极的,而其余一切都不过是消极的结果。这是在归根到底不断为自己开辟道路的经济必然性的基础上的互相作用。"②文学和政治同属于上层建筑,各具有自身的特点,它们之间的关系是相互影响的关系。

文学和政治在上层建筑中所处的地位是不同的。政治是经济的集中的表现。③ 它在整个上层建筑中占着主导的地位,起着主要的作用。至于文学,则是"远离经济基础",④无论是经济基础对于文学的决定作用,还是文学对于经济基础的反作用,都不是直接发生的,而是间接发生的,都必须通过政治、法律、道德等"中介"因素,政治则是最主要的"中介"因素。

政治对于文学有重大的多方面的影响。第一,在阶级社会中,政治集中表现为阶级对阶级的斗争。各种阶级斗争给予文学的性质和方向以深刻的影响。例如,欧洲 18 世纪启蒙运动时期的文学,同当时资产阶级反封建、反暴政、反教会的斗争直接相呼应。当时著名的作家狄德罗、莱辛等人均积极投身于社会政治斗争,并成为启蒙运动的领袖或骁将。19世纪俄国人民反对农奴制的激烈斗争直接影响到文坛,推动了文学的发展,形成了批判现实主义的高峰,涌现出普希金、果戈理、托尔斯泰、涅克拉索夫、车尔尼雪夫斯基等一大批作家。第二,作家总是以一定的政治观点去观察和评价生活,并把自己的政治观点渗透于作品的艺术形象之中。而作家的政治观点的形成必然受到当时整个社会的政治思潮的影响。马克思恩格斯指出:"统治阶级的思想在每一时代都是占统治地位的思想。这就是说,一个阶级是社会上占统治地位的物质力量,同时也是社会上占统治地位的精神力量。"⑤统治阶级的思想给予作家的影响尤为深刻。第三,统治阶级建立的政治法律制度和推行的政策法令,对于文学的盛衰荣枯影响很大。一般说来,政治开明,政局稳定,实行有利于文学发展

---

① 恩格斯:《致符·博尔吉乌斯》(1894.1.25),《马克思恩格斯列宁斯大林论文艺》,人民文学出版社 1980 年版。
② 同上。
③ 列宁:《再论工会、目前形势及托洛茨基和布哈林的错误》,《列宁选集》第 4 卷,人民出版社 1960 年版。
④ 恩格斯:《致符·博尔吉乌斯》(1894.1.25)。
⑤ 马克思、恩格斯:《德意志意识形态》,《马克思恩格斯选集》第 1 卷,人民出版社 1960 年版。

的政策,文学就繁荣;反之,政治黑暗,文网森严,对创作采取高压政策,文学就衰落。例如,我国建安时期,曹操作为一代文坛盟主,"昼携壮士破坚阵,夜接词人赋华屋",对文学颇为推崇,开创了"俊才云蒸"的盛况,形成了文学史上著名的"建安风骨"。盛唐出现诗歌的黄金时代,跟当时统治阶级广开言路,奖掖人才,是直接相关的。

文学也给予政治以重大的影响。文学要广泛地反映社会生活,表现人的全部活动,必然触及到政治领域。《哈姆雷特》、《双城记》、《战争与和平》、《三国演义》、《水浒传》等文学名著,都正面描写了政治生活和阶级斗争。这些作品所包含的政治内容往往对读者的政治思想产生重大的影响,甚至在某种意义上可以起到政治宣传的作用。即使不是政治题材的作品,作者也往往表现出一定的政治倾向,给予读者以潜移默化的思想影响。政治斗争激烈的年代,进步的、革命的文学往往在不同程度上反映了现实的政治运动,成为团结教育群众同敌人作斗争的有力武器,对政治斗争的发展进程产生重大的影响。例如,我国"五四"以来的革命文学有力地推动了中国人民反帝反封建的斗争,成为无产阶级解放斗争一翼。[1]

对于文学的政治功能问题,在文艺思想史上论述颇多。例如,孔子提出诗歌具有"迩之事父,远之事君"的作用。[2] 汉代的《毛诗序》进一步阐发了孔子的观点,认为诗歌足以"经夫妇,成孝敬,厚人伦,美教化,移风俗"。唐代的白居易提出"文章合为时而著,歌诗合为事而作"。[3] 宋代的王安石提出:"尝谓文者,礼教治政云尔。""且所谓文者,务为有补于世而已矣。"[4]这些论述对文学的政治功能的强调虽有所偏颇,但基本上是符合文学发展的历史事实的。

较长时期以来,对于文学和政治的相互关系问题,存在着简单片面的认识。"文艺从属于政治","文艺为政治服务",曾经被作为文艺工作不可违背的一个基本准则。历史已经证明,这种提法在理论上是不科学的,在实践上是利少害多的。这是由于:第一,文学和政治同属于上层建筑,各有自己的独特地位和作用,它们之间的关系是相互影响的关系,而不是主从关系。第二,政治如同文学一样,本身不是目的,而是一种手段,不能以一种手段去为另一种手段服务。第三,文学反映的社会生活是极其广阔、包罗万象的,它可以反映政治生活,也可以反映各种精神生活,如爱情、友谊等。片面强调文艺为政治服务,必然给文学划定人为的禁区,导致文学的单一和贫乏。第四,对于文学和政治的关系的片面理解,以致忽视文学本身的特点,生硬地要求文学配合临时的、具体的政治任务,使文学作品变成某种政策或政治观念的图解,出现了公式化、概念化的创作倾向。由此可见,把文学视为政治的附庸是不利于文学的健康发展的。但是,决不能由一个极端走向另一个极端,否认文学与政治的密切关系。那种认为文艺可以脱离政治,甚至认为离政治越远越好的观点,与马克思主义基本原理是相违背的。无产阶级文学绝不能脱离无产阶级的政治。

---

[1] 鲁迅:《对于左翼作家联盟的意见》,《鲁迅全集》第4卷,人民文学出版社1957年版。
[2]《论语·阳货》。
[3] 白居易:《与元九书》。
[4] 王安石:《上人书》。

（二）坚持文艺的"二为"方向

无产阶级文学是人类历史上崭新的文学。无产阶级文学是在无产阶级革命运动中产生和发展的。19 世纪 30 年代,英国爆发"人民宪章运动",这是世界上第一次广泛的、真正群众性的无产阶级革命运动"。① 在这个运动中产生了宪章派文学。以后,在法国的巴黎公社革命中,又产生了巴黎公社文学。宪章派文学和巴黎公社文学为无产阶级社会主义文学的历史写下了光辉的第一页,涌现出一批早期的无产阶级革命家,如被恩格斯称为"德国无产阶级第一个和最重要的诗人"维尔特,②被列宁誉为"最伟大的用歌作为工具的宣传家"欧仁·鲍狄埃,他创作的《国际歌》成为"全世界无产阶级的歌"。③ 20 世纪初,无产阶级革命中心转移到俄国,无产阶级文学获得进一步的发展,出现了高尔基这样伟大的无产阶级作家。

我国的无产阶级文学是从"五四"时期开始萌发和逐步发展的。鲁迅、郭沫若、茅盾等革命作家的作品以其鲜明的时代特征为我国文学史谱写了新的篇章。特别是毛泽东《在延安文艺座谈会上的讲话》的发表到社会主义新中国建立后,我国无产阶级文学有了更大的发展。党的十一届三中全会以来,在邓小平伟大理论指导下,随着建设有中国特色社会主义伟大事业的蓬勃发展,社会主义文学正在出现空前繁荣的局面。

社会主义文学继承和发展了人类历史上一切进步文学的优良传统,充分反映了无产阶级和广大人民群众的意志、愿望和理想,以其革命性、群众性、丰富性和独创性使文坛的面目为之一新。

在党的十一届三中全会以来,党中央从社会主义新的历史时期的战略任务出发,在正确总结我国革命文艺运动历史经验的基础上,及时地提出了"文艺为人民服务、为社会主义服务"的口号,为我国社会主义文学指明了唯一正确的方向。

文学为人民服务,就是为全体人民群众,包括广大的工人、农民、士兵、知识分子、干部和一切拥护社会主义、拥护祖国统一的爱国者服务;文学为社会主义服务,就是为社会主义的经济、政治、军事、文化等各项事业的根本需要服务,为全面开创社会主义现代化建设新局面,为建设社会主义物质文明和精神文明服务,为推进中国特色社会主义伟大事业服务。

社会主义文学"二为"方向的提出,是马克思主义唯物史观和文艺理论的具体运用和发展,概括说明了我国现阶段文学的性质、目的和任务。马克思主义认为:"历史活动是群众的事业。"④"人民,只有人民,才是创造世界历史的动力。"⑤文学与人民的关系问题,是文学理论的一个基本问题。马克思、恩格斯在《共产党宣言》中指出:"过去的一切运动都是少数人的或者为少数人谋利益的运动。无产阶级的运动是绝大多数人的为大多数人谋利益的独立运动。""为大多数人"服务也是无产阶级革命文学区别于任何其他文学的根本标志。早在 19 世纪 40 年代,马克思、恩格斯在批判欧仁·苏的长篇小说《巴黎的秘密》以及青年

---

① 《列宁全集》,第 29 卷,人民出版社 1984 年版,第 276 页。

② 《马克思恩格斯全集》,第 21 卷,人民出版社 1972 年版,第 7 页。

③ 《列宁选集》,第 2 卷,人民出版社 1960 年版,第 234—235 页。

④ 《马克思恩格斯全集》,第 2 卷,人民出版社 1957 年版,第 104 页。

⑤ 《毛泽东选集》,第 3 卷第 1031 页。

黑格尔派对它的评论时，就提出文艺应该反映劳动人民的生活和斗争的问题。稍后，恩格斯在批判德国所谓"真正的社会主义"文学时，针对他们对人民群众的歪曲的描写，在人类文艺史上第一次提出了"歌颂倔强的、叱咤风云的和革命的无产者"的重大命题。① 19 世纪80 年代恩格斯在给英国女作家哈克纳斯的信中进一步提出，无产阶级以及他们所进行的斗争"应当在现实主义领域内占有自己的地位"。20 世纪初，列宁在《党的组织和党的出版物》一文中提出：无产阶级文学"不是为饱食终日的贵妇人服务，不是为百无聊赖、胖得发愁的'几万上等人'服务，而是为千千万万劳动人民，为这些国家的精华、国家的力量、国家的未来服务。"毛泽东在 20 世纪 40 年代，继承马克思、恩格斯、列宁的思想，并结合中国革命文艺运动的实际，提出了著名的文艺为工农兵服务的方向，指出："我们的文学艺术都是为人民大众的，首先是为工农兵的，为工农兵而创作，为工农兵所利用的。"②文艺的工农兵方向的提出，有力地推动了我国革命文艺运动的发展。当前，我国社会已经进入社会主义新的历史时期，阶级关系和时代条件已经发生了深刻的变化，因而文艺的服务对象扩大了。党中央提出的文艺为人民服务、为社会主义服务的口号，正确反映了时代的特点和要求，是对文艺工农兵方向的合乎逻辑的发展。

江泽民同志在党的十五大政治报告中号召"坚持为人民服务、为社会主义服务的方向，贯彻百花齐放、百家争鸣的方针，弘扬主旋律，提倡多样化，创作出更多思想性和艺术性统一的优秀作品"。

胡锦涛同志在党的十七大政治报告中指出："要坚持为人民服务、为社会主义服务的方向和百花齐放、百家争鸣的方针，贴近实际、贴近生活、贴近群众，始终把社会效益放在首位，做到经济效益与社会效益相统一。创作更多反映人民主体地位和现实生活、群众喜闻乐见的优秀文化产品。"

（三）对社会主义文学的基本要求

贯彻和坚持文艺为人民服务，为社会主义服务的方向，对于促进社会主义文艺的发展和繁荣，发挥社会主义文艺的积极作用，具有重大的现实意义和深远的历史意义。如果偏离这一方向，文艺事业必然会受到挫折，甚至陷入歧途。

文艺为人民服务、为社会主义服务的方向，对社会主义文学提出了如下基本要求：

1. 充分表现人民群众的生活和精神风貌

社会主义文学应面向人民，满腔热情地表现广大人民群众的生活和斗争，讴歌人民群众的先进思想和英雄气概，努力塑造先进人物的光辉形象。邓小平提出："我们的文艺，应当在描写和培养社会主义新人方面付出重大的努力，取得更丰硕的成果。要塑造四个现代化建设的创业者，表现他们那种有革命理想和科学态度，有高尚情操和创造能力，有宽阔眼界和求实精神的崭新面貌。要通过这些新人的形象，来激发广大群众的社会主义积极性，推动他们从事四个现代化建设的历史性创造活动。"③

---

① 恩格斯：《诗歌和散文中的德国社会主义》，《马克思恩格斯全集》第 4 卷，人民出版社 1958 年版。
② 毛泽东：《在延安文艺座谈会上的讲话》，《毛泽东选集》第 3 卷。
③ 邓小平：《在中国文学艺术工作者第四次代表大会上的祝辞》。

2. 用社会主义、共产主义思想教育人民群众

社会主义文学应当在对现实的真实描写中体现以社会主义、共产主义思想为核心的革命思想倾向。这是社会主义文学的根本特征。文学史告诉我们,崇高而进步的思想与高度真实的艺术描写的结合,始终是优秀文学作品最宝贵的基石。社会主义、共产主义思想是人类一切优秀文化的结晶。它是马克思主义创始人在批判地继承人类全部文化遗产的基础上创立的,也是经过千百万劳动群众的革命实践加以丰富和发展的。社会主义文学作为人类历史上崭新的文学,必须以人类思想的最高成果社会主义共产主义思想去教育人民群众,提高人民群众的精神境界,鼓舞他们为建设有中国特色社会主义的宏伟目标和实现共产主义的崇高理想而英勇奋斗。

胡锦涛在党的十七大政治报告中指出:"社会主义核心价值体系是社会主义意识形态的本质体现。要巩固马克思主义指导地位,坚持不懈地用马克思主义中国化最新成果武装全党、教育人民,用中国特色社会主义共同理想凝聚力量,以爱国主义为核心的民族精神和以改革创新为核心的时代精神鼓舞斗志,用社会主义荣辱观引领风尚,巩固全党全国各族人民团结奋斗的共同思想基础。"这同样也是对社会主义文学的一个基本要求。

3. 满足人民群众多方面的审美需要

社会主义文学不仅要从思想上给予人民群众以积极教育和鼓舞,而且还应当最大限度地满足人民群众多方面的审美需要。人民群众要求文学作品有进步的思想、高尚的道德,也要求文学作品有精美的、绚烂多采的艺术形式。在坚持文学为人民服务、为社会主义服务的前提下,应当提倡题材、体裁、风格、流派的多样化。作家既要重视作品的思想质量,又要重视作品的艺术质量,以自己的不懈努力去满足人民群众的审美需要,丰富人民群众的精神生活。

4. 作家要同人民群众相结合

贯彻社会主义文学的"二为"方向,关键在于作家与人民群众的结合。邓小平指出:"人民是文艺工作者的母亲。一切进步文艺工作者的艺术生命,就在于他们同人民之间的血肉联系。"[①]作家只有在与人民群众的血肉联系中,才能获得不竭的艺术生命,创作出无愧于伟大时代的优秀作品。如果把自己禁锢于"小我"的狭隘天地中,与人民群众的思想感情格格不入,这样的作家即使不乏艺术才华,也不可能创作出真正有价值的、受到人民群众欢迎的作品来。

二 文学与道德

文学与道德同属于上层建筑,各有其独特的内涵和作用,同时两者之间存在着密切的关系。

道德是调整和制约人与人之间、个人与社会之间的相互关系及其行为的准则和规范,是依靠人们的信念、习惯、传统和教育的力量来维持的一种社会舆论,是普遍地存在于生活

---

① 邓小平:《在中国文学艺术工作者第四次代表大会上的祝辞》。

中的影响人、改造人、约束人的行为的一种社会力量。道德在人们的社会生活中发挥着重要的作用。英国批评家安诺德认为："道德观念实在就是人类生活的主要部分。怎样生活，这个问题的本身，就是一个道德观念；而且这一个问题，是对任何人都最有趣味的，任何人都经常是在这一个问题上忙着的。"①

文学是写人和社会生活的。道德伦理是每个人的全部生活的重要领域，也是人与人之间相互联系的重要领域。道德观念、道德行为、道德境界的差异，在人的整个精神世界和全部生活中占有重要的地位。因此，文学必然要触及人的道德领域，它从一开始便同道德结下了不解之缘。在文学中，崇高与卑下、正义与邪恶、光明与黑暗的斗争，总是维系着一定的道德观念。真正面向生活，严肃地对待人生的文学作品，不可能不深入到人的道德领域。例如，在《三国演义》、《水浒传》、《红楼梦》等古典小说中，就广泛地描写了各种人物的忠孝节义、嫉恶如仇、扶贫济困和奸逆邪恶、背信弃义、虚伪无耻等道德行为，广泛地涉及君臣、父子、主奴、兄弟、朋友等多种伦理关系。

作家在考察和描写社会生活以及各种人物事件时，总是依据一定的道德观念和道德标准，作出一定的道德评价，在作品中表现出一定的道德倾向。我们通常所说的文学作品的倾向性，除了政治倾向、思想倾向、审美倾向之外，还包括道德倾向。作家对他所描写的人物的高尚道德的赞美和颂扬，对其恶德丑行的谴责和鞭挞，均表现出鲜明的道德倾向。文学要求真、善、美的统一。善，便是属于伦理道德范畴的问题。狄德罗就说过："真理和道德是艺术的两个密友。"②

一定历史阶段的道德总是给予当时的文学以重大的影响。例如，在我国封建社会中，无论是忠、孝、节、义等伦理道德，还是人民群众所公认的美德，如光明磊落、刚正不阿、助人为乐、反抗强暴等，均在文学作品中有大量的反映。由于作家不同的道德观念，有些作品如《三国演义》、《水浒传》、《红楼梦》等名著，还表现出不同道德观的歧异和对立。外国文学也是如此。拜伦称蒲伯是"一个伦理诗人"。③ 蔡特金称易卜生是"资本主义社会道德这一上层建筑的无情批判家和破坏者"。④ 车尔尼雪夫斯基从道德的角度对俄国进步文学作出高度评价："我们当代的文学在其所有杰作里毫无例外地都具有十分纯洁的道德感情的崇高表现。"⑤至于欧洲近代文学所表现的人道主义思想，虽然有其局限性，但也表明道德对文学的深刻影响。

正因为如此，文学能够对于人们的道德情操乃至整个社会的道德风尚产生重大的影响。古往今来，许多进步思想家、文学家均十分重视文学的道德作用。亚里士多德提出著名的"净化"说，认为悲剧"借引起怜悯与恐惧来使这种感情得到净化"，⑥肯定了艺术具有

① 《评华兹华斯》，《安诺德文学评论选》。
② 狄德罗：《论戏剧艺术》。
③ 拜伦：《致果雷先生函》，《古典文艺理论译丛》第 1 集，人民文学出版社 1961 年版。
④ 《蔡特金文学评论集》，人民文学出版社 1983 年版，第 3 页。
⑤ 车尔尼雪夫斯基：《〈童年〉和〈少年〉》，《古典文艺理论译丛》第 5 集。
⑥ 亚里士多德：《诗学》，《〈诗学〉〈诗艺〉》，人民文学出版社 1962 年版。

提高人们的道德境界的作用。车尔尼雪夫斯基认为艺术具有"促进道德的性质"。① 托尔斯泰为自己制订的"文学规则"，第一条便是："任何一部作品的宗旨应该是效益——道德。"②他在日记中表示要做一个有思想、有道德的作家。鲁迅认为："美术可以辅翼道德。美术之目的，虽与道德不尽符，然其力足以渊邃人之性情，崇高人之好尚，亦可辅道德以为治。"③这些论述都充分肯定了文艺的道德作用。江泽民同志提出"以优秀的作品鼓舞人"，就包括以社会主义、共产主义思想道德教育鼓舞人民，尤其是青少年。社会主义文学应该通过鲜明的艺术形象，大力宣扬社会主义、共产主义道德，在培养有道德、有理想、有文化、有纪律的社会主义新人方面发挥积极的作用。那种否定文学的道德倾向的观点，是错误的。那种不顾及作品可能产生的道德效应，甚至在作品中渲染、欣赏、宣扬卑污的道德行径的创作倾向，是极为有害的，必须加以批评和制止。

文学表现高尚的道德情操，发挥积极的道德教育作用，必须充分注意自身的审美特性，而不能作抽象的道德说教，把人物写成为某种道德观念的化身，以致使作品成为某种道德观念的传声筒。别林斯基对当时俄国文坛出现的"道德训诫作品"以道德箴言代替艺术形象的不良倾向深表厌恶，指出："艺术首先必须是艺术，然后才能够是一定时期的社会精神和倾向的表现。"④鲁迅也曾将唐代小说和宋代小说作比较，指出："唐人小说少教训；而宋人则极多教训。大概唐时讲话自由些，虽写时事不至于得祸；而宋时则讳忌渐多，所以文人便设法回避，去讲古事。加以宋时理学极盛一时，因之把小说也多理学化了，以为小说非含有教训，便不足道。但文艺之所以为文艺，并不贵在教训，若把小说变成修身教科书，还说什么文艺。"⑤

三　文学与哲学

文学和哲学作为掌握世界的两种不同方式，既互相区别，又互相影响。

一定时代的哲学思想对于作家世界观和艺术观的形成，创作方法的选择，乃至整个创作过程，都有重大的影响。任何作家不管自觉与否，他对生活的认识，发现和评价，他对作品所描写的生活和所塑造的人物，总是在一定的哲学思想的指导和支配下展开的。进步的哲学思想有助于作家深刻地认识生活，增强作品的思想深度。法国的斯达尔夫人说："哲学在更进一步归纳概念的同时，使诗的形象更为崇高伟大。逻辑的知识使我们更能表露热情。……小说、诗歌、戏剧以及其他一切作品，如果其目的也只是使人发生兴趣，这样一个目的也只有在能达到某一哲学目标时才能实现。"⑥尽管作家对哲学的追求各不相同，有的标榜非理性主义，把哲学视作文学的对立物；有的自觉地信奉某种哲学思想；有的本身既是

① 车尔尼雪夫斯基：《美学论文选》，人民文学出版社 1957 年版，第 136 页。
② 《古典文艺理论译丛》第 1 集，人民文学出版社 1961 年版，第 157 页。
③ 鲁迅：《拟播布美术意见书》，《鲁迅全集》第 7 卷，人民文学出版社 1957 年版。
④ 别林斯基：《一八四七年俄国文学一瞥》，《别林斯基选集》第 2 卷，时代出版社 1952 年版。
⑤ 鲁迅：《中国小说的历史的变迁》，《鲁迅全集》第 8 卷，人民文学出版社 1957 年版。
⑥ 史达尔夫人：《论文学》，《古典文艺理论译丛》第 2 集，人民文学出版社 1962 年版。

文学家,又是哲学家,如存在主义者萨特。然而任何作家都不可能不受到一定的哲学思想的影响。例如,我国古代的儒家思想和道家思想,几乎贯穿于整个封建时代文学的发展过程之中。以唐代著名诗人而论,杜甫信奉儒家思想,李白除了受儒家思想影响外,还受道家思想的影响,王维则明显地受到禅宗哲学的影响。综观文学发展史,我们可以看到,各种创作方法均以一定的哲学思想作为基础。例如,17世纪法国古典主义以笛卡儿的唯理主义哲学为基础,19世纪欧洲自然主义以孔德的实证主义哲学为基础,批判现实主义以唯物主义为基础,社会主义现实主义、革命现实主义和革命浪漫主义相结合以马克思主义哲学为基础,现当代西方现代主义以柏格森、弗洛伊德的生命哲学、精神分析学为基础,等等。

文学对哲学也产生重大的影响。文学作品通过对现实生活的形象描写,总是要表现一定的思想,因此,它又反转来影响人们的世界观,发挥传播一定哲学思想的作用。例如,欧洲文艺复兴时期许多文学作品,在破除宗教神学的传统观念,宣扬人文主义思想方面,其作用甚至超过了一些哲学理论著作。我国社会主义文学通过对于人民群众的伟大斗争和创造精神的生动描写,深刻地揭示了人民是创造世界历史的真正动力这一真理,这对于抨击唯心史观,确立唯物史观具有重要的作用。同时,我们可以看到,不少文学作品具有深刻的哲理性,有的还包含着富有哲理性的警句,如鲁迅小说《故乡》中的"地上本没有路,走的人多了,也便成了路"等,这些思想资料直接丰富了哲学的宝库,或者为哲学的发展增添了养料。

四　文学与宗教

中外文学史都表明,文学和宗教有着密切的关系。马克思说过:"宗教是那些还没有获得自己或是再度丧失了自己的人的自我意识和自我感觉。"[①]宗教的世界观和人生观有很多消极的或反动的因素,它对于人民群众的觉醒和反抗往往起着麻痹精神和瓦解斗志的作用。因而,宗教对文学的影响显然有消极的一面。但是,我们也不可否认,宗教在历史上曾经对文艺的发展起过一定的积极作用。宗教经历了漫长的历史,长期以来,宗教对于文学发生过重大的影响,这主要表现于如下几方面:

1. 宗教利用文艺传播教义。宗教思想具有神秘主义的虚幻的特点,而文艺则是具体生动、富有感染力的,宗教便利用文艺的特点借以扩大其影响。别林斯基说过:"在各民族的婴儿和青年时代,艺术或多或少地总是表现了宗教思想。"[②]基督教、佛教、伊斯兰教等宗教经籍,均广泛地运用了具象、想象、比喻、夸诞等文学手法,以宣扬其教义,因而其本身往往具有一定的文学价值。

2. 宗教的经籍对文学创作起到了一定的推动作用。例如,基督教的《圣经》、佛教的《金刚经》等,其所描叙的人物、故事,成为文学作品的题材来源,衍化成各种体裁的文学作品。例如,但丁的《神曲》,弥尔顿的《失乐园》、《复乐园》,吴承恩的《西游记》等,均与宗教经籍有一定的渊源关系。

---

① 马克思:《〈黑格尔法哲学批判〉导言》,《马克思恩格斯选集》第1卷,人民出版社1960年版。
② 别林斯基:《杰尔查文的作品》,《别林斯基论文学》,新文艺出版社1958年版。

3. 宗教对文学创作的影响。宗教独特的意识形态、思维方式和表述方式对文学创作，对文学的不同体裁的形成和艺术手法的成熟产生过重大的多方面的影响。例如，佛教传入中国，对中国文学创作产生了重大的深远的影响。刘熙载说过："文章蹊径好尚，自《庄》、《列》出而一变，佛书入中国又一变。"①六朝以后中国文学创作上的新变化，与佛教的影响是直接相关的。以诗歌创作而言，佛典的偈颂为了面向大众，收到良好的传播效果，力求通俗易解，这就影响到诗歌创作的通俗化、口语化；中唐时期代表通俗诗风的"元和体"的形成和流行，就与此有关。"元和体"主要人物白居易，本信仰佛教，早年就写过如《十渐偈》那样的偈颂体诗作，晚年写的大量闲适诗，力求浅俗自然，也接近偈颂的艺术手法和语言风格。宋代杨万里、范成大等江西诗派在理论上所谓的"活法"等，便是借自禅宗，诗作也崇尚通俗明白。偈颂在句法、修辞以及格律上也给诗歌发展以影响，如韩愈的《南山诗》排比形容终南山，连用了五十一个"或"字句，这种句法在《佛所行赞》中已经运用，其中的《破魔品》有一处一连用了三十一个"或"字句，大量排比是佛典偈颂叙写的特征之一。苏轼的诗常常连用比喻句，也显然对佛典有所借鉴。以小说创作而言，佛教的影响同样十分深远。鲁迅指出："大共琐语支言，史官末学；神鬼精物，数术波流，真人福地，神仙之中驷；幽验冥征，释氏之下乘。人间小书，致远恐泥，而洪笔晚起，此其权舆。"就把佛家"幽验冥征"故事，看作中国早期小说萌芽形态的一种。佛教对小说的思想内容和艺术形式均产生过广泛深刻的影响。晋干宝的《搜神记》，南朝宋刘义庆的《宣验记》、齐王琰的《冥祥记》，北齐颜之推的《冤魂志》等，或直接取材于佛典或由佛典演化而成。中国古代小说在表现题材的拓展、人物形象的塑造、情节结构的丰富多变等方面均受到佛教的明显影响。

4. 作家的文艺思想往往受到宗教思想的影响。例如，托尔斯泰的不以恶抗暴和道德的自我完善，陀斯妥也夫斯基的忍从，明显地是基督教思想的表现。至于佛教传入中国后，对文学观念、文学理论的影响是显而易见的。例如，关于文学的"真实"观，汉代的司马迁、扬雄、班固、王充、桓谭等人均强调"实录"、"征实"、"诚实"，反对"增益实事"、"造生空文"，这固然含有朴素唯物主义的因素，然而偏于形而上学，分不清生活真实和艺术真实的差异，不能反映文学的概括性、典型性的特征。佛家的"真实"观则有其深刻之处，佛教追求一种"觉悟"，即觉悟到宇宙万有，一切现象背后的"真空"，也就是《法华经》所说的"诸法实相"，这种"真实"观具有辩证色彩。正是在佛教"真实"观的影响下，形成了六朝文人一种新的"真实"观。如陶渊明追求"抱朴含真"，②吟唱"真想初在襟，谁得拘形迹"。③"此中有真意，欲辨已忘言"。④努力探求人生与宇宙的"真实"。他所追求的"真实"，显然并不停留于对现实生活的如实再现，而是超越平凡生活的更高远的一种精神境界。这与佛教的"真实"观的影响是分不开的。这种"真实"观同样体现于谢灵运的山水诗创作中。谢灵运的《入道至人赋》，描写一种"荒聪明以削智，遁支体以逃身"、"超尘埃以贞观，何落落此胸襟"的"入道而馆真"的"至

---

① 刘熙载：《艺概》卷一《文概》。
② 陶渊明：《劝农诗》，《先秦汉魏晋南北朝诗·晋诗》卷十六。
③ 陶渊明：《始作镇军参军经曲阿诗》，《先秦汉魏晋南北朝诗·晋诗》卷十六。
④ 陶渊明：《饮酒诗二十首》，《先秦汉魏晋南北朝诗·晋诗》卷十六。

人",①表达了他的人生理想。陶渊明、谢灵运所描写的其实并非实际的山水田园,而是通过景物写出验之内心的绝言之道,这是一种更深邃的"真实",显然得益于佛家"真实"观的启迪。又如中国文学中的"境界"论便渊源于佛学。佛家把色、声、香、味、触、法叫作"六境"或"六尘",加上"六根"(眼、耳、鼻、舌、身、意)和"六识"(眼识、耳识、鼻识、舌识、身识、意识)叫做"十八界",统称为"境界"。中国诗论中最早论述"境界"问题的是唐代诗僧皎然,他提出:"夫诗人之诗思初发,取境偏高,则一首举体便逸,才、情等字亦然。"②意为"境"是作者主观所"取",而所取之"境"的高低决定创作的成果,把"境"的创造提到诗歌创造举足轻重的地位。此后,吕温提出"造境","研情比象,造境皆会";③刘禹锡提出"境生于象外","片言可以明百意,坐驰可以役万里",④等等,逐步形成了完整的成熟的"境界"论。

由于宗教对文学广泛而深入的影响和渗透,大量文学作品涉及宗教问题,并表现出各种宗教意识,因而文学也给予宗教以一定的影响。这种影响大致说来有两种相反的性质。一种是宣扬宗教意识,甚至成为宗教教义的图解,为宗教的蔓延和发展推波助澜,乃至沦落成为宗教宣传的工具。例如,欧洲中世纪教会文学中的基督故事、圣徒传、祷告文、赞美诗等,宣扬世俗生活的罪恶,劝人忏悔或用迷信恐吓人民。另一种是反对和批判宗教,抨击和揭露教会的伪善、腐朽和野蛮统治,如但丁的《神曲》、薄迦丘的《十日谈》等。这些作品有助于人们识破宗教的欺骗性,认清其真面目,对宗教的消极作用加以遏制。许多涉及宗教问题的文学作品,往往菁芜并存,呈现出复杂的形态,既不可盲目推崇,也不可简单地一律予以贬斥,而是应该作精细的具体分析。例如,敦煌发现的许多变文以佛教为题材,如著名的《大目乾连冥间救母变文》,讲的是目连救母的故事,其间固然有迷信的色彩,但是人物描写颇富人性,作品描写了地狱的恐怖,表现了伟大的人间之爱,使传统的孝道最终战胜轮回报应,因而为下层民众乐于接受,在民间广为流传。《降魔变文》与《破魔变文》,一方面宣扬佛法无比,另方面刻画了行道者坚定、勇敢、大无畏的形象,表现出善恶分明的正义感,具有一定的教育意义。

▶思考题◀

1. 为什么说文学是上层建筑?文学和经济的关系如何?经济对文学的决定作用和文学对经济的反作用有何表现?

2. 如何理解艺术生产与物质生产的不平衡关系?

3. 如何正确认识文学和政治之间的关系?社会主义文学的"二为"方向有何基本要求?

4. 文学和道德之间的相互关系如何?怎样正确发挥文学的道德教育作用?

5. 哲学对文学的影响表现在哪些方面?

6. 宗教对文学的影响表现在哪些方面?如何正确评价涉及宗教问题的文学作品?

---

① 《全上古三代秦汉三国六朝文·全宋文》卷三十。

② 皎然:《诗式》卷一。

③ 吕温:《联句诗序》,《吕衡州集》卷三。

④ 刘禹锡:《董氏武陵集记》,《刘宾客文集》卷十九。

第十二章　文学的产生、发展与创新

▶本章提要◀　文学的产生,有"摹仿"、"游戏"与"巫术"等诸说。马克思主义唯物史观阐明文学产生于劳动。文学从产生到发展,有其规律性。继承前代文学一切有益的东西,做到古为今用。通过各民族文学的交流,做到洋为中用。用历史观点和科学方法,对待中外文学遗产,肯定其人民性价值,去其糟粕。要立足创新,创造有中国特色的社会主义新文学,走向世界。

第一节　文学的产生和发展

一　文艺的产生

(一) 文艺产生的几种说法

人类学、考古学告诉我们:人类至少在二百六十万年以前就已开始制造工具——加工砾石。这是人类创造物质器具的最初形态。经过漫长的历程,在西班牙北部、法国北部的岩洞中发现旧石器时代的古老岩画,有被刺伤的动物形象。它可能是原始初民巫术活动的印记;有表现女性第二性征的人体浮雕。它可能是母系氏族原始初民对女性崇拜的象征。继之,又发现中石器时代的岩画,则有飞奔的人群手持弓箭追击山羊等动物,还有鱼纹鸟纹和蛙纹等涂色砾石和陶器图形符号。这是原始初民崇拜自然的偶像,以此作为氏族保护神的偶像。在我国青海河南等地,也有新石器时代的"舞蹈纹陶盆"——人物图案、舞蹈花纹、动作间距,朝向一致;"鹳鱼石斧图"——鹳鸣犬鱼,昂首挺立,头向石斧,表示先民对石斧的崇拜敬仰。因此石斧是他们赖以生存发展的主要工具,富有保护神的图腾意味。再到后来,"予击石拊石,百兽起舞",于是有了乐、舞、诗三位一体的原始文艺。乐、舞、诗三者分流,诗歌就成为独立的文学样式,可以说,这也是文学产生的渊源。它有以下几种具体说法。

1. 文艺产生的最早的一种说法是古希腊哲学家赫拉克利特、德莫克利特等人所提出的"摹仿"说。他们认为,文艺产生于人类摹仿自然的天性本能;人从孩提时就有摹仿的本能;人类对摹仿的作品总感到快感。中国《吕氏春秋·古乐》也有这种记载:"听凤凰之鸣以别十二律","效八风之音"云云。"摹仿说"揭示了文艺产生于对自然的摹拟,但它难以涵盖全部史前艺术的直接动因。

2. "游戏"说,是康德首先提出而再由席勒予以完善的。席勒认为,文艺产生于原始人过剩精力的发泄——感觉融汇于游戏冲动的结果。游戏就是创造力的自由表现,由物质游戏发展为审美游戏。以后,斯宾塞也认为,游戏是现实与审美之间的中介环节。格罗塞说得更具体:雅典青年的武装跳舞是以游戏方式介于实际活动与艺术活动之间的审美愉悦。① 但是,游戏并不是原始人凭空冲动而来的,而是在生产实践或生活方式的间歇中表现出来的。"游戏"说并没有全面阐明艺术起源的根本原因。

3. "巫术"说,是英国人类学家爱德华·泰勒提出的。他认为,原始人出于生存发展的需求而出现的艺术幻想,是由人格化的神灵作用的结果。② 原始人经常以巫术性的摹仿舞蹈表现自己对大自然的乞求,如用泼水祈求下雨,用击鼓祈求打雷。巫师也相应地以面具、符咒与响板等礼仪活动祈求神灵保佑原始人狩猎的成功。列维·斯特劳斯也说,原始文艺"存在于科学知识与神话或巫术思想的半途之中"。③ 但是,"巫术说"忽视了原始人在进行巫术活动以前所禀赋的求生本能并不是巫术,而是劳动实践。只有劳动实践才是求生本能的第一动力,巫术活动只是求生本能的间接动因。它把间接动因混同于直接动因。这种说法显然也是错误的。

(二)文艺产生的唯物史观

朴素的唯物史观认为,文艺产生于物质生产的劳动实践活动。毕歇尔在《劳动与节奏》中提到:原始文艺与原始人的劳动过程结合在一起,其内容因素与形式因素都受到劳动性质形态的影响。④ 希尔思在《艺术的起源》中认为,原始舞蹈与劳动需要有密切关系,首先是个体劳动节奏需要舞蹈,其次是群体劳动协作需要舞蹈。他们能够以此减轻疲劳。⑤ 马克思主义的唯物史观则更有系统性的科学论述,指出文艺生于劳动。

1. 劳动创造了人自身。恩格斯在《劳动在从猿到人转变过程中的作用》指出:劳动创造了人本身。好几十万年前,类人猿在漫长的为谋生采摘树上果子的过程中,渐渐能够直立行走,手脚分工,用手把石头做成刀子。劳动促进猿的脑髓逐渐变成人的脑髓,原始思维、手势语言与有声语言同时出现,而有声语言仅是最简单的单音节声音。⑥ 所以,人是由劳动创造的,不是上帝创造的。

2. 劳动创造原始文艺。原始初民在劳动时发出"吭唷吭唷"的呼声与前后移动的手足相配合,最初动因是为了协助动作,鼓舞情绪,减轻疲劳,提高效率。但是在长期实践中,这种呼声与动作就演变为歌、舞、诗三位一体的原始文艺。而文艺的表现与劳动的形态是基本相符的。居住格陵兰的爱斯基摩人的舞蹈就是以狩猎为载体,模仿海豹的动作。美洲菩托库多人与澳洲那林伊犁人的诗歌:"我们打死了一只野兽,我们现在有吃了,肉儿好,味儿香。"中国《弹歌》:"断竹、续竹、飞土、逐穴(肉)。"《吕氏春秋·古乐》记载:"昔葛天氏之乐,三人操牛尾,投足以歌八阕……"。所以,普列汉诺夫曾说:"游戏是劳动的产儿,劳动在时间上必然先于游戏。"⑦

3. 从功利观到审美观。普列汉诺夫说:"劳动先于艺术。人最初是从功利观点来观察

---

① 格罗塞:《艺术的起源》,三联书店 1983 年版,第 38 页。

② 泰勒:《原始文化》第 4 章,三联书店 1984 年版。

③ 列维·斯特劳斯:《野性思维》,商务印书馆 1987 年版,第 22 页。

④ 转引自普列汉诺夫:《没有地址的信》,人民文学出版社 1962 年版,第 39—41 页。

⑤ 希尔思:《艺术的起源》,中国社会科学出版社 1982 年版,第 109 页。

⑥ 恩格斯:《自然辩证法》,《马克思恩格斯选集》第 3 卷,人民出版社 1972 年版,第 508—511 页。其中的原始思维与手势语有声语见列维·布留尔的《原始思维》,商务印书馆 1981 年版,第 153 页。

⑦ 普列汉诺夫:《没有地址的信》,人民出版社 1893 年版,第 404—405 页。

事物和现象,只是后来才站到审美观上看待它们。"①因为人的劳动分为谋生劳动与乐生劳动两大类,其目的是为了满足自己的生存、享受和发展三大需要并由此萌发出审美需要。劳动创造文艺的历程是由功利观递进为审美观的。这是因为当人类在自己的生产劳动中看到自己的力量、能量和智慧时,认识到自己的本质力量得到了确证而激活了喜悦情绪,就包含了一定程度的审美体验。特别是反复体验到喜悦情绪时,就自然地萌发了审美需求。审美需求与"生命律动"密切相关。特别是随同器物装饰化的出现,人类在劳动过程中,审美观渗透于功利观中,就逐渐扩大自己的审美意识与审美需要。其后果是文艺从产生转到发展。这是人类文化生活的质的大飞跃。

二　文学的发展

(一)文学发展有其继承性

人类社会历史包括物质生产与精神生产两大序列的双轨活动。人类历史是一个向往昔探源也向未来索取的长江大河,生产的浪峰推动科学的浪峰,又掀起文艺的浪峰,从亘古涌向未来。人类的物质生产首先给自己留下了物质文明的印记,并遗传给千秋万代。这正如马克思所指出的:"任何生产力都是一种既得的力量,以往的活动产物。""以后的每一代人所得到的生产力都是前一代人已经取得而被他们当作原料为新生产服务……就形成人们的历史中的关系,就形成人类的历史,这个历史随着人们的生产力以及人们的社会关系的愈益发展而愈益成为人类的历史。"②人类社会历史从原始社会进入奴隶社会以后,奴隶社会的大分工,使人类从朦昧时代迈进了文明时代的门槛。恩格斯称文明时代是"真正的工业和艺术产生的时期"。③ 文学艺术生产即是精神生产之一。

精神生产是人类社会总体性生产中的特殊空间,精神生产的发展也会给一定历史时代留下精神文明的印记。这种发展正如恩格斯所说的:"每一个时代的哲学作为分工的一个特定的领域,都具有由它的先驱者传给它,而它便由以出发的特定的思想资料作为前提。"④恩格斯所说的哲学的历史继承性,其实是精神生产历史继承性的一个分支系列,不妨外延为整个精神生产的历史继承概况的论述。新生代的精神生产必须经常吸取旧生代的思想资料作为一定的养料。每一时代的精神生产都是前一时代历史传统的必然发展。从荷马史诗到当代西方文学创作,从解释宇宙洪荒的古代神话传说到反映四个现代化的我国当代创作,源远流长,异卉同芳,"莫不相循,参伍因革"。⑤

历史唯物主义要求我们,考察本民族文学在继承中发展,必须置于人类物质生产与精神生产这两大部类的巨型循环体系统。唯其如此,才能科学地把握文学历史的发展规律性。

---

① 普列汉诺夫:《没有地址的信》,人民出版社1893年版,第395页。
② 马克思:《致巴·瓦·安年柯夫》,《马克思恩格斯选集》第4卷,人民出版社1972年版,第321页。
③ 恩格斯:《家庭、私有制和国家的起源》,同上书,第23页。
④ 恩格斯:《致康·施米特》,同上书,第485页。
⑤ 刘勰:《文心雕龙·通变》。

（二）文学发展的规律

文学历史的发展与其他任何事物一样，是有规律可循的。文学的继承发展和革新是符合否定之否定规律的。毛泽东把批判和继承结合起来，通俗化地名之为"推陈出新"，这是运用否定之否定规律对待文学遗产的生动说明。所谓"推陈"就是对以前文化遗产中的糟粕和过时的东西实行扬弃；所谓"出新"就是在扬弃不合理因素和吸取合理因素的基础上，创造一种与前代文学既有联系又有区别的一种有新内容、新形式的新文学。文学的推陈出新过程，就是一个肯定、否定和否定之否定的过程。任何时代的优秀作品，都是在批判前人遗产中的糟粕部分、继承其精华部分的基础上创新出来的。例如唐诗就是继承诗经、楚辞、汉乐府、建安诗风的积极因素，批判汉魏"逶迤颓靡"的遗习和齐梁诗风的消极因素，而闪耀着新的艺术光彩的。

三 文学在发展中的继承渠道

（一）思想内容的继承

一定时代对历代文学遗产的批判继承，总是从社会需要出发，根据一定阶级的功利观，首先继承其相应的思想内容，借以教育本时代、本阶级或本阶层的人们，并且还给予后代文学的思想内容以相应的影响。

我国历代文学的优秀传统是：控诉统治者横征暴敛的行径，暴露剥削者荒淫无耻的生活；揭露反动政体的黑暗腐败，讽刺文臣武将的妥协媚敌；歌颂农民起义，表现人民反抗，歌颂反侵略的民族自卫战争，表现爱国将士浴血奋战的爱国主义精神；追求美好的生活理想，讴歌青年男女争取恋爱婚姻自由反对封建礼教的斗争；歌颂为民请命的清正廉洁的官员，赞美祖国的大好山河的自然风光，等等。这些思想内容和情趣都是值得继承的。

（二）艺术形式的继承

思想内容的批判继承制约着艺术形式的批判继承。随着内容的由简单而趋向复杂，必然要突破原有的框框，形式也由少样而趋于多样，由简单而变为复杂。在体裁方面，诗歌、小说、散文等体裁，为后人所批判继承。作品的语言越来越丰富，越来越生动。小说的结构也越来越符合长篇巨著的形式特点。诗经、楚辞、汉赋、唐诗、宋词、元曲、明清小说，就是我国文学体裁为适应时代潮流和思想内容的变化而不断演变和发展的标志。时代前进了，艺术形式不能不有所变化，但它无论怎样变化，也不能脱离原来的历史。

（三）创作方法的继承

创作方法的批判继承，包含着两个方面的途径。一方面，不同创作方法是在斗争中发展的，正如浪漫主义是对古典主义的否定一样，现实主义也是对浪漫主义的否定。但是，它的某种否定并不是完全的抛弃，而是扬弃过程中有所肯定和继承。同样，社会主义的各种创作方法也是继承前代各种进步创作方法的积极因素。另外，即使是不同的创作方法也会使用诸如叙述、描写、虚构、渲染等相同或相近的艺术手法。而某些艺术手法并不为那些与之相应的创作方法所专有，也可以为另一种创作方法所运用，创作出琳琅满目的艺术作品。可见,各种不同的创作方法在矛盾统一中,必然保持着历史的延续性。

另方面,不同时代的作家如果运用基本相同的创作方法,那末后代作家就更愿意批判继承前代作家的创作方法和表现手法,并从它们的作品中吸取有益的营养。这样,前代的良好的创作方法就不能不是后代相近似的创作方法的继承对象。如屈原的浪漫主义诗歌明显地继承了古代神话的浪漫主义精神。而李白创作的总倾向,是继承并发展了屈原的浪漫主义创作方法和民歌的浪漫手法,并加以革新,从而使自己攀登浪漫主义的高峰。可见,不同时代的相同创作方法的批判继承更能显示文学发展史的持续性。

第二节　文学发展与文学交流

文学发展不能离开各民族的文学交流。交流的目的在于做到洋为中用。

一　民族形成与民族文学

人类社会在漫长的历史演变中,各个部族的生产日趋发达,商品逐渐流通,人们彼此交往,部族的界限自然地扩大为民族的界限,终于在特定区域内结合成为民族——"一个有共同语言、共同地域、共同经济生活以及表现于共同文化上的共同的心理素质的稳定共同体"。① 民族形成的主要原因是一定地区物质生产发展的结果。一定民族的物质生活的生产方式决定其一定的文化生活。一定民族内虽然存在着不同阶级、阶层,但由于生活方式、风俗习惯、伦理观念以及某种传统的感情都有着较多的共同性,这一系列因素转化成为独特而持久的民族情绪,鲜明地渗透于该民族的历代的文艺作品中,使之具有本民族特点。斯大林指出:每一个民族都存在着"其他民族所没有的本质上的特点、特殊性。这些特点便是每一民族在世界文化共同宝库中所增添的贡献,补充了它、丰富了它"。② 民族文学是一定民族精神素质的形象化的表现,它在形成的始初阶段仅是一种纯朴直率的民族特性,而后来则趋向成熟鲜明的民族风格。民族风格的日臻完善取决于各民族的生活习惯、思想情感和语言特色,以及民族传统的历史继承性。当我们具体深入地考察、研究某一民族的历史传统和基本特征时,就不难发现:法国人"常常是放肆的,永远快乐的",德国人是"沉郁或有宗法气味"的,俄国人"则阴郁、深思、有力",③而"中国人在思想、行为和情感方面"则比欧洲人"更明朗、更纯洁,也更合乎道德",因而在文学创作上"保持严格的节制","贞洁自持",注重"道德和礼仪",追求"整洁雅致"的风格。④ 一定民族的文化如果富有独特性、鲜明性和固定性,非但不能为民族界限所限制,反而能超越民族的界限,获得广泛的世界意

① 斯大林:《马克思主义与民族问题》,《斯大林选集》上卷,人民出版社 1979 年版,第 64 页。
② 斯大林:《在宴请芬兰政府代表团的宴会上的演说》,《马克思主义与民族、殖民地问题》,人民出版社 1961 年版,第 328 页。
③ 《别林斯基论文学》,新文艺出版社 1958 年版,第 97、98 页。
④ 《歌德谈话录》,《西方文艺理论著作选编》上卷,北京大学出版社 1985 年版,第 445—446 页。

义,为世界文学宝库的不断丰富和日益充实作出巨大的贡献。

　　普列汉诺夫说得好:"任何一个民族的艺术都是由它的心理所决定的;它的心理是由它的境况所造成的;而它的境况归根到底是受它的生产力状况和它的生产关系制约的。"①生产关系的主体,在阶级社会中,不能不是阶级关系。民族虽然是一个稳定的共同体,但是其中却存在着不同的阶级、阶层和政治派别,它们都各有其经济和政治权益,各有其阶级功利观和思想感情。这些反映在同一民族的民族文学中,就有不同性质的民族文学。正因为如此,列宁提出了每一民族中有两种民族文化的著名原理:"每个民族文化里面,都有一些哪怕是还不发达的民主主义和社会主义的文化成分,因为每个民族里面都有劳动群众和被剥削群众,他们的生活条件必然会产生民主主义和社会主义的思想体系。但是每个民族里面也都有资产阶级的文化(大多数的民族里面还有黑帮和教权派的文化),而且这不仅是一些'成分',而是占统治地位的文化。"因此,我们在考察民族文学时,不能简单机械化地"把一个民族文化当作整体来同另一个似乎是整体的民族文化对立起来"。②

　　列宁的每一个民族文化中都有两种文化的学说是我们探讨、评价任何民族文学的指导思想。

　　民族文学的创造,是由于在各民族的作家群体中,形成了一股民族意识的回归、强化的潮流。这股潮流不但成为民族文学创作的力度与美感,而且影响了民族文学创作的内涵与风格。这是由于一定民族的作家对自己民族的历史反思,使自己的视角立体化了。再从历史观对照现实,就对民族现状的理解深化了,从而促进了民族文学创作向更高的层次发展。但是,他们又不恪守民族传统的老化了的表现手法,而是以当代意识对艺术造型进行全方位的追求,无论是题材的选择、主题的提炼、立意的新颖、结构的安排、技巧的变异以及语言的运用,都与现代美学取同步趋向。这样,即使是一种原始状态的民族题材,也富有创新素质。在这方面,在国际影坛上荣获多项大奖的吴天明执导的《老井》与张艺谋执导的《红高粱》就是民族文学创作的佼佼者。《老井》与《红高粱》特别是《红高粱》那种原始粗犷、坚韧不拔的民族传统心理积淀及其形象表现,完全是富有民族意识的作家出于我中华民族主体意识的,对自己民族的了解、热爱,对本民族坚韧不拔的斗争精神、战胜困难的伟大力量以及反抗暴力的革命毅力而深感自豪。因此,他们的创作,于悲伤中洋溢着对本民族的挚爱之情——不可磨灭的"气"。它有时伴随着痛苦,有时甚至伴随着对民族愚昧、惰性的批判,但更多地是表现了对自己民族的心理状态的理解、哀愁与赞颂。这就使我们不难理解这类灵魂是民族的、形态是现代的民族文学创作,总是贯穿着一种苍凉、悲壮甚至是发泄忧伤的情调的原因。这种深情引导他们走向更为广阔、博大的艺术境界,使他们的民族文学创作闪烁着理想主义的光芒。正是基于此,我国的民族文学才日益引起世界文坛巨子的注目。

---

① 普列汉诺夫:《没有地址的信·艺术与社会生活》,人民文学出版社 1962 年版,第 53 页。
② 列宁:《关于民族问题的批评意见》,《列宁全集》第 20 卷,人民出版社 1984 年版,第 6、16 页。

二　民族文学的交流原因与影响方式

（一）交流原因

包括文学在内的各民族文化交流的原因在于经济、政治、军事以及交通等等的彼此交往。但军事只是辅助性的。

社会生产力的不断发展，生产方式的不断提高，民族经济的日益繁荣，使"过去那种地方的和民族的自给自足和闭关自守状态，被各民族的各方面的互相往来和各方面的互相依赖所代替了"。这样，"各民族的精神产品成了公共的财产。民族的片面性和局限性日益成为不可能，于是由许多种民族的和地方的文学形成了一个世界的文学"。[①]

随着生产的发展、交通的发达和商业的繁荣，各民族的政治接触和贸易往来十分频繁。这样，各民族之间就建立了相应的外交机构，不仅办理两国的政治、经济等事务，而且为文学交流架设桥梁。西汉时代，汉族与西域的各种交流（包括文化在内）的情况可以作为综合例子。至于欧洲各国之间由于地理的接壤、经济的联系和政治的近似等原因，各民族文学经常性交流，更是自不待言了。

当然，民族文学的交流除了以上的诸种原因之外，还有一个主要的内部原因：本民族的实际需要。统治阶级为了维持自己的统治地位，除了提倡、扶植本民族的文学、流派以外，总是要从外民族吸收相应的文学、流派。与之相反，被统治阶级为了反抗统治阶级，总是要在文学中寻求相应的精神支柱。这样，就要吸收其他民族的进步文学，为本民族的解放运动服务。前者，如自两汉、魏晋至隋唐的统治者大量吸收印度的佛经，其中也有文学成分；后者如"五四"运动前后，中国民主革命的先行者们积极翻译或介绍欧洲的革命民主主义文学，以"破中国之萧条"，"起国人之新生"。[②] 可见，列宁的"一个民族两种文化"的学说也适合于民族文学的交流情况。

最后，各民族文学的交流，除了本民族的实际需要这一内在原因之外，还有一个通过翻译而走向世界文坛的外在原因。翻译起着各民族文学相互交流的桥梁作用。这是由于人类处于不同的民族国度，操着不同的语言文字，倘若要彼此交流，必须通过翻译来进行。一个民族的文学作品要从民族的封闭状态走向世界的开放格局，翻译是其前提条件之一。英籍华裔作家韩素音在中国作协的座谈会上说：要在本民族以外的国际文坛产生影响，离不开翻译，"作家的书翻译得好就有人看，翻译得不好就没有人看，我自己就有这样的经历。"[③]可惜，我国文学的翻译不尽如人意，难以为外国读者所欣赏、所接受。与之比照的是，马尔克斯的魔幻现实主义杰作《百年孤独》之所以能够获得诺贝尔文学奖的一个主要原因是得力于拉巴萨的英译本。马尔克斯本人在细读英译本后宣布："与我自己用西班牙语创作的原著相比，拉巴萨的英译本更好，我更喜欢英译本。"这就从负面与正

---

① 马克思恩格斯：《共产党宣言》，《马克思恩格斯选集》第 1 卷，人民出版社 1972 年版，第 255 页。

② 鲁迅：《摩罗诗力说》，《鲁迅全集》第 1 卷，人民文学出版社 1972 年版，第 99、102 页。

③ 英丹：《韩素音女士访问中国作协》，1986 年第 5 期《翻译》。

面启迪我们:中国的民族文学要超越自身而走向世界,不能不重视翻译优质化的桥梁作用。

(二) 影响方式

各民族文学的影响,以往多数人都认为是相互影响。这难免有点偏颇。其实各民族的文学的影响方式是多元的。

1. 相互影响:由于社会关系和文化发展的类似,相互靠近的两个民族,都能从对方的文学里取得一些东西,发生相互影响。例如,法国文学影响着英国文学,同时自身亦受到英国文学的影响。

2. 零影响:两个国家的社会关系没有类似之处,一个国家的文学对于另一个国家的文学的影响也就等于零,影响完全不存在。例如,非洲的黑人至今没有感受到欧洲文学的任何影响。

3. 单向影响:当一个民族由于自己的落后性,它的文学不论在形式上也不论在内容上不能给人以任何东西的时候,往往不能给其他民族以影响。例如,前世纪的法国文学影响了俄国的文学,可是没有受到任何俄国文学的影响。

4. 正影响:又称积极影响。一个民族无论在经济、政治、军事和文化科学等诸方面都冠绝于世,国威远及异域,在对其他民族进行军事、经济等援助的同时,其优秀文学传统也给其他民族以良好而深刻的影响。例如我国汉唐之际给西域诸民族的文学影响。

5. 负影响:亦称消极影响。一个民族的没落或反动的文艺思潮或文学创作,给予其他民族以消极影响,使之出现一股逆流。例如当代文学创作中的黄色下流作品,就是在负影响下的产物。

6. 回返影响:某些后进民族在较多地吸收进步民族文学艺术的影响时,也能给对方以某种非对等的影响。例如西域诸邦族的音乐、戏曲给汉唐以某种回返作用,促使盛唐艺苑益加繁荣。

7. 间接影响:一个民族对另一个民族的文学影响,是通过第三民族为中介的。例如"五四"时期,欧美、俄国的进步文学大多是通过日本而影响鲁迅、郭沫若的。

8. 意趣影响:远古部族的发展水平相近,人民的劳动生活、思想感情也有相似之处,所以某些神话、史诗的故事情节大体雷同,有着某些共同意向和相似情趣。它可以提供现时学者作为比较文学"平行研究"的课题,为发展世界文学作出相应的贡献。

各民族文学的多元影响,为世界文学的繁荣发展开拓了广阔的前景。

三 文学交流的渠道

(一) 思想内容的交流

一个民族在吸收其他民族的文学遗产时,既然是从本民族的功利观出发,那么必然要着重考虑其思想内容是否符合本民族的民族利益,例如当一个民族遭受异族统治者的侵略时,原有的阶级矛盾服从民族矛盾,奋起全民族的反抗(尽管不同阶级反抗的性质、程度和方式有所区别），因此，就自然地吸收其他民族有关民族解放运动的文艺作品，以激励本民族人民的斗志。

（二）艺术形式的交流

各民族文学无论在体裁、语言和结构等方面都富有独特的民族形式，但是并不排除借鉴其他民族的艺术形式，融进本民族的文学创作，使之更加丰富多彩。例如我国的古典诗词、散文和戏曲等形式曾经给日本、朝鲜和越南的文化以相当大的影响。而欧美诸国的自由诗、新小说、话剧和电影电视等艺术形式也逐渐为我国所吸收。

（三）创作方法的交流

某一民族文学产生的新的创作方法，以及与之相应的表现手法，不可能为该民族文化所专有。在各民族文化交流中，它自然而然地流传给其他民族，影响该民族中具有相近似的艺术个性的作家及其创作。例如起源于法国的 17 世纪的古典主义、18 世纪的浪漫主义、19 世纪的批判现实主义和 20 世纪的现代主义等等不同的创作方法，均先后流传到英国、德国以及整个欧洲，甚至流传到世界许多国家，影响广泛而持久，终于形成为一个时代的文学潮流。至于表现手法方面的影响也是不容忽视的。中国古典诗词的某些意象手法，给予欧美象征派的文艺创作以影响。欧美文艺的意识流手法也给我国当前的文艺创作以影响。只要有利于本民族精神文明的建设，我们应该允许借鉴、探求其他民族的新的表现手法和表现形式。

总之，各民族文学的交流、影响，往往表现为单向主流运动、双向互补运动以及多向交错运动等多元方式。其目的是使不同民族文学在继承本民族文学的优化传统的同时，转变固有的老化基因，吸收新来的优质基因，走向互补共进的世界性格局。这样，就可产生民族文学交融后的新质、新态和新的生命力，让变革发展中的民族文学走向世界。

第三节　创造有中国特色的社会主义新文学

我国还处于社会主义初级阶段，无论是物质生产抑或精神生产，均需迎头赶上世界先进国家的发展水平。因此，努力创造有中国特色的社会主义新文学，是社会主义两个文明建设的重要任务之一。新时期的中国文学不再是世界文学之外的孤独者，活跃于中国当代文坛的作家提出了"从'黄土地'走向世界"的创作目标，努力以本身的艺术实践积极参与到世界文学大潮中，以求占领一席之地。为了实现这一创作目标，应该首先注意两方面的问题：首先，明确文学遗产的价值取向，其次，把握继承文学遗产的科学方法。唯有如此，才能创造有中国特色的社会主义新文学。

一　正确对待中外文学遗产

（一）掌握文学遗产的价值

毛泽东指出："对过去时代的文艺作品，必须首先检查它们对待人民的态度如何在历史上有无进步意义，而分别采取不同态度"。① 这里涉及两种价值取向：一是人民性的价值取向；一是历史性的价值取向。

1. 人民性的价值取向

人民是历史的创造者，也是文学的创造者。高尔基说过："人民不仅是创造一切物质价值的力量，人民也是精神价值的唯一的永不涸竭的源泉，无论就时间、就美还是就创作天才来说，人民总是第一个哲学家和诗人：他们创造了一切伟大的诗歌，大地上一切悲剧和悲剧中最宏伟的悲剧——世界文化的历史。"②

文学的人民性反映了文学与人民的血肉联系。凡在作品中不同程度地反映了人民群众的思想、感情、要求与愿望，表现了对人民的热爱和同情，对人民幸福和命运的关注，或为人民群众所喜闻乐见，有利于提高人民的精神境界或审美能力，就具有一定的人民性。人民性是历史上一切进步文学的基本标志。文学的人民性不仅存在于人民自己的创作中，而且还存在于出身于剥削阶级的进步作家创作中。马克思指出："有识之士往往通过无形的纽带同人民的机体联系在一起。"③一些出身于剥削阶级的作家，如屈原、司马迁、李白、杜甫、陆游、关汉卿、施耐庵、曹雪芹、龚自珍等，由于他们特定的社会地位和生活经历，同人民群众有不同程度的接触，他们在自己的作品中，或则表现了对人民群众疾苦和不幸的深挚同情，或则表现了对统治阶级残暴荒淫的强烈不满，因而使他们的作品具有一定的人民性。作家同人民群众的联系，是文学的人民性源泉。文学的人民性表现在：正确地描写人民的生活斗争，反映人民的思想、感情、要求和愿望；揭露反动统治阶级的残暴与腐朽，表达人民的愤慨、理想和追求；赞美祖国的美好河山，歌颂人民的美德；艺术完美，为人民所喜爱。

第一、正确的描写人民的生活和斗争，反映人民的思想、感情、要求和愿望。

第二、揭露反动统治阶级的残暴和腐朽，表达人民对反动统治阶级的冷嘲热讽。

第三、赞美祖国的锦绣河山，吟咏绮丽的自然风光，憧憬未来的美好生活，反映了民族的传统美德。

第四、具有较高的审美价值，为人民群众所喜闻乐见。

人民性是评价古典文学作品的重要依据。正确地运用人民性的价值尺度，对于我们鉴别古典文学中的精华和糟粕，批判地继承文学遗产，做到古为今用，发展有中国特色的社会主义文学，具有重要的意义。

2. 历史性的价值取向

无产阶级革命的伟大使命是推翻一切剥削阶级，获得整个世界的物质财富和精神财富。这就决定了它对本国传统文学和外民族文学遗产的历史唯物主义态度。所谓历史唯物主义态度，就是要求我们必须注意如下三点：首先，给以一定的历史地位，阐明历史上一定文学产生的各种原因、正反影响及不同作用。其次，不能苛求古人，责备求全，诚如列宁所说的："判断历史的功绩，不是根据历史活动家没有提供现代所要求的东西，而是根据他

---

① 毛泽东：《在延安文艺座谈会上的讲话》，《毛泽东选集》第 3 卷，人民出版社 1991 年版，第 860 页。

② 高尔基：《个性的毁灭》，《高尔基论文学》(续集)，人民文学出版社 1983 年版。

③ 《马克思恩格斯全集》第 32 卷，人民出版社 1972 年版，第 178 页。

们比他们前辈提供了新的东西。"①最后，解决中外文学遗产对当代文学有哪些借鉴作用以及如何借鉴等问题。中国传统文学，都或多或少渗透了儒学思想，同时也受到道家的自然观哲学（例如对李白、王维诗作的影响）以及民间文学的影响。这可以屈原为代表。因此，长江流域也是这种类型的传统文学的一个最大的摇篮。另外从西南、西北以东南、东北，文学历史对我国传统文学的繁荣发展，都作出相应的贡献。最后，作为文化形态之一的宗教，也总是同一个民族的传统文学难以分割。正如基督教之影响欧洲文学，伊斯兰教之影响阿拉伯文学，以及佛教、印度教之影响印度文学一样，中国本土上诞生的与道家哲学相联系的玄学及禅宗，对中国传统文学也有着深刻的影响。玄学、禅宗不仅对彼时的中国的士大夫，而且对此时的中国知识界的人生哲理与审美心理，起着潜移默化的作用。于是，反思孔孟，阅读老庄，研究禅宗，找出一条沟通现代西方与古老东方之间的通道，以寻求文学创新的别径。为此，我们应该纳入历史唯物主义的视野，为当前的创作意识开拓思维空间。这就要用"辩证方法"来看待中外的文学遗产了。

（二）继承文学遗产的科学方法

1. 辩证方法

列宁在《黑格尔〈逻辑学〉一书摘要》中指出："辩证法的要素"之一是"自在之物本身"的"观察的客观性"，要注意"分析和综合的结合——各个部分的分解和所有这些部分的总和，总计"。辩证思维是经过分析综合的规律化和系统化而发展起来的，它在识别真伪、美丑等对立统一事物时，起着巨大的作用。毛泽东具体运用辩证思维，不仅指出"从孔夫子到孙中山，我们应当给以总结，继承这一份珍贵的遗产"，②而且具体地把中国长期封建社会所创造的古代文化区分为封建性糟粕和民主性精华两部分，要求我们"剔除其封建性糟粕，吸收其民主性精华"，作为我们创作时的借鉴。这就是"古为今用"的方针。不仅如此，毛泽东还明确指出"中国应该大量吸收外国的进步文化，作为自己文化食粮的原料"。但是也应该"把它分解为精华和糟粕两部分……决不能生吞活剥地毫无批判地吸收"。这就是"洋为中用"的方针。总而言之，"对于外国文化，排外主义的方针是错误的，应当尽量吸收进步的外国文化，以为发展的借鉴……对于中国古代文化，同样，既不是一概排斥，也不是盲目搬用，而是批判地接收它，以利于推进中国的新文化"。③

毛泽东的论述，对我们运用辩证思维对待中外文学遗产，具有指导意义。

首先，我们必须反对复古主义和虚无主义。复古主义竭力反对对古典文学的批判继承，抱住古人的僵尸，以通经明道为能文的标准，以师法古人为文学的"义法"，以宣扬"圣道伦常"为作文的目的。这是应该否定的。复古主义的反面是虚无主义。它对本民族的文学遗产完全采取否定态度，认为中国文学一无可取。20世纪60年代，"四人帮"把中外文学遗产一律斥之为"四旧"，列入禁书或付之一炬，就是一个突出例子。

其次，我们必须反对全盘西化和排外主义。全盘西化的错误在于不分外国文学的精华

---

① 列宁：《列宁全集》第 2 卷，人民出版社 1984 年版，第 150 页。

② 毛泽东：《中国共产党在民族革命战争中的地位》，《毛泽东选集》第 2 卷，人民出版社 1969 年版，第 499 页。

③ 毛泽东：《论联合政府》，《毛泽东选集》第 3 卷，人民出版社 1969 年版，第 1032 页。

和糟粕,在于抛弃中国民族特点,拜倒在西方文学之下,把它们的痈疽也当作宝贝供奉起来。全盘西化导致民族自主意识的失落,是文学上的奴隶主义。它的反面是排外主义。排外主义拒绝接受西方文学的有益东西,把我们文学与世界文学隔离开来,堵塞自己的发展。

2. 承传择取

对中外文学遗产,采取历史观点和辩证方法,目的在于承传新文学,择取旧文学。鲁迅曾经明确阐述:"新的阶级及其文化,并非突然从天而降,大抵是发达于对于旧支配者及其文化的反抗中,亦即发达于和旧支配者的对立中,所以新文化仍然有所承传,于旧文化也仍然有所择取。"①那么如何"承传"与"择取"呢? 鲁迅多次阐明:"采用外国的良规,加以发挥,使我们的作品更加丰满是一条路;择取中国的遗产,融合新机,使将来的作品别开生面也是一条路。"②鲁迅身体力行,毕生为创造有我们特色的民族化的新文学,建立了赫赫功勋。

关于创造有中国特色的社会主义新文学问题,周恩来精辟地指出:创造富有世界意义的文学"首先要把我们民族的东西搞通,学习外国的东西要加以溶化","要使它们不知不觉地和我们民族的文化溶合在一起","要把它们溶化在我们的创作中。文艺总要有独创精神"。③ 简而言之,当代我国社会主义新文学的发展,将以我们民族健康的审美意识作为基础,借鉴他民族现代艺术中有价值的创作经验,创造出既具有我们民族特性而又富有创新精神的文学作品。

总之,我们应该不断吸收、容纳、消化其他民族的各种文学创作的好经验和有益东西,不断丰富和充实我国的文学涵量,以扩大、开拓和增强民族化的广度、深度和力度。这样的文学必然富有世界意义。

二 创造有中国特色的社会主义新文学

(一) 文学的民族化

民族文学是一种富有内聚力与动态性的精神现象,也是一种作者群在历史积淀中的深层心理结构所蕴含的民族气质。民族文学的气质像一座大金矿,于大量矿石中蕴含着闪闪发光的金子。

中国文学的民族气质,在几千年来的封建社会中,形成了一种以"求善"为目的的文学和以"求治"为目的的文学。④ 这种民族气质基本上是以入世为主导的儒家意识和以出世为主导的道家、佛家意识为互补共存。因而,它兼备东方文学素质的两重组合:一方面是具有高度智慧的哲学理性、高度集中的大一统原则以及兼容宏放的民族胸怀。所以,我们的民族才能得以绵延数千年而独立世界民族之林;而另方面,却又是因循守旧、衰老惰性,保守落后,夜郎自大。这又阻碍着我们的民族的发展速度,因而屡遭外族入侵、反动高压之种

---

① 鲁迅:《〈浮士德与城〉后记》,《鲁迅全集》第 7 卷,人民文学出版社 1958 年版,第 586 页。
② 鲁迅:《〈木刻纪程〉小引》,《鲁迅全集》第 6 卷,人民文学出版社 1958 年版,第 39 页。
③ 周恩来:《在文艺工作座谈会和故事片创作会上的讲话》,《周恩来论文艺》,人民文学出版社 1979 年版,第 98 页。
④ 冯天瑜:《中国古代文化的类型》,《中国文化与中国哲学》,东方出版社 1986 年版,第 24 页。

种苦楚。但是,中华民族的主导气质却是前者,不是后者。正如丹纳所说:"一个民族的特性尽管屈服于外来的影响,仍然会振作起来,因为外来影响是暂时的,民族性是永久的,来自血肉的,来自空气与土地,来自头脑与感官的结构与活动。这些都是持久的力量,不断更新,到处存在,决不因为暂时钦佩一种高级的文化而本身就消灭而遭到损害。"①这段由思想家抽象出来的哲理,也适合于中华民族的主体气质。我中华民族的主体气质在于丰富而深刻的民主性与现实性。历代进步作家总是在该时代的民本思想或民主思想支配下,站在广大民众一边,懂得民族的伟大与衰弱,也了解民族的光荣与苦难。为了振兴中华民族,有的作家甘洒热血惊鬼神,有的诗人甘献生命谱青史。这种气质渗透于作品中,就是民族性、民主性与现实性的闪光。

一个民族的民族气质还可以转化为民族的审美情趣和表现手法。它是在该民族的历史、环境、习俗和心理基础上形成,并通过一定的民族表现手法,转化为艺术形态的。所以,民族表现手法的运用与创新,是创造社会主义新文学的途径之一。

社会主义新文学必须对民族文学的传统手法充分加以发掘运用。中国民族文学艺术讲究"画龙点睛",鲁迅阐释为"借一斑略见全豹,以一目尽传精神"。此外,还讲究"传神写照"、"形神兼备"、"情与境交融"、"意与情相合"等等,这些是创作经验之精华。鲁迅说过,"中国旧戏上,没有背景,新年卖给孩子看的花纸上,只有主要的几个人"。这种以最简单的线条描摹对象的白描手法,是中国民族文学的珍贵历史遗产,曾给鲁迅以莫大的启迪。因此他又说:"我力避行文的唠叨,只要觉得能将意思传给别人了,就宁可什么陪衬带也没有。"②由此可见,用线条勾勒和用明快语言描写对象也是民族化的主要表现手段之一。

总之,民族化就是要求文学必须富有本民族的历史传统和民族气质,出神入化地反映本民族的历史、传说与当代生活,符合本民族的审美观念。但是又要善于吸收他民族的艺术精华和高超手法。

(二) 文学的社会主义意识

社会主义意识是指要以邓小平建设有中国特色的社会主义理论武装头脑,指导创作,体现着当代中国人乃至全人类的根本利益和崇高愿望。我们将这种社会主义意识溶化于民族化的社会主义新文学中,就是:我们社会主义文学一方面敢于摄取人类文学中一切有价值的思想艺术养料,丰富自己,另一方面是跳动着我们四化建设的时代脉搏。这样就会使有中国特色的社会主义新文学进一步发展。

(三) 文学的中国特色

文学的中国特色最主要的是从内容到形式统一中都要体现出我国在社会主义建设和改革开放中所发生的巨大变化的主旋律。这是其他国家所没有的。只有这样创新,我们社会主义新文学才能阔步走向世界,屹立于世界文学之林,扩大其世界性的影响。歌德在《箴言与省察》一文中说道:"艺术和科学,同一切有价值的东西一样,是属于全世界的。"他在另一场合还说过:"文学是人类的共同财富。……现在是世界文学的时代,不放眼广阔的世

---

① 丹纳:《艺术哲学》,人民文学出版社 1963 年版,第 208—209 页。
② 鲁迅:《我怎么做起小说来》,《鲁迅全集》第 4 卷,人民文学出版社 1958 年版,第 395—396 页。

界,就会陷入自我独善的境地。"歌德的"世界文学"的原则为马克思、恩格斯在《共产党宣言》中所首肯,认为近代社会精神生产的特点之一是"由许多种族和地方的文学形成了一种世界的文学"。毛泽东也指出,我国的民族新文化与其他民族的进步的文化"建立互相吸收和互相发展的关系,共同形成世界的新文化"。① 其实,早在歌德时代以前,一切优秀的古典文学不仅是一个民族的文化财富,而且也是全世界的共同财富。屈原与荷马、关汉卿与莎士比亚、曹雪芹与巴尔扎克以及鲁迅、郭沫若、茅盾等作品是本民族的优秀文学,又是全世界的杰出瑰宝。最具有独创性的东西,就最具有普遍性的意义。我们相信,我们作家一定能够为实现这个目标而努力奋斗。

▶思考题◀

1. 从哪几方面探究艺术发生的历史演化？你是如何评价艺术起源的各种学说的？
2. 试述文学发展的人文背景与历史规律。
3. 文学纵向继承有哪些渠道？
4. 民族文学有何特点？交流原因是什么？
5. 民族文学有哪些影响方式和交流渠道？
6. 如何创造有中国特色的社会主义新文学？

研讨

一 郑小琼:《铁·塑料厂》

(一) 作品介绍

本文获得《人民文学》颁发的"新浪潮散文奖",选自《人民文学》2007年第5期。

(二) 作品研究

1. 分享生活的苦——郑小琼的写作及其"铁"分析(节选)

> 你们不知道,我的姓名隐进了一张工卡里
>
> 我的双手成为流水线的一部分,身体签给了
>
> 合同,头发正由黑变白,剩下喧哗,奔波
>
> 加班,薪水……我透过寂静的白炽灯光
>
> 看见疲倦的影子投影在机台上,它慢慢的移动
>
> 转身,弓下来,沉默如一块铸铁
>
> 啊,哑语的铁,挂满了异乡人的失望与忧伤
>
> 这些在时间中生锈的铁,在现实中颤栗的铁
>
> ——我不知道该如何保护一种无声的生活

---

① 毛泽东:《新民主主义论》,《毛泽东选集》第2卷,人民出版社1969年版,第667页。

这丧失姓名与性别的生活，这合同包养的生活

在哪里，该怎样开始，八人宿舍铁架床上的月光

照亮的，是乡愁，机器轰鸣声里，悄悄眉来眼去的爱情

或工资单上停靠着的青春，这尘世间的浮躁如何

安慰一颗孱弱的灵魂，如果月光来自于四川

那么青春被回忆点亮，却熄灭在一周七天的流水线间

剩下的，这些图纸，铁，金属制品，或者白色的

合格单，红色的次品，在白炽灯下，我还忍耐的孤独

与疼痛，在奔波中，它热烈而漫长……

——郑小琼《生活》

写这首诗的诗人叫郑小琼，她因诚恳地向我们讲述了另外一种令人疼痛的生活，而受到文坛广泛的关注。这个出生于 20 世纪 80 年代初的四川女孩，从 2001 年至 2006 年，一直在广东东莞的一家五金厂打工，工余时间写作诗歌和散文，近年在《诗刊》、《人民文学》、《天涯》等刊物上发表了大量作品。一个在底层打工的年轻女子，短短几年，就写出了许多尖锐、彻底、有爆发力的诗篇，而且具有持续的创造才能，这在当代堪称一个意味深长的诗歌事件。

郑小琼的写作更是如此。她突出的才华，旺盛的写作激情，强悍有力的语言感觉，连同她对当代生活的深度介入和犀利描述，在新一代作家的写作中具有指标性的意义。或许，她的语言还可以更凝练，她的情感陈述还可以更内敛，她在把握时代与政治这样的大题材时还需要多加深思，但就一种诗歌写作所能企及的力量而言，她已经做得很好了。我尊敬这样的写作者。在一种孤独、艰难的境遇里，能坚持这种与现实短兵相接的写作，并通过自身卑微的经验和对这种经验的忠直塑造来感动读者，至少在我的阅读记忆里，并不多见。

我没有见过郑小琼，但通过她的文字，可以想象她笔下那种令人揪心的生活。生活，实在是一个太陈旧的词了，但读了郑小琼的诗，我深深地觉得，影响和折磨今日写作的根本问题，可能还是“生活”二字。生活的贫乏，想象的苍白，精神的造假，在我看来，这是当代文学普遍存在的三大病症，而核心困境就在于许多人的写作已经无法向我们敞开新的生活可能性。在一种时代意志和消费文化的诱导下，越来越多的人的写作，正在进入一种新的公共性之中，即便是貌似个人经验的书写背后，也隐藏着千人一面的写作思维：在“身体写作”的潮流里，使用的可能是同一具充满欲望和体液的肉体；在“私人经验”的旗号下，读到的可能是大同小异的情感隐私和闺房细节；编造相同类型的官场故事或情爱史的写作者，更是不在少数。个人性的背后，活跃着的其实是一种更隐蔽的公共性——真正的创造精神往往是缺席的。特别是在年青一代小说家的写作中，经验的边界越来越狭窄，无非是那一点情爱故事，反复地被设计和讲述，对读者来说，已经了无新意；而更广阔的人群和生活，在他们笔下，并没有发出自己的声音。

这种写作对当代生活的简化和改写，如果用哈贝马斯的话说，是把丰富的生活世界变成了新的“殖民地”。他在《沟通行动的理论》一书中，特别讲到当代社会的理性化发展，已把生活的某些片面扩大，侵占了生活的其他部分。比如，金钱和权力只是生活的片面，但它

的过度膨胀，却把整个生活世界都变成了它的殖民地。"这种殖民，不是一种文化对另外一种文化的殖民，而是一种生活对另外一种生活的殖民。……假如作家们都不约而同地去写这种奢华生活，而对另一种生活，集体保持沉默，这种写作潮流背后，其实是隐藏着写作暴力的——它把另一种生活变成了奢华生活的殖民地。

——我愿意在这个背景里，把郑小琼的写作看做是对这种新的生活殖民的反抗。她属于"80后"，但她的生活经历、经验轨道、精神视野，都和另外一些只有都市记忆的"80后"作家有着根本的区别。她在同龄人所塑造的锦衣玉食的生活之外，不断地提醒我们，还有另一种生活，一种数量庞大、声音微弱、表情痛楚的生活，等待着作家们去描述、去认领：他们这一代人，除了不断地在恋爱和失恋之外，也还有饥饿、血泪和流落街头的恐惧；他们的生活场，除了校园、酒吧和写字楼之外，也还有工厂、流水线和铁棚屋；他们的青春记忆，除了爱情、电子游戏、小资情调之外，也还有拖欠工资、老板娘的白眼和"一年接近四万根断指"的血腥……郑小琼说，"我不知道该如何保护一种无声的生活/这丧失姓名与性别的生活，这合同包养的生活"（《生活》），她唯有依靠文字的记录、呈现，来为这种生活留下个见证：

> 我还在五金厂，像一块孤零零的铁站着
> 从去年到今年，水流在我身体里流动着
> 它们白哗哗的声响，带着女工的理想与愿意
> 从远方到来，又回到远方去
> 剩下回声，像孤独的鸟在荔枝林鸣叫
>
> ——郑小琼《水流》
>
> 小小的铁，柔软的铁，风声吹着
> 雨水打着，铁露出一块生锈的胆怯与羞怯
> 去年的时光落着……像针孔里滴漏的时光
> 有多少铁还在夜间，露天仓库，机台上……它们
>
> 将要去哪里，又将去哪里？多少铁
> 在深夜自己询问，有什么在
> 沙沙的生锈，有谁在夜里
> 在铁样的生活中认领生活的过去与未来
>
> ——郑小琼《铁》
>
> 黑夜如此辽阔，有多少在铁片生存的人
> 欠着贫穷的债务，站在这潮湿而清凉的铁上
> 凄苦地走动着，有多少爱在铁间平衡
> 尘世的心肠像铁一样坚硬，清冽而微苦的打工生活
> 她不知道，这些星光，黑暗，这些有着阴影的事物
> 要多久才能脱落，才能呈现出那颗敏感而柔弱的心
>
> ——郑小琼《机器》

"铁"是郑小琼写作中的核心元素，也是她所创造的最有想象力和穿透力的文学符号之

一。"当我自己不断在写打工生活的时候,我写得最多的还是铁。""我一直想让自己的诗歌充满着一种铁的味道,它是尖锐的,坚硬的。"对"铁"的丰富记忆,和郑小琼多年在五金厂的工作经历有关。她在工作中,观察"铁"被焚烧、穿孔、切割、打磨、折断的过程,她感受"铁"的坚硬,尖锐,冷漠,脆弱。"铁在机台断裂着,没有了声音,没有了反抗,也没有了挣扎。可以想象,一块铁面对一台完整的具有巨大的摧残力的机器,它是多么的脆弱。我看见铁被切,拉,压,刨,剪,磨,它们断裂,被打磨成各种形状,安静地躺在塑料筐中。我感觉一个坚硬的生命就是这样被强大的外力所改变,修饰,它不再具有它以前的形状,角度,外观,秉性……它被外力彻底的改变了,变成强大的外力所需要的那种大小,外形,功能,特征。我从小习惯了铁匠铺的铁在外力作用下,那种灼热的呐喊与尖锐的疼痛,而如今,面对机器,它竟如此的脆弱。"郑小琼说,铁的气味是散漫的,扎眼的,坚硬的,有着重坠感的;铁也是柔软的,脆弱的,可以打孔,画槽,刻字,弯曲,卷折……它像泥土一样柔软,它是孤独的,沉默的——所有这些关于铁的印象,都隐喻着它对人的压迫,也可以说是现代工业社会对人的挤压。人在物质、权力和利益面前是渺小的,无助的。尤其是在中国,社会底层的劳动制度还不健全,廉价劳动力一旦被送上机床和流水线,就成了机器的一部分,不能有自己的情感、意志和想象。一天工作十六个小时甚至更多,一周只能出工厂的门一次或者三次,工伤得不到应有的赔偿,倒闭的工厂发不出工资……这种被践踏的、毫无尊严的生活,过去我们只能在媒体的报道中读到,如今,郑小琼将它写进了诗歌和散文。由于她自己就是打工族中的一员,所以能深感这种打工生活正一天天地被"铁"所入侵,分割,甚至粉碎,"疼痛是巨大的,让人难以摆脱,像一根横亘在喉间的铁"。而更可怕的是,这种饱含着巨大痛楚的生活,在广大的社会喧嚣中却是无声的:

> 我把头伸出窗外看,窗外是宽阔的道路,拥挤的车辆行人,琳琅满目的广告牌,铁门紧关闭着的工厂,一片歌舞升平,没有人也不会有人会在意有一个甚至一群人的手指让机器吞噬掉。他们疼痛的呻吟没有谁听,也不会有谁去听,它们像我控制的那台自动车床原料夹头的铁一样,在无声被强大的外力切割,分块,打磨,一切都在无声中,因为强大的外力已经吞没了它们的叫喊。

甚至,也没有一个人会在意这种疼痛:

> 疼压着她的干渴的喉间,疼压着她白色的纱布,疼压着
> 她的断指,疼压着她的眼神,疼压着
> 她的眺望,疼压着她低声的哭泣
> 疼压着她……
> 没有谁会帮她卸下肉体的,内心的,现实的,未来的
> 疼
> 机器不会,老板不会,报纸不会,
> 连那本脆弱的《劳动法》也不会

> ——郑小琼《疼》

我相信,目睹了这种血泪和疼痛之后的郑小琼,一定有一种说话的渴望,所以,她在自己的写作中一直艰难地描述、指认这种生活。她既同情,也反思;既悲伤,又坚强。她要用

自己独有的语言,把这种广阔而无名的另一种中国经验固定在时代的幕布上;她要让无声者有声,让无力者前行。"正是因为打工者的这一身份,决定了我必须在写作中提交这一群体所处现实的肉体与精神的真实状态。"她还说:"文学是软弱无力的,它们不能在现实中改变什么,但是我告诉自己一定要见证,我是这个事情的见证者,应该把见到的想到的记下来。"于是,她找到了"铁"作为自己灵魂的出口,在自己卑微的生活和坚硬的"铁"之间,建立起了隐秘的写作关系。

——"铁"成了一个象征。它冰冷,缺乏人性的温度,坚不可摧,密布于现代工厂生活的各个角落;它一旦被制成各类工业产品进入交易,在老板的眼中比活生生的人还有价值;它和机器、工卡、制度结盟,获得严酷而不可冒犯的力量;它是插在受伤工人灵魂里的一根刺,一碰就痛。铁,铁,铁……郑小琼用一系列与"铁"有关的诗歌和散文,向我们描述了一个被"铁"包围的世界,一种被"铁"粉碎的生活,一颗被"铁"窒息的心灵——如同"铁"在炉火的煅烧中不断翻滚,变形,进裂,一个被"铁"所侵犯的生命世界也在不断地肢解,破碎,变得软弱。"生活让我渐渐地变得敏感而脆弱起来,我内心像一块被炉火烧得柔软的铁。"郑小琼在写作中,以自己诚实、尖锐的体验,向我们指认了这个令人悲伤的过程。她的诗作里,反复出现"铁样的生活"、"铁片生存"、"铁样的打工人生"等字眼,她觉得自己"为这些灰暗的铁计算着生活"(《锈》),觉得"尘世的心肠像铁一样坚硬"(《机器》),"生活的片段……如同一块遗弃的铁"(《交谈》),觉得"明天是一块即将到来的铁"(《铁》)。"铁"的意象在郑小琼笔下膨胀,变得壮阔,而底层人群在"铁"的挤压下,却是渺小而孤立的,他即便有再巨大的耻辱和痛苦,也会被"铁"所代表的工业制度所轻易抹平。最终,人也成了"铁"的一部分:

> 我在五金厂,像一块孤零零的铁(《生活》)。

这真是一种惊心动魄的言辞。人生变得与"铁"同质,甚至成了"一块孤零零的铁";"生活仅剩下的绿意",也只是"一截清洗干净的葱"(《出租屋》)。这个悲剧到底是怎样演成的?郑小琼在诗歌中作了深入的揭示。她的写作意义也由此而来——她对一种工业制度的反思、对一种匿名生活的见证,带着深切的、活生生的个人感受;同时,她把这种反思、见证放在了一个广阔的现实语境里来辨析;她那些强悍的个人感受,接通的是时代那根粗大的神经。她的写作不再是表达一己之私,而是成了了解这个时代无名者生活状况的重要证据;她所要抗辩的,也不是自己的个人生活,而是一种更隐蔽的生活强权。这种生活强权的展开,表面上看,是借着机器和工业流水线完成的;事实上,机器和流水线的背后,关乎的是一种有待重新论证的制度设计和被这个制度所异化的人心。也就是说,一种生活强权的背后,总是隐藏着更大的强权,正如一块"孤零零的铁",总是来源于一块更大的"铁"。个人没有声音,是因为集体沉默;个人过着"铁样的生活",是因为"铁"的制度要抹去的正是有个性的表情:

> 每次上下班时把一张签有工号245、姓名郑小琼的工卡在铁质卡机上划一下,"咔"的一声,声音很清脆,没有一点迟疑,响声中更多的是一种属于时间独有的锋利。我的一天就这样卡了进去了,一月,一年,让它吞掉了。

> 她们作为一个个体的人,身体里的温度,情感,眼睛间的妩媚,智慧,肉体上的疼痛,欢乐……都消失了。作为流水线上的某个工序的工位,以及这个工位的标

准要求正渐渐形成。流水线拉带的轴承不断地转动着,吱呀吱呀地声音不停地响动着,在这种不急不慢,永远相同的速度声里,那些独有的个性渐渐被磨掉了,她们像传送带上的制品一样,被流水线制造出来了。

看得出,郑小琼的文字,表露出了很深的忧虑和不安:一方面,她不希望这种渺小的个体生活继续处于失语的状态;另一方面,她又为这种被敞开的个体生活无法得到根本的抚慰而深怀悲悯。她确实是一个很有语言才华的诗人。她那些粗粝、沉重的经验,有效地扩展了诗歌写作中的生活边界,同时也照亮了那些长期被忽视的生存暗角。她的文字是生机勃勃的,她所使用的细节和意象,都有诚实的精神刻度。她不是在虚构一种生活,而是在记录和见证一种生活——这种生活,是她亲身经历过的,也是她用敏感而坚强的心灵所体验过的。所以,她的写作能唤起我们的巨大信任,同时我们也能被它深深打动。

这样的写作,向我们再次重申了一个真理:文学也许不能使我们活得更好,但能使我们活得更多。郑小琼的许多诗篇,可以说,都是为了给这些更多的、匿名的生活作证。她的写作,分享了生活的苦,并在这种有疼痛感的书写中,显示了一个热爱生活的人对生活本身的体认、辨析、讲述、承担、反抗和悲悯。读她的诗歌时,我常常想起加缪在《鼠疫》中关于里厄医生所说的那段话:"根据他正直的良心,他有意识地站在受害者一边。他希望跟大家,跟他同城的人们,在他们唯一的共同信念的基础上站在一起,也就是说,爱在一起,吃苦在一起,放逐在一起。因此,他分担了他们的一切忧思,而且他们的境遇也就是他的境遇。"——从精神意义上说,郑小琼"跟他同城的人们",也有"爱在一起,吃苦在一起,放逐在一起"的经历,她也把"他们的境遇"和自己个人的境遇放在一起打量和思考,因此,她也分担了很多底层人的"忧思"。这也是她身上最值得珍视的写作品质。她的写作刚刚起步不久,尽管还需对过分芜杂的经验作更精准的清理,对盲目扩张的语言野心要有所警惕,但她那粗粝、强悍、充满活力、富有生活质感的文字,她那开阔、质朴的写作情怀,无疑在"80后"这代作家中是不多见的。尤其是她对"铁"这一生活元素的发现、描述、思索以及创造性的表达,为关怀一种像尘土般卑微的生存,找到了准确、形象的精神出口。同时,她也因此为自己的写作留下了一个醒目的语言路标。

(谢有顺/文,摘自杨宏海主编《打工文学纵横谈》)

2. 哲学或人类学意义上的价值

杨克等人认为,郑小琼太偏激,感情停留在愤怒层面,作品粗粝;又说:同样遭受苦难,只有具备了写诗的气质和特质,才能成为一名诗人。而与此同时,郑小琼却并不因为所谓偏激而自惭形秽,甚至也并不在乎"诗人"或"打工诗人"的文学加冕,她说:"我不知道什么叫光明或阴暗,我只看见事实,我的诗歌灰,因为我的世界是灰的","打工的疼痛让我写诗"。因此,我们可以看出,郑小琼的"嚎叫"虽然并没有触怒主流意识形态,但却给所谓的知识分子诗人带来了不大不小的困惑,这与金斯伯格等人当年的遭遇可有一比,美国社会的物欲主义及其价值观,令美国当时的年青一代震惊却又无力去改变,他们只好用极端的方式——近于歇斯底里的话语行为来对抗外在的压迫力,他们并不试图掩盖内心的恐惧、过失及痛苦;金斯伯格执著于自己的内心体验——无论是行为还是情感,如同性恋、吸毒、色情梦幻、对现存秩序的大肆嘲笑等,在其作品中倾巢而出。郑小琼的广受好评的长诗《挣扎》、《人行天桥》里还没有写到吸毒、同性恋，还不至于招致"邪恶"、"耻辱"的负面评价，但其疼痛的嚎叫里也包含着诸多惊世骇俗的、"不堪入诗"的内容——暗娼、淋病、狗日的北妹、性欲、乳房、暂住证、火葬场、汗毛孔、阴阳人、妓女、脑浆迸地、阳具、精子、海狗鞭、伟哥，诗集让一个时髦小姐撕了三页走进了公共厕所，暗娼说"先生去玩玩吧"、治安队员将老妇压在地上、《劳动法》在桑拿女的三角裤里微笑、派出所所长带走三个妓女借助法律将她们压在身下、八个日本人把八个女孩压倒在身下、露出的光腚……

所有这些毫无遮拦的内心情绪的喷薄而出，或许就是杨克所说的太偏激、粗粝，未具写诗的气质和特质等。但实际上诗有公评，郑小琼自获得"首届独立民间诗歌新人奖"之后，又连续获得人民文学"新浪潮"散文奖、全国散文诗大奖赛一等奖，参加了中国当代诗歌界顶级沙龙"青春诗会"，其长诗《人行天桥》突破当代中国诗坛所谓知识分子写作的新传统，以粗粝昂奋的语言倾泻，横扫当代诗坛的脂粉气、娇弱气、假洋鬼子气、假学究气，并从而给当代诗坛吹进一股清新劲厉、锐不可当的正气和雄风。尤其是长诗《人行天桥》抨击社会阴暗面，嘲讽世态人心，在网络上引起了轰动，称其为"近年中国诗坛的旷世杰作"也并不为过。杨克等人自以为是知识分子，可是他们读的书并不比郑小琼多到哪儿去，或许真的多读了几本，但对所读之书的理解极为肤浅、孟浪，对诗的本体性存在的理解未入门径，以至有如此不知是出于妒才还是无知的言语。

中国诗歌兴观群怨，从传统诗学立场来看，郑小琼的诗文写作以及当下的所谓诗歌民间写作、口语写作以及身体写作应可被归入具有强烈社会批判精神的"怨刺"范畴，说到底它还是一种特别的抒情，是现代人情感本体的真实流露。金斯伯格的"嚎叫"不是他个人的"嚎叫"，艾略特的"荒原"也不是他个人的荒原，虽然艾略特和金斯伯格的诗都可归类于现代诗，但是他们的诗文所对应的还是不同的时代情境，艾略特所揭示的是信仰缺席文明导致灾难的西方新现实，金斯伯格所揭示的是美国文明(亦即广义的现代文明)对人类感情肢解异化的新现实，两者的诗歌文本皆因确证了人的情感的鲜活存在以及人的鲜活情感对现实的反思能力而具有不朽的艺术价值。同理，郑小琼的诗文写作虽出自一个底层打工者尖锐的嚎叫，但是她从最现实的疼痛中所直觉出来的现实的矛盾和人类存在的永恒的苦难性真实却直接回应了中国文学中的"怨刺"传统，其怨刺的对象不同于过往任何时代，其怨刺的对象是当代中国主流意识形态与市场经济(西方文化的全球化浪潮)的话语合谋和权力策划，虽然她本人可能相当脆弱，可她的诗文却相当雄强地证实和强化了中国当下民众甚或整个社会的感性存在和感性活力。从人类学的立场来看，人类发生、持存和演化的过程是一场感性与理性不断冲撞、交并、融合、创新的对话过程，是一场历久弥新的"狂欢"(巴赫金)，诗歌及其他艺术活动(艺术文化)始终代表人类感性、本能、欲望的一极，而社会的理性化建构，不管它是资本主义、社会主义还是市场经济等，都不过是人类理性的延伸和不免坚硬、尖锐、残酷的体制化建设，它是人类理念、理性思维不断扩张的另一极。郑小琼诗文产生于中国现代化程度最高、现代化进程最为迅猛酷烈的珠三江地区，而且一扫优雅、掩遮、隔靴抓痒或小资轻狂的当下诗歌柔靡习气，直面当代人的精神困局，敞露当下生活的真实面容，以时代的气息发出时代的"嚎叫"，它有力地证实了当下中国人的感性的鲜活存在，并使其诗文因其特殊的指涉性而取得了具有广义性质的批判性功能和抗议精神。

蛤蟆镜下的人才市场上用法律的口气写着人人平等！我在这张招牌下让两个治安队员拦住，"拿出你的暂住证"。在背后我让人骂了一句狗日的北妹，这个玩具化的城市没有穿上内裤，欲望的风把它的裙底飘了起来，它露出的光腚让我这个北妹想入非非啊！

——《人行天桥》

虽然郑小琼对都市的欲望进行了道德上的审判，而不像金斯伯格那样基于东方禅宗哲学理念对现代都市病象进行美学上的"祛魅"，但从文化人类学的立场来看，其疼痛的嚎叫及其具有突破性质的诗体话语方式一扫诗坛的颓风陋习，以其生活化、细节化、典型化的情感和情绪连接着当下中国人的集体经验或准集体经验，本能地抗拒着市场化时代的理性宰割，成为中国当下生存境域中人的感性与理性对话性"狂欢"的一种"铁证"

（黄永健/文，摘自《打工文学纵横谈》）

（三）相关链接

1. 郑小琼简介

二十七岁的郑小琼工龄已有七年。2001年，卫校毕业后，她离开四川南充老家，南下东莞打工，先是被一家黑厂扣押了四个月工资，后换到某家具厂上了一个月班，月底只拿到二百八十四块钱。想着家里为供她上学还欠下的近万元债务，郑小琼"死的心都有"。她将自己封闭起来，一下班，便趴在铁架床上，写乡愁，诉苦闷。在家乡读书时，这个沉默的女孩就不善与人交流，只一个人静静地看书、写日记。从最初涂鸦式的宣泄，到慢慢显现出诗的模样，郑小琼试着把一首怀念故乡的小诗《荷》投到东莞《大岭报》，没想到很快发表。她说自己"一下子看到了生活的亮色与寄托"，从此将一切闲暇时间都用来写诗。

郑小琼说生活中的自己很落魄，没有任何成功感。幸而发星一直鼓励她写诗，把她不能发表的作品都登在自己编撰的民刊上。"小琼是被大家推上去的。"蓝紫说，圈内朋友的不断鼓励与支持，使小琼获得了现实生活中所得不到的尊重与成就感，"否则她那么瘦弱单薄的女孩，走不了那么远"。

2004年，郑小琼开始受到关注，诗歌《挣扎》、《人行天桥》一度在网上大受追捧。东莞作协副主席方舟介绍，网络时代，很多打工诗人得以迅速浮出水面，渐渐形成气候。东莞也大力扶持这位年轻女诗人。方舟说，市政府曾资助小琼出了两本诗集，承担她赴新疆参加青春诗会的费用，还为她开过作品研讨会。虽然出席过不少诗会、沙龙，郑小琼仍不善言谈，即使跟好友蓝紫在一起，言语依然很少。但在"打工诗人"QQ群上，郑小琼却异常活跃。"打工的疼痛感让我写诗。"她说。"是广泛扎实的阅读让她内心变得庞大，充满了力量。"蓝紫告诉《南方周末》记者，郑小琼闲时，除了写诗就是看书，宗教、哲学、历史，甚至地摊上的毛氏秘史都看。发星连续六年给她寄书，从文艺复兴时期作品到国内外先锋诗人的诗集。扎实的阅读量使她的视野超越了一般打工诗人。

（摘自《南方周末》2007.6.7）

2. 打工文学是当代文学不可或缺的成果

陈建功（中国作协副主席）：

打工文学是与"打工潮"相偕而生的文化现象。其实，在中国现代文学史里，文学中的打工者形象早就有了。比如老舍笔下的"骆驼祥子",就是一个粗胳膊大脚闯入北平的"打工者"。解放后,新中国建设时期,更有大批的"乡下人"形象在文学作品中得到表现。但"打工潮"应该是改革开放以后独特的社会现象,由此而产生的打工文学已经成为不可低估的文学现象。要说到打工文学对中国当代文学发展的影响,首先要对打工文学作一个界定。我认为,打工文学应该是由"打工者"创作的反映"打工者生活"的文学。第一个前提是很重要的。近几年,我们的专业作家们关注现实生活,也塑造了很多优秀的打工者形象,为反映打工者的生活状态和精神风貌,做了极大的努力。比如贾平凹的《高兴》、孙惠芬的《吉宽的马车》,等等。但我认为我们所说的打工文学,指的还是由打工者创作的反映打工生活的文学作品。

就打工文学的思想艺术成就而言,其自身的价值以及可以想见的前景,已经成为或必定成为当代文学不可或缺的成果。打工文学因其情感之真挚、生活之鲜活,极大地满足了广大打工者乃至亿万群众的文化需求。文学中的打工者形象,以丰厚的历史内涵和时代特色,凝聚着人生的艰辛和血汗、挣扎和悲苦,更折射着一代新人成长的历程和预示着一个新的时代来临的曙光。我以为,在中国当代文学的人物画廊里,"打工者"的艺术形象谱系正在逐步形成,同时打工文学正逐渐成为这个变迁的时代民族心灵史的一部分。

打工文学给文学发展带来的启示更是不可低估。首先,它给文学带来了充盈着生活血脉的鲜活的质感。其次,它给文学带来了对普通人平凡生活和心灵世界的关注。再次,它给文学带来了真挚而素朴的表达。还有,它所培养出来的新人,将为文学队伍提供可贵的新鲜血液。

文学一旦被关入书斋、进入庙堂,就苍白了,就做作了,这是千百年来文学发展的历史昭示给我们的真理。而打工文学的创作者们对生活有铭心刻骨的体验,有揪心扯肺的酸痛,有激情涌动的感悟,也有素朴平实的表达,这些都是事关文学生命的所在。因此,打工文学的出现,除了是自身魅力的展示,也是对苍白与做作的冲击,对隔膜与矫情的挑战,尽管现在还不能说它已如钱塘潮涌,但已惊涛拍岸。扶持它、鼓励它、帮助它,对于我国文学事业发展的意义,是可以想见的。

坦率地说,包括我在内的许多作家、评论家、文学工作者,也都曾经有过"打工"的经历,当然,我们当年所面对的环境和今天的"打工者"所面对的环境已经有很大的不同。但想起我们的年轻时代,面对"打工作家"的涌现和打工文学的兴起,我们及时地对其加以关注、研讨,不仅仅是一种社会责任,更包含了我们对劳动者的敬意和深情。

(摘自《打工文学纵横谈》)

3. 最具鲜明的转型时代特征的文学

雷达(原中国作协创研部主任):

打工文学一般是聚焦于城市或者城市边缘,描写农民工进城过程中的状态,反映农民工精神上的变迁。与传统的叙事相比,打工文学中的农民由被动和屈辱变为主动,由焦虑的漂泊变为自觉的融入城市文化。同时这是一种与城乡两不搭接的迷茫与期待。这是过渡阶段,大量的流动人口涌入城市,两种文化不断冲撞,这使他们产生了一种错位感。有的作品非常感人,比如郑小琼的诗《打工,一个沧桑的词》。打工文学既然是在这种背景下出现的,提出的问题尤为突出,它可以说是今天最具鲜明的转型时代特征的文学,也是最能体现现实主义的艺术创作,城乡二元冲突深化了打工文学创作,它在今天的文坛上理应占有重要的位置。打工文学里面涉及的矛盾冲突几乎是无所不包的,几乎涉及现阶段中国所有的问题。我觉得今后应该更多地表现农民工在现实社会中的转变和痛苦,以及他们如何努力成为一个健全的自我主体。应该更多地把笔墨放在农民工的自我意识上,主要写人的尊严和自尊,以及关于人的全面发展的思考等。

王彬(鲁迅文学院副院长):

打工文学应该说是农民工文学,农民工作者写出的关于农民工的作品。世界上其他国家的农民工写出作品的现象是不多见的,所以这也反映出我们国家的一个进步。我们研究打工文学现在更多的还是宏观多一点,文学策略更多一点,其实还可以更细致地谈一些问题,比如对农民工作为创作主体的研究,或者对文本的研究等,还可以让打工文学有一个更好的前进趋向。从中国来看,农民向农民工转变也是一个很长的过程,打工文学也就会有一个很长的过程。所以我们应该以更多的注意力对它进行比较细腻的研究。

胡平(鲁迅文学院常务副院长):

我觉得打工文学也是农村文学创作的一个转移,我们的文学历来获奖的主要是农村题材,但是农民当中的精英现在都在转向城市,这也是城市化必不可少的一个阶段。所以今后应该由打工文学承担更多的责任。现在农村都是以老头老太太为主了,所以我把打工文学看做是一种农村题材创作的延续,把它看成是一种过渡性的。打工题材在文学上也是很有价值的。打工文学与知青文学、留学生文学等也有联系,但是区别也很大,第一就是它确实不如知青文学,因为知青文学一开始就是反思性的,站得很高,而打工文学比较肤浅,它的自觉性比较弱,作品里面的人物是哀而不怨的,等等。和留学生文学比较我觉得打工文学还好一些,为什么我们读留学生文学感觉还不如打工文学呢?我觉得这和底层文学有关系。打工文学由于是底层叙述,所以我们觉得它天生具有文学性。但是打工文学确实还有待于发展。

冯敏(《小说选刊》副主编):

打工文学对主流文学有什么积极的意义?第一,在生活与创作的源头关系上,打工文学对主流文学是有借鉴意义的。我们的文学越来越从文本到文本,从文学当中产生文学,专家教授又对这样一些文本和作品进行解读,久而久之就形成了文学界的一个自给自足的、自我封闭的、自我循环的一个小系统,从而离文学就越来越远。我觉得无论是打工文学还是主流文学中的底层写作的艺术实践,至少为我们文学的发展提供了一种可能性,而且这些年来我觉得是向好的方向发展。第二,打工文学的批判力是很强大的。打工文学和中国30年代的无产阶级文学有着一种天然的血肉联系。相对于主流文学越来越羸弱的对现实的批判能力,打工文学表现出了它的优势。

(摘自《打工文学纵横谈》)

4. 精神漂泊,不甘沉沦的时代记忆——打工诗歌随感录

我看到一群离家在外的打工人,一群怀揣希冀但也充满苦难意味的精神漂泊者,他们在南方,在经济发达的城市,寻找着可能闪现的生命亮色。尤其是,这群孩儿们与高蹈

于现实之上的虚空而渺远的诗歌携手，而且有着惊人的体验深度，有着惊人的切肤的痛感，实在让我有一种说不出的感动。这一群和我的孩子差不多同龄的诗人们，他们的写作不是附庸风雅的唱和，他们的诗是血与泪、是悲欢离合的动态表述，是灵魂与生命的真正燃烧。

"打工诗人"和"打工诗歌"是应运而生，开放的姿态，漂泊的状态，远离乡土和亲情的背景，在"光天化日"之下，较为直接地去感受世态炎凉人间冷暖。是"生存苦难"的大情怀，与诗人和诗歌相遇了，苦难折磨着灵魂和肉体，但在生存的层面上，苦难却成为诗的汁液。

漂泊是一种象征，流放中的生命找不到自己的岸，而诗歌投奔精神的原野，有了某种救赎的意义。

伤痕或者眼泪，挂在时代和社会的面颊上，诗是宣言，而打工者只是历史间隙里的一个角色，以诗来告诉世界：精神漂泊，是我们对抗奴役的一种旅行。女诗人郑小琼说："火车依旧在行驶着，时间，是她身体里面的另一辆火车，她同样不知道时间这辆火车将要把她带到何方。现在当她坐在南下选择的这个城市里，回忆着那一年的火车，她依然没有改变自己漂泊的命运，她注定还将在这个城市里流浪下去，她还是那样一只无根无蒂的小舟。"(《在路上》,《诗刊》2007 年第 7 期上半月)我说命运既是生存的现实，也当然是选择的现实，漂泊使你们成为真正意义上的诗人。不是为了诗而找到苦难，是苦难玉成了诗。对于诗人来说，更重要的是"时间"，是"身体里面的另一辆火车"。精神的漂泊者，在"时间"的河流里，实践着名为"打工"的生存行为。这当然是一种选择，比如说诗歌，并不是所有的打工者都选择了诗歌，诗歌也只是精神漂泊的一种意想不到的方式。

事实上，中国的"时代"在不同人的经历中是不同的，不同的选择方式，不同的职业者，不同的角度不同的地位，甚至是漂泊与居家的不同也会导致"时代"的大相径庭的差异。所以我们从"打工者"特定的角度，可以看到这个"时代"的另一种艰难和另一种无奈。或许从人生与社会的角度说，"打工"是权宜之计，有着某种临时性，而诗歌对于精神的漂泊者来说，则可意味着"天长地久"。有些人即使结束了打工生涯，但他们的诗仍在继续着；有些人不再打工了，但他仍在写"打工诗歌"。打工与诗歌的缘分不是历史的必然，是物质漂泊与精神漂泊相遇时的一种偶然的选择，这种"撮合"也具有某种临时性的意思。

（邢海珍/文，摘自许强芊主编《2008 中国打工诗歌精选》）

5. 如何定义打工文学

白烨（中国社会科学院文研所研究员）：

探讨打工文学，我们首先遇到的一个实际问题就是，如何定义打工文学。我觉得可以从写作主体和写作对象这一层面进行命名。写作主体即是写作者，谈论打工文学首先绕不过去的问题就是什么人写的什么作品。是打工作者写的关于打工生活的作品才能看做是打工文学呢，还是所有作家写的关于打工生活及其具有打工意识和体验的作品都可以看做是打工文学？我个人更倾向于前者，因为打工文学强调的是一种表现打工者原汁原味的底层生活，相对于曾经在流水线亲身工作的打工作者来说，一般的职业作家并不能真正地写出更好的反映打工者真实生活与情感的作品来。打工文学就是打工作家自鸣自放心中的情感。

何西来（中国社会科学院文研所研究员）：

我的看法可能与白烨的观点有一些分歧。我所理解的打工文学首先是一个题材概念。我认为只要是反映打工生活的作品，无论谁写的，都可以纳入打工文学的范围。

李凤亮（暨南大学副教授）：

我对于打工文学存在着一个广义和狭义之分的理解。在广义上讲，一切反映打工现象的作品，都可以看做是打工文学，从这一点来说，打工文学只看表现的对象，只要是抒写打工生活与情感的作品，都可被称为打工文学，何先生的观点无疑是这一层面的理解；而在狭义上讲，白烨老师对打工文学的理解也是很有见地的。我们现在所谈论的打工文学，其概念实际上还是比较模糊的。究竟什么样的文学才能算是打工文学，从刚才大家谈论的情况来看，也是仁者见仁、智者见智。作为一种文学现象，我们有必要对其进行基本明确的命名。但这显然也不是一件十分容易的事情，我们不能简单地以某一个特点对其进行命名，应该在一个大的历史与文学背景下对其予以考察，寻求更准确、更能反映打工文学实际面貌的表述方式。

杨宏海（深圳市文联专职副主席）：

最初的打工文学作品，就有社会学的意味，但文学性不够强，主要是满足打工者一种精神上的诉求。后来的打工文学作品，由于有了专业的打工文学作家，文学性较为突出，但对打工者意识的探讨却显得稍微薄弱。因此，我们现在的打工文学，如何将文学性与哲学性融合起来，这是一个摆在我们广大打工作家面前的新的问题。

何西来（中国社会科学院文研所研究员）：

从打工者的工作角度来看，我认为打工文学首先是一个经济学现象。因为打工者进城主要是为了挣钱，经济目的是第一位的，然后在这个过程中，他们还有其他方面的追求，从而构成打工文学多层面、多角度的特征。

李敬泽（《人民文学》主编）：

我不这么认为，我觉得打工文学首先是一个政治现象。打工者进入城市后，成了被雇佣者，从事大多数城里人不愿意做的工作，他们和雇主之间实际上就存在着剥削与被剥削的关系。从这一角度来看，描写打工生活的打工文学就具有了政治意义上的主题。

何真宗（《打工作家》总编辑）：

两位老师的辩论很深入，也很有意思。大家刚才谈得最多的是关于"打工者"的身份确定以及打工文学的如何界定。其实在我看来，"打工者"不能仅仅局限于打工的底层，不仅仅是流水线上的工人，还可以更宽泛。从某种程度上来讲，我们都是打工者。

另外，对于打工文学我们也不能仅仅界定为打工者写的文学，我认为只要是描写打工生活与思想的文学，都可以纳入打工文学的范围。因为对于打工生活来说，打工者可以写，一般的专业作家也可以写。例如在座的孙蕙芬老师，她写的小说《民工》最近已在央视以电视剧的形式播出，我认为她的《民工》也是打工文学，因为它表现的是民工这一打工群体的真实生活。因此，我们对于一种文学样式的命名，不能采取过于单一化的态度，否则就不能真正地反映复杂的实际问题。

（以上均摘自《打工文学纵横谈》）

二　南北朝乐府民歌《木兰诗》

（一）作品介绍
（见《语文》七年级下册）

（二）作品研究

1. 巾帼英雄的形象

这首诗写的是一位女子代父从军的故事,充满传奇色彩。千百年来,这一巾帼英雄的形象家喻户晓,深受人们喜爱。全诗明朗刚健、质朴生动,具有浓郁的民歌情味。

（《语文》七年级下册）

2. 花木兰是英勇善战的"英雄"吗？

语文教学脱离文本是一种顽症。自从有了多媒体以后,这种顽症又有了豪华的包装,喧宾夺主的倾向风靡全国。多媒体本是文本分析的附属,但是,许多时候,文本变成了多媒体的附属。我到一所中学去听课。教师讲《木兰辞》,先放美国的《花木兰》动画片,接着集体朗读了一番,然后讨论《木兰辞》的文本。但这和前面美国的《花木兰》有什么关系,他完全忘记了。他问花木兰怎么样？学生说是个英雄。这花木兰什么地方"英雄"啊？底下想来想去,花木兰很勇敢啊,花木兰会打仗啊……只有一个学生讲:"花木兰挺爱美的。"教师又问了,花木兰回来以后,家里反应怎么样啊？学生说,爸爸、妈妈出来迎接她。某同学你做个样子是怎么样迎接的。就这么样迎接……(作搀扶状)又问弟弟怎么样？弟弟磨刀。某个同学你做个磨刀的样子。那同学就作磨刀状。完全是机械性僵化的动作,一点欢乐的情绪都没有,完全忘记了人物的心态。就在这嘻嘻哈哈之间,文本中的花木兰消失了。多媒体上的花木兰也遗忘了。

其实,美国人理解的花木兰和我们中国经典文本里的花木兰,是不一样的。不是说要分析吗？分析的对象就是要抓住差异,引出矛盾,没有矛盾便无法进入分析层次,有了矛盾,就应该揪住不放。美国花木兰是不守礼法的花木兰,经常闹出笑话的花木兰。而中国的花木兰,说她是英雄,这个英雄的特点是什么？如果没有具体分析就会造成一种印象:美国的和中国的是一样的。这样,多媒体就变成"遮蔽"了。

我后来总结说,其实在课堂对话中,许多同学讲了一些不着边际的话,但是,有一个同学讲了一句话,"花木兰挺爱美的"。这非常重要,比一般化地称赞她"英雄"深刻得多。为什么呢？它有一种"去蔽"的启示。花木兰的形象可能被"英雄"的概念遮蔽。英雄是什么呢？英雄就是保家卫国的,会打仗的,很勇敢的。我问他们,这首诗里面,写打仗一共几行？"旦辞爷娘去,暮宿黄河边,不闻爷娘唤女声,但闻黄河流水鸣溅溅。旦辞黄河去,暮至黑山头,不闻爷娘唤女声,但闻燕山胡骑鸣啾啾。"这是不是打仗呢？不像,写的是行军。"万里赴戎机,关山度若飞。"是不是打仗呢？还是行军。"朔气传金柝,寒光照铁衣。"是不是打仗呢？还是不太像,是宿营。"将军百战死,壮士十年归。"这可以说是打仗了。但是,第一,从诗行来说,何其少也,只有两行,而且严格来说,只有一行。因为"壮士十年归"这一行,写的不是打仗,而是凯旋。然而就是"将军百战死"这一行,也不是正面描写战争,而是概括性很强的叙述,打了十年,上百回战斗,将军都牺牲了。就这么区区一行,可以说是敷衍性的笔墨,几乎和花木兰没有什么关系。作者想不想写她浴血奋战?她在战争中的英勇是全诗的重点还是"轻点"?为什么作者把战争场面轻轻一笔带过就"归来见天子"了?战争真是太轻松了。这样写战争,是不是作者在追求一种惜墨如金的风格?好像不是。但是文本又不像敷衍了事随便写写的,该着重强调的地方,甚至不惜浓墨重彩。光写这个女孩子为父亲担心,决心出征,写了多少行呢?十六行:

> 唧唧复唧唧,木兰当户织。不闻机杼声,唯闻女叹息。问女何所思,问女何所忆。女亦无所思,女亦无所忆。昨夜见军帖,可汗大点兵,军书十二卷,卷卷有爷名。阿爷无大儿,木兰无长兄,愿为市鞍马,从此替爷征。

然后写备马(从这里可以感到当时农民的负担是如何重,参军还要自己花钱去买装备),写了多少行呢?四行:

> 东市买骏马,西市买鞍鞯,南市买辔头,北市买长鞭。

接着写行军中,对爹娘的思念,又是八行:

> 旦辞爷娘去,暮宿黄河边,不闻爷娘唤女声,但闻黄河流水鸣溅溅。旦辞黄河去,暮至黑山头,不闻爷娘唤女声,但闻燕山胡骑鸣啾啾。

这八行,是对称的,意思是相同的,本来四行就够了,但作者冒着重复的风险,写得如此铺张,句法结构完全相同,和前面的四行相比,只改动了几个字,几乎没有提供任何新信息。奏凯归来以后,作者写家庭的欢乐,用了六行,写花木兰换衣服化妆,又是六行:

> 爷娘闻女来,出郭相扶将;阿姊闻妹来,当户理红妆;小弟闻姊来,磨刀霍霍向猪羊。开我东阁门,坐我西阁床,脱我战时袍,著我旧时裳,当窗理云鬓,对镜贴花黄。

如果作者的意图是要突出木兰作为战斗英雄的高大形象,这可真是有点本末倒置了。

问题的要害在于两个方面。

第一,花木兰参加战争,战斗的英勇却不是本文立意的重点。立意的重点在哪里?许多把精力放在多媒体上的教师忘记了,这个经典文本最起码的特点是,描写了一个女英雄。战争的责任本来并不在她。她之所以成为英雄,是因为她承担了"阿爷"、"长兄",也就是男性的职责。这个职责如果仅仅限于家庭,她不过是个一般意义上的假小子、铁姑娘,作为撑持家业的顶梁柱而已。但是,木兰主动承担的责任,不仅仅是家庭的,而且是国家的。她为国而战,立了大功("策勋十二转"),作出了卓绝的贡献,却并不在乎,甚至没有表现出成就感,这和一般以男性为主人公的作品,光宗耀祖、富贵还乡的炫耀恰恰相反。她拒绝了"尚书郎"的封赏,除了一匹快马以外,别无他求。她要回到故乡,享受平民家庭的欢乐。这个英雄的内涵,从承担起"家"的重担开始,到为国立功,最后又回到家庭、享受亲情的欢乐。文本突出的是一种非英雄的姿态。这是个没有英雄感的平民英雄,是英雄与非英雄的统一。更为深刻的是,她不但恢复了平民百姓的身份,而且恢复了女性的身份。这个英雄的内涵不单纯是没有英雄感的平民英雄,更深邃的内涵是不忘女性本来面貌的女英雄。她唯一感到得意之处,就是成功地掩盖了女性性别:

> 出门看火伴,火伴皆惊忙:同行十二年,不知木兰是女郎。

这些"伙伴"当然应该是男性。"惊忙"两字,不可轻易放过,这不但是自鸣得意,而且是对男性得意的调侃,显示了女性细腻的心理的优越。

这一点,不是以今拟古的妄测,是有历史还原根据的。这种女子英雄主义观念,在当时的民歌中,可能不是孤立的现象,我们在北方其他民歌中不难找到类似观念的表现,如《李波小妹歌》:

> 李波小妹字雍容,褰裳逐马如卷蓬。左射右射必叠双。妇女尚如此,男子安
> 可逢?

不过多数女子英雄不像木兰这样与战争相联系,而是以大胆追求自由的爱情,忠于家庭、丈夫,不受利诱为主,如《陌上桑》、《羽林郎》。

第二,本文在写作上,表现了某种矛盾的倾向。一方面,该简略的地方可以说是惜墨如金,连花木兰怎样打仗都不着一字,百战之苦、十年之艰,一笔带过;另一方面,该铺张的时候,可谓不惜工本,极尽渲染之能事。这种渲染又不是常见的比喻形容,而是一种特殊的铺张:

> 东市买骏马,西市买鞍鞯,南市买辔头,北市买长鞭。

几乎没有一个读者发出疑问:马有这样买法的吗?这不是有点折腾?还有:

> 开我东阁门,坐我西阁床。

这不是有点文不对题吗?开了东边的门却坐到西边的床上去。更有甚者:

> 问女何所思,问女何所忆。女亦无所思,女亦无所忆。

本来一句话就可以讲清楚的,为什么要花上四句?但是,读者的确并没有感到拖沓,原因是这里有一种动人的情调。这是一种平行的铺张,文人作品往往是回避这种平面式的铺开的,文人的渲染更强调句法的错综变幻。而这种铺张能够唤起读者阅读经验中关于民间文学所特有的(可能与某种说唱的传统手法有关)情调。在这样的铺张中有一种天真朴素的情趣,这情趣在南北朝民歌中是屡见不鲜的,如:

> 江南可采莲,采莲何田田!鱼戏莲叶东,鱼戏莲叶西。鱼戏莲叶南,鱼戏莲
> 叶北。

又如《焦仲卿妻》(即《孔雀东南飞》):

> 青雀白鹄舫,四角龙子幡,婀娜随风转。金车玉作轮,踯躅青骢马,流苏金
> 镂鞍。

又如《陌上桑》:

> 青丝为笼系,桂枝为笼钩。头上倭堕髻,耳中明月珠。湘绮为下裙,紫绮为
> 上襦。

这种渲染的特点还在于,全部是同样句法正面的描述,不用比喻,也没有直接的抒情,但是在这种铺张的叙述中,隐含着一种天真的、稚拙的、朴素的、赞赏的情趣。

但是,《木兰辞》与一般南北朝乐府民歌有所不同,这里的一些笔墨,和铺张是相反的,那就是语言的高度精练,如前面已经提到过的:

> 万里赴戎机,关山度若飞。朔气传金柝,寒光照铁衣。

前面两句运用句法结构的对称,提高了空间的概括力。万里关山,就这么轻松地带过去了。要不然不知要花多少笔墨才能从被动的交代中摆脱出来。但是,这两句,从形象的

感性来说，毕竟还是比较薄弱了一些，后面两句则把对称结构提升到对仗的水准。连平仄都是交替相对的。作者大胆省略了万里关山的无限生活细节，只精选了四个名词（朔气、金柝、寒光、铁衣）和两个动词（传、照）紧密地结合成一个有机的意象群体，就把北地边声、军旅苦寒的感受传达出来了，凭借其密度和张力，率领读者的想象长驱直入，进入视通万里的境界。这显然不是民歌朴素的话语方式，而是文人诗歌的想象模式的运用。

当然，作者也并不一味拒绝比喻。到了最后，作者居然在故事结束以后，突然一反常态。这很有点令人意外，本来几乎全文都是叙事，从出征到凯旋，几乎没有什么形容，更没有用过比喻。这在全文中是第一次使用比喻，可不用则已，一用就很惊人，这是一个很复杂的比喻，有两个喻体，写战争时惜墨如金的作者此时慷慨地花了四行：

雄兔脚扑朔，雌兔眼迷离；双兔傍地走，安能辨我是雄雌！

这个比喻内涵相当丰富，强调的是，男女在直接可感的外部形态方面本来有明显的区别，可是这种区别不重要，通过化装轻而易举地消除了以后，女性完全可以承担起男性对于家和国的重担。也许这个意义太重要了，因而经受住了近千年的历史考验，直到今天，"扑朔迷离"不但在书面上，而且在口头上仍然具有很强的生命力。

这就叫文本分析。抓住文本，就是要"去蔽"，去掉一般化的、现成的、空洞的英雄的概念，像剥笋壳一样，把文本中间非常具体的、微妙的内涵揭示出来，原来这个经典之所以成为经典，就是因为它重构了一种"英雄"的概念，这是非常独特的，和我们心目中的概念是不一样的，要防止武松、岳飞这些现成的概念造成的遮蔽。

从文化学上来说，这个英雄的观念具有颠覆的性质。汉语里的"英雄"概念本来是指男性，英是花朵、杰出的意思，可是像花朵一样杰出的人物，只能是男性（雄）。把花木兰叫做英雄，词意内涵是有矛盾的。她是个女的，还要叫她"英雄"？不通。应该叫做"英雌"。把她叫做"英雄"，就是改变了（颠覆了）原本的"英雄"的观念。从文本出发，揭示出这个经典文本里"英雄"观念的特殊性，就是我们的任务。

我在《直谏中学语文教学》中说，分析的前提是揭示矛盾，而矛盾是潜在的，我提出用"还原法"来揭示矛盾，才有分析的对象。还原，就是把"英雄"原来的观念作为背景，它是怎样的？写在经典文本中"英雄"的内涵是怎样的？二者不一样，才有分析的空间。这是一种硬功夫。

（摘自孙绍振著《名作细读》）

（三）相关链接

1.《木兰诗》的两个版本

脍炙人口的乐府民歌《木兰诗》流传至今有两个版本，一是署名唐人韦元甫的《木兰歌》，它以"木兰抱杼嗟，借问复为谁"开头，收入清人彭定求等编纂的《全唐诗》；另一个是同样署名韦元甫、收入宋人李昉等编的《文苑英华》的《木兰歌》，以"唧唧复唧唧，木兰当户织"开头，流传最广。署名同、题材同、诗名同的《木兰歌》，何以内容有异？这两首不同版本的《木兰歌》之间是否存在传承关系？本文试比较两者的语言风格与诗歌中涉及的名物制度，探讨两个版本各自的时代特征与二者的传承关系。

为便于讨论，两首《木兰歌》转引如下，

《全唐诗》所收韦元甫《木兰歌》：

木兰抱杼嗟，借问复为谁。欲闻所戚戚，感激强其颜。老父隶兵籍，气力日衰耗。岂足万里行，有子复尚少。胡沙没马足，朔风裂人肤。老父旧羸病，何以强自扶。木兰代父去，秣马备戎行。易却纨绮裳，洗却铅粉妆。驰马赴军幕，慷慨携干将。朝屯雪山下，暮宿青海傍。夜袭燕支虏，更携于阗羌。将军得胜归，士卒还故乡。父母见木兰，喜极成悲伤。木兰能承父母颜，却卸巾鞲理丝簧。昔为烈士雄，今为娇子容。亲戚持酒贺父母，始知生女与男同。门前旧军都，十年共崎岖。本结弟兄交，死战誓不渝。今者见木兰，言声虽是颜貌殊。惊愕不敢前，叹息徒嘻吁。世有臣子心，能如木兰节。忠孝两不渝，千古之名焉可灭。（《乐府诗集》卷二五《木兰诗二首》之二）

《文苑英华》所收署名韦元甫作《木兰歌》：

　　唧唧何力力（或作历历。《乐府》作唧唧复唧唧。逯注：作促织何唧唧），木兰当户织。不闻机杼声，惟闻女叹息。问女何所思，问女何所忆。女亦无所思，女亦无所忆。昨夜见军帖，可汗大点兵。军书十二卷，卷卷有爷名。阿爷无大儿，木兰无长兄。愿为市鞍马，从此替爷征。东市买骏马，西市买鞍鞯。南市买辔头，北市买长鞭。旦辞爷娘去，暮至黄河边。不闻爷娘唤女声，但闻黄河流水鸣溅溅。旦辞黄河去，暮至（一作宿）黑山头。不闻爷娘唤女声，但闻燕山胡骑鸣啾啾。万里赴戎机，关山度若飞。朔气传金柝，寒光照铁衣。将军百战死，壮士十年归。归来见天子，天子坐明堂。策勋十二转，赏赐（一作赐物）百千强。可汗欲与木兰官（一作可汗问所欲，又作欲与木兰赏），不用尚书郎。愿得鸣（一作借明）驼千里足（一作愿驰千里足），送儿还故乡。爷娘闻女来，出郭相扶将。阿姊闻妹来，当户理红妆。小弟闻姊来，磨刀霍霍向猪羊。开我东阁门，坐我西阁（或作间）床。脱我战时袍，着我旧时裳。当窗理云发（一作鬓），挂（一作对）镜贴花黄。出门看火伴，火伴惊忙忙（一作始惊忙，又作皆惊忙）。同行十二年，不知木兰是女郎。雄兔脚扑握（一作朔），雌兔眼弥（一作迷）离。双兔傍地走，安能辨我是雄雌！（《乐府诗集》卷二五《木兰诗二首》之一）

　　（摘自龚延明《北朝本色乐府诗〈木兰歌〉发覆》，《文学研究文摘》2010年第2期）

2. 戏剧《花木兰》的演变

（1）豫剧《花木兰》

叙述了妙龄少女花木兰女扮男装代父从军奔赴边关十二载杀敌建功的故事。

（2）龙江剧《花木兰传奇》

花木兰女扮男装，代父从军，在军中结识校尉金勇。两人相濡以沫，结为兄弟。十年征战，木兰虽升为大将军，但与金勇情感笃深，誓同生死。

一次，木兰受剑伤，终于显露出女儿身份。从此，金勇对木兰"痴情如火"，木兰也难抑依恋之情。战事中，金勇为救木兰壮烈阵亡，木兰痛不堪言。天子传谕，命花将军进京受封领赏。木兰书呈圣上："荣辱得失身外事，兴国安邦赤子情"。辞封还乡。

（3）京剧《花木兰》

北魏，突厥犯境，花木兰女扮男装，替父从军。木兰与贺元帅之子贺灵同在军中十二年,情同手足。贺元帅凯旋回朝,奏请万岁恩奏,钦赐小女与花木兰蒂结两缘。贺元帅来花家后始知木兰为女儿之身。在进退两难之际,经众撮合,木兰与贺灵结为夫妻。

（4）大型情景歌剧《木兰诗篇》

《木兰诗篇》 对木兰故事进行了大胆的修改,对原有的情节、人物和结构进行了重新的整合,将木兰与刘爽之间的友情与爱情成为贯穿全剧的灵魂。在舞台上首创了情景交响音乐这种全新的艺术表现形式演绎中国原创民族作品,弘扬了伟大的中国文化和民族精神,展现了中华儿女乃至全人类热爱生活,追求真善美、呼唤和平与正义的崇高精神境界。

歌剧由序曲、第一乐章 替父出征(柔板与叙事歌)、第二乐章 塞上风云(快板与梦幻曲)、战场四季(春夏秋冬)、第三乐章 巾帼情怀(酒歌与思乡曲)、第四章 和平礼赞(俚歌、安魂曲与终曲)组成。

下面是《木兰诗篇》第一乐章:柔板与叙事歌

[童声歌谣:

唧唧复唧唧

木兰当户织

不闻机杼声

唯闻女叹息

昨夜见军帖

可汗大点兵

军书十二卷

卷卷有爷名

木兰:

马蹄踏踏划破夜的寂静

长空里传来雁叫声声

雁阵匆匆在月光下飞过

洒下片片不祥的阴影

雁翅飞过 夜空悄然无痕

却给我留下无尽的伤痛

爹爹年迈弟弟年幼

谁去边关从军出征

啊月亮,啊月亮,你阅尽人间悲欢事

可知道木兰心中的女儿情

[木兰父母的唱段:

母亲:

昨夜传来军书十二卷

塞上边关又起了烽烟

催我夫从军出征

军情紧急军令重如山

父母重唱：

老骥伏枥志在千里草原

白发人依然心系边关

我多想乘风起舞挥长剑

浴血征战保卫万里关山

怎奈是年纪衰迈英雄气短

一腔豪情都化做了无尽的伤感

怎么办,怎么办,怎么办?

[窗前木兰抽出宝剑,仰望长天,

月华如水,剑光闪烁,蓦然心有所悟:

木兰：

手抚着长剑心潮奔涌

我仰望旌旗猎猎啊缚住那苍龙

我何不扮作男儿替父出征

脚踏塞上冰雪

身披万里长风

驱敌寇　平战乱

做一个顶天立地的巾帼英雄

[木兰树枝干挺拔,朵朵花蕾如剑,

在风中摇曳:

合唱：

木兰花

木兰花

女儿一样娇艳

男儿一样挺拔

木兰花

木兰花

明月一样皎洁

白玉一样无瑕

花蕾似剑

刺破春寒绽红颜

枝干如铁

傲然伫立青天下

为教芳香满人间

随风送春向天涯

[木兰与家人壮别……

[号角。乐队辉煌的全奏……

（5）迪斯尼动画片《花木兰》

在古老的中国，有一位个性爽朗，性情善良的好女孩，名字叫做"花木兰"，身为花家的大女儿，花木兰在父母开明的教诲下，一直很期待自己能为花家带来荣耀。

不过就在北方匈奴来犯，国家正大举征兵的时候，木兰的父亲曾经是一位身经百战的战士，如今年事已高、行动不便，但作为家中惟一的男人，他不得不重新入伍。伤心的花木兰不忍看到年迈的父亲征战疆场，为了证明自己，便趁着午夜假扮成男装，她乘夜深人静之际偷出父亲的盔甲和兵器，用宝剑削去秀美的长发，女扮男装，连夜奔赴兵营。

木兰故去的祖先们虽然十分恼火，他们害怕荣誉受到玷污，并且还担心木兰的身份一旦暴露会遭到严厉的惩罚，于是他们派木须龙前往召回木兰。而木须龙久居宗庙，饱尝英雄无用武之地的苦楚，所以在半道它改变了主意，决定帮木兰成就大业，以证明自己是名副其实的守护神。

从军之后，花木兰靠着自己的坚持的毅力与耐性，并在木须龙和蟋蟀的帮助下，不仅成功地在兵营隐藏了身份，而且练就了一身超群的武艺。在习武过程中，她爱上了英俊潇洒的李将军，但她只能将这份爱意深深地藏在心底。

匈奴一路烧杀抢掠，李将军的父亲也惨遭杀害。为报杀父之仇，李将军率部在雪山脚下与单于展开激战，无奈寡不敌众，伤亡惨重。紧急关头，木兰策马登上山头造成雪崩，使敌人全军覆没，而她自己也被雪块击伤，昏迷不醒。

在治伤时，她的真实身份终于暴露了。李将军以命相保，使木兰免去杀身之罪。当木兰遭驱逐之际，皇宫里正在为庆祝消灭单于而张灯结彩，歌舞升平。幸好就在这么艰难的时刻里，木须龙一直陪伴在她身边，不时给她精神上的支持与鼓励。

而在荒野中，她又意外地发现单于并未丧命；而且在密谋刺杀皇帝。事关重大，凭着这一股坚强的意志与要为花家带来荣耀的信念，木兰火速回京城，途中正巧与绑架皇帝的单于狭路相逢。木兰使出浑身解数大战单于，最终在李将军的帮助下杀死单于，救出皇帝。

木兰恢复了女儿身，衣锦还乡，她为家族赢得了无上荣光，而此时，李翔也随后而至。

（导演：托尼·班克罗夫特、巴里·库克）

3. 关于东西方文化

《花木兰》被认为是一部激动人心、有趣、惊险且饱含幽默和真情的影片。它的成功制作成为迪斯尼公司最引以为自豪的成就之一。而在它的背后还蕴涵着东西方文化的交流、转移现象以及文化全球化的特点。

首先，是什么使得迪斯尼选择中国的题材花木兰的呢？迪斯尼公司的发展部一直致力于寻找创意新颖、人物丰富的民间故事，而且一直希望能够拍摄一部取材于东方故事的动画片。当儿童作家罗伯特·苏西向他们推荐在中国广泛流传的民间故事"花木兰"时，他们非常高兴地采纳了。对于迪斯尼公司的高级主管而言，"花木兰"无疑是已经跨越了种族与国籍的语言。于是迪斯尼公司在继改编法国名著《钟楼怪》和古希腊神话《大力神》后，首次将中国古老的传奇故事"木兰从军"搬上银幕，使其成为内容丰富的第三十六部年度动画大片。不过，木兰代父从军的故事已经在中国流传了近两千年。迪斯尼的最终创作意图显然不是仅仅为了一个中国孝女树碑立传，而是希望通过动画的形式将花木兰塑造成为西方人推崇的圣女贞德一样能够跨越民族和国家的女英雄,所以其在精神领域更加注重人性和精神的方面以及她所蕴涵的精神实质。

这一点是中华大文化在世界的深远影响以及它对世界文化的推动作用已经越来越受到重视以及全球文化效应下迪斯尼全球化战略的双重体现。在这里不多说中国传统文化及中华大文化逐步走向世界,得到更多注意这一方面,而是把重心向迪斯尼或者美国转移。

当今文化产品的全球化问题越来越引起诸多的争议和关注。在探讨全球文化的互动关系时,尤以美国电影最为典型,比如说最近这几年美国电影在本土市场的收益,只占总额的一半,另一半来自世界各地,而且后者呈现出上升趋势,我们来看这样的数据:多年前,在美国本土以外获得的收益,只占全部的三分之一,而到了20世纪90年代,却已经跳升到50%。美国电影,配合着美国的政治、经济和军事强势,正逐步侵占世界各地的文化市场。一个更直观的例子:1998年,全球最卖座的电影中头三十九部都是美国电影。同年,德国的本土电影票房下降10%,英国下降12%,法国下降26%,西班牙下降12%,巴西下降5%⋯⋯(而《花木兰》也是1998年美国电影的功臣之一)现在,我们不得不面临着这样一个现实:一个电影制作网络的形成,一个跨国跨民族欣赏群体也在形成,由此这种以美国为首的格局渗透到全世界,表现为兼收并蓄的体系也开始成熟。

在此基础上也就产生了两个非常直接的后果:一方面为了巩固和进一步渗透各种文化领域,必须跨国跨民族地选择全球都可以接受的题材,进一步侵蚀弱势文化;另一方面,直接导致国际文化劳动者的重新整合,由于美国处于最高的级别,所以全球的文化精英都从世界各地跑到美国,献计献策。由于各种精英的长处各有不同,必然会带出更多丰富多彩的题材及形式。因此就不难理解,美国是如何像一台机器一样炮制出一个又一个适合全球口味的美式文化拼盘,内有中式功夫、南美风情、非洲音乐⋯⋯

而迪斯尼作为美国电影的一个重要的组成部分,也必然在其中。《花木兰》题材能够被一拍即合不仅是本身题材的优秀,也是迪斯尼全球战略不可分割的重要一环,所以迪斯尼公司少见地为《花木兰》一片所耗费大量资金和制作时间就不难理解了。

在具体制作时,迪斯尼在表现题材时一方面极力营造东方气息,同时还带有浓厚的西方色彩,比如说影片中长着白胡子的皇帝。中国皇帝一向被认为是高高在上的,可敬但不可亲,在影片中却有全新的感觉。最具有文化差异的处理是他竟然向救他一命的木兰微微鞠了一躬,而后大殿上的将士都随之拜倒,镜头转到远处,人群像退潮的海水一般层层跪下。我们知道皇帝的举动是不符合中国传统礼教的,但当所有人跪下时,既表现出皇帝至高无上的地位,也表现了大家对木兰的真心感激。此刻的皇帝如同慈父般温柔,以至于木兰居然有勇气上前拥抱皇帝,这当然又不是传统意义上的中国妇女形象了。

另外一个地方是在开始的祠堂家族会议上,杂乱的秩序体现出的是民主和平等,片中的家族会议更像是西方的董事会会议,这与中国的传统礼教也有较大的出入,按照真正的礼法,长辈的地位与发言往往是无可争议的、要绝对服从的。

片中还有花木兰性格、花木兰吊带衫的打扮都是符合西方特点的处理。而这些处理都显然体现出美式文化拼盘的特点,以西方文化为本位,用西方观念诠释东方,迎合西方观众口味的典型。

在电影的发行上,迪斯尼也煞费苦心,《花木兰》作为迪斯尼抢滩华语市场的大制作以及迪斯尼公司的第三十六部年度动画片,公司对《花木兰》展开强大的宣传攻势,他们甚至连互联网上都作了重点投入,更让人觉得美国人无处不在,他们在互联网上甚至特意开设了中文网址。美国人为了将电影打入中国,每次都十分慎重地选择像成龙这样的华语明星进行配音,而为了本片能够顺利打入我国华南和香港地区,竟然破天荒地为《花木兰》配制了粤语版。迪斯尼在全球化战略上表现的也真可谓细致周到、无孔不入。

最后再简单探讨的问题,就是考虑花木兰如何进入全球文化。曾经有人说好莱坞在文化转移和文化传播的过程中充当的是一种出口关卡的作用,这是十分形象和生动的。事实确实如此,而且花木兰是比较典型的例子。在一定程度上,好莱坞似乎作为一个传教士,将各地的文化经过自己的一番整合后再传播出去,使原来的素材也带有了极强美国特色。"花木兰"只一个非常传统的中国故事,但是凭借好莱坞电影这种大众文化载体而向全球推销。在经过美国的重新洗牌后,《花木兰》已经不再是纯粹的中国文化的一部分了,反而它的明确的文化界限已经模糊化了,在一定程度上它已经成为了全球大众文化的一部分。这一点对于我国而言,说起来不知道是应该欣喜还是难堪。

(选自孙立军主编《影视动画影片分析》)

4. 木兰姓什么

进过初中的人都念过《木兰诗》。木兰是诗中的人物,这一形象既得人民爱戴,种种传说发生,伴以木兰乡之类,也是平常事。但后来有人非要把木兰强领入另一种真实。

诗中只有"木兰"两字,是连姓带名,或只是名字,无法判断。百千年后,木兰姑娘忽然有了姓氏,且不只一种。在有的地方姓朱,在有些地方姓魏。至明代徐渭的杂剧《雌木兰》,木兰得姓为花,乃有了今天的花木兰。

木兰这一形象,到了元明,已被总结出忠孝礼智信,五大俱全。其尤不堪者,是元代一个叫侯有造的人,做了篇《孝烈将军祠像辨正记》说,木兰回来后,天子要把她纳入后官,木兰以为于礼不合,便以死相拒,自杀身亡。木兰也从此变成节烈的楷模了。

古人缺少艺术的自觉,只承认一种历史的真实,其欲把木兰放到自己熟悉的系统中,倒也能理解。今人的意识进步多了,却会用另一种办法来破坏诗意。半个世纪以来,学者先是辩论木兰是否"劳动妇女",是否"爱国女英雄",后来商讨是否"反战",是否代表"男女平等",好端端的一首诗,化为另一种战场。

区分"历史"这一概念的不同涵义,虽然简单,往往成为陷阱。常识中的隐患,一旦发作,常至不可治而后已。

(摘自《中国好人:刀尔登读史》转载 2009.4.2 扬州晚报)

5. 木兰祠访问记

女杰故里

花木兰,中国民间传说中近乎完美的一个女性形象,她在危难之际女扮男装、代父从军的故事可谓妇孺皆知。

《木兰辞》是有关木兰的最早文字记载,大概完成于南北朝期间。里面用生动的语言完整地述说了木兰代父从军的民间故事,遗憾的是,对于木兰家在何地只字未提。在河南商丘市虞城县境内,有一座古老的木兰祠,当地人说,里面供奉的女子就是传说中的花木兰。据《虞城县志》记载,这座木兰祠最早建于唐代,宋、元、明、清各代均有修缮。当地人说,花木兰出生在虞城,但她不姓花,而姓魏,她的老家在魏庙,至今还有她的后人。

记者随即来到魏庙寻访,发现提起花木兰,每个村民都能讲出很多故事。村里的老人告诉记者:"木兰的父亲叫魏应汉,之所以为女儿取名'木兰',是因为家里种了一棵木兰树,许多年都不开花,而她出生的那年春天,那棵树刚好开花了。"

在不同版本的花木兰中,她的容貌都很俏丽,但事实上,木兰在军中十二年,却没有人发现她是女子。很多人因此而猜想,木兰的长相也许并不美丽,只是一个声音沙哑、本性质朴的乡下女孩。

魏庙探寻

令人好奇的是,如果木兰只是一个普通的乡下女孩,她的智谋与武艺又从何而来呢?文史学者宋成树告诉记者,木兰的文韬武略是从伊乔那里学来的,伊乔是名相伊尹的八十一代孙,他发现木兰非常聪明,就收她为徒,传授她文韬武略、兵法战策。

在魏庙,村民们告诉记者,这里曾经有一处很大的祠堂纪念木兰。遗憾的是,那间魏氏祠堂如今已看不到了。不过,当年祠堂中的一块石碑还保留在一位村民的家中。在石碑上,魏氏木兰几个大字十分清晰,魏氏后人说,四月初八是木兰的生日,每年这天,都会有很多人赶来祭拜。

在魏庙的小路上,至今还可以看到一棵皂角树,据说树龄在千年以上。宋成树说:"这棵皂角树是当年木兰出征、朝辞爹娘去的那棵树,自木兰走后,她的母亲每天在这里盼望女儿归来,树就不长了。等到木兰凯旋而归后,这棵树竟然开始疯长。后来,人们在这个地方建造了望归台,还修了一座庙,供奉魏老太太。"

木兰身世

在《木兰辞》中,木兰征战十二年后,最终回到家乡。但是,在虞城一带,关于木兰的结局却流传着另一种说法。传说,木兰参军回来后,被皇帝看中,欲纳她为妃,木兰性格刚烈,撞柱而亡。木兰的命运真的如此吗?

木兰祠的前面有两块石碑,上面清楚地记录了木兰的身世与经历。"将军魏氏,本处子,名木兰,亳之谯人也。世传可汗募兵,孝烈痛父耄羸,慨然代行……"按照这块石碑上的记载,花木兰本名魏木兰,隋朝人,突厥犯边时,因为父亲年迈力衰,她毅然女扮男装、代父从军,整整十二年,在战场上屡立战功。

据宋成树介绍,木兰在杨广大业二年代父从军。凯旋而归后,杨广授她尚书郎,木兰不受。昏君杨广得知木兰女儿身份后,招入宫中,欲纳为妃。性格刚烈的木兰自尽抗婚,也正是因为冒犯龙颜,隋朝几乎没有留下这位奇女子的任何史料。甚至为了避免牵连,当时的魏姓族人都要隐姓埋名。直到唐代,才追封木兰为"孝烈将军",并立祠纪念,也正是这块石碑的存在,让有关木兰身世的疑问一一解开。

（《中国电视报》2010 年第 7 期）

三　《中国新世纪文学的发展》(节选)

到 2010 年,文学走进新世纪已整整十个年头。十年在历史的长河中,只是短短的一瞬间,但在新中国成立后的六十年文学中,它占据了 1/6,在新时期以来的三十年文学中,它更占据了 1/3。问题还不仅仅在于时间的长度,更在于因为这十年社会生活的急剧变革与现代科技的高速发展,文学本身像登上了一辆高速行进的列车,十年间文学在多个方面都取得了超乎想象的拓展与进取,在主要的形态与基本的格局上,发生了前所罕有的巨大变化。可以说,十年的新世纪文学,不仅在这个时间段使自己成长得有模有样,而且极大地改变了当代文学的基本风貌与发展走向。

新世纪文学在新的变异中逐步形成新的格局,对此人们有各种各样的概括与描述,我的“三分天下”,即以文学期刊为主导的传统型文学、以商业出版为依托的市场化文学(或大众文学)和以网络媒介为平台的新媒体文学(或网络文学)的“三足鼎立”的观察与看法,现在看来,已是越来越确定也越来越明晰的一个现实存在。

其实,在这样的一个文学新格局的背后,是文学的环境、氛围的变异,是文学的生产与传播的转型。因此,只就文学创作与文学批评来看新世纪文学,已经显得有些表象;单就文学事象、文学活动来把握新世纪文学,也显得很不够。新世纪文学显然在不断的延展与陡然的放大之中,已非单一、单纯的文学领域里的自给自足的现象,它必然又自然地连缀着社会风云、经济风潮与文化时尚,正成长或变异为一种混合形态的新型文学。而使之发生新变并形成新质的,我以为主要是四个因素或四个要点:民间化、商业化、青春化与分群化。

民间化

民间化也即非体制化、非主流化,这在写作群体、写作姿态几个方面都有明显的表现。过去的文学创作者,大都隶属于作协、文联系统,或环绕于这样的文艺体制周围。这样的一种相互关系,使得体制与作家之间,有着一种有形与无形的勾连。一方面,作家的自我意识之中,内含了一种组织认同感,集体归属感;另一方面,作协、文联通过发展会员、服务成员,也保持了对于文学创作力量的基本掌控。但这样一个传统方式与基本形态,在新世纪的十年间,被逐渐突破和完全打破。先是一些自由撰稿人、自由写作者的出现,并借助于市场化的出版与娱乐化的媒体,他们获得了自己的生存空间,这使体制外的写作人才不断浮出水面;之后是依托门户网站和文学网站的网络文学写手蜂拥而来,在体制外形成了新的文学群体。这些体制之外的文学写手的作品,因为目的各异与门槛过低等原因,在自发性与芜杂性中,天然地带有一种民间性、草根性,这也使文学从业者的队伍变得庞大而庞杂起来。从已获知的信息来看,中国作协会员大概有八千人,加上地方作协会员、行业作协会员三万多人,体制内的作协会员大约不超过五万人。而在体制外,仅盛大文学旗下的起点中文网、红袖添香、晋江原创网、榕树下四家网站,就有注册作者七十多万人。全国的文学网站有五千多家,每家网站按照一千人计算,网络写手也有五百多万,如每家按一万人估算,则网络作者就有五千多万。五万与五千万,这种数字上的巨大差异,是让人震惊的。如此众多的网络写手,无疑是文学活动的重要力量与巨大后援。但如此庞大又庞杂的"民间化"文学力量,我们应该如何与之走近与沟通、怎样对其运用与借重,却是一个绝大的新课题。这样一个文坛难题,至今没有下文,确实需要有关方面认真研究,努力解读。

商业化

商业化的表面形式是文学出版的商业运作,文学传播的媒体炒作,这已是当下文坛一个不可改变的既定事实与基本常规。文学生产中的出版环节,因为要面向市场,争取受众,并使自身得以生存和发展,需要遵循市场规律、运用经济杠杆和追求经济效益,这是事情发展的必然。新世纪的十年中,市场意识与市场方式在文化、文学领域里,得到前所未有的开掘与发展。比如由图书发行起家的民营书业(也即"二渠道"),普遍与一些出版社进行深度合作,相互联手谋求出版的最大效益,使得文学出版全面商业化、产业化。比如上海盛大网络发展有限公司建立"盛大文学有限公司",这种以"公司"给"文学"命名的方式,本身就是典型的商业行为。而盛大文学在先后收购起点中文网、红袖添香、晋江原创网、榕树下、小说阅读网之后,既以高回报的点击稿酬培养自己旗下的网络写手(据知,年收入百万元的作者有十多位,年收入十万元的有一百多位),又以高额奖金的方式征集与征购社会上好的和比较好的文学作品(如以三千万元的资金投入开办"全球写作大展",奖励各类题材的优秀之作),使其一系列的文学行动与活动,充满着浓重的"商业"气息,跃动着"资本"的憧憬身影。伴随着"商业化"强势而来的,更大的问题是其对文学从业者心态的巨大影响,这使得文学之外的利益动机,成为众多文学写作者心照不宣的意图与希冀,包括一些著名的文学人、小说家在内。近年来在文坛发生的多家争一作、一稿许多家的出版纠纷,背后都隐藏着经济利益的问题。商业化的成形与定势,对于一些年轻的写作者来说,也给他们增添了利益上的诱惑,使得他们在文学理想的追求上,不易聚精会神,难得别无旁骛。文坛不仅由此变得错综复杂了,文学人的内心也由此被搅扰得躁动不安了。

青春化

青春化也即年轻化。在过去的文学时期,年轻的写手不断涌现和加入,这使得文学在代际衔接上,一直都在按部就班又继往开来地向前发展。但在新世纪里,文学中的新秀蜂出与过去的新人接续大有不同。首先是"80后"的一代新人,用写作追求与阅读兴趣的整体互动,介入了当下的文学活动,他们把他们的喜好与个性,用写作与阅读的文学方式一并显现出来,并对整体的文学添加了新异的成分。这种新异,最为显见的是这个群体在年龄构成上的年轻化。他们在出道之初,普遍为初中、高中在校学生,或相同学历的同龄人,这种新异中更为重要的,是他们在写作中的以"我"为主,张扬个性,追求真实,在注重宣教的文学功能之外,又彰显了以宣泄为主的文学功用。因为他们以校园为背景,以成长为主题,并在写作中追求与同龄读者的密切互动,使得青春文学如雨后春笋般在文坛上疯长,一直牢牢占据文学图书市场的销售前列,于今已成为当代文学类型中最为大量的重要构成。对于"80后"的萌生与涌现,成长与成熟,我们不能单看几个影响甚大的偶像型的明星作者,他们既有一个个性鲜明又整体丰繁的写作群体,还有一个注重感受、热衷阅读的读者群体,这样一个庞大的"80后"文学群体的介入,使得当下文坛从写作者到阅读者,整体上都变得更为年轻,更具青春性。

分群化

　　因为文学共识的破裂,也因为文学个性的显现,文学人在新世纪的十年中,不断地分裂、分化,又不断地结集、重组,从而使相对整一性的文坛,变成格外多元的文学群落,这已是一个不争的事实。从写作者的角度来说,有体制内的作家,有民间化的写手,有传统型的创作,有大众化的写作;从文学批评来看,有传统与专业的批评,有市场与媒体的批评,还有网络与博客的批评,等等。从在网络文学和市场文学中占主体的大众化的文学写作来看,不同的作品依照不同的题材与故事模式,分成许多个写作类型,仅形成气候和比较流行的类型,就有:架空\穿越(历史)、武侠\仙侠、玄幻\科幻、神秘\灵异、惊悚\悬疑、官场\职场、都市爱情、青春成长等十类之多。在这些不同的作品类型流行的背后,其实是不同的写作追求与阅读取向的各成系统的分离与分立。对于阅读的因素及其近些年的变化,我们过去关注得很不够,常常用一种经验型的自我想象去臆测读者,以为读者仍然一如既往,其实读者早就不但换了人群,而且变了口味。在新世纪的十年中,读者以顽强地显示阅读取向的方式,在反馈和反映着他们的意愿与意向,也以他们忠实于某些写作的执著选择,在成全着、支撑着如"80后"们的写作,如类型小说的写作等。这样一些新的文学倾向,是作者与读者、偶像与粉丝共同营造的产物。因此,分群的背后,无疑也是观念的分解与彰显,趣味的分离与张扬,这实际是当下文学在不可阻挡地走向多样化与多元化的内在动因。

　　民间化、商业化、青春化、分群化,使新世纪文学打上了它特有的时代印记,使它呈现出了与以前的文学时代完全不同的独有风貌。但显而易见,这样的一些动因与动力的存在与作用,又使新世纪文学充满了未曾有的复杂性、可能性与不确定性。因此,在当下群英称雄、千姿百态的文学活动中,如何增大积极引导的因素,加大正面价值的力量,如何让这样一个异常活跃又无比丰繁的文学现实,向着更为理想的状态过渡,向着更为健康的方面倾斜,向着更为和谐的方向发展,这对于置身其中的文学从业者的定力与能力,尤其是身负组织与引领作用的有关方面和相关领导的智慧与能量,也都是一个前所未有的考验与检验。在这个意义上,新世纪文学,也即新世纪考场。

(摘自白烨主编《中国文情报告》)

观赏

　　豫剧《花木兰》、龙江剧《花木兰传奇》、京剧《花木兰》、电影《花木兰》、动画片《花木兰》。
观赏影片,供教学中师生自主选择。

第五编

文学赏评

导读

第十三章　文　学　欣　赏

▶**本章提要**◀　　文学欣赏是人们在阅读文学作品过程中所产生的一种审美的认识活动。它对于发挥文学的社会作用,推动作家的文学创作,具有重要的意义。文学欣赏的特点和规律集中表现于:文学欣赏的再创造和再评价,文学欣赏的个性差异,文学欣赏中的共鸣现象。高度的文学欣赏能力的基本标志是:敏锐的感受力、丰富的想象力和准确的判断力。树立正确的审美观点,坚持不断的欣赏实践,积累丰富的生活经验,掌握科学的文学理论,是培养文学欣赏能力的基本途径。

第一节　文学欣赏的性质和意义

一　文学欣赏的性质

(一)文学欣赏与接受美学

文学欣赏是人们在阅读文学作品过程中所产生的一种审美的认识活动。人们在阅读文学作品时,被作品的艺术形象所吸引,对形象进行感受、想象、体验和品味,从而获得审美享受,这就是文学欣赏。

文学欣赏是整个文学实践活动的一个重要环节,因而对于文学欣赏的理论探讨构成了文学理论的一个重要组成部分。我国古代有些文学家已开始就文学欣赏问题进行理论思考,提出了一些精辟的见解。例如,刘勰《文心雕龙·知音》篇,就是一篇欣赏论。文中提出的"缀文者情动而辞发,观文者披文以入情",便涉及文学创作和文学欣赏的对应关系,所谓"缀文者"是指作家,"观文者"是指读者。文学创作和文学欣赏是密切相关的,而其具体活动程序则正好相反,前者是"情动而辞发",后者则是"披文以入情",两者的中介因素便是文学作品。德国 19 世纪作家赫贝尔也说过:"不论是谁,当他把一件艺术作品完全受用时,他所经过的进程和艺术家创作作品时所经过的进程相同——只不过受用者将创造者的次序倒转且增加他的速度而已。"[①]这同刘勰的见解是很接近的。

20 世纪 60 年代西方兴起的接受美学对于艺术欣赏问题提出了一些新的美学见解,其理论成果值得予以重视。

接受美学的理论基础是新的阐释学。新阐释学的奠基者波兰哲学家罗曼·英伽顿认为,文学作品的文本只能提供一个多层次的未定点,只有在读者一面阅读一面将它具体化时,作品的意义才逐渐地表现出来。换言之,读者并不是被动地接受作品文本的信息,而是不断地参与信息的产生过程。新阐释学后来在德国发展成接受美学,其代表人物是姚斯和伊瑟尔。1967 年姚斯发表《文学史作为向文学理论的挑战》这篇接受美学的理论宣言,接受美学便作为独立的学派崛起。他的《走向接受美学》、《恢复愉悦》等均是接受美学的重要著作。另一接受美学理论家伊瑟尔的主要著作是《本文的召唤结构》和《阅读活动》。

接受美学高度重视读者的阅读过程,认为整个文学活动作为一个大过程应包括两个小过程,即从作者到作品的过程和从作品到读者的过程,也就是作品的创造过程和作品的接受过程。这个完整的文学过程称之为"动力过程"。在这个过程中,作者赋予作品发挥某种功能的潜力,而读者则实现这种功能。任何功能都不能由作品自身实现,而必须由读者在接受过程中实现。文学文本不等于文学作品。任何文学文本都不是一个独立、自为的存在,仅仅是一个未完成的、本身并不能产生独立意义的开放的图式结构;它的意义的实现,它之变为文学作品,只能靠读者的阅读将其具体化,即靠读者以期待视野、流动观点,以感觉和知觉经验多层面地将它蕴含着的空白处填充起来,使它的未定性得以确定;没有读者的阅读具体化,文学文本只是潜在的文学作品,真正的文学作品是未定性的文学文本与读者阅读的具体化交互作用的结果。例如一部小说,在未经读者阅读之前,只不过是一叠印着铅字、经过装帧的纸张,如同一部电影在向观众放映之前,只不过是一堆正片胶卷一样。只有当作品为读者所阅读和理解时,才能获得艺术生命。接受美学认为,一部作品的生命力,没有读者的参与,是不可想象的。一部文学作品不仅是为读者创作的,而且也需要读者,有了读者才能使自己成为一部真正的作品。接受美学认为,读者在整个"动力过程"中,不是被动的反映环节,而是主动的力量,具有推动文学创作过程的功能。读者的阅读是一个充分的、广阔而自由的阐释和再创造的过程。每个人都以自己特有的方式,按照自己的生活经历的特殊性、艺术修养、艺术趣味、个人气质、倾向和兴趣、教养和理想,来感受、体验、解释和理解一部作品。每个人的"艺术感"不同,对文学的要求和对待文学的态度也不同。对文学作品的实现来说,读者的接受过程比文本的产生更为重要。读者不仅是实现作品功能潜力的主体,而且也是推动新的文学创作的动力。因此,不能把文学过程简单地设想成作家为读者创作作品,作品对读者发生影响。尤为重要的是,在整个文学过程中,读者创造作家,影响作家的创作,是推动文学创作,促进文学发展的一个决定性因素。因此,在

① 见琉威松编《近世文学批评》,第 78 页。

整个文学活动中,不是作家为主,而是读者为主。

尽管接受美学有不尽科学和失之偏颇之处,例如过分强调阅读活动的主动性和创作活动的被动性,过分抬高读者在整个文学活动中的地位而过分贬抑作家的地位。然而总体而言,对于我们充分重视文学欣赏在全部文学实践中的地位和作用,深入认识文学欣赏的性质、特点和规律,是颇有启迪的。它的不少见解富有创造性,值得我们认真研究和借鉴。

(二) 文学欣赏是一种审美活动

文学欣赏本质上是一种审美活动,具有审美意识的一般特征。但文学欣赏又具有不同于一般审美活动的特点,这是由于欣赏的对象不同。一般的审美活动是对现实美(包括自然美和社会美)的观照,而文学欣赏则是以文学作品所提供的艺术美作为审美的对象。艺术美是现实美的更集中、更概括、更典型、更理想的反映,它来源于现实美,却高于现实美。在某种意义上说,艺术美是自然美和社会美、内容美和形式美的高度和谐的统一。因而对艺术美的欣赏便远远高于对现实美的审美。审美意识是感知、情感、想象、理解综合的整体心理结构,这些审美心理因素在任何一种审美活动中都是不可缺少的。但自然美偏重于感性、形式,相应地对自然的审美偏于情感和想象;社会美偏重于理性、内容,相应地对社会的审美偏于感知、理解和思索。艺术则把自然美的感性、形式和社会美的理性、内容高度融合起来,因而在文学欣赏中,感知、情感、想象、理解诸种心理因素便在更高更深的层次上和谐自由地统一起来。

文学欣赏既然以文学作品作为特定的审美对象,因而文学作品的审美特点便从根本上决定了文学欣赏的特点。文学作品以其具体生动的形象和热烈深沉的感情对读者产生强大的感染力,使读者不知不觉地沉浸于作品所描写的生活情境之中,甚至可以达到形神交会、物我两忘的境地。文学欣赏都是在读者乐意接受的情况下进行的,人们欣赏文学作品出于自觉自愿,不能人为强迫,这同人们出于某种明确的目的,在理智的支配下,刻苦攻读科学理论读物,是很不相同的。鲁迅在谈到观众看戏时说过:"看客的取舍,是没法强制的,他若不要看,连拖也无益。"①艺术欣赏如此,文学欣赏同样如此。缺乏审美特点和艺术魅力的作品不可能引起人们积极的欣赏活动。

文学欣赏同阅读科学理论著作时的认识活动具有不同的性质和特点。人们在阅读理论著作时,主要是运用抽象思维,从理智上去把握阅读对象所阐发的科学原理,在这个过程中,读者的理解力和思考力起着主要的作用。而在文学欣赏过程中,读者是运用形象思维,自始至终处于活跃的状态,读者审美的感受力和想象力起着突出的作用,并且伴随着丰富热烈的情感体验。我国古代许多有关诗歌鉴赏的经验之谈就涉及到文学欣赏的性质问题。例如,魏庆之《诗人玉屑》卷十三载:"晦庵(朱熹)论读诗看诗之法""全在讽诵之功","诗须是沉潜讽诵,玩味义理,咀嚼滋味,方有所益"。刘开《读诗说》云:"读诗之法奈何? 曰:从容讽诵以习其辞,优游浸润以绎其旨,涵泳默会以得其归,往复低徊以尽其致……是乃所为善读诗也。"所谓"沉潜讽诵"、"咀嚼滋味"、"优游浸润"、"涵泳默会"等,均是指文学欣赏中的形象思维这一审美性质的特点。

---

① 鲁迅:《准风月谈·偶成》,《鲁迅全集》第 5 卷,人民文学出版社 1957 年版。

二　文学欣赏的意义

（一）通过欣赏发挥文学作用

我们已经知道，文学具有审美教育作用。然而，这种社会作用的发挥，有赖于通过广大读者的文学欣赏活动。如果作品没有经过读者的欣赏，它的社会功能还是潜在的，还没有产生实际的效果。只有通过文学欣赏，才能使文学的审美教育作用由潜在变为现实。可以说，文学欣赏是作品与读者、作家与群众、文学与现实之间相互联系的纽带，是文学反作用于现实的必不可少的中间环节。

文学欣赏是有广泛的群众性的。凡是有一定阅读能力的人们，不分男女老少，差不多总要读一点文学作品。即使不识字的人，通过听广播、看电视等各种途径，也经常接触文学作品，实际上也参加了文学欣赏活动。诚如别林斯基所说："文学不能够没有公众而存在，正犹如公众不能够没有文学而存在。"[1]

文学作品总是通过人们心甘情愿的欣赏活动产生多方面的社会影响。这种影响是潜移默化的，又是不可抗拒的；是无形的，又是异常深刻的。著名的共产主义活动家季米特洛夫，当他刚参加革命不久，读了车尔尼雪夫斯基的长篇小说《怎么办》，精神上受到巨大的影响，他说："毫无疑义，青年时代这个良好的影响帮助我成长为一个无产阶级革命者。"[2]建国初期，我国广大青年阅读了奥斯特洛夫斯基的长篇小说《钢铁是怎样炼成的》，深受书中主人公保尔·柯察金的影响，激发出巨大的革命热忱。可见文学欣赏具有不可忽视的社会意义。

由于通过文学欣赏发挥文学的社会作用，因此历史上各个阶级均很重视文学欣赏。在封建社会中，封建统治阶级一方面提倡阅读宣扬"三纲五常"这一类的作品，另一方面则禁止人们阅读具有反封建的民主精神的作品，《西厢记》、《牡丹亭》、《水浒传》、《红楼梦》等曾被列为禁书。解放前，国民党反动政府查禁鲁迅、郭沫若、茅盾等革命作家的作品，同时大肆推销反动的、淫秽的作品。可见，各个阶级都不是把文学欣赏作为单纯的消遣，而是把它作为教育的手段。

无产阶级革命导师十分重视文学欣赏。马克思很喜欢阅读优秀的文学作品，并且还要求和指导自己的女儿阅读文学名著。列宁提出："不能容许放映反革命的和不道德的影片。"同时又强调"必须把所有过去的革命文学推进到群众中间去，不管是我们的和欧洲的"。[3] 今天，我们要建设高度的社会主义精神文明，就必须提倡有益的丰富多彩的文学欣赏活动。

（二）文学欣赏对文学创作的影响

文学作品的社会作用既然必须通过群众的文学欣赏才能实现，那么，作家在创作时就

---

① 别林斯基：《一八四〇年的俄国文学》，《别林斯基论文学》，新文艺出版社 1958 年版。
② 《季米特洛夫论文学》，第 85 页。
③ 《列宁论文学与艺术》，人民文学出版社 1983 年版。

不能不考虑群众的欣赏问题。作家创作作品总是供群众欣赏的，否则他的创作就无目的可言。文学创作和文学欣赏的这种相互联系、相互制约的关系是客观存在的。马克思曾经把文学创作和文学欣赏的关系比作生产和消费的关系。他说："艺术对象创造出懂得艺术和能够欣赏美的大众。——任何其他产品都是这样。因此，生产不仅为主体生产对象，而且也为对象生产主体。"①一方面，文学创作是为了满足群众的欣赏需求，培养和提高了群众的欣赏能力；另一方面，群众的欣赏要求、欣赏习惯、审美情趣等，又给作家的创作以积极的影响。例如，法国 19 世纪长篇小说曾特别发达，其原因之一就是由于当时一些妇女特别喜读长篇小说。近几年来，我国短篇小说和微型小说的繁荣，也与广大读者的需要和爱好有关。这些都表明艺术消费对艺术生产具有不容忽视的刺激和推动作用。鲁迅在谈到如何发展木刻时就强调过这一点："首先是在引起一般读书界的注意，看重，于是得到鉴赏，采用，就是将那条路开拓起来，路开拓了，那活动力也就增大；如果一下子即将它拉到地底下去，只有几个人来称赞阅看，这实在是自杀政策。"②

正因为文学欣赏和文学创作有如此密切的关系，所以优秀的作家总是十分重视群众的欣赏要求和审美情趣，力求使自己的作品能受到群众的赏识和欢迎。我国文学史上就流传着大诗人白居易请老妪解诗的传说，《冷斋夜话》记载："白乐天每作诗，问曰：'解否？'妪曰：'解'。则录之。不解，则易之。"现代著名作家赵树理十分重视倾听读者的呼声，了解读者对自己作品的反映，努力使自己的作品能为广大群众尤其是农民群众所喜闻乐见，因而使他的作品如《小二黑结婚》等深受群众的欢迎。作家关心读者的欣赏要求，是文学创作中一个规律性的现象，也是文学创作取得成功的一个重要条件。

作家在创作过程中，对于群众的欣赏要求和艺术情趣应当加以科学的分析，采取正确的态度。一方面，作家应当充分尊重广大群众正当的欣赏要求和习惯，以自己的创造性劳动去满足群众多方面的精神需要。别林斯基说过："对于文学来说，公众是最高的审判，最高的法庭。"③任何作品，如果不能为广大群众所接受和欢迎，那就不可能产生积极的社会影响，它的生命力必然是短暂的、微弱的，那种无视广大群众的实际欣赏能力和合理审美要求的创作倾向，显然是错误的，对艺术的繁荣是不利的。有人鼓吹：越是群众看不懂的作品，就越高雅。这是荒谬的。鲁迅说得好："文艺本不应该并非只有少数的优秀者才能鉴赏，而是只有少数的先天的低能者所不能鉴赏的东西。倘若说，作品愈高，知音愈少。那么，推论起来，谁也不懂的东西，就是世界上的绝作了。"④托尔斯泰也说过："艺术不可能只因为它很优美才不能为广大群众所理解……艺术之所以不为广大群众所理解，只是因为这种艺术很坏，或者甚至根本不是艺术。"⑤另一方面，作家也不能片面地迎合和迁就群众中少数人不健康的欣赏要求和审美情趣，以至把文学作品混同于普通的商品，单纯地追求经济效益，而不顾及作品的社会效果。鲁迅就曾对片面地"迎合大众，媚悦大众"的创作倾向

---

① 《马克思恩格斯选集》第二卷，人民文学出版社 1960 年版，第 95 页。
② 鲁迅：《致陈烟桥》，《鲁迅书信集》，人民文学出版社 1976 年版。
③ 别林斯基：《一八四〇年的俄国文学》，《别林斯基论文学》，新文艺出版社 1958 年版。
④ 鲁迅：《集外集拾遗·文艺的大众化》，《鲁迅全集》第 7 卷，人民文学出版社 1957 年版。
⑤ 托尔斯泰：《艺术论》，人民文学出版社 1958 年版，第 104 页。

提出过批评,指出:"迎合和媚悦,是不会于大众有益的。"①对于少数人不健康的欣赏要求和审美情趣,作家有责任通过自己创作的精美作品加以积极的诱导。

第二节 文学欣赏的特点和规律

一 文学欣赏的再创造和再评价

(一)欣赏的再创造

文学欣赏对于欣赏对象不是被动消极地接受,而是进行能动的再创造。欣赏者面对着欣赏对象,调动自己的生活经验和感情记忆,按照自己的审美习惯和愿望,通过联想和想象,给作品的形象以补充,使艺术形象更臻丰满,并且使它们活起来。没有欣赏者能动的再创造,艺术形象的许多特性就显示不出来,作家寄寓于形象中的思想感情,作品所蕴含的思想意义,就不可能被认识和把握。《红楼梦》第四十八回写香菱学诗,香菱同黛玉谈对王维一首诗的体会,说:"'渡头余落日,墟里上孤烟',这'余'合'上'字,难为他怎么想出来!我们那年上京来,那日下晚便挽住船,岸上又没有人,只有几棵树,远远的几家人作晚饭。那样烟竟是青碧连云。谁知我昨儿晚上看了这两句话,倒象我又到了那个地方去了。"在这里,就包含着欣赏者香菱对王维诗句的艺术形象的再创造。对于艺术形象的再创造,不仅需要有丰富的生活经验,而且需要活跃的创造性想象。别林斯基谈到阅读《哈姆雷特》时,说哈姆雷特的"整个看得见的个性"必须由欣赏者自己规定,"必须不依赖莎士比亚,根据你的主观性去想象他","你到处感觉到他的存在,但却看不到他本人;你读到他的语言,但却听不见他的声音,你得用自己的幻想去补足这个缺点,这幻想虽然完全依存于作者,但同时也是不受他拘束的。"②王朝闻也说:"欣赏活动,作为一种受教育的方式或过程,应该说不是简单地接受作品的内容,对于欣赏者自己来说,当他受形象所感动的同时,要给形象作无形的'补充'以至'改造'。"③在这方面,接受美学学者托多洛夫说得对:"阅读不仅是一种展现作品的活动,而且也是一种补充过程。"④

文学欣赏既然是一种能动的再创造的过程,因此,欣赏者的主观条件对于欣赏的再创造具有很大的关系。首先,文学欣赏中的再创造要受到欣赏者生活经验的影响。欣赏者生活经验不同,阅历深浅相异,对作品的感受、体验和理解便不同。鲁迅说过:"文学虽然有普遍性,但因阅读者的体验不同而有变化,读者倘没有类似的体验,它也就失去了体验。譬如我们看《红楼梦》,从文学上推见了林黛玉这一个人,但须排除了梅博士的'黛玉葬花'照相

---

① 鲁迅:《文艺的大众化》,《鲁迅全集》第 7 卷,人民文学出版社 1957 年版。
② 《别林斯基选集》,第一卷,上海译文出版社 1979 年版,第 448—449 页。
③ 《王朝闻文艺论文集》,上海文艺出版社 1979 年版,第 123 页。
④ 托多洛夫:《诗学导引》。

的先入之见，另外想一个，那么，恐怕会想到剪头发、穿印度绸衫、清瘦、寂寞的摩登女郎；或者别的什么模样，我不能断定。但试去和三四十年前出版的《红楼梦图咏》之类里面的画象比一比罢，一定是截然两样的。那上面所画的，是那时的读者心目中的林黛玉。"[①]欣赏者如果没有相应的生活经验，会给文学欣赏带来局限。反之，欣赏者生活经验越丰富，就越能发挥主观能动性，对作品的艺术形象进行创造性的补充和发挥。其次，欣赏者的思想观点和心理状态，对文学欣赏的再创造也有重大影响。欣赏者的思想观点如果与作品格格不入，他对作品就不可能产生深切的感受和体验，更谈不上对作品进行再创造。如果欣赏者的思想观点同作品相一致，就能引起强烈的共鸣，充分调动主观能动性，甚至浮想联翩，万象具呈。欣赏者心境愉悦时，即使阅读悲剧性作品，也可能给作品抹上一层明快的色彩。而欣赏者心境恶劣时，即使阅读喜剧性作品，也难以引起愉悦之情。杜甫诗曰："感时花溅泪，恨别鸟惊心。"这种情形不仅在文学创作中存在，在文学欣赏中也同样存在。再次，欣赏者的艺术修养和审美能力，对文学欣赏的再创造也有重大影响。由于欣赏者的艺术修养和审美能力的差异，他们所再创造的形象的丰富或贫乏是大不相同的。

（二）欣赏的再评价

在文学欣赏中，欣赏者不仅对欣赏的作品加以再创造，而且还加以再评价。艺术形象蕴含着作家对描写的生活现象的态度和评价，但这种态度和评价不是以直接的议论形式表现出来，而是有机地浸透于艺术形象之中。因此，在欣赏过程中，欣赏者需要通过自己的体验重新进行一番认识和批评，这就是再评价。作家的主观评价是结合他自己的思想感情对客观生活的评价，而欣赏者的再评价则是结合欣赏者的思想感情对作家所反映的生活加以重新认识的结果。对艺术形象来说，欣赏者的再评价是直接的，但对作品所反映的生活来说，却是间接的。如同再创造一样，再评价的结果，决不会是作家评价的简单重复。欣赏者的再评价可能与作家的评价基本一致，也可能与作家的评价大相径庭。例如，《水浒传》中的潘金莲形象，通过一系列艺术描写，我们不难断定作者是将她视为十恶不赦的"淫妇"，予以无情的鞭挞。然而，在今天的许多读者看来，潘金莲固然有丑恶、凶残的一面，但是她的人生际遇毕竟是悲剧性的，有值得寄予同情的另一面。在文学欣赏中，由于欣赏者主观条件的差异，各人对同一部作品所作的评价不可能是雷同的。鲁迅在谈到人们对《红楼梦》的评价时说过：同是一部《红楼梦》，"单是命意，就因读者的眼光而有种种：经学家看见《易》，道学家看见淫，才子看见缠绵，革命家看见排满，流言家看见宫闱秘事。"[②]这种仁者见仁，智者见智的现象，在文学欣赏中是普遍存在的。在文学创作中，往往有这种情形：作家描写了某些生活现象，但他并未认识到其本质意义。思想水平较高的欣赏者就可能发现艺术形象所隐藏的客观意义，甚至纠正作家对他所描写的生活现象所作的错误判断。文学的审美教育作用不仅表现在欣赏过程中被作家的思想感情所感染而获得熏陶和教益，而且也在于欣赏者在接受过程中能动地思索作品的意义，以自己所发现的作品的客观意义来丰富和深化自己的思想认识。

---

① 鲁迅：《看书琐记》，《鲁迅全集》第 5 卷，人民文学出版社 1957 年版。
② 鲁迅：《集外集拾遗·〈绛洞花主〉小引》，《鲁迅全集》第 7 卷，人民文学出版社 1957 年版。

(三) 欣赏的再创造和再评价不可分割

在文学欣赏中,再创造和再评价是感受和理解艺术形象过程中两个互相联系的不同方面,两者在欣赏活动中互相作用,不可分割。欣赏者依靠他自己对形象的感知以至体验、想象在自己的头脑中构成一定表象的过程,也就是他逐步深入思索形象的意义的过程。在再创造和再评价相统一的基础上,欣赏者才能够与作者的思想和艺术形象发生共鸣,从而有效地完成艺术的教育作用。

文学欣赏中的再创造和再评价表明文学欣赏具有主观能动性。但是这种主观能动性是以欣赏对象所提供的艺术形象为客观基础的,决不是主观随意性。文学作品的艺术形象作为艺术创造的精神产品,一经形成,便具有客观性和确定性,是不容任意变更的。欣赏者只能在客观的欣赏对象的基础上发挥主观能动性,而决不能脱离欣赏对象随心所欲地加以改造、重铸,以至弄得面目全非。鲁迅说过:"读者所推见的人物,却并不一定和作者所设想的相同,巴尔扎克的小胡须的清瘦老人,到了高尔基的书里,也许变了粗蛮壮大的络腮胡子,不过那性格,言动,一定有些类似,大致不差。……要不然,文学这东西便没有普遍性了。"[1]在欣赏活动中,再创造和再评价都要受到作品艺术形象的制约,这是被动中的主动,制约中的能动。欣赏者再创造的形象应当与作家创造的形象保持大体的一致,欣赏者的再评价与作家的评价在性质上也不应当是背向的。总之,无论是再创造,还是再评价,都是主观性与客观性相统一的。

二 文学欣赏的差异性和共同性

文学欣赏具有广泛的群众性,但它总是通过个体的活动来实现的。在文学欣赏中,个体差异表现得极为明显,这也是一般审美活动的一个基本特点。审美感受离不开主观的感性的愉快,各人都有理由保持自己的爱好和趣味,审美趣味的差异性是普遍存在的一个社会现象。由于每个人的社会地位、生活经历、文化素养、性格气质以及职业、年龄、心境等互不相同,形成了各自不同的个性,就使审美趣味存在着明显的个体差异性。人们对文学作品的欣赏要求是千差万别的,有的喜爱壮美,有的追求柔美;有的陶醉于华丽之美,有的倾心于朴素之美;有的以奔放为美,有的以奇巧为美。我国民族传统艺术中的"错采镂金"之美与"出水芙蓉"之美,两者各拥有众多的欣赏者。正如刘勰所说:"慷慨者逆声而击节,酝籍者见密而高蹈,浮慧者观绮而跃心,爱奇者闻诡而惊听。会己则嗟讽,异我则沮弃。"[2]文学欣赏中的个性差异表现于各个方面,涉及不同的题材、体裁、风格、流派等等。同是小说,有的爱长篇,有的嗜短章;有的喜读情节离奇的惊险故事,有的欣赏朴实无华的生活速写。同是戏剧,有的喜爱惊心动魄的悲剧,有的喜爱妙趣横生的喜剧。对于具有不同风格的作家,也各有所爱。例如,王安石喜欢杜甫,而不大喜欢李白;欧阳修则欣赏李白,而不大欣赏杜甫。甚至对同一篇作品,不同的欣赏者也各取其所爱。例如,对南唐李璟的《浣溪沙》,王

---

[1] 鲁迅:《看书琐记》,《鲁迅全集》第 5 卷,人民文学出版社 1957 年版。
[2] 刘勰:《文心雕龙·知音》。

安石特别赞赏"细雨梦回鸡塞远,小楼吹彻玉笙寒"两句,认为是江南最好的词①;王国维则不以为然,他特别欣赏"幽兰香销翠叶残,西风愁起绿波间",称这两句词"大有众芳芜秽,美人迟暮之感"。② 此类例子不胜枚举。

文学欣赏的个体差异不仅表现在个人爱好和趣味的差异上,而且还表现在各人总是以自己独特的方式去感受对象,各人在方向选择、敏感程度、注意程度、侧重点等方面均不尽相同,从而使他们在形象的体验、想象和对作品内容的领悟、理解也有所不同。西方人所谓"有一千个读者,就有一千个哈姆雷特",就是指这种现象。

文学欣赏中的个性差异,也就是"偏爱",是十分普遍的现象。凡是正当的"偏爱",是无可非议的,不必强求一致,也无法强行统一。这种审美个性的差异,正是"世界上最丰富的东西——精神"③的折光。只要不"嗜痂成癖"或"嫉美如仇",虽有所偏却不以偏强人,仍不失为一种正常的欣赏态度。在文学欣赏中,偏爱应该允许,只有偏见才必须反对。

文学欣赏的个性差异,反映了人们艺术需要的丰富多样性。它不但有助于欣赏趣味的互相交流,有助于审美鉴赏力的比较与提高,而且也是推动不同题材、体裁、风格、流派的文学作品百花齐放的一个积极因素。在文学史上,我们可以看到许多优秀作家总是能够充分考虑到人们欣赏要求的多样性,以自己的创作去满足人们丰富多样的审美要求。有些杰出的作家甚至能以几副笔墨写出绚烂多彩的作品,吸引了爱好各异的众多的人们。王安石赞誉杜甫诗"悲欢穷泰,发敛抑扬,疾徐纵横,无施不可","有平淡简易者,有绚丽精确者,有严重威武若三军之帅者,有奋迅驰骤若戛驾之马者,有洼泊闲静若山谷隐士者,有风流酝蕴若贵介公子者。"④这便是一个突出的例子。

审美趣味是社会历史发展的产物。每一时代特定的物质生活条件以及政治、哲学、道德、宗教等观念,乃至不同民族传统的文化心理等,均会给审美趣味以这样那样的影响,使个体的审美趣味在不同程度上打上时代、民族和阶级的烙印。因而,审美趣味的个体差异性必然反映出时代、民族和阶级的差异性。千差万别的审美趣味,既体现了个体的个性特征,又在一定程度上体现出时代的、民族的、阶级的特征。例如,我们当代广大读者,尽管欣赏爱好各不相同,但是,对于健康、进步的文学作品总是普遍喜爱的;反之,对于颓废的、腐朽的文学作品会予以普遍的抵制。

在文学欣赏中,不同个人、不同时代、不同民族、不同阶级有着不同的审美趣味,对同一作品有着不同的审美感受和审美评价。但另一方面,不同个人、不同时代、不同民族、不同阶级,又有相同或相近的审美趣味,对同一作品往往有着相同或相近审美感受和审美评价。可见,文学欣赏既具有差异性,又具有共同性。西方资产阶级美学家所谓"趣味无争辩"的说法,片面强调艺术爱好的个性差异,而抹煞其客观标准,显然是错误的。事实上,审美趣味的共同性,大量存在于日常生活之中。以自然美来说,鲜艳的花朵,秀丽的山水,灿烂的朝霞,皎洁的明月,是人们所共同欣赏的。以社会美来说,对祖国的热爱,对真理的追求;坚

---

① 见《南唐二主词校订》。
② 王国维:《人间词话》。
③ 马克思:《评普鲁士最近的书报检查令》,《马克思恩格斯全集》第1卷,人民文学出版社1956年版。
④ 胡仔:《苕溪渔隐丛话》前集卷六。

贞的爱情,深挚的友谊是人们所共同赞美的。在文学欣赏中,人们对于艺术美的欣赏同样具有共同性。屈原的《离骚》、司马迁的《史记》、王实甫的《西厢记》、曹雪芹的《红楼梦》等文质兼美的名篇佳作,为历代人们所普遍喜爱。我们充分肯定文学欣赏的差异性,但绝不能由此否定文学欣赏的共同性。

三　文学欣赏的共鸣现象

所谓共鸣,本来是物理学上的一个概念,一个发音体引起另一个发音体发出频率相同的音响,这种现象称为共鸣。文学欣赏中的共鸣,则属于精神现象,是指人们在欣赏作品时,受到感染而产生的一种相应的感情。欣赏者的思想感情同作品的作者的思想感情达到基本一致,甚至契合无间,爱其所爱,憎其所憎,发生了思想感情的交流,这种现象就是文学欣赏中的共鸣。共鸣不仅能引起与作品相应的情感反应,甚至会不自觉地把自己设想为作品中的某些人物,使自己完全消融在这些人物的内心之中。梁启超谈到:"凡读小说者,必常若自化其身焉,入于书中,而为其书之主人翁。读《野叟曝言》者,必自拟文素臣;读《石头记》者,必自拟贾宝玉;读《花月痕》者,必自拟韩荷生若韦痴珠;读'梁山泊'者,必自拟黑旋风若花和尚。虽读者自辩其无是心焉,吾不信也。夫既化身其以入书中矣,则当其读此书时,此身已非我有。"[①]列夫·托尔斯泰也说过"这种感觉的主要特点在于:感受者和艺术家那样融洽地结合在一起,以至感受者觉得那个艺术作品不是其他什么人所制造的,而是他自己创造的,而且觉得这个作品所表达的一切正是他很早就已经想表达的。真正的艺术作品能做到这一点:在感受者的意识中消除了他和艺术家之间的区别。"[②]

文学欣赏中的共鸣现象,大量发生在阅读本阶级的作品时,但也常常发生在阅读某些不同时代、不同民族、不同阶级的文学作品时,例如,生活在社会主义时代的人们,不仅喜爱优秀的社会主义文学作品,也对奴隶社会、封建社会、资本主义社会流传下来的文学佳作产生浓厚的兴趣。在阅读这些作品时,也常常发生强烈的共鸣。人们深切同情林黛玉的悲剧命运,愿洒一掬同情之泪;对于梁山泊农民英雄的反抗精神油然而生崇敬之情……总之,共鸣是客观存在的普遍现象。

共鸣既然是产生于读者和作品之间的一种精神现象,那么考察其产生的原因,就须着眼于读者和作品两个方面及其相互之间的联系。鲁迅说过:"是弹琴人么,别人心上也须有弦索,才会出声;是发声器么,别人也须是发声器,才会共鸣。"[③]可见,共鸣需要以读者和作品双方相同或相近的思想感情和心理经验为基础,频率相同,心心相印,方能共鸣。

引起共鸣的因素不是单一的,而是多元的。现将几个主要因素分述如下:

(一) 阶级的因素

同一阶级的人们,处于共同的阶级地位之中,他们的阶级意识、思想感情是可以直接交

---

① 梁启超:《论小说与群治之关系》,《饮冰室文集》第 17 卷。
② 列夫·托尔斯泰:《艺术论》,人民文学出版社 1958 年版。
③ 鲁迅:《热风·"圣武"》,《鲁迅全集》第 1 卷,人民文学出版社 1957 年版。

流的。这是发生共鸣的最基本、最普遍的因素。《保卫延安》、《红岩》、《青春之歌》、《红旗谱》、《东方》等革命文学作品,在我国人民群众中拥有广泛的读者,作品所塑造的英雄形象激起的学习愿望,成为鼓舞人们前进的强大精神力量,其原因除了作品本身的艺术魅力之外,主要是由于阶级意识的相通,这是不难理解的。即使是不同民族的作品,只要是属于同一阶级的,也能引起普遍的共鸣。例如,高尔基的《母亲》、奥斯特洛夫斯基的《钢铁是怎样炼成的》等革命文学作品,在我国人民群众中同样博得普遍的欢迎和热爱。

在文学欣赏中,我们还可以看到,表现历史上被压迫阶级,如奴隶阶级、农民阶级等斗争生活、反抗精神和高贵品质的作品,也能够在无产阶级读者中引起共鸣。这是由于这些阶级虽不属于同一阶级,但都是各自所处的历史阶段的进步的革命的社会力量,是推动历史前进的基本动力。无产阶级对于那些表现反动阶级思想感情的作品,是不可能发生共鸣的。解释共鸣现象,决不能忽视阶级的因素。

(二) 民族的因素

作为一个民族,在地理环境、风俗习惯、语言以及文化传统等方面有不少共同的条件。这种共同的因素反映到文学作品中,使作品打上了鲜明的民族的烙印。这样的作品,在一个民族的各个阶级之间,拥有一定的共鸣基础。例如,当外族入侵时,由于民族利益的一致,民族尊严和民族意识便自然高于一定的阶级或阶层的利益,“兄弟阋于墙,外御其侮”的国家民族感情,便不是某一阶级,而是本民族各个阶级都可能具有的感情了。《诗经》中的“岂曰无衣,与子同袍;修我戈矛,与子同仇”。屈原《国殇》中的“带长剑兮挟秦弓,首身离兮心不惩。诚既勇兮又以武,终刚强兮不可凌”;岳飞《满江红》中的“壮志饥餐胡虏肉,笑谈渴饮匈奴血”;陆游《示儿》诗的“死去原知万事空,但悲不见九州同。王师北定中原日,家祭无忘告乃翁”;文天祥《过零丁洋》中的“人生自古谁无死,留取丹心照汗青”;等等,这些不朽的诗句,便是中华民族同仇敌忾、激越昂扬的爱国主义感情的鲜明写照,直到今天,仍然受到广大群众的喜爱和推崇,被我们反复吟唱。这主要是民族的因素在起作用。正如泰纳所说:“一个作家只有表达整个民族和整个时代的生存方式,才能在自己的周围招致整个时代和整个民族的共同感情。”[1]凡是反映本民族的生活、民族意识、思想文化传统和爱国主义情操,具有鲜明的民族风格的作品,就可能引起本民族中各个阶级、阶层人们的广泛共鸣。

(三) 历史的因素

历史是世代演递、不断发展的,决不会停止在一个水平上。但是历史的发展又是不能割断的,它具有自身的继承性和连续性。被历史的继承性和连续性所造成的不同时代的社会生活的某些相似之处,必然要反映到文学作品中去,使不同时代的人们,由于相似的生活经验而发生共鸣。例如,屈原《离骚》所表现的“路漫漫其修远兮,吾将上下而求索”那种执着地追求真理和理想的精神,曾经给予伟大的革命文学家鲁迅以巨大的鼓舞。鲁迅为中国人民的彻底解放所进行的坚韧的斗争,同屈原在历史上所进行的斗争,在时间上相距甚远,但由于都反映了人民的要求和愿望,代表了社会的正义力量,因而仍然具有共鸣的内在基础。又如,离乡背井,这是人生经常遇到的。李白的《静夜思》:“床前明月光,疑是地上霜。

---

[1]《西方文论选》下卷,上海译文出版社 1979 年版,第 241 页。

举头望明月,低头思故乡。"这首诗千百年来曾经触动了一代又一代读者的怀乡之情,引起了强烈的共鸣。至于表现古代人类劳动智慧、传统美德等内容的作品,对我们今天的社会实践仍有宝贵的借鉴意义,同样能够引起普遍的共鸣。

(四) 共同美的因素

在阶级社会中,不同阶级的人们由于所处的地位不同,因而产生不同的美感。但是各个阶级仍处于一个共同的社会体中,保持着一部分共同的东西,因而具有"共同美"。毛泽东指出:"各个阶级有各个阶级的美,各个阶级也有共同的美。'口之于味,有同嗜焉'。"[①]共同美具有可感的、质的客观属性,体现于社会美、自然美和艺术美各个方面。

在对自然美的审美过程中,感性认识起着重要的作用,而且主要表现在形式上,通过它的形体、色彩等外在属性作用于人的感官引起美感。因而,不同阶级的人们对于自然美的欣赏有较多的共同之处。那些吟咏山水之美的诗和散文,便能引起不同时代、不同民族、不同阶级的人们的共同美感。

社会美一般表现在人们的行为、品德、思想、智慧、能力、情操等方面,以及以人为中心的社会现象中。在对社会美的审美过程中,理性认识起着重要的作用。人们往往是在认识到某一事物的内部特征,并经判断以后才产生美感。因而,阶级的差异表现得比自然美要明显。但是社会生活是丰富多彩的,有些审美对象的阶级性比较微弱,例如信守诺言、扶危济困等社会公认的美德,也可能产生共同的审美现象。

艺术美是自然美和社会美的集中反映,自然美和社会美本身所具有的共同美,决定了艺术美具有共同美的因素。这是文学作品引起共鸣的一个内在基础。文学艺术在长期的历史发展过程中,积累了丰富的经验,形成了优良的传统,例如,作家倾注于作品中的赤诚之心,鲜明而丰富的典型性格,深邃而隽永的艺术意境,等等,这些都是不同时代、不同阶级的人们所共同喜爱的。

(五) 人性的因素

在阶级社会中,人性虽主要地表现为一定的阶级性,但在不同阶级成员身上又存在着某些相同的因素,古往今来,有许多文艺作品均描写过这些共同人性,以强大的魅力感染着不同时代、不同民族、不同阶级的欣赏者,引起了普遍的共鸣。这是客观存在的文学现象。不同阶级固然有不同的阶级利益,不可避免地引起阶级矛盾和阶级斗争,但是他们之间还会有某些共同的物质需求和精神需求,例如热爱生活,珍惜生命。杰克·伦敦的小说《热爱生命》表现了人们的一种强烈的求生愿望、坚韧不拔的生活意志和不肯向命运屈服的斗争精神,表现出一种"人"的精神。这种精神本身并不带阶级性。这篇小说只表现了人和自然的斗争。列宁高度赞扬了这篇作品。我们读后也能从中吸取一种力量,受到鼓舞。

人是社会关系的总和。各种社会关系中,阶级关系无疑是主要的。但此外还有家庭关系、亲友关系、师生关系等。这些关系并不都带有阶级性。例如母爱往往明显地表现出非阶级性,各个阶级中都存在着母爱,这是人与人的关系中最普遍、最无私的爱。孟郊的《游子吟》:"慈母手中线,游子身上衣。临行密密缝,意恐迟迟归。谁言寸草心,报得三春晖。"

---

① 引自何其芳《毛泽东之歌》,载《人民文学》1977 年第 9 期。

表现的便是母爱。不同阶级的人们读这首诗，均会被深挚、伟大的母爱所深深地感动，引起强烈的共鸣。

总之，对于共鸣这种复杂的文学现象，需要作具体的历史分析，既不能持庸俗社会学的观点，也不能用抽象的人性论去解释。

第三节　文学欣赏能力的培养

一　文学欣赏能力的标志

文学欣赏需要具备客观和主观两方面的条件。客观条件，便是文学作品，文学欣赏以文学作品为对象，没有文学作品，自然不可能引起文学欣赏。但是，仅有客观条件，而无必要的主观条件，仍无法引起文学欣赏。作品之所以能够被欣赏，是由于欣赏者具备了相应的主观条件的缘故。文学欣赏活动是作品作用于欣赏者的思想感情的过程，同时也是拥有一定审美能力的欣赏者对于作品进行感受和理解的过程。具有一定审美价值的文学作品要求欣赏者具有与之相适应的审美能力。马克思指出："从主体方面来看，只有音乐才能激起人的音乐感，对于不辨音律的耳朵来说，最美的音乐也毫无意义，音乐对它说来不是对象，因为我的对象只能是我的本质力量之一的确证，从而，它只能象我的本质力量作为一种主体能力而自为地存在那样对我存在着，因为对我说来任何一个对象的意义（它只是对那个与它相适应的感觉说来才有意义）都以我的感觉所能感知的程度为限。"[1]鲁迅认为，欣赏文艺，"读者也应有相当的程度，首先是识字，其次是有普通大体的知识，而思想和情感，也应达到相当的水平线"。[2] 郭沫若谈到文艺欣赏时，十分重视读者的"感受性"和"教养程度"，他结合个人的亲身体验说："感受性的定量属于个人，在一定限量内，个人所能发展的可能性，依教养的程度而丰啬。同是一部《离骚》，在童稚时我们不曾感到甚么，然到目前我们能称道屈原是我国文学史上第一个有天才的作者。"[3]茅盾认为读者应具有"能够看出作品好不好，好在哪里坏在哪里"的"欣赏力"。[4] 可见，欣赏者的一定的欣赏能力是文学欣赏活动的必备条件之一。在文学欣赏中往往有这么一种情况，对于同一部文学作品，有的理解得正确，有的却作了错误的理解；有的领悟深刻，有的则很肤浅。究其原因，就在于欣赏能力的差异。欣赏能力越强，欣赏活动就越充分，越深刻，越能收到效果。反之，欣赏能力不高，欣赏活动就难以取得圆满的效果。

高度的欣赏能力具有如下几个基本标志。

---

① 马克思：《1844 年经济学——哲学手稿》，人民出版社 1979 年版。
② 鲁迅：《文艺的大众化》，《鲁迅全集》第 7 卷，人民文学出版社 1957 年版。
③ 郭沫若：《艺术的评价》。
④ 茅盾：《创作问题漫谈》。

（一）敏锐的感受力

文学欣赏活动总是从欣赏者对于作品艺术形象的感受开始的，感受力在文学欣赏过程中起着十分重要的作用。人们初读文学作品，是以感受的直接性和灵敏性为特点的。高度的欣赏能力首先表现为敏锐的感受力。作家的创作是从个别的、具体的事物出发，通过虚构和集中，创造成典型的形象，将生动鲜明的现实画面转化为文字描绘。感受文学作品的读者仿佛进行相反的工作，把文字描绘转化为鲜明生动的现实形象和现实画面。高尔基谈到："当我在巴尔扎克的长篇小说《驴皮记》里，读到描写银行家举行盛宴和二十来个人同时讲话因而造成一片喧声的篇章时，我简直惊愕万分，各种不同的声音我仿佛现在还听见。然而主要之点在于，我不仅听见，而且也看见谁在怎样讲话，看见这些人的眼睛、微笑和姿势，虽然巴尔扎克并没有描写这位银行家的客人们的脸孔和体态。"[1]在阅读文学作品时，能以亢奋的心理状态，心往神驰于作品所创造的艺术境界，敏捷地把语言形象转化为视觉形象和听觉形象，如见其人，如闻其声，仿佛作品中的整个生活场景就呈现在眼前，连各个细部都历历在目，这正是敏锐的感受力的表现。高尔基在谈到列夫·托尔斯泰作品的人物塑造时说："……刻划的形象巧妙到这样的程度，你会感觉到他的主人公的肉体的存在；他仿佛站在你的面前，你想用手指去触摸他。"[2]这固然是对托尔斯泰的卓越的艺术造诣的赞语，但同时也反映了高尔基的高度的审美能力，在他的艺术感受中，语言形象甚至可以转化为触觉形象（当然这种触觉形象并非真正的实体）。相反，在缺乏感受力的读者面前，即使是最出色的艺术描绘，也会黯然失色的。

（二）丰富的想象力

黑格尔说过："真正的创作就是艺术想象的活动。"[3]文学创作需要想象，文学欣赏也需要想象。这是在对形象的敏锐感受后所产生的艺术想象。离开一定的想象，不仅谈不上文学欣赏中的再创造，而且连形象的感受也会受到限制。因为文学作为语言艺术，它的形象具有间接性，不同于造型艺术和表演艺术，可以直接诉之于人们的感觉器官。只有凭借想象，才能具体地感受到。在文学欣赏中，想象与感受是互相依赖的。对形象有较深的感受，才有自由的想象；有自由的想象，才能对形象有较深的感受。

想象是一种创造性的心理活动。人在反映客观事物时，不仅感知当时直接作用于主体的事物，而且还能在头脑中创造出新的形象，即没有直接感知过的事物的形象。这种特殊的心理活动，称为想象。按照想象内容的独立性、新颖性和创造性的不同，想象可分为再造性想象和创造性想象两类。再造性想象是主体在经验记忆的基础上，在头脑中再现出客观事物的表象。创造性想象则不只是再现现成事物，而且能创造出新的形象，包括文学欣赏在内的一切审美活动，总需要有所发现，有所增添，才能产生新鲜的愉快的感受，所以它经常总是既熟悉又不熟悉的。这就是再造性想象和创造性想象的结合与统一。

在文学欣赏中，丰富的想象力表现为在对象中有所发现和有所补充，想象出没有直接

---

① 高尔基：《谈谈我是怎样学习写作的》，《高尔基论文学》，人民文学出版社 1978 年版。
② 高尔基：《同进入文学界的青年突击队员谈话》，《高尔基文学论文选》，人民文学出版社 1958 年版。
③ 黑格尔：《美学》第 1 卷，商务印书馆 1979 年版。

出现于形象的生活,同时感到再创造的喜悦。巴尔扎克在小说《幻灭》中指出:"真正懂诗的人会把作者诗句中只透露一星半点的东西拿到自己心中去发展。"果戈理在欣赏普希金的诗之后写道:"他这个短诗集给人呈现了一系列最眩人眼目的图画。这里是一个明朗的世界,在这个世界里,自然是被生动地表现了出来,好像是一条银色的河流,在这急流里鲜明地闪过了灿烂夺目的肩膀,雪白的玉手,被乌黑的鬈发像黑夜一样笼罩着的石膏似的颈项,一丛透明的葡萄,或者是为了醒目而栽植的桃金娘和一片树荫……"①这便是丰富的想象力的表现。

(三) 准确的判断力

审美意识是在知觉和快感的反映形式下,对事物的社会本质的直接把握,而不是生理感官对对象的简单反应。文学欣赏作为一种审美的认识活动,不能停留于对作品的具体的感性的反应,而需要深入地把握作品的内在的意蕴,从审美的角度作出理性的判断。

准确的判断力是高度的欣赏能力的一个重要标志。例如,对于笛福的《鲁滨逊漂流记》,资产阶级文化史家以为,那"仅仅是对极度文明的反动和想回到被误解了的自然中去";马克思则指出:"这是错觉,只是美学上大大小小的鲁滨逊漂流记的错觉。"②马克思、恩格斯把鲁滨逊看作是资产阶级上升时期的"一个真正的资产者。"③这就揭示了《鲁滨逊漂流记》的真正的思想意义和社会意义,发现了以往文化史家在这部作品中从来不曾发现过的东西。对于高尔基的《母亲》,普列汉诺夫多有指责,列宁则热情赞扬,说这是"一本非常及时的书。"④这些例子都说明在文学欣赏中判断力的准确和谬误是大相径庭的。马克思、恩格斯、列宁对于这些作品所作的准确判断表现了他们高度的审美智慧和深邃的美学眼光。

二 培养文学欣赏能力的途径

一个人的欣赏能力虽然同先天素质不无关系,但主要是后天的社会实践形成的。为了卓有成效地进行文学欣赏,欣赏者应当努力培养和提高自身的欣赏能力。欣赏能力的提高有赖于日积月累的持久努力,非一朝一夕所能奏功。其途径是多方面的,现就主要的几方面分述如下:

(一) 树立正确的审美观点

文学欣赏不能离开一定的审美观点的指导。只有在正确的审美观点的指导下,欣赏活动才能沿着正确的方向进行,取得具有积极意义的成效。错误的审美观点,庸俗的艺术情趣,会导致美丑不分,以丑为美,使欣赏活动走上歧路。因此,树立正确的审美观点是提高审美能力的一个必要的前提。正确的审美观点的树立,有赖于学习马克思主义及其美学理论,加强思想修养,不断提高精神境界,抵制各种错误的审美观点和庸俗的审美情趣的

① 别林斯基:《普希金抒情诗集·附录》,《别林斯基论文学》,新文艺出版社 1958 年版。
② 《马克思恩格斯选集》第 2 卷,人民出版社 1960 年版,第 86 页。
③ 《马克思恩格斯选集》第 36 卷,人民出版社 1972 年版,第 211 页。
④ 高尔基:《忆列宁》,《列宁论文学与艺术》,人民文学出版社 1983 年版。

侵蚀。

（二）坚持不断的欣赏实践

欣赏能力是在反复不断的欣赏实践中锻炼和培养起来的。刘勰说的"凡操千曲而后晓声，观千剑而后识器"[1]，是至理名言。如果一个人能娴熟地弹上一千个曲子，对音乐就比较能判断它的优劣；如果能有观察上千把宝剑的经验，他就能鉴别武器的好坏。同样，一个人如果长期坚持不懈地广泛阅读文学作品，他对作品的鉴别和欣赏能力便会不断地培养起来。

什么样的艺术品，在一定程度上造就什么样的艺术鉴赏力。只有精美的作品，才能培养起高度的鉴赏力，爱克曼在《歌德谈话录》中记载了一段歌德教诲他看画的名言："他（指歌德）在每一类画中只指给我看完美的代表作，使我认识到作者的意图和优点，学会按照最好的思想去想，引起最好的情感。他说：'这样才能培养出我们所说的鉴赏力。鉴赏力不是靠观赏中等作品而是要靠观赏最好的作品才能培育成的。所以我只让你看最好的作品，等你在最好的作品中打下牢固的基础，你就有了用以衡量其他作品的标准，估计不致于过高，而是恰如其分。'"[2]这是精深之见。19世纪法国古典主义画家安格尔也说过类似的话："每个人的判断力无论如何薄弱，他们对于艺术的理解和对美的事物的感觉始终有必要反复地同荷马进行交流，因为他所取得的最纯洁的乐趣要归功于荷马。"[3]这段话的意思也是强调欣赏艺术巨匠的名作对于培养和提高欣赏能力的重要作用，也就是我国古人所提倡的"取法乎上"的意思。为什么培养文学欣赏能力，要靠观赏最好的作品呢？因为，这些名家之作总是内容与形式的完美结合，思想与技巧的高度统一，集中体现了艺术的审美特性，具有典范的意义，它远远地超出于水平线之上，成为鉴别其他作品的准绳。经常阅读这样的作品，能够透彻理解艺术的内在规律，鉴赏的目光就会逐渐犀利起来。当然，这么说，并非主张阅读面越窄越好。在重点选读精美的作品的同时，适当阅读一些第二流第三流的作品，加以比较品评，对于欣赏能力的提高也是有所裨益的。

（三）积累丰富的生活经验

任何文学作品都是一定的客观生活的形象反映。欣赏者实际上是面对着作家艺术地改造过的现实生活。因此，欣赏者如果没有一定的生活经验，便无从进入欣赏过程，对作品便无法产生真切的体验和理解。今天的青年对反映当代生活的作品比较容易理解，容易产生浓厚的兴趣，而对反映旧时代生活的作品，如《红楼梦》、《儒林外史》等作品就比较隔膜，他们甚至对贾宝玉和林黛玉表白爱情的方式感到不可思议，这些都同生活经验直接有关。清代张潮谈到他的读书体会："少年读书，如隙中窥月；中年读书，如庭中望月；老年读书，如台中玩月。皆以阅历之深浅为所得之深浅耳。"[4]黑格尔也有类似的说法："同样一句格言，在完全正确理解它的青年人中，总没有在阅世很深的成年人的精神中那样的作用和范围，

---

① 刘勰：《文心雕龙·知音》。
② 《歌德谈话录》，人民文学出版社1978年版，第32页。
③ 《安格尔论艺术》。
④ 张潮：《幽梦影》卷上。

要在这种成年人的阅历中,那句格言里所包含的内容的全部力量才会表达出来。"①,一个人阅历愈深,对文艺的感受才愈丰富和深刻。那种历练世事、深谙人生的艺术力作,要真正读懂它,非有丰富的阅历不可。明代陈继儒说:"少年莫漫轻吟味,五十方能读杜诗。"并非无稽之谈。可见,培养高度的欣赏能力,需要同创作一样,积极地投身于社会实践,开拓生活的领域。一个脱离生活孤陋寡闻的人,不可能成为高明的艺术鉴赏家。

(四)掌握科学的文学理论

在文学欣赏活动中,欣赏的文学作品是具体的,感性形态的,它首先作为感知的对象呈现在我们面前。如果没有关于文学的一般原理的知识,我们的感知往往是表面的,理解也是肤浅的。毛泽东说过:"我们的实践证明:感觉到了的东西,我们不能立刻理解它,只有理解了的东西才更深刻地感觉它。"②欣赏者如果不懂得文学理论,不了解文学作品的内在规律,他的欣赏能力就不可避免地带有盲目性和自发性。只有掌握科学的文学理论,才能使欣赏能力提到应有的高度。那种把培养欣赏能力和学习文学理论对立起来的观点,是没有根据的。

▶**思考题**◀

1. 为什么说文学欣赏是一种审美的认识活动?

2. 文学欣赏有何重要意义?

3. 怎样理解文学欣赏的再创造和再评价?

4. 如何正确认识文学欣赏的差异性和共同性?

5. 如何正确解释文学欣赏中的共鸣现象?引起共鸣有哪些主要的因素?

6. 哪些是文学欣赏能力的基本标志?怎样提高文学欣赏能力?

第十四章　文　学　批　评

▶**本章提要**◀　　文学批评是人们对各种文学现象,主要是文学作品进行阐释、研究和评价的科学。文学批评的基本任务是:评论作品、指导阅读、指导创作。社会主义文学批评标准包括:真实性标准、思想性标准和艺术性标准。中国古代文学批评方法有:感悟式批评、注释式批评、考据式批评和评点方法等。西方现代主要文学批评方法有:社会历史批评、形式主义批评、结构主义批评、精神分析批评、原型批评等。文学批评应遵循实事求是、客观公正、分析说理等原则。文学批评家应从理论、思想道德、生活实践等方面加强自身的修养。

---

① 黑格尔:《大逻辑·绪论》。

② 毛泽东:《实践论》,《毛泽东选集》第 3 卷。

第一节　文学批评的性质和任务

一　文学批评的性质

文学批评是人们对各种文学现象,主要是文学作品进行阐释、研究和评价的科学。

文学批评的对象是各种文学现象,包括文学作品、作家、文学流派、文学团体、文学运动、文学思潮等等。在所有文学现象中,文学作品占有特别重要的地位。因而,文学作品自然地成为文学批评的最主要和最基本的对象。文学批评的性质受到它的对象尤其是文学作品的特点的制约。

文学批评与文学欣赏既有联系又有区别。文学欣赏偏重于对文学作品的审美感受,它是一种以形象思维为主的审美认识活动;文学批评则偏重于对文学作品的理性评判,它是一种以抽象思维为主的科学认识活动。文学欣赏是文学批评的基础,文学批评是文学欣赏的深化。文学批评具有科学的性质,是一门科学。普希金说过:"批评是揭示文学艺术作品的美和缺点的科学。"①别林斯基也说:文学批评"是理论对实际的应用,是那个被艺术所创造,而不是本身创造艺术的科学。"②

对于文学批评的科学性质有人加以否定。例如,法国印象派批评家法朗士认为:"世界上并没有几件东西是绝对听命于科学而容科学为之复制或为之预计的。而且我们可以断定,一首诗或一个诗人将永远不会列入这极少的几件东西之内。"③在他看来,文学不可能作为科学的研究对象,研究文学的理论批评也不是科学。他认为文学批评不过是批评家的自我表现,是批评家"自己的神魂在杰作中游涉"的记录。还有人认为,"批评只有在不是科学的时候,才是好的和真正彻底的,因此思想的奔放要比科学的批评更好些。"④按照这种观点,文学批评既无客观的对象,又可以排斥严格的逻辑思维,不遵循一定的标准。这样势必陷入主观唯心主义,实际上等于取消了文学批评本身。因而这种观点是完全错误的。

文学批评作为一种科学的认识活动,它对各种文学现象进行考察、阐释、剖析和评价,总是受一定的哲学观点、政治观点、道德观点、美学观点和文学观点的指导的。文学批评与文学理论的关系尤为密切。正确的文学理论给予文学批评以有力的指导。文学批评则通过对具体的文学现象的研究,揭示文学的本质特征和内部规律,进一步丰富和发展文学理论。两者互相促进,不可割裂。许多优秀的文学批评著作,同时也就是文学理论著作,例如,钟嵘的《诗品》、白居易的《与元九书》、金圣叹的《读〈第五才子书〉法》、莱辛的《汉堡剧评》、别林斯基的《论俄国中篇小说和果戈理君的中篇小说》、杜勃罗留波夫的《黑暗王国的一线光明》等等。正因为如此,通常也称文学批评为文学评论。

---

① 普希金:《论批评》,《西方文论选》(下),上海译文出版社 1979 年版。
② 别林斯基:《关于批评的话》,《别林斯基论文学》,新文学出版社 1958 年版。
③ 琉威松:《近世文学批评》。
④ 转引自法捷耶夫《论文学批评的任务》,《苏联文学批评的任务》,三联书店 1951 年版。

从历史发展来看,自从有了文学创作,随之便产生了文学批评。文学创作在先,文学批评随后。但两者又是紧密相伴,互为依存的。文学创作有一个历史发展过程,相应地文学批评也有一个历史发展过程,两者的发展在总体上保持着相对的平衡。早期的文学批评,对于文学现象的认识是肤浅的,见解是零碎的,不成系统的,文学批评还不是一门独立的科学。只有到了文学的发展达到相当的水平时,文学批评才发展成为一门独立的科学,出现了专门的文学批评家和专门的文学批评著作,而且还出现了关于文学批评的理论,例如,刘勰的《文心雕龙·知音》、鲁迅的《批评家的批评家》、郭沫若的《批评——欣赏——检察》、丹纳的《艺术哲学》第五编、普希金的《论批评》、别林斯基的《关于批评的话》、车尔尼雪夫斯基的《论批评中的坦率精神》等,都是探讨文学批评理论的著作。马克思主义及其文艺理论的诞生,为文学批评提供了科学的世界观和方法论,文学批评才成为真正的科学。马克思主义经典作家的文学批评,例如,马克思、恩格斯对欧仁·苏的小说《巴黎的秘密》、拉萨尔的剧作《冯·济金根》、玛·哈克纳斯的小说《城市姑娘》的评论和对莎士比亚、巴尔扎克、歌德等作家的评论,列宁对托尔斯泰的评论,毛泽东对鲁迅的评论等等,为马克思主义文学批评树立了光辉的典范。

二　文学批评的任务

(一) 评论作品

文学批评既然以文学作品为主要对象,因而评论作品便成为文学批评最基本、最经常的任务。

文学批评应对源源不断地涌现的文学作品予以密切注意,及时地作出客观公正的评论,深入剖析作品的思想艺术特色,对作品的水准和价值作出科学的衡定。

文学园地往往是菁芜并存、良莠不齐的。文学批评应敏锐地正确地加以识别,积极扶持优秀作品,批评不好的作品。鲁迅指出:“批评家的职务不但是剪除恶草,还得灌溉佳花——佳花的苗。”[①]如果良莠不分,任其自生自灭,这对于文学园地的繁盛是极为不利的。

从文学史来看,“灌溉佳花”,“剪除恶草”,确是文学批评肩负的相辅相成的任务。我国早期文学批评家钟嵘在他的文学批评专著《诗品》中,提出“撝捃利病”的主张,就包含着既有褒扬,又有贬责两方面的任务。他一方面高度评价曹植、谢灵运等人的创作成就,另一方面对沈约等人提倡的“用事诗”、“永明体”等提出激烈的批评。莱辛、别林斯基、高尔基、鲁迅等杰出的文学批评家也都做了“灌溉佳花”、“剪除恶草”的工作。

文学史上往往有这么一种情况,新的优秀作品刚出现,并不被人们所重视,甚至受到歧视和排斥。文学批评就应当大力扶持这样的作品,为其进一步成长扫除障碍。例如,俄国19世纪作家果戈理的中篇小说集《密尔格拉得》和《小品集》刚出版时,由于它尖锐地揭露了俄国农奴制的反动本质,就遭到一批反动文人的围攻,被讥为“自然派”文学。卓越的文学评论家别林斯基面对这种情况,挺身而出,写了《果戈理的〈小品集〉和〈密尔格拉得〉》等

---

① 鲁迅:《并非闲话(三)》,《鲁迅全集》第 3 卷,人民文学出版社 1957 年版。

评论文章,高度评价果戈理创作的思想艺术成就,痛斥反动文人的谬论,有力地保卫了果戈理这位优秀作家,推动了俄国现实主义文学的发展。鲁迅热情扶植新生的革命文学的业绩,更是人所共知的。他曾经亲自为青年革命作家的作品,如萧军的《八月的乡村》、萧红的《生死场》、殷夫的《孩儿塔》、柔石的《二月》等作序,像园丁一样精心浇灌文学的"佳花——佳花的苗",为革命文学的壮大和成长作出了不可磨灭的贡献。如果没有文学批评,即使是优秀的作家、作品也可能被湮没无闻。契诃夫曾经说过:"由于完全缺乏批评家,许许多多的生命和艺术作品也在我们眼前消失了","只因为我们这个时代没有好批评家,许多有益于文明的东西和许多优美的艺术作品,就埋没了。"①这就要求文学批评家及时地发现和扶植优秀的作家作品。

对于格调低下或有错误倾向的作品,文学批评必须给予及时的批评和揭露,决不能采取漠然置之的态度。这种批评,既是严肃的,又是慎重的,恰如其分的。在一段时间内,由于"左"的影响,曾经不恰当地把文学批评的职能仅仅归结为思想斗争和政治斗争,甚至把文学批评变成简单、粗暴的政治判决,混淆两类不同性质的矛盾,造成了消极的后果,因而损害了文学批评的声誉。这个历史教训是必须认真记取的。但是,如果由此否认文学批评负有开展文学领域的思想斗争的任务,把正常的思想斗争不加分析地一律看作"左"的表现,甚至把它同党的"双百"方针对立起来,这种观点也是错误的。邓小平同志指出:"批评的武器一定不能丢。"②这完全适用于文学领域。

总之,文学批评应大力扶植优秀作品,为文学的繁荣兴盛推波助澜;同时,对于确有错误的或不健康的作品也须提出严肃中肯的批评,以遏制不良倾向的滋长。

(二) 指导阅读

文学作品由于自身的特点,它所蕴含的思想内容和社会意义,往往并非一目了然。一般读者虽可约略觉察,却往往难于深刻理解。文学批评按照内容和形式相统一的原则,对作品的内容和形式进行深入的阐发和剖析,把作品中为一般读者不易领会的深刻意义和它在艺术上的独特创造揭示出来,对文学作品的社会价值作出为一般读者所不易作出的准确判断和充分阐发,就能帮助读者深刻理解作品。杜勃罗留波夫认为:"批评之所以存在,就是为了说明隐藏在艺术家创作内部的意义。"③普列汉诺夫说过:"别林斯基可以使得普希金的诗所给你的情感大大增加,而且可以使得你对于那些诗的了解更加来得深刻。"④

任何一部文学作品一经问世,就可能产生一定的社会影响。但是,一部作品要为广大群众所正确接受和深刻理解,充分发挥其审美教育作用,却离不开文学批评。可以说,文学批评是沟通作品和读者之间的桥梁。例如,早在 20 世纪 20 年代和 30 年代初,茅盾的《鲁迅论》和瞿秋白的《〈鲁迅杂感选集〉序言》,就对鲁迅作品的深刻的社会意义和宝贵的艺术价值,作了精辟的分析和高度的评价,并针对当时文坛上对鲁迅作品的误解和歪曲提出了批评。这对于人们正确地认识鲁迅,扩大鲁迅作品在广大群众中的影响,起了积极的作用。

---

① 《契诃夫论文学》,人民文学出版社 1959 年版,第 128、441 页。
② 邓小平:《关于思想战线上的问题的谈话》。
③ 杜勃罗留波夫:《黑暗的王国》,《杜勃罗留波夫选集》第一卷,上海译文出版社 1981 年版。
④ 普列汉诺夫:《别林斯基的百年纪念》,转引自《瞿秋白文集》第 2 卷,人民文学出版社 1952 年版。

　　文学批评对于文学作品的科学分析和评价,有助于指导读者正确地阅读文学作品,提高他们的思想水平和欣赏水平,培养他们健康的艺术情趣。从这个意义上说,文学批评家是读者的良师益友。当然,不能低估广大群众对文学作品的鉴别能力。文学作品的优劣,归根结底,需要经过广大群众的检验。文学批评家要善于向群众学习,集中广大读者的智慧,再反过来给予群众以帮助和指导。车尔尼雪夫斯基说得好:"批评的使命在于表达优秀读者的意见,促进这种意见在人群中继续传播。"①

　　(三) 指导创作

　　文学批评不能只停留于从微观的角度对具体的作家作品作出评价,还应从宏观的角度总结文学创作的经验,探索和阐明艺术规律,指导和推动文学运动的发展。文学批评通过广泛地评价和分析文学作品的成败得失,能够给予作家的创作以有益的启迪和帮助。高尔基指出:批评,必须教导如何写作。许多作家都曾从文学批评家那里获得教益。古罗马文艺思想家贺拉斯用"刀子"与"磨刀石"的关系来比喻文学创作与文学批评的密切关系。他认为没有"刀子",就不必要有"磨刀石";而有"刀子",就必须有"磨刀石"。"磨刀石"虽然"自己切不动什么",但却"能使钢刀锋利"。② 优秀的文学批评能够以对文学创作经验的深刻总结和卓越见解,对文学创作产生深广的影响,甚至可以匡正或倡导一代文风。

　　文学批评在总结创作经验的基础上,还应深入地作理论上的探讨,善于将创作实践经验提到理论的高度,提出具有普遍意义的理论问题,加以科学的阐释和概括。如别林斯基所说,文学批评"在不断地运动,向前行进,为科学收集新的材料,新的根据。这就是运动中的美学"。③ 如果文学批评局限于对作家作品作就事论事的分析和评价,不能从理论上作深入的开拓,及时地对文学创作和文学运动中提出的现实问题作出理论上的科学阐释,便不可能充分履行自身的职能。

第二节　文学批评的标准

一　文学批评标准的时代性和阶级性

　　开展文学批评需要有一定的标准,作为衡量和评价作家作品的依据。如果没有标准,就会良莠不分,美丑难辨,出现如钟嵘在《诗品》中说的"随其嗜欲,商榷不同。淄渑并泛,朱紫相夺,喧义竞起,准的无依"那种状况。否认文学批评标准的存在,或鼓吹"无标准"论,是错误的。鲁迅说过:"我们曾经在文艺批评史上见过没有一定圈子的批评家吗? 都有的,或

① 车尔尼雪夫斯基:《论批评中的坦率精神》,《车尔尼雪夫斯基论文学》上卷,上海译文出版社 1982 年版。
② 贺拉斯:《诗艺》,人民文学出版社 1962 年版。
③ 《别林斯基全集》,俄文版第二卷,第 123 页。

者是美的圈,或者是真实的圈,或者是前进的圈。没有一定的圈子的批评家,那才是怪汉子呢。"因此,他认为"我们不能责备他有圈子,我们只能批评他这圈子的对不对。"①所谓"圈子",实即文学批评标准。狄德罗指出:"如果拿自己当作典范或评判人,我们的争论当然不会完结的。有多少人就有多少不同的衡量标准,而且同一个人在他的生命之中许多显著不同的时期里就有同样多的不同尺度。"因此,应当从"自我之外找出一个衡量标准。"②

文学批评标准是历史地形成的,具有一定的时代性。有人试图建立永久性的文学批评标准,以作为千古不变的准则,这是违反客观规律的。波兰诗人密茨凯维支就曾批评过这种错误观点,指出:"教条主义的理论家们只根据现有作品总结出法则,而不理解未来,他们想把以前的典范作品当作是完美的唯一蓝本,而把自己根据这些蓝本总结出来的法则,看成是永恒的、不可动摇的。"③各个时代的文学批评标准必然受到当时历史条件的制约,当时的时代风尚、社会思潮、文艺观点、审美趣味等都对文学批评标准的形成产生一定的影响。随着社会的不断进步和文学的不断发展,文学批评标准也随之日趋完善和成熟。

在阶级社会中,文学批评标准还具有一定的阶级性。这是由于各个阶级的社会地位、阶级利益、文艺思想、艺术情趣等是不可能一致的,因而作为评价文学作品的批评标准也必然地渗透着各个阶级的特殊意识、需要和愿望。例如,欧洲中世纪封建文学,以宣扬宗教神学为标准;文艺复兴时期新兴资产阶级则以反对封建神学,宣扬人文主义为文学的最高宗旨;17世纪法国古典主义文学从维护封建君主的中央集权出发,标举"理性"高于一切。我国封建社会文学以宣扬忠孝节义为最高标准;五四以来革命民主主义文学则以表现反帝反封建精神为基本原则。总之,作为批评内在尺度的批评标准,无不集中地反映了一定阶级对于文艺的要求。

当然,各个时代的文学批评标准既具有时代性,但又具有历史继承性;各个阶级的文学批评标准既具有阶级性,但又具有某些共同性。文学批评标准的历史继承性和人类共同性,也是客观存在的。例如,作品所抒发的真挚的感情,优美的文采等,不论是哪个时代、哪个阶级的有识之士,都是从各自的角度予以这样或那样肯定的。反之,无病呻吟,矫揉造作,雕章琢句等,不论是哪个时代、哪个阶级的有识之士,都是从各自的角度予以这样或那样否定的。

二 社会主义文学批评标准

我们认为社会主义文学批评标准应充分体现社会主义文学特有的阶级性和时代性,同时应有分析地借鉴中外古今进步文学的宝贵经验。恩格斯提出的"美学观点和历史观点"相统一的批评标准应作为确立社会主义文学批评标准的基本理论依据。

恩格斯在19世纪40年代评论格律恩写的《从人的观点论歌德》一书时说:"我们决不

---

① 鲁迅:《批评家的批评家》,《鲁迅全集》第5卷,人民文学出版社1957年版。
② 狄德罗:《论戏剧艺术》,《西方文论选》(上),上海文艺出版社1963年版。
③ 密茨凯维支:《歌德与拜伦》,《古典文艺理论译丛》第4辑,人民文学出版社1961年版。

是从道德的、党派的角度来责备歌德,而是从美学和历史的观点来责备他。"1859 年,恩格斯在《致斐·拉萨尔》中又说:"我是从美学观点和历史观点,以非常高的、即最高的标准来衡量您的作品的。"恩格斯提出的"美学观点和历史观点"的统一便是马克思主义的文艺批评标准。

所谓美学观点,就是依据马克思主义的美学观,从审美的角度,评价作品的艺术成就和审美效果。马克思、恩格斯在评价拉萨尔的剧本《冯·济金根》时,便是从美学观点出发的。他们对拉萨尔剧作中违背文艺的审美特性,把人物变成观念的化身的抽象化、概念化倾向提出了尖锐的批评,指出:"你的最大缺点就是席勒式地把个人变成时代精神的单纯的传声筒。"剧作"在性格的描写方面看不到什么突出的东西。"针对拉萨尔的错误创作倾向,提出"你就得更加莎士比亚化。""我们不应该为了观念的东西而忘掉现实主义的东西,为了席勒而忘掉莎士比亚。"马克思、恩格斯还对该剧的情节、结构、韵律等作了评论。他们对《冯·济金根》的历史内容和政治倾向的评论,都是结合着美学批评来进行的。

所谓历史观点,就是以历史唯物主义观点,严格地把文学作品放到它所产生的具体历史条件中去分析考察,从而评定其社会内容和社会价值。马克思、恩格斯在评论拉萨尔的《冯·济金根》时,对他抽掉济金根骑士暴动的具体的社会历史的、阶级的内容,把垂死阶级的代表美化为德意志的伟人和人民的救星,提出了尖锐的批评。同时指出应当把当时的农民运动作为济金根一类在前台表演的人物的"十分重要的积极背景",这才能"使这个运动显出本来的面目"。这些意见都是从历史观点出发的评论。

美学观点和历史观点既有区别,又不可分割,两者是辩证统一的关系。如果只有美学观点,就显现不出文学批评的全部价值;如果只有历史观点,则不成其为文学批评。

根据恩格斯关于美学观点和历史观点相统一的论断,以及他在评论拉萨尔的《冯·济金根》时提出的"较大的思想深度和意识到的历史内容同莎士比亚剧作的情节的生动性丰富性的完美融合"的主张;同时参照历代进步思想家、文学家关于真、善、美和谐统一的理想追求,我们认为社会主义文学批评标准可以具体地分为真实性标准、思想性标准和艺术性标准三项。

(一) 真实性标准

文学的真实性应是客观生活的真实和主观情志的真诚两者的统一。评价文学作品,应考察作品和生活的关系,作品反映生活真实所达到的程度,作品是否通过生活现象的描绘把握了社会现实的某些特征和某些本质,是否达到了对生活发展的必然趋势的自觉认识;同时,还应考察作家对他所描写的生活是否有深切的感受和体验,作家所表现的思想感情是否真诚。

文学作品所反映的生活具有客观的性质,它是不依赖于人的意识而独立存在的客观真实,客观真实是艺术真实的唯一基础。一部文学作品只有当它反映了客观生活时,才可以称之为具有真实性。检验文学作品的真实性的标准不是人的主观意识,而是客观的现实生活。狄德罗说过:"必须把事情如实表现,而戏剧将会更真实、更感动人、更美。"[①]别林斯基

---

① 狄德罗:《论戏剧艺术》。

也说:"艺术的喜剧不应该为诗人规定的目的而牺牲描绘的客观的真实性,否则它就从艺术的喜剧变成说教的喜剧。"①只有真实地反映客观生活的作品才具有一定的价值,而虚假的、歪曲生活的作品只能是毫无价值的膺品。

文学作品的艺术真实必须以生活真实为基础,但又不等于生活真实。两者既有联系,又有区别。在我国传统的文艺批评中,曾有把文学和历史、真实与事实混为一谈的倾向。例如,清代有些小说评点家,把《三国演义》当作历史来评论,用史实来考证和评价小说的人物形象和故事情节。其实,文学作品的真实,并非曾有的实事,而是会有的实情。别林斯基说过:"对于诗,不应该提出这样的问题:'这事情发生过吗?'可是,诗永远应该肯定地答出这个问题:'这事情可能吗? 它会在现实中发生吗?'"②

文学的真实即艺术真实,不仅是生活现象的真实,更主要的是生活本质的真实,反映生活本质的真实是优秀文学作品的基本品质。恩格斯指出,"真正的社会主义者卡尔·倍克等人的作品,不可能把要叙述的事实同一般的环境结合起来,并从而使这些事实中所包含的一切突出的和意味深长的方面显露出来"。他们唯一能够做到的,"就是枯燥无味地纪录个别的不幸事件和社会现象",因而严重地歪曲了现实。③

文学的真实是生活的现象的真实和本质的真实的统一。如果仅停留于现象的真实,不能通过生活现象的描写深刻地揭示本质的真实,这样的作品就会流于肤浅,陷入自然主义。如果离开对生活现象作真实的描写,片面强调本质的真实,这样的作品就会脱离生活,陷入概念化、抽象化。

文学的真实性不仅要求真实地深刻地反映客观生活,而且还要求作家具有真挚而健康的思想感情,即真诚。作家对他所描写的生活应当是真正体验过的,他对生活的感受和认识是发自肺腑,非说不可的,他在作品中所表达的思想感情,是自然流露,不加虚饰的。如苏东坡所说,"凡耳目之所接者,杂然有触于中,而发于咏叹","非勉强所为之文"。④ 创作必须真诚,是古今中外许多思想家、文艺家所共同倡导的。亚里士多德认为:"一个作家必须使他的艺术给人以自然的印象,而不是矫揉做作","矫揉做作会使听众以为我们是在玩弄阴谋诡计,就像给他们的酒掺上水一样。"⑤俄国19世纪文学批评家皮萨列夫认为:"真诚是诗人最必需的品质。戏剧、小说、长诗、抒情诗,哪怕里面多少透露出一点作者对他的对象的不自然的、勉强的态度,就无论如何也不能称为诗的作品。"⑥我国明代思想家李贽提出"童心说",主张文学要表现"真情",反对一切虚伪和造作,反对无病呻吟。他说:"不愤而作,譬如不寒而颤,不病而吟呻也,虽作何观乎?"⑦"文非感时发己,或出自家经画康济,千古难易者,皆是无病呻吟,不能工。"⑧清代美学思想家刘熙载以"语语自肺腑中流出"为

---

① 别林斯基:《论诗剧》,《别林斯基论文学》,新文学出版社1958年版。
② 《别林斯基论文学》,第107页,新文艺出版社1958年版。
③ 恩格斯:《诗歌和散文中的德国社会主义》,《马克思恩格斯全集》第4卷,人民出版社1958年版。
④ 《经进东坡文集事略》卷五十六。
⑤ 《西方文论选》(上),上海译文出版社1979年版,第90,91页。
⑥ 《西方文论选》(下),上海译文出版社1979年版,第457页。
⑦ 李贽:《焚书》卷三《忠义水浒传序》。
⑧ 李贽:《续焚书》卷一《复焦漪园》。

准绳盛赞陶渊明、王安石等人的诗文,指出:"诗可数年不作,不可一作不真。"①所有这些,都肯定了真诚的重要性。当然,作家主观的思想感情的真诚应当同他所表现的客观生活的真实互相统一起来,而不是对立起来。

(二) 思想性标准

文学作品的思想性表现在客观思想和主观思想两方面。客观思想是作品所描写的现实关系和人物性格本身显示出来的特征和意义;主观思想是作家对他所描写的生活所作的判断和评价,作家企图通过形象表现的思想。两者是基本一致又不完全一致的。其所以基本一致,是由于作品的形象总是作家在一定思想感情的支配下构思和创造出来的;其所以不完全一致,是由于文学作品的思想不是体现于逻辑概念,而是体现于具体的形象之中。成功的艺术形象不是某种观念的例证或图解,而是一个相对独立而完整的世界。作品形象所蕴含的深刻的思想意义,往往超出作家的主观意识。

评论作品必须对它的主观思想和客观思想加以考察,鉴别其是进步的或落后的、革命的或反动的、健康的或颓废的等等,从而作出不同的评价。优秀的作品,总是表现了时代的先进思想、崇高的感情、优美的道德情操,同广大人民群众的思想感情保持着深刻的联系,而那种同人民群众的思想感情相违背,宣扬各种腐朽没落的意识和消极颓废的情绪的作品,是不可能有积极的社会价值和审美价值的。

文学批评的思想性标准既包含一个民族传统的思想道德评判标准,又应与时俱进,充分体现当代的时代精神。一个民族在长期的历史发展过程中,形成了相对稳定的优良传统思想道德观念,这对于鉴别文学作品的良莠是一个重要的参照标尺。例如,对那些宣扬媚敌叛国、陷害忠良,渲染腐化淫乱的糜烂生活等作品,人们都会嗤之以鼻;而对那些昭彰忠勇爱国、正义耿直、反抗强暴、救助贫弱等作品,总是给予推崇赞赏。历史的车轮滚滚向前,人们的思想观念随着时代的潮流不断更新。文学批评的思想性标准也应充分体现鲜明的时代特征。例如,对那些高扬社会主义主旋律,讴歌开拓创新、敢为人先的时代精神等作品,理应给予充分肯定,而对那些鼓吹因循守旧、陈腐观念、背离时代潮流,乃至充斥色情暴力、反动等消极因素的作品,无疑应坚决摒弃。

有人不赞成把思想性作为一个相对独立的文学批评标准,认为文学作品只要具有真实性就行,如果又要求具有进步的思想或倾向,必然会损害真实性,导致公式化、概念化。这种把真实性和思想性或倾向性视为冰炭难容的对立物的观点是错误的。文学的倾向性,包括政治倾向、思想倾向、道德倾向、感情倾向等,是客观存在的。恩格斯说过:"我决不反对倾向性本身。"②他列举从古希腊、中世纪、文艺复兴、启蒙运动到 19 世纪的有代表性的著名作家,说明古往今来的作家都是有倾向性的。当然,作品的倾向不是直接说出来的,而是在对于生活的真实描写中自然而然地流露出来的。在优秀的作品中,深刻的真实性和进步的思想性或倾向性总是和谐统一的。

(三) 艺术性标准

作品的真实性和思想性必须借助于一定的艺术性,通过文学本身的审美特点加以表

---

① 刘熙载:《艺概·诗概》。
② 恩格斯:《致敏娜·考茨基》,《马克思恩格斯选集》第 4 卷,人民出版社 1960 年版。

现。艺术性标准一方面反映了一定阶级的审美理想和艺术情趣，另一方面也总结了人类艺术实践的历史经验，具有明显的继承性和普遍性，考察作品的艺术性通常包括如下一些要点：

1. 形象的典型性

文学是通过形象反映社会生活，表达思想感情的。形象有一般形象和典型形象之别。典型形象集中体现了艺术的审美特性，创造典型形象是作家努力追求的目标。因而，形象的典型性如何是作品艺术性高低的一个重要标志。马克思批评拉萨尔的《冯·济金根》存在的"席勒式"倾向，便是指剧作违背艺术的审美特性，未能创造出成功的典型形象，因而在艺术上是有缺陷的。

2. 内容和形式的统一性

任何文学作品总是包含着有机联系着的内容和形式两个方面。我国古代文论中的"文质论"便是关于文学的内容和形式的相互关系的理论。"文"指作品的形式，"质"指作品的内容。内容和形式兼美被认为是高度艺术性的一个标志。这是符合文学创作的客观规律的。普列汉诺夫在论述艺术创作的规律时指出："这一切规律最终不过归结为一点：形式必须和内容相适应。"①马克思、恩格斯的文学批评总是以形式和内容相统一的观点去评价作品的艺术性，他们既反对不顾内容徒具形式的作品，同时又反对片面注重内容而忽视形式的倾向，对作品的艺术形式从不降低要求。

3. 艺术的独创性

这是艺术性的又一重要表现。艺术贵在独创。优秀的作品总是凝聚着作家的富有创作个性的独特创造。如别林斯基所说："在一部真正的艺术作品中，一切形象都是新颖的、独创的，没有重复之弊，而是每一个都过着自己独特的生活。不管一个艺术家的作品多么浩如烟海，多么形形色色，他在任何一部作品中都不会有任何一个特征重复自己。"②缺乏独创性的作品不可能具有高度的艺术性。

文学批评的真实性标准、思想性标准和艺术性标准，既是互相联系、互相制约的，又具有相对独立的意义。真正优秀的作品，真实性、思想性和艺术性总是和谐统一的。但是，具体的文学作品往往呈现出错综复杂的形态，三者并非总是平衡的。这就需要我们对具体作品作具体分析，切忌简单、片面。

第三节　文学批评的方法和原则

一　文学批评的方法

从事文学批评不仅需要有正确的理论指导，掌握科学的批评标准，而且还要采取科学

---

① 普列汉诺夫：《没有地址的信·艺术与社会生活》，人民文学出版社 1962 年版。
② 别林斯基：《玛尔林斯基作品全集》，《别林斯基论文学》，新文艺出版社 1958 年版。

的批评方法。

任何学科均有一定的研究方法。科学方法是人类对客观对象进行科学分析、研究和认证的重要认识工具。方法可按概括程度与适用层次的不同,划分为哲学方法、一般科学方法和具体学科方法这样三个层次。马克思主义的唯物辩证法属于哲学方法这一层次,它的概括程度最高,适用范围最广,适用于一切科学研究,包括自然科学、社会科学和思维科学。因此,对于一般科学方法和具体学科方法具有指导作用。文学批评方法无疑要受到马克思主义哲学方法的指导,但马克思主义哲学方法不能代替作为具体学科方法的文学批评方法。在文学批评中坚持马克思主义哲学方法的指导,和维护文学批评本身的科学性是不矛盾的。实践证明,只有坚持马克思主义哲学方法的指导,文学批评才不致于迷失方向。

一般科学方法指各门学科可以普遍运用的科学方法,包括观察、实验、各类逻辑方法、直觉思维方法以及由数学、系统论、控制论、信息论等学科转化而来的横向科学方法,当代文学批评已把这些科学方法基本上引入自己的领域,并取得了一定的成果。例如,运用系统论、控制论、信息论以评价和研究作家作品,已成为我国文学批评界的热门课题。

作为具体学科方法的文学批评方法,同哲学方法和一般科学方法,既具有共同性,又具有特殊性。同时,它本身是在长期的文学批评实践中历史地形成和发展的,不同民族、不同时代的文学批评方法呈现出纷繁复杂的形态。

(一) 中国古代文学批评方法简介

我国文学批评有悠久的历史,早在先秦时期已开其端。例如,对于我国第一部诗歌总集《诗经》的评论,在当时就产生了重大的社会影响。孔丘说:"诗三百,一言以蔽之,曰:思无邪。"①便是著名的《诗经》评论。我国文学批评在长期的发展过程中,形成了不同于西方的民族特点,按其具体的方法和形式,大致可分如下几种:

(1) 感悟式批评

文学批评家在鉴赏文学作品之后,把自己对作品的感想、领悟直接写出来,往往三言两语,言简意丰,不加分析和论证。这种方法常见于诗话、词话。例如,我国第一部诗话欧阳修的《六一诗话》评宋代诗人梅尧臣和苏舜钦:"圣俞、子美,齐名于一时,而二家诗体特异,子美笔力豪隽,以超迈横绝为奇;圣俞覃思精微,以深远闲淡为意:各极其长,虽善论者不能优劣也。"王国维《人间词话》评欧阳修:"永叔'人间自是有情痴,此恨不关风与月'.'直须看尽洛阳花,始与东风容易别。'于豪放之中有沈著之致,所以尤高。"

感悟式批评往往对作家作品的成就和风格作形象的描绘。钟嵘《诗品》引汤惠休对谢灵运、颜延之诗的评论:"谢诗如芙蓉出水,颜诗如错采缕金。"司空图的《诗品》评论"雄浑"的风格:"荒荒油云,寥寥长风,超以象外,得其环中。"这些评论的优点是具体生动,令人回味,有可以意会而不可以言传之妙,缺点是显得含糊笼统,难以把握,缺乏逻辑的说服力。

以诗论诗也是感悟式批评常用的一种形式,杜甫的《戏为六绝句》、元好问的《论诗绝句》等,都是著名之作。例如,杜甫对初唐四杰的评论:"王杨卢骆当时体,轻薄为文哂未休,

---

① 《论语·为政》。

尔曹身与名俱灭,不废江河万古流。"以短短的一首七绝对王杨卢骆诗的历史地位作了高度评价,同时对当时的轻薄之论提出了驳难。元好问对陶渊明的评论:"一语天然万古新,豪华落尽见真淳,南窗白日羲皇上,未害渊明是晋人。"评论精当,而诗意益然。

（2）注释式批评

这种方法是对作品作客观的、详尽的诠解,力求阐释作品的原意。最早起源于汉儒的经学,汉代诠释《诗经》,有鲁、齐、韩、毛四家,以后各代又有新的注本,朱熹集各家之注有《诗集传》。仇兆鳌在《杜少陵集详注·自序》中说:"注杜者,必反复沉潜,求其归宿所在,又从而句栉字比之,应几得作者苦心于千万年之上,恍然如身历其世,面接其人,而慨乎有余悲,悄乎有余思也。"求作品之"归宿",探作者之"苦心",正是诠释者的基本目标。这种方法的可取之处是重视探求本意。一些谨严之作,为我们研究古典文学积累了宝贵的资料,但由于主客观条件的限制,不少诠释往往背离原作,颇多谬误之见。例如,《毛诗序》说:"《关雎》,后妃之德也。"这显然是不正确的。

（3）考据式批评

考据式批评也发端于汉代的经学,目的在于考证历史的原貌,列举旁证材料以论证其诠释。这是一种实证的方法。这种方法主要表现在对版本文字的校勘、典故词语的训注、名物本事的考索乃至纂录年谱、辨察佚著等方面,清代乾嘉年间的诗文评,以及晚清的《红楼梦》研究等,均采用这种批评方法,这种批评方法由于机械的思维方法,未能在文学批评中发挥重大的积极作用,但也不能简单地予以一笔抹煞。作为文学批评的一种辅助手段或基础工程,考据式批评还是有其一定的价值的。

（4）评点的方法

评点的形式最早运用于诗文批评,唐代就已开始。明代万历年间,李贽、叶昼等人对《水浒传》等小说进行评点,以后金圣叹又评点《水浒传》、《西厢记》等。在相当一段时间内,评点成为小说、戏曲批评的主要方法。评点名作除上述几家外,尚有毛宗岗的《三国演义》评点,张竹坡的《金瓶梅》评点和脂砚斋的《红楼梦》评点等。

小说评点的内容一般包括:《序》、《读法》、每回总评、眉批、夹批、旁批等。这些评点与作品放在一起,供读者与原作一起阅读。明清时期流行的小说几乎多是评点本。《序》和《读法》是对全书的总的评价。例如,金圣叹在《水浒传》序言中说:"天下之文章,无有出《水浒》右者;天下之格物君子,无有出施耐庵先生右者。"在《读第五才子书法》中说:"别一部书,看过一遍即休,独有《水浒传》,只是看不厌,无非为他把一百八个人性格都写出来。"回评,或在回前,或在回后,是分回的评论。例如《水浒传》第二回写鲁智深拳打镇关西,金圣叹在该回回首总评中说:"写鲁达为人处,一片热血直喷出来,令人读之深愧虚生世上,不曾为人出力。"眉批、夹批或旁批,则是对小说的具体描写加以分析、评论或提示。例如,《三国演义》第五回关羽温酒斩华雄,小说先写华雄斩了骁将俞涉,众大惊,接着又写上将潘凤又被华雄斩了,毛宗岗加了夹批:"都是虚写、妙。写得华雄声势,越衬得云长声势。"小说接着写关羽要求出战,曹操教酾热酒一杯,关羽却说:"酒且斟下,某去便来。"便提刀飞身上马。众诸侯听得关外鼓声大振,喊声大举,如天摧地塌,岳撼山崩,众皆失惊。正欲探听,鸾铃响处,马到中军,云长提华雄之头掷于地下,其酒尚温。毛宗岗加批道:"亦用虚写,妙。写得百倍声势。"这些评点确有剔精抉微、画龙点睛之妙,能随时提醒读者注意欣赏一些容易忽略的问题,提高审美感受能力,加深对作品的思想内容和艺术表现的感受和理解。

优秀的小说评点还能做到融欣赏、品味与评论于一炉,在对作品作出精当的分析评论的同时,对作家的创作经验加以理论概括,提出独到的美学见解。例如,《红楼梦》第四十三回写尤氏把周、赵两个姨娘为凤姐生日凑的银子还给她们,二人"千恩万谢的收了。"脂砚斋加批道:"尤氏亦可谓有才矣,论有德比阿凤高十倍,惜乎不能谏夫治家,所谓人各有当也。此方是至理至情。最恨近之野史中,恶则无往不恶,美则无一不美,何不近情理之如是邪?"这里对当时流行的人物塑造中"恶则无往不恶,美则无一不美"的公式化倾向的抨击,对《红楼梦》的卓越的典型艺术的充分肯定,表现出作者极为深刻的美学见解。

当然,明清小说评点也存在着求之过深,甚至牵强附会的弊病,有些艺术见解显得浅薄迂腐。但是,它的某些长处和经验,直到今天仍然具有一定的借鉴价值。

(二) 西方文学批评方法简介

西方的文学批评同样有悠久的历史,从古希腊时期的柏拉图、亚里士多德开始,经历了漫长的发展过程,涌现出不同的文学批评流派,进入 20 世纪以来,文学批评出现了空前的繁荣,标志之一是批评方法及流派的层出不穷。因此,20 世纪被称为"批评的时代"。[①] 这里就现代西方主要文学批评流派作一个简要的介绍。

(1) 社会历史批评

从社会学的角度进行文学批评,有悠久的传统。但作为一种批评流派,则是近代的事。

意大利维柯于 1725 年发表《新科学》,在探讨人类社会文化起源与发展的过程中,考察了文学艺术与社会生活的联系。这是最早较系统的社会批评理论。社会历史批评的代表人物则是 19 世纪法国批评家丹纳,他的代表作是《英国文学史》和《艺术哲学》。丹纳的文学观受到孔德的实证主义的影响。他提出著名的"三要素"决定论,即文学艺术是由"种族"、"环境"和"时代"所决定的。根据这种理论,考察文学作品就须着力考察它所赖以产生的"种族"、"环境"和"时代"。例如,他对古希腊艺术的评论,用大量篇幅叙述它的背景。古希腊气候温和,域内多山近海,利于人的发育,却不利于守城。因此,古希腊人聪明敏捷,好学深思。再则,古希腊地方极小,境内没有高山大川,加之空气澄明,山川尽收眼底,因此人们心目中的国家有非常具体明确的地理概念,使得古希腊人的头脑习惯于肯定与分明的观念。古希腊山明水秀,四季如青,"使居民心情愉快,以人生为节日"。所有这些,导致古希腊人成为"世界上最大的艺术家",具有艺术家的三个特征。第一是感觉精细,善于用一切原素与细节造成一个活的和谐的总体。第二是追求明白单纯,懂得节制,喜欢明确而固定的轮廓,其艺术作品往往采用易于为想象力和感官所捕捉的形式,因而它们能为一切民族一切时代所了解,垂之百世而不废。第三是热爱生活,注重表现心灵的健康与肉体的完美。正由于这三个特征,古希腊艺术取得卓著的成就,非其他诸民族艺术所能比美。

---

① 韦勒克:《二十世纪文学批评的主要趋势》,《外国文学动态》1982 年第 9 期。

社会历史批评重视对作品产生的社会历史背景的考察，有其深刻之处。这种批评方法产生了重大的影响，但它对社会历史的认识毕竟没有能够达到马克思主义的高度。它重视社会对文学的决定作用，但忽视文学对社会的反作用；重视文学的外部条件，但忽视文学本身的审美特点。到了本世纪，其优势已被它的对立物形式主义批评所逐渐取代。

（2）形式主义批评

形式主义批评是作为社会历史批评的一种反拨而出现的。最早的形式主义批评发生在俄国，称俄国形式主义，主要代表人物是什克洛夫斯基。俄国形式主义批评以揭示文学"本身的发展"动因为目的，强调文学的自律功能，把文学批评的矛头指向文学作品本体。什克洛夫斯基宣称："我们的文学理论是研究文学的内部规律。如果用工厂的情况作比喻，那么，我感兴趣的就不是世界棉纺市场的行情，不是托拉斯的政策，而只是棉纱的支数及其纺织方法。"①另一形式主义批评家雅各布森提出："文学研究的对象不是笼统的文学。而是文学性，也就是使一部作品成其为文学作品的东西。"②他们把注意力集中于作品文本的分析，使文学批评从外部研究转向内部研究，给文学批评带来了新的活力。但由于它否定外部物质与精神的因素，必然导致对作品内容的否定，走向了另一极端，什克洛夫斯基认为："文学作品是纯形式，它不是物，不是材料，而是材料之比。正如任何比一样，这种比是零维比。因此，作品的规模，作品的分子与分母的算术意义无关宏旨，重要的是它们的比。"③甚至历来被视为文学生命要素的情感，也被拒之门外。他们公开宣称："艺术中的一切都只是艺术手法，艺术中除了手法的总和，事实上别无其他。"④在他们看来，艺术即手法，手法即文学目的本身。他们在批评实践中，只是从材料安排的方法、语言结构、语言选择手法的角度去分析文学作品，而把内容作为"异体"加以排除，把文学的语言形式强调到极端的地步。

20世纪20年代至50年代盛行于英美批评界的形式主义批评，称英美新批评。它是当代西方最有影响的批评模式之一。

新批评派理论的开拓者是现代派诗歌的先驱艾略特和英国语义学家理查兹。1942年，兰孙出版的《新批评》一书，对艾略特、理查兹的文艺观提出批评。"新批评派"由此得名，兰孙和他的三个学生也被视为"新批评派"人物。第二次世界大战后，"新批评"在美国进入全盛时期，涌现出第三代"新批评家"，著称于世的有韦勒克、威姆塞特等人。韦勒克、沃伦合著的《文学理论》，威姆塞特、布鲁克斯合著的《文学批评简史》，一横一纵，为新批评派做了系统的理论总结。

新批评派的理论主要包括如下几点：1. 本体论，即把文学作品看成是独立存在的实体。据此，他们认为批评家只认得文学作品这一个认识对象，其他的一切均不在批评的范围之内。艾略特认为："诚实的批评和敏感的鉴赏都不是指向诗人，而是指向诗。""把兴趣从诗

---

① 什克洛夫斯基：《关于散文理论》。
② 雅各布森：《最近的俄罗斯诗歌》。
③ 什克洛夫斯基：《关于散文理论》。
④ 日尔蒙斯基：《文学理论问题》。

人转移到诗是值得赞许的,因为这有助于对真正的好诗或坏诗作出更公正的评价。"①威姆塞特和比尔艾利合著的《意图谬误》和《感受谬误》更彻底地切断了作品与作家和读者的联系。"意图谬误"说反对以是否符合作者意图为判断作品艺术价值的标准,矛头指向"因果式"的实证批评和浪漫主义批评,以及以弗洛伊德精神分析为基础的心理分析批评。"新批评派"举出大量例证,说明作品意义与作者的自觉目的是两回事,即使有文献记下的作者表白的意图,也不能作为批评的依据,"感受谬误"说反对以读者的心理反应为对象的批评,认为读者的感受具有多样性,对同一作品不同读者有不同的反应,若以此为准则去评价作品,势必陷入相对主义。总之,他们认为批评的焦点只能是作品"本体"。2. 新批评派认为作品的"本体"是"形式"(即"完成了的内容")艺术品只是"一个为某种特别的审美目的服务的完整的符号体系或者符号结构"。② 因而,"形式"应是文学批评的对象。例如,新批评派所最擅长的诗歌批评,主要是对诗歌的结构加以研究。韦勒克、沃伦的《文学理论》所提倡的"文学的内部研究",其对象仅是音律、文体、意象等形式因素。3. "细读"的方法,即对作品的"文本"作细密的分析与注释,审慎地阅读作品的每一个词,体会它的本意与言外之意(暗示与联想),并注意词句之间的微妙联系,从这种联系中再把握单个词的意义。除了词义之外,词语搭配、句型选择、语气、音律、比喻和意象等,均属仔细推敲的范围,通过透彻的分析,抉出其结构方式,揭示作品整体的形式特征。这种从最细微处入手的分析,是"新批评派"的一个显著特点。"新批评派"对文本作精细的分析,其目的在于通过深入作品,观察作品微妙而复杂的结构奥秘,获得对作品内在统一性与连贯性的把握。强调整体性,把握整体性,这是"新批评派"方法的本质特征。

新批评重视作品的本体研究,以及精细入微的艺术分析,这对于我们纠正长期来流行的以背景研究代替本体研究,重思想内容分析而轻艺术形式分析的批评方法,是有借鉴价值的。但它隔裂作品与外部世界的联系,片面强调形式的重要性,以及过于繁琐甚至于穿凿的批评方法,是不可取的。

(3) 结构主义批评

结构主义批评属于广义的形式主义批评。结构主义一词是布拉格学派于 1935 年提出的。但其源头可上溯到日内瓦学派索绪尔的语言学理论。瑞士语言学家索绪尔开始以结构分析的眼光观察事物,被称为结构主义的奠基人。索绪尔把语言分为"语言"和"言语"。言语是个人和群体使用的语、词,它是修辞学、文学、语文学、人类学等多种学科的研究对象。语言是一个约定俗成的符号系统,是语言学专有的研究对象。索绪尔提出的"二重对立价值系统",为结构主义文学批评奠定了基石。结构主义批评家们发现,文学作品并不是新批评派所认为的那样,是一个与外界无关的自律的文本,文学文本除了自律性之外,还依赖一个更大的系统,文学作品中没有什么独立的或核心的项,任何一个项都在与它项的对立中取得自身的价值:没有黑就没有白,没有英雄就没有反英雄。

---

① 转引自《文学批评方法论基础》,第 138 页。
② 韦勒克、沃伦:《文学理论》,三联书店 1984 年版,第 147 页。

最早把结构主义引入文学批评的是捷克结构主义学派的创始人雅各布森。他认为任何语言信息都包含六种功能：情感功能、命令功能、意指功能、元语言功能、话语功能和诗功能，它们分别与交际过程中的六个要素（说话人、听话人、语境、代码、接受方式和信息）相关。在符号系统中，所有的功能都存在，但在文学作品中，诗的功能占主导地位。批评家分析作品时首先应关心诗的功能，其他功能不在讨论范围之内。

对结构主义批评的形成起最大作用的是法国的罗兰·巴特。他主张建立一种以语言学和文学相结合的批评模式，发表于1966年的《叙事作品结构分析导论》正是这种主张的具体体现。他创立了一个由三个"描述层"组成的文学作品结构模式："功能层"，"行动层"和"叙述层"。通过这个模式，巴特明确提出文学作品是个完整的体系，它有清晰可辨的内在结构。

结构主义批评的形式主义倾向比英美新批评更为突出。它只强调对作品进行结构分析。而把一切与结构无关的因素（如思想内容、作者意图、社会背景等）排除在外，同时，结构主义批评不注重对作品的具体分析，也是个明显的缺陷。但它提出的有机整体思想对我们是有启示的。

（4）精神分析批评

精神分析批评是一种把弗洛伊德精神分析学理论应用于文学批评的一种批评模式。

弗洛伊德原来是一个精神病学家，他在治疗和研究精神病患者的过程中，创建了精神分析这一学派。弗洛伊德通过对许多精神病患者的精神分析，发现这些精神原因大多深藏在潜意识领域，并且大多数与性欲有关，于是这两点成了弗洛伊德理论的基本核心。他把人的精神活动比作一座冰山，水面之上的部分是意识领域，它只是冰山的很小部分；水面之下的是潜意识领域，它占冰山的绝大部分，而且是具有决定意义的部分。弗洛伊德理论主要是关于潜意识的阐述，因此他被称为"潜意识的发现者"。他把潜意识领域一分为二：前意识和无意识。前者是很容易进入意识领域的部分，后者是很难或很少进入意识领域的部分。他认为决定精神过程的有三个因素："伊德"、"自我"和"超自我"。"伊德"一般处于无意识领域，"自我"和"超我"则可以进入意识领域，三者之间的关系构成了一个人的性格和心理状态。弗洛伊德极为重视人的性欲本能，称之为"利比多"，由于"利比多"总是被压抑在无意识领域，便逐渐郁积而成为"情结"。他提出"俄狄浦斯情结"这一著名术语。俄狄浦斯是古希腊的忒拜国王。古希腊神话中说他曾经杀父娶母，弗洛伊德借用他的名字，以表示男孩的恋母妒父心理。与此相反的是"埃勒克特拉情结"，埃勒克特拉是古希腊英雄阿伽门农的女儿，神话中说她父亲死于她母亲之手，她怂恿其弟俄瑞斯忒斯为父报仇，弗洛伊德借用她的名字，以表示女孩子的恋父妒母心理。这两种情绪均是受压抑的欲望曲折的表现形式。弗洛伊德还对梦作了解释，以为受压抑的欲望总是以曲折的方式进入意识领域，梦便是满足这些欲望的曲折方式之一。梦是以想象的作用代替现实作用，在幻想中求得满足。他由梦进而谈到文艺，认为"艺术即做梦"，说艺术家都是"白日梦者"，文艺是受压抑的"利比多"的升华，同样也是在幻想中求得满足。

弗洛伊德的学说产生后，在学术界引起很大的反响和争论。他的学生恩斯特·琼斯最早把精神分析用于文学批评。琼斯对莎士比亚的名剧《哈姆雷特》的分析是精神分析批评学派中最典型的例子。琼斯指出：哈姆雷特的犹豫彷徨起于杀父娶母的幻想。他的叔父克劳狄斯谋杀了他的父王，娶了母后。哈姆雷特在幻觉中感到叔父身上有自己的原型，假若杀死叔父，就等于杀死自己，因而一再延宕不决。在西方文学批评界，弗洛伊德的学说被广泛地用来分析爱伦·坡、劳伦斯、乔伊斯和福克纳等人的作品。连莎士比亚的十四行诗、惠特曼的诗歌、柴可夫斯基的音乐，也被视为受到压抑的同性恋欲望的升华。这种方法被运用到极端，就是把文学作品中的种种形象均解释为与性有关的象征，骑马、开车、跳舞、飞翔等等均被视为性的快感的象征。这自然是近乎荒谬了。

精神分析批评的理论基础是不尽科学的。它把批评重心放在作家的心理方面，因而文学作品传达的社会内容和作品本身的艺术价值等，均被置于他们的视线之外，这就限于偏狭了。但是，心理批评是一种深层的批评，它不停留在作品的表面内容上，而是向着作家的内心深处探掘，这对于纠正我们过去那种肤浅、皮相的批评方法是很有意义的。

（5）原型批评

原型批评又称神话批评。主要理论奠基人是弗洛伊德的学生荣格（1875—1961）。荣格在主要问题上与老师的意见不合。他承认无意识的存在，但认为无意识的内容不见得都是罪恶的，也不见得都带有性的色彩。他把无意识的结构划分为两层：表层是"个人"，它含有个人特性；深层是"集体无意识"，它和个人无关，既非来源于个人经验，又非从后天中获得。荣格用"种族心理积淀说"解释"集体无意识"。他认为每个人都是种族的人，在每个人的记忆深处均积淀着种族的心理经验，自原始社会以来，人类世世代代传下来的心理遗产就积淀在每个人的无意识深处，正如同低能动物的本能也能通过遗传延续下去一样。这种代代相传的心理经验不是个人的，而是集体的、全种族的，是一种"种族记忆"。这种"种族记忆"潜藏在每个人的心灵深处，永远不会进入人的意识领域。那么，何以确知集体无意识的存在呢？他用"原型"理论加以解释。荣格认为，神话、图腾崇拜、怪诞的梦境等，往往包含人类心理经验中一些反复出现的"原始意象"，这就是集体无意识显现的形式，又被称为"原型"。"原型"通过象征作用出现在意识中，体现在神话和文学中就是母题。荣格认为，歌德的《浮士德》的内容超出了歌德个人的生活经验和心理经验，它源于人类的集体无意识，是千千万万德国人心灵中原型的表现。

加拿大批评家弗莱对原型理论作了进一步的开拓。他认为："神话在提供情况方面占有中心地位：它给宗教形式以原型意义，给神的传喻以原型的叙述。因而神话就成了原型。"[①]他把神话分成四种类型：春（神话、传奇）、夏（喜剧、牧歌）、秋（悲剧、挽歌）、冬（反讽）。他说："文学总的说来是移位的神话。"[②]神移位为文学的各种人物，文学讲述的是同一的故事，有的是以不同方式在讲述，有的只是讲述着不同片断。他把神话分为四种故事情节结构，把人物按活动力量划分为四种主人公类型，共同构成文学作品本原。弗莱把原型理论用于批评实践。他从莎士比亚的喜剧面前"向后站"，把读者的注意力从各个剧的特色、人物刻划的生动、意象的组织等等方面引开，于是剧中情节和人物活动都模糊了，落入

---

① 弗莱：《文学的若干原型》，《现代西方文论选》，第 345 页。
② 转引自《外国现代批评方法纵览》，第 226 页。

眼底的是一片绿色的森林。《仲夏夜之梦》中的仙灵活动的森林,《皆大欢喜》中的亚登森林,《温莎的风流娘儿们》中的温莎森林,它们各自伸展开枝叶藤蔓,互相交织成一片更大的森林,远远看去是一片苍翠葱笼的绿色世界。弗莱把这种喜剧叫做"绿色世界的戏剧",认为"它的情节类似于生命和爱战胜荒原这种仪式的主题"。在文学作品中去寻找神话,这是原型批评的一个基本特征。

原型批评是一种宏观的文学批评,它企求突破文学作品本身的界限,达到对文学总体轮廓的清晰把握。同时,原型批评把文学批评与人类学(主要是文化人类学)结合起来。这些对我们都是有启示的。原型批评最可贵之处是它的思维方式的发散性,一般的批评在思维方式上是由作品想到作家、时代、社会生活等;而原型批评则由一部作品想到许多作品,由作家个人想到整个种族,由种族的现在想到它的过去,并且无限制地追溯往古。这就大大地开拓了文学批评的思维空间,打破了微观研究的格局。当然,原型批评带有浓厚的神秘主义色彩,它只是着力于寻找原型,而回避对文学作品的艺术价值作出判断,这就同文学批评所肩负的任务不相符合。

现当代西方文学批评流派众多,以上介绍的只是影响较大的一部分。这些批评方法各有所长,也各有所短。我们认为,应当以马克思主义为指导,对此进行认真的研究,有批判地吸收其中合理的成分,作为发展我国的文学批评的借鉴。一律排斥,或全盘照搬,都是有害的。

二 文学批评的原则

社会主义文学批评必须坚持正确的科学的原则,以利于文学批评的健康发展,积极推动文学事业的繁荣。社会主义文学批评原则主要体现于如下几方面:

(一) 实事求是的原则

文学批评既然以文学作品为主要对象,它必须从作品实际出发,对作品作出实事求是的分析和评价,而决不能脱离作品实际任意褒贬,粗暴武断。鲁迅曾对当时文艺批评中存在的"乱骂与乱捧","不是举之上天,就是按之入地"的恶劣倾向提出尖锐批评,指出:"批评的失了威力,由于'乱',甚而至于'乱'到和事实相反,这底细一被大家看出,那效果也就相反了。"[1]

世界上没有绝对纯的东西。人无完人,金无足赤。无论是一位作家,或一部作品,都不可能是纯之又纯的。绝对的好,或绝对的坏,都不符合事实。文学批评在对一位作家或一部作品就整体而言作出基本评价的同时,应充分注意其复杂性,既肯定其成就的一面,又指出其不足或缺陷的另一面,如鲁迅所说:"批评必须坏处说坏,好处说好。"[2]这方面,恩格斯对歌德的评价和列宁对托尔斯泰的评价堪称典范。恩格斯在评论歌德时指出:"歌德有时非常伟大,有时非常渺小;有时是叛逆的、爱嘲笑的、鄙视世界的天才,有时则是谨小慎微、

---

① 鲁迅:《花边文学·骂杀与捧杀》。
② 鲁迅:《南腔北调集·我怎么做起小说来》。

事事知足、胸襟狭隘的庸人。"①列宁在评论列夫·托尔斯泰时指出:"托尔斯泰的作品、观点、学说、学派中的矛盾的确是显著的。一方面,是一个天才的艺术家,不仅创作了无与伦比的俄国生活的图画,而且创作了世界文学中第一流的作品;另一方面,是一个发狂地笃信基督的地主。一方面,他对社会上的撒谎和虚伪作了非常有力的、直率的、真诚的抗议;另一方面,是一个'托尔斯泰主义者',即是一个颓唐的、歇斯底里的可怜虫……"②这些评论启发我们应对作家作品作全面的、辩证的考察,切不可以偏概全。正如杜勃罗留波夫所说:文学批评"应当像镜子一样,使作者的优点和缺点呈现出来,指示他正确的道路,又向读者指出应当赞美和不应当赞美的地方"。③

(二) 客观公正原则

文学批评是科学,必须客观公正。文学批评家应本着对文学事业高度负责的精神,对作家作品作出客观公正的评价,切不可夹杂个人偏见。刘勰在《文心雕龙·知音》中曾批评当时文坛上存在的"崇己抑人"的现象。所谓"崇己抑人",也就是违背了客观公正的原则。这种不良现象在文学史上曾反复出现。在当前的文艺批评中,有些文艺批评家对自己的朋友熟人或"小圈子"里人的作品,一味吹捧,不遗余力;而对关系疏远的人的作品,则不分青红皂白,一律予以贬斥。这种恶劣倾向对于文艺批评的健康发展是极为不利的,必须予以摒弃。

在文学批评中,有一个正确处理批评家与作家的关系的问题。鲁迅曾饶有风趣地说过:"作家与批评家的关系,颇有些像厨师与食客的关系。厨师做出一味食品来,食客就要说话,或是好,或是歹。厨师如果觉得不公平,可以看看他是否神经病,是否厚舌苔,是否挟夙嫌,是否想赖账。或是他是否广东人,想吃蛇肉;是否四川人,还要辣椒。于是提出解说或抗议来,——自然,一声不响也可以。但是,倘若他对着客人大叫道:'那么,你去做一碗来给我吃吃看!'那却未免有些可笑了。"④在文学队伍中,批评家与作家只有分工的不同,绝无尊卑之别,两者是平等协作的关系。批评家不能自居于作家之上,以导师自诩;作家也应倾听批评家的意见,不能视之为仇敌。批评家有批评的自由,作家也有反批评的自由。总之,批评家与作家均应在发展与繁荣社会主义文学的共同目标下,出以公心,排除偏见,携手合作,互相切磋,建立起一种团结、友好、融洽的关系。

(三) 分析说理原则

对作家作品的成败得失及其价值作出衡定和判断,是文学批评不能回避的任务。文学批评的每一个论断都应建立在科学分析和充分说理的基础上,而决不能强词夺理,妄加断语。文学批评的逻辑力量和广泛社会效应来自于科学分析和充分说理;而那种以势压人、粗暴武断的学风和文风,只能败坏文学批评的声誉。特别值得提出的是,对于作家作品存在的问题,应严格界定艺术问题,学术问题和政治问题的区别。切不可混为一谈。当然,对于作家作品确实存在的艺术上的问题,尤其是不良的思想倾向问题和错误的政治倾向问

① 恩格斯:《诗歌和散文中的德国社会主义》。
② 列宁:《列夫·托尔斯泰是俄国革命的镜子》。
③ 杜勃罗留波夫:《逆来顺受的人》,《杜勃罗留波夫选集》第2卷,上海译文出版社1982年版。
④ 鲁迅:《花边文学·看书琐记(三)》。

题,文学批评家有权利也有责任提出认真的乃至严肃尖锐的批评。然而这种批评必须是有根据的,充分说理的,有说服力的。

第四节　文学批评家的修养

文学批评家作为文学批评的主体,应加强自身的修养,这是搞好文学批评、提高文学批评水准的基本条件。文学批评家的修养主要包括以下几方面。

一　理论修养

文学批评既然是一门科学,就必须要求从事文学批评的主体掌握一定的理论,具有较高的理论水平。只有如此,文学批评家才能娴熟地运用科学理论对各种文学现象作出深刻、准确的剖析,高屋建瓴,洞察幽微。反之,如果文学批评家缺乏必要的理论修养,那就必然难以窥探纷繁复杂的文学现象的本质,其认识只能停留于客体的表面,显得肤浅、凌乱、浮光掠影,发表的见解只能是感想式的、印象式的,缺乏科学的价值。古今中外许多杰出的文学批评家之所以在文学批评领域作出卓越的建树,其中一条重要经验就是他们具有高度的理论修养。

文学批评家的理论修养是多方面的,除了文艺学之外,还应包括哲学、美学、伦理学、文化学、心理学、语言学等。

提高理论修养的基本途径是加强理论学习,同时坚持不断地将科学理论运用于文学批评实践,达到理论与实践的统一。

二　思想道德修养

文学批评是崇高的社会事业,因而文学批评家必须具有进步的思想和高尚的道德。文学批评家对于自己所从事的文学批评事业应具有高度的社会责任感和使命感,力求使自己发表的见解,述之有据,言之成理,对文学发展和社会进步产生积极的影响,而不至于误导读者和作家,阻碍文学的发展和繁荣。文学批评家应公正无私,秉公执言,成为社会公众的代言人,而决不能充当少数人或小集团、小宗派的舆论工具。杰出的文学批评家总是以其高尚的人格力量获得社会公众的信任和尊敬。

三　生活实践修养

我们知道文学作品是一定的社会生活的艺术反映,文学批评既然以文学作品为主要对象,这就必然要求文学批评家具有丰富的社会生活经验和知识。如果文学批评家对他评论的作品所反映的生活一无所知或知之不多,就不可能作出正确深刻的评论。别林斯基对果戈理作品的深刻剖析和高度评价,其中一个重要原因是得益于别林斯基对当时俄国农奴制社会的充分了解和深刻认识。那种认为深入生活只是作家的事而不是文学批评家的事的观点,是完全错误的。从某种意义上说,文学批评家比作家更需要深入生活,更需要丰富的社会生活知识,更需要对社会生活具有深刻透彻的认识。

▶**思考题**◀

1. 文学批评和文学欣赏有何联系和区别? 文学批评肩负着哪些任务?

2. 为什么说文学批评标准具有时代性和阶级性?

3. 文学批评的真实性标准、思想性标准和艺术性标准应如何理解? 三者的相互关系如何?

4. 我国古代有哪些主要的文学批评方法? 对当前的文学批评有何借鉴价值?

5. 西方现代有哪些主要的文学批评流派? 我们应如何正确对待?

6. 社会主义文学批评应遵循哪些基本原则? 结合当前文学批评状况,谈谈你对这个问题的认识。

研讨

一 孟浩然:《春晓》

(一) 作品介绍

春眠不觉晓,处处闻啼鸟。夜来风雨声,花落知多少?

(二) 作品研究

1. 清超越俗　出人意表

当我们展读唐代著名诗人孟浩然(公元 689—740 年)的诗集时,仿佛感到有一股清新恬淡的生活气味沁人心脾。特别是这首《春晓》,千百年来脍炙人口,不愧为他的代表作。清代沈德潜指出:"孟诗胜人处,每在无意求工而清超越俗,正复出人意表。"用孟浩然这首诗来验证沈德潜这几句话,确乎说得不错。

这是一首生活小诗。写的是一个春天的早晨,诗人一觉醒来,发现天已亮了,窗外传来一阵阵鸟叫声。"鸟雀呼晴",正预示着一个春光明媚日子的到来。应该说,诗人这时的心情是喜悦的,但喜悦中朦胧地忆起昨夜曾有过的风雨声,又情不自禁地关心起花园里落花的命运,于是一缕淡淡的哀愁袭上心头。在短短的四行诗里,交织着诗人一喜一忧的心情。其变化之快,真"出人意表"。但诗人写得极其自然,把一刹那间的复杂情绪巧妙地形诸于笔端。

当然,这首诗给读者的感受远不限于这些方面。由于读者感情的不同,往往产生分歧的理解。有人说它"反映了诗人对春光和美好事物的喜爱",有人则认为它"只是诗人对狂风暴雨冲击春鸟春花所流露的极其深挚的惋惜之情"。依我看,这两者并不矛盾。诗人喜的是新晴的天气伴和着悦耳的鸟鸣,忧的是已逝的风雨凋零了艳开的花朵。像这类景况,生活中原是常有的。但诗人把这种习见的现象集中起来,创造出一个诗的境界,使读者如历其境,如闻其声,如见其人,并跟诗人一道寻思回味。这种"清超越俗"的艺术功力,正来自对生活的敏锐观察和形象思维的结果。

诗歌较之其他文学样式,尤其要讲求艺术容量。它既要求用精湛的语言勾勒出鲜明的形象;又要求在有限的诗行中,表达出无限的情思和哲理来。《春晓》之所以格外动人,就在于真正做到了雅俗共赏。它甚至能跨越时代,使各种际遇不同的读者产生或此或彼的共鸣,引起各式各样的联想。比如说:今天我们读这首诗,联想起当前"百花齐放,百家争鸣"的喜人景象,真有"春眠不觉晓,处处闻啼鸟"的感觉;但回想起十年动乱期间黑风浊雨,无数美好事物横遭摧残,又常不禁发出"夜来风雨声,花落知多少"的浩叹。

这诗末两句,一作"欲知昨夜风,花落无多少"。很可能初稿是这样。但若果真这样写,就不只平直无奇,而且读者的联想也无从借以施展了。孟浩然的诗,看似随手拈来,不费气力,其实不然。前人早就指出,"浩然为诗,伫兴而作,造意极苦,篇什既成,洗削凡近",可见他写诗很下苦功。传说孟浩然由于苦吟而"眉毛尽落",应是有所根据。王安石说得好:"看是寻常最奇崛,成如容易却艰辛。"想完全不费苦功一挥而就的人,是决计写不出像《春晓》这样言浅意深的好作品来的!

(蔡厚示/文,摘自《福建青年》1981年第2期)

2. 一幅春晓图

春天,自然界一派生机。春天的早晨,更是生意盎然:鸟雀到处鸣噪,经过夜来的风雨,地上到处是落花。从落花可以使人联想到花丛草木。作者把握住了这一特点,只用淡淡几笔,就为读者勾勒出了一幅春晓图。

(摘自文研所古代文学室《唐诗选注》)

3. 对美好事物的怜惜

此诗传诵最广,几乎妇幼皆知。它的内容虽止于写春晓一觉醒来的片刻情景,表现诗人对美好事物的怜惜,但艺术上,恰似佳作天成,妙手偶得,极为成功。一两句写睡醒之初,两句互相生发。"不觉晓"固然是说春宵梦甜,但也衬托了鸟鸣之繁;因为正是"处处闻"的啼声,才将诗人从梦中唤醒的。第三句是醒后的回忆,仍由前转出;鸟啼说明已是晴天,因而忽然记起昨夜有过一场风雨;写"闻"写"声",总不离听觉。末句是料想。因醒而未起,不曾目验,故用问句;惜花的心情倒因此表现得十分充分。想到这里,鸟儿的啼声,在诗人听来,也就仿佛在为花落之多深表惊讶愧惜了。当然,这首小诗是有着一定的时代和阶级生活的烙印的。但如果因此便责备孟浩然没有在春天大好时光早起,没有想到一场风雨会对田里的庄稼产生什么影响,这就未免有点苛求于古人了。

(摘自吴熊如等《唐宋诗词探胜》)

4. 抒发"不才明主弃"的情怀

《春晓》的核心在"花落知多少"。诗人以比兴手法,借春眠、啼鸟、风雨、落花,抒发惜花的无限深情,显示自己的内心世界。他把落花比喻自己"不才明主弃"的遭遇,比喻像他一样的天下寒士。春天无数盛开的鲜花,被无情的风雨所摧残,不能结出丰硕的果实;在"世途皆自媚,流俗寡相知。贾谊才空逸,安仁鬓欲丝"的情况下,天下许多有用的栋梁之才被朝廷遗弃,不能发挥作用,自然比落花更加令人痛惜。是否还可以把"花落知多少"这个惜花之意,看作是诗人关心农民庄稼甚或是关心国家的损失呢? 总之,《春晓》使人浮想联翩,思绪万千,玩味无穷。

(摘自李曙初《孟浩然〈春晓〉试析》,见霍松林等编《唐诗探胜》)

二　曹禺:《雷雨》

(一) 作品提要

这部剧作在两个场景、剧中情节发展不到二十四小时内,集中展开了周鲁两家三十年的恩怨情仇。

三十年前,无锡周公馆的大少爷周朴园看上了女佣梅妈的女儿侍萍,并使她生了两个儿子。第二个儿子生下来才三天,周朴园为了赶着和一个有钱有门第的小姐结婚,将侍萍赶了出去,随她一同走的还有刚出生、病得奄奄一息的孩子。侍萍走投无路,跳河自杀,却又被人救起。从此,她流落他乡,辗转坎坷,最后带着儿子嫁给鲁贵,生下女儿四凤,儿子取名鲁大海。

三十年后,周鲁两家先后搬到北方某城中。侍萍在外地做工,鲁贵在周家做总管,后来把女儿四凤也介绍到周公馆做女佣,鲁大海在周朴园的矿上当矿工。

周朴园那个有钱有门第的太太死后,又娶蘩漪为妻,并生儿子周冲。他的长子周萍就是侍萍所生的第一个孩子,他只比继母蘩漪小六七岁。

接受过新式教育的蘩漪嫁给冷酷、专横、自私的周朴园后,精神极度压抑。病态的,她爱上了软弱的周萍,他们的幽会和疯狂的情感被佣人鲁贵发现了。这之后,由于惧怕父亲,也由于已厌倦了与继母的这段不正常的关系,周萍开始逃避,他与美丽单纯的四凤偷偷相好。这瞒不过蘩漪,她是将她与周萍的一段恋情视为这暗无天日的生活中唯一一棵救命稻草的,她怎肯放手!

蘩漪的儿子周冲是个单纯开朗的大男孩。这天他告诉母亲他喜欢四凤,想从自己的学费中分一半供四凤读书。这使蘩漪感到事情已到了非解决不可的地步了。

故事开始的时候,蘩漪正请了刚从外地回来的四凤的母亲来公馆,暗示她将四凤带走。一向要强的侍萍也不愿女儿给人帮佣,因此爽快地答应了。然而无意间她发现这周公馆的环境布置似曾相识。正当此时,周朴园进来了,他听出侍萍的无锡口音后,满怀追恋地向她打听当年那梅家姑娘的坟址,说想要替她修坟。当他终于明白眼前的老妇人就是他以为早死了的侍萍时,他一改念念在心、一往情深的语调,厉声质问:你来干什么? 谁指使你来的? 伤痛万分的侍萍则只能将这一切归之于命运。周朴园给侍萍开出一张五千元的支票,希望两家再不要有任何瓜葛,侍萍却拒绝了。她向周朴园提出的惟一要求是见一见她的儿子周萍。

鲁大海代表矿上的罢工工人来找周朴园谈判,周却使阴谋将罢工破坏,并把大海开除。大海痛斥周朴园的罪恶行径,周萍上去打了大海两耳光。看到自己的两个儿子骨肉相残,侍萍大放悲声。

周萍想离开家到矿上去，四凤要他把自己带走。侍萍坚决不让四凤与周萍在一起，然而四凤却哭着告诉母亲，她已怀了周萍的孩子。侍萍闻说如遭雷击。

正当侍萍准备自己承担罪孽，让四凤与周萍走时，蘩漪来了。她为了阻止周萍与四凤走，将所有的人唤来。周朴园以为三十年前的事已泄漏，遂当着众人的面告诉周萍，眼前的老妇人——四凤的母亲，就是他的亲生母亲。

受不了这么强烈的刺激，四凤跑出去触电自杀，周冲去拉她时也被电死。这时书房内一声枪响——周萍也开枪自杀了。

（选自《中国文学名著快读》）

（二）作品研究

1. 曹禺前期戏剧的三种思想资源

曹禺在建构自己的前期戏剧时整合了基督教文化、中国道教思想、西方生命哲学等思想资源，由此形成了自己剧作独特的结构和思想意蕴。1. 基督教的终极追问意识和地狱——天堂、此岸——彼岸的宇宙图式既可以满足青年曹禺批判当时社会的愿望，又能为渴望在"天边外"生活的他提供一个诗意的想象空间。从《雷雨》到《北京人》，曹禺前期戏剧呈现了理想国（天堂）战胜闭锁的世界（地狱）的过程。这与基督教二元对立的宇宙图式、审判——拯救说有逻辑上的同构关系。2. 道家对超越礼教束缚、回归自然本性、追求感性生命之实现的"真人"的向往，使曹禺在中国有限的传统文化资源（儒、释、道）中必然偏爱道家。曹禺通过塑造具有"雷雨"性格的周繁漪，健壮、野性洋溢、生命力旺盛的"真人"仇虎和花金子以及作为人类始祖化身的"北京人"，寄寓了其对理想的未来人——"野人"、"真人"的憧憬。3. 尼采——奥尼尔——曹禺在精神上有相同之处：对感性生命的崇拜。正是在这种弘扬感性生命的哲学的"支援"下，曹禺完成了对传统道家思想的创造性改造：将一种倡导无为但崇拜自然的哲学与一种野性的、有为的、激情洋溢的哲学结合起来，由此形成的则是曹禺独特的精神背景。

（王晓华/文，摘自《新华文摘》2003 年 7 期）

2. 曹禺戏剧研究新角度新观点综述

曹禺研究历来为许多文学史家的兴趣所在。进入新时期后，随着新观念、新方法的引进，研究者逐渐超越过去常用的一般社会学的模式，注重戏剧艺术和深层创作心理的开掘，建立了各种新的理论视角，从而使研究课题更新，范围扩展，成果大量涌现，活跃的学术争鸣态势也终于形成。我们可以参考有关曹禺研究的资料集和一些代表性的专著。如有的论者批评《雷雨》所表现的宿命论思想和神秘主义色彩；有的论者对《雷雨》的戏剧冲突有不同理解；再如关于陈白露和悲剧实质问题，《原野》是否是曹禺最失败的作品问题，怎样看待《原野》借鉴表现主义问题，如何认识《北京人》没有反映抗战现实和时代气氛不够强烈等等，都曾经是曹禺研究中的热门话题。

这里不打算全面评述有关曹禺的研究状况，而着重介绍近年来曹禺研究领域里出现的新角度和新观点。这些观点不一定都有充足的学理性，有些可能还比较做作，但总有一些新的思考，可以引发更深入的探讨。更重要的，还是借此拓宽我们的学术视野，以求对曹禺及其《雷雨》有新的理解，并掌握话剧文学评论的基本理路。

（1）从基督教文化的影响来考察曹禺戏剧

这些年关注宗教与文学之联系的著作多了起来，是一个新的学术动向。宋剑华就从基督教文化影响的角度切入，写了一系列论文，试图建立一个用基督教文化来解释曹禺戏剧的框架。他指出，曹禺在创作《雷雨》时感到宇宙斗争的"残忍"和"冷酷"而深陷迷惘，于是"试图从宗教中去寻求大千世界的真谛"。首先，曹禺早期接受过基督教文化的启蒙教育，少年时代"翻阅圣经"，"经常跟从继母去法国人办的天主教堂观看善男信女们的礼拜日祷告"，大学时代"反复研究了《圣经》和《圣经》文学，而且迷上了巴赫创作的宗教音乐"。大学毕业后"曾去河北女子师范学院用英文讲授《圣经》文学"。这段潜移默化的影响，对于他的人生观、创作观的形成有相当作用。在这位论者看来，曹禺从事文学活动的动机是为了改恶从善，这正是基督教文化的影响。其次，从曹禺话剧创作模式来看，表现正义与邪恶的较量，是典型的社会道德剧：《雷雨》是"迷惘人生的罪与罚"，《日出》是"灵魂的毁灭与再生"，《原野》是讲"人与人的极爱与极恨的感情"，《北京人》是"原始野性的呼唤"。再次，从曹禺剧作的人物来看，他们都是上帝苦难的子民，可分为贪婪型如周朴园、淫乱型如蘩漪、仇恨型如仇虎、市侩型如鲁贵、使徒型如方达生、无辜者型如周冲，等等，论者认为这里也浸透着基督教的人文意识，其社会文化意义大于社会政治意义。不谋而合，曾广灿、许正林也撰文论述了《雷雨》的基督教意识，如"原罪情结"、"神秘性"及忏悔意识等等。他们指出"《雷雨》序幕让周朴园走进教堂，尾声让周朴园聆听《圣经》诵读，戏剧正文以回忆形式出现，就好像是周朴园深蕴内心的长长的忏悔祷文"。他们企图对序幕和尾声作出尽可能贴近宗教的新的解读。

《雷雨》等剧作中基督教的影响肯定是有的。上述这些研究确实提供了新的角度，也有所发现。但问题是如何将宗教的影响从作品中恰如其分地剥离出来，又尽可能还原其文学与宗教互动相生的状态，而不只是想办法搜寻例证去证明到处都有基督教的表现。难点可能也在这里。

（2）运用精神分析派的观点来研究曹禺的戏剧

按照精神分析派的观点，作者的无意识心理会以某种经过伪装的方式在其作品中流露出来。用弗洛伊德这种理论深掘作者无意识的论文，近十多年来很多见。这种理论方法的长处，是可能发现深层的创作心理模式或动力，从而超越地解析作家创作个性的形成。邹红的《"家"的梦魇——曹禺戏剧创作心理分析》就把曹禺的个人生活经历和情感体验与创作联系起来，并运用心理分析方法剖析曹禺笔下的人物，认为"对于前期曹禺来说，'家'是一个无法挣脱的梦魇，一个外在的'心狱'，而冲出'家'的桎梏，即出走，成为曹禺剧作一再重复的潜主题。不由自主地被关进'家'的牢笼，憎恶着这种半死不活的生活方式，却又不能选择别的生活方式，愈是挣扎，却发现陷得愈深，下定决心去追求光明，却得知自己早已注定只属于黑暗，这种'家'的梦魇，以及曹禺早年婚姻不幸造成的心底的压抑、苦闷，是他后来创作《北京人》和改编《家》的内驱力"。其中所说的"内驱力"的问题值得注意。还有研究者运用弗洛伊德的理论来解释周萍的心理，认为他对蘩漪的爱欲里，有恋母情结的成分，母爱与性爱的双重欲望才是周萍勾引蘩漪的真正动机；周萍最终放弃蘩漪并非慑于周朴园的权威,而是出于是内心中"乱伦禁忌"所引起的自我罪责感。认为周萍是《雷雨》中最可悲的一个人物,母子乱伦的道德惩罚已经判决了他精神上的死刑,最终兄妹乱伦的禁忌则使他心理防线彻底崩溃,无法自我拯救而不得不走上绝境。他所承载的悲剧冲突具有人性的普遍意义,是心理分析的典型案例。

这一类研究方法与结论往往都是别开生面的,有些深度的心理分析确有新意。但试用这种方式的评论应注意分寸,防止离开审美的意味只顾一味地深掘探奇,结果难免钻了牛角尖。

(3) 把比较文学视角引入曹禺研究

比较文学也是这些年的热门,一般而言,包括两个方面的开展。一是影响研究,即着重研究曹禺所受的外国戏剧影响。较有影响的论文如周音的《谈〈雷雨〉对索福克勒斯和莎士比亚戏剧的借鉴》,从创作目的、命运含义、结构安排等几个方面作了比较,肯定了曹禺的借鉴和独创。金延锋的《〈雷雨〉与〈群鬼〉》从反抗精神、戏剧结构、戏剧冲突、人物形象几个方面进行比较。认为曹禺借鉴了易卜生,创造出来的却是"具有中国特色的话剧"。刘珏的《论曹禺剧作和奥尼尔的戏剧艺术》探索了曹禺喜爱奥尼尔的原因,阐述了曹禺怎样吸收奥尼尔的戏剧技巧,认为是戏剧创新的浪潮把两位不同国籍的戏剧家联系起来了。奥尼尔成为美国现代戏剧的开创者,曹禺则成为中国戏剧的革新者、代表者。这是目前国内关于曹禺与奥尼尔最全面的论述。王文英的《曹禺与契诃夫的剧作》则是对曹禺借鉴契诃夫戏剧成功经验的专题研究成果,认为曹禺借鉴吸收契诃夫的经验有三点:一、"生活化的散文诗体结构"。二、"细致入微地展示人物内心隐秘的经验"。三、悲喜剧结合的新样式。并指出:"对契诃夫经验的吸收和融化使曹禺剧作的戏剧冲突趋向含蓄深沉,使曹禺笔下的戏剧人物的性格趋向丰富深邃,曹禺剧作在莎士比亚、易卜生一类大师影响下,形成的宏伟明丽的基本风格的基础上又融进了契诃夫诗一样幽远深沉的韵味。"

比较文学研究的另一个方面是运用比较的方法研究曹禺与同时代剧作家之间的关系,从而显示出曹禺的特色。这方面朱栋霖首开风气之先,其比较研究成果极为多样化:如《雷雨》与《打出幽灵塔》的比较,《日出》与《大饭店》的比较,《雷雨》与《群鬼》的比较,《原野》与《琼斯皇帝》的比较,《北京人》与《樱桃园》、《三姊妹》的比较,等等。此外,曹禺与陈白尘、老舍、郭沫若等同时代剧作家的比较也深入展开,可以说仁者见仁,智者见智,一批功底深厚而有特色的比较研究论文先后发表,使曹禺研究领域里充满生机。其中,韩日新的《三四十年代曹禺与夏衍剧作比较》值得一提,他把三四十年代北方和南方剧坛的两颗明星作了比较。提出新颖见解:一、从作家与时代的关系来看,他把曹禺的剧作称为幕鼓,而把夏衍的剧作称为"晨钟"。前者强调长夜漫漫的压抑,而后者则表现了清晨的希望。二、从人物塑造来看,曹禺熟悉的是北方公馆里的老爷、太太、少爷、丫环,而夏衍熟悉的是南方上海的市民阶层和知识分子。三、曹禺和夏衍都是杰出的现实主义者。曹禺的个性是热情、深沉、精巧、机智,但又带点忧郁和被压抑的愤懑,给人的印象是勤奋老练,才华横溢而感情丰实。夏衍的个性是简朴、厚实、明朗、清爽,给人的印象是深沉而内向,坚强而丰实。

(4) 关于传统文化对曹禺影响的研究

相对而言,这一方面的研究成果较少,却又是有待开掘的重要领域。董健就在他的《论中国传统文化对曹禺的影响》中探讨了曹禺研究中长期被忽视的与传统文化的深层联系。他认为："曹禺不仅从经史子集、古典文学、书面文体和古典戏曲研究中接受了大量传统文化的信息，而且他是在传统文化所濡染化成的生活氛围中长大的。"他指出曹禺所受传统文化影响包括仁学、民本思想，和而不同、托古求新的理性思维方式，作为人格修养和审美判断、价值要求的情、理统一观，以及中国古典诗集"情浮而文明，气盛而化神"的审美原则等，这些都从不同方面给曹禺戏剧创作以积极影响。焦尚志在《论曹禺剧作中虚化形象及其审美价值》中也提出：虚化形象的存在，是曹禺剧作的特征，它具有我国传统艺术写意抒情的美学意蕴。还有研究者注意到，曹禺的贵族出身以及对贵族生活的冥悟，不仅赋予了他表现大家族与士大夫文化的独具的才华，也促成了他与中外古典贵族艺术的深刻联系，以及他的作品中特有的典雅、精致的艺术个性；而且，更重要的是，这种出身与生活，滋养了他的文学创作在根底上的"贵族精神"，即不满足于"有限的平凡的存在"，而"要求无限的超越的发展"。传统文化对曹禺戏剧的内在规定性的影响，正日益受到研究者的关注，有可能形成一个新的研究生长点。

（5）从接受美学和其他不同的层面研究曹禺

值得注意的是孔庆东的《从〈雷雨〉演出史看〈雷雨〉》。他所选择的研究视点是接受美学，承认艺术作品的本质是"建立在从它不断与大众对话产生的效果上"。因此，孔庆东从1935年4月《雷雨》在东京首次演出到1989年北京人艺第四次排演《雷雨》这五十多年演出史中"架设了十几处观测点"，考察了在不同的历史时期《雷雨》演出时与导演、演员对它的不同理解、不同的处理，勾勒了以导演、演员、观众为主体的《雷雨》接受史，向人们展示了《雷雨》强大的艺术生命力。钱理群的专著《大小舞台之间——曹禺戏剧新论》是多年来曹禺研究方面最有学术个性的论作。该书的特点是知人论世，思想史的色彩很浓，而且极留心作品的生产与消费过程，把曹禺剧作放在更广阔的接受背景（演出过程和研究过程）中去研究，从而新见迭出，打开了新思路。王卫平则从接受过程中常出现的"误读"现象切入对曹禺的三部戏剧进行研究。他指出曹禺创作《雷雨》的本意与观众接受意的背离："曹禺原本要表现的是整个宇宙的残忍和冷酷，所有的人都难以摆脱痛苦和不幸，而观众却觉得《雷雨》是暴露大家庭的罪恶，是反封建；曹禺在《雷雨》中探讨的是自然中人的命运，人的悲剧，观众却认为《雷雨》象征了资产阶级的崩溃，说明了资产阶级不会有好的命运。"此外，李标晶的《曹禺的戏剧理论初探》概括了曹禺戏剧理论与现实生活及民众审美的心理需求的内在关系。这方面的研究加强了曹禺研究的理论色彩，显示了曹禺研究的深入发展。

（摘自温儒敏、赵祖谟主编《中国现当代文学专题研究》）

（三）相关链接

1. 从《雷雨》的解读变化看当代语文教育的发展轨迹

（见王富仁、郑国民主编《中学语文名篇的时代解读》）

2. 名家解读《雷雨》

（1）王蒙：《永远的〈雷雨〉》

（2）钱理群：《〈雷雨〉的多种阐释》

（3）李健吾：《一个隐而不见的力量》

(4) 刘　　聪:《疾病的隐喻与策略》

(见王富仁、郑国民主编《中学语文名篇多元解读》)

三　老舍:《骆驼祥子》

(一) 作品提要

　　祥子是旧时代北平城的一个人力车夫。他原来生活在农村,十八岁的时候失去了父母和几亩薄田,便跑到城里来做工了。凡是卖力气就能吃饭的事他几乎都做过。不久,他看出,拉车是件容易挣钱的事,于是便决定以拉车为职业。他既年轻又有力气,不抽烟,不喝酒,不赌钱,咬牙苦干了三年,凑足了一百块钱,买了一辆新车。这使他几乎激动得要哭出来。自从有了这辆车,他的生活过得越来越起劲了。他幻想着照这样下去,干上两年,就又可以买辆车,一辆,两辆……他也可以开车厂子了。

　　祥子每天放胆地跑,对于什么时候出车也不大去考虑,兵荒马乱的时候,他照样出去拉车。有一天,为了多赚一点儿钱,他冒险把车拉到清华,途中连车带人被十来个兵捉了去。

　　这些日子,他随着兵们跑。每天得扛着拉着或推着兵们的东西,还得去挑水烧火喂牲口,汗从头上一直流到脚后跟,他恨透了那些乱兵。

　　一天夜里,远处响起了炮声,军营一片混乱,祥子趁势混出了军营,并顺手牵走了部队丢下的三匹骆驼。

　　天亮时,他来到一个村子,仅以三十五元大洋就把三匹骆驼卖给了一个老头儿。

　　来到海甸,祥子突然病倒了。在一家小店里躺了三天,在说梦话或胡话时道出了他与三匹骆驼的关系,从此,他得了"骆驼祥子"的绰号。祥子病好以后,刻不容缓地想去打扮打扮。他剃了头,换了衣服鞋子,吃了一顿饱饭,便进城向原来赁车的人和车厂走去。

　　人和车厂的老板刘四爷是快七十岁的人了。他年轻的时候当过库兵,开过赌场,买卖过人口,放过阎王债;前清时候打过群架,抢过良家妇女,跪过铁索;民国以后,开了这个车厂子。他的车租金比别人贵,但拉他车的光棍可以住在这儿。

　　刘四爷没有儿子,只有一个三十七八岁的女儿虎妞。她长得虎头虎脑,虽帮助父亲办事是把好手,可是没人敢娶她作太太。刘四爷很喜欢祥子的勤快,虎妞更喜爱这个傻大个儿的憨厚可靠。祥子回到人和车厂以后,受到了虎妞的热情款待。祥子把三十元钱交给刘四爷保管,希望攒满钱后再买车。

　　祥子没有轻易忘记自己的车被抢的事。一想起这事,他心中就觉得发怵。他恨不得马上就能买上一辆新车。为此,他更加拼命地挣钱,甚至不惜去抢别人的生意。

　　祥子在杨先生家拉包月,受了气,只待了四天就离开了杨家。心事忡忡的祥子回到车厂已是晚上十一点多。刘四爷离家走亲戚去了。涂脂抹粉,带着几分媚态的虎妞看见祥子,招呼他到自己的屋里。桌上摆着酒菜。虎妞热情地劝祥子喝酒。三盅酒下肚,迷迷糊糊的祥子突然觉得这时的虎妞真漂亮,不知怎地,便和她睡在一起了。

　　第二天,祥子起得很早。夜里的事使他疑惑、羞愧、难过,并且觉得有点危险。他决定离开人和车厂,跟刘四爷一刀两断。

在西安门,祥子碰到了老主顾曹先生,曹先生正需要一个车夫,他便高兴地来到曹家拉包月。曹先生和曹太太待人非常和气,祥子在这里觉得一切都是那么的亲切、温暖,浑身有使不完的劲儿。

曹家的女仆高妈劝祥子把钱放出去,让钱生钱。祥子很佩服高妈的话,但他不愿意,他觉得钱在自己手里比什么也稳当。他去买了一个闷葫芦罐,把挣下的钱一点儿一点儿往里放,准备将来第二次买车。

一天晚上,虎妞突然出现在祥子面前,指着自己的肚子说:"我有啦!"祥子听后惊呆了,脑子里乱哄哄的。虎妞临走时,把祥子存在刘四爷那里的三十元钱还给他,要他腊月二十七——她父亲生日那天去给刘四爷拜寿,讨老头子喜欢,再设法让刘四爷招他做女婿。这天晚上,祥子翻来覆去睡不着觉,他觉得像掉进了陷阱,手脚全被夹子夹住,没法儿跑。

祥子送曹先生去看电影。在茶馆里碰见了饿晕倒在地的老马和他的孙儿小马。老马是一个有自己车的车夫,他的悲惨遭遇给祥子最大的希望蒙上了一层阴影。他隐约地感到即使自己买上车仍然没有好日子过。

祭灶那天晚上,铺户与人家开始祭灶,香光炮影之中夹着密密的小雪,热闹中带出点阴森的气象,街上的人都急于回家祭神。大约九点,祥子拉着曹先生由西城回家,一个侦探骑自行车尾随着他们。曹先生吩咐祥子把车拉到他好朋友左先生家,又叫祥子坐汽车回家把太太少爷送出来。祥子刚到曹宅要按门铃时,便被那侦探抓住。原来这侦探姓孙,是当初抓祥子的乱兵排长,他奉命跟踪得罪了教育当局的曹先生。孙侦探告诉祥子说,把你放了像放个屁,把你杀了像抹个臭虫,硬逼着祥子拿出闷葫芦罐,把他所有的钱都抢走了。祥子第二次买车的希望成了泡影,他带着哭音说:"我招谁惹谁了?!"

曹先生一家离开了北平。第二天祥子只得回到人和车厂。虎妞看见祥子回来,非常高兴。

刘四爷的生日很热闹,但他想到自己没有儿子,心里不痛快。加上收的寿礼不多,他指桑骂槐,把不满倾泻在祥子和虎妞身上。他不愿把女儿嫁给一个臭拉车的,更害怕祥子以女婿的身份继承他的产业,要祥子滚蛋。虎妞并不买父亲的账,撕破脸公开了自己和祥子的关系,并说决心跟祥子走。

虎妞和父亲大闹了一场后,拉着祥子在毛家湾一个大杂院租房子成了亲。婚后,祥子才明白,虎妞并没怀孕,只是在裤腰上塞了个枕头。祥子感到受了骗,十分厌恶虎妞。

虎妞打算把自己的四百多元体己钱用完以后,再向父亲屈服,承受老头子的产业。祥子认为这样做不体面,说什么也不干,坚决要出去拉车。虎妞拗不过他,只得同意。

正月十七那天,祥子又开始拉车,赁的是"整天儿"。拉过几个较长的买卖,他觉出点以前未曾有过的毛病,腿肚子发紧,胯骨轴儿发酸,汗劈嗒拍嗒的从鼻尖上、脸上一个劲儿往下滴嗒,接钱的时候,手都哆嗦得要拿不住东西似的。他本想收车不拉了,可是简直没回家的勇气。他感到家里的不是个老婆,而是个吸人血的妖精。

自从离开人和车厂以后,祥子不肯再走西安门大街。可是有一天收车后,他故意的由厂子门口过,不为别的,只想看一眼。他发现"人和车厂"已变为"仁和车厂"。经他慢慢打听才明白,原来刘四爷把一部分车卖出去,剩下的全倒给了西城有名的一家车主,自己带着钱享福去了。虎妞听到这消息后,非常失望,她看清了自己的将来只能作一辈子车夫的老婆,大哭一场后,给了祥子一百元钱,买下了同院二强子的一辆车。

不久,虎妞真的怀孕了。祥子拼命拉车、干活儿。祥子病倒了。这场大病不仅使他的体力消耗过大,而且虎妞手中的钱也用完了。为了生活,祥子硬撑着去拉车。虎妞的产期到了,由于她年岁大、不爱活动、爱吃零食,胎儿过大,难产死去。为了给虎妞办丧事,祥子逼迫卖掉了车,这样,他到城里来几年的努力全部落了空。

祥子要搬出大院了。邻居二强子的女儿小福子来看他,表示愿意跟着他过日子。祥子从内心喜欢这个为了养活弟弟而被迫卖淫的女人,但又苦于无力养活她全家。看着眼已哭肿的小福子,祥子狠心地说:"等着吧!等我混好了,我一定来娶你。"

快到秋天,祥子在雍和宫附近的夏家拉上了包月。年轻的夏太太引诱祥子,使祥子染上了淋病。

病过去之后,祥子几乎变成了另一个人。身量还是那么高,可是那股正气没有了,他不再要强了。刮风下雨他不出车,身上有点酸痛,一歇就是两三天。还染上了抽烟、喝酒、打架的陋习。对车座儿,他绝不客气,讲到哪里拉到哪里,一步也不多走。在巡警眼中,祥子是头等的"刺儿头"。

冬天的一个黄昏,祥子在鼓楼前街拉着一位客人向京城跑。直到这客人说了话,他才发现原来是刘四爷。他把刘四爷赶下了车,感到出了一口恶气。

祥子找到曹先生家里,把自己的一切告诉了曹先生,要曹先生给他拿主意。曹先生要祥子回他这儿拉包月,答应让小福子来曹家帮忙,还同意让出一间房子给他们住,祥子心里充满了一线希望和光明。

祥子带着这个好消息去找小福子,可小福子两月前因不堪娼妓的非人生活上吊死了。

回到车厂,祥子昏睡了两天。他没有回到曹先生那里去。他不再想什么,不再希望什么。将就着活下去就是一切,他什么也无需乎想了。

(选自《世界一流文学名著精缩》〔修订本〕)

(二) 作品研究

1. 对城市贫民性格弱点的批判

我们怎样来读这样一部杰出的悲剧性小说?当然,可能有不同的阅读角度和理解的层面。通常认为这部小说的成功在于其真实地反映了旧中国城市底层人民的苦难生活,揭示了一个破产了的农民如何市民化,又如何被社会抛入流氓无产者行列的过程,以及这一过程中所经历的精神毁灭的悲剧。这主要是一种反映论的阅读方式,就作品描写的生活情状及主要人物的典型性而言,这部作品的确有助于人们认识二三十年代中国城市社会的黑暗图景。然而还可以有其他的读法,其他的理解层面。这里我们不妨放开思路,更细致地探究,也许就会发现这部小说还有更深入的意蕴,那就是对城市文明病与人性关系的艺术的思考。也可以这样说,这部作品所写的主要是一个来自农村的纯朴的农民与现代城市文明对立所产生的道德堕落与心灵腐蚀的故事。……

老舍在下层城市贫民身上所发现的不敢正视现实、自欺欺人的幻想,以及人与人之间的冷漠,个人奋斗道路破灭以后的苟且忍让,他认为这是"老中国的儿女"的弱点,是落后的经济文化的产物。这样,《骆驼祥子》中对城市贫民性格弱点的批判,就纳入了老舍小说"批判国民性弱点"这一总主题中。

但是大家要特别注意,围绕祥子的悲剧命运,所展示的是地狱般的非人的环境。祥子为什么会堕落?他是被腐败的环境锁住,而不得不堕落。他也一次又一次想向命运搏斗,但一切都是徒劳,终于向命运就范。他的一切幻想和努力都成为泡影,恶劣的社会毁灭了一个人的全部人性。老舍这里自觉地在表现和思考城市文明病如何和人性冲突。我们要注意老舍这样说过,他写《骆驼祥子》很重要的一点便是"由车夫的内心状态观察地狱是什么样子"。这个"地狱"就是那个在城市化过程中产生的道德沦落的社会,也是为金钱所腐蚀了的畸形的人伦关系。像虎妞的变态情欲,二强子逼女卖淫的病态行为,以及小福子自杀的悲剧等等,对祥子来说,都是锁住他的"心狱"。小说写的祥子的一个个不幸遭遇,蕴含着一个不断向自我的和人类的内心探究的旅程结构,祥子从农村来到城市,幻想当一个有稳固生活的劳动者,他的人生旅途每经过一站,他都更沉沦堕落一层,也愈来愈接近最黑暗的地狱层。无论是祥子刚来乍到就看到的那个无恶不作的人和车厂,还是在他结婚后搬进去的杂乱肮脏的大杂院,或者他最后走向那如同"无底的深坑"的妓院白房子,小说都是通过祥子内心的感觉来写丑恶的环境如何扭曲人性,写他在环境的驱使下如何层层给自己的灵魂上污漆,从洁身自好到心中的"污浊仿佛永远也洗不掉",最后破罐子破摔,彻底沉沦。祥子被物欲横流的城市所吞噬,自己也成为那城市丑恶风景的一部分。小说直接解剖构成环境的各式人的心灵,揭示文明失范如何引发"人心所藏的污浊与兽性"。

至此,我们对《骆驼祥子》又有了一种新的解析。我们理解老舍写《骆驼祥子》可能有现实的触动,有前面所说的文化批判的意识。但不可忽略,构成老舍创作动力,并最终成为其作品中某种深层意蕴的,是老舍对城市中"欲"(情欲、财产贪欲等)的嫌恶,对城市人伦关系中"丑"的反感,都是出于道德的审视。人们从《骆驼祥子》阴暗龌龊的图景中,能感触到老舍对病态的城市文明给人性带来伤害的深深的忧虑。在 20 世纪 30 年代,像《骆驼祥子》这样在批判现实的同时又试图探索现代文明病源的作品是独树一帜的。

(摘自《中国现当代文学专题研究》)

2. 一个农民进城的故事

作为老舍最著名的小说,《骆驼祥子》在中国现代文学史上的意义素来备受关注。但以往的研究往往只是将其看作一个特定年代里的人生悲剧,未能充分揭示这一故事蕴含的更为深远的历史意义。在我看来,祥子的故事,其实是一个进城农民的故事。在小说中,祥子的身份经历了一个从进城农民到城市游民的转换,他所遭遇的一切,城市生活对他的改造,以及带给他的精神危机,固然是特定时代社会生活的产物,但从根本上说,又是中国现代化过程中那些进入城市的农民将要长期经历的问题。以往的研究常常从祥子的悲剧,推导出某种有关社会革命必然性的结论,但社会革命并不能解决现代化进程中进城农民的所有问题。在新的历史条件下,重读《骆驼祥子》,不仅可以使我们更透彻地了解作品,了解历史,而且也会为我们认识当代生活,尤其是认识那些与农民进城有关的问题带来一定的帮助。

(摘自邵宁宁《〈骆驼祥子〉:一个农民进城的故事》,见《新华文摘》2006 年第 20 期)

3. 老舍的民族心理

老舍是一位出生于清末民初的满族人。"沧海桑田"的满族社会变迁,对于作为文化人与文学家的老舍其早期民族心理的形成及走势,构成了既潜在同时又具有某些决定性的制约。可以想到的是,这些心理制约,或者明确或者隐约地,也会作用于他同期与后来的文学活动。

今天的读者,读罢《骆驼祥子》,也许可以从祥子堪称惨烈的个人奋斗史中,剥离出作者老舍这样一层不欲明言的创作意图,即并非他的苦同胞们不努力不上进不奋斗,其失败与堕落自是别有因由。由清末到民国,北京(北平)众多的下层旗人在贫困线上苦苦挣扎,鲜有所终,而对这些人,来自四周最激烈的谤议,莫过于说他们是由于轻视劳动、不争气而自取绝路。老舍以这部小说告诉人们,他的那些苦命的同胞即便如祥子者,艰辛顽强地劳作,立志自食其力,把拉车挣饭当成"最有骨气的事"去做,也照例难有稍微好一点儿的结局。祥子苦挣苦拼苦苦攒小钱的个人奋斗方式为社会所不容,他那种讲体面、重自尊的旗人式的人生态度,也免不了要引领着他到处碰壁,直到体面丧失殆尽,人性彻底褪掉。可怜祥子,在他的脚下,是一条永远也绕不出来的"罗圈胡同"——"无论走哪一头儿,结果都是一样的。"当我们终于明白了老舍笔下的许多或悲苦或自尊的人物都有着满族精神文化背景的时候,大约就会更加深入地体会出作家心存的那份为自己同胞与自己民族留档、作传乃至于辩诬的意向。

(摘自关纪新《老舍民族心理刍说》,见《新华文摘》2007年第1期)

(三) 相关链接

影片《骆驼祥子》的争议

影片上映以后,观众对剧本的改编和主要人物的塑造提出不同的看法。

一种意见认为:剧本的改编是忠实于原著的。虎妞的形象是典型的环境中的典型性格。李希凡认为,影片"并没有改变小说中的祥子的'主角'地位,可以说,编导在基本情节和人物性格方面,都是忠实于原作的"。关于虎妞形象的塑造,他认为,"它不仅没有把虎妞的复杂的性格简单化,相反的,是力求按照老舍的现实主义创作轨迹,忠实地表现生活的全部复杂性和历史的具体性,严格地重视事件和人物的每一个细节的真实性,在生活真实的基础上再创造虎妞的性格。""如果说影片的再创同小说有什么不同的话,那就是小说在祥子与虎妞的爱情悲剧中强调了虎妞的'引诱',影片则通过那'引诱',渲染了真情"。因此,"影片《骆驼祥子》,对虎妞性格再创造的特征之一也在于它写出了虎妞形象的丰富性,使虎妞真正成了老舍笔下的那个'劳苦社会'的典型环境中的典型性格"。(《略论虎妞形象的再创造》,《电影艺术》1983年第1期)陈小蒙认为:"影片对虎妞改动较大的是明确地把虎妞放在受害者的地位上……这样改动,更加强了对旧社会控诉的力量,同时也使虎妞的性格更加鲜明……让虎妞同祥子一起受苦,一起向旧社会抗争。"(《从小说到银幕》,1982年10月21日《文学报》)

另一种意见则认为,改编削弱了祥子在作品中的主人公地位,美化了虎妞,因而损害了原作现实主义的深刻性。李振潼认为:"影片中的祥子比小说中的祥子逊色多了。影片中的祥子可悲到岌岌乎乎从主角的地位上给推下来。而这正是违背原作者老舍的原意的。"

"应该承认影片中不论祥子的形象还是虎妞的形象以及他们之间的关系与老舍先生的原著都存在不小的距离。就说虎妞与祥子的结合,在小说中这对祥子来说是痛苦的。可看过影片以后,人们觉得这对祥子来说倒不失是一次意外的艳遇。"(《论文学名著的电影改编》,《电影艺术》1983 年第 10 期)日新认为:"在老舍先生笔下,虎妞作为烘托祥子的重要人物,是个丑得相当完美的艺术典型。""祥子与虎妞的结合是畸形的,是祥子悲惨一生的重要篇章。可惜的是影片对虎妞的丑——尤其是思想、行为上的丑,暴露、鞭笞不足,而是同情、赞赏有余。这样,就大大削弱了祥子命运的悲剧性,也离开了虎妞自身的性格逻辑。"(《观众评说〈骆驼祥子〉的改编》,《大众电影》1981 年第一期)王行之认为:"这部影片的片名如果叫做《虎妞传》,似乎更为名实相符。"他说:"由于影片的改编实际上是侧重于挖掘虎妞的'性格美'的一面,从外形到内心都减弱了她的'丑'的份量。""写虎妞是为了写祥子,写穷苦善良的祥子被社会剥夺了正常的爱情婚姻权利,他想拉上自己的车,等混好了,到乡下娶个年轻力壮、吃得苦、能洗能作的姑娘的那点正当理想,不只抢他车的大兵们不许他实现,不只抢他钱的特务们不许他实现,不只对车夫敲骨吸髓的刘四不许他实现,虎妞,这个根本不像老婆的老婆,更把那点理想全部霸占了。""虎妞的丑与老,已不单纯是生理现象,在祥子的悲剧中,成为多种社会原因的一个组成部分。"他还认为:"影片所缺少的是没有直观地表现出'车'是祥子的第二生命……模糊了祥子生活中的那辆自己的车,势必要模糊祥子这个人物形象。""爱情与婚姻反而上升为影片的中心事件。于是,虎妞和小福子相继死去之后,祥子无事可做了,影片最后拖着的是条软弱无力的尾巴。"(《与众不同》,《电影艺术》1983 年第一期)。赵园也认为:"小说《骆驼祥子》的现实主义深刻性主要表现在:它不仅仅写了一个洋车夫作为劳动者,在旧年代的经济生活中感受到的巨大压力,而且写了洋车夫作为人、灵魂被扭曲,人格被践踏的精神悲剧。……影片与原作在虎妞形象上的……差异不能不使人想到,虎妞的电影形象的生动性,是以部分地牺牲了原作中祥子形象的现实主义深度,以至原作艺术构思的独特性为代价的。"(《虎妞、祥子及其他》,《文艺报》1983 年第三期)(贺常端)

(选自《文学争鸣档案》)

四　路遥:《人生》

(一) 作品提要

高加林突然落魄了。大队书记高明楼让自己刚毕业的儿子挤掉了他的民办教师职务。他第一次在家乡陕北硷畔上当了农民,生活的一切都使他感到幻灭和悲愤。开始,为了掩盖自己的痛苦,也为了让家乡人知道他也有庄稼人的吃苦精神,他拼命干活,甚至连手上的血把镢把染红了也不顾;后来,在德顺爷爷的感化和农村姑娘巧珍——一个爱太阳,爱土地,爱劳动,爱清朗朗的大马河……在农村新旧交替的风口上,敢于追求的勇者的真诚而炽热的爱情的慰藉下,止住了他的悲痛,也缚住了他的野马似的心。他慢慢地觉得:"在这亲爱的黄土地上,生活依然能结出甜美的果实!"

一个偶然的机会给高加林的生活带来了变化。他长期在外的叔叔,突然从部队复员回来当了地区劳动局局长。那些曾经把他民办教师职务搞掉的人,便又幻术似地使他一下子成了县委通讯干事。

生活的变化,使这位有高中学历的小伙子又展开了"理想"的翅膀。他身上的英雄主义,实际是一种冒险精神,使他的工作作得很出色。他的能干、他的健壮和漂亮,使他很快就成了这个小小县城内姑娘们心目中的"明星";城市生活的色彩,又使他禁不住被高中同学黄亚萍重燃的爱情所诱惑,他终于终止了与像金子般纯净的农村姑娘巧珍的关系。

当高加林正在做着飞往更高"理想"的梦幻时,走后门一事被揭发了,他又一次被送回农村。和黄亚萍的爱情难以保持,而巧珍却又在悲愤中出嫁了。

他在悔恨交加中,孤独地回到了大马河川。在生活的教育和正直、善良的德顺爷爷的启迪下,他扑倒在地,两手紧紧地抓住了黄土,沉痛地呻吟着,喊叫了一声:"我的亲人哪……"

(路遥《人生》中篇小说,载《收获》1982 年第 3 期)

(二)作品研究

1. 中篇小说《人生》的争议

这部中篇小说描写的是农村知识青年高加林为了个人的理想不懈地追求,但终因社会和个人的种种原因而失败的悲剧故事。作品发表后,在社会上引起强烈反响,许多报刊撰文评论,主要内容有:

(1)对男主人公高加林形象的认识。梁永安说:高加林是"一个崭新的青年农民形象。……作为一个农村新人,高加林表现出对现代化生活图景的巨大热情……透发出为实现新生活而奋斗的进取精神"。"在……爱情波折中同样放射着他追求新生活的光彩"。(《可喜的农村新人形象》,1982 年 10 月 7 日《文汇报》)

曹锦清说:"他想考国际关系学院,……想到大城市施展抱负,这一切最终为了什么?他根本没有想过。因此,他总感到孤独一人在社会中奋斗,成功时神采飞扬,失败时沮丧绝望。他没有看到千百万青年正从事着的伟大事业,并从中吸取奋斗的力量,这是他的人生悲剧最主要的原因。""高加林的爱情生活……也暴露出了心灵深处的利己主义倾向。"(《一个孤独的奋斗者的形象》,出处同上)

谢宏则认为,上述"两种观点各自从不同的角度给人们深入研究《人生》提供了耐人寻味的思想,但从总体上看,又都存在着一些明显的不足,值得商榷。认为高加林是社会主义新人的根据,恐怕是不充分的。……决定'新人'性质的则是革命的理想和信念,是与社会主义相适应的思想和精神面貌……高加林所缺少的正是这一点"。"那么,能不能说高加林是一个利己主义者呢?……还不能简单匆忙地得出这样的结论。……有个人主义的考虑和追求并不一定就是个人主义者,……高加林还是一个成长中的稍带'野性'的青年人,思想还没成型……。因此,用'利己主义者'、'个人主义者'、'孤独奋斗者'这样一些有确定世界观和一定思想体系的人才适用的断语去概括高加林,是不恰当的。"高加林"既不是社会主义新人又不是个人主义者",而是"具有复杂的性格内涵的农村知识青年形象"。(《评〈人生〉中的高加林》,《作品与争鸣》1983 年第 1 期)

陈骏涛也说："高加林就是一个多种矛盾的性格统一其一身的完整的活人,不过比一般的活人要更为复杂。你不能说他是英雄,但他又绝不是坏蛋,你对他不能完全肯定,但也不应简单否定。对这样复杂的人物,采用非好即坏……的公式,是绝对解析不清的。"(《高加林形象的现实主义深度》,《作品与争鸣》1983年第2期)

（2）对女主人公刘巧珍形象的认识。阎纲说:巧珍"虽土而不俗,不知书却达理,自卑而不自贱。她爱高加林,如痴般地爱着,但绝不向爱乞求,她自始至终没有失掉自己的尊严。……她不像有些农村姑娘,失恋之后,或者忍气吞声,甘愿在命运面前认输,……她反而从失恋中痛感到文化知识……的重要,反而以已嫁之身暗中扶助加林而毫无报复的企图。……这是一个丰富而不复杂的灵魂。较之电影《乡情》中的那位翠翠和《牧马人》中的那位秀芝,巧珍一点也不逊色,甚至还更使人动情"。(《关于中篇小说〈人生〉的通信》,1982年9月10日《文论报》)

陈骏涛说："巧珍的形象是十分动人的。这个人物身上集聚了中国农村妇女的许多传统的美德,同时又充满着对于现代文明的向往。……但是,……在这个人物身上有较多的与过去文学作品中的妇女形象相类似的东西(例如聪慧、美丽、善良、纯真、温顺等等),还缺少一些作为文学典型的新鲜而独特的东西。"

（3）关于作品的现实主义力量及乡土观念问题。梁永安说,小说"使我们从偏僻乡村的一角看到了现代化的车轮在乡间小道上启动的艰难性,看到了落后的农村错综复杂的生活矛盾,更激发我们变革的强烈愿望。这正是《人生》现实主义力量所在"。陈骏涛也说:"作者在创作中坚持现实主义精神……即忠于生活,按照生活中的人物的本来面目来刻画人物,同时又贯注着作者自身对人物的审美评价。这是使高加林这个艺术形象具有现实主义深度的……一个主要原因。"

席扬则说："读完作品,给人的印象:最好不要在改变自己命运方面有什么追求。有也是冒险,而冒险只有悲剧结局。……当你受到命运拨弄,邪恶势力压迫时,最好的办法就是默默忍受。高加林就因此而丢掉了名誉、爱情、人生的价值。"(《门外谈〈人生〉》,《作品与争鸣》1983年第3期)李书磊也说:"读《人生》,你会感觉出弥漫于作品中的浓郁的乡土之情,以及建立在这种乡土之情上的强烈的乡土观念:……这是一个典型的农民式的乡土观念。……正是对外界大千世界的无知造成了这种作茧自缚的封闭心态,进而发展成了维护旧的生活方式、风俗习惯和道德伦理的顽固的保守惰性。……我们的作家一时难以挣脱这种旧观念的束缚是可以理解的,但作家们必须警醒自己逐渐认识它的真实内涵。"(《乡土观念的弱化与强化》,1985年11月28日《光明日报》)(张志英)

2. 影片《人生》的争议

影片上映后,各地发表了许多争论文章,分歧主要集中在以下方面:

（1）关于影片的主题。文椿认为："影片是通过爱情的悲剧呼吁改革:农村必须变,生活必须改变,是一首呼唤变革现实的深情的歌。""影片深刻之处在于它不同于有些影片仅仅是写'痴心女子负心汉'的爱情悲剧,而是把爱情悲剧置于广阔的社会背景中以描绘,揭示其酿成悲剧的社会原因。"(《〈人生〉得失六人谈》,《电影艺术》1984年第11期)曾镇南则认为:《人生》是命运主题,"《人生》故事中强烈而沉重的命运感,实际上就是被艺术地综合集中起来的社会因素的丰厚感","它是电影的主要价值所在"。"高加林的命运的坎坷之所以令人关注和同情,就在于他面临的职业的选择、才智的发挥、地位的升降、爱情的波折,都是一般青年……实际遇到的人生问题"。但是,"编导在主观的艺术追求上,并没有充分意识到高加林这一形象的社会意义和时代特征","一种多少有些陈旧的道德责难非常浓重地罩住了这个人物","甚至让巧珍夺了高加林的戏","影片的命运主题的实现也就大大地打了一个折扣。在这部总体上说新鲜而强烈的人生交响乐中,也就织入了一种传统的、执拗的、古朴的乐声"。(《我观〈人生〉》,《大众电影》1984 年第 12 期)

（2）对高加林银幕形象的看法。杨凤鸣认为:"高加林身上存在着对家乡贫穷落后的厌恶情绪和追求个人幸福的利己主义思想。他侥幸'荣升'后,个人主义思想也就恶性膨胀","他在人生道路上转了个大圈,得到的是什么呢? 只有美梦和痛悔! 失去的却是做人的道德和巧珍纯洁的爱情"。(转引自戈方《百家争鸣说〈人生〉》,《作品与争鸣》1985 年第 2 期)唯明、北岗则认为:"高加林是一个变革时代的新人形象"。他"有一种迥异于传统规范的挑战力量,一种无法压抑的力求变革、发展的精神,一种远大的志向,跟我们的时代精神是那样合拍和一致"。"高加林的追求,本身就是现代文明孕育的结果,这不仅仅是他个人的生活愿望,也反映了历史前进的要求"。"当社会还没有充分地发达,爱情还不能真正成为纯粹意义上的爱情时,高加林更多地考虑了它的附加物——它是否有利于自己才能的发挥、理想的实现,也是可以理解的。"(转引自戈方《百家争鸣说〈人生〉》)陈丹晨说:"我认为高加林的形象是比较复杂的,不能简单地肯定或否定。他的'飞'有合理因素,也有个人的东西,有些'于连式'。"(《〈人生〉得失六人谈》)李兴叶认为:"对这个形象的评价,主要不应该分析他有多少优点、缺点,而要看他的理想与追求有没有历史的合理性","于连的方式从今天看来我们当然无法接受,但他有历史的进步性",对高加林的评价,"也有一个历史评价与道德评价问题"。(《〈人生〉得失六人谈》)钟艺兵说:"影片《人生》对高加林的既有才华,有强烈的进取心和旺盛的求知欲,又有一心往上爬,为获得个人利益不计其他的性格揭示得很不够。这是一部比较优秀的影片中的一个重大的遗憾。"(《〈人生〉得失六人谈》)

（3）对刘巧珍和黄亚萍银幕形象的看法。冯牧认为:"刘巧珍是一个很成功的中国农村妇女形象,她很可爱。"(《〈人生〉北京试映座谈摘要》,《电影新时代》1984 年第 6 期)徐启华则认为:"巧珍实质上是一个性格复杂的人,不能用简单化的美的模式来塑造她。由于她心灵闪耀出的纯朴美的光辉,人们寄予她深深的赞叹和同情。但她身上必然存在的弱点和局限","却是不应遮蔽的"。"影片对巧珍性格倾向揭示得不如小说充分,多少减弱了作品总体立意的深度,也直接影响了观众对高加林与巧珍之间爱情关系的全面认识和理解"。(《巧珍和亚萍的银幕形象不如小说》,《电影艺术》1985 年第 2 期)徐启华还指出:"黄亚萍的形象在改编后则可以说是近乎失败了"。她"在小说中是个很有个性的人物,她对爱情的态度集中体现了一些青年人对现代性爱的思索和要求"。"电影中黄亚萍的形象单薄和模糊,易使人产生错觉"。钟艺兵认为:"黄亚萍的爱情观是应该受到谴责的,但这并不能抵消她的某些优点。"(《〈人生〉得失六人谈》)

（4）关于影片的艺术风格。罗艺军认为:"《人生》有浓厚的地方色彩,也就有了浓厚的民族色彩。"(《〈人生〉北京试映座谈摘要》)《人生》导演吴天明认为："我较满意的是巧珍结婚这场戏,这种以乐写悲的手法符合艺术辩证法。这是在情节的有机发展中,着意向观众真实地展现西北的风俗人情。"(程天赐:《吴天明谈〈人生〉》,《电影评介》1984 年第 9 期)彭加瑾认为："影片中有许多闪光的片断,孤立看很动人、很新鲜,但总体上看,一些表现地方风俗、民俗的场面有些过。"(《〈人生〉得失六人谈》)唐挚也认为："单纯罗列风土人情,成为一种展览,就会本末倒置。巧珍结婚一场大加铺排,这似乎增添了影片某些乡土色彩,实际上却游离整体构思,就艺术的完整性而言,这些处理得不偿失。"(《漫评影片〈人生〉》,《大众电影》1984 年第 9 期)(俞珑)

　　(改编:路遥,导演:吴天明,摄制:西安电影制片厂(1983),剧本原载《电影新时代》1983 年第 5 期)

(以上均选自《文学争鸣档案》)

(三) 相关链接

1. 执著的现实主义者

　　路遥(1949—1992),陕西清涧县人。在贫困的山区农村度过童年。曾当过小学教师,做过临时工。1973 年在《陕西文艺》上发表第一篇小说《优胜红旗》,同年入延安大学中文系读书,1976 年毕业后到《延河》当编辑。1980 年发表中篇小说《惊心动魄的一幕》,获 1977—1980 年全国优秀中篇小说奖。1982 年发表中篇小说《人生》,获 1981—1982 年全国优秀中篇小说奖,并被改编成同名电影,获得广泛反响。从 1986 年到 1989 年,他又发表了长篇小说《平凡的世界》三部(共三部,分别出版于 1986 年、1988 年、1989 年)。这部长篇力作获得第三届"茅盾文学奖"。陕西人民出版社于 1993 年出版《路遥文集》共五卷,收集了他的主要作品。

　　路遥是对中国当代文学作出独特而重要贡献的优秀作家,他以小说《人生》、《平凡的世界》而享誉文坛。路遥的文学道路,受柳青等陕西老一代作家的影响很深。他从事文学创作以来,一直坚持现实主义的创作方法,把握时代脉搏,为创造史诗性作品呕心沥血,耗竭生命,以至于 1992 年英年早逝。路遥从 70 年代就开始致力于文学创作,并常年扎根在黄土地深入生活,孜孜不倦地进行艺术探索,著述颇丰。先后出版了中篇小说《人生》,小说集《当代纪事》、《姐姐的爱情》、《路遥小说选》等,在全国读者中引起了热烈的反响。《人生》更是被评论界誉为一部现实主义的力作。路遥小说的内容背景常常是城市与农村的"交叉地带"。他善于表现这一地带的人们的人生悲欢和命运浮沉,并通过这一切对中国社会和历史进行思考,给人以有益的启迪。在当代文坛各种主义、流派更新换代之时,路遥始终坚持着现实主义的创作方法。此后,在长达六年的时间里,他倾尽心血完成了百万字的长篇《平凡的世界》。

　　对严肃人生的追求,对陕北大地的故土情结,以及对现实主义的开放性理解和自觉坚持,构成了路遥小说创作的基本美学品格;而为新时代农民造像,把历史转型期中国新一代农民的躁动、惶惑、痛苦、挣扎、奋进和超越血肉饱满地推进当代文学殿堂,则是路遥的独特贡献。他的创作,总体上具有浑厚、严峻、朴实的风格特点。

(摘自吴秀明主编《中国当代文学史写真》)

2. 路遥《平凡的世界》

反映了路遥在思想和艺术上都走向成熟的并成为他的代表作和当代文学重要收获的是长篇三部曲《平凡的世界》。它以陕北黄土高原双水村孙、田、金三姓人家的父辈和儿女两代人为对象,执着地探索一代乡村青年的人生道路,并以此为中心,展现了从1975—1985这至关重要的十年间的时代风貌。从生产队的集体管理到实行生产承包责任制,从把农业人口死死地捆在黄土地上到大量的剩余劳动力涌向城市,从别无选择地当农民到有可能依靠个人奋斗和利用客观机会改变人生,这大转折大变革的时代背景下北方农村的生活图景构成了《平凡的世界》的基本内容。作品中所描写的孙少平、孙少安、孙兰香、田润叶、田晓霞、金波等一群农村青年,都是生活中的普通人,他们各自的追求,有的很现实,有的很浪漫,但是,都是日常生活中随处可见,平淡无奇的。作家所……着力刻画的,是他们为了实现自己那平凡的目标所做出的不平凡的努力。……作品的又一特点是,在继承现实主义创作方法,严格地遵照现实生活的本色表现生活的同时,探索并且成功地采用了一种开放的结构方式:这是指作品的多重脉络,随着不同人物的生活道路,把故事情节引向不同的时空,从新任的省委、地委主要领导人,到乡村里的一家家农户和他们的后代,从省城、专区、县城到矿山和山村,都纳入小说的画幅之中,从而使作品具有开阔的视野,多方位的表现力;同时,出现在作品中的人物,他们的性格和命运,都是充满了发展变化的,人与环境的互相改造,得到充分的描写。……作品厚重,沉实,具有引人向上的人生教育作用和强烈持久的艺术魅力。

(摘自张炯编著《新中国文学史》)

五 郭志刚:《我看文学研究和文学欣赏》

西方人有把读者对文学作品的接受过程分为三个层次:阅读,欣赏,研究。这当然很合乎逻辑。但经验也多次告诉我们,真正的欣赏,那是必须在研究了之后,才有可能品得真味,从而达到一个更深的层次。"满纸荒唐言,一把辛酸泪,都云作者痴,谁解其中味?"对《红楼梦》研究了这么多年,我们究竟品出了多少滋味?看来还得研究下去,以期每臻新境,我们就有一次新的欣赏机会。因此,不妨说欣赏是研究的化境。如果这也合乎逻辑,那么,我们就在这里打破一次常规,暂时把两者的位置颠倒一下。这样一来,研究将被视为前提,欣赏则是一个消化了研究结果的内涵更丰富的阶段。

总之,研究和欣赏是阅读过程中的一对孪生姐妹,她们的魅力在于成双出现,少了一个,魅力将被打上折扣,我们在心理上会产生某种偏失感。

一般说来,在各种各样的文本之中,以形象为特征的文学文本更富有时空感觉和生活情趣,因而它也最富有解读和欣赏的魅力。文学作品在接受者身上引起的效应,甚至于不取决于他的知识结构,而主要取决于他的经验的素质。因此,不识字的老百姓,通过听说书或者看戏也能进行艺术欣赏,而欣赏的质量和深度,在有些情况下或者并不稍逊于读书人。这是因为,文学欣赏的天地主要联系着人生的天地。

文学的天地很大,却并非无所不通:它是一道闪电,可以横空出世,如遇到绝缘体,就敛形收迹,漠然而止了。同一部文学作品,有人读了热血沸腾,有人可能觉得索然无味。为什么呢?因为一个是导体,一个是绝缘体。当然,这又是比喻,实际情形也许不会这样绝对。但是,"有缘千里来相会,无缘对面不相识","身无彩凤双飞翼,心有灵犀一点通",这里说的,颇适于解读文学。其实,它又何止限于文学?倒是因为文学和人生结有不解之缘,所以,在人生的领域中固有的现象,也会再现于文学。人们怎样看待人生,也就怎样看待文学;离开人生,谈不上研究或欣赏文学。

但人生还不等于文学。人生大于文学,而文学也常常深于人生。深,这在实际上意味着它已开始突破现实人生的范畴,走向某种程度的"大"了,例如,文学除了表现现实的人生之外,还要自觉不自觉地虚拟人生,即在文学中创造第二人生……

文学研究和欣赏是一个整体性的范畴,不好随意分割。但为了便于讨论问题,我们不妨暂时把它分成四个层次,然后再给予完整的理解。

一、研究和欣赏的经验层次。只有在这个层次上,研究才显示出它的"高级性"来,因为单靠经验构不成研究。不过,经验仍是进行研究的不可或缺的条件。

单靠经验却可以进行欣赏,这样做虽然比较简单,有很大的局限性,但一般还算可靠。因为文学和经验都由人生而来,就像一母所生。由经验看文学,正如兄弟互看,虽有高低妍媸之分,总因血缘相近,还不至于怎么隔膜。我们听说过象牙之塔里出文学,却很少听说象牙之塔里也出经验,这就是因为前者曲折迂回,容易玩弄障眼法,后者单刀直入,不容易玩这些花样。其实,象牙之塔里既不能出经验,也不能出文学。文学原不神秘,它有时似乎很神秘,那是被人们谈得神秘了的缘故。人生才是欣赏文学作品的主要通道。以人生说文学,如平湖荡舟,无所不通;脱离了人生谈文学,就会越谈越玄,文学就成了玄学。

二、研究和欣赏的艺术层次。有人说,我面对的是艺术,纯粹的艺术,和经验或人生没有什么关系。我想,读者的这种看法,主要还是来自作者,有些作者就常常说,他们的作品表现的是纯粹的"自我",是艺术之宫里的产品,和现实、政治没有什么关系。30年代,也有人这么讲,说他是鸟,爱怎么唱就怎么唱,读者高兴不高兴没关系;说他是花,想怎样开就怎样开,哪怕有毒,读者采了去,上了当,也不干他的事。鲁迅先生当时就批评了这种说法。人究竟不同于动植物,他有高级的神经,有高度组织的社会,他是社会的一分子,何况,他的稿子还卖钱,不能不对付钱的读者负有责任。

如果说,在经验层次上的欣赏凭直觉就可进行的话,那么,在艺术层次上的欣赏,除了需要经验之外,还需要专门的修养。因此,后者也可以说是行家的欣赏。正是在这里,欣赏开始离开了它的朴素阶段,升格为研究。但欣赏之于研究,始终如影随形,相偕而进,既没有降低他的身份,也没有减轻它的责任。

行家,有专门的行家,也有业余的行家。艺术造诣,固然和专业修养有关,更和气质、经历、入世深浅等人生体悟有关。所以,并非只有中文系出来的人才是行家。相反,许多作家并没有受过大学中文系的训练,他们多半受益于生活,从而成了出色的语言艺术家。据信,有些人原为当作家而考中文系(我也如此),但考进以后,反而距此道愈远。当然,这也不能一概而论。当作家和艺术欣赏虽非一回事,毕竟也有深刻的联系,因为写得出就能讲得出。重要的是,心里先须有,言之方有"物"。

例如同是对着山水，作家能看出诗意，看出艺术，看出人生中的深刻内涵；而一般游人，也许只是观赏一下良辰美景或地方风物而已。苏轼做黄州太守时，曾到兰溪游玩，他发现这条溪不像一般河流那样向东流，而是逆向西去，便作了这样一首诗："山下兰芽短浸溪，松间沙路净无泥，萧萧暮雨子规啼。谁道人生无再少，君看流水尚能西，休将白发唱黄鸡。"苏轼的人生道路不算平坦，这首诗表现的却是一种乐观向上的人生态度。

我们感兴趣的是，一般人看到这样一条河，也许只是觉得奇怪和好玩罢了，而诗人却触景生情地引发到人生之河上去，十分出色地表现了他特有的人生感悟。再如欧阳修的《醉翁亭记》，其中记述他和宾客嬉游于安徽滁州一带的山中，压卷之笔是："已而夕阳在山，人影散乱，太守归而宾客从也。树林阴翳，鸣声上下，游人去而禽鸟乐也。然而禽鸟知山林之乐，而不知人之乐，人知从太守游而乐，不知太守之乐其乐也。醉能同其乐，醒能述以文者，太守也。太守谓谁？庐陵欧阳修也。"由于作者"醉翁之意不在酒，在乎山水之间"，"山水之乐，得之心而寓于酒"，所以他能看出山景的不同层次；人在山间，禽鸟噪声，此时之山属于人，即属于社会；人去山空，禽鸟知乐，这是把山还给了自然。但此时之山，依然是作者笔下的山，所以它仍然属于读者；因为不经作者点出，我们可能无从捕捉那种人去山空、万籁俱静的空灵感觉。"人知太守游而乐"，可以想见，这是生活常态或人情之常，譬如没有高山显不出平地；而"不知太守之乐其乐也"，则突兀而起，真正显示出欧阳修高山般的情怀来了。原来太守之乐别有会心，他不自得其乐，而乐人之乐。换句话说，如果别人不乐，他也就没有什么可乐的了。这还不是高山流水一样的高尚情怀？

由此可知，面对山水，存在着"显"和"隐"两个层面。一般人可能只看到它的显性层面，而作家则必须透过显性层面看到隐性层面，这还是说面对的是山水或自然；如果面对的是社会，那情况就更加复杂得多了。我们不是作家，可以不去操心创作过程中的事，但当我们接受作家创作出来的成品时，却必须依次地从显性层面进入隐性层面，这样才是顺乎自然、得其文心，使研究和欣赏成为可能。常常遇到这种情况：有的作品写得直，我们懂了；有的含蓄，甚至隐晦，这就需要费点劲。以现代作家而论，巴金、老舍的作品比较直白一些，而鲁迅和茅盾的作品则相对比较曲折，何况他们有时还不免用些"曲笔"。这样，我们进入隐性层面的路就更要长一些。

三、研究和欣赏的文化层次。上面讲的，已经牵涉到了这个问题，因为文化包含着一般知识，知识的多少，自然规范着研究和欣赏的范围与深度。《战争与和平》、《人间喜剧》、《哈姆雷特》等世界名著，至今只能在我国"文化密集区"流行，而不能远播农村，主要也是文化因素的影响。再如我国古代的诗、词、曲，可以说是我国文化的结晶，由于同样的原因，它也不能为世界广泛接受。不但如此，就是本国读者，如果没有一定的文化修养，最多也只能得其皮毛，很难登堂入室，使研究和欣赏递上层楼，成为真正的赏心乐事。总之，对于某种以特殊文化为依托的文学作品，你掌握了有关知识，它才会对你产生魅力；你不能突破知识的局限，横在你面前的，就是不可逾越的鸿沟。

文化问题还涉及到一些特殊的风俗，风俗不通，也会产生研究和欣赏的障碍。十年前，我写过一篇题为《关于走向世界》的文章，里边讲了孙犁的作品，其中说：孙犁作为一代名家，他属于河北，也属于全国，但还不能说属于世界，尽管他在文体和语言艺术上的贡献，并不比有些已经走向世界的作家逊色。他未能引起世人更多注目的原因很复杂,不可单归于文化一途,但特殊的文化背景无疑也是一个不容忽视的因素。我举了《荷花淀》的姊妹篇《嘱咐》做例子。在这篇小说里,他写了一个抗战初期离家抗日的战士,在胜利还乡快进村时,反而害怕走进家门:八年了,老人还活着吗?当时年轻的妻子正怀着孩子,现在怎样了?他家的房子该不是被烧了吧?……这些揪心的问号压得他迈不开步,索性坐下来抽烟休息。看看天色已晚,田野空无一人,他这才走进村,而且在家门口发现了正在关门的妻子。但,意外的惊喜只使他喊出一个字:"你!"而被惊动了的妻子呢,则干脆连一个字也没有。她先是一怔、张大眼睛、咧嘴笑了笑;接着便转过身去,抽泣起来。这是在历经战乱之后,发生在40年代北方农村的"楼台会"。这里的人很穷,而感情是这么丰富,但这丰富的形式,却又是这么简单,八年的离情,只浓缩成一个字和一阵抽泣。这很符合我们这个古老民族的性格和传统艺术的特点;一般地说,中华民族的性格是内向的,在艺术上是崇尚含蓄的。《嘱咐》所展示的,正是一种典型的民族文化心态,"岂但是民族文化心态,简直还是一种地域性的文化心态,走出燕赵之地,例如到了岭南,我怀疑那里的人们是否还能像我们这样贴近地理解它。"一个民族的心理活动方式是历史铸成的。像《嘱咐》里表现的这类民族感情、民族心态,至少从"近乡情更怯,不敢问来人"那时起就已经"积淀"下来了,用现在通行的话来说,是"集体无意识"……如果是欧洲人,就不会像这个战士这样来表达自己的愿望和感情。我们很难想象,当他们被战火阻隔了八年,快要看见自己的家时,"会坐下来吸一支烟,他们望见妻子时,也不会只说一个'你'……他们会采取另外的方式见面,因为他们有他们的文化心态。"由于这些原因,他们读孙犁的作品,当然会有些"隔"。

类似情况,也存在于萧红、沈从文等民俗色彩浓厚的作家作品之中。独特的民俗文化不仅带有地方性,也带有时代性。鲁迅说,非洲土人不会理解林黛玉,将来的好社会中人也不会理解她,就是这个意思。但是,这只是一个方面。如果我们掌握了必要的知识,化解了围绕着这些作品的那个陌生的文化圈,我们就能欣赏和理解它们;因为研究或欣赏,说到底是将心比心,不消除陌生感,就不能心心相印,或举一反三、左右逢源。记得钱钟书先生说过这样意思的话:研究一国文学,如不置身其中,通晓该国风习乃至种种细节,就谈不上真正的研究和了解。这种情况,就像一家人围坐在一起谈论家事,彼此间有时说半句话或一两个单词,也能达到默契,相互了解。而这时如果适有来客在场,即使他听到了全部谈话,也不免感到隔膜。所有这些,都说明如果没有共同的生活纽带和生活背景,就形不成共同的"语言圈"。而对于一个国家和民族来说,那个特殊的"风俗圈"或"文化圈",就是扩大了的语言圈。

风俗一通,不但不再"隔",还会增加研究或欣赏的魅力与深度,一些民俗色彩浓郁的作家之所以特别受到世人的关注,原因也在这里。

四、研究和欣赏的哲学层次。文学表现人生,而人生的最高境界是悟道,所以这一层最难。好作品都是某种程度的"悟道"之作,读这些作品,我们会被其中的哲理意蕴所吸引。这些哲理意蕴,可以简称为"诗韵",因为它是由丰富的生活形象传达出来的。在这个意义上,像莎士比亚的剧本、普希金的小说固然可以说富有诗韵,而《阿Q正传》、《堂·吉诃德》这样的讽刺杰作也同样富有诗韵,因为体现于其中的哲理意蕴至今仍是各国读者咀嚼不尽的精神财富。

我国古代大作家"悟道"的典范一例，是范仲淹说的："不以物喜，不以己悲。居庙堂之高，则忧其民；处江湖之远，则忧其君。是进亦忧，退亦忧，然则何时而乐耶？其必曰：先天下之忧而忧，后天下之乐而乐乎？噫！微斯人，吾谁与归？"这是作家体念众多志士仁人的博大胸怀而总结出来的名句，是他当日登岳阳楼，追思千古，既超乎"忧谗畏讥、满目萧然"的悲叹，也超乎"心旷神怡……把酒临风"的游乐，而达到的人格的升华。此语一出，千古传诵，九百多年来，不知激励了多少人，使他们的一生过得更丰富，更崇高。

"道"是人类社会的产物，它也具有不同的色彩。前面举的苏轼那首诗，体悟出了人生中十分重要的一面，这当然是积极的，但是，如果有哪位古代作家讲出了另外一种人生感受，我们也不用大惊小怪，只要他是从保护和热爱人们出发，我们仍可接受他的爱意，而善待其消极部分，不然，我们可读的作品就太少了。比苏轼晚生了三百年的明代诗人高启，写过这样一首诗："征途岭巇，人乏马饥。富老不如贫少，美游不如恶归。浮云随风，零落四野。仰天悲歌，泣数行下。"这首诗我们可以说它过于消极了，但应该承认，它也总结了大量的生活现象，其中也含有某些值得重视的哲理。而且，它的调子在悲切中透着激越，一点也不鼓励人们轻浮的生活，而是要善待生活。如果说它是悲观的，那么，这是思考的悲观，比起盲目的乐观来，它还是更有价值一些。诗，有弦外之音，这首诗的价值，至少有一部分就存在于它的弦外之音中。写诗，是作家的任务；解诗，则是读者的任务。我们必须去捕捉这种弦外之音，因为这是题中应有之义；否则，我们进行研究和欣赏的层次将要大受影响。

我们的研究和欣赏一旦进入哲学层次，那就来到了一个真正自由而广大的空间，我们就可以在广袤的土地上自由自在地耕耘和创造了。

（摘自《社会科学战线》1999 年第 5 期）

观赏

电影《雷雨》、话剧《雷雨》、京剧《雷雨》、电视剧《雷雨》、《骆驼祥子》、话剧《骆驼祥子》、京剧《骆驼祥子》、电视剧《骆驼祥子》、《满城尽带黄金甲》、《老舍》、《曹禺——心灵的对话》、《路遥》。

观赏影片，供教学中师生自主选择。

后 记

　　《文学概论》(修订本)距今已使用十年之久。根据华东师范大学出版社的建议,依照《国家中长期教育改革和发展规划纲要》的精神,原班编委按原章节分工,对教材再次进行修订。原分工为:引论、第一章、第五章由李永桑执笔;第二章、第八章、第十章、第十二章由张艺声执笔;第三章、第四章、第七章由徐景熙执笔;第六章、第九章由张正治执笔;第十一章、第十三章、第十四章由李燃青执笔。全书由李永桑提出修订大纲,并进行统定稿。

　　为提高学生运用文学原理分析文学现象、解读作品的能力,先由主编与出版社责编拟定新教材的总体框架,由导读、研讨、观赏三大部分组成。之后,由主编根据近几年自身教学的实践,并吸收了高校文论教师的建议和新的教改成果,选编了有关资料,分发给编委征求意见,最后由主编审定。

　　本书的编写,自初版、修订、修订再版,始终得到了福建教育厅,闽江学院教务处、中文系各级教导的大力支持。在教材使用过程中,也得到各地师生的关爱。如广东斗门五山中学刘道琦老师,遵义师范学院中文系冉海英同学等都先后致函主编,提出建议,订正注释和错字。这些,无疑都是促进我们不断修订教材、改革教学方法的动力。

　　为保持师范院校教材的特色,更有利教师讲授和学生自学,在修订教材过程,福清华侨中学吴莉玲老师协助搜集现行中学语文教材(必修、选修)的有关资料,福州第十一中学特级教师林秋人,在校学生林张越、林燕梅等都认真阅读了初稿并提出很好的建议和意见,借此机会,对他们表示由衷的感激。

　　这次修订虽然时间紧迫,编委又都已退休,但经大家通力合作,修订工作还是如期完成,并且得以及时付印。在这里要特别感谢华东师大出版社领导和责编的关心和支持。

　　由于我们的识见所限,恐有疏漏与不妥之处,恳请同行专家、广大师生指正。

2010 年 6 月